Als Geschenk zum
Geburtstag von

[redacted]

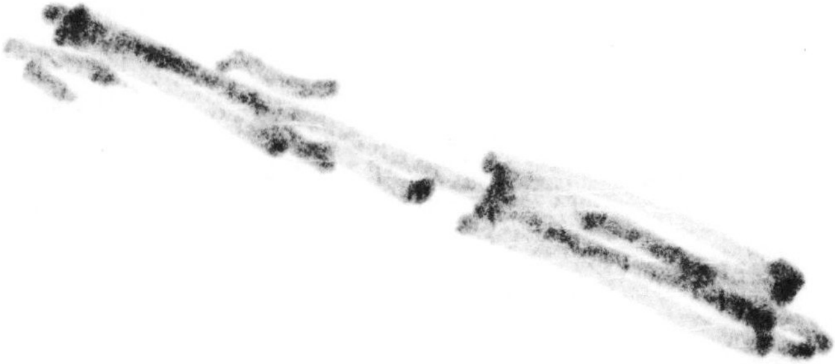

Han Suyin

Die Zauberstadt

Roman

Deutsch von
Hermann Stiehl

Albrecht Knaus

Titel der Originalausgabe:
THE ENCHANTRESS
erschienen bei Bantam Books, Inc., New York, 1985

Gesetzt aus Korpus Aldus
Schutzumschlag und Einband: Klaus Detjen unter
Verwendung des Bildes «Hofdamen im Yüan-Ming-Yüan
beim Brettspiel» von Giuseppe Castiglione,
im Besitz des Museums für Völkerkunde, Hamburg
Satz: Filmsatz Schröter GmbH, München
Druck und Bindung: Mohndruck, Graphische
Betriebe GmbH, Gütersloh
ISBN 3-8135-0433-6
Printed in Germany

1

ANNO DOMINI 1752

Wie eine große schnurrende Katze lag der See in der Frühlingssonne. Die Eisheiligen waren vorüber, die Knospen brachen auf und der *Morget*, der fröhlich-stürmische Frühlingswind, fegte den Himmel blau, hob die kleinen Wolken von den Bergen und trieb sein Spiel mit den Fischerbooten auf dem blanken Wasser.

«Schau mir in die Augen», sagte Bea.

«Blau, der *Morget* macht sie blau», sagte ich.

«Und jetzt?» Sie wandte das Gesicht mir und der Sonne zu.

«Jetzt sind sie grün, wie geblasenes Glas.»

«Heute abend wird der Wind aus Nordwest wehen», sagte sie.

Beas Augen. Tore zu jener anderen Welt, der Welt der unbekümmerten Freude, wissend um die Sprache der Bäume, der Wolken und des Liedes, das der See singt.

Bea ist meine Zwillingsschwester, eine halbe Stunde älter als ich. Ich folge ihr, wo immer sie hingeht, denn ohne sie ist kein Einlaß in jenes Reich der leuchtenden Nacht, der strahlenden Tage, das ihr Reich ist und das unserer Mutter.

Es ist eine andere Welt, die diese hier – mit ihren Apfelbäumen und Lindenbäumen, den hübschen Häusern mit ihren mantelgleichen Dächern, dem Geplauder der Frauen am Brunnen, den Rebenfeldern, die von den Hängen herab die Stadt Lausanne zu bedrängen scheinen – zu einem Schattenland werden läßt. Eine andere Welt, in der die großen Eichen rauschen und alte Gebeine zu neuem Leben erwachen und ich nicht mehr weiß, was ist und was nicht ist, da alle Dinge anders werden.

Bea kennt sich darin aus.

Wir spielen Spiele, Bea und ich, die andere Kinder nicht spielen. Wir spielen Wind-Herbeirufen und Wolken-Entrollen, und im Juni lassen wir uns von den Glühwürmchen umtanzen, die auf unseren Kleidern haften wie Sterne. Die Farbe von Beas Augen wechselt mit der des Sees. Blau, grün, schiefergrau, dunkelgrau nach einem Regen. Sie spricht zu mir durch ihre Gedanken, bedarf keiner Worte. Das haben wir schon immer gekonnt. «Es ist unser Geheimnis», sagt sie. «Erzähl es keinem. Nur Mutter weiß es.»

Vater weiß nichts davon, auch Valentin nicht, unser großer Bruder. Ist er wirklich unser Bruder? Bea sagt: «Nein, er ist es nicht, er ist anders», und das sagt sie in entschiedenem Ton. Valentin ist mehrere Jahre älter als wir, und wenn er von der Schmiede heimkommt, wo er in die Lehre geht, wird Mutter bei seinem fragenden Lächeln unruhig. Denn Valentin lächelt oft, bittet uns, ihn liebzuhaben, und ich glaube, er würde auch uns gern liebhaben. Aber Bea sagt: «Nein, Colin», wenn ich es versuche.

Mutter. Sie ist nicht wie die anderen Frauen von Vidy, unserem Weiler. Nicht wie Madeleine, die Frau des Zimmermanns Thomas Griot, oder Louise, die Frau des Bäckers André Paluz – Frauen mit vielen Kindern, die um Heilmittel und Salben zu ihr kommen. Andere, kinderlose, suchen sie auf, um in die Hoffnung zu kommen. Wieder andere, in ihr Tuch gehüllt, erzählen ihr flüsternd von ihren Qualen und Hoffnungen.

Mutter ist auch nicht wie die vornehmen Damen von Lausanne, mit ihren steifen Reifröcken und federgeschmückten Hüten auf der Perücke, die sich kaum durch die Türen ihrer Kutschen zwängen können. Einmal im Monat bietet Mutter auf den Stufen der Kathedrale von Lausanne die Schals und Fächer, Kragen und Manschetten aus Spitze feil, die sie klöppelt, und dann drängen sich die feinen Damen um sie. «Madame Duriez, Sie haben Feenfinger!» sagen sie.

Die Frauen von Vidy kommen nicht auf einen Schwatz zu Mutter, wie sie das untereinander tun. Nur wenn sie sie brauchen, betreten sie unser Haus, durchqueren den Garten mit seinen Apfelbäumen und Fliederbüschen und blicken sich aufmerksam um. Sie bewundern Mutters Leinen, das das weißeste, ihre Spitze, die die beste ist, ihre gewebten Tücher, die für die Wände eines Schlosses taugen würden, die süßen Kuchen, die sie aus kandierten Früchten und Honig bereitet. Aber sie wollen sie nicht in ihrem Kreis haben, und das wissen wir, Bea und ich. Mutter ist schön und riecht gut und benutzt Seife aus Neapel, die Vater aus Lausanne mitbringt, so wie er Pomade aus Florenz und Kakao aus Caracas bringt. Ihre Kleider, obschon schlicht, sehen schmuck an ihr aus, so daß sogar die vornehmen Damen sie immer wieder ansehen.

Nur Marie-la-Folle, die Verrückte, betritt frühmorgens unser Haus und wartet auf der Schwelle, die Hände unter der Schürze versteckt. Sie ist ein Mädchen, das keiner will, am wenigsten ihr Vater, der Korbflechter, der sie schlägt, wenn er betrunken ist, und ihr, wie es heißt, sogar noch Schrecklicheres antut. Die Kinder werfen mit Steinen nach ihr, und von Zeit zu Zeit schwillt ihr Leib an unter einem ungewollten Kind. Niemand weiß, wer der Vater ist. Pastor Burandels Frau Agathe bringt das Baby ins Waisenhaus nach Lausanne, wo es, büßend für seine Geburt, fromm aufwachsen soll.

Marie scheuert unsere Schieferböden, wäscht unsere Kleider, führt unsere Ziegen auf den Anger oder sitzt still da und sieht Mutter zu. Sie weint, wenn sie abends gehen muß, aber ihr Vater will nicht, daß sie bei uns schläft.

Vater ist wohlgelitten. Sonntags, nach dem Gottesdienst und Pastor Burandels Predigt, reden die Männer mit ihm. Sie lächeln nicht, denn am Sonntag zu lächeln wäre Sünde, aber sie ziehen den Hut und sprechen über das Wetter. Auch Pastor Burandel spricht mit ihm, bittet ihn für Montag zu einem Becher Wein und unterhält sich mit ihm über den Stand der Reben.

Manchmal hält eine Kutsche vor unserer Tür mit Herrschaften aus England, aus Frankreich oder Preußen, denn Vater fertigt Automaten und mechanische Puppen, und auf die ist jetzt ganz Europa versessen.

Wir fingen gerade kleine Köderfische mit dem Netz, als sich etwas zu regen begann.

Bea, die barfuß zwischen den Steinen herumpatschte, tappte ans kiesige Ufer. Sie ließ die Röcke fallen und zog ihre Holzschuhe an. Da wußte ich wieder einmal, daß ich etwas nicht wirklich gehört, sondern über ihr Denken wahrgenommen hatte.

«Jemand ruft uns, Colin. Einen von uns.»

Sie lief davon, und ich folgte ihr langsamer nach, vorsichtig auftretend, da ich nicht hinfallen und mir weh tun wollte. Nicht so Bea, die dahinrennt wie der sorglose Wind.

Wir erreichten die Uferböschung, und da sahen wir sie in ihren grauen und schwarzen Redingotemänteln, den feierlichen Dreispitz auf dem Kopf: den Amtmann, Monsieur de Crozay, und andere Notabeln, feist vom guten Essen und Trinken, vom Leben in den schönen Steinhäusern mit den ummauerten Gärten auf den Hängen, die noch von der Kathedrale überragt wurden. Die Felder und Weinberge von Vidy gehören ihnen; von den Männern unseres Weilers arbeiten viele bei ihnen als Taglöhner.

Ihrer sechs, mit Pickeln, Hacken und Schaufeln in den Händen, standen um eine frische Grube und hoben einen Marmorsarkophag heraus. Wir beobachteten, wie sie die Deckplatte abnahmen. In dem Sarg lag ein toter Römer, wohl erhalten, der noch all seine Haare und Zähne besaß. «Was für eine schöne Leiche!» rief Amtmann de Crozay aus. «Ist das nicht ein herrliches Exemplar, Docteur Combelle?»

Nun holten die Arbeiter silberne Schüsseln und Schalen aus dem Sarg, und jedesmal folgte ein bewundernder Ausruf der Herren, die diese Gegenstände ehrerbietig in die Hand nahmen. Wenn auch viele Arbeiter noch das Kreuzzeichen schlugen beim Gedanken, daß sie einen Toten ausgruben, waren Ausgrabungen bei den Bürgern und Honoratioren von Lausanne jetzt gang und gäbe. An mehreren Stellen nahe am See hatte manch einer auf seinem Grund und Boden die Mosaikfußböden römischer Häuser, gestürzte Säulen und Gräber entdeckt.

«Ja, ein sehr gut erhaltenes Exemplar», sagte Docteur Combelle.

Ich kannte ihn, weil der *Hinkende Bote*, der Almanach, den mein Vater jedes Jahr kaufte und der über Ereignisse und Entdeckungen auf der ganzen Welt berichtete, über ihn und seine Römerfunde geschrieben hatte. Docteur Combelle war ein bekannter Mann, wenn auch nicht so bekannt wie Docteur Tissot. Aus ganz Europa kamen die Reichen und die Adligen, sogar Monarchen, nach Lausanne, um bei Docteur Tissot Heilung zu suchen.

Amtmann de Crozay las die Inschrift auf dem Sargdeckel laut vor: «HONOREM D. DEO APPOLINI CA ... Jetzt brauchen wir wirklich ein Museum in Lausanne, um alle diese Funde unterzubringen, Combelle», sagte de Crozay. «Das ist ein vornehmer Römer, den wir heute entdeckt haben – eine große Entdeckung.»

«Das ist ein Fäßchen Weißen wert, Herr Amtmann!» rief ein französischer Edelmann in rosarotem Satinrock, engen weißen Kniehosen, üppigem weißen Spitzenjabot und viel Goldstickerei an den Ärmeln aus. «Ich muß gestehen, Ihr Weißwein hat es mir angetan. Er ist rein wie Kristall und läuft hinunter wie Wasser. Wie wär's? Haben wir für heute nicht genug geleistet?»

«Eine ausgezeichnete Idee, Monsieur le Marquis! Wein für alle!» rief Amtmann de Crozay und vollführte dabei eine Geste, die auch die Arbeiter einschloß.

«Ja, die Sonne wird in einer Stunde untergehen, und wir haben für heute das Unsere getan. Schaffen wir den Römer dorthin, wo Docteur Combelle sich ihn nach Herzenslust betrachten kann.»

Die Arbeiter trugen nun die Grabbeigaben und den in Sackleinwand eingehüllten Körper fort. Später hörten wir, daß der Römer unter der Lufteinwirkung zusammengeschrumpft war; Haar und Zähne hatten sich gelöst, und er bot keinen schönen Anblick mehr.

Beas Gedanken flüsterten mir zu: «Einer von uns ist unter dem Römergrab.»

Wir gingen nach Hause, dem Klicken der Spitzenklöppel unserer Mutter entgegen. Sie arbeitete an einem Fächer aus so feiner heller Seide, daß sie den Faden mit Hilfe ihres Öllampenkarussells feucht halten mußte. Die kleinen Kelche waren mit kupfersulfatblauem Wasser gefüllt, welches die Lampe zum Verdampfen brachte. Mutter hatte das Spitzenklöppeln von den französischen Hugenotten gelernt, den Spitzenklöpplern von Neuchâtel, deren Spitzen noch feiner waren als die aus Mecheln oder sonstwoher.

Als wir das Haus betraten, hörte ich Beas Gedanken: «Mutter, Mutter, ich habe einen von uns rufen hören», und ich hörte, wie Mutter antwortete: «Ja, Kinder, wir gehen heute abend hin.»

Bea und ich schlafen in einem hölzernen Alkoven, einem großen Bett mit Bettzeug aus Leinen. Mutter webt alles Leinen, das wir brauchen, selbst, und auch unsere wollenen Mäntel. Unsere Eltern schlafen getrennt von uns in einem Schlafraum, der mit Eichenholz getäfelt ist. Mutter hat Valentin ein eigenes Bett gegeben, von dem unseren abgeteilt, weil Bea ihr gesagt hatte, daß Valentin mich einmal an meinem schlimmen Fuß gezogen hat. Ich bin mit einem Klumpfuß auf die Welt gekommen und bewege mich vorsichtig, und bei vielen Spielen kann ich nicht mitmachen; aber Valentin hatte nur einmal an meinem Fuß gezogen.

Ich dachte immer, *Wenn ich groß bin, heirate ich Bea, so wie Vater Mutter geheiratet hat*, bis Pastor Burandel mich lehrte, daß es eine große Sünde sei, seine Schwester zu heiraten. Doch in jener anderen Welt war es das nicht.

Es war finstere Nacht, als Mutter, Bea und ich das Haus verließen. Vater regte sich nicht.

Mutter öffnete lautlos die Tür, und wir gingen in die Nacht hinaus. Draußen herrschte jetzt die andere Welt: Eichenwälder statt der Weinberge, und die Tiere des Waldes glitten vorüber und raunzten, doch alle waren freundlich. Ihre Augen beobachteten uns. Unter hohen Eichen war das Grab, das man am Nachmittag geöffnet hatte.

Mutter beugte sich über den Hügel von frisch umgegrabener Erde.

Der zornige Sturm hatte sich erhoben, wie Bea vorausgesagt hatte. Mutter begann mit der Schaufel zu graben, die sie für die Kräuter in unserem Garten benutzt. Sie und Bea und ich gruben unter dem steinernen Sarg, stießen auf eine Schicht von zusammengebackenem Ton und fanden die aufgehäuften Knochen und die Tonfigur: Hüterin der Seelen, Muttergöttin, Beschützerin von Geburt und Tod.

Mutter nahm die Tonfigur und wickelte sie in ihren Schal. Ich hörte sie in meinem Kopf erleichtert aufseufzen. «Gehen wir nach Hause», sagte sie und blickte zum Himmel auf, der sich mit Silber zu überziehen begann.

Doch während wir uns zum Gehen wandten, ertönte lautes Hundegebell und eine Stimme rief: «Haltet den Dieb, haltet den Dieb!» Ich kannte diese Stimme und kannte sie doch nicht, denn in dieser Welt verschwammen alle Male und Zeichen, Hinweise und Warnungen, nach denen wir lebten.

Wir rannten. Bea und Mutter faßten mich bei den Händen, zogen mich mit. Das Hundegebell kam näher, angestachelt durch die Rufe des Mannes: «Hopphopp, auf sie, auf sie!»

Ich stolperte. Bea zog mich hoch. «Schnell!» Sie keuchte. «Schnell!»

Wir waren zu Hause.

Vater war trotz des Lärms nicht aufgewacht, und das war seltsam. Mutter flüsterte: «Schlaft jetzt, es ist alles gut.» Sie ging auf den Dachboden und tat die Tonfigur zu den anderen in das Versteck im Winkel, in dem die Balken zusammenstießen. Neun waren schon dort. Jetzt würden es zehn sein. Waren wir wirklich zehnmal draußen gewesen, um die Hüter der Seelen zu bergen?

Am Morgen fiel mir das Aufstehen schwer, doch ich ging hinaus, um unsere fünf Ziegen zu melken, und der Ziegenbock Horace beschnupperte mich, als ich ihn umarmte. Horace war so schön, so flink auf seinen vier Beinen. Ich hätte Horace sein mögen. Er sah mich mit seinen braunen Augen an und stieß mich zum Spaß sanft mit den Hörnern. Ich ging die Straße hinunter, um der Frau des Bäckers Paluz unseren Ziegenkäse zu bringen. Sie ging alle Woche in die Stadt, um ihren und unseren Käse zu verkaufen. Am Brunnen schwatzten die Frauen von der Ausgrabung. «Sie haben Goldmünzen gefunden und silberne Schalen . . . In der Nacht waren Diebe unterwegs . . . Antoine, der Prediger, war mit seinen Hunden da.»

Auf dem Rückweg sah ich Antoine, den Schäfer, den man den Prediger nannte. Er war ein Mann, der mich ungeheuer groß dünkte, vielleicht wegen seiner Haare, seines Bartes und seiner Hände. Er hütete keine Herde, trieb keine Kühe auf die Weide. «Ich hüte die Herde des Herrgotts», sagte er. Er trug einen dicken braunen ärmellosen Mantel und einen großen schwarzen Hut, in der Hand hielt er einen langen Krummstab. Ich hatte gesehen, wie er unser Haus beobachtete, wie er Mutter beobachtete. Wenn Mutter in ihren Kräutergarten ging, wo Phlox und Majoran, Thymian, Petersilie und Zaubernuß wuchsen, oder wenn sie bei dem Schwarzbeerenstrauch stand und seine Früchte pflückte, dann stand er oft da und starrte zu ihr hin, starrte ihr noch nach, wenn sie schon wieder gegangen war.

Eines Morgens, als Mutter Wäsche zum Trocknen an die Leine zwischen den Apfel- und Lindenbäumen hängte, dicht beim Zaun, stand er daneben und streckte den Arm aus mit seiner Krallenhand, riß ihr das Batisttuch ab, das sie über dem Mieder um den Hals trug, und rief: «Hure, Hure . . .», und Mutter flüchtete sich ins Haus, verriegelte die Tür und setzte sich, ein wenig zitternd, hin. Bea kam herausgestürzt und schrie: «Bösewicht, rühr meine Mutter nicht an!» Wir sahen, wie er davonging, und dann ging Mutter wieder hinaus, den Mund voller hölzerner Wäscheklammern, und hängte noch die übrige Wäsche auf. Bea und ich standen bei ihr für den Fall, daß Antoine zurückkäme.

Jetzt stand Antoine, die Beine gespreizt unter dem großen Umhang, der ihn umhüllte wie die Schwinge der Nacht, auf dem Weg, der zu unserem Haus anstieg, und murmelte und flüsterte: «Teufelsbrut, Incubus, Gott wird dich zu Seiner Zeit treffen . . . Siehe, Er hat dich schon gezeichnet», sagte er, und jedes Wort kam mahlend zwischen seinen Zähnen hervor. Mein Herz klopfte wie wild, aber ich rannte nicht davon. Ich konnte es nicht, ich war starr vor Schreck und wäre sicher gestürzt. Es war seine Stimme, die ich in der Nacht gehört hatte. Ich wußte, er hatte zwei Bullenbeißer bei sich in der Scheune, in der er wohnte. Antoine predigte dort einen rachsüchtigen und gestrengen Gott, der seine Geschöpfe von Anfang an verdammt hatte. Und manche Weinbergarbeiter, einige der Männer und Frauen von Vidy und sogar Leute aus Lausanne versammelten sich dort, um ihm zu lauschen. Ich hatte sie aus der Scheune herauskommen sehen, wie verwandelt, schwankend, wie trunken von der Leidenschaft und Zornesgewalt seiner Worte. Von den Frauen hatte eine zu schreien und zu gestikulieren angefangen, während er noch predigte; das war der Teufel in ihr, den Antoine austrieb.

Mein Bruder Colin hat heute dunkle Schatten unter den Augen. Er hat Antoine gesehen und hat Angst.

«Du brauchst keine Angst zu haben», sage ich.

Ich fasse seine Hand, und wir gehen über die Wiese voller Gänseblümchen und Kornblumen hinunter zum See und sehen, ernsthaft wie Hirten, den Entenküken zu, die dort schwimmen.

«Letztes Jahr haben die Raben einige von ihnen geschnappt», sagt Colin. «Ich mag Raben nicht, Bea.»

«Ich bin ihre Königin, sie werden dir nie etwas antun», erwidere ich, und er faßt meine Hand ganz fest.

Vor vielen Jahrhunderten lebten unsere Leute am Ufer dieses Sees. Sie stellten Steine auf, um den Gang der Sonne und der Sterne zu messen, und sie gaben den Winden, Flüssen und Quellen Namen. Sie erbauten die Dörfer auf Pfählen, die umfriedeten Siedlungen auf höher gelegenem Boden, und sie nannten den Ort Lugs Stadt, zu Ehren des Großen Lug, der für alle Menschen alles ist, das Licht der Sonne und das Dunkel der Nacht. Und sie verehrten den Raben, Lugs Symbol, dessen Schwärze das andere Gesicht des Lichtes ist. Ihre Priesterinnen

saßen in Kriegs- und Friedensräten, und die Erdmutter herrschte über die beiden Tore des Lebens, Geburt und Tod.

Sie hatten viele Namen: Kelten, Gallier, Welsche. Sie verehrten die Eiche; riesig waren damals die Eichenwälder, so groß, daß ihre knorrigen Wurzeln, wenn sie aus dem Boden traten, Bogen bildeten, unter denen Streitwagen hindurchfahren konnten. Ulmen, Nußbaum und Eberesche, Gefährten der Eiche, bedeckten das Land und machten es fruchtbar. Alle Arten von Tieren gediehen in den Wäldern: Scharen von Wildschweinen nährten sich von Eicheln; ihr Fleisch und ihre Häute gaben uns Nahrung, Kleidung und Schuhe, Gürtel und Schilde.

Im Sommer zündeten unsere Leute Feuer an auf den Bergkuppen, um die Sonne zu feiern, Freudenfeuer, die alles Böse tilgten. Doch im Winter versuchte Taranis, der Böse, Herr des Sturmes und der Kälte, die Sonne zu töten. Er nahm einen Mistelzweig und gab ihn dem Blinden Alten, dem Tod, der einen Spieß daraus fertigte und ihn nach Lug warf, um ihn zu töten. Darum gingen unsere Leute zur Wintersonnwende, wenn das Tageslicht von der Nacht verzehrt wird, zum Hain der heiligen Eichen und hieben die Mistel mit goldenen Sicheln ab und bargen sie in Leinentüchern.

Und die Priesterinnen bestrichen sich mit dem Blut eines Ebers und sangen wilde Lieder, um die Sonne zu wecken. Alle Tiere des Waldes kamen aus dem Waldesdunkel hervor und hörten zu. Und der heilige dreihörnige Widder sprang vom Himmel herab und tanzte um den Opferstein. Unsere Priesterinnen heilten die Kranken, lenkten die Kriegswagen, errieten die Gedanken der Menschen und sprachen miteinander ohne Worte. Von diesen Priesterinnen stammt Mutter ab. Wenn eine solche Priesterin starb, wurde sie mit einer Tonfigur der Erdmutter begraben, die über die große Reise der Seele ins Land der goldhaarigen Götter wacht.

Dann kamen die römischen Legionen. Unsere Leute brannten ihre umfriedeten Siedlungen und vierhundert Dörfer nieder und zogen, zwölftausend Mann stark, mit Wagen zu anderen Kelten, die mit dem Römer Julius Cäsar im Kampf

lagen. Achttausend von uns starben, unter ihnen viele Priesterinnen, die sich lieber selbst den Tod gaben, denn in Rom zur Schau gestellt zu werden.

Dann bauten die Römer ihre Stadt am See und nannten sie Lousonna. Eine schöne Stadt, mit Tempeln und herrschaftlichen Häusern. Sie errichteten eine Festung auf dem Steilhang oberhalb des Sees. Drei Jahrhunderte lang gedieh die Stadt, denn sie lag an der wichtigsten Römerstraße, die vom See zu den Grenzen Germaniens führte. Die Bürger pflanzten Olivenbäume und Weingärten an und fällten die Eichen, um Schiffe zu bauen, mit denen sie die Flüsse befuhren bis hinauf nach Hyperborea, wo die Sonne bei Nacht aufgeht.

Nach den Römern kamen die Wandalen, die die Stadt zerstörten, und nach ihnen kam das Christentum.

Lousonna wurde wiederaufgebaut, mit einer Kathedrale und mit Kirchen, von denen viele an der Stelle eines Altars des Lug standen, des Sonnengottes, denn die Leute kannten die heiligen Stätten und wollten nicht von ihnen lassen. Die christlichen Priester verwandelten unsere Götter in ihre Heiligen, so wie sie die Steine zerstörter Tempel zum Bau ihrer Kirchen verwandten. So wurde aus dem dreiköpfigen Lug die Heilige Dreifaltigkeit und aus unserer Erdmutter ihre Jungfrau Maria. Die Christen übernahmen auch unseren geheiligten Winterritus und machten Weihnachten daraus, und unsere Sommerfeuer brannten jetzt zu Ehren des heiligen Johannes.

Nichts stirbt je ganz. Alles wird wiedergeboren, in einer anderen Zeit, unter anderem Namen und in anderer Gestalt. Das alte Fühlen, das Wissen, blieb bestehen, wurde über Jahrunderte hinweg von der Mutter auf die Tochter weitergegeben. Mutter erzählte uns viele Legenden und Geschichten, als Colin und ich bei ihr am Kamin saßen, während Vater las und nicht zuhörte; denn Vater war immer ganz mit seinem Buchwissen und seinen mechanischen Apparaten beschäftigt.

Sie erzählte uns von der Priesterin und Königin Boadicea, die auf den Britischen Inseln gegen Rom kämpfte, von Genoveva, die Paris rettete, von Morgan, der Königin der Wälder,

die den Zauberer Merlin liebte, von Isolde, die die Welt die Liebe gelehrt hat, und von Jeanne d'Arc, die Frankreich rettete. Und Mutter sagte uns, die Zeit sei nahe, da die Toten wieder zum Leben erwachen. Meine Großmutter, Grisolde vom Walde, hatte sie gelehrt, nach den Hütern der Seelen zu suchen, welche die Seelen der Abgeschiedenen gegen den Großen Wind von Nirgendwo beschützen, der sie fortbläst. Wir finden sie, wenn ihre lauten Rufe zu uns dringen. Ich höre sie, so wie meine Mutter sie hört. Colin hört sie nicht, aber seine Gedanken empfangen die meinen.

Nur noch wenige von uns besitzen diese Gabe. Die Christen haben uns viele Jahrhunderte lang verfolgt und getötet. Hexen wurden wir genannt, die das Vieh verderben, die Pest herbeilocken und sich dämonischen Liebhabern zugesellen. Sie haben unseren Lug, Lucibel, zum Luzifer, zum Satan gemacht. Widder und Rabe wurden zu Tieren des Bösen.

Doch so viele von denen, die man tötete wegen Hexerei, die man räderte, denen man das Fleisch abzog mit glühend heißen Zangen, die man lebendigen Leibes verbrannte, waren nur bestrebt, andere zu heilen, ein Unglück abzuwenden.

Millionen starben wegen dieses christlichen Hasses auf uns. Doch eine kleine Anzahl von uns lebt weiter, kann Donner und Regen deuten, kann Sonne und Mond als ihre Geschwister begrüßen, weiß, daß das Gefühl, sei es Haß oder Liebe, mächtiger und erderschütternder ist als irgendeine andere Macht der Welt.

«Nutze deine Gabe wohl, Tochter!» schärfte mir meine Mutter ein. «Sie geht so leicht verloren.»

Sie ist im Begriff, die ihre zu verlieren, Vaters wegen. Ihre Liebe zu ihm, einem von draußen, zieht sie langsam davon.

Sie liebt Vater und wird darum taub gegen sich selbst, blind gegenüber jener anderen Welt, aus Angst, sie könne ihm weh tun. Sie kann ihm nicht von der Gabe erzählen. «Und Valentin darf nie davon erfahren», sagt sie zu mir.

Valentin, den meine Mutter liebt und verabscheut. Sohn aus ihrem Schoß, brutal ihr aufgezwungen, im Dunkeln und gegen ihren Willen.

Ich hasse ihn, und ich werde stark, indem ich das Hassen lerne.

Vater geht oft nach Lausanne und nimmt Automaten mit, die er für Lord Kilvaney macht, den englischen Edelmann, der in dem großen Haus in der Rue du Bourg wohnt und Vater gelegentlich bei der Arbeit zusieht.

In Vaters Arbeitsraum hinter der Küche hält sich Lord Kilvaney sehr häufig auf und spricht dann von den mechanischen Puppen, den Kunstfiguren, die der Franzose Vaucanson gemacht hat. «Man sollte nicht meinen, daß es nur Maschinen sind! Sie atmen! Ich hätte mich fast in einen verliebt, bis man mir sagte, daß das nur ein Abbild war, kein wirkliches menschliches Wesen.»

In dieser Art unterhielt sich Lord Kilvaney mit meinem Vater, und er lachte dabei schallend und schwenkte seinen federgeschmückten Hut. Der Franzose Vaucanson, ein ehemaliger Pastor, beschäftigte sich jetzt mit der Herstellung von Automaten; er hatte eine Ente gemacht, die quakte und fraß und trank und einer lebendigen Ente so ähnlich war, daß niemand einen Unterschied bemerken konnte. Und er hatte einen Mann gemacht, der Flöte spielte und dessen Finger mit so feinem Leder umkleidet waren, daß es wie richtige Haut aussah. So wie wohlhabende Leute früher Uhren haben wollten, welche die Zeit maßen, und Spieldosen zu ihrem Entzükken, so wollten sie jetzt bewegliche Figuren haben – für ihre Tafel, für ihre Salons und Gärten, um ihre Gäste zu unterhalten und sie in Erstaunen zu versetzen.

Vater trug seinen leichten Rock aus blauem Tuch und sein rotes Wams mit den Silberknöpfen. Sein Hemd und sein Spitzenjabot waren blütenweiß. Er sah so fein aus, ganz wie ein nobler Herr, gar nicht wie ein Bauer und schon ganz und gar nicht wie einer der Leute aus unserem Vidy. Er lächelte Mutter an und sagte:

«Ich komme zurück, sowie ich das verkauft habe.»

Und sie lächelte ihm zu, mit sanftem und jungem Gesicht, und sagte: «Ich hoffe, dein Engländer mag sein Spielzeug.»

Er hatte ein Paar konstruiert, das auf einer Spieldose befestigt war. Der Mann war in blaßgrünen Satin gekleidet und hielt eine Flöte in der Hand, die er eben zum Mund hob. Das Mädchen drehte Pirouetten und verneigte sich. Mutter hatte die Gesichter aus Holz geschnitzt und bemalt und auch die Kleider genäht – der Mann also trug einen blaßgrünen Satinrock und die Frau ein rosa Seidenkleid mit Reifrock und hatte eine hoch aufgetürmte, gepuderte Perücke. Pierre-Thomas, der Zimmermann, hatte die Dose gefertigt und Schmiedemeister Chavenaz die Sprungfeder, den Zylinder und die Zahnräder, mittels derer eine Bewegung erst möglich wurde. Die Nocken in den Gliedmaßen der Automatenfiguren waren aus Holz und mit winzigen Schrauben zusammengefügt. Das Paar tanzte, und aus der Dose ertönte Musik.

Das alles hat mit Zeit zu tun, dachte ich, als ich Vater zusah, wie er die Dose vorsichtig einpackte. Kunstfiguren und Automaten funktionierten mit Hilfe eines Uhrwerks. Sie blieben stehen, wenn man vergaß, sie aufzuziehen. Angenommen, die Zeit blieb stehen? Oder angenommen, man konnte die Zeit rückwärts durchmessen?

Damals hielt ich Vater für einen außergewöhnlichen, sehr begabten Menschen. Jetzt weiß ich, daß er ein höchst geschickter Handwerker war, der darunter litt, daß er in dem Weiler Vidy lebte und nur wenigen Menschen seiner Art begegnete. Denn abgesehen von Chavenaz, dem Schmied, und Griot, dem Zimmermann, arbeitete Vater allein. Er hatte nicht die Mittel, um nach Paris oder nach London zu reisen, und war zu stolz, um Kilvaneys Hilfe zu erbitten. Dort aber studierten Philosophen und Mathematiker die Gesetze der Natur, enträtselten den Lauf der Sterne und den Kosmos und probierten neue Apparate aus. In Lausanne dagegen interessierte sich die feine Gesellschaft viel zu sehr für ihr Vergnügen, für Literatur und Kunst und hatte für die Naturwissenschaften wenig übrig; alle wissenschaftlichen Bücher waren deutsch oder englisch geschrieben oder in diese Sprachen übersetzt, während Romane, Bühnenstücke und Dichtung in französisch erschienen.

Lord Kilvaney hatte Vater gesagt, daß man in Paris eine Maschine erfunden habe, die ein Schiff in die Lage versetzt, sich auf dem Wasser ohne Segel und Ruder fortzubewegen und daß eine solche Maschine auch für die Fortbewegung zu Lande gemacht werden könne. «Ich fürchte, der Sinn des Menschen will Gott gleich werden und das Universum beherrschen», sagte er. «Sollte es dazu kommen, kann ich nur hoffen, daß wir unser erworbenes Wissen gut anwenden. Aber ich fürchte, wenn ich mir Ihre Automaten und Vaucansons mechanische Figuren ansehe, daß wir mit der Naturwissenschaft etwas leichtfertig verfahren.»

Ich half Vater; ich drehte Baumwoll- und Hanffasern, die vorher angefeuchtet wurden, damit sie sich nicht dehnten, zu Fäden, die die Nocken bewegten; ich paßte die Zahnräder ein, die an die Gelenke gefügt wurden. Man mußte die minimalen Entfernungen abschätzen, den genauen Zeitpunkt, zu dem ein Rad in das andere griff, damit sich die Glieder oder der Kopf der Figur bewegten. Es war alles eine Sache eher der Geschicklichkeit und Geduld, denn ich hatte nur eine geringe Ausbildung.

Auch ich wollte Kunstfiguren machen. In Lebensgröße und wie lebendig. So lebendig, daß niemand den Unterschied zwischen ihnen und einer lebenden Person entdecken könnte. Ich wollte einen Colin machen, der genauso aussah wie ich; er sollte unzerstörbar, unverletzbar sein – und mein Bruder Valentin würde dann Respekt vor mir haben und sich nie mehr über meinen Fuß lustig machen.

Vater machte, bevor er abreiste, uns wie üblich mit dem Daumen das Kreuzzeichen auf die Stirn. «Gott bewahre euch vor allem Bösen», sagte er. Mutter stand da, die Augen so grau wie der See, und sah zu, wie er sich in den Pferdewagen setzte und die Zügel ergriff. «Hopp! Alexander, marsch!» rief er, und Alexander trabte los, und wir winkten Vater nach, bis er nicht mehr zu sehen war.

Vater kehrte von Lausanne zurück, als die Sonne hinter den Bergen Savoyens versank und der See sich rosa und grün färbte. Colin, der gerade Matrosengeschichten vorlas – im

Almanach stand, durchaus nüchterne Seeleute hätten eine Sirene gesehen und sie dann beobachtet – sagte plötzlich: «Wenn ich groß bin, will ich auf dem Ozean dorthinfahren, wo die Sonne untergeht.» Mutter hatte uns die Geschichte von den Argonauten erzählt, die ausgefahren waren, die Sonne zu suchen. Wenn man von unserem See aufbricht und dem Fluß folgt, der aus ihm heraustritt, kommt man zu guter Letzt an diesen Ozean.

Vater war guter Laune. Lord Kilvaney hatte ihn sehr freundlich empfangen und bewirtet und ihm von James Cox erzählt, der Uhren machte und für die Könige von Hindustan und den Kaiser von China arbeitete. Mutter half ihm aus dem blauen Rock heraus und in den gewöhnlichen braunen hinein und stellte ihm die Holzschuhe hin, die er zu Hause trägt. «Die Engländer sind wirklich Leute, die sich für die Mechanik interessieren», sagte mein Vater. «Sie sind große Erfinder. Er hat sogar gesagt, in London forscht man nach der Kraft der Elektrizität.»

«Dann solltest du aber wirklich nach London gehen», sagte Mutter.

«Vielleicht ...», sagte Vater.

Wie üblich hatte er Bücher mitgebracht. Er konnte an keiner Druckerei vorbeigehen, ohne hineinzuschauen, zuzusehen, wie unter dem Klappern der Maschine ein Bogen auf den anderen fiel. Er war bei allen Druckern bekannt, und es gab ihrer viele in Lausanne, Abkömmlinge jener Hugenotten, die aus Frankreich geflohen waren, als der böse katholische König Ludwig XIV. die protestantische Kirche unterdrückte, indem er das Edikt von Nantes aufhob, das die Lehren Luthers und Calvins toleriert hatte. Mehr als hunderttausend ihrer Anhänger, die Hugenotten, waren zu Tode gebracht worden, und weitere zweihunderttausend hatte man auf die Galeeren des französischen Königs geschickt. Einige zehntausend waren aus Frankreich geflohen und nach Neuchâtel, Genf und Lausanne gekommen, Städte, die dem reformierten Glauben anhingen.

«Es war schlimm für Frankreich, aber gut für uns», sagte

Vater, während er ehrfürchtig die Bücher anfaßte. «Sie haben uns viel Wissen gebracht. Das Spitzenklöppeln, die Uhrmacherei, das Goldschmiedehandwerk; die Kunst des Druckens, Gravierens, des Bauens und Webens – alles das ist damals erst zu uns gekommen.»

«Du scheinst zu glauben, es sei von Gott bestimmt gewesen, daß sie uns Handfertigkeit und Geld brachten», sagte Mutter, um ihn zu necken.

«Vielleicht», sagte Vater. «Jetzt kommt der ganze französische Adel hierher und bestaunt unsere Automaten und mechanischen Apparate und spekuliert über die Herstellung von Androiden, den menschenähnlichen Kunstfiguren .»

Philosophen schrieben über Androiden; Geschichten und Bühnenstücke handelten davon, daß sie zum Leben erwachten oder sich verliebten oder Menschen vernichteten und töteten. Ein Zirkus zog durch Europa, der drei Tänzer zeigte, zwei Männer und eine Frau, deren Arme sich hoben und senkten und aus an ihren Hüften befestigten Körben Blumen verstreuten, während sie zu Musikbegleitung auf einer Plattform vorüberglitten.

«Wie ich höre, kommen sie nach Lausanne – wir werden sie uns ansehen», sagte er fröhlich. «Und da sind ein paar Abbildungen von der Mode am französischen Hof.» Vater sammelte diese Gravuren, die in Lausanne gedruckt und von vielen vornehmen Damen gekauft wurden – obwohl die Exzellenzen in Bern, die unsere Oberherren waren, solche Frivolitäten nicht gern sahen. Mutter pflegte für Vaters Automaten modische Kleider aus Seide und Atlas zu machen, obwohl sie selbst nur einen langen Rock ohne die üblichen zahlreichen Unterröcke und Hüftpolster trug und nur ein schlichtes, eckig ausgeschnittenes Mieder aus schwarzem Samt über einer Bluse aus feinem weißen Batist.

Es klopfte an der Tür, Vater öffnete, und da stand eine ganze Gruppe vor der Schwelle: einige Weinbergarbeiter, der Bäcker Paluz, der Schreiner Griot und der Vater von Marie-la-Folle.

«Seid gegrüßt, Freunde», rief mein Vater. «Was bringt

euch zu uns? Kommt doch herein, bleibt nicht draußen stehen. Ich habe einen Krug Wein parat, den laßt uns trinken.»

«Jean-François», sagte André Paluz. «Ich wollte nicht mitkommen. Aber Meister Antoine hier, der sagt, sagt ...» Er machte hilflose Gesten.

Antoine der Prediger, der hinter den anderen stand, schob sich nach vorn und deutete auf meinen Vater. «Weh dir, weh dir, der du mit Satan zu schaffen hast», rief er mit lauter Singsangstimme. «Weh den Jüngern Satans, die bei Nacht zwischen den Gräbern sein Werk tun.»

«In Gottes Namen – was soll das?» sagte Vater.

«Alle Übeltäter werden gezüchtigt werden», dröhnte Antoine mit seiner sonoren Stimme. «Jean-François Duriez, du, der du den Dienst an Gott aufgabst, um diese Frau zu heiraten, du weißt, daß sie nachts Gräber aufgräbt und Zaubersprüche macht mit den Gebeinen der Verdammten; und sie nimmt deine Kinder mit, um sie den Dienst Luzifers zu lehren.»

«Du hast Alpträume, Antoine», erwiderte Vater. «Oder der Föhn hat dich um den Verstand gebracht.»

«Eine glatte Schlangenzunge hattest du schon immer», fuhr Antoine in seinem singenden Ton fort. «Um die Dirne zu beschützen, die ihre Bannsprüche spricht und eine Plage über uns bringt.»

In der hereindunkelnden Nacht sah ich die weißen Gesichter von Frauen, die aus ihren Häusern gekommen waren, draußen beim Weg standen und lauschten. Aller Farbe ledig, lag der See jetzt heller da als das Land oder der Himmel, ein Stück aufblitzenden Silbers.

«Unsinn», sagte Vater, laut die Stimme erhebend. «André, Pierre-Thomas, es ist eurer unwürdig, zusammen mit diesem Irren hierherzukommen. Hast du vergessen, André – vor einem Monat erst hat meine Frau die deine von einem Durchfall geheilt.»

Die Arbeiter flüsterten und traten von einem Bein aufs andere, und André sagte: «Jean-François, es ist wahr, daß

Madame Duriez Louise etwas gegeben hat, das sie gesund gemacht hat, und wir haben nichts Böses bemerkt, aber ...»

«Du hilfst ihr bei ihrer Magie, deine Puppen, ja, Puppen, die gehen und sprechen – Inkubus, Sukkubus», rief Antoine mit noch lauterer Stimme.

Vater lachte; es war ein helles, klares Lachen, und es war, als sähe ich ihn zum erstenmal: klein, schlank, mit dem runden Kopf und den braunen Augen der Leute dieses Landes und der unbeschwerten, singenden Stimme. Er trat einfach auf die Männer zu, die zurückwichen – sogar Antoine wich zurück.

«Verrückter, Unruhestifter», sagte Vater. «Geh und erzähl dem Herrn Amtmann, der bei hellichtem Tag Gräber aufgräbt, was du hier erzählt hast. Geh und erzähl's den hohen Herren in Bern, die meine Puppen gern mögen, geh, geh, erzähl's ihnen nur ...»

Bei dieser Erwähnung der hohen Behörden löste sich die Gruppe auf, und bald schlurften die Männer davon. Einige der Weinbergarbeiter faßten an ihren Hut, bevor sie sich zu zweien und dreien fortschlichen.

Auch Antoine ging den Weg hinunter, doch stolz aufgerichtet und noch immer laut rufend: «Gott läßt sein nicht spotten. Ich habe Gottes Botschaft überbracht.» Nur der Bäcker André blieb zurück. Er stand sehr verlegen da und sagte: «Ich habe nichts Böses gewollt.»

«Komm herein, Freund», sagte Vater. Mutter stellte die Zinnbecher auf den Tisch und trug Ziegenfleisch, Brot und Suppe auf, und wir aßen alle zusammen. André war sehr redselig, weil er wollte, daß man ihm verzieh.

«Dieser Antoine, der bringt's fertig, daß man sich vorkommt wie ein Kirschbaum im Sturm, völlig durchgeschüttelt. Wir hatten Madame Duriez nicht weh tun wollen ... Pastor Burandel hat uns gesagt, niemand kann eine Frau der Hexerei anklagen, wenn er keine Beweise hat. Das haben die Herren in Bern so festgelegt. Sie sind unsere Oberherren, ja, denn sie sind mächtig und sorgen für die Einhaltung ihrer Gesetze.» Er trank eifrig, und seine Sprache wurde immer undeutlicher.

Vater legte ihm die Hand auf die Schulter. «André, hör nicht mehr auf diesen Verrückten. Die Zeiten haben sich geändert. Sogar der Amtmann hat keine Angst mehr vor alten heidnischen Gebeinen.»

André lachte und trank seinen Becher aus. «Der Amtmann... Trotzdem, es ist nicht gut, sich mit den Toten zu schaffen zu machen.»

In dieser Nacht hörten wir sie, Bea und ich. Oder vielmehr sie hörte sie. Ich lauschte ihr.

Vater sprach, und der Schmerz, den er unter seinem Lächeln und seiner Fröhlichkeit verbarg, war wie ein härenes Hemd, das er nun seit vielen Jahren trug. «O Daout, Daout, du hattest es mir doch versprochen . . . du hattest mir versprochen, nicht mehr nachts auf diese verrückte Suche nach Seelen zu gehen, und du hast sogar die Kinder mitgenommen. Hast du kein Herz, denkst du gar nicht an sie und an mich?»

Und Mutter seufzte und sagte: «Sie hat gerufen, sie ist aufgewacht und hat nach uns gerufen –»

«Nach uns? Hören die Kinder auch diese Stimmen, die du hörst?»

«Nein, nein, nur ich.»

«Warum hast du sie dann mitgenommen?» Aus seiner Stimme klang Zorn, aber auch Schmerz und Furcht. «Das ist Phantasie, ist Einbildung, das ist fast . . . eine Sünde. Wie kannst du nur glauben, diese Tonstücke würden ein Leben, eine Seele bergen?»

Mutter weinte leise. «O Liebster, ich wünschte so sehr, ich könnte sie nicht hören. Dann wäre alles gut, und ich wäre nicht gezwungen, sie zu retten. Aber es sind meine Leute . . .»

Vater sagte: «Daout, du darfst nie mehr nachts hinausgehen. Deine Leute sind so tot wie die Römer. Wann wirst du mit diesem Träumen aufhören? Und die Kinder, was hast du ihnen gesagt? Können Sie an deine Träume glauben, an deine Stimmen? Sie sind doch Christenmenschen, Daout, so wie ich, und jetzt fürchte ich, daß tatsächlich das Böse versucht, ihnen und dir Schaden anzutun.»

«Nein, nein, Jean-François. Das ist es nicht. Es ist das Gute. Den Wind und das Wasser zu deuten, die Sprache von Vogel und Tier zu verstehen, zu wissen, daß es Leben nach diesem Leben gibt, daß der Tod nur eine andere Form des Lebens ist – sogar dein heiliges Buch sagt doch, daß es ein Leben nach dem Tod gibt.»

«Aber nur Gott kann einem toten Körper das Leben zurückgeben, Daout. Unsere Seelen ruhen in Gottes Hand. Deine tönernen Wächter werden nie zum Leben erwachen. Die Toten sind tot, und die Auferstehung liegt in der Hand des einen Gottes, Daout, o Daout . . .»

Und Mutter seufzte.

Ich hörte nichts mehr; Bea hatte sich zurückgezogen, hatte ihre Gedanken gegenüber ihnen, gegenüber mir verschlossen, wie sie dies immer tat, wenn Vater und Mutter in Liebe zusammenkamen.

Früh am anderen Morgen ging ich wie üblich in den Stall. Da war Horace, und ich umarmte ihn ganz fest und flüsterte ihm ins Ohr: «Horace, ich habe keine Angst, Horace.» Aus Horaces Hals kam so etwas wie ein dumpfes Kichern. Er wußte, daß ich Angst hatte, und machte sich über mich lustig. Ich legte die Hände um seine Hörner und zog sein Gesicht an das meine heran, und ich sagte zu ihm: «Meine Mutter ist keine Hexe, Horace, das ist sie nicht . . . sie ist . . . » Aber für Mutter gab es kein Wort.

Als ich vom Ziegenmelken zurückkam und die schäumende Milch in das Käsefaß schüttete, war Vater schon angezogen. Er sagte ganz unbeschwert und frohgemut: «Colin, wir gehen heute zu Pastor Burandel. Du mußt etwas lernen, jetzt da du schon sieben Jahre alt bist.»

«Ja, Colin, du mußt zur Schule gehen», sagte Mutter. Sie fingerte an dem Reif um ihren Hals; er war aus Gold gedreht und trug einen Widderkopf an jedem Ende.

«Aber ich kann schon lesen», sagte ich. Vater hatte es uns, Bea und mich, längst gelehrt. Wir konnten die Bücher lesen, die er mitbrachte, wir lasen einander und Mutter immer wieder vor. «Wenn ich zu viele Bücher lese, werde ich vergessen, den

Wind und das Wasser und in den Seelen der Menschen zu lesen», fuhr ich fort.

«Wer hat dir das gesagt?» fragte Vater in scharfem Ton.

«Ich . . . ich weiß es nicht mehr.»

Vater sah Mutter zornig an, und Mutter sagte: «Es gibt viele Wege zum Klugwerden, mein Sohn.»

«Kommt Bea mit mir?»

«Nein», sagte Vater. «Pastor Burandel unterrichtet nur Jungen.»

«Ich will nicht zur Schule gehen.»

«Unsinn», sagte Vater. «Du mußt Latein und Griechisch lernen, wenn du an der Akademie studieren willst.»

Ich kleidete mich langsam an, zog die Hose und die Schuhe an und meinen besten Rock, den braunen mit den scharlachroten Schlitzen. Bea half mir dabei. «Bea, kommst du mit mir zur Schule?»

«Ja, Colin, ich werde da sein.»

«Trotzdem, ich gehe nicht gern allein.»

Ich ging zu Mutter und küßte sie, und sie umarmte mich und winkte mir nach, als ich Vater folgte; er hatte Alexander schon gesattelt. Er würde mich am Ufer des Flon entlang hinauf nach Montoie bringen, wo Pastor Burandel in der Nähe der Chapelle du Bon Secours wohnte.

2

ANNO DOMINI 1753–1754

Pastor Burandel wohnte oben am Hang von Montoie jenseits des Flon. Er war gerade in seinem Garten, als wir zu ihm kamen; seine Weißdornhecke stand in stolzer Blüte, seine rosa und weißen Tulpen aus Holland schossen zart und schlank aus dem Boden, und seine Kirschbäume verstreuten ihre Blütenblätter über den Rasen. Er kam mit ausgestreckten Händen auf uns zu, als er uns erblickte.

«Jean-François, ich habe gerade an Sie gedacht. Erst gestern kam jemand von Vidy herauf, und da sagte ich zu Agathe, ich muß wieder einmal zu den Duriez gehen und mir ihren schönen Garten ansehen. Ihre Frau zieht die schönsten Äpfel. Nun, um so mehr freue ich mich über Ihren Besuch.» Dies war Burandels Art, uns wissen zu lassen, daß er von dem durch Antoine verursachten Zwischenfall erfahren hatte. Pastoren erfahren immer alles, was sich in den Dörfern abspielt, die ihrer Obhut anvertraut sind. Sie müssen davon dem Amtmann berichten, der wiederum den Herren in Bern davon berichtet.

«Fernand, ich bringe Ihnen hier unseren Colin, den Sie unterrichten sollen. Er soll mit Latein und Griechisch anfangen.»

Pastor Burandel legte den Kopf zur Seite und fuhr mir übers Haar. «Ich habe dich getauft, Colin, und deine Schwester auch, ja, daran erinnere ich mich. Und jetzt, da du sieben Jahre alt bist und schon bald acht – ja, da ist es Zeit, mit dem Lernen anzufangen.» Er war ein stämmiger, untersetzter Mann mit einem Kahlkopf, und wenn ihn bei der Predigt die Erregung packte, riß er sich die Perücke ab und wedelte damit herum. Mit seiner schönen Stimme sang er die Kirchenlieder so laut, daß die Fensterscheiben klirrten, und bei den Osterchorälen in der

Kathedrale von Lausanne hatte sein Chor den ersten Preis gewonnen. «Sie haben gut daran getan, Jean-François, mir Ihren Sohn zu bringen. Es ist nie zu früh, etwas zu lernen und ein guter Christ zu werden.»

«Auch meine Tochter kann schon lesen», sagte mein Vater.

«Ja, ja, es ist eine Schande, daß wir keinen Unterricht für Mädchen haben», erwiderte Pastor Burandel. «Ich werde morgen Ihre Frau und Ihr Haus besuchen – doch, das halte ich für notwendig.» Burandel seufzte. «Aber da schwatze ich schon drauflos. Man hört dies und das. Frauen bilden sich manches ein, aber es wohnt kein Böses in ihnen, kein Böses.»

Agathe Burandel kam hinzu, lächelnd und mit ihren Röcken und Umschlagtüchern rauschend, einen großen Hut auf der schwarzen Haube. Sie war eher hager und älter als Pastor Burandel und hatte eine scharfe Stimme. Sie hatten keine Kinder, aber Agathe unterrichtete die Waisenkinder und die Kinder lediger Mütter, und in der Kirche saßen diese Unglücklichen getrennt von den anderen und sangen sich das Herz aus dem Leibe. «Bleiben Sie doch noch und trinken Sie etwas Schokolade und essen Sie von meinem Mandelkuchen, Jean-François.» Wenn sie lächelte, reichte ihr Mund fast bis zu den Ohren. Wir setzten uns und tranken Schokolade, und Pastor Burandel nahm ein Buch vom Regal und ließ mich lesen und sagte dann: «Gut, gut.» Dann gingen Vater und er in Burandels Arbeitszimmer, um sich zu besprechen, während Agathe mit mir schwatzte und dann einen Psalm anstimmte, bei dem ich mitsingen mußte.

«Sag mal, singt deine Mutter Lieder mit dir?» wollte sie wissen.

«Ja», sagte ich.

«Und wie ist das mit deiner Schwester? Betet ihr morgens und abends, wie das gute Christen tun?»

Ich wußte, Agathe wollte etwas über Mutter hören, über Mutter, die so ganz anders war, aber ich mochte es ihr nicht sagen.

Als Vater mit Burandel zurückkam, bestand Agathe darauf, daß er ein Glas vom *Fendant* des vergangenen Jahres trank, von jenem milden Weißwein, für den unsere Gegend bekannt ist. «Natürlich trinken Sie zu Hause Met», sagte sie, leise kichernd. Burandel blickte sie stirnrunzelnd an. «Wissen Sie, daß es die französischen Hugenotten waren, die uns die Reben gebracht haben? Der Herrgott hat sie in der Tat in unsere Obhut geführt und uns für unsere Barmherzigkeit belohnt. Uns ist es seitdem immer besser gegangen.»

Man beschloß, daß ich jeden Morgen die Schule besuchen und nachmittags vor drei Uhr nach Hause zurückgehen solle. Und so brachte Vater mich jeden Morgen hin, aber ich ging zu Fuß heim, denn bergabzugehen hielt man für leichter als hinaufzusteigen.

Pastor Burandels Schule wurde von zwanzig Knaben besucht. Darunter waren auch einige Söhne wohlhabender preußischer Familien, die man nach Lausanne geschickt hatte, um Französisch zu lernen. Das ganze gebildete Europa sprach französisch, und die Länder der reformierten Religion schickten ihre Kinder zu uns ins Waadtland, nach Lausanne, wo sie nicht von der katholischen Lehre angesteckt wurden und doch bestes Französisch lernten.

Die Kinder ärgerten und hänselten mich wegen meines Klumpfußes. «Er hat den Teufelsfuß», sagten sie. «Hinkender Bote», nannten sie mich. Und einmal traten mich zwei Jungen so heftig, daß ich hinfiel; sie traten mich weiter den Hang hinab, zum Flon hinunter, und wollten mich ins Wasser werfen. Aber da war plötzlich Bea da – sie ritt auf Alexander und schwang die Peitsche so heftig gegen die Jungen, daß sie erschreckt davonliefen. «Ich habe dir ja gesagt, ich bin immer bei dir», sagte Bea, und wir ritten zusammen nach Hause.

Ich lernte schnell, worüber Pastor Burandel sich freute. «Er muß auf die Akademie gehen», sagte er zu meinem Vater. «Ihr Sohn könnte Lehrer oder Pastor werden.»

Vater lächelte. «Colin ist auch sehr geschickt mit den Händen.»

Ich konnte schon alle Teile einer Uhr zusammensetzen und begann bereits, selbst einfache Automaten zu bauen, von denen ich einzelne Teile aus Holz herstellte, wie dies viele Handwerker noch immer taten. Aber Vater zog jetzt Metall vor – Eisen, Kupfer oder Bronze –, und wegen dieser Metallteile mußten wir zur Schmiede von Meister Chavenaz gehen.

Einmal im Monat nahm Vater mich mit zu Meister Chavenaz' Schmiede, deren Zeichen ein Schlegel und ein Siedkessel war. Während unser Pferdewagen den Hang erklomm, sahen wir Lausanne vor uns liegen, die Stadt, so stolz und schön auf ihrem Felsen, und ringsherum gleich einem Gürtel die von Weinranken überwucherte Stadtmauer mit ihren Toren und Türmen.

Chavenaz' Schmiede war in der Nähe des Ale-Turms und seiner Ausfallpforte gelegen. Le Chauderon, den Siedkessel, nannte man diesen Bezirk; hier arbeiteten viele Schmiede und auch Sattler. Und hierher brachten die Knechte die Pferde ihrer Herrschaft zum Beschlagen.

Die Schmiede von Meister Chavenaz war eine große Höhle, die von strahlenden Feuern erhellt wurde. Er hatte fünf Ambosse gleichzeitig in Betrieb, die spritzten und zischten unter dem Wind der Blasebälge, welche von kleinen Jungen bedient wurden. Diese Höhle war erfüllt von metallischer Musik, indes Gesellen die Hämmer schwangen und auf rotglühende Eisenstücke fallen ließen, die wieder andere Gesellen mit Zangen festhielten. «Vulkan!» rief mein Vater zu Chavenaz hin, und als der Schmied meinen Vater hörte, trat er aus dem Dunkel heraus und kam auf ihn zu, um ihn zu umarmen.

Chavenaz war ein großer Mann mit einem Gesicht, das von buschigen Brauen und dunklem Lockenhaar überschattet wurde. Er hatte eine so mächtige Brust, so kräftige Schultern, daß er genauso breit wie groß zu sein schien. Er trug eine Lederschürze und Stiefel; auf seinen Armen traten die Adern hervor. Ich hatte keine Angst vor ihm, ich, der ich eher furchtsam war und mich leicht einschüchtern ließ; denn er hatte sich, als wir ihn das erste Mal besuchten, zu mir hinuntergebeugt und gesagt: «Na, kleiner Mann, wie heißt du denn?»

«Colin Duriez, Sohn von Jean-François Duriez aus Vidy, Herr Schmied», hatte ich höflich erwidert, und er hatte befriedigt genickt.

«Colin. Einen guten Namen hast du da. Wie mir dein Vater sagt, hast du geschickte Finger. Komm, ich will dir was zeigen.»

Er führte mich durch die Schmiede, und dort sah ich Valentin, wie er mit einer Lederschürze groß und stattlich dastand, während die Glut des Feuers sein Gesicht rötete. Hier in der Schmiede war er nicht der melancholische, unbeholfene Halbwüchsige, als den wir ihn empfanden, wenn er sonntags nach Hause kam. Hier saß sein Kopf gerade auf dem kräftigen Hals, er schwang den schweren Hammer mühelos und brachte ihn mit sicherem Schlag auf das schmelzweiche Eisen hinunter und verlieh dem Metall die gewünschte Form. Chavenaz legte liebevoll den Arm um ihn. «Valentin wird einmal ein großer Schmiedemeister werden», sagte er, und ich sah, wie mein Bruder vor Freude strahlte, obwohl er so tat, als kümmere er sich nicht darum, und dabei weiterarbeitete.

Valentin war glücklich in der Schmiede, glücklicher als zu Hause; aber schließlich war der Sonntag ohnehin der trübseligste Tag in der Woche, der Tag, an dem die Berner Oberherren in ihrem großen Eifer zur Wahrung der Religion keine Verstöße gegen ihre Regeln duldeten. Man durfte nicht singen, nicht tanzen, nicht Karten oder sonst etwas spielen, nicht umhertollen oder einen Ball werfen, man durfte kein Wasser vom Brunnen holen und kein Feuer anzünden. Man durfte nur in der Heiligen Schrift lesen, zum Gottesdienst gehen, sich die Predigt anhören und Kirchenlieder singen. Und am Abend folgte wieder ein Gottesdienst mit Ermahnungen, den mein Vater besuchte, weil er sich mit Pastor Burandel im Vorlesen der Worte aus der Heiligen Schrift abwechselte. Valentin war glücklich in der Schmiede, und Vater kam dort leichter mit ihm aus – als verschwände im Schein der Schmiedefeuer die lauernde Unruhe, die uns befiel, wenn wir zusammen zu Hause waren.

Schmiedemeister Chavenaz führte uns durch den rückwärtigen Teil der Werkstatt und über den Hof in seine eigene

Werkstatt. Auf einem langen Stück Holz hatte er mit Kreide eine schöne Schnörkelverzierung gezeichnet – den Entwurf für das Eingangstor eines Hauses, das in Lausanne gebaut werden sollte. Auf einem weiteren kleinen Amboß mit seinem eigenen Feuer schmiedete er Blatt für Blatt und Blüte für Blüte das komplizierte Bild des Entwurfs nach. Da war nichts gelötet, alle Stücke waren durch reine Schmiedekunst ineinandergefügt. Mit seinen großen Händen hob er jetzt ein Stück des Laubwerks in die Höhe, und Vater rief:

«Wie schön, Vulkan. Du bist in der Tat ein Künstler.»

«Du solltest es wissen . . . dein Großvater hatte die schönsten Tore von Neuchâtel», sagte Chavenaz.

«Das habe ich vergessen», entgegnete Vater, der plötzlich zurückhaltend wirkte, und ich wußte, es wäre ihm lieber gewesen, wenn ich nicht gehört hätte, was Chavenaz gerade gesagt hatte.

Aber Chavenaz lachte. «Früher oder später werden die Kleinen groß, und kleine Ohren hören selbst das, was man nicht gesagt hat. Es hat keinen Zweck, Familiengeheimnisse wie Skelette zu vergraben, Jean-François.» Dann wandte er sich einem weiteren Arbeitstisch zu, wo er mit seinen Fingern, die wie Würste aussahen und doch so geschickt und feinfühlig waren, die winzigen Zahnräder aufhob – es schien ein Wunder, daß er sie aufheben konnte – sie waren wie Schneeflocken. Er zeigte uns die Zahnräder und die dünne Kette, die er gelötet hatte. «Für deine nächste Kunstfigur. Ich habe ein anderes Metall verwandt, nicht so viel Eisen, denn das rostet. Ich habe Kupfer hineingeschmolzen, es ist Messing, Jean-François.» Dann trat er zu einem großen Schrank, wühlte in einer der Schubladen und holte einen kleinen Hahn aus gehämmerter Bronze hervor, den er mir mit den Worten gab: «Für dich, Colin – und denk immer daran, nach dem Sonnenaufgang Ausschau zu halten.»

Schlegel und Siedkessel. Das waren die Embleme des großen Gottes Lug. Das wußte ich aus jenem Wissen, das mir zwischen Schlaf und Traum aus Mutters Wirklichkeit der anderen Welt zuteil geworden war. Jedesmal, wenn ich zu

Meister Chavenaz' Schmiede ging, fühlte ich mich als ganzer Mensch, heil und unzertrennt, als hätte er meine Welt zusammengelötet.

Denn jetzt, da ich bei Pastor Burandel die Heilige Schrift lernte, war ich bisweilen in großer Not, die ich vor allen verbarg, sogar vor Bea.

Ich bin der Herr, dein Gott. Du sollst keine fremden Götter haben neben mir.

Pastor Burandel ließ sich sehr beredt über die Einzigartigkeit des wahren Gottes aus, über die schreckliche Sünde, die der beging, der andere Götter aufrichtete, heidnischen oder papistischen Praktiken frönte. Der Eine duldete keinen Herausforderer; in seinen Händen lagen Erlösung und Verdammnis. Denn Gott entschied, wer erlöst wurde und wer nicht. So sprach der große Calvin: Gott hat nicht alle für das gleiche Schicksal geschaffen, sondern den einen für das ewige Leben, den anderen für die ewige Verdammnis. Man konnte nur hoffen und beten, da man die vor ewigen Zeiten in Gottes Geist getroffene Entscheidung nicht kannte. Und Herr Calvin war der Auserwählte Gottes; er hatte Genf, Bern und Lausanne zu den starken Festungen des reformierten Glaubens gemacht.

Doch da war das Grauen, das mich nicht losließ: daß Gott in Furcht und Schauder verehrt werden mußte, weil Er ohne Erbarmen war. Er hielt die ganze Ewigkeit und das Schicksal aller Sterblichen in seiner Hand – Vergangenheit, Gegenwart, Zukunft. Er kannte sie alle, und Er hatte das Schicksal unserer Seelen vor unserer Geburt vorherbestimmt. Er hatte mir das Satanszeichen aufgeprägt, meinen Klumpfuß, und ich konnte nichts tun, um die Höllenstrafen zu mildern, für die ich vielleicht bestimmt war.

Wir wurden aufgefordert, zu beten und zu bereuen. Vielleicht würde der Eine Gott uns in Seiner Unendlichen Güte erretten.

Keine fremden Götter. Die Nächte – und Bea und Mutter, wie sie sich über die Gräber neigten, die Hüter der Seelen herausholten . . .

«Stoßt von euch den Fürsten des Dunkels», sangen frohgemut Pastor Burandel und sein Chor.

Mutter, Bea. Ich liebte sie, doch sie verehrten das Dunkel, in dem alle Dinge heil werden. Verschwommen, mit Unterbrechungen, hörte ich, wie Mutter ohne Worte zu Bea von den verzauberten Wäldern der Nacht sprach.

«Seit Jahrhunderten wollen sie die Erinnerung an uns ausrotten, denn sie haben Angst ... sie haben Angst vor uns», sagten Mutters Gedanken.

«Ich bin die Vielheit,
Ein Regentropfen,
Ein Stern,
Das Züngeln einer Flamme,
Denn nichts ist wahrhaft das, was es scheint,
Sondern auch etwas anderes»,

sang Bea.

Hexen. Hexerei.

«Mutter, werden deine Leute wieder leben und sich bewegen wie Vaters Automaten?»

Mutter lachte.

«Vaters Automaten sind künstliche Dinge; ja, aber vielleicht wird eines Tages ein Geist in sie einziehen.»

Wenn ich ohne Worte mit ihnen sprach, hörten sie mich, aber nur leise, so daß sie mich fragend anblickten. Ich träumte noch immer von den Eichenwäldern mit ihrem wilden Rauschen und von meiner Mutter in Weiß, mit einer Krone auf dem Haupt und allen Tieren des Waldes um sie her, die zusammengekommen waren in dieser herrlichen Schönheit, die das Böse war, das Gott vernichten würde.

Ich sah Mutter und Bea, wie sie beide die Hände öffneten, und Blut strömte von ihren Händen in starkem Strom, ein Fluß von Blut, der sich zu mir ergoß und mich fortriß ... Ich schrie auf, und Bea war da.

«Schon gut, Colin, schon gut, es ist nur ein Alptraum.»

«Bea, Pastor Burandel sagt, wir seien alle verdammt.»

«Gott verdammt seine Geschöpfe nicht.»

«O doch, das tut er. Er hat einige von uns in Ewigkeit verdammt.»

«Nein, Colin. Wir können uns nur selbst verdammen.»

«Bea, ich liebe dich, bleib immer bei mir.»

«Ich werde dich nie verlassen, Colin.»

Und in solchen Augenblicken fühlte ich, daß alles, was ich lernte, nur ein Abklatsch und unwirklich war. Pastor Burandel, Agathe – sie waren Automaten, Kunstfiguren, angekleidet und angemalt. Ich sah den See aufschimmern, und der Himmel kam herab und vereinigte sich mit ihm. *Ich bin viele in Einem*, dachte ich, *Alles Lebendige ist auch ich.*

Eines Sommernachmittags kurz vor den Johannisfeuern gingen Vater und ich zur Schmiede, und Chavenaz kam uns lächelnd entgegen und hielt etwas in der Hand.

«Colin, ich habe dir ein gutes Bein gemacht», sagte er.

Es war ein Fuß aus Holz, nach meinen Maßen gefertigt, mit einem Gelenk in der Mitte, so daß er abgebogen werden konnte. Ein Halb-Bein, hohl, mit Leder, paßte wie ein Handschuh über das meine. Ich mußte mich setzen und Beinkleid und Schuh ausziehen, und dann streifte er mir das Ding über das Bein. Es paßte gut, und mein Stumpf ruhte auf dem Lederpolster. Ich konnte fast ohne Hinken gehen, meine beiden Beine waren wie die anderer Leute.

«Jetzt kannst du aufrecht gehen, und keiner merkt etwas. Ich kenne einen deutschen Prinzen, der hat den gleichen Klumpfuß wie du, und dem hab' ich einen neuen Fuß gemacht, und jetzt kann er die ganze Nacht damit tanzen.»

«Du bist uns ein guter Freund, Vulkan», sagte Vater strahlend. Vater sprach nie von meinem Klumpfuß, aber ich wußte, er hoffte, ich würde ihn irgendwie loswerden.

«Es war dein Bruder Valentin, der daran gedacht hat», sagte Chavenaz.

Ich sagte schüchtern: «Danke, Valentin.»

Und Valentin hob den Kopf und lächelte und arbeitete gleich weiter. Denn auch er war schüchtern, da er sich ungeliebt wußte. Aber von diesem Tag an war er wirklich mein Bruder, und ich dachte, *Am nächsten Sonntag, wenn er heimkommt, setze ich mich zu ihm, und vielleicht lesen oder reden wir zusammen.*

Aber Bea würde mir zürnen.

Am Sonntag zum Gottesdienst trug ich mein neues Bein, und allen fiel es auf. Mutter saß da und hielt das Gesangbuch in der Hand. Valentin und ich sangen gemeinsam. Er kannte die Lieder auswendig, und an diesem Tag trug er einen neuen Rock. Vater legte ihm und mir die Arme um die Schultern. Später las ich Valentin aus meinen Lieblingsgeschichten von Reisenden in die neue Welt vor, von Robinson Crusoe und Pinto, dem Portugiesen. Doch Valentin gähnte und sagte, er wolle ein wenig spazierengehen.

«Vergiß nicht, daß Sonntag ist!» rief mein Vater ihm nach.

Valentin war jetzt sechzehn Jahre und schon fast ein Mann. Er war so groß wie mein Vater.

So ging das Jahr herum. Es war wieder Frühling; unsere Kirschbäume blühten, und am Teich schlüpften die Entenküken aus. Die Raben flogen herbei und stießen mit gewaltigem Flügelschlag nieder, um sie aus dem Wasser zu holen und zu verschlingen. Bea und ich riefen laut und warfen die Arme in die Luft, um sie zu verjagen.

Ich konnte jetzt ganz allein einen Automaten machen. Ich konnte Gesicht und Gliedmaßen, Hände und Füße schnitzen, den Mechanismus in den hohlen Körper einfügen und Gliedmaßen, Gesicht und Hals miteinander verbinden. Ich hatte meine eigene Werkbank neben der meines Vaters in dessen Werkstatt und mein eigenes Gerät, das Chavenaz gemacht hatte. Ich bemühte mich, den Mechanismus zu vervollkommnen, damit nichts klemmte und alle Nocken und Hebel so gut ineinanderpaßten wie die Gelenke eines menschlichen Körpers. Nun wollte ich das Innere des Körpers studieren. Vielleicht konnte ich eines Tages einen perfekten Androiden machen, einen künstlichen Menschen mit eigenem Leben und Willen.

Vater nahm mich jetzt überallhin mit. Er kämpfte um etwas

in mir, das wußte ich; er wollte mich losreißen von dem, was uns so quälend trennte. Aber dies bedeutete auch, das Band zwischen mir und Bea zu lösen.

Vater las allabendlich aus der Heiligen Schrift vor und brachte mir noch mehr Bücher zum Lesen mit, lateinische, und auch Bücher über Theologie. Denn er schien überzeugt zu sein, daß ich die Akademie besuchen würde, wo viel Theologie verlangt wurde, um vielleicht einmal Pastor zu werden. «Vaucanson, der einen höchst perfekten Automaten-Menschen gemacht hat, war Pastor», sagte Vater.

Ich ging jetzt nicht mehr auf den Dachboden, um die Hüter der Seelen zu betrachten. Und Mutter stand nachts nicht mehr auf, so daß ich allmählich glaubte, alles nur geträumt zu haben. «Da ist nichts auf dem Dachboden», sagte ich mir.

Antoine der Prediger war fortgezogen und hatte seine Bullenbeißer mitgenommen. Wir hörten Geschichten von einem Wanderprediger, der Dämonen austrieb und in manchen Dörfern Hexen entdeckte.

Die Ausgrabungen in Vidy gingen weiter. Die Stadt Lausanne hatte am 7. April 1739 die Entdeckung ihres römischen Namens Lousonna in den Römerruinen von Vidy gefeiert – es war eine Inschrift auf einem Marmorstein, eine Anrufung der Sonne, der Beschützerin der Stadt, und des Mondes. Und seitdem hatte man noch viel mehr gefunden. Lausanne war stolz auf seine römische Vergangenheit. Ich konnte hören, was Bea verächtlich dachte, als Vater aus dem *Hinkenden Boten* von den Funden vorlas. «Lausanne ist älter, viel älter als die Römer», dachte sie.

Vater und ich fuhren nun häufiger mit dem Pferdewagen in die Stadt. Alexander kannte den Weg, und ich hätte mich mit verbundenen Augen in den drei Stadtvierteln zurechtgefunden, Bourg, Saint Laurent und Palud mit seinem großen Marktplatz. Jedes Viertel hatte sein eigenes Banner, aber eine einzige Mauer mit vielen Ausfalltoren und Türmen umgürtete sie alle.

Wir fuhren hin, weil Vaters Automaten bekannt wurden, obwohl er keineswegs der einzige war, der Kunstfiguren machte. Im ganzen Waadtland gab es Handwerker – Schreiner, Uhrmacher, Schmiede –, die während der langen Winterabende Uhren fertigten und Figuren, bemalt und gekleidet wie Soldaten, Akrobaten, Zauberer oder Musikanten mit Vielle, Trompete oder Trommel.

Zu den großen Messen, dreimal im Jahr, kamen sie alle zusammen und verglichen ihre Arbeiten. An diesen Tagen drängten sich zahllose Stände auf den ansteigenden Flächen des Paludplatzes, wo die Statue der blinden Justitia über einem Brunnen an der Steintreppe zur Kathedrale stand. Jeder Stand bot bestimmte Waren feil, damit Ordnung herrschte, und so wußte ich, wo Korn und Mehl verkauft wurden und Schuhe und Leder, Butter und Käse, Heringe und Würste. Aber die schönsten Stände waren die, wo man Spitzen und Seide, Samt und Damast aus China kaufen konnte und Porzellan und Gewürze und natürlich Uhren und Automaten. Alle Welt, so schien es, wollte Automaten haben und sprach von Androiden, das heißt von Automaten, die so vollkommen waren, daß sie zu leben schienen. Den Anschein von Leben zu erwecken, wenn nicht das Leben selbst, ist ein Traum, der so alt ist wie die Menschheit; auch ich träumte davon, eine menschenähnliche Kunstfigur zu schaffen, wie ich schon gesagt habe.

Vaters Leidenschaft wurde die meine, da ich seine begabten Hände geerbt hatte.

Wenn wir losfuhren mit seinen sorgsam in Batist eingewikkelten Arbeiten, lebte Vater auf und schien größer zu werden. In der Stadt rief man ihm da und dort freundlich zu.

«Messire Duriez, was für schöne Sachen haben Sie denn diesmal dabei?»

«Eine feine blonde Dame für die vornehmen Herren der Rue du Bourg», erwiderte er dann, und man lachte, weil man einen Witz zu schätzen wußte.

Wir schritten von Stand zu Stand, sahen uns alles an, kauften manchmal auch etwas. Ich erinnere mich eines Jahres, als Baumwolle die große Mode war, alle Damen wollten sie tragen, Baumwolle, so dünn, daß man hindurchsehen konnte, und Baumwolle, so schwer wie Leinen. Und eines Tages, als wir uns noch umblickten, sahen wir zehn Männer aus China in Tuniken, Hosen, runden Hüten und weichen Stoffschuhen. Sie waren hier, um die Wände in den Villen zu bemalen, die preußische und französische Adlige jüngst gekauft hatten. In Frankreich war es seit vielen Jahren üblich, daß man bis zu zwanzig Arbeiter aus China kommen ließ, welche die Wände der Zimmer in den Schlössern mit Vögeln, Blumen und Landschaften bemalten – nur die Chinesen verstanden diese Kunst richtig.

Auf einer solchen Messe entdeckte ich chinesische Pappe und Papiermaché, das leichter war als Porzellan, Ton oder Holz und aus dem man die Gesichter für unsere Automaten hätte formen können. Ich drängte Vater, es einmal damit zu versuchen, aber er zögerte. «Den Leuten gefällt das vielleicht nicht», sagte er.

Und einmal fuhren wir in die Stadt, um Maries jüngstes Kind ins Waisenhaus zu bringen. Mutter hatte ihr bei der Geburt beigestanden, denn niemand wollte helfen; wenn man Marie nach dem Vater fragte, lachte sie nur und hielt die Hände vor den Leib. Aber nachdem sie das Kind einige Monate lang versorgt hatte, wollte ihr Vater es nicht mehr im Haus haben, und Agathe Burandel sagte, es müsse ins Waisenhaus, um christlich erzogen zu werden. Mutter wollte, daß wir es bei uns behielten, denn es war ein hübsches kleines Mädchen, aber «das ganze Dorf ist dagegen», sagte Pastor Burandel. Und so brachten wir es in die Stadt, während Agathe zu Mutter kam, um einige Kirchenlieder mit ihr zu singen, denn Agathe hatte es sich zur Gewohnheit gemacht, alles Ungemach fortzusingen.

In diesem Jahr 1753 suchten mehr ausländische Gäste denn je die vornehmen Häuser in der Rue du Bourg auf – man sah englische Broughams und französische Karossen, deutsche Berlinen, leichte spanische Kaleschen und elegante Zweispänner, gelenkt von feinen Damen, die sich zwitschernd wie Blaumeisen unterhielten. In Hauben mit viel Flor und Bändern, in Samtumhängen, in pelzbesetzten Mänteln und Muffs, wenn es kalt war, genossen die Damen die frische Luft. Manchmal fuhr ein französischer Herzog mit gepuderter Perücke und einem parfümierten Taschentuch in der Hand in einer lackierten vierspännigen Kutsche durch die Straßen.

Nicht nur die Schönheit des Sees und das milde Klima lockten die Gäste in unser Waadtland. Am meisten, so sagten sie, seien sie von den Menschen angezogen, von ihrer Höflichkeit und ihren gefälligen Manieren. So kam es, daß englische und französische Adlige mit ihren Damen sich hier trafen, um Schach, Whist oder Bezique zu spielen, um Menuett zu tanzen und über Poesie und Philosophie zu diskutieren. Und mochten sie einander auch verabscheuen, so schienen sie doch an der gemeinsamen Gesellschaft Gefallen zu finden, denn es bereitet großes Vergnügen, auf geistreiche Art Böses über seine Freunde sagen zu können – dies ist ein unentbehrliches Amüsement der feinen Gesellschaft.

Diese feine Gesellschaft besuchten wir, Vater und ich, obwohl wir ihr nicht angehörten. Hier kamen die Großen, die Begabten, die Schönen, die Geistreichen zusammen, umgeben vom Besten, was die Künste zu bieten hatten. Hierher kamen sie, um sich unterhalten zu lassen, denn die Flucht vor der Langeweile war ihr Lebenszweck.

Andere kamen, um unseren berühmten Docteur Tissot zu konsultieren, der jede bekannte Krankheit heilen zu können schien. Gekrönte Häupter aus ganz Europa blieben wochenlang, monatelang, und die Häuser des einen oder anderen Lausanner Aristokraten standen ihnen immer zur Verfügung.

«Ohne die reichen Ausländer hätte manche vornehme Familie kein Geld», sagte Schmiedemeister Chavenaz. «Die hohen Herren in Bern gestatten uns keinerlei politische Macht. Deshalb versuchen wir uns zu amüsieren und für das Amüsement aller unserer Gäste zu sorgen.»

Die hohen Herren in Bern waren nicht sehr erfreut über uns Lausanner mit unserer Neigung zu Tanz, Theater und Spiel. Sie vermuteten sogar finstere Machenschaften hinter dieser Ausgelassenheit und verdammten das Amüsement als gottlos, dekadent, pervers und gefährlich für die öffentliche Moral. Doch die Pastoren unseres Landes versicherten beflissen ihre Oberen der getreulichen Einhaltung aller Bestimmungen, obschon sie wohl wußten, daß die Ausländer Geld in Lausanne ließen, weil ihr Unterhaltungsbedürfnis befriedigt wurde, und daß manche vornehme und angesehene Familie – hier konnte man die Namen de Chandieu, de Mezery, de Bottens, de Saint-Cierges, d'Aray, de Villardin, Madame de Prelaz erwähnen – Häuser, Wohnungen, bestes Essen und erfahrene Dienstboten zur Verfügung stellten, was der Stadt zur Blüte und vielen zu Arbeit verhalf.

Doch das alles erschöpfte sich nicht in Spiel und gesellschaftlicher Betriebsamkeit. Die Lausanner Akademie war berühmt. Söhne Berner Patrizierfamilien, junge Leute aus Preußen und Westfalen, aus den Niederlanden und auch aus England besuchten die Akademie, um Französisch zu lernen, denn das in Lausanne gesprochene Französisch galt als das beste nach dem, das am französischen Hof gesprochen wurde. Daher waren die Lausanner Schulen und Internate voll von Ausländern. Es gab eine Familie, die vierzehn englische und zwölf moskowitische Jünglinge beherbergte und verköstigte.

Die Folge war, daß unsere Oberherren in Bern ihr Deutsch verloren, in das sich französische Redewendungen und Wörter einschlichen. Den Gesetzen über den Aufwand zum Trotz, die jede Extravaganz verboten, wollten die Berner Damen alle wie die Damen am französischen Hof gekleidet sein, und 1752 hatte in Bern ein großer Ball mit viel Feuerwerk zur Feier der Geburt des Dauphins von Frankreich stattgefunden. «Sie haben die ganze Nacht durchgetanzt», sagten unsere Leute vergnügt.

All dies erfuhr ich, als wir, mein Vater und ich, die vornehmen Häuser von Lausanne aufsuchten, um unsere Automaten vorzuführen. Ich lernte auch feine Manieren; wie und wann man sich verbeugt, wie man beim Anblick einer Dame den Hut zieht und wie man eine Reverenz macht, was bei meinem Klumpfuß nicht ganz leicht war. Vater meinte, ich solle lernen, mich in Gesellschaft zu benehmen. Er wollte, daß ich später die Akademie besuchen solle. Obwohl ich vor der Schule große Angst hatte und fürchtete, die anderen Jungen könnten mich quälen, versuchte ich, nicht daran zu denken, sondern sah mich in Gedanken als Magister in Philosophie oder vielleicht als

Arzt, so berühmt wie Docteur Tissot, und daneben ein Kunsthandwerker, der Uhren, Automaten und künstliche Menschen machte. Eines Tages würde auch ich vielleicht Reisen unternehmen und an den Höfen von Königen und Sultanen meine Kunstfiguren vorführen, würde auch ich vielleicht bis ins Ottomanische Reich, bis nach Indien, nach China gelangen . . . dann als reicher Mann und mit wundersamen Geschichten zurückkehren.

Ein weiteres Jahr verging, und an einem Tag im Frühling 1754, als die Apfelbäume in Blüte standen und die Kastanienbäume von Saft und Knospen strotzten, suchten Vater und ich das Haus Isabelle de Thunons auf.

In dieser Gesellschaft von lebenslustigen Leuten mit ihren feinen Sitten, ihrer Eleganz und ihrer großzügigen Gastfreundlichkeit, galt Isabelle de Thunons Salon als besonders kultiviert. Dort trafen sich viele der Berühmtheiten, die nach Lausanne kamen.

La Tramontoire lag am sonnigen Hang der Rue du Bourg, wo sich ein herrschaftliches Haus ans andere reihte, ein jedes mit kunstvollem schmiedeeisernem Tor und mauerumschlossenem Garten.

Die Rue du Bourg war der Mittelpunkt, das Herz der oberen Stadt. In ihrem nördlichen Bezirk gab es vier Gasthöfe, die stets von zahlreichen Menschen aus vielen Ländern besucht waren. Gleich nach dem Gasthof Zu den Drei Kronen kam La Tramontoire, dessen grüner Rasen sich bis hinunter zu den von Weinranken überzogenen Mauern von Lausanne erstreckte.

Eine Dame kam uns über die Stufen des Säulenportals entgegen. Ihr Haar war gepudert und mit Stiefmütterchen und Veilchen geschmückt, passend zu dem violetten Taft ihres Kleides.

«Jean-François, mein lieber, lieber Cousin, wie froh ich bin! Es ist so viele Jahre her.» Und sie warf sich in Vaters Arme.

Auch Vater lächelte, während er sie leicht umfaßt hielt. «Liebe Cousine Isabelle, auch ich bin sehr glücklich», sagte er. «Das ist mein Sohn Colin.»

«Colin!» Sie beugte sich zu mir vor, und ich roch ihr Parfüm. Sie hatte viel Puder im Gesicht und auf der rechten Wange ein Schönheitspflästerchen. Das Haar fiel ihr in wohlgedrehten Löckchen in den Nacken. «Er ist lieb, so süß!» rief sie mit ihrer hohen Stimme. «Aber kommt, es gibt Tee. Ihr müßt Hunger haben.»

Als wir hineingingen, rieb sich Vater die Hände und blickte sich um, als wäre ihm die Umgebung ein wenig vertraut. Wir nahmen auf Stühlen Platz, die mit Gobelinstoff überzogen waren. Überall waren Gold und vergoldete Dinge. Es gab Kuchen und Konfekt, Tee in einer silbernen Teekanne, Milch in einem silbernen Milchkännchen, Zucker und Honig und drei verschiedene Sorten Konfitüre. Die dünnen Porzellantassen waren durchscheinend; diese Mode hatte man den Engländern abgesehen, und Tante Isabelle spreizte den kleinen Finger ab, wenn sie ihre Tasse hob.

Vater beobachtete mich, während mir aufgelegt wurde – vielleicht wollte er sich vergewissern, daß ich saubere Hände hatte. «Er hat *so* gute Manieren», sagte Isabelle de Thunon, als sie mir noch einmal Kuchen auf den Teller tat und ich mich verneigte; es gab auch Makronen und *Brisselets*, die sehr knusprig waren. «Lord und Lady Mansard, die bei mir wohnen, mögen sie sehr», sagte Isabelle. «Nimm noch ein Stück von dem Schokoladenkuchen, Jean-François; er kommt aus Wien, Lady Toogood hat ihn heute morgen gebracht.» Sie schwatzte eifrig und ließ bisweilen ein englisches Wort einfließen, denn da sich jetzt so viele Engländer in der Stadt aufhielten, war das Englische in Mode gekommen. Dann wandte sie sich in bittendem Ton an meinen Vater.

«Nun, Cousin, wenn ich dich zu mir gebeten habe, so deshalb, weil ich über Théodore mit dir sprechen wollte. Es geht ihm nicht gut, deshalb habe ich dir geschrieben. Mich dünkt, nach all diesen Jahren . . . »

«Nach all diesen Jahren . . . », sagte Vater etwas spöttisch, «will Théodore mich wirklich wiedersehen?»

«Jean-François, sei nicht hartherzig. Es wird Zeit, daß du nach Neuchâtel zurückkehrst.»

«Aha, der verlorene Sohn. Théodore wird das gemästete Kalb schlachten», sagte Vater.

Ich hatte noch nie etwas von Théodore oder irgendwelchen Verwandten meines Vaters gehört. Ich wußte nur, daß Vater aus Neuchâtel kam und Mutter aus dem Gebiet des Jorat. Während andere Kinder Großeltern und Cousins, Onkel und Tanten hatten, sprach Vater nie mit uns über seine Familie. Nicht so Mutter. Sie erzählte uns von Grisolde vom Walde, ihrer Mutter, die an einem Ort namens Rabennest hinter dem Verlorenen Stein in den Eichenwäldern der Joratberge wohnte. Einmal im Jahr brachte Vater unsere Mutter in den Jorat, wo sie Großmutter Grisolde besuchte.

Vater wollte nicht, daß wir sie dorthin begleiteten. Er kam noch am gleichen Tag zurück, und dann stand Alexander der Schaum vor dem Maul. Einige Tage später holte er Mutter wieder ab. Ich erinnerte mich dunkel, einmal dorthin mitgefahren zu sein – aber ich war mir nicht sicher, ob das eine eigene Erinnerung war oder etwas, das Bea mir gesagt hatte . . . Dies war die unwirkliche, verschwommene Welt, die ich zu vergessen begann.

Und plötzlich konnte ich nicht mehr verstehen, was Isabelle und Vater sagten. Sie benutzten eine Sprache, die von den vornehmen Leuten erfunden worden war, damit andere sie nicht verstehen sollten. Das war in England unter der Aristokratie üblich – man fügte zwischen den Silben eines Wortes ein *fi* oder ein *do* ein, so daß es klang, als unterhielten sie sich in einer offenbar unbekannten Sprache.

Schließlich erhob sich Vater und holte aus der Tasche seines Rocks eine Spieldose hervor, die er Isabelle überreichte.

«Oh, wie schön, wie schön, alle werden mich beneiden», rief sie in theatralischem Ton, aber verständlichem Französisch aus.

Ich war wütend. Ich hatte das Innere der Spieluhr gemacht, hatte einen Zylinder mit Nagelköpfen verwandt, der im Drehen die Nocken bewegte. Wir hatten gemeinsam über vielen Zeichnungen gesessen, Schmiedemeister Chavenaz, Vater und ich, ehe die Dose entstanden war. Und jetzt hatte Vater sie dieser Frau geschenkt, ohne mir das auch nur mit einem Wort zu erklären ...

Wir fuhren nach Hause. Ein apfelgrünes Licht lag schimmernd über dem See, und die letzten Möwen kreisten schreiend über unseren Köpfen.

«Wer ist Théodore, Papa?» fragte ich, mutig und doch angstvoll.

Und Vater, der starr geradeaus blickte, sagte: «Dein Onkel Théodore ist der jüngere Sohn meines Vaters. Eines Tages, Colin, wenn du älter bist, bringe ich dich vielleicht einmal zu ihm.»

Pastor Burandel riet meinem Vater, ich solle Theologie studieren. «Colin ist begabt. Er hat ein gutes Gedächtnis, und er kann gut schreiben. Bedenken Sie ernsthaft, was aus dem Jungen werden soll, Jean-François, denn er ist jetzt zehn Jahre alt.» Pastor Burandel hoffte noch immer, ich würde Pastor werden. Geistliche bildeten eine eigene Aristokratie; sie hatten Einfluß. Sie waren Lehrer, sie halfen den Amtmännern bei der Führung der Register über Geburten und Todesfälle, über gutes und schlechtes Verhalten. Nach der Reformation waren die Güter der katholischen Kirche eingezogen worden. Der Verkauf des Goldes und Silbers hatte zum Bau von Brücken und Straßen gedient, zur Reparatur von Häusern, die bei Flußüberschwemmungen beschädigt worden waren, und zum Unterhalt der Pastoren der reformierten Kirche.

Die Stadt lebte im Wohlstand, denn die Hugenotten, die sich hier angesiedelt hatten, brachten viele Kunstfertigkeiten mit. Aber draußen auf dem Land lebte man in Armut, und auf den Bauern lasteten schwere Steuerabgaben. Viele, die ihr Land verloren, verließen die Heimat und wurden Söldner in den verschiedensten Armeen. So stellte das Waadtland Offiziere und Soldaten für England und Frankreich, für Preußen und Schweden, für Rom, für die Moskowiter und sogar für Neuschottland und Neu-Amsterdam. Diese Männer kämpften in jedem Krieg und manchmal gegeneinander. Und weil so viele junge Männer sich bei fremden Armeen verdingten, hatte es in diesem Jahr in Lausanne bei siebentausend Einwohnern nur dreißig Eheschließungen gegeben, weil es an heiratsfähigen jungen Männern mangelte.

«Sie sind doch Bürger von Neuchâtel, Jean-François, Sie könnten Ihren Sohn dorthin schicken», sagte Burandel. Die Pastoren von Neuchâtel verfügten über große Macht im Land, denn Neuchâtel war eine reiche, florierende Stadt, die nicht den hohen Herren in Bern, sondern – in großer Entfernung – dem König von Preußen unterstand.

Mein Vater sah mich an. In jenen Monaten der Zusammenarbeit, während meine Finger immer geschickter wurden, war das Schweigen zwischen uns beredt und angenehmer geworden als Worte, die bisweilen verletzten.

«Das mag Colin selbst entscheiden», sagte er leichthin.

Nach dem Besuch bei Cousine Isabelle ging Vater manches Mal am Ufer entlang und blickte auf den See hinaus, der sich stets wandelte in Farbe und Stimmung. Ich beobachtete ihn und wußte, daß er sich meinetwegen, meiner Zukunft wegen, Sorgen machte. Ich wußte, daß ich als Sohn armer Leute Mühe haben würde, die Akademie oder eine der besseren Schulen zu besuchen. Wir waren nicht wohlhabend, aber wir waren auch nicht so arm wie die Taglöhner von Vidy, von denen die meisten ihr Land verloren hatten, das, aufgeteilt, an die reichen Familien und die neuen Oberherren in Bern gegangen war, und die nur mit ihrer Hände Arbeit das tägliche Brot verdienen konnten. Wir hatten unser eigenes Haus, fünf Ziegen und einen Bock, ein Pferd und einen Wagen.

Ich war beeindruckt von der Art, wie man meinen Vater in den vornehmen Häusern empfing, ebenso wie bei seiner Cousine Isabelle de Thunon, und ich dachte an die vornehmen Herrensitze mit ihren blinkenden Fenstern, den Zimmern mit so viel vergoldetem Zierat und Kristall, mit Gemälden und Seidenstoffen, ich dachte an die Frauen und Männer, die mit meinem Vater wie mit ihresgleichen verkehrten, als sei er einer von ihnen. Doch Vaters Kleidung war schlicht, seine Knöpfe silbern, nicht golden und mit Edelsteinen verziert wie die einiger jener Herren, die mit ihm sprachen, jener Herren mit schneeweißem Spitzenjabot über dem bestickten Rock und mit Beinkleidern aus feiner Seide, die nur ein- oder zweimal getragen und dann abgelegt wurden. Wenn ich von diesen Besuchen zurückkehrte, sehnte ich mich danach, dieser Welt anzugehören, in der alles so leicht und heiter schien.

Aber Lausanne roch nicht gut. Es gab Abfallhaufen auf der Rückseite vieler vornehmer Häuser, und den Sommer über suchten Schwärme von Fliegen die Zimmer heim – es bedurfte eines Heeres von Dienstboten, um sie fernzuhalten.

Doch unser Haus war sauber. Lavendel und Thymian, Enzian und Eisenkraut, Erika, Kamille und schwarze Johannisbeere, alle Heilkräuter, die meine Mutter verwandte, durchdufteten die Zimmer. Mutter kochte Melissensirup gegen das Fieber, braute Tränke gegen Schüttelfrost und schmerzende Glieder, Breiumschläge für Wunden, Sauerampfer, wenn der Sommer zu Ende ging, und Seifenkraut gegen den Husten, Weißdorn für ältere Frauen und Johanniskraut, Ohmkraut, Beifuß für Mädchen mit Leibschmerzen, Minze und Rosmarin für Gelenkschmerzen und Angelika und Zentifolien und schwarzen Rettich. Zusammen mit Bea pflückte sie Myrte und holte Weidenrinde und Herbstzeitlose gegen die Gicht. Sie bereitete Löwenzahntee und gab ihn uns zu trinken, und er hielt uns gesund.

«Madame Duriez», sagte Louise Paluz, die Frau des Bäckers, «all diese Tränke – woher haben Sie das?»

«Sie werden noch krank werden von diesem vielen Waschen», sagte Marie-la-Folle zu meiner Mutter. «Jeder wäscht doch sein Leinen nur einmal im Jahr.»

Und irgendwie war alles, was Mutter für unser sauberes, reines Leben tat, in den Augen anderer böse.

Doch ich verbarg diese Gedanken, so wie Häuser sich unter ihren überhängenden Dächern verbergen, die sie einhüllen und im Winter warm halten. Ich verbarg meinen Strudel von Fragen ohne Antworten. Ich wußte, Vater war nahe daran, um meinetwillen seinen Bruder, meinen Onkel Théodore, aufzusuchen.

Aber Onkel Théodore wollte nichts mit Mutter zu schaffen haben.

Das hatte mir niemand gesagt. Das wußte ich.

Eines Tages kam Pastor Burandel und ging mit Vater in den Garten. Sie redeten miteinander.

Mutter saß an ihrem Webstuhl, und Bea stickte an einem Mieder. Ich spürte, fühlte sie miteinander sprechen.

«Neuchâtel . . . wenn er dorthin geht, sterbe ich.»

«Er wird nicht nach Neuchâtel gehen, Mutter.»

«Vielleicht doch, um Colins willen. Er nimmt uns Colin fort.»

«Colin ist bei mir.»

Mutter seufzte. Und dann kam Vater aus dem Garten herein und trat mit vor Liebe strahlendem Gesicht auf Mutter zu. Wir würden nicht nach Neuchâtel ziehen.

3

ANNO DOMINI 1755

In diesem Jahr des Heils war die Ernte in unserem Land so gut, daß selbst Amtmann de Crozay in die Weinberge kam, um mit den Arbeitern zu singen, die in den hölzernen Bottichen die Trauben mit den Füßen zerstampften, und alle waren ausgelassen und tranken von dem frischen Most. Die Arbeiter zogen ihre Kleider aus, denn die Sonne ergoß ihren Segen über die Rebhänge. Sogar die Frauen halfen mit und schafften die Bottiche mit den frisch geernteten Trauben fort. Weil Pastor Burandel wußte, daß die gute Ernte ein Segen Gottes war, wies er die nackten Arbeiter, die die Trauben stampften, und die singenden Frauen nicht zurecht, denn auch er trank gern Wein und erblickte in der allgemeinen Freude nichts Böses.

Doch die hohen Herren in Bern sahen dies anders und waren besorgt um die öffentliche Moral in ihrem Hoheitsgebiet. Pastor Burandel mußte sich rechtfertigen. «Es war heiß, da haben sie eben die Kleider abgelegt», sagte er. Aber in Bern erblickte man darin einen schweren Verstoß gegen die Gebote, und Burandel wurde verwarnt: Keinesfalls durften sich die Weinbergarbeiter anders als anständig bekleidet zeigen.

Pastor Burandel kam zu Vater, der ihn mit Freundschaft und *Fendant* tröstete. Der Herbst war in der Tat ein Weinherbst, und der See lag rosig da im Morgengrauen und spiegelte den Tag über alle Farben des Regenbogens wider.

«Der Pastorenberuf ist sehr schwer», sagte Burandel. «Wenig Geld und immer das tun, was die Herren in Bern befehlen.» Vater gab das zu denken, und ich glaube, auch dies trug zu seinem Entschluß bei, mich nicht Pastor werden zu lassen.

Doch unruhig war er vor allem wegen Mutter. Er sprach darüber nie mit mir, und erst als die Ereignisse ihren schicksalhaften Lauf nahmen, sollte ich erfahren, wie sehr er sie liebte und sich ihretwegen sorgte.

Ganz plötzlich kündigte Vater an, er und ich würden nach Genf reisen. Lord Kilvaney war es, der ihm dazu geraten hatte. «Gehen Sie zu Abraham Hirsch in Genf», hatte er gesagt. «Er ist ein Jude, aber ein guter Mensch mit Weitblick. Die Welt ist im Wandel, Jean-François, und wenn wir auch Gelehrte brauchen, so erleben wir doch, daß Leute durch Handel und Erfindungen zu Reichtum kommen.» Kilvaney hatte einen Gichtanfall, was auf seinen allzu reichlichen Konsum guten Portweins zurückzuführen war. Docteur Tissot kurierte ihn gerade mit Colchicin, aber er hatte noch starke Schmerzen. «Ich würde mit Ihnen fahren, wäre nicht diese verfluchte Zehe. Aber fest steht, Ihr Sohn ist viel zu aufgeweckt, um bloß Pastor zu werden. Fahren Sie zu Hirsch. Er wird wissen, was zu tun ist. Wie ich höre, ist dieser Franzose – wie heißt er noch? Ach ja, Voltaire. Der Bursche, der immer Unruhe stiftet – also der ist dabei, eine Uhrenfabrik aufzumachen, und Hirsch ist sein Bankier. Er hat mir einmal einen Gefallen getan, der gute Abraham – er hat meinem nichtsnutzigen Bruder aus einer Spielschuldaffäre geholfen. Ein Vetter Abrahams ist Bankier in London und einer in Amsterdam. Der halbe Adel Europas schuldet den Juden Geld. Ich blicke seiner Herkunft wegen weder auf einen Mann herab noch zu ihm auf.»

Durch Hirschs Vermittlung wurde in Genf eine englische Fabrik gegründet, deren Besitzer James Cox war. Das war nicht ganz einfach gewesen, denn der Rat der Zweihundert hatte 1696 per Gesetz verfügt, daß nur Bürger der Stadt Genf Zeitmesser herstellen und mit ihnen Handel treiben durften. Der Rat hatte auch eine Unterscheidung zwischen «Handwerksmeistern» und gewöhnlichen «Handwerkern» getroffen; und obschon sich viele Handwerker aus anderen Ländern in Genf niedergelassen hatten und dort als Uhrmacher, Juweliere, Gold- und Silberschmiede sowie in den Textilfabriken arbeiteten, durften sie nicht darauf hoffen, jemals Meister zu werden, eine eigene Werkstatt zu besitzen und ihre Erzeugnisse auf eigene Rechnung zu verkaufen. «Aber Hirsch kann Ihnen weiterhelfen», sagte Kilvaney. «Glauben Sie mir, Jean-François, Sie kommen zu Geld, und für Ihren Sohn wird gesorgt sein.»

Und so brachen wir eines Tages in aller Frühe auf, Alexander trabte rüstig dahin – er war kein junges Pferd mehr, aber seine Sehnen waren noch für einige Jahre gut. Wir hatten ihn kurz zuvor neu beschlagen lassen, und er schien sehr stolz zu sein, als wir jetzt die Straße hinunterfuhren, welche die hohen Herren in Bern angelegt hatten. Das war etwas, das man den Berner Oberherren zugute halten mußte. Gleich den Römern sorgten sie für gute und sichere Straßen. Einige Jahre zuvor hatten sie dreiundzwanzig Straßenräuber aufgeknüpft, nachdem man sie vorher aufs Rad geflochten hatte; diese Hinrichtung war der Beginn eines ausgedehnten Volksfestes für alle Bewohner des Waadtlandes gewesen.

Wir kamen an der Aussätzigenkapelle und dem Henkersfeld vorüber, wo Übeltäter gerädert und gevierteilt wurden. An der Straße nach Morges standen die Galgen aufgereiht – an einem hing noch ein erstarrter Toter, schwarz umhüllt und von Raben umflogen.

Wir fuhren den ganzen Tag und machten nur einmal halt, um Alexander zu tränken, unser Brot mit Ziegenkäse zu essen und den Wein in unseren Kürbisflaschen zu trinken. Als es Nacht wurde, hielten wir in Coppet an und fanden dort eine Herberge. Der Wirt gab uns ein Bett in einem Zimmer, in dem noch drei andere Männer untergebracht waren. «Es sind Söldner, gerade zurück vom Krieg in Holland», sagte er zu uns. «Sie haben Geld in den Taschen und versuchen, es schnell auszugeben.» Er setzte uns dicke Scheiben Wildbret mit Kohl und einen Krug Bier vor.

Ich schlief unruhig, wurde immer wieder wach durch das Kommen und Gehen, durch Lachen und Schreien und einmal durch einen Mann, der sich in dem Bett neben uns übergab. Mein Vater murmelte etwas von Läusen und Flöhen; wir standen vor Tagesanbruch auf und fuhren weiter.

Schon aus der Ferne erblickten wir Genf, umgeben von hohen grauen Mauern: eine schöne Stadt, gekrönt von der Kathedrale mit ihrem schlanken Turm. Die Straßen waren schmutzig, voll von Unrat aus den Häusern zu beiden Seiten. Dreißigtausend Menschen lebten in Genf, aber im Gegensatz zu Lausanne wirkte die Stadt düster. Die Leute hielten schwarze Stoffschirme über sich, um ihre Kleider vor dem Regen zu schützen, und nirgends sah man ein lächelndes Gesicht. Als sich mein Vater höflich nach dem Weg erkundigte, antwortete uns ein Mann in schwermütigem Ton und recht umständlich, nachdem er uns zuerst lange und nachdenklich angesehen und sich überlegt hatte, ob er sich zu einer Auskunft herablassen sollte.

Genf war die Stadt des Reformators Calvin, das protestantische Rom, und deshalb waren hier die Sitten viel strenger als in Lausanne. Hier wurden Vergnügungssüchtige erbarmungslos von den Pastoren verfolgt. Frivole Frauen wurden öffentlich ausgepeitscht. Spitzel stellten Listen mit Namen derer auf, die den sonntäglichen Gottesdienst nicht besuchten. Die Sonntage waren noch trostloser als in unserem Waadtland. Der Sonntag verging unter unaufhörlichem Predigen, Beten und Sündenbekennen. Eine strikte Verordnung legte Farbe, Schnitt und Material der Kleidung fest.

«Aber Genf ist eine mächtige Stadt, Colin, weil es Fabriken und Gewerbe hat und viele schöne Dinge herstellt und verkauft . . . Geld und Frömmigkeit vertragen sich», sagte Vater frohgemut.

Genfs große Einnahmequellen waren Uhren und Stoffe. Die Franzosen hatten «Indiennes» – indisches Baumwolltuch –, bedruckt und gewebt, Gingham- und Madrasstoffe über ihre Ostindien-Kompanie eingeführt, bis zum Jahre 1686, als der Import von buntem Tuch aus Indien und auch seine Herstellung in Frankreich verboten wurden. Die Folge war, daß die französischen Damen um jeden Preis indische Stoffe haben wollten. Diese wurden jetzt in Genf und in Neuchâtel hergestellt. Es gab viele Arbeiter in den Fabriken: Musterzeichner, Graveure, Drucker, Farbkünstler und Kalanderer, die dem

Tuch seine letzte Festigkeit verliehen, indem sie es durch heiße Walzen drehten.

Genfs Uhren gingen in alle Welt, nach Rußland und ins Ottomanische Reich, nach Indien, China, Japan und Neu-Spanien. Fast die Hälfte der Einwohner von Genf war in der Uhrenindustrie beschäftigt, und Juweliere, Emailleure, Graveure, Gold- und Silberschmiede wetteiferten miteinander in dem Bestreben, für Könige und Fürsten Chronometer herzustellen, die, mit Edelsteinen besetzt, herrlich anzusehen und mit einer wunderbaren inneren Mechanik ausgestattet waren. Der Stadtrat setzte sich zur Hälfte aus Uhrmachern und Uhrenhändlern zusammen.

Wir kamen an die Place Chevelu, das Fabrikzentrum unterhalb der Mauerwälle. Hier herrschte lebhaftes Treiben; da waren Stände und Läden mit kleinen Fenstern; Stufen führten in trüb erhellte Räume hinunter, wo Menschen vierzehn Stunden am Tag arbeiteten, darunter viele Kinder in meinem Alter, die man wegen ihrer guten Augen schätzte. In den engen Straßen sahen wir viele Ausländer: Araber in langen Gewändern, Perser, Spanier, Deutsche aus Bayern, Moskowiter in hohen Pelzmützen und Stiefeln.

Doch die Menschen, die sich in Genf drängten, waren anders als die Reisenden, die nach Lausanne kamen, um die Sonne und den See zu genießen, um zu musizieren, sich Komödien und Schauspiele anzusehen, über Kunst und Philosophie zu diskutieren oder sich von Docteur Tissot kurieren zu lassen. Hier war alles Handel und Geld; Waren gingen in aller Herren Länder und trafen von dort ein. Doch bei all dieser Wohlhabenheit hielten die Bürger von Genf an ihrem düsteren Gebaren fest.

Neues wurde gebaut, man errichtete Brunnen auf den Plätzen und baute hohe neue Häuser mit breiten Fenstern. Die Stadtwälle wurden weiter erhöht, als befürchte man wieder einen Angriff. Im Dezember 1602 hatte ein rachsüchtiger Herzog von Savoyen, der wiederhaben wollte, was einmal sein eigen gewesen war, Genf zu erobern versucht. Doch die Einwohner verteidigten ihre Stadt, und die Frauen gossen kochende Suppe aus ihren Töpfen auf die Eindringlinge hinab. Seitdem verhielt sich Genf wie eine belagerte Zitadelle des Guten inmitten einer Welt des Bösen und der Verderbnis.

Wir fuhren die ansteigenden Straßen zur Oberstadt hinauf, an der Rue des Granges vorbei, und hielten dann gleich danach vor einem großen Haus aus feinem Steinwerk, dessen Fassade von jener anmutigen Einfachheit geprägt war, die das Kennzeichen des Wohlstandes ist. Vater sprach mit dem livrierten Lakaien, der die Tür öffnete. Als wir den Vorraum betraten, kam uns der Hausherr entgegen. «Jean-François Duriez, Lord Kilvaney hat mir geschrieben... Seien Sie herzlich willkommen.»

Abraham Hirsch trug dunkle Kleidung; sein nicht gepudertes Haar war im Nacken mit einem schwarzen Band zusammengefaßt, wie es in Genf Sitte war. Seine Augen unter den dichten Brauen hatten einen scharfen Blick.

Mein Vater begrüßte ihn und sagte: «Es ist sehr freundlich von Ihnen, daß Sie uns empfangen, Monsieur Hirsch.«

«Und das ist Colin.» Abraham Hirsch lächelte mir zu. «John Kilvaney hat mir von ihm geschrieben. Ich bin froh, daß er mit Ihnen gekommen ist. Und da Sie nicht im Hause eines Juden bleiben können» – Abraham sagte das so leichthin, daß wir es zuerst gar nicht richtig erfaßten –, «habe ich eine Unterkunft für Sie besorgt in einem Haus ganz in der Nähe – eine angesehene Familie, die de Graniers. Sie sind sehr gastfreundlich, und Sie werden sich dort wohl fühlen.»

In Lausanne war das La-Barre-Viertel, wo die Juden wohnten, hinter dem Schloß Sainte Marie. Es hieß, die Juden würden bei ihren Festen das Blut kleiner Kinder verwenden, und sie hätten unseren Herrn Jesus Christus getötet. Manche Frauen bekreuzigten sich, wenn nur das Wort «Jude» fiel. Doch weder Vater noch Mutter hatten je ein böses Wort über die Juden gesagt, und Vater verkehrte mit Hirsch so ungezwungen wie mit einem Christen.

«Wir danken Ihnen für Ihre Freundlichkeit, Monsieur Hirsch», sagte er.

Die Dienstboten brachten unser Gepäck herein, Vaters

Lederkoffer und den Kasten mit dem Automaten, den er Hirsch zeigen wollte. Als Vater den Kasten öffnete, kam ein Junge herein, der ein wenig älter war als ich.

«Das ist mein Jacob», sagte Abraham Hirsch.

Jacob verbeugte sich vor Vater, kam dann auf mich zu und streckte mir die Hand nach englischer Manier entgegen. Ich verneigte mich, als ich sie ergriff.

Vater stellte den Automaten auf den Tisch. Es war eine Kutsche mit vier Pferden, mit einem Kutscher und zwei Postillionen dahinter, und in der Kutsche drinnen ein Paar, ein Lord und eine Lady. Er zog die Feder auf, die in der Kutsche versteckt war, und da begannen die Pferde loszutraben und mit den Köpfen zu wackeln. Die Kutsche rollte vorwärts, und der Kutscher schnalzte mit der Peitsche. Die Lady nickte, und der Lord zog den federgeschmückten Hut und setzte ihn wieder auf.

«Mein Sohn Colin hat mir dabei geholfen», sagte Vater stolz. Vater erwähnte stets, daß ich ihm geholfen hatte, und Hirsch warf mir einen forschenden Blick zu.

«Es ist gut, wenn man jung anfängt. Sehen Sie unsere Musikanten an, sie beginnen im Alter von drei Jahren . . . und Jacob schaut nach den Sternen seit seinem fünften Lebensjahr.»

Hirsch schien von der Kutsche begeistert zu sein, und Jacob beugte sich vor und nahm die Figuren in Augenschein. «Dieses unser Jahrhundert ist ein Jahrhundert großer Gedanken und vieler neuer Entdeckungen», sagte Hirsch. «Alles dies wird unser Leben verändern, und dazu schneller, als wir es uns vorstellen. Ich denke an eine Fabrik zur Herstellung von menschenähnlichen Automaten – oder Androiden, wie man sie auch zu nennen pflegt. Nein, schütteln Sie nicht den Kopf, Messieurs Duriez, hören Sie mir zu. Bleiben Sie ein paar Tage hier, sehen Sie sich um, Sie werden es nicht bereuen. Ha, selbst die Engländer richten hier ihre Fabriken ein. Das geht leichter als in England, weil es in unserer Stadt so viele ausgebildete Arbeiter gibt.»

Madame Hirsch kam herein in einem Kleid aus smaragdfarbenem Taft mit einem Kragen aus Mechelner Spitzen, der über das Mieder fiel, und weiten bauschigen Ärmeln aus dem gleichen zarten Material. Sie war begleitet von ihrer Tochter Sarah, die ein schönes Kleid aus blauem Samt trug, und die blauen Bänder paßten zu ihrem dunklen Haar.

«Sarah!» rief Hirsch voller Liebe, und sie lief auf ihn zu, um sich von ihm küssen zu lassen. Sie hatte herrliches schwarzes Haar und ein Gesicht wie Porzellan; als sie mir mein Lächeln zurückgab, wurde ich puterrot und mußte die Augen niederschlagen.

Wir waren ermüdet von der Reise, und Hirsch schickte uns in seiner Kutsche zu dem Haus der de Graniers. Ich sagte mir immer wieder, «Colin, du bist im Hause eines Juden gewesen, eines Ungläubigen, der schlimmer ist als ein Heide», doch weder Empörung, noch Angst oder Schuldgefühl wollten in meinem Gemüt Einzug halten. Im Gegenteil, ich hatte mich bei den Hirschs so leicht und frei gefühlt wie in keinem der anderen vornehmen Häuser, wie fröhlich und heiter es dort auch zugegangen sein mochte, wo Worte so unbeschwert dahingeschwebt waren wie Schmetterlinge über Rosenblüten.

Das Haus der de Graniers war ein vornehmes Gästehaus. Geld wurde nicht erwähnt, aber die Gäste zahlten für alles, was sie in Anspruch nahmen. Monsieur de Granier war ein melancholischer Mensch; er lächelte nie. Allabendlich vor dem Essen las er die Gebete aus einer riesengroßen Bibel, die in schwarzes Leder gebunden war und sich seit 1556 im Besitz der Familie befand. Er sprach während des Essens kein Wort und schenkte uns keinen Blick. Madame de Granier wollte wissen, ob wir der «Wahren» oder der «Freien Kirche» angehörten; eine freiheitliche Bewegung, angeführt von einem gewissen Pastor Bridel, erregte in Genf einiges Aufsehen. Vater beruhigte sie in dieser Hinsicht, aber sie schien sich damit nicht ganz zufrieden zu geben.

Als wir am anderen Morgen wieder bei den Hirschs waren, sagte Abraham Hirsch zu seinem Sohn: «Jacob, zeig Colin doch einmal unseren Garten. Vielleicht spielt er gern Krocket oder mit den Wurfringen.» Jacob lächelte und faßte mich an der

Hand, und wir gingen in den Garten. Er lag hinter dem Haus, und dort blühten große englische Rosen, die letzten des Jahres, denn die schönsten Rosen sind die Oktoberrosen, die kurz vor dem ersten Wintersturm erblühen.

Es gab auch einen Krocketrasen und eine Bahn zum Wurfringspiel.

«Was würdest du lieber spielen?» fragte Jacob.

«Krocket», sagte ich, weil ich an mein Bein dachte. Ich trug mein künstliches Bein, und niemand schien es bemerkt zu haben, aber an das Wurfspiel traute ich mich nicht heran.

Jacob, Sarah und ich spielten Krocket und kehrten dann in den Salon zurück, wo Vater noch immer mit Hirsch sprach. Sie tranken Schokolade. Am Tag zuvor, bei unserer Ankunft, hatte Hirsch uns keine Erfrischung angeboten, weil manche Christen es als Sünde betrachteten, im Haus eines Juden ein Mahl einzunehmen.

«Komm, ich zeig dir unsere Bücher», sagte Jacob und führte mich in ein anderes großes Zimmer, die Bibliothek.

Bücher, Bücher, so viele Bücher! In ganzen Reihen, vom Boden bis zur Decke. Jacob schritt die Regale entlang. «Was möchtest du gern lesen, Colin? Ich habe Mathematik und Philosophie am liebsten, aber es sind auch noch andere Bücher da.»

«Ich liebe Bücher über andere Länder und Menschen und ihre Bräuche.»

«Genau wie mein Vater. Er ist in seiner Jugend viel gereist, nicht aus freien Stücken, sondern weil wir Juden aus so vielen Städten vertrieben werden. Na, was haben wir da – *Sindbad der Seefahrer, Die Märchen aus tausendundeiner Nacht, Marco Polos Reisen* ...» Er zog Bücher heraus, ein ganzes Dutzend, und legte sie auf einen massiven Eichenholztisch. «Aber vielleicht suchst du dir lieber selbst etwas aus. Mein Vater hat nichts dagegen, solange man achtsam mit den Büchern umgeht und sie wieder an ihren Platz stellt. Kannst du englisch, deutsch oder italienisch lesen?»

«Nur französisch und ein bißchen lateinisch und griechisch», sagte ich. Jacob war dreizehn, zwei Jahre älter als ich, aber ich hatte das Gefühl, daß er im Vergleich zu mir sehr gebildet war.

«Ich zeig dir mein Fernrohr», sagte Jacob. Er führte mich zum obersten Geschoß des Hauses hinauf, und ich folgte ihm, so leichtfüßig, wie es mir eben zu Gebote stand, und dann waren wir in seinem Zimmer mit einem großen Fenster und einem langen Fernrohr, das auf einem Gestell befestigt und gegen den Himmel gerichtet war; und dann waren da noch ein Tisch mit Instrumenten darauf, die an einen Schiffssextanten erinnerten, und, auf einem Sockel, eine große, mit Zeichnungen bedeckte Kugel. «Das ist unsere Erde, der Globus», sagte er. «Da, hier sind wir jetzt, und wir drehen uns um die Sonne.»

Die Erde war rund und bewegte sich um die Sonne, und wir fielen nicht von ihr herunter, weil es etwas gab, das man Schwerkraft nannte. Ich hatte noch nie einen Globus gesehen, und als ich ihn jetzt ansah, spürte ich die Unendlichkeit des Universums.

Während der folgenden zwölf Tage geschah zweierlei. Zum einen lernte ich Jacob lieben mit einer Liebe, die unbefleckt war von Kummer, Zweifel oder Furcht. Ich liebte Bea und Vater und Mutter und auch Valentin, aber da war in meiner Liebe immer etwas, das mich gleichzeitig schmerzte, so daß ich, je mehr ich sie liebte, gleichzeitig fürchtete, ich könnte sie zu sehr lieben. Bea liebte ich von Herzen, und doch fürchtete ich, zu sehr an ihr zu hängen, und das war Sünde. Aber bei Jacob hatte ich nichts zu befürchten. Nichts würde dieser Liebe widerfahren, sie zerstören, einen Aussatz der Seele offenbaren.

Jacob war das, was ich sein wollte. Er war es, der mein Denken mit der Methode des wahren Lernens bekannt machte. Das war nicht das gedankenlose Lernen nach Pastor Burandels Art, das war auch nicht die unsystematische und zufällige, wenn auch einfallsreiche Art, mit der mein Vater seine Automaten machte, ohne besondere Kenntnis in Mathematik und Mechanik. Bei Jacob war alles Methode und Logik, ein unaufhörliches Bemühen des Denkens, das die Grenzen des Verstandes immer weiter hinausschob und ein unendliches Universum des Wissens offenbarte, das es zu erobern galt. Und das war das zweite wunderbare Ding, das mir widerfuhr.

Jacob hatte schon mit sieben Jahren Newtons *Principia* gelesen. Er erzählte mir von Leibniz, Newton, Galilei und so vielen anderen. Sein Denken sah Verbindungen, Zusammenhänge zwischen allen Dingen. Er las ein Buch, gab mir eine Zusammenfassung davon und ging dann weiter und beurteilte es kritisch und zeigte seine Mängel auf. So spekulierte er etwa über die Farben der Rosen, was zu einer Diskussion über den Regenbogen führte und zu der Frage, wie das Licht in dem Kristallprisma auf seinem Tisch gebrochen wurde und woraus denn Licht überhaupt bestand.

Ich blickte durch Jacobs Teleskop nach den Sternen und sah die Venus und den Mars und weit hinter ihnen feurige Erscheinungen mit wundersamen Namen. Und Jacob fragte sich, wie das alles zustande gekommen sei und wie viele Myriaden von Welten existierten und ob es dort Menschen gebe. «Oder eine andere Art von Leben, Colin, ein Leben in Gestalten und mit Seelen, Lebewesen, von denen wir nicht einmal geträumt haben.» Dies führte uns zu der großen Streitfrage Seele und Gott, und unser wagemutiges Denken erschreckte und entzückte mich zugleich. Denn was war die Seele? Und wenn Gott in uns war, wie konnte er dann je einen Teil seiner selbst verdammen? Und wo kam das Böse her?

Jacob erzählte mir, wie die Seeleute sich nach den Sternen und dem Kompaß richten, und ich las die Mutmaßungen der Astronomen über die Zusammensetzung des Universums. Jacob fragte sich, wie alt die Erde sei. War der Mond einmal ein Teil von ihr gewesen, der bei irgendeinem Zusammenstoß herausgerissen worden war? Er entflammte meine Seele und meinen Verstand.

So vieles erfuhr, lernte ich in diesen zwölf kurzen Tagen. Ich lernte die Geschichte der Automaten kennen, die ich selbst fertigte. Und auf einmal waren sie keine bloßen Spielzeuge mehr, sondern standen mit dem großen Plan des Universums in Verbindung, waren Teil des Strebens des Menschen nach

Selbsterkenntnis. «So wie Gott den Menschen nach seinem Bilde schuf», sagte Jacob in seinem ruhigen nachdenklichen Ton. Ich begann auch Jacobs große Qual zu erfassen, denn mit dreizehn Jahren schon wurde er von Zweifeln am Wesen Gottes geplagt . . .

Die Automaten waren vierzig Jahrhunderte alt. Es begann mit beweglichen Puppen in Ägypten, wo man glaubte, man könne einige der Geheimnisse des Lebens entdecken, indem man auf solche Weise Form und Bewegung lebender Wesen nachahmte. Anubis, der Hund-Gott, hatte ein bewegliches Kinn und konnte bellen. Die Statue eines Toten besaß durch die bloße Magie, die dem geschaffenen Abbild innewohnte, die Kraft des Toten und wartete darauf, daß die Seele in sie einzöge. Und lebende Statuen konnten als Un-Tote in Ägypten, in Griechenland und in Rom die Zukunft vorhersagen, Orakel sprechen.

Die Beobachter, die Hüter der Seelen. Die Vorstellung meiner Mutter wurde logisch, fügte sich in einen Rahmen ein. Ihre Suche war die Suche der Menschheit nach ihrer Ewigkeit. Und zum erstenmal sprach ich mit einem anderen über Mutter und die Nacht mit ihrer Magie und meinen Alpträumen. Jacob nickte. «Ich weiß darüber nicht genug, Colin, aber ich glaube, daß alle Menschen so etwas wie Beruhigung, Bestätigung wollen. Unendlichkeit, Ewigkeit. Was verstehen wir eigentlich unter Zeit? Colin, vielleicht machen wir hier Uhren, weil wir uns weniger vergänglich vorkommen, wenn wir die Tage, die Stunden messen. Aber wir wissen nicht wirklich, was Zeit und Raum sind, obwohl Newton so sicher zu sein schien, daß sie feste Werte sind. Ich weiß es nicht, ich weiß es nicht . . .» Und so blickte Jacob, plötzlich ratlos, durch sein Teleskop und murmelte: «Ich frage mich, wieviel Zeit ein Stern gebraucht hat, um das Licht zu uns zu schicken, das ich jetzt sehe.» An diesem Abend suchte er nach den Plejaden, einem schwach sichtbaren Sternenhaufen nahe dem Sternbild des Orion.

Im neunten Jahrhundert hatten sich die Araber damit vergnügt, Figuren von Menschen auf ihre Wasseruhren zu stellen, die ihnen mit Bewegung und auch Musik die vollen und die halben Stunden anzeigten. Eine Abhandlung von al Jazari und Ridwan, A. D. 850 in Byzanz verfaßt, beschrieb, wie diese hydraulischen Automaten funktionierten. Nach den Kreuzzügen ließen sich die französischen Könige solche wassergetriebenen Apparate in ihren Gärten aufstellen.

1601 hatte Matteo Ricci, ein gelehrter Jesuit, der Mathematiker und Astronom war, Uhren nach China gebracht. Aber da niemand wußte, wie man sie aufzog oder reparierte, gelang es ihm nicht, die Mandarine von seiner technischen Geschicklichkeit zu überzeugen, wenn er auch weiterhin in hohen Ehren stand wegen seiner Fähigkeit, Sonnen- und Mondfinsternisse vorherzusagen.

Ein anderer Jesuit, Magellan, hatte 1640 für den Kaiser von China eine Figur konstruiert, die innen ein Uhrwerk mit Federn besaß und fünfzehn Minuten lang mit einem Speer in der Hand zu laufen vermochte. Und 1737 hatte der Franzose Vaucanson einen Satyr gebaut, der Flöte spielte. Er hatte ein Gesicht aus Holz und Arme aus Pappe, die aus China eingeführt war. An den Fingern hatte er Stückchen von echter Haut, welche ab und zu die Löcher zuhielten, so daß der Satyr wirklich auf dem Instrument spielte. Vaucanson hatte auch eine Webmaschine zur Herstellung von Damast und Stoffen mit eingearbeiteten Blumen erfunden, wobei er eine Papprolle mit eingestochenen Löchern benutzte, die dann das Muster hervorbrachten.

Nun wußte ich, daß ich Erbe einer großen Tradition war, der es nicht um die Fabrikation von kindlichem Spielzeug, sondern um die Suche nach den Primärkräften der Natur ging.

«Du siehst, nichts im Leben ist ein Mysterium, Colin, alles läßt sich erklären», sagte Jacob.

Ließ sich wirklich *alles* erklären? War alles Wissen zugänglich? Aber die Erbsünde des Menschen war sein Ungehorsam, das Essen vom Baum der Erkenntnis, weil er «wissen» wollte. «Dann werdet ihr sein wie Gott», hatte der Teufel gesagt. War das wahr?»

War dieses Streben nach Wissen eine Herausforderung Gottes?

Ich stellte Jacob diese Frage, und er seufzte und lief eine Weile hin und her. «Ich glaube nicht, daß der Herrgott, der Eine, der Ewige, etwas anderes will, als den Menschen Sich gleich zu machen, denn Er hat uns nach Seinem Bild geschaffen und freut Sich, wenn wir Seine Größe entdecken – wozu wären wir sonst mit dem Denken begabt worden? Doch manchmal stelle ich mir vor, all diese Seine Vollkommenheit wurde Ihm langweilig, diese vollständige Harmonie ohne Fehl, die absolute Bewegungslosigkeit bedeutet, und da mußte Er den Menschen erschaffen und auch das Böse, denn Er ist der Schöpfer. Aus dieser Entstellung, diesem Defekt, diesem gewollten Makel kam alles, was um uns ist. Gott muß gewußt haben, daß der Mensch sündigen würde, sonst wäre Er nicht Gott, der die Vergangenheit und die Zukunft in alle Ewigkeit umfaßt. Colin, glaubst du, daß das, was der Mensch tut, Gott *belustigt*? Sind wir seine Automaten? Wenn Calvin recht hat, dann sind wir in der Tat Automaten, da alles vorbestimmt ist, aber das glaube ich nicht. Ich glaube, daß wir uns und die Zukunft selbst gestalten und daß Gott es uns überlassen hat, das Universum zu erobern, das Er schuf, und daraus zu machen, was wir können. Ich habe das Gefühl, Er braucht uns, um ganz Er Selbst zu werden, so wie wir Ihn brauchen.»

Ich brannte innerlich. Die ganze Nacht im Bett warf ich mich mit diesen neuen, fremdartigen Gedanken herum.

O Jacob, wie liebte ich dich, als du mich fragtest: «Was ist Licht? Wie kommt es zu uns und wieviel Zeit braucht es? Und was den Schall angeht, sieh, wieviel Zeit vergeht zwischen dem Blitz und dem Donner, der seine Bahn im Himmel nachzieht. Und unsere Gedanken, sind sie wie das Licht oder wie der Schall? Wieviel Zeit vergeht zwischen dem Augenblick, in dem ich mich in den Finger steche, und dem, in dem ich den Schmerz spüre?»

Und so öffnete ich mich ihm und erzählte ihm von Bea und mir, von unseren Gedanken, die miteinander sprachen, und vom Schreien der Untoten, das sie und Mutter hörten und ich durch sie.

«Auch meine Leute haben solche Legenden», sagte Jacob.

«Wir haben den Golem, dieses seltsame aus Ton geformte Wesen, zur Rache gemacht, das aufstehen und unsere Feinde vernichten wird.» So ließen wir unsere Gedanken schweifen.

Sarah liebte Musik und Tanz und neckte mich und sagte, ich würde zu einem Bücherwurm wie Jacob. Sie schleppte mich zum Spielen mit in den Garten. Und jetzt trug ich nicht Meister Chavenaz' Apparat, und keiner hielt sich über meinen Klumpfuß auf. Madame Hirsch fütterte mich mit Kuchen, die mit Mandeln und Milch gebacken waren, und wunderte sich, daß ich nicht zunahm.

Abraham nahm uns mit zur Messe, um uns das chinesische Porzellan zu zeigen, das in diesem Jahr nach Genf gelangt war, ein Geschäft, das einen guten Gewinn versprach. Früher hatte eine Gesellschaft in Holland chinesisches Porzellan importiert. «Aber jetzt stellt Holland sein eigenes Porzellan her, in Delft – nicht ganz so perfekt wie die Chinesen, aber doch recht schön.» In Frankreich wurden die vergoldeten bronzenen Sockel gegossen, die kranzförmigen Einfassungen, in denen die großen Vasen aus China standen. Es gab kaum ein vornehmes Haus, das nicht wenigstens zwei davon hatte, manche davon in Mannesgröße.

Und dann erzählte Abraham eines Abends, als wir alle beieinandersaßen, in bitterem Ton von Hexen und Hexerei, denn wie er sagte, hatte die gleiche Angst, die gleiche blinde Wut zur Verfolgung der Hexen und Zauberer geführt wie zu der der Juden.

Folter, Scheiterhaufen – in allen Ländern der Christenheit.

«Von 1575 bis 1700 wurden in Frankreich eine Million Menschen als Zauberer und Hexen angezeigt», sagte Abraham. «Und zweihundert Hexen wurden im vergangenen Jahrhundert in Genf bei lebendigem Leibe verbrannt. Der letzte, der als Zauberer starb, war ein Jesuit, im Jahre 1731.» Und in all diesen Jahrhunderten waren eine Million Juden verfolgt, gefoltert, lebendig verbrannt worden. Die spanische Inquisition hatte die jüdischen Gelehrten der Universität von Toledo vertrieben, welche das Wissen der Araber über Astronomie und Mathematik übersetzt und nach Europa gebracht hatten.

«Aber das ist doch jetzt vorbei», sagte Vater. «Wir leben in einem aufgeklärten Jahrhundert, Abraham. Solche Dinge werden gewiß nicht wieder geschehen.»

«Meinen Sie? Gewiß, wir leben im Zeitalter der Aufklärung. Das ist wahr und auch wieder nicht wahr. Hier in Genf kommen viele zu mir, die Geld oder Kreditbriefe brauchen, aber wenn sie mir auf der Straße begegnen, kennen sie mich nicht, und sie würden mich nie in ihr Haus bitten. Denn ich bin Jude, und obwohl ich euch helfen kann, kann ich doch nicht mir selbst helfen.»

Plötzlich lächelte Abraham Hirsch, und er wandte sich zu seiner Frau und tätschelte ihre Hand. «Genug der traurigen Dinge», rief er. «Morgen habe ich etwas Besonderes für Sie – wir besuchen Monsieur de Voltaire – gewiß haben Sie schon von ihm gehört?»

«Wer hat das nicht?» sagte Vater. «In Lausanne ist ständig von ihm die Rede, er läßt ja seine Bücher dort drucken.»

So manches Buch, das in Frankreich oder Preußen verboten, beschlagnahmt und verbrannt wurde oder nicht erscheinen durfte, erlebte seine Geburt in den kleinen klapprigen Druckereien von Lausanne, welche die aus ihrer Heimat geflüchteten Hugenotten eingerichtet hatten.

«Eine Persönlichkeit», rief Hirsch und schlug sich vergnügt auf den Oberschenkel. «Ihm kommt man nicht bei. Er redet – ha, wie er redet! Stets bereit, den Großen zu schmeicheln und die Leute über die Ungewitztheiten und die Schwächen anderer lachen zu machen. Er hat etwas gegen alle, die so berühmt sind wie er, und er setzt alles daran, unseren großen Rousseau zu verunglimpfen.»

Jean-Jacques Rousseau aus Genf war in Dijon ehrenvoll aufgenommen worden, aber seine Bücher schockierten viele Leute, und der Rat von Genf war ihm nicht wohlgesonnen. «Rousseau ist ein Idealist, ein Mensch, der uns gern alle vollkommen haben möchte und damit einem von ihm erfundenen Himmel nahe. Ich lese ihn mit Vergnügen, auch wenn er bisweilen weit über die gewöhnliche Moral hinausgeht», sagte Hirsch.

«Ja, und Voltaire, der war in Paris in der Bastille eingesperrt wegen der Veröffentlichung seiner *Lettres philosophiques* , in denen er den Liberalismus in England pries und mit den Verhältnissen in Frankreich verglich. Er ist ein außergewöhnlich begabter Mensch, ebenso niederträchtig wie aufgeklärt – und von der Natur mit einem großen Gespür fürs Geldverdienen ausgestattet.»

Wir fuhren nach Les Délices, wo Monsieur de Voltaire wohnte, und zwar in der schwarzen Kutsche mit nur einem Kutscher, die Hirsch hauptsächlich benutzte. Weil er Jude war, achtete er darauf, keinen Neid zu erregen, und gab sich in der Öffentlichkeit, wenn auch nicht als armer Mann, so doch bescheiden. «In Venedig und Genua leben Menschen wie ich in engen Ghettos, von Sonnenuntergang bis Sonnenaufgang hinter eisernen Toren eingesperrt», sagte er zu Vater. «Hier besteht wenigstens niemand darauf, daß ich einen Spitzhut und ein langes Gewand mit gelben Sternen darauf trage.»

Hirsch begeisterte sich für Erfindungen, doch während Jacob Wissen und Erkenntnis um ihrer selbst willen nachhing, dachte sein Vater auch an den Gewinn, der daraus zu erzielen war. Indes die Kutsche auf der Straße nach Les Délices dahinschaukelte, erzählte uns Hirsch von den Franzosen, die vor zehn Jahren eine Dampfmaschine für Schiffe gebaut hatten, so daß sich das Schiff ohne Segel und Ruder vorwärtsbewegen konnte.

«Aber die Maschine wurde von hergelaufenen empörten und törichten Menschen zerstört, als das Schiff zur ersten Versuchsfahrt die Seine hinauffuhr. Seit Anbeginn der Zeiten sind Menschen, welche die Natur, das Funktionieren unseres Universums zu erforschen suchten, abgelehnt, ja verfolgt worden. Und doch ist die Wissenschaft der Schlüssel zur Befreiung der Menschheit, und das heißt, wir müssen die Energien des Dampfes, der Elektrizität und des Magnetismus nutzen – in England reden die Philosophen vom Verständnis der Naturkräfte und von ihrer Anwendung.»

Endlich erreichten wir das Haus des François Arouet de Voltaire. Aus dem eigenen Land verjagt, hatte er bei Friedrich II., König von Preußen, Zuflucht gefunden. Doch dann hatte er sich mit Friedrich zerstritten, der ihn nur um seiner amüsanten Gespräche willen schätzte. Jetzt lebte er in Genf und wohnte in einem großartigen Hause zusammen mit seiner Nichte, Madame Denise, die zugleich seine Mätresse war, sowie drei Lakaien, achtzehn weiteren Dienstboten und einem Majordomus.

Das Grundstück war in der Tat reizvoll, ein französischer Garten mit einer schönen Auffahrt, die zu dem aus Stein gebauten Herrenhaus mit seinen vielen Fenstern führte. Voltaires Arbeitszimmer war ein großer Raum, dessen Wände mit Seidendamast bespannt waren. Ein riesiger Tisch war übersät mit ledergebundenen Büchern und Papieren, und neben drei Tintenfässern mit Federkielen darin standen fünf Fläschchen mit verschiedenfarbigen Arzneien aufgereiht.

Und an diesem Tisch saß Voltaire, wie einer jener bunten Papageien aus Neu-Spanien anzusehen, einen vielfarbigen Seidenturban auf dem Kopf und die gnomenhafte Gestalt in eine pelzbesetzte Robe aus karminrotem und goldfarbenem Samt gehüllt. «Ich sterbe, mein teurer Abraham», verkündete er, als er sich etwas wacklig erhob und dann wieder hinsetzte. «Gerade war Docteur Tronchin hier, um mich zu untersuchen und einen Blick auf meinen Urin zu werfen. Sie kommen gerade zurecht, um meine letzten Worte zu vernehmen.»

Dann sah er meinen Vater und mich an. Er war hager, so hager, daß sein Gesicht mit der spitzen Nase eine jener grinsenden Masken hätte sein können, wie sie die Landleute tragen, wenn sie zu ihren Festen mit Schellen um die Fußgelenke und an den Kappen durch die Straßen hüpfen.

«Monsieur Duriez und sein Sohn kommen aus Lausanne», meldete sich Abraham Hirsch zu Wort.

«Ah, Lausanne!» Voltaire sprang von seinem Lehnstuhl hoch, das Gesicht verzerrt von Entzücken, Pathos und Berechnung, während er auf meinen Vater zueilte und seinen Arm ergriff. Ich bemerkte seine schönen Hände, die zwar braune Flecken trugen, deren Gelenke und Finger aber keineswegs vom Alter gezeichnet waren. «Lausanne, dort möchte ich meinen alten Leichnam zur Ruhe legen. Ich habe da ein Haus gemietet, um in dieser schönen Stadt in Frieden zu sterben. Zumindest habe ich die Zustimmung der hohen Herren von Bern erhalten. Ich breche in ein paar Tagen auf, wenn das hier» – er deutete mit dem Arm auf den Schreibtisch – «alles erledigt ist.»

Der ewig Todkranke, wie sein Spitzname lautete – denn man konnte ihn in der Tat für gebrechlich halten, nur daß er Energie produzierte, so wie ein Wasserfall Geräusch produziert –, schritt jetzt auf und ab, meinen Vater um die Schulter und am Arm fassend und so schnell daherredend, daß wir von dem über uns niederrauschenden Wortstrom fortgerissen wurden.

«In Lausanne wohnt ein begabter Dichter, Albert de Haller, ein Patrizier aus Bern. Ich werde ihn treffen – ich reise dorthin, ich habe vor, dort ein kleines Anwesen zu erwerben. Zweifellos sind Sie über meine Korrespondenz mit Bern unterrichtet. Zuerst waren sie dort etwas verstört, weil ich sie einfach mit ‹Messieurs› anstatt mit ‹Eure Exzellenzen› angeredet habe – aber dann haben sie doch den Vorteil meiner Anwesenheit auf ihrem Territorium eingesehen. Gewiß haben Sie, Maître Duriez, einen Posten in Ihrer Stadt inne ...»

«Nichts ist uns geblieben, als uns zu amüsieren», entgegnete mein Vater. «Die hohen Herren in Bern geben uns nichts anderes zu tun, Monsieur de Voltaire. Sie haben kein allzugroßes Vertrauen in uns.»

«Aber nirgendwo steht die Literatur in solcher Blüte wie in Ihrer herrlichen Stadt!» rief Voltaire aus. «Jetzt werden wir das Vergnügen haben, uns oft zu sehen, Monsieur Duriez. Sagen Sie, sind dort irgendwelche kleine Anwesen zu kaufen? O, nichts Großes, nur so etwas wie das hier» – seine Armbewegung schloß das Herrenhaus mit seinen sechzehn Zimmern ein. «Ich bin ein Mann von bescheidenen Ansprüchen und Mitteln. Kennen Sie den Amtmann? Er macht mir einen sehr guten Eindruck. Sagen Sie ihm, Sie hätten mit mir gesprochen und ich brauchte die Luft von Lausanne. Ich bin ein todkranker Mann, und ich möchte meine alten Knochen in einer zivilisierten Stadt zur Ruhe legen . . . Ich weiß da von einem Haus auf dem Montriond . . .»

Mein Vater löste sich aus Voltaires Umarmung und erwiderte: «Monsieur, ich freue mich sehr, daß die hohen Herren in Bern Ihnen gewährt haben, was Sie sich so sehnlichst wünschen. Ich weiß, daß Ihre Anwesenheit dem Ruf unserer kleinen Stadt sehr zugute kommen wird.»

Voltaire strahlte. «Ich werde dort ein Theaterstück aufführen, es ist alles schon vorbereitet», sagte er. «Es heißt *Dschingis-Khan oder Die Waise von China* , eine chinesische Tragödie, die auf ein altes chinesisches Stück zurückgeht. Kennen Sie Monsieur de Gentils? Er stellt mir für mein Stück sein Schloß zur Verfügung, und die Schauspieler werden vornehme Herren und Damen von Lausanne sein –»

«Mr. Duriez», unterbrach ihn Hirsch, «macht Automaten und Androiden. Er und sein Sohn möchten sich gern hier in Genf niederlassen und suchen Ihren Rat, Monsieur de Voltaire. Wie Ihr Freund Monsieur Diderot gesagt hat, dem es so sehr um das Wissen zu tun ist: *‹C'est chez ceux qui pratiquent les arts mécaniques qu'il faut chercher la sagacité de l'esprit.›* *

Voltaire hörte auf zu sprechen, blickte betroffen, sah meinen Vater an und nahm vielleicht seine Kleidung wahr, die Vater nicht gerade in die Reihen der vornehmen Gesellschaft verwies. Er runzelte ein klein wenig die Stirn, was auf seinem faltigen Gesicht kaum zu erkennen war, doch dann befahl er mit exquisiter Höflichkeit, Wein zu bringen.

«Ah, mein Freund Diderot», rief er aus, «haben Sie seinen *Brief über die Blinden* gelesen? Dazu hat er sich durch die Engländer Saunderson und Locke inspirieren lassen. Diderot ist zu originalen Gedanken völlig unfähig. Aber ich bin verliebt in den Osten, in China; von dort kommt alle Weisheit her, alle wahre Tugend. Die Jesuiten, die seit einigen Jahrzehnten dort sind, haben Konfuzius übersetzt . . .»

«Monsieur Duriez könnte Automaten für China machen»,

* Bei denen, welche die mechanischen Künste ausüben, muß man die Schärfe des Geistes suchen.»

sagte Hirsch, abermals seinen Wortschwall unterbrechend. «Wie ich höre, sind Sie dort hoch angesehen.»

Das Wortfeuerwerk, die Gedankenpirouetten kamen zum Stillstand. Jetzt war Voltaire der Geldmann, der so schlau war wie ein Bankier, und sein agiles Hirn dachte in Louisdors, Livres und Dukaten. Er erkundigte sich bei meinem Vater nach den Automaten und erbot sich, einen zu kaufen. «Ich weiß, alle Welt ist zur Zeit ganz darauf versessen», sagte er. «Sie müssen mir Ihre Apparate zeigen, wenn ich in Lausanne bin.» Aber er machte das Angebot in etwas herablassender Art, und Vater verneigte sich nur und sagte:

«Meine Werkstatt steht allen Besuchern offen, Monsieur.»

Nun ließ sich Voltaire weitschweifig über die Preußen aus. Er habe Briefe erhalten, sagte er, aus denen hervorgehe, daß die «Tudesques», wie er sie jetzt nannte, doch ein ungebildetes, grobschlächtiges Volk seien, das seine Schriften nicht zu schätzen wisse (er hatte vergessen, daß der König von Preußen ihn vor dem Zugriff seiner eigenen Landsleute gerettet hatte).

Als wir wieder in der Kutsche saßen, lachte Hirsch leise und sagte: «Jetzt haben Sie unser Lokalphänomen kennengelernt. Er sieht aus, als könnte ihn der leiseste Wind umwerfen, aber er wird uns alle überdauern, denn seine Boshaftigkeit und sein Elan im Verunglimpfen anderer halten ihn am Leben. Morgen redet er Schlechtes über mich, wenn es ihm gerade in den Sinn kommt. Er schlägt aus der kleinsten Münze Profit; er ist hunderttausend Livres im Jahr wert, und er hat bereits mehrere Häuser, vier Kutschen und achtzehn Dienstboten. Er will eine Textilfabrik einrichten und sieht sich nach Land um. Aber er streitet mit seinem Weinhändler wegen der lächerlichen Summe von sechs Louisdors und mit seinem Zimmermann wegen eines noch geringfügigeren Betrags. Ha, er hat sogar mich übers Ohr zu hauen versucht!»

Hirsch überzeugte meinen Vater davon, daß er nach Genf ziehen müsse. «Ich werde einige Handwerker und Lehrlinge für Sie suchen, denn ich bin sicher, daß die Herstellung von Automaten in größerer Zahl ein lohnendes Unternehmen sein könnte. Man darf sie nicht als bloßes Spielzeug betrachten. Ich kann mir vorstellen, daß es eines Tages einen Androiden gibt, einen mechanischen Arbeiter, dem man beibringen kann zu spinnen und zu weben, zu dreschen und zu ernten, und der alle schwere Arbeit leistet. Welch ein Segen wäre das für die Menschheit!»

Vater versprach, Hirsch wissen zu lassen, wann wir kommen würden. Das Frühjahr sei die beste Zeit zum Umzug, meinte Hirsch. Inzwischen solle Vater noch einige Automaten machen, die man dem Stadtrat vorführen könne ...

Ich war sehr glücklich, in Genf würde ich mich oft mit Jacob treffen können.

Beim Abschied brach Sarah in Tränen aus, und Madame Hirsch gab uns ein großes Paket mit Zuckerwerk und kandierten Früchten und zwei Kaschmirschals für Mutter und Bea mit.

«Bis zum nächsten Frühjahr, Colin», sagte Jacob. «Vielleicht schreibst du mir inzwischen einmal, was du von Spinoza hältst.»

Wir hatten den ganzen letzten Abend geredet, Jacob und ich. Es war ein milder Tag im frühen Oktober, und Vater und Abraham Hirsch saßen bei ihrem Wein im Salon. Ich hörte das Murmeln ihrer Stimmen, bemühte mich aber nicht, genau zuzuhören. Mit Jacob zusammen zu sein war mir wichtiger. Am Nachmittag hatten wir einen Wassertropfen betrachtet unter dem neuen Mikroskop, das aus London für Jacob eingetroffen war, und ich hatte die winzigen Lebewesen beobachtet die darin schwammen, durchsichtiges Leben, in wilder Energie zappelnd und zuckend. Jacob hatte mir ein kleines Bücherpaket gemacht. Ein Jammer, daß ich kein Englisch könne, meinte er, «denn die Engländer sind unsere Meister in Naturwissenschaft und Mechanik. Du mußt Bacon lesen und Newton und Bradley – der die Abberration des Lichts entdeckt hat – und Jonathan Swifts *Gullivers Reisen*». Er gab mir auch Montesquieus *Persische Briefe* mit und ein Traktat über Mechanik von Euler und Spinoza und natürlich Diderot, Diderot den Franzosen, der alles in Frage stellte, der seine *Encyklopédie* schrieb, der die Leidenschaft pries, denn nur die Leidenschaft kann die Seele zu großen Dingen erheben. Und Jacob hatte in ein Bühnenstück von Shakespeare, *Der Sturm,* hineingeschrieben: Meinem Freund Colin Duriez, denn Sturm wohnt in unseren Seelen. «Vielleicht sind wir alle aus dem gleichen Stoff gemacht, Mensch, Tier, Wurm ... alle zusammen aus der gleichen Substanz, alle zusammen in stetigem Flusse begriffen», sagte er, als wir abfuhren. «Laß mich wissen, wie du darüber denkst.»

Die Kehle war mir wie zugeschnürt. Ich wußte, ich würde ihm nicht zu Spinoza schreiben, denn das konnte ich nicht. Aber ich würde lernen. Ich würde sogar den *Sturm* lesen, zuerst auf französisch, dann auf englisch. Ich würde mich zu Jacobs Ebene hinaufschwingen.

Es war Nacht, als wir daheim ankamen. Wir waren rasch gefahren, Alexander trieb es zum heimischen Stall. Das Haus mit dem schweren überhängenden Dach schien uns aus seinen erleuchteten Fenstern anzublicken.

Mutter webte an einem Tuch aus scharlachroter Wolle. Sie erhob sich voller Freude, als mein Vater auf sie zutrat, und Liebe sprang zwischen ihnen über, und ich war glücklich. Sie drückte mich an sich und sagte: «O Colin, wie bist du gewachsen in diesen zwei Wochen!»

Und Bea kam die Treppe herunter: «Colin, ich habe dich vermißt! Wie war es in Genf?»

Ich erzählte es ihr. Ich erzählte von Voltaire und von Jacob und davon, daß wir im Frühjahr nach Genf ziehen würden. Ich wollte, daß Jacob und Bea sich kennen und mögen lernten. Dann würde mein Glück vollkommen sein.

«Und du, Bea – wie ist es bei dir gewesen?»

Sie sah mich an, und das Lächeln in ihren Augen und um den Mund verblaßte. «Antoine der Prediger ist wieder da», sagte sie. «Mutter und ich haben Angst.»

4

ANNO DOMINI 1755

Antoine der Prediger war wieder da. Man nannte ihn jetzt Antoine, die Stimme Gottes, und er predigte allabendlich in einer leerstehenden Scheune, die hinter den Häusern der Fischer gelegen war.

Im November machten die Fischer keine großen Fänge; ein früher Winter graute über dem Wasser herauf, die Fische verzogen sich in die tieferen und wärmeren Untergründe des Sees; die Fischer und die Weinbergarbeiter, jetzt ohne Beschäftigung, begaben sich samt ihren Frauen zu Antoine. Und obwohl Pastor Burandel die Seinen vor «fremden Ketzereien» gewarnt hatte, strömten immer mehr Menschen aus Vidy, aus Montoie und sogar aus dem fernen Saint-Sulpice zu Antoine, der Stimme Gottes.

Es lag eine alles durchdringende Stimmung von Angst in der Luft. Nebel dampfte über dem See, seine Wasser waren bleischwer. Ein Boot kenterte ohne ersichtlichen Grund, und ein Fischer ertrank. Alte Männer litten an Schmerzen in den Knochen und fanden keinen Schlaf.

Eines Abends erstickte ein Säugling und starb. Seine Mutter kam um Mitternacht und schrie und zog unsere Mutter am Ärmel. «Die Arznei – es ist daran erstickt . . .» Mutter hatte dem Kleinen zwei Tage zuvor eine beruhigende Medizin gegeben. Sie ging mit der Mutter des Kindes hin, aber es war zu spät.

Und innerhalb von drei Tagen starb ein weiteres Kleinkind, genauso plötzlich. Ihm jedoch hatte Mutter keine Medizin gegeben, sie war nicht einmal bei ihm gewesen. «Es ist eine ansteckende Krankheit», sagte Pastor Burandel und tröstete die betroffene Familie. Die Kirchenglocke läutete für die Seelen der Dahingeschiedenen; die aufgehäufte Erde auf dem Friedhof zeigte zwei neue Gräber an. Pastor Burandel predigte, daß der Tod auf uns alle warte und daß sein Kommen Gottes Wille sei.

Fünf Tage später fand sich Marie-la-Folle nicht wie üblich bei uns ein. Als es Abend wurde, kam Pierre, der Sohn von André Paluz, schreiend herbeigerannt. Er hatte sie tot in einem Dickicht liegen sehen. Sie war überfallen und dann erwürgt worden.

Wer hatte diese gräßliche Tat begangen? Die Gendarmerie von Lausanne kam und ermittelte und fand nichts heraus. Man wußte, daß eine Gruppe von zurückgekehrten Söldnern im Land war, und die Bürgerwehr war hinter ihnen her. Man erschauerte, und man begann zu flüstern. Man hatte Valentin im Wald gesehen, gerade an jenem Tag, als Marie umgebracht worden war . . .

Man sprach auch von einer Hexe, einer schwarz gekleideten Frau mit Augen wie feurige Kohlen, die aus den dunklen Joratwäldern des Oberlands heruntergekommen war. Im Jorat herrschte das Böse. Im vorangegangenen Jahrhundert waren dort viele Zauberer, Hexen und Magier bei lebendigem Leib verbrannt worden. Inzwischen hatten die hohen Herren in Bern das Töten von Hexen ohne rechtmäßigen Prozeß verboten. Und Wäldler aus dem Jorat, die auf ihren Wagen die gefällten Eichenstämme herunterbrachten – Holz für Häuser, Hocker und Tische, Schränke, Betten und Särge – behaupteten nicht mehr, den Satan umherspazieren oder mit einer Schar von Zauberern tanzen gesehen zu haben. Dennoch ging das Gerede weiter, man sprach von Hexen, die lautlos durch die Nacht flogen, durch den Kamin herabglitten, wenn das Feuer erloschen war, und die kleinen Kinder umbrachten . . .

Vater ging Maries Tod sehr nahe, und er verbot uns, das Haus zu verlassen, wenn die Dämmerung über dem Weg dunkelte. «Da schleicht ein Mörder umher», sagte er. Und tatsächlich wurde eine Woche später ein Mann festgenommen. Er war in ein Bauernhaus eingedrungen und hatte Kleider und Geld gestohlen, und unter der Folter gestand er, Marie getötet zu haben.

Doch es wurde weiter geflüstert. Hexerei ging um, und manche Frauen bekamen Anfälle und schickten nach Antoine, der Stimme Gottes, der ihnen den Dämon austreiben sollte. Vater ignorierte das alles mit Gelassenheit. Er bereitete unseren Umzug nach Genf vor. Er mußte das Haus verkaufen und sprach darüber mit Meister Chavenaz. «Es ist ein schönes Anwesen – vielleicht hätte sogar der Herr Amtmann Interesse daran», sagte Chavenaz. Doch erst wenn der Frühling kam, kauften die Lausanner Bürger Häuser oder Land, nie im Winter.

«Im Frühjahr», sagte Chavenaz. «Warten Sie bis zum Frühjahr.»

Am Sonntag gingen wir zusammen mit Valentin, der wie üblich aus der Schmiede zu uns gekommen war, in die Kirche. Nach dem Gottesdienst standen die Männer draußen auf den Kirchenstufen in Gruppen zusammen und sahen uns an, die Hände auf dem Rücken verschränkt. Valentin dachte an nichts Böses; er lächelte freundlich, und seine blauen Augen strahlten so fröhlich wie ein Sommerhimmel. Aber niemand schüttelte Vater die Hand.

«Was ist los mit ihnen?» fragte Vater.

«Vielleicht sind sie neidisch», meinte Mutter. «Weil wir nach Genf gehen.»

Der Schreiner Pierre-Thomas kam zu uns, um Kisten für Vaters Bücher zu machen. Aber er arbeitete langsam und bewegte sich recht steif. «Manche Leute haben eben Glück und andere Unglück», sagte er so vor sich hin, während er, Nägel im Mund, seine Bretter zusammenhämmerte. «Jetzt werden Sie viel Geld verdienen, Jean-François, aber es war meine Arbeit, die Sie auf den Weg dorthin gebracht hat.»

«Ich werde Sie nicht vergessen, Pierre-Thomas», sagte Vater. «Sobald ich richtig eingerichtet bin, schicke ich nach Ihnen.»

«Ich habe über diese Puppen nachgedacht», erwiderte Pierre-Thomas. «Sie sind gegen den Willen Gottes.»

«Wer hat Ihnen denn diesen Floh ins Ohr gesetzt?» fragte Vater.

Pierre-Thomas zuckte die Achseln und wechselte das Thema. «Wir haben keine guten Zeiten, und auf unserem Dorf liegt ein Fluch. Es ist an der Zeit, daß wir über unsere Sünden nachdenken und bereuen. In den Winternächten schleicht das Böse umher.»

«Jetzt redet er gerade wie Antoine», sagte Vater, als Pierre-Thomas gegangen war.

Ich hätte ihm gern gesagt: «Mutter hat Angst, und es gibt welche, die sagen, Valentin habe Marie getötet.» Aber Mutter wollte nicht, daß wir Vater beunruhigten, und so schwieg ich.

Mitte November, an einem grauen Nachmittag, hielt ein Einspänner vor unserem Gartentor, und Isabelle de Thunon, schwarz gekleidet, die Hände in einem großen Muff versteckt, stieg aus und kam, von ihrer Zofe begleitet, auf unser Haus zu.

«Sie sind Jean-François' Ehefrau», sagte Isabelle, als Mutter ihr die Tür öffnete. «Ich bin seine Cousine, und ich freue mich, Sie endlich kennenzulernen.»

«Jean-François hat mir von Ihnen erzählt», sagte Mutter. «Ich werde ihn rufen.»

Vater hatte die Kutsche gehört; er kam aus seinem Arbeitszimmer, wo er seine Bücher in die Kisten gepackt hatte, und küßte Isabelle auf die Wange. «Wie schön, daß du einmal zu uns kommst, Cousine Isabelle. Daout, mach uns von dem guten Chinatee, den ich aus Genf mitgebracht habe.»

Mutter hatte das schon geahnt und den Tee in seiner schwarzlackierten Dose herbeigeholt und auch Plätzchen, die sie gebacken hatte. Sie deckte den Tisch und stellte die Zinnteller und den großen Milchkrug darauf. Ich mußte an Isabelles vornehmes Silber und Porzellan denken, an das Tischtuch aus Spitze, die atlasbezogenen Stühle, auf denen wir in ihrem Haus gesessen hatten.

Isabelle setzte sich auf die Bank an unserem Tisch. «Jean-François, wie ich höre, willst du mit Hilfe einiger Bankiers in Genf eine Fabrik zur Herstellung deiner Spielzeuge aufmachen. Das ist eine Gelegenheit, diesen Ort hier zu verlassen.» Ihr Blick schweifte umher, ging über Mutter hinweg, erfaßte den Webstuhl, das Spinnrad und noch einmal Mutter in ihrem grauen Kleid mit der weißen Schürze. «Vielleicht kann ich dir helfen. Ich kenne einige Familien in Genf. Aber du kennst sie ja auch, Cousin – die Doumas, die Givels, die Gillierons . . . Ich habe auch eine schlechte Nachricht. Aus Neuchâtel. Dein Bruder Théodore würde sich freuen, von dir zu hören, Jean-François. Wenn du ihm nur mitteiltest, daß du nach Genf gehst . . .»

Vater lehnte sich zurück und wartete, bis Mutter den Tee eingeschenkt hatte und alles still war. Und dann sagte er in seiner unbeschwerten und anmutigen Art, von der ich jetzt wußte, daß sie die Art der Patrizierfamilien war: «Liebe Cousine Isabelle, heißt dies, daß Théodore uns nach Neuchâtel einlädt?»

Isabelle griff an ihr Haar. Sie trug es hoch auf dem Kopf aufgetürmt und gepudert, und darauf saß noch ein Hut aus schwarzem Samt.

«Lieber Cousin, ich glaube, Théodore will geschäftlich mit dir reden. Wie du weißt, gibt es da einen Grundbesitz, und du bist der Erbe.»

Vater, noch immer in seinem Stuhl zurückgelehnt, die Hände auf den Armstützen, sah sie an und erwiderte mit ganz ruhiger Stimme:

«Liebe Cousine, wenn ich ihn besuche, dann kommen Daout und unsere drei Kinder mit mir.»

Isabelle nahm ein Plätzchen. Sie biß hinein, und ihr Gesicht war plötzlich ohne Maske und zornig. Und da sah ich, daß sie älter war als Mutter, trotz des hochaufgetürmten Haares und des gepuderten Gesichtes mit den nachgezogenen Brauen.

Und Mutter sagte in ihrer sanften Art: «Hätten Sie gern ein paar von meinen *Brisselets* ?» Sie reichte ihr die Schale hin.

Isabelle achtete nicht auf sie und fuhr fort: «Théodore ist nicht bei bester Gesundheit, Jean-François. Er ist nicht in der Lage, viele Personen zu empfangen. Es wäre besser, du schreibst ihm. Deshalb bin ich abermals, auf die Gefahr hin, dich zu erzürnen, sein Fürsprecher . . .»

Vater seufzte und blickte in eine andere Richtung. Isabelle

trank recht geziert einen Schluck Tee, und ich sah, daß sie eine einsame Frau war, eine traurige Frau unter all ihrer spröden Heiterkeit. Damit das Schweigen nicht zu lastend wurde und weil sie gut erzogen war, sagte sie:

«Ach, das hätte ich fast vergessen... Suzanne, hol die Päckchen...»

Die Zofe ging hinaus und kam mit einigen Päckchen zurück. Eine Puppe für Bea, die nicht mit Puppen spielte, sich aber dennoch mit einem Knicks bedankte, und für mich ein Samtwams mit silbernen Knöpfen.

Sie hatte auch ein paar Stiefel aus Saffianleder für Vater mitgebracht. «Cousin, ich dachte, die gefallen dir vielleicht.» Und Mutter überreichte sie einige Bänder aus Atlasstoff und ein Stück Musselinstoff.

Mutter bedankte sich lächelnd, ging zu ihrem Webstuhl und schnitt ein Stück Leinen ab, das sie gewebt hatte; es wies ein Blättermuster auf und konnte als Bettüberzug oder als Vorhang dienen. «Es ist zugleich warm und kühl», sagte sie in ihrer besonderen Art, bei der die Leute verwirrt waren und nicht wußten, was sie wirklich meinte.

«Eine sehr schöne Arbeit, ich werde gewiß etwas sehr Nützliches damit anfangen können», sagte Isabelle. «Aber wir haben lange genug geplaudert, ich muß gehen.» Isabelle streifte sich unsichtbare Krumen von der Brust und hob die Uhr hoch, die sie um den Hals trug – sie war mit kleinen Rubinen besetzt und paßte gut zu dem schwarzen Samt. Sie hielt sie lange Zeit hoch, länger als nötig gewesen wäre.

Dann kam die Zeremonie des Abschieds. Ich verbeugte mich, Bea knickste, und Isabelle tätschelte uns beiden die Wangen; sie gab Mutter keinen Kuß, hielt aber Vaters Hand länger als notwendig umfaßt und sagte: «Ich will doch nur, daß ihr euch wieder versöhnt, Théodore und du. Jean-François, denk einmal darüber nach, es wäre zu deinem Besten.»

Ich erwachte aus einem Alptraum: ein Wald, ein Wald voll hoher Eichen bis zum Himmel hinauf. Eine Lichtung, und um den Stein in seiner Mitte herum standen weißgekleidete Leute, die sangen. Frauen in Weiß, den goldenen Zweig im Haar, den Mistelzweig, dessen Frucht die Farbe von Sonne und Mond hat.

Eine der weißgekleideten Frauen hielt ein gekrümmtes Messer in der Hand und schnitt damit einem Ziegenbock die Kehle durch; es war Horace, sein Blut spritzte und spritzte, wurde zu einem unaufhörlichen Fluß. Die ihn getötet hatte, drehte sich um. Es war Mutter. Blut war auf ihrem Kleid, verschlang ihre Füße, verschlang sie ganz . . .

Ich erwachte mit einem Schrei.

Bea hatte sich aufgerichtet und umschlang mich mit den Armen. «Nur ruhig, Colin, nur ruhig . . .»

Aber da war ein Lärm, und Mutters Stimme sagte: «Ich muß gehen, ich muß gehen, oh, laß mich doch gehen . . .»

Und Vater: «Daout, Daout, das ist doch nur ein Traum . . .»

Mutter weinte, und Vater war zornig: «Wie kannst du denn etwas gehört haben? Das ist nur wieder deine törichte Art.»

Vater zündete die Lampe in dem Halter an der Wand neben ihrer Schlafzimmertür an. Mutter kleidete sich an, und sie sah uns.

«Kinder, meine Mutter liegt im Sterben, ich muß hingehen.»

Grisolde vom Walde, die in den Joratbergen wohnte.

«Bea, wieso . . .», flüsterte ich.

«Sie hat gerufen, Colin. Ich habe sie gehört.»

«Wir haben keine Nachricht bekommen, es ist nur ein Traum, Daout.» Vaters Stimme klang zornig und erschreckt zugleich.

«Sie hat zu mir gesprochen. Ich habe sie gehört.» Mutters Stimme klang unerschütterlich.

Ich trat vor. «Vater, da war ein Ruf. Etwas ist mit Großmutter geschehen . . .»

«Du . . .» Vater starrte mich verblüfft an.

«Das ist nicht seltsam, Vater. Gott hat es in den Büchern Seiner Propheten erlaubt, Visionen zu sehen und Träume zu träumen.»

Vater ging hinunter, um das Herdfeuer anzufachen. Die

Flammen schlugen mit lautem Prasseln empor. Er rückte den Suppentopf auf den Herd und stellte den Milchkrug und das Brot auf den Tisch.

«Ich fahre mit dir, Daout», sagte er resigniert. «Aber jemand muß sich um das Haus kümmern. Colin, Bea, ihr bleibt hier. Ich reite jetzt zu Chavenaz und hole Valentin. Er wird hier bei euch bleiben.»

Vater sattelte Alexander und ritt davon. Mutter und Bea machten sich fertig.

«Ich gehe auch mit», sagte Bea. «Grisolde hat auch mich gerufen.»

Valentin, noch ganz zerzaust und schlaftrunken, kam mit Vater zurück, und wir beide sollten im Haus bleiben und die Tiere versorgen.

Sie fuhren mit dem Wagen davon, alle drei; Mutter sagte zu Vater, Bea komme mit, weil Grisolde auch sie gerufen habe. Vater zuckte die Achseln.

«Colin käme nicht zum Rabennest hinauf», sagte er.

Großmutter Grisolde hatte mich nicht gerufen.

Pierre-Thomas trat aus seinem Haus und blickte dem Wagen nach. «Wo fahren sie denn hin?» fragte er Valentin.

«In den Jorat», sagte Valentin. «Meine Großmutter ist krank.».

«In den Jorat. So, so.» Pierre-Thomas verschränkte die Arme, spie auf den Boden und ging wieder ins Haus.

Valentin half mir die Ziegen versorgen und tätschelte Horace; er holte ein paar Klötze für das Feuer, und dann setzten wir uns hin zu einer Partie Schach. Da Marie-la-Folle unseren Haushalt nicht mehr versorgte, erledigten wir alles selbst. Als der Morgen zur Hälfte um war, aßen wir Fleisch und Käse und tranken etwas Wein. Und Valentin sagte in seiner bedächtigen Art:

«Colin, ihr geht im nächsten Frühjahr alle nach Genf, aber was ist mit mir?»

«Vater holt dich gewiß zu uns, wenn du deine Lehrzeit hinter dir hast, Valentin.»

«Das wird nächstes Jahr sein. Fünf Jahre. Ich möchte gern die Welt sehen, Colin. Ich habe gehört, Genf ist eine großartige Stadt. Da wird es Arbeit für mich geben.»

«Sicher, Valentin. Und dann können wir alle zusammen wohnen.»

Er sah mich an. «Du willst mich bei dir haben?»

«Gewiß», sagte ich. «Ich werde dir die Naturwissenschaft beibringen, Valentin.»

«Ich glaube, ich würde ganz gern Soldat werden, Colin. Da kommt man überall herum; ich könnte mich um die Waffen kümmern. Ich könnte mich um die Musketen kümmern, und ich könnte lernen, wie man Kanonen macht.»

«An Kanonen lassen sie nur Uhrmachermeister heran», entgegnete ich.

«Das lerne ich noch alles, Colin.»

Soldat werden. Sich in Söldnerregimentern verdingen. Es gab überall Schweizer Soldaten und Offiziere, sogar in Indien, bei den Radschas und Nabobs. Und der König von Frankreich traute nur seiner Schweizer Garde. Fünfzigtausend Schweizer, so sagte der *Hinkende Bote*, dienten in fremden Heeren.

«Und dann könnte ich zurückkommen und mich niederlassen, nachdem ich mein Vermögen gemacht habe», träumte Valentin laut vor sich hin. «Ich bin kein Gelehrter so wie du, Colin. Meine Beine müssen sich immer bewegen, und meine Arme auch. Aber ich könnte in den Kriegen ein Vermögen machen und dann zurückkommen.»

Valentin war schlicht und stark und würde dies immer bleiben. Er sah auch recht gut aus. Es war schade, daß Bea ihn so sehr haßte. Warum eigentlich? Wegen Mutter. Wegen ... Aber da setzte mein Denken aus.

Wir gingen in Vaters Werkstatt. Licht floß durchs Fenster. Es war auch meine Werkstatt. Da waren meine Bank und meine Werkzeuge an einem etwas kleineren Tisch; und Vater hatte mir einen Stuhl mit einer runden Rückenlehne gemacht. «Ein Kapitänsstuhl», hatte er gesagt, «denn Colin liebt ja so sehr die Seefahrergeschichten.» Aber es war wegen meines Fußes, das wußte ich, es war, damit ich mein Gleichgewicht besser bewahrte. Und da lag mein *Robinson Crusoe*, neben meinem Werkzeug – kleinen Zangen und Sägen, Bohrern und Zirkeln, Keilen und Pinzetten, kleinen Schrauben und winzigen Zahnrädern, die ich gemacht hatte. Auf Vaters Werkbank lagen die Innenmechanismen der zwei Androiden, die wir für Genf konstruierten: für einen Trommler und einen Trompetenbläser, beide in Lebensgröße. Ihre Körper, zum Teil schon mit Gliedmaßen versehen, standen in einer Ecke; Bea und Mutter hatten ihre Gesichter aus weichem Holz geschnitzt und bemalt; die Köpfe lagen auf dem Tisch, neben den «Seelen», wie ich die Mechanismen nannte, die wir in die Körper einbauten.

«Sie werden ein paar Schritte gehen und dann stehenbleiben; der eine wird seine Trompete heben und hineinblasen, der andere wird die Trommel schlagen», erklärte ich Valentin. «Und da muß alles so abgestimmt sein, daß es gleichzeitig passiert. Wie kann man zwei offensichtlich separate Androiden dazu bringen, daß sie im Gleichschritt marschieren? Sie sind eigentlich miteinander verbundene Zwillinge, Valentin. Hier, schau, da ist eine Stange, die ist unter der Kleidung und der Trommel versteckt, und die bewirkt, daß die Mechanismen gleichzeitig funktionieren ...»

«Wie du und Bea», sagte Valentin. Er machte ein trauriges Gesicht. «Bea mag mich nicht, obwohl ich sie liebe.»

«Ich liebe dich», sagte ich. «Und Vater liebt dich auch. Den einen Sohn wie den andern.»

Ich zeigte Valentin, wie die Feder in dem Mechanismus aufgezogen wurde und wie die Nocken und Zahnräder ineinandergriffen und die Hebelaktion zustande kam, wenn sie sich hoben oder fielen.

Dann gingen wir zum Brunnen, um Wasser zu holen. Als die Frauen dort uns erblickten, kehrten sie uns den Rücken zu und eilten davon.

«Ha, sie scheinen ja zu glauben, wir hätten eine ansteckende Krankheit», sagte Valentin in seiner schlichten Art.

Ich hatte ein ungutes Gefühl im Magen. Ich wußte, uns drohte Gefahr, und als ich mich mit dem gefüllten Eimer umwandte, traf mich ein Stein. Christophe Griot, der Sohn des Schreiners, hatte ihn geworfen.

«Teufelsbrut!» schrie er. «Fahrt zurück zur Hölle, du und dein Teufelsfuß!»

Valentin hätte Christophe am liebsten geschlagen, aber ich hielt ihn zurück. «Das ist nicht weiter wichtig, achte gar nicht darauf.» Während wir zurückgingen, spürte ich die Blicke hinter den Fenstern, spürte ich, wie die Frauen das Kreuz berührten, das sie am Hals trugen. Zu Hause angelangt, verriegelte ich die Tür und legte den großen Querbalken darüber.

«Warum hassen sie uns so sehr?» fragte Valentin.

«Sie sind verrückt geworden», sagte ich. Ich wußte, wo ihre Verrücktheit herkam. Von Antoine.

Der Tag wurde bald von der Dunkelheit verschlungen; ein kalter Wind erhob sich und brachte Schnee mit. Ich hörte die Glocke. Sie läutete ungleichmäßig, und ihr Klang schwang durch die Stille. Es war nicht die Glocke von Pastor Burandels Kirche, die er an Sonntagen und Feiertagen läutete, am Morgen und am Abend; dies war eine andere Glocke, die rief und rief. Unheilkündend. Sie läutete eine lange Weile.

Dann sah ich sie, wie sie aus den Häusern kamen, die Frauen und die Männer und auch einige Kinder, angelockt vom Glokkenklang, hingelockt zur Scheune von Antoine, der Stimme Gottes.

Wir haben sie gehört, Mutter und ich, wie sie rief: «Daout, Bea, ich liege im Sterben, kommt schnell, mein Kind und mein Enkelkind.»

Colin erwachte aus einem Alptraum. Mutter weckte Vater auf. Vater wollte uns nicht gehen lassen, aber Colin sagte: «Ich habe sie auch gehört.» Aber er hatte nur den Alptraum gehabt, er war nicht gerufen worden.

Wir fuhren aus Vidy hinaus, und ich spürte den Haß, obwohl wir niemanden sahen außer Pierre-Thomas, der aus seinem Haus herauskam.

Mutter hatte sich auf den Umzug nach Genf gefreut. Dort

konnte Antoine uns nichts anhaben. Doch jetzt war er größer geworden, mächtiger als je zuvor. Das ganze Dorf ging zu seinen Predigten. Er pflegte zu sagen:

«Tod der Hexe und ihrer Brut, den Kindern Satans.»

«Tod der Hure, die alle Männer verführt.»

Wir fuhren an öden Weinbergen, am Friedhof vorüber und die Straße hinunter an Weiden und Buschwerk entlang und begannen dann den Aufstieg zum Jorat. Die Eichenwälder waren um uns, Bäume so mächtig wie Säulen, und Alexander trabte eifrig dahin. Ein Holzfäller stand am Wegesrand, die Axt über der Schulter. «Gott sei mit euch», sagte er, und wir gaben ihm den Gruß zurück. Wir kamen am Kinderplatz *vorbei, zu dem früher angeblich Feen hingekommen und Wechselbälger gefunden worden sein sollten. Wir fuhren weiter, immer tiefer in die Schatten der Eichen hinein. Vater murmelte, es sei noch nicht zwei Uhr und werde schon dunkel.*

Wir erreichten den Fuß des Rabennestes, jenes zwanzig Ellen hohen Felsens, der jäh aus dem Abhang heraussprang, welcher seinerseits immer weiter hinaufführte bis zum Mont Jorat. Colin hätte niemals das Nest erklettern können. Ich wünschte, er wäre bei mir, und ich schickte meine Gedanken zu den seinen. Er war mit Valentin zusammen und glücklich und sagte gerade: «Ich liebe dich, Valentin.»

Ich konnte Valentin nur hassen, Mutters wegen. Mutters Geheimnis, mir offenbart. Ihr Denken ließ eines Tages seinen Schutz fallen, als sie Valentin von der Schmiede heimkommen sah und als sie ihn wie gewöhnlich gern in die Arme genommen hätte und sich gleichzeitig an den Mann erinnerte, der sie plötzlich überfallen und bezwungen hatte, hier am Fuß des Rabennestes, während Grisolde, ihre Mutter, einer Frau im nahen Weiler La Chapelle-des-Os bei einer langen und schwierigen Geburt geholfen hatte.

Und Vater, so schweigsam, so geschickt, wenn es darum ging, dem schmerzlichen Wissen in seinem Kopf auszuweichen – Vater hatte davon gewußt, als er sie heiratete. Er hatte Valentin nicht ins Waisenhaus geschickt, sondern hatte ihn als seinen Sohn angenommen.

Valentin – ich mußte ihn hassen, da es sonst niemand tat. Haß ist Macht und Stärke.

Wir stiegen am Fuß des Rabennestes aus dem Wagen und folgten Vater, der Alexander am Zügel den steinigen Weg hinaufführte. Das Lehmhaus mit seinem Ziegeldach stand auf der kleinen Lichtung. Die Tür war angelehnt, und Mutter stieß sie auf. Auf dem Bett lag Grisolde, und das Licht des Kaminfeuers zuckte über sie hin. Neben dem Kamin lagen frische Scheite aufgestapelt. Offenbar war jemand aus einem benachbarten Bauernhaus gekommen, um ihr beizustehen, und vor unserem Eintreffen wieder gegangen.

«Daout, Bea» – klar und stark drang Grisoldes Botschaft in unsere Sinne – «Kind und Enkelkind. Ihr seid gekommen.»

Mutter ging auf das Bett zu und sagte mit hörbarer Stimme: «Mutter...»

«Jean-François.» Die Stimme der alten Frau war nur ein Flüstern, erschütternd schwach, wo die Stimme ihres Geistes so kraftvoll war. Vater trat näher und zog seinen Hut, und er glaubte jetzt, daß Grisolde wirklich im Sterben läge.

Grisolde reichte ihm eine schwache Hand. «Ich danke dir, Jean-François, daß du sie zu mir gebracht hast.»

Und die Magie begann.

Plötzlich war der Raum mit seinem dunklen Fliesenboden nicht mehr, und auch der Geruch nach Kaminholz und Harz war nicht mehr. Alles war ein Palast aus Licht und Feuer; herrliche Flammen erstrahlten in kristallenen Wänden. Das Bett war ein Thron mit Baldachin, auf dem Grisolde saß, Göttin des Waldes, in Gold gekleidet, nicht eine alte Frau, sondern ewig jung, eine Königin. Und Mutter stand neben ihr, in einem fließenden weißen Gewand und mit einer Krone auf dem Haar.

«Tochter... Bea... Der Tod wird mich jetzt holen, aber ihr müßt hierbleiben. Euch droht Gefahr, wenn ihr zu früh nach Vidy zurückkehrt.»

Mutter wandte sich erschrocken zu Vater um, und in diesem Augenblick geriet ihr Bild ins Schwimmen wie Rauch, und ich konnte ihren gekrönten Kopf nicht mehr erkennen. Der Glanz verließ sie, als sie sagte: «Jean-François, meine Mutter möchte, daß wir eine Weile hierbleiben. Sie sagt, es droht Gefahr.»

Vater sagte: «Daout, wenn zu Hause Gefahr droht, was ist dann mit Colin? Und mit Valentin?» Er wußte jetzt, daß wir miteinander ohne Worte sprachen.

Grisolde sagte stockend, mühsam keuchend: «Mein Sohn, dir und meiner Tochter droht Gefahr, große Gefahr. Valentin und Colin wird nichts geschehen.»

Vater sagte: «Ich besorge dir einen Arzt, Grisolde. Ich kann einen aus La Chapelle-des-Os holen.»

Die sterbende Frau rollte den Kopf auf dem Kissen hin und her. Sie drückte die Hand meiner Mutter, und ihr Geist strömte zu uns aus. «Tochter, geh nicht zurück, laß ihn nicht zurückgehen, dort droht ihm und dir Gefahr.»

Mutter sagte voller Not: «Aber Colin ist dort.»

«Ja, aber ihm wird nichts geschehen.» Sie schloß die Augen. «Die Gabe ... sie muß an dich gehen und nach dir an Bea ...»

Mein Vater sah eine alte Frau, die auf einem Bett lag, im Schein des flackernden Feuers, und er sah seine Frau, die ihr den Schweiß von der runzligen Stirn wischte und einen Becher mit Wasser an die trockenen Lippen hielt. «Ich bitte dich, wenn Gott dich wirklich zu sich ruft, dann laß mich einen Pastor holen.»

«Nein, nein.»

Er richtete sich auf. «Grisolde, dann bitte ich dich, laß meine Lieben ziehen. Halte sie nicht an deine fremde Welt des Dunkels gebunden. Sie sind Christen. Nur Jesus Christus kann das ewige Leben schenken.»

Und die alte Frau sagte stockend: «Da ist kein Dunkel. Nur ... Leben.»

Nacht schien sich in den Raum zu ergießen, als die Vision verblaßte, und Vater flüsterte: «Daout, Daout, laß uns für deine Mutter beten.»

Und Mutter wandte sich ihm zu, eine schlanke, schmale Frau, Stärke und Macht aufgebend um ihrer Liebe willen ...

Und in diesem Augenblick wußte ich, daß sich Mutter für

ihn, für die Liebe entschieden hatte. Die alte Frau stöhnte, und ich hörte sie deutlich sagen: «So sei's denn. Meine Tochter. Dann geht die Gabe an Bea.»

«So sei es, Mutter.»

Ich hörte die großen Schwingen des Raben rauschen und sah die Sonne durch seine Schwärze verdunkelt, und die Macht strömte mir zu.

Die Macht erfüllte mich wie Musik.

Da starb Grisolde, und Mutter weinte nicht, sondern kniete mit ihrem Gatten zum Gebet nieder und erhob sich dann, um die Tote herzurichten.

Ich ging hinaus zu dem kleinen Schuppen und fand, als hätte ich Eulenaugen, die Töpferscheibe und den Lehm. Frischen Lehm, den ich mit Wasser aus dem Trog feuchtete. Der Schuppen war warm von Grisoldes Geist. Im Dunkeln wußten meine Finger, was sie zu tun hatten.

Als ich zurückkam, hatte Mutter Grisoldes Angesicht zugedeckt und hielt, auf dem Stuhl sitzend, Totenwache. Vater breitete Bettzeug für uns auf dem Boden aus. Ich setzte mich auf einen eichenen Hocker neben dem Kamin. Es war Grisoldes Hocker. Meine Hände waren klug, und ich vollendete die Form, die ich begonnen hatte: den Hüter der Seelen, für Grisolde vom Walde.

Und als ich fertig war, die Hände braun vom Lehm, sagte mir Grisoldes Geist, daß ich noch einen zu machen hätte. Gehorsam ging ich abermals in den Schuppen, und meine unwilligen Finger bohrten sich in den Lehm wie Krallen, bis sie ein weiteres Gesicht grob geformt hatten.

Und da wußte ich, was geschehen würde, und mein Geist schrie auf voller Qual. Doch um der Macht willen, die mein werden sollte, mußte es so sein.

Die Glocke hatte ausgeläutet. Valentin und ich schlossen die Fensterläden und versorgten das Herdfeuer. Die Nacht legte sich auf uns, drang durch die Wände herein, ein Gifthauch der Angst. Selbst Valentin verspürte Unbehagen. «Sie sind gegangen, um Antoine zuzuhören», sagte er. «Colin, wann wird Vater zurück sein?»

«Ich weiß es nicht, Valentin. Aber sei unbesorgt. Beieinander sind wir sicher.»

Ein Ungeheuer schlich draußen herum. Als ich zu den Ziegen ging, hatte ich Angst, und ich sagte das zu Horace, während ich sein zottiges Fell kraulte. Auf dem Weg vom Stall ins Haus hörte ich das Lärmen der Menge, die von Antoines Predigt zurückkam.

Valentin sagte: «Ich gehe und trinke noch einen Krug Wein mit Pierre-Thomas.» Er erhob sich und sein Schatten mit ihm. Er hatte einen gelenkigen Körper mit kräftigen Schultern von der Arbeit in der Schmiede.

Ich sagte: «Pierre-Thomas und die anderen hören auf diesen verrückten Prediger. Er redet solchen Unsinn. Zum Beispiel über Marie-la-Folle.»

«Was redet er da?»

«Weil sie hier gearbeitet hat, glauben sie, wir seien daran schuld, daß sie umgebracht wurde.»

«Arme Marie» – Valentin schüttelte den Kopf – «ihr Vater kam neulich in die Schmiede und hat geschrien und geflucht. Meister Chavenaz hat ihn hinausgeworfen.»

«Valentin . . .» Ich stand auf und humpelte zu ihm. Das Bein schmerzte mich sehr. «Man hat den Mörder gefaßt.»

Aber Valentin dachte an sich. «Es ist ungerecht. Vater duldet mich nur gerade so, weil ich nicht sein Sohn bin.»

Unbeholfen rechte ich das Herdfeuer zusammen und humpelte dann die Treppe hinauf ins Bett. Ich lauschte der Stille, die unser Haus umfing. Würde ich es wagen, einzuschlafen?

Vielleicht würde Vater morgen zurückkommen. Ich lag auf dem Bett und lauschte; ich rief Bea in Gedanken, aber sie antwortete nicht.

Der Boden war von glitzerndem Reif bedeckt. Der Himmel war hoch und sehr blau. Schnee war gefallen in den Joratbergen, und kleine Eisnadeln schwebten in der Luft. Es würde ein kalter

Tag werden, aber am nächsten Morgen würde plötzlich der Föhn kommen, der Kälte auf den Fersen wie ein toller Hund.

Vater stand auf. In Hemd und Kniehose schürte er die Glut, zog dann seinen Rock an und ging Holz holen. Mutter lag wach, aber noch vor sich hindämmernd zwischen den Decken auf dem Fußboden. Als Vater zurückkam, sagte er zu ihr: «Ich muß den Pastor holen, Daout, damit er das Grab deiner Mutter segnet.»

Mutter strich sich das Haar zurück. «Warum begraben wir sie nicht einfach im Wald?»

«Sie muß ein christliches Begräbnis haben», sagte Vater. Er wollte, daß alles seine Schicklichkeit hatte. Während er sich zu dem Pastor von La Chapelle-des-Os auf den Weg machte, brachten wir alles in Ordnung. Grisolde lag in ihrem Bett wie im Schlaf.

Mutter sagte: «Die Gabe ist dein, Bea.»

«Die Gabe ist auch ein Fluch. Das weißt du wohl.»

«Es gibt keine Seelenhüter mehr. Meine Arbeit ist getan.»

Sie hatte die letzten hereingebracht, die wir gefunden hatten.

In der vorangegangenen Nacht, während Vater schlief, waren Mutter und ich aufgestanden und hatten auf windgetragenen Füßen eine Lichtung inmitten der Eichen so hell wie der Tag erreicht. Dort stand der große Stein mit seiner ausgehöhlten Oberfläche, der Wölbung, in der das Blut aufgefangen wurde. Grisolde war da, weiß gekleidet, strahlend im Glanz der Jüngst-Untoten. Und rings um sie her die zehn Schattenwesen, die Mutter mitgebracht hatte, zehn Nicht-ganz-Körper, die Gesichter ihr zugewandt. Sie sangen die Sonne an und jenen Fleck Dunkels in der Sonne, die Schwärze in einer Flut von Licht, durch die sich das Leben darstellt.

Sie sangen um der Sonne willen, daß sie nicht sterben würde, und Grisolde vom Walde hob ihre goldene Sichel.

Der Mistelzweig fiel von den heiligen Eichen, welche die Lichtung bargen. Und die zehn, die Mutter gerettet hatte und deren Gestalt zwischen Sein und Nichtsein schwankte, fingen ihn auf in den leinenen Tüchern, die Grisolde gewoben hatte. Und ich wurde mit dem Goldenen Zweig gekrönt.

Alle Tiere des Waldes waren da – Wiesel und Fuchs, Dachs und Murmeltier, Hirsch und Wolf.

Ein Feuer wurde angezündet. Grisolde vom Walde schritt hinein. Die Flammen wichen zurück, ehe sie sie umhüllten und verzehrten.

Das Pfarrhaus des Weilers mit Namen La Chapelle-des-Os, hinter dem Rabennest gelegen, war verkommen und baufällig. Das Schindeldach war heruntergefallen, einige Backsteine und Ziegel lagen auf dem Boden. Der Mann, der die Tür öffnete, war hager und hatte lodernde Augen, er war unordentlich gekleidet und verströmte einen säuerlichen Weingeruch. In der Kapelle war ein Kreuz aus grob zusammengezimmertem Holz; die Gestalt eines Menschen hing dort, mit einem schrecklich anzusehenden Gesicht. Zu seinen Füßen – leere Weinflaschen.

«Pastor», sagte mein Vater, «ich komme, um Ihnen den Tod einer alten Frau mitzuteilen – Grisolde vom Rabennest.»

«Tot! Die Hexe ist endlich gestorben!» jubilierte der Pastor, und seine Hände umklammerten meinen Vater, und sein Atem stank. «Satan hat sein Eigentum zu sich genommen ...»

Er zog Vater in die Kapelle hinein. «Kommen Sie, danken wir Jesus Christus, unserem Herrn, und trinken wir einen Becher Wein zu Seinem Lobpreis. Mögen ihre Knochen von den Krähen aufgesammelt werden und in der Hölle brennen samt ihresgleichen. Wissen Sie ...» Wieder packte er meinen Vater am Rockaufschlag. «Dieser Ort hier ist voll von ihnen. Hexen, Zauberer. Die Hand Gottes war bis jetzt ihnen gegenüber nachsichtig, doch sie wird nun gewaltig auf sie niederschlagen.»

Vater ging hinaus und überließ den Mann seinem irren Geschrei. Es würde kein heiliges Begräbnis für Grisolde vom Walde geben.

Mutter sagte: «Die große Eichentruhe am Fußende des

Bettes – da legen wir sie hinein und begraben sie dann unter den Eichen. So hätte sie es sich gewünscht.»

Wir begruben Grisoldes toten Körper in der großen Eichentruhe mit ihren eigentümlichen Verzierungen aus Schlangenleibern und dreigehörnten Böcken. Am Abend waren wir damit fertig. Wir aßen das letzte Rauchfleisch, das wir mitgebracht hatten. Mutter legte Grisoldes Seelenhüter mit hinein. Ich bewahrte den anderen, den ich gemacht hatte, in der Tasche meines Umhangs. Ein Sturm erhob sich, der das Haus erschütterte, so daß die Funken vom Herdfeuer aufflogen wie Sternschnuppen.

Wir, die wir am See wohnen, sind Wesen seines Klimas; seine Stimmungen sind die unseren. Er ist bisweilen wie ein großes Tuch, malvenfarben und grün, malvenfarben und lila, grün und türkis, aufgerauht von kleinen Schaumwellen; zu anderen Zeiten ist er ein silberner, fast weißer Teller. Und wenn der Wind weht, gibt der See Antwort, indes seine Myriaden von Vögeln aufflattern und im Sturm kreisen.

Wenn der Föhn, der trügerischer ist als Wein, heiß in unsere Täler hinunterfährt, sitzen selbst die hohen Herren in Bern nicht mehr zu Rate. Richter und Amtmänner bleiben zu Hause, weil der Föhn ihre Sinne verwirrt und ein Urteil durch die Launen des Wetters beeinträchtigt werden könnte. In den Wäldern zittern die Eichen und die Buchen unter der tückischen Wärme. Lawinen donnern zu Tal und begraben ganze Dörfer samt Mensch und Vieh.

Der Föhn wehte, als wir aus dem Jorat herunterkamen. Wir hätten früher aufwachen sollen, denn Vater, wie stets korrekt gekleidet, die goldene Uhr an ihrer Kette quer über dem scharlachroten Wams, hatte gesagt, wir müßten zurück sein, bevor es dunkel werde. Aber wir hatten verschlafen. Wir erwachten, als die Sonne schon hoch am Himmel stand, und wir spürten die drohende Stille, die Männer zu Gewalttätigkeit und Frauen zum Weinen trieb.

Grisolde hatte Freunde unter den Frauen der umliegenden Weiler. Sie hatte ihnen geholfen, hatte ihnen Tränke gegeben, hatte sich um ihre kranken Kinder gekümmert. In ihr großes

Schaltuch gehüllt, kam eine Frau herbeigeeilt, um Grisoldes Tod zu beklagen. «Wer hört sich jetzt unsere Sorgen an? Sie soll Sprüche gesprochen haben, aber es waren gute Sprüche, die uns genützt haben.»

Im Wald stöberten und grunzten Wildschweinherden in ihrem Winterfell, durch die plötzliche Wärme aufgestört. Und als wir die Zisterzienserabtei erreichten, sammelte sich schon das Dunkel unter den Ästen des lichter werdenden Waldes. Die Sonne rötete sich hin zu ihrem alltäglichen Tod. Wir beeilten uns, doch als wir in Vidy eintrafen, war es Nacht.

Und ständig kam auf dem Weg dorthin die Botschaft auf mich zu, stark und eindringlich: Gefahr, Gefahr... Schreckliches. Aber Mutter saß vorn bei Vater, und ich saß hinter ihnen, und wir alle blieben stumm. Ihre Liebe war wie ein Schirm, umgab sie wie eine hohe Mauer, die sie gegen alles andere abschloß.

«Gefahr, Gefahr... Ich will die Gabe nicht haben ... Ich will nicht das Wissen haben ... Muß mich um Colin kümmern ... Ich muß es ihnen sagen ... aber sie werden mir nicht glauben.»

Mutter wandte den Kopf zu mir um. «Bald sind wir zu Hause, Bea.» Sie lächelte froh.

Ich sagte: «Ich habe Angst, Mutter. In Vidy ist Böses.»

Aber sie lächelte ihr blindes und strahlendes Lächeln. «Um so besser, daß wir bald zu Hause sind. Colin wartet auf uns.»

Den ganzen Tag hatten wir, Valentin und ich, auf ihre Rückkehr gewartet. Ich ging zu Horace und ließ mich neben ihm nieder. Er beleckte mein Haar und meine Ohren. Ich erzählte ihm alles. Er schien zu verstehen, und seine Augen blickten mich an, golden von ruhigem Wissen.

Der Himmel rötete sich, und die Leute kamen in langem Zug den Weg herauf. Alle, so schien es, auch die Frauen. Die Fischer und die Taglöhner. In schwarzem Umhang, ein Kreuz in der Hand, führte Antoine, die Stimme Gottes, sie an. Am Gartentor machten sie halt und begannen Worte der Teufelsaustreibung zu singen:

Heb dich hinweg, Satan, zurück in deine Höllenhöhle;
Ungeheuer des Bösen, flieht vor dem Heiligen Wort.
Wir sind das Heer Christi.
Mit Gottes Hilfe werden wir unser Land reinigen.

Antoine stand an unserer Tür, das Kreuz in der Hand. «Im Namen Gottes, Succubus und Incubus, Kinder des Teufels, kommt heraus.»

Valentin, mein großer, starker Bruder, schritt wie hypnotisiert zur Tür. Ich sprang ihn an. «Valentin, mach nicht auf, mach nicht auf!»

Die unermüdliche, quälende Stimme, die Stimme Antoines, drang durch die Tür, dahinter die lauten Rufe der Menge.

«Öffnet, öffnet, ihr könnt Gott und Seinem Befehl nicht widerstehen.»

Valentin schob mich zur Seite und hob den dicken Querbalken, den ich über die eichene Tür gelegt hatte.

Und da waren sie auch schon über uns und zerrten uns nach draußen, wo wir vor Antoine niederknien mußten.

Und Antoine neigte das Kreuz über uns und leierte: «Sehet, ihr Vampire, ihr Übeltäter, die ihr das Blut der Unschuldigen trinkt und euch von Aas ernährt, das Gericht Gottes kommt über euch. Bindet sie an die Torpfosten!» rief er.

Sie hatten Knüppel dabei und Äxte und Sicheln, und einige der Jungen, mit denen ich gespielt hatte, banden mich an den einen Pfosten unseres Gartentores, während Valentin von den Männern an den anderen gebunden wurde; erst zu viert konnten sie ihn überwältigen und ihn an Händen und Füßen fesseln. Ich erkannte Madeleine Griot, Louise Paluz, Marie-la-Folles Vater – alle sangen sie jetzt, während sie Antoine in unser Haus hinein folgten.

«Luzifer, Satan, Beelzebub, Ungeheuer und Teufel, zeigt euch im Namen Gottes, des Allmächtigen.»

Und dann kam ein Triumphschrei, als Antoine Vaters Androiden entdeckte.

«Ungeheuer der Hölle, die Dämonen sind in diese da eingezogen!»

Ich schrie: «Nein, nein, rührt sie nicht an, sie gehören meinem Vater!»

Antoine hob das Kreuz in die Höhe und sagte: «Gott hat gesprochen. Zerstört diese Höhle des Bösen. Reinigt sie mit Feuer.»

Valentin rief voller Qual: «Bitte, brennt unser Haus nicht nieder, wir haben nie jemandem etwas getan!»

Antoine stand auf den Stufen unseres Hauses, die Arme ausgestreckt wie Christus am Kreuz, während die Männer und Frauen von Vidy zu unserem Holzstapel rannten und die Scheite hereintrugen. Andere gingen in den Schuppen und kamen zurück mit Stroh. Alle riefen und sangen: «Es ist Gottes Wille. Verbrennt die Zauberer, Feuer, Feuer!»

Antoine schritt auf uns zu; jetzt war es so dunkel, daß er riesengroß aussah, das wandelnde Dunkel selbst. «Valentin, Kind des Bösen, des Unheils der Nacht, heute kommt das Gericht Gottes über dich.»

Und da waren Pierre-Thomas und andere mit Fackeln, und Antoine segnete die Fackeln. Sie steckten den Schuppen in Brand und das Haus und liefen hin und her und legten die Fackeln an alles und zerbrachen die Fenster mit ihren Äxten.

Antoine deutete auf Valentin: «Kind des Bösen, Satansbrut, geboren in Schande und Sünde, du sollst in Ewigkeit in der Hölle brennen.»

Und eine Frau kreischte: «Er hat unserer Marie Gewalt angetan und sie umgebracht!»

«Er hat mich beim Brunnen verhext!»

«Er wird brennen!» rief Antoine. «Dann wird unser Land gereinigt sein.»

Pierre-Thomas und Christophe und einige andere Männer banden Valentin los und begannen ihn zum Haus zu zerren. Schon schlugen von innen die Flammen heraus; ich sah, wie Mutters Webstuhl und der Küchentisch vom Feuer erfaßt wurden.

Valentin schrie: «Colin, Colin! Mutter!»

Und dann hörte ich Mutters klare und helle Stimme.

«Colin! Colin!» Und dann rief Vater: «Haltet ein! Was tut ihr denn da? Haltet ein!»

Plötzlich stürzte der Schuppen lodernd ein, und Feuer züngelte nach dem Stall.

«Horace!» schrie ich. «Horace!»

Vater war da und rang mit mehreren Männern, die Valentin losgelassen und sich statt dessen auf ihn gestürzt hatten. Mutter griff nach mir und warf die Arme um mich.

Flammen schlugen aus dem obersten Fenster und dem Dachboden. Vater keuchte: «Meine Androiden!» Er schüttelte die Männer ab und stürzte ins Haus hinein.

Und Mutter schrie: «Jean, Jean», ließ mich los und folgte Vater in das brennende Haus.

Nun fingen die Holzschindeln des Dachs Feuer, die Flammen brausten, und Funken wehten in die Bäume und über die Leute, so daß sie zurückwichen. Nur Antoine blieb stehen und hielt dem Haus sein Kreuz entgegen.

«Dämonen, Satan, Beelzebub und eure Kohorten, brennt, brennt im Feuer...»

Aus diesem Feuer kam eine lodernde Brandfackel gesprungen, ein Feuerungetüm, ein gehörntes Tier, schrecklich anzuschauen, das kreischte und gegen Antoine rannte. Antoines Umhang verfing sich in seinen Hörnern, und Antoine stürzte zu Boden, und Horace trampelte auf ihm herum, und beide wurden zu einem einzigen schreienden Flammenwirbel. Als die Leute um uns her Antoine brennen sahen, stoben sie entsetzt davon. «Der Teufel hat Antoine geholt!» schrien sie.

Dann war Bea da und band mich los. Valentin stand benommen da und starrte auf unser brennendes Haus. Auf der Erde unter der Eiche, die jetzt Feuer fing, lag in glühendem Knäuel, was einmal Horace und Antoine gewesen waren. Und in der Luft schwebte der Geruch brennenden Fleisches.

Pastor Burandel und die Seinen hatten gerade beim Abendgebet gesessen. Sie hatten den Aufruhr nicht gehört, aber eines der Hausmädchen, das hinausgegangen war, um das Gartentor zu schließen, sah den Flammenschein und verständigte seinen Dienstherrn: «In Vidy brennt es!»

Als Fernand Burandel eintraf, war die Hitze so groß, daß wir uns nicht nähern konnten. Wir saßen zu dritt draußen und riefen «Vater, Mutter», obwohl wir wußten, daß es sinnlos war.

«Mein Gott, das ist ja unglaublich!» sagte Burandel. Auch er stand angesichts des schrecklichen Vorgangs wie gelähmt da und konnte gleich Valentin nur zittern und schluchzen.

«Vater und Mutter, sie sind drin», sagte ich zu ihm.

«Gott sei ihren Seelen gnädig», sagte Pastor Burandel. Um uns her war alles stumm; es war, als hätte sich das ganze Dorf schlafen gelegt. «Mörder! Feiglinge!» schrie Pastor Burandel in die Stille hinein. «Seid versichert, daß ihr für dieses ungeheuerliche Verbrechen bestraft werdet!»

Gebieterisch schritt er auf das erste Haus zu und pochte an die Tür. «Macht auf», sagte er. «Ich bin es, euer Pastor. In Christi Namen, macht auf!»

Und Dormaz, der Korbflechter, der dort wohnte, öffnete langsam die Tür; er war einer von denen, welche die Fackeln herbeigebracht und die Holzscheite aufgestapelt hatten. «Ihre Frau bringt die Kinder zu mir», sagte Pastor Burandel in herrischem Ton. «Und Sie, Dormaz, rufen alle Männer von Vidy zusammen. Auf der Stelle. Ich gehe nicht, ehe dieses gräßliche Verbrechen gesühnt ist.»

Mutter Dormaz, die von unserer Mutter im vergangenen Winter gepflegt worden war, als sie schlimmen Husten und Fieber hatte, ging mit uns zum Haus des Pastors. Agathe Burandel rang die Hände. Sie fragte Mutter Dormaz: «Was ist geschehen, was ist geschehen?»

«Ein Unglück», murmelte Mutter Dormaz. «Der Pastor hat gesagt, Sie sollten sich um die Kinder kümmern.» Agathe begann zu weinen und suchte nach ihrem Gesangbuch. Mutter Dormaz ließ, in ihren großen Schal gehüllt, den Kopf hängen und ging wieder in die Nacht hinaus.

Agathe brachte uns zu Bett in den Zimmern, die sie für die

Kinder eingerichtet hatte, die ihr und dem Pastor versagt geblieben waren. Sie traktierte uns mit warmer Suppe und mit ihren Fragen, auf die wir antworteten, und sie stieß entsetzte Rufe aus und rang wieder die Hände. «Ihr armen, armen Kinder... es ist der Wille Gottes... wir müssen zu ihm beten... ja, zu ihm beten heute abend wie noch nie zuvor.» Sie wollte ein Kirchenlied anstimmen, fand aber nur «O Herr, Du gnadenreicher» und gab es auf. Sie ging und ließ uns im Dunkeln zurück, aber wir hörten, wie sie den Dienstboten unter deren bekümmerten Ausrufen alles erzählte.

Bea und ich hielten uns fest umschlungen; Valentin schluchzte stumm vor sich hin, aber Bea konnte ihn nicht anfassen. Ich war es, der die Hand zu ihm ausstreckte, und er ergriff sie.

Mehrmals im Laufe der Nacht kam der Pastor auf Zehenspitzen herein, um nach uns zu sehen, und wir stellten uns schlafend. Ich versuchte, Beas Gedanken zu erreichen, wich aber zurück – dort herrschte so viel Sturm und Haß und Wut, und ich schloß die Augen, um nur noch Horace vor mir zu sehen, wie er aus dem Stall gerannt kam, ein einziger Feuerball, geradeswegs auf Antoine zu...

Der Amtmann hielt eine Versammlung ab; die Lausanner Bürgerwehr nahm einige Dörfler von Vidy fest, unter ihnen Pierre-Thomas, und brachte sie ins Gefängnis.

Vater und Mutter wurden gemeinsam auf dem Friedhof beigesetzt. Das ganze Dorf Vidy mußte dem Begräbnis beiwohnen; Lord Kilvaney kam aus Lausanne herüber, und es kamen auch einige andere vornehme Herren, die meinen Vater gekannt hatten, und Meister Chavenaz schloß für diesen Tag seine Schmiede.

Die hohen Herren in Bern zeigten sich besorgt. Sie hatten Edikte gegen das Verbrennen von Hexen und Zauberern erlassen. Ein Magistratsrichter namens Hocher stellte Ermittlungen an. Man befand, daß meine Mutter keine Hexe war – es wurden keine Beweise für Hexerei vorgebracht. Deshalb wurden meine Eltern in geweihtem Boden begraben, und Bea und ich und Valentin spritzten Weihwasser auf ihre Särge, als man sie in die Erde hinunterließ.

Valentin schluchzte herzzerreißend. Ihm schien von uns dreien alles am meisten nahezugehen. Bea weinte keine Träne, und ihretwegen tat ich es auch nicht.

Die Frauen, in ihre Umhänge gehüllt, hielten die Köpfe gesenkt; die Männer – so sie nicht hinter Gittern saßen – sangen bei den Kirchenhymnen lauter mit denn je. Danach wollten sich uns einige Frauen scheu nähern, aber Bea schritt durch sie hindurch wie ein blankes, funkelndes Schwert, und die Verachtung in ihren Augen, die von dunklem Schiefergrau waren, ließ die Frauen zurückweichen.

«Colin, du weißt, was wir zu tun haben.»

«Ja, Bea.»

«Wir müssen Mutter im See bestatten. Etwas anderes hätte sie nicht gewollt.»

«Aber Bea, sie liegt doch auf dem Friedhof. Bei Vater.»

«Ich meine doch den Hüter ihrer Seele. So hätte sie es gewollt.»

In der Nacht überlisteten wir die wachsame Agathe Burandel, die uns nicht aus dem Haus lassen wollte. Ich öffnete die Fensterläden; ich hatte die Scharniere geölt, damit sie nicht quietschten. Bea und ich schlüpften hinaus. Valentin sah uns traurigen Blickes nach, aber er fürchtete sich vor Bea, und er gehorchte ihr. Wir gingen zu unserem Haus, das nur noch eine Anhäufung von Steinen und verkohltem Holz war.

Bea hatte Mutters Seelenhüter bei sich, jene Figur, die sie während der Nacht im Jorat geformt hatte. Bea fand die Dinge, die Mutter gebraucht hatte und die nicht verbrannt waren: Nadeln für ihre Spitzen, den verkrümmten Reif, den sie um den Hals getragen hatte.

Wir gingen zum Seeufer hinunter, und dort lagen die vertäuten Fischerboote. Ich machte eines davon los und ruderte es auf die Mitte des Sees zu.

«Hier», sagte Bea. Sie stellte sich im Boot auf und ließ Mutters Seelenhüter samt dem Halsreif und den Nadeln ins Wasser fallen.

Ich wollte fragen: «Warum hier, Bea? Und was ist mit Vater?»

Ich wollte sagen: «Bea, warum hast du sie nicht daran gehindert?»

Doch Beas Denken war mir verschlossen – oder ich wollte es nicht wirklich kennen. Ich ruderte zurück. Der Weg vom Ufer nach Montoie hinauf kam mir lang und mühsam vor. Wir schlichen uns ins Haus, und keiner hörte uns.

5

ANNO DOMINI 1755–1756

Isabelle de Thunon entstieg ihrer Kutsche, in Trauerkleidung gehüllt – schwarzer Pelz, schwarzes Kleid. Die aufgeregte Agathe machte einen Knicks und führte Isabelle ins Gästezimmer, wo sie ihr Gebäck und Schokolade anbot. Aber Isabelle wollte sich gar nicht setzen, sondern blickte sich nur herablassend um.

«Madame, ich komme im Auftrag von Monsieur Théodore Duriez von Neuchâtel. Sicher weiß der Pastor, daß mein verstorbener Cousin, Baron Jean-François Duriez, dieser bekannten Familie entstammte ...» Ihre Stimme stockte, wie es angemessen war, und Agathe versicherte eifrig:

«In der Tat, Madame, mein Mann war Monsieur Duriez' bester Freund; er hatte volles Vertrauen zu ihm ... Diese unglücklichen Kinder ...»

«Eine entsetzliche Tragödie, Madame. Pastor Burandel wird gewiß dafür sorgen, daß die Verbrecher bestraft werden, da Vidy seiner Obhut untersteht.» Das klang fast, als mache sie Fernand Burandel für das Unglück verantwortlich. Sodann verkündete sie in gebieterischem Ton, als unsere Verwandte werde sie uns mit sich nehmen und nach Neuchâtel schicken.

Wir wurden in die Kutsche gesteckt, und Isabelle ließ es sich nicht nehmen, eine Decke um meine Beine zu legen.

«Gott sei mit euch, Kinder», sagte Burandel, dem die Tränen in den Augen standen.

«Ihr bleibt zuerst ein paar Tage bei mir, bis eure Kleider fertig sind», sagte Isabelle.

Im Haus La Tramontoire schliefen Valentin und ich in einem Zimmer; Bea hatte ein hübsches Zimmer im Obergeschoß, von dem aus man den See überblicken konnte. Hausmädchen und Diener kamen und gingen. Schneider stellten sich ein und nahmen Maß an uns. Wir sollten schwarze Kleider bekommen, wie es sich schickte.

«Ich will zurück in die Schmiede», sagte Valentin. «Colin, bitte, sprich mit Cousine Isabelle.»

«Sie ist nicht *deine* Cousine», sagte Bea in scharfem Ton.

Viele Herren und Damen kamen zum Tee und ließen sich über die Tragödie aus; und diejenigen, die Vaters Automaten bewundert und gekauft hatten, waren aufrichtig bekümmert. Doch alle waren der Ansicht, daß wir uns glücklich schätzen konnten, auf solche Weise gerettet zu werden. Isabelle rief Bea und mich herbei, damit wir uns verbeugten und einen Knicks machten und uns bei denen bedankten, die Worte der Teilnahme murmelten. Aber Valentin hielt sie fern.

«Er ist kein Duriez. Colin, Bérangère» – Isabelle nannte Bea nur Bérangère, das war ein in der Familie Duriez geläufiger Name – «ihr bleibt kurz da, wenn Gäste ihre Teilnahme ausdrücken. Ihr könnt ein wenig weinen. Dann zieht ihr euch in schicklicher Weise zurück.»

Nachdem dies überstanden war, bereitete Isabelle uns auf Neuchâtel vor. «Es ist eine Stadt mit viel Gewerbe und Handel», sagte sie. «Man stellt dort Uhren und Tuche her, die ins Ausland gehen . . .»

«Und Automaten, Cousine Isabelle», sagte ich. «Die Arbeiter von La Chaux-de-Fonds, Sainte-Croix, sind für ihre Fertigkeit bekannt.» Ich wollte Meister werden in dem Handwerk, das ich bei Vater zu lernen begonnen hatte.

Isabelle blickte mich scharf an und sagte in beherrschtem Ton: «Colin, du hast noch keine Vorstellung von der Bedeutung der Duriez, deren einziger Erbe du jetzt bist, da dein Onkel Théodore keine Kinder hat. Die Duriez sind eine der zwölf Familien in Neuchâtel, die über alles bestimmen, und es ist Zeit, daß du dir über deine Stellung klar wirst. Dein Onkel Théodore hätte es nicht gern, wenn du dich in die Gesellschaft von Handwerkern begibst.»

«Und was wird Valentin tun, Cousine Isabelle?»

«Valentin ist kein Duriez, er gehört nicht unserer Schicht an. Gewiß wird sich für ihn eine passende Arbeit finden.»

Meister Chavenaz kam, gebeugt und schwerfällig, unbeeindruckt von dem Luxus von La Tramontoire. Isabelle empfing ihn in der Diele wie einen Dienstboten und ließ ihn mit der Mütze in der Hand stehen. «Ich möchte Valentin adoptieren, Madame», sagte er. «Er ist ein kräftiger Bursche und wird einmal ein ausgezeichneter Schmiedemeister werden.»

Isabelle erwiderte, da mein Vater «das ungewollte Kind seiner Ehefrau» als seinen Sohn angenommen habe, sei es Sache der Duriez in Neuchâtel, darüber zu entscheiden. «Mein Cousin war immer ein freundlicher Mensch, der den Jungen wie seinen eigenen Sohn behandelte. Dies ist eine so unschickliche Angelegenheit, daß ich als Frau darüber nicht zu sprechen wünsche.»

Lord Kilvaney kam einmal, zweimal. Von ehrlichem Kummer erfüllt, erkundigte er sich wiederholt und besorgt bei Isabelle, was aus uns werden solle. «Ich nehme sie gern mit nach England, Madame; Sie wissen sicher, daß sie beide sehr begabt sind.» In hoheitsvollem Ton und mit erlesener Höflichkeit wies Isabelle ihn auf Neuchâtel und die Familie Duriez hin und darauf, daß ich der einzige Erbe des Vermögens der Duriez sei.

Lord Kilvaney umarmte mich. Ich hörte durch den Rock hindurch sein Herz heftig und unregelmäßig klopfen. «Colin, laß mich wissen, was aus euch beiden wird. Vergiß nicht, du hast geschickte Hände und viel Verstand im Kopf.» Er tippte mir an die Stirn.

Ich versprach es, und als wir einen Augenblick allein waren, übergab ich ihm einen Brief an Jacob. Ich war auf der Hut, denn Vorsicht war mir natürlich. Ich hatte Isabelle nichts von der Familie Hirsch in Genf erzählt, und auch Lord Kilvaney tat es nicht.

Monsieur de Voltaire war in diesem Dezember in Lausanne, und alle Welt wollte ihn sehen, als wäre er ein fabelhafter Androide. Täglich hörten wir in Isabelles Salon von seinen geistreichen Aperçus, von dem Theaterstück *Die Waise von*

China, das er in Lausanne vorstellen wollte. Die vornehmsten Familien würden in dem Stück mitspielen, und die Premiere sollte in Mon Repos, im Haus des Marquis de Langallerie, stattfinden. Voltaire hatte in Montriond ein großes Haus gekauft; er hatte vor, den Winter in Lausanne und den Sommer in Genf zu verbringen.

Isabelle wetteiferte mit anderen Damen um eine Einladung zu dem Empfang, den Voltaire am 16. Dezember gab. Seine Nichte, die korpulente Madame Denis – die, so flüsterte man, auch seine Mätresse war – würde die Gastgeberin sein. Alle, die sich in Isabelles Salon trafen, waren auf eine Einladung erpicht; als bekannt wurde, daß sie zu den Auserwählten zählte, verschaffte ihr dies zusätzliches gesellschaftliches Ansehen.

Voltaire und Madame Denis kamen sodann zu einem Empfang, den Isabelle gab. Er trug einen mit Silber und Perlen bestickten Rock und wedelte sich ständig mit einem stark parfümierten Taschentuch Luft zu, als wolle er üble Gerüche verscheuchen. Der Raum funkelte von venezianischen Armleuchtern und Damen in Seide und Edelsteinen. Voltaire grinste und grimassierte, und alles lachte und klatschte, wenn er etwas sagte. Hinter einem Vorhang verborgen, hörte ich, wie Amtmann de Crozay großspurig zu ihm sagte: «Monsieur de Voltaire, warum sind Sie Poet und nicht Amtmann? Der Beruf ist viel sicherer.» Keiner schien mehr daran zu denken, daß Voltaire vor erst vier Jahren geschrieben hatte: «Die Schweizer sind Barbaren, die ihr Blut für Geld verkaufen.»

Nun rezitierte er Verse aus einem Stück mit dem Titel *Mahomet*, das von der katholischen Kirche Frankreichs verboten worden war:

Les préjuges, ami, sont les rois du vulgaire;
Il faut un nouveau culte, il faut de nouveaux fers,
*Il faut un nouveau dieu pour l'aveugle univers ...**

* Vom Vorurteil, mein Freund, läßt sich die Masse leiten;
Es fehlt ein neuer Kult, es fehlen neue Ketten,
Es fehlt ein neuer Gott für diese blinde Welt ...

Ich stahl mich davon, während ich diese Worte vor mich hinsagte.

Eine Berline mit einem Kutscher und zwei Lakaien in Livree traf ein, die uns nach Neuchâtel bringen sollte. Ihr entstieg ein großer schmaler Mann in düsterem Schwarz. «Baron Colin Duriez?» erkundigte sich der Mann, während er sich vor mir verneigte und den Hut zog. «Ich bin Monsieur Théodores Sekretär, André Martin. Wollen Sie bitte Ihre Kutsche besteigen, Monsieur le Baron?»

Ich war der Erbe. Baron Duriez. *Der* Baron.

Wir verabschiedeten uns von Cousine Isabelle. Ich hatte sie ein wenig liebgewonnen, denn es wohnte keine Bösartigkeit in ihr, nur das große Verlangen, mit der Mode zu gehen, in ihrem Salon die großen Geister der Zeit zu Gast zu haben. Bea verachtete sie. «Sie ist hohl und will ihre Hohlheit bevölkern.» Beas heftige Reaktion verstörte mich, ich war dazu nicht fähig und schämte mich der Leichtigkeit, mit der ich verzieh, vergab, vergaß, weil ich selbst so verletzlich und furchtsam war. Hatte nicht der Philosoph Diderot, den Jacob so sehr verehrte, über die Menschen gespottet, die unfähig waren zu großer Leidenschaft, wildem Haß, überwältigender Liebe und wunderbaren Visionen?

«Bérangère, vergiß nicht, dich wie eine wohlerzogene junge Dame zu benehmen», sagte Isabelle, die Bea nicht leiden mochte, ehe sie ihr einen flüchtigen Kuß auf die Wange gab.

André Martin stellte sich vor Valentin, als dieser in die Berline einsteigen wollte. «Sie sitzen beim Kutscher.»

Da griff ich ein. Mut war mir zugeflossen, als ich das Wort Baron gehört hatte. «Mein Bruder sitzt bei mir», sagte ich herablassend, wie ich es von Isabelle gelernt hatte.

André Martin erwiderte in förmlichem Ton: «Wie Sie wünschen, Monsieur.»

Es war fast Nacht, als wir in Neuchâtel eintrafen. Wir hatten unterwegs gegessen: Geflügel und Wildfleisch, Pasteten, Mandelkuchen. Bea hatte fast die ganze Zeit kein Wort gesagt, hatte sich in sich zurückgezogen und jeden Versuch, ihr Denken zu erreichen, abgewiesen.

«Bea, es wird nicht schlimm werden.»

Ihr Denken spottete über das meine. «Du bist jetzt ihr Gefangener, Colin. Der Erbe. Sie kaufen dich, um dich für ihre Zwecke zu gebrauchen.»

«Vielleicht wissen sie, daß ich ein Feigling bin», gab ich ihrem Denken demütig zurück.

Sie starrte in die Landschaft hinaus.

André Martin saß in der einen Ecke der Berline, mir gegenüber, und las in einem dicken Buch. Valentin saß in der anderen Ecke, und Martin rückte so weit wie möglich von ihm ab. Valentin versuchte sich mit mir zu unterhalten, indem er dieses und jenes über den Weg sagte, den wir zurücklegten, über das hügelige Land, die Dörfer in den Tälern, die Haine zwischen den vom Winter erfaßten Feldern. Ich gab ihm kurze Antworten und stellte mich dann schlafend.

Im Nachtdunkel lag Neuchâtel schweigend da. Große Häuser, mauerumschlossene Gärten, schöne schmiedeeiserne Tore. Auf ein solches Tor fuhren wir zu; hinter ihm erstreckte sich ein französischer Garten und eine von genau gleichen Buchen gesäumte Auffahrt, die zu einem Portikus führte, an dessen Säulen zwei Messinglampen hingen.

Ein Herrenhaus aus Stein, weit größer als das von Isabelle in Lausanne. Die Tür öffneten zwei Diener in der gleichen grauen Livree wie die des Kutschers, mit Messingknöpfen und einem schwarzen Wams mit blauen Streifen. Einer von ihnen war ein schon alter Mann, der mir sofort zuflüsterte: «Willkommen, junger Herr», und sichtlich erfreut lächelte.

Während wir die breiten, mit Teppich ausgelegten Stufen hinaufschritten, sahen uns von den Wänden herab Familienporträts an, Männer und Frauen, die kritisch jeden betrachteten, der da aus- und einging.

Wir blieben vor einer Tür stehen, in die das Wappen der Duriez geschnitzt war, obwohl ich das damals noch nicht kannte. Alles war still, abgedichtet, verschlossen, gegen

Zugluft gesichert; nicht die leiseste Luftbewegung in diesen Räumen, den langen Fluren mit den von Leuchtern aus italienischem Kristall flankierten Türen und den zugeklappten Fensterläden. Das Haus produzierte sein eigenes Licht, seine eigene Luft, alles in ihm glänzte von überwältigender Sättigung; und ich war der Erbe dieser erstickenden, selbstgerechten Selbstzufriedenheit.

Martin öffnete die Tür. «Monsieur le Baron.» Bea folgte. Als auch Valentin eintreten wollte, wurde er von Martin zurückgehalten. «Warten Sie hier, bis Sie gerufen werden.»

Onkel Théodore erwartete uns schon. In samtbezogenem Lehnstuhl saß er an einem marmornen Kamin, in dem dicke Scheite brannten. Er trug einen grauen Rock und graue Hosen, alles ohne Spitze und Stickerei. Sein Haar wurde von einem schmalen schwarzen Band zusammengehalten. Er sah uns an aus Augen, die wie die Augen der Porträts auf der Treppe waren.

Bea knickste, ich verbeugte mich.

«Kommt näher.» Er setzte eine Brille auf, die neben ihm auf dem Tisch lag, und betrachtete uns durch sie.

Wir traten näher, seinem beobachtenden Blick ausgesetzt. Der Raum schien riesengroß. Da standen viele Bücher in ordentlichen Reihen. Große Bahnen karminroten Samtes verhüllten die unsichtbaren Fenster; strenge Möbel, mit Stickereien bedeckt, reihten sich an den Wänden.

«Jean-François' Nachkomme – ein Krüppel.» Onkel Théodores Stimme klang schrill und schüttern.

«Er will dir weh tun, Colin», sagte Beas Denken zu mir.

«Ich weiß, Bea.»

«Martin: schreiben Sie nieder, was ich zu diesen beiden sagen werde.»

André Martins Füße glitten lautlos über den Fußboden. Dort auf dem Tisch waren ein Tintenfaß, ein Federkiel und ein Blatt Papier. Er blieb, den Federkiel erhoben, stehen.

«Bérangère, bist du getauft und konfirmiert worden, kannst du nähen, sticken, kochen, das Cembalo spielen und lesen?»

Bea entgegnete – ihre Augen leuchteten sehr grün, und ihr

Lächeln war gefährlich freundlich: «Onkel Théodore, ich bin von Pastor Burandel in Montoie getauft und konfirmiert worden, und ich kann nähen, kochen, das Cembalo spielen und lesen und schreiben.»

«Und du, Neffe Colin?»

«Ich kann lesen und schreiben, kann ein wenig Latein und Mathematik, und ich kann auch Uhren und Automaten machen.»

«So, kannst du das?» Onkel Théodore warf seine Brille auf den Tisch. «Sprich mir nicht von diesen Dingen. Sie haben deinen Vater zunichte gemacht. Deshalb hat er sich eine Hure zur Frau genommen.»

Beas Wut. Sie stieg an, erfüllte das ganze Zimmer.

Ich sagte mit bebender Stimme: «Vater und Mutter sind tot. Gott hat in seiner Gnade ihren Seelen die ewige Ruhe geschenkt. Wir sind ihre Kinder, und wir bitten dich, nicht schlecht über sie zu sprechen. Das ist unschicklich und unchristlich, Onkel Théodore.»

André Martin hob den Kopf und zog zischend den Atem ein, den Federkiel in der Schwebe. Onkel Théodore blickte mich starr an. Dann sagte er, noch immer mit seiner schrillen, schütteren Stimme: «Du wirst für deine Unverschämtheit ausgepeitscht werden, wenn du auch der Baron bist. Ihr seid beide irregeleitet worden, und ihr seid widerspenstig und eigensinnig, und mir ist die Obhut über eure Seelen aufgetragen. Ich muß das Erbe der Duriez fähigen Händen übergeben, aber ihr müßt erst erzogen werden. Martin, bringen Sie beide auf ihre Zimmer. Und verabreichen Sie Baron Colin Duriez sofort zehn Peitschenhiebe. Dann drei Tage Brot und Wasser.»

Wir kamen an Valentin vorüber, der noch wartend an der Tür stand. Ein Diener führte ihn zu Onkel Théodore hinein, während wir eine weitere Treppe und einen Flur entlanggeleitet wurden. Mir wurde ein kleines Zimmer zugewiesen, in dem es nur ein schmales Bett, eine Kommode, einen Tisch und einen Wasserkrug mit einem Becken gab. Bea sagte: «Nein, nein», als sie das sah, doch Martin rief: «Madame Hunner», und eine behäbige Frau mit einer großen Schürze erschien und knickste vor Bea. «Folgen Sie mir, bitte, Mademoiselle.»

Derart waren die Atmosphäre und der Stil des Hauses, daß ich zu Bea sagte: «Geh mit ihr, mit mir wird schon alles in Ordnung sein.» Schon klang meine Stimme wie die Onkel Théodores.

Martin sagte: «Monsieur le Baron wollen sich freundlichst entkleiden», und wandte dann die Peitsche an. Ich biß die Zähne zusammen und stieß keinen Schrei aus, doch als er fortgegangen war, weinte ich mich in den Schlaf und tastete dabei nach Beas Gedanken aus. Und da waren sie.

«Bea, Bea ...»

«Ja, Colin, ich bin da. Er haßt uns. Er ist ein Unmensch. Wir müssen fortlaufen, oder du wirst wie er. Er will, daß du so bist wie er. Aber schlaf jetzt, kleiner Bruder, schlaf. Ich bin da ...»

Und so war ich beruhigt.

Onkel Théodore hatte sich vorgenommen, unseren selbständigen Geist zu brechen. Ich wurde wiederholt von Martin ausgepeitscht, Bea desgleichen von Madame Hunner. Sie verabreichten uns diese Strafen mit allem Respekt, aber ohne Gnade, gleichsam als religiöse Pflichtübung, in der Überzeugung, daß dies unserem Seelenheil zugute komme. Täglich knieten wir zum Gebet nieder, während Onkel Théodore dem versammelten Haushalt aus der Bibel vorlas. Sonntags kam ein Pastor ins Haus, der einen Gottesdienst hielt; auch er lächelte nie, und er hielt lange Predigten. Nach dem Gottesdienst mußten wir, in unsere Zimmer eingesperrt, zwanzig Seiten aus der Heiligen Schrift abschreiben, die wir dann abends Onkel Théodore vorzulegen hatten.

Bea wurde immer magerer, und ich wurde immer mürrischer. Wir durften im Park spazierengehen, doch nie aus dem Tor hinaus, und dieses eiserne Tor wurde für mich zu einer Faszination. Ich träumte davon, loszurennen und durch die beiden Flügel hindurchzubrechen. Bei unserem Umherwandeln gelangten wir immer wieder in die Nähe des Tores, und ich begutachtete dann das schöne Schnörkelwerk an den beiden Flügeln: Da sah man einen chinesischen Mandarin sitzen, mit einem spitzen Hut auf dem Kopf. Um seinen Stuhl herum schlängelte sich eine Vielzahl seltsamer Blüten. Die chinesischen Mandarine, die das Tor hüteten, schienen zu lächeln, mir zuzuwinken. «Lauf davon, lauf davon.»

Valentin hatte es noch schwerer als wir. Er galt als Kind der Sünde, und so mußte er die niedersten Dienste verrichten, mußte das Silber putzen und die Ställe säubern. Hin und wieder sah ich ihn, und dann lächelte ich und winkte ihm verstohlen zu. Ich bemerkte, daß seine Hände wund waren und geschwollen von der roten Paste, die zur Reinigung der zahllosen Silberstücke der Familie Duriez benutzt wurde. Meines Silbers.

Zwei Tutoren kamen, mich zu unterrichten, der eine in Religion, Philosophie und Literatur, der andere in Mathematik, Algebra und Latein. Bea hatte eine Musiklehrerin und saß viele Stunden am Tag vor dem Cembalo. Ich stumpfte allmählich ab. Wäre nicht Beas Denken wie ein fauchender Vulkan gewesen, hätte ich vielleicht aufgegeben, aber ihr Zorn war ungebrochen und schien sie zu verzehren. «Colin, Colin, wir müssen fort von hier.»

Der Frühling kam mit seinem Saft und seinen Blüten, und auf den Wiesen zeigten sich Gänseblümchen und Kornblumen. Ich roch schon den Apfel, die Kirsche, und wir sahen den See von Neuchâtel in der Sonne glitzern.

Einmal wöchentlich fand ich mich vor Onkel Théodore ein, der sich von den Tutoren Bericht erstatten ließ. «Ein Krüppel, aber kein Dummkopf», pflegte er zu sagen. «Denk daran, daß du der Erbe bist.»

Die Duriez besaßen Land und eine Fabrik. Mir wurde gesagt, wieviel Land es war und wieviel es produzierte. Die Fabrik stellte bemaltes baumwollenes Indienne-Tuch her. Sie lag in Boudry, und Onkel Théodore und André Martin fuhren jeden Tag dorthin, um die Arbeit zu überwachen.

Briefe für uns wurden zuerst von Onkel Théodore gelesen. Wir bekamen einen von Lord Kilvaney, der uns seine Abreise nach London ankündigte und uns seine dortige Anschrift und den Namen seines Schlosses in Yorkshire mitteilte. Und wir bekamen einen Brief von Pastor Burandel; Onkel Théodore las ihn uns vor.

«Die Stadt Neuchâtel ist in vieler Hinsicht eine bekannte und blühende Stadt», schrieb Burandel, «nicht zuletzt wegen ihrer Handwerker, die in den langen Winternächten Uhren und Spieldosen selbst für den König von Spanien verfertigen . . .»

«Du wirst dich nicht dazu erniedrigen, mit diesen Leuten umzugehen», sagte Onkel Théodore. «Schreib, bitte, dem Pastor: ‹Meine Schwester und ich danken Ihnen für Ihre Nachfrage. Wir hoffen, zu würdigen Bürgern von Neuchâtel heranzuwachsen, eingedenk unserer Pflichten und der Verantwortung gegenüber dem Familienbesitz, die uns aufzuerlegen Gott für richtig befunden hat.› Automaten und Androiden –» Onkel Théodores Stimme klang selbstgerecht. «Klunkerkram und Jux. Die Familie Duriez macht in Stoffen. Darauf müßt ihr euch einstellen.»

Die Webstühle, die den Duriez ihr Vermögen eintrugen, waren, so dachte ich mir, auch so etwas wie Automaten. Hinter ihnen saß die gleiche Logik wie hinter den Androiden. Aber ich sagte nichts, sondern tröstete mich mit Träumen von mechanischen Wundern. Ich wußte, daß kein einziger Weiler im Hinterland, wo die Bauern in den Winternächten Uhren und Spieldosen machten, einen Händler hervorgebracht hatte. Aber der Händler – und nicht der Handwerker und Künstler – war es, der die Erfindungen anderer in der weiten Welt verkaufen und damit reich werden konnte. Ich wußte jetzt, daß die Fabriken in Genf in der Hauptsache die juwelenbesetzten, schmuckvollen Gehäuse der Uhren herstellten – ihre «Seelen» wurden in tausend kleinen Bauernhöfen in den armen Gebirgsweilern von La Chaux-de-Fonds und Sainte-Croix zusammengesetzt. . . .

Ich las in den Dictionnairen. Onkel Théodore ließ mich nicht nur Latein und Griechisch, sondern auch Deutsch und Englisch lernen. Ich schlug das Wort *Programm* auf, das ich im Lateinischen wie im Englischen verzeichnet fand, und mich dünkte, daß es sich sehr wohl auf das anwenden ließ, was ein Androide aufgrund seines Mechanismus zu tun hatte. Durch genaue Anordnung von Nocken und Federn konnten wir ihm ein Programm befehlen, und ich träumte nun von einem Androiden mit vielen Programmen, unter denen er auswählen konnte.

«Fortlaufen. Wir müssen fortlaufen», wiederholte Bea. «Oder du wirst werden wie der Unmensch.»

«Ich kann nie wie Onkel Théodore werden.»

«O doch, das kannst du. Er modelliert dich zum Erben der Fabrik.»

«Ich kann nicht laufen», sagte ich. Bea konnte laufen, und Valentin konnte laufen, aber ich konnte es nicht. Ich begann Pläne zu schmieden. Beas Zorn stachelte mich an. Wenn Valentin fortlief nach Genf, zu den Hirschs, vielleicht, vielleicht ... Ich suchte Valentin und fand ihn im Stall, wo er gerade das Geschirr der Kutschpferde blank putzte. Sein Gesicht zuckte bei meinem Anblick, und als er mich umarmte, mußte er weinen, und seine Tränen rannen herab auf mein Gesicht, denn er war viel größer als ich.

«O Colin, ich ertrag's nicht. Die anderen Domestiken nennen mich einen Bastard; sie schlagen mich und ziehen mich am Haar, ich muß immer die schmutzige Arbeit tun, die Nachtstühle ausleeren.»

«Valentin, wir müssen fortlaufen. Alle drei.»

«Hat dir das niemand gesagt? Ich habe schon versucht, fortzulaufen, aber am Tor hat man mich erwischt. Sie haben mich geschlagen und gesagt, sie würden mich in Eisen legen und des Diebstahls anklagen, und dann würde man mich hängen ...»

Offensichtlich konnte Valentin nicht fortlaufen. Onkel Théodore machte ihn Stück für Stück zunichte.

An einem böigen Tag im März, als der Nordostwind die Bäume schüttelte, klopfte Lucien, der sehr alte Diener, der uns bei der Ankunft begrüßt hatte, leise an meine Tür. «Monsieur Colin, ich bin es, Lucien.»

«Die Tür ist verschlossen», sagte ich. «Ich habe keinen Schlüssel.»

Da hörte ich, wie sich der Schlüssel drehte; die Tür ging auf, Lucien stand strahlend vor mir.

«Ich habe die Schlüssel zu allen Zimmern, zu allen Toren, selbst zum Schreibtisch Ihres Onkels», flüsterte er. «Seit sechzig Jahren stehe ich im Dienste der Duriez; vier Generationen habe ich gedient ... und da sollte ich nicht alle Schlüssel des Hauses haben?»

Lucien kam nun zwei- oder dreimal in der Woche zu mir, vor allem dann, wenn ich wegen des einen oder anderen Vergehens bestraft worden war, zum Beispiel, wenn ich bei einem lateinischen Verb einen Fehler gemacht hatte. Er brachte mir Kuchen und Gebäck, manchmal warme Schokolade in einem silbernen dreibeinigen Krug mit einer zarten Tasse aus Porzellan dazu. «Ich weiß noch, wie Ihr Vater geboren wurde, junger Herr. Er war Ihnen sehr ähnlich. Meine Frau, Gott schenke ihr die ewige Ruhe, war seine Amme. Madame la Baronne, seine Mutter, starb acht Tage nach seiner Geburt am Kindbettfieber, und Baron Daniel, Ihr Großvater, hat dann wieder geheiratet. Er hat Albertine de Thunon geheiratet, und dann kam Monsieur Théodore zur Welt; er ist Ihres Vaters Stiefbruder und verwaltet den Familienbesitz, aber Ihr Vater war der Erbe, der Baron, er sollte alles erben.

Aber dann hat der junge Herr Jean-François Ihre Mutter geheiratet ...» Luciens Stimme wurde leiser, sein Blick verschleierte sich. «Es war eine Tragödie, junger Herr, obwohl wir Dienstboten ihn insgeheim darum bewunderten.»

Daniel Duriez, mein Großvater, hatte für den König von Preußen gegen die Grafen von Savoyen gekämpft und war dafür geadelt und Baron geworden, als Neuchâtel ein Fürstentum unter preußischer Oberhoheit wurde. «Wir von Neuchâtel haben gut gewählt, denn Preußen ist weit weg, und so verfahren die zwölf Familien, wie es ihnen gefällt.» Lucien lachte leise. «Nicht wie Lausanne, das den hohen Herren von Bern untersteht, die zu nahe sind.»

Onkel Théodores Frau, auch von Adel, war Isabelles Tante;

sie war verrückt geworden und lebte zusammen mit fünf Dienstboten in einem alten Haus draußen auf dem Lande. Es war früher einmal das Haus meiner Urgroßmutter gewesen, als die Duriez noch nicht dem Adel angehörten, sondern Maurer und Baumeister waren. «Man spricht natürlich nicht darüber», sagte Lucien, «aber es bedeutet, daß Ihr Onkel Théodore keinen Erben haben kann. Und obwohl Baron Daniel Ihrem Vater sehr gezürnt hat, hat er ihn doch nicht enterbt; so daß Sie der rechtmäßige Erbe sind.»

Baron Daniel, mein Großvater, war viel auf Reisen gewesen. Ihn hatte das Unternehmerfieber gepackt, und er hatte Indien besucht. Auf diese Weise war die auf Indienne-Stoffe angelegte Textilfabrik der Duriez in Boudry bei Neuchâtel in Gang gekommen. Baron Daniel hatte die bemalten und bedruckten Baumwolltuche aus Indien mitgebracht und sich mit einigen der in der Tuchherstellung erfahrenen Hugenotten geschäftlich zusammengetan, vor allem mit den de Pourtalès. Ein Pourtalès war nach Neuchâtel gekommen, und die Fabrik war eingerichtet worden. Die De-Pourtalès-Handelsgesellschaft, gegründet 1753, exportierte Indienne-Stoffe nach ganz Europa und schmuggelte sie mit frommer Zurückhaltung auch nach Frankreich, das die Einfuhr indischer Druckstoffe verboten hatte.

«Bei diesem Handel wird sehr viel Geld verdient», sagte Lucien.

«Sie wissen wirklich über alles Bescheid, Lucien», schmeichelte ich dem alten Diener. Er hatte die Schlüssel. Er konnte uns vielleicht bei der Flucht helfen.

Doch Bea zuckte die Achseln. «Colin, er ist ein alter Mann. Er leibt und lebt für die Duriez und will nur eines Tages sein eigener Herr werden.»

«Baron Daniel wollte, daß Ihr Vater Isabelle de Thunon heiratete, die eine Nichte seiner Frau war», sagte Lucien. «alle diese großen Familien heiraten untereinander. Statt dessen heiratete der junge Herr Jean-François Ihre Mutter. Ihr Vater ging gern in die Fabrik, nicht um den Arbeitern zuzusehen, sondern um mit ihnen zu sprechen. Viele von ihnen waren

Frauen und Kinder, Bauersleute, die ihre Steuern nicht bezahlen konnten. Auf diese Weise hat er Ihre Mutter kennengelernt. O, sie war schön, so schön, und erst siebzehn Jahre alt, sie war eine Schnurmacherin, und die Fabrik beschäftigte auch Schnurmacherinnen. Und sie war schwanger. Die anderen Frauen sprachen nicht mit ihr, denn sie kam aus dem Jorat, wo die Räuber hausen, und auch weil das Kind keinen Vater hatte.»

Seine Stimme bekam einen träumerischen Klang, ich sah, daß er noch immer von der Schönheit meiner Mutter träumte. Mutter hatte die Joratberge verlassen, um nicht gesteinigt oder zur Buße in die Kirche geschleppt zu werden, weil sie vergewaltigt und schwanger geworden war.

«Ihr Vater begegnete ihr, wenn er durch die Straßen ging, und er suchte sie jeden Tag auf. Baron Daniel erfuhr davon. Er sagte zu Ihrem Vater: ‹Sie ist eine Hure!› Aber sie war so schön», wiederholte der alte Mann, «und eine solche Reinheit umgab sie, und sie hatte keine Familie und niemanden, der sie hätte beschützen können. Baron Daniel beauftragte zwei Angestellte, sie als verkommene Frau fortzuschicken, und sie brachten sie ins Gefängnis. Sie sollte öffentlich ausgepeitscht und als Dirne zur Schau gestellt werden, aber Ihr Vater sagte, er werde sie heiraten und das Kind sei sein Kind. Es war ein großer Skandal in Neuchâtel.»

Es war auch ein schrecklicher Familienkrach. Die Türen waren verschlossen, aber natürlich hörte Lucien alles.

«Wir alle, die ganze Dienerschaft, waren sehr aufgeregt. Dann kam Ihr Vater die Treppe herunter, mit nichts in den Händen, nicht einmal mit seinem Mantel über den Schultern, obwohl es kalt war, und er sagte zu mir: ‹Lucien, Gott sei mit dir, ich gehe und ich komme nicht mehr wieder.› Und dann ging er, und wir sahen ihn durchs Tor hinausgehen, und wir haben ihn nie mehr wiedergesehen.»

«Lucien, auch ich will fortgehen», sprudelte es aus mir heraus. «Ich kann nicht hierbleiben. Ich will Handwerkermeister werden. Ich will Automaten und Androiden machen.»

«Monsieur Colin, junger Herr» – Luciens Unterkiefer sank

herunter, er hatte nicht mehr viele Zähne im Mund, er war wirklich alt und jetzt auch sehr erregt – «hören Sie mir zu, hören Sie auf einen alten Mann, der Ihrer Familie sechzig Jahre lang gedient hat. Bewahren Sie Geduld, warten Sie noch ein paar Jahre, dann sind Sie Baron Duriez, und alles gehört Ihnen.»

«Ich will das alles aber nicht haben.»

«Sie sind aber ein Duriez, Monsieur Colin, junger Herr, Sie sind der Erbe. Wir haben alle auf sie gewartet.»

Es war klar – Lucien würde uns nicht helfen. Es war sogar möglich, daß er uns an Onkel Théodore verriet. So sagte ich: «Vielleicht haben Sie recht, ich muß mich an das alles erst noch gewöhnen.» Und als der alte Mann danach wiederkam, gab ich vor, mich sehr für die Fabrik und den Landbesitz der Familie zu interessieren.

Es war März, ein wetterwendischer Monat, und Onkel Théodore kam eines Tages mit Fieber aus der Fabrik zurück. Es hatte einen Kälteeinbruch gegeben, und da hatte ihn der *Joran* erfaßt, jener wütende Wind, der von den Kämmen des Jura herunterjagte und das Wasser des Sees schwarz erscheinen ließ.

Die Ärzte kamen, ließen ihn einmal, zweimal zur Ader. Im Haus lief alles in gedämpfter Lautstärke ab, und André Martin schlich auf Zehenspitzen umher und gab nur geflüsterte Anweisungen. Die Dienstboten kamen nun und fragten mich, was ich gern zu essen hätte, und die Hausmädchen flitzten um Bea herum.

«Sie glauben, der Unmensch stirbt, und dann bist du der Erbe, Baron Duriez.» Bea lachte.

Die Doktoren betrachteten Théodores Urin in einem großen Glas. Er hatte viel Hitze im Körper und auch Steine, also ließen sie ihn zum drittenmal zur Ader.

Bea ging jetzt aus, und im Garten und auf den Wiesen, wo die ersten Frühlingsblumen und Kräuter der Erde entsprossen, wählte sie dieses und jenes aus; sie kannte die Arzneipflanzen, Mutter hatte sie dies gelehrt. Dann fragte sie André Martin, ob

Onkel Théodore uns empfangen würde. Martin ging auf Zehenspitzen hinein und kam auf Zehenspitzen wieder heraus. Er nickte: «Aber nur für ein paar Minuten.»

Das Schlafzimmer roch nach dem stickigen, üblen Geruch der Krankheit. Onkel Théodore, eine Haube auf dem Kopf, saß in einem Berg von Kissen. Er war blaß und kurzatmig.

«Onkel Théodore», sagte Bea, «wir sind sehr bekümmert. Wir haben viele Stunden gebetet, daß du wieder gesund wirst.»

Sie sprach so sanft, blickte ihn so sanft an, daß auch er sanft wurde und schließlich flüsterte: «Gott möge mich noch verschonen ... es ist eine Fluxion ... und dann die Steine.»

Bea trat an das Bett heran und legte schüchtern eine Hand auf die Decke. «Ich habe etwas über beruhigende Tränke gelernt.» Sie hielt den Topf hoch, in dem sie einige Kräuter zusammengebraut hatte. «Wenn du davon kosten möchtest – es ist alles aus dem Garten, es kann dir nicht schaden.»

«Kind, was weißt du von den Körpersäften?« flüsterte Théodore.

«Ich habe gelernt, Heilkräuter zu sammeln, und ich habe gesehen, wie sie Schmerzen gelindert haben», erwiderte Bea.

Und, o Wunder, Théodore streckte die Hand aus, und Bea goß ihren Trank in ein Glas, und er trank davon. Viele Tage lang ging sie im Krankenzimmer ein und aus, flößte ihm Honig ein, angewärmt und mit Kamille und Rhabarber vermischt; sie verabreichte ihm Eisenkraut und Weißdorn und den Saft von frisch zerstampften Hagebutten, Löwenzahn mit Rettich und Disteln und viel Baldrian, allesamt Pflanzen, die André Martin und Madame Hunner bei den Bauern der umliegenden Höfe suchen mußten. Dann bereitete sie ihm Seifenkraut und Lavendel für seine Brustschmerzen und Majoran und Thymian, damit er leichter atmen könne. Sie gab ihm zermahlenes Basilikum und Arnika gegen das Fieber, das ihn schwächte – und dies täglich mehrere Male, so daß er recht viel trank, wogegen die Ärzte ihn eher trocken gehalten hatten, so daß ihm der Mund weh tat und seine Lippen aufgesprungen waren.

Die Schmerzen ließen nach; er schwitzte nicht mehr so sehr. Bea wies Madame Hunner an, ihn mit einem Schwamm abzuwaschen, den sie in warmes Wasser tauchen mußte, in das sie süß duftende Kräuter und auch ein Parfüm getan hatte, das die Luft erfrischte. Sie öffnete am Morgen sein Fenster, und dann mußte ich ihm aus der Bibel vorlesen, aber nur erbauliche, keine schrecklichen Stellen. Ich las ihm die Gleichnisse vor und die Bergpredigt. Innerhalb eines Monats hatte er unter großen Schmerzen einige Steine von sich gegeben, aber danach war ihm wohler. Er begann sich aufzusetzen, dann aufzustehen, und dann saß er an seinem Schreibtisch und besprach sich mit André Martin.

«Jetzt werden wir davonlaufen», sagte Bea.

«Aber Bea ...» Ich hatte Onkel Théodore inzwischen fast gern, nachdem ich ihn in seiner Schwäche, seiner Einsamkeit erlebt hatte. Vielleicht erlaubte er mir jetzt, Automaten zu machen; und vielleicht dachte ich auch an das Erbe. Und was Bea betraf, so eilten die Dienstboten, ihren leisesten Wunsch zu erfüllen.

«Was ist *aber*, Colin?» Sie sah mich an, und ihre Augen blickten so zwingend, daß ich förmlich spürte, wie ich zusammenschrumpfte. «Wir *müssen* fort. Nun, da er mir vertraut, wird er nicht glauben, daß wir fliehen wollen, und es wird ihn um so mehr schmerzen.»

«Ich will Menschen keinen Schmerz zufügen, Bea.»

Bea sah mich verächtlich an. «Sie haben Mutter Schmerz zugefügt», sagte sie. «Sie werden dich zu einem Menschen von ihrer eigenen Art machen ... Wir laufen davon.»

Nun ging Bea mehrmals am Tag zu Onkel Théodore; er grüßte sie freundlich, fast lächelnd. «Was willst du jetzt wieder, Bérangère?»

«Ein wenig Geld, Onkel Théodore, ich will einen Kräutergarten anlegen.»

Théodore gab ihr Geld und noch mehr Geld für neue Kleider, und dann bat Bea ihn um zwei Pferde, damit wir am See entlangreiten könnten, von einem Stallknecht begleitet – und so geschah es auch. Der Sattler machte mir einen besonderen Steigbügel. Die Schneider kamen und maßen uns die neuen Kleider an – es waren noch immer Trauerkleider, aber jetzt etwas abgemildert, grau statt schwarz. Onkel Théodore forderte mich nun auf, dem versammelten Haushalt die Bibellektion vorzulesen. Und nachts wurden unsere Türen nicht mehr abgeschlossen.

Eines Nachmittags sah ich, wie Bea mit Valentin sprach. Auch er wurde jetzt besser behandelt. Bea war im Reitkostüm, die kleine Peitsche in der Hand, mit der sie ein wenig gestikulierte, und Valentin nickte und nickte immer wieder. Er folgte ihr mit den Augen, als sie ging, und eine Spur seines früheren Lächelns lag auf seinem Gesicht.

Es war Juni geworden, die Bäume standen in vollem Laub, und bald kamen die Sommersonnenwende und die Johannisfeuer. Eines Tages sagte Bea: «Colin, heute nacht geht es los.»

«Heute nacht!»

«Es ist kein Mond. Die Pferde werden fertig gesattelt sein, dafür sorgt Valentin. Nimm nur ein paar Kleider mit. Wir reiten zur Familie Hirsch in Genf – zu deinem Freund Jacob.»

«Aber, Bea ...»

Sie winkte ungeduldig ab. «Wir brechen auf, wenn alles schläft.»

«Der Torhüter ...»

«Er wird schlafen, samt seiner Familie.»

Ich packte einige Kleider zusammen, gerade genug für eine Satteltasche. Und da wurde mir plötzlich bewußt, daß es mir hier inzwischen ganz gut gefiel. Es bewies, wie biegsam und fügsam ich war. Ja, Bea hatte recht, ich lief Gefahr, ein zweiter Onkel Théodore zu werden. Ich ging zum Abendessen hinunter, als Lucien den Gong schlug. Bea war schon da, in einem neuen Kleid, und lächelte Onkel Théodore an.

Wir aßen wie üblich zu Abend, nur wir drei an dem riesigen silberverzierten Tisch, im Eßzimmer mit den großen Vasen in den Ecken, und durch die Fenster wehte der Fliederduft herein. Onkel Théodore erkundigte sich nach meinen Studien. «Ich höre zu meiner Freude, daß du Fortschritte machst, Colin. Ganz bald werde ich dich mit den Zusammenhängen deines Erbes vertraut machen. Ich habe mich um alles nach bestem Vermögen gekümmert. Obwohl du noch jung bist, ist es doch nicht zu früh, daß du anfängst, diese Angelegenheiten zu verstehen.» Dann wandte er sich an Bea, und sein Gesicht wurde fast jung, seine Augen leuchteten ein wenig. »Was dich betrifft, Bérangère, so habe ich über deine Bitte um Unterricht in der italienischen Sprache nachgedacht. Es ist eine sehr schöne Sprache für eine Frau, und ich bin sicher, du wirst sie schnell lernen.»

Bea erhob sich lächelnd und legte die Hand auf Onkel Théodores Arm, wobei ihre Ringellocken nach vorn fielen und fast sein Gesicht berührten. «Vielen Dank, Onkel Théodore ... du bist gut zu uns», sagte sie. Er sah sie liebevoll an, dann errötete er, trank seinen Wein aus und erhob sich vom Tisch.

Wir saßen nun eine halbe Stunde nach dem Abendessen zusammen. Bea setzte sich an das Cembalo und sang, ein zwei Lieder, und dann war es Zeit, sich zurückzuziehen. «Gute Nacht, Onkel Théodore», sagte ich, mit mehr Gefühl als gewöhnlich. Er war auf seine Weise ein gerechter, sehr mit Skrupeln behafteter Mensch.

Nacht. Ich wartete auf Bea, und da kam sie schon in mein Zimmer. «Colin, ich muß mich bei dir umkleiden; ich muß als Junge gehen.» Sie hatte sich das Haar abgeschnitten. «Kaum jemand wird zwei junge Herren bemerken, die durch die sommerlichen Felder reiten.»

«Was ist mit Valentin? Kommt er nicht mit uns?»

«Was soll mit ihm sein? Er hat nichts davon gesagt.»

«Bea, er kommt mit.»

«Natürlich», erwiderte sie. Sie zog Kleider von mir an, und wir gingen hinaus, die Schuhe in der Hand, unsere Taschen über der Schulter. Wir begegneten niemandem. Wir gingen leise die Treppe hinunter zur Tür, die gewöhnlich verschlossen war; aber Bea hatte einen Schlüssel, vielleicht von Lucien.

Im Dunkel draußen, jenseits der Auffahrt, sah ich Valentins bleiches Gesicht über einem schwarzem Tuchmantel. Er hielt zwei Pferde am Zügel und besänftigte sie leise, damit sie nicht aufstampften. Valentin half mir in den Sattel; Bea sprang auf ihr Pferd. «Ich komme mit euch», sagte Valentin ganz selbstverständlich. «Ich habe mir das Pferd des Stallknechts genommen.» Die Hufe der Pferde waren mit Tuch umwickelt, und unter den dicht belaubten Buchen lagen Schatten. Die Schlüssel zum Tor hatte Valentin. Wir schlossen das Tor wieder hinter uns; ich wandte mich um und warf den sitzenden Mandarinen einen Abschiedsblick zu.

Draußen, an eine Kastanie gebunden, stand ein weiteres Pferd. Valentin nahm die Tücher von den Hufen unserer Pferde, und wir galoppierten davon.

Wir ritten einige Stunden, bis der Morgen heraufdämmerte; Valentin war froh und zuversichtlich, er kannte den Weg. «Ich habe einen Kompaß im Kopf.» Er lachte. Wir rasteten eine Weile, als es in sommerlichem Hellrot richtig Morgen wurde, und ich fragte Bea: «Wie hast du das alles bewerkstelligt, Bea? Es ging so leicht.» Als sie und Valentin zusammen lachten, da war es das erste Mal, daß ich sie beide gemeinsam lachen hörte. «Lucien fühlte sich unwohl, und da machte ich ihm einen Trank», sagte sie. «Valentin hat ihm den Trank gebracht – und dabei die Schlüssel mitgenommen. Der Alte schläft jetzt in aller Seelenruhe – desgleichen der Torhüter und seine Familie.»

«Bea und ich haben das seit Wochen geplant», sagte Valentin. Er war erregt und glücklich. Er war, dessen wurde ich mir plötzlich bewußt, ein wenig wie Bea.

Wir schlugen um Yverdon einen Bogen, machten in einer kleinen Herberge gleich dahinter Station und ritten dann schnell weiter, nur unter Hainen und hohen Hecken ausruhend. In der Fülle des Sommers, da alle Bauern auf dem Feld waren, ließ es sich leicht nach dem Weg fragen. Wir hatten Geld bei uns und kauften ein wenig Käse und Brot, und als am dritten Tag die Sonne aufging, sahen wir die Mauern von Genf und seine hochtürmige Kathedrale vor uns.

Abraham Hirsch war gerade erst aufgestanden, aber er umarmte mich mehrmals, und Freude leuchtete in seinen Augen. Er rief: «Jacob, Jacob, Colin ist da», und ich hörte Jacob herbeirennen. Wir umarmten uns, und er sagte: «Wir glaubten schon, wir würden dich nie mehr wiedersehen.»

Wir saßen im großen Salon in unseren staubigen Reisekleidern auf den schönen Stühlen, und ich erzählte unsere Geschichte. Madame Hirsch, die im Morgenrock hinzukam, und Sarah, die noch die Nachthaube auf dem Kopf hatte, waren ganz aufgeregt und küßten Bea immer wieder. Ich erzählte ihnen von Onkel Théodore. Und als ich fertig war, stieß Abraham Hirsch, der während meiner Erzählung immer beklommener dreingeblickt hatte, einen tiefen Seufzer aus, schüttelte den Kopf und seufzte dann noch einmal.

«Kinder, Kinder», sagte er. Er erhob sich und tat ein paar schwere Schritte. »Aber ihr müßt müde sein. Alles der Reihe nach. Ihr müßt jetzt zuerst einmal etwas essen, euch waschen und dann schlafen.»

Wir nahmen ein Bad, schliefen ein paar Stunden, und am Abend versammelten wir uns wie eine einzige Familie zum Essen. Danach sagte Abraham: «Jetzt müssen wir reden.»

Er begann in behutsamem Ton, uns versichernd, daß er natürlich alles tun werde, um uns zu helfen. «Aber ich bin Jude, und ein Jude ist immer... verdächtig. Ich freue mich, daß ihr zu uns gekommen seid, aber ihr könnt hier nicht bleiben, und ich weiß nicht, was ich mit euch anfangen soll. Die Duriez von Neuchâtel haben einen langen Arm und große Ohren. Es würde uns allen nicht gutgehen, sollten sie euch entdecken.»

«Ich gehe nie mehr zurück», sagte Valentin. «Lieber sterbe ich. Ich laufe noch heute abend fort, nach Frankreich, da brauchen sie Soldaten...»

Jetzt sah ich die große Gefahr, in die wir die Hirschs gebracht hatten. Eine Gefahr, die eine Katastrophe für sie bedeuten konnte. Sie waren so freundlich und großmütig gewesen; aber wir waren Christen und noch dazu Kinder. Man mochte sie beschuldigen, sie hätten versucht, uns zu entführen, uns zu ermorden...

Jacob faßte mich am Arm. «Colin, mein Vater redet jetzt nur ganz offen, aber natürlich wird er euch helfen, hab keine Angst.»

«Du bist der Baron Duriez, Erbe des Vermögens der Duriez.

Du läufst davon und bist im Haus eines Juden. Was glaubt ihr wohl, was man daraus machen könnte?» fragte Abraham.

Ich sah Bea an. Sie saß stumm da, ihre Augen glänzten, alles an ihr glänzte. Sie hatte diese Situation herbeigeführt und genoß sie; sie war wie die Priesterinnen und Königinnen der Kelten, die sich auch an einer Tragödie, einer Katastrophe weideten ...

Ich sagte in etwas unsicherem Ton: «Wenn Sie wünschen, kehre ich allein nach Neuchâtel zurück. Aber Valentin kann nicht mehr zurückgehen. Und was Bea betrifft –»

Bea sagte: «Du kehrst nicht nach Neuchâtel zurück.»

Abraham seufzte abermals. «Was soll ich tun? Wo soll ich euch hinschicken? Nach Amsterdam? Nach London? Lord Kilvaney ist in Yorkshire. Ich muß einen Weg finden.»

Wir durften das Haus nicht verlassen, damit wir auf der Straße nicht gesehen wurden. Abraham konnte sich auf sein Personal verlassen – keiner würde reden; die Pferde waren von einem vertrauenswürdigen Stallknecht bei Nacht fortgeführt und weit vor der Stadt freigelassen worden. Die Sättel hatte man entfernt und vergraben, denn sie trugen das Wappen der Duriez.

Zwei Tage später sagte uns Abraham Hirsch, daß Isabelle de Thunon sich über ihre Bekannten in Genf erkundigt habe, ob man uns in der Stadt gesehen habe. Da dachte ich mir, daß ich gut daran getan hatte, Isabelle nichts von meiner Bekanntschaft mit der Familie Hirsch zu erzählen.

Inzwischen wurde ich mir immer deutlicher der schwierigen Lage bewußt, in die wir Abraham gebracht hatten. Man mochte ihm vorwerfen, mich um eines Lösegeldes willen entführt zu haben oder mich bekehren zu wollen.

«Monsieur», sagte Valentin zu Abraham, «ich will Soldat werden. Ich kenne mich mit Pferden aus, und ich habe bei Meister Chavenaz gelernt, wie man Gewehre repariert; ich kann auch noch lernen, wie man Kanonen macht.»

«Valentin, *dich* unterzubringen, ist einfach», gab Abraham zurück.

Den Duriez würde nicht besonders daran gelegen sein, einen

bloßen Dienstboten zu erwischen; aber wenn man ihn erwischte, würde man ihn des Pferdediebstahls bezichtigen und wahrscheinlich aufs Rad flechten, nachdem man ihm beide Hände abgehackt hatte.

Wir sprachen mit Abraham über verschiedene Möglichkeiten. Was war mit Voltaire? «Der wäre der letzte, dem wir trauen könnten», rief Abraham aus. «Er plaudert viel zu gern.»

Viele Leute kamen zu Abraham Hirsch, um sich Geld zu leihen. Sie kamen meistens zu Fuß und ließen ihre Kutschen nicht vor dem Haus stehen. Hirsch ließ einen Diener am Fenster Wache halten, der ständig bereit war, die Tür zu öffnen.

Und eines Tages kam ein hochgewachsener Mann, in orientalische Kleidung gehüllt. Bea und ich bemerkten ihn, weil seine vornehme Kutsche vor dem Haus anhielt. Er war ein gutaussehender Mann, ganz in Weiß gekleidet und ein Tuch um den Kopf gewunden.

«Das ist Abdul Reza, ein guter Freund meines Vaters», sagte Jacob. «Er ist Kaufmann und ein Fürst, aber er ist auch ein Diplomat und mit Staatsangelegenheiten betraut.»

An diesem Abend sprachen wir abermals über unser Problem. Ich weiß nicht mehr, warum ich Voltaires Theaterstück *Die Waise von China* erwähnte, das in Lausanne aufgeführt worden war. «Die Chinesen sind ganz verrückt auf Automaten, Monsieur Hirsch», sagte ich. «Das habe ich gehört, sogar in Neuchâtel. Auch die indischen Radschas und die Sultane des Ottomanischen Reiches.»

«Der Himmel sei gepriesen», rief Abraham aus. «Mein Geist schien langsam stumpf zu werden. Colin, Bea, natürlich, wenn ihr zu Abenteuern, sogar Gefahren bereit seid, dann könntet ihr vielleicht nach China oder nach Indien reisen.»

«Mit Ihrem Freund Abdul Reza», sagte Bea.

«Woher weißt du das?» Abraham starrte sie verblüfft an. «Hast du unsere Gespräche belauscht?»

«O nein, Monsieur, ich habe das nur vermutet, als ich ihn heute morgen ins Haus kommen sah», entgegnete Bea.

«Du mußt Gedanken lesen können», sagte Abraham. «Gerade heute morgen hat mir Abdul Reza von China erzählt. Man will dort jetzt an Ort und Stelle Automaten reparieren und bauen und Uhren machen. China ist ein großes Land und wird von vielen Millionen Menschen bewohnt, und Genf beliefert den Hof des Kaisers mit Uhren, und England schickt Automaten. Man braucht dort aber Handwerker, und vielleicht –»

Und so wurde es beschlossen. Bea beschloß es; nachher fragte ich sie: «Bea, wie hast du das gewußt?»

«Als ich Abdul Reza sah, wußte ich, daß er uns würde helfen können. Frag mich nicht weiter; ich kann dir nicht erklären, wieso ich mir so sicher war.»

Abraham erzählte uns von den Manufakturen, die die Engländer in Kanton errichtet hatten und in denen Uhren repariert und sogar neu angefertigt wurden. Die Stadt Genf war aufgefordert worden, zwei Handwerker zu schicken, welche die Mechanismen der Automaten am Hof des chinesischen Kaisers pflegen sollten. «Bis jetzt haben die Jesuiten das getan», sagte Abraham. «Sie sind seit einem Jahrhundert in China. Aber es sind ihrer nur wenige und sie werden alt. Jetzt sind es die Kompanien, die für den Handel sorgen und Uhren und Automaten, Spieldosen und andere Apparate haben wollen, um sie den chinesischen Mandarinen zu verkaufen.»

«Ich bin bereit, dorthin zu gehen», sagte ich. Eine lange Reise, China, ein Vermögen verdienen – solche Traumbilder gingen mir durch den Kopf. Und Bea würde bei mir sein.

Es vergingen einige Tage. Ich verbrachte die Zeit zusammen mit Jacob, denn ich konnte ihm gar nicht genug zuhören, und jetzt wollte ich in meinem Kopf einen großen Vorrat an Wissen mitnehmen. Ich begann alle Bücher über China zu lesen, die es in der Bibliothek gab, und da fand ich recht viele, die von Jesuiten geschrieben waren, welche China, seine Einrichtungen und Meister Konfuzius in den höchsten Tönen priesen. Andere Berichte, von Engländern geschrieben, sprachen sich weniger lobend aus.

Wir redeten. Wir redeten endlos. Über Gott und die ganze Welt, über Jean-Jacques Rousseau, der als unfrommer Mann galt. Über Diderots Enzyklopädie, die man in Frankreich verbrannt hatte. Und jede Nacht suchten wir den Himmel ab, nach den Planeten, nach den fernen Sternen. Wir sprachen über Elektrizität und darüber, ob Bäume zu Empfindungen fähig wären und ob es Lebewesen gäbe auf anderen Planeten unter anderen Sonnen als der unseren.

In diesem August begann der Krieg zwischen England und Frankreich um die Herrschaft über Akadien in der Neuen Welt.

Aus Frankreich kam der Marquis de Sancerre nach Genf, Lausanne und Bern, um ein Bataillon Schweizer Söldner zusammenzustellen, die in Akadien für die dortigen französischen Niederlassungen kämpfen sollten. Er rekrutierte auch Frauen, selbst solche von schlechtem Ruf, für die Siedler in der Neuen Welt.

Abraham verschaffte Valentin den Posten eines Kornetts – der zehn Mann unter sich hatte, Bauern ohne Land, allesamt gekauft mit einer Börse von fünf Livres zum Kampf in Akadien auf der französischen Seite. Er rüstete die Männer aus, kaufte Valentin neue Kleider und gab ihm einen gefüllten Geldbeutel mit, damit er als Edelmannskind auftreten konnte, wenn auch als ein knapp gehaltenes. Es gab viele knapp gehaltene Lausanner Edelleute in allen möglichen Armeen.

In seiner neuen Kleidung – weiße Strumpfhose, Schnallenschuhe, Dreispitz mit Feder – stellte sich Valentin zum Abschied vor. Zu mir sagte er: «Gott schütze dich«, und zu Bea, mit glänzenden Augen: »Bea, deine Träume sind starke Träume, sie lassen die Welt wahr werden.» Dergleichen hatte Valentin meines Wissens noch nie gesagt.

Valentin umarmte mich. «Schreib mir, Colin. Ich habe Mühe mit dem Schreiben, aber ein paar Worte werde ich schon hinkritzeln, und wär's nur, um dir zu sagen: ‹Bruder, mir geht's gut›.»

Abdul Reza kam wieder – unseretwegen. Er musterte uns interessiert und lud uns ein, ihm unsere Geschichte zu erzählen. Ich tat dies, doch er sah Bea an. «Aber Sie, Demoiselle, hatten die Flucht geplant?»

«Ja», sagte Bea.

Er nickte nachdenklich.

Er sagte, er wolle uns mitnehmen. Er sagte, er werde schon Arbeit für uns finden, mehr als Arbeit. «Wenn Sie nicht furchtsam sind, werden Sie es schaffen.»

Und wir entgegneten beide, Bea und ich: «Wir sind nicht furchtsam, Fürst Reza.»

Jacob gab mir viele Bücher mit. Shakespeares Theaterstücke, das *Dictionary of the English Language* von Samuel Johnson und noch andere mehr. «Auch ich werde bald auf Reisen gehen, Colin», sagte er. «Vielleicht besuche ich dich einmal in China. Gewiß wirst du dort viel lernen.»

Abraham gab mir einen Satz kleiner Werkzeuge mit, juwelengleich in ihrer sauberen Perfektion – es war ein Uhrmacherbesteck, mit dem ich die schönen mechanischen Teile für Automaten bauen konnte. «Du hast Talent, Colin. Das weiß ich von deinem Vater. Er hat mir gesagt, du hättest mehr Talent als er. Nutze es gut. Die Maschine wird die ganze Welt verändern.»

An einem Abend im September verließen wir Genf mit einer Berline. Bea war als Junge gekleidet; zwei Diener begleiteten uns. Eine Woche später langten wir in Marseille an, und dort nahm uns der Kaufmann, Fürst und Diplomat Abdul Reza in seine Obhut.

6

ANNO DOMINI 1756–1757

Marseille schillerte zwischen Sonne und Wasser. In seinen schlammigen, von überfüllten Behausungen gesäumten Gassen drängte sich eine lärmende Menge von Menschen unterschiedlichster Kleidung und Hautfarbe. Levantiner und Mauren, Italiener und Franzosen, Negersklaven und dänische Walfänger schoben sich bei den Docks aneinander vorbei. Auf den übelriechenden Straßen hielten Leute schwarze Regenschirme aufgespannt, damit ihnen der Unrat, der von oben herabgeschüttet wurde, nicht auf den Kopf fiel. Matrosen aller Länder, mit Tätowierungen auf den Armen und dem Dolch im Gürtel, schlenderten umher und hielten nach Frauen Ausschau. Die Frauen standen in den Türen und riefen die Passanten an; wenn sie ein paar Schritte machten, schwankten ihre Hüften wie kleine auf dem Wasser tanzende Boote. Prozessionen zogen vorüber mit Glöckchenklang und Kruzifixen, um Schiffe zu segnen. Bettler und Pilger drängten in die Kirchen; die Glocken von Sankt Marien auf dem Vorgebirge oberhalb der Stadt läuteten häufig; und Mörder auf dem Weg zur Folterbank knieten nieder und bekreuzigten sich, wenn sie die Glocken für die Seelen der Seeleute läuten hörten.

Ich sah hugenottische Galeerensträflinge, die wegen ihrer Religion dazu verdammt waren, ihr Leben lang die Schiffe des Königs zu rudern. In langen Reihen, schwere Eisen um Hals, Hände und Füße, gingen sie kettenklirrend an uns vorüber und sangen Martin Luthers großes Lied: «Ein' feste Burg ist unser Gott» oder auch «In Wind und großem Sturm verläßt uns Jesus nicht . . .»

Zu sehen, wie sie nur ihres Glaubens wegen so ins Märtyrertum getrieben wurden – und das allein im Namen eines barmherzigen Gottes – machte mich zornig und krank vor Kummer. Ich hätte in ihre Lieder einstimmen mögen, aber Bea hielt mich zurück. Um uns herum bewarf der Abschaum von Marseille diese Männer mit Schmutz und leerte Eimer mit Urin und verdorbenem Essen über sie aus.

Die Pest war im Jahre 1720 nach Marseille eingeschleppt worden durch die *Great Saint Anthony*, ein Schiff, das Seidenstoffe und Gewürze aus dem Orient mitbrachte, und man erinnerte sich noch jetzt daran. «Ich war damals ein Junge von sieben Jahren und kam mit meinem Vater auf einem levantinischen Schiff von Tanger herüber», erzählte uns Fürst Abdul Reza. «Die Pest hat Tausende dahingerafft, aber keinen von den unseren; wir wuschen uns fünfmal am Tag, bevor wir zu Allah beteten, und Er hat uns beschützt.»

Abdul Reza war nicht nur reich und von vornehmer Herkunft, sondern auch ein gelehrter Mann, der viele Sprachen sprach, in viele Länder reiste, von einem ins andere so selbstverständlich und mühelos, wie er das Hemd wechselte. Er war liebenswürdig auf eine distanzierte Art, die uns jede Scheu nahm. Er hatte, wie er uns erzählte, viele Kinder, dreizehn oder vielleicht auch noch mehr, von denen einige älter waren als wir. Und viele Frauen. Jeden Tag widmete er sich uns eine Stunde lang, und sein Diener Ismail war zugegen. Er ließ uns berichten und erzählte uns dann von der Welt. Von Geschichte und Geographie, von Kriegen, von den Menschen, von Politik und Handel. Alles, was nützlich ist und nicht in Büchern steht, habe ich von ihm.

Das Vergangene verblaßte, der Kummer büßte seine Schärfe ein. Ich war von einer Sehnsucht nach dem Unbekannten besessen, ich wollte jene Fabelländer sehen und alles, was sie zu bieten hatten. Ich beobachtete Abdul Reza, seine Gesten, seine Art zu reden, seine Gelassenheit, die Ruhe, mit der er uns zuhörte. «Seht ihr», sagte er, «wir brauchen nur ein weinfarbenes Meer zu überqueren, das bei Marseille beginnt, und sind dann schon auf dem Weg zu hundert Königreichen.»

Die *Cardus* war ein starker Dreimaster, ein schönes Handelsschiff, mit fünf Kanonen bestückt, anscheinend toplastig von großen und kleinen Segeln, mit fester und beweglicher Takelage, aber draußen auf See flog sie wie eine Schwalbe dahin unter der leichtesten Brise. Sie zeigte die französische Flagge, und ihr Kapitän war Xavier Fournier.

Außer Abdul Reza, seinen fünfzehn Domestiken und zwei verschleierten Mädchen reisten auf dem Oberdeck noch drei Jesuiten, zwei Franzosen von der Ostindien-Kompanie und ein holländischer Kaufherr, Herr van Tromp, der Abdul Reza gut zu kennen schien, denn er grüßte ihn zweimal am Tag. Auf dem Unterdeck reiste eine Gruppe von landlosen französischen Bauern, die zu den Kanarischen Inseln und nach Afrika wollten, einige muslimische Händler und ein paar protestantische Söldner.

Die Jesuiten hatten zahlreiche Holzkisten bei sich, die astronomische Instrumente, Bücher und andere wertvolle Dinge für den kaiserlichen Hof in Peking enthielten. Pater Pierre Amigot, ein stattlicher Provenzale, beschwor die Matrosen mit Gesten und viel Geschrei, die Kisten doch ja nicht fallen zu lassen, und er wischte sich dabei die Stirn, vor Angst und Hitze. Messieurs Davignon und de Recasse reisten als Ersatzleute nach Pondichéry, wo die Agenten der französischen Ostindien-Kompanie allzu schnell vom Fieber dahingerafft wurden. Und so war die *Cardus* ein Schiff aller Nationen, und auch die Besatzung war eine buntgescheckte Gesellschaft – mancher trug auf dem Rücken die Narben von Peitschenhieben.

Kapitän Fournier hatte eine recht dunkle Gesichtsfarbe, und der Dreispitz verdeckte dichtes, krauses Haar, welches darauf hindeutete, daß er Negerblut in den Adern hatte. Er war ein schlanker, gutaussehender Mann und schritt immer flink und wachsam wie eine Katze über die Decks. Ich erlebte ihn nie zornig, stellte aber fest, daß er unerbittlich war, denn während der Reise sollten ein Matrose zu Tode gepeitscht und zwei andere vor die Kanonenmündungen gebunden werden. Drei Steuermannsmaate halfen ihm bei der Aufsicht über die Matrosen, mit Peitschen in den Händen und Pistolen im Gürtel.

Die Besatzung, in Schweiß gebadet, brachte zahllose Kisten

und Fässer an Bord, Süßwasser und Cidre gegen Skorbut und eine ganze Ladung grunzender Schweine, die für die Kanarischen Inseln bestimmt waren.

Die Großsegel prall vom Wind, die Kanonen blitzblank, hielt die *Cardus* auf Teneriffa zu. «Laßt uns beten, daß wir vor der Berberküste keinen Piraten begegnen», sagte Pater Amigot. An jedem dritten Tag ließ uns Kapitän Fournier den Umgang mit Pistolen, Piken und Äxten üben, für den Fall, daß wir von einem Piratenschiff überfallen würden. Bea, als Junge verkleidet und jetzt Benoit genannt, erwies sich als ausgezeichneter Schütze, sie traf viel besser als ich.

Wir hatten eine ganz kleine Kabine mit zwei Hängematten anstelle von Betten. Daneben lag der Raum, in dem Abdul Reza und Kapitän Fournier saßen und miteinander sprachen und in dem der Kapitän während der Nacht schlief. Sie schienen sich gut zu verstehen, obwohl Fournier katholisch war und stets zur Messe der Jesuiten erschien. Doch auf hoher See und in dieser neuen Welt des weiten Handelsverkehrs kamen viele Rassen und Glaubensgemeinschaften miteinander aus, und die Religion schien weniger wichtig als Mut, Tapferkeit und Scharfsinn. Fourniers Vater war aus Louisiana gekommen, er war mit Schiffen um die ganze Welt gefahren im Dienste eines jeden, der gut zahlte. Fournier war zwölf Jahre alt gewesen, als seines Vaters Galeone, mit Gold und Gewürzen beladen, in den Hafen von Marseille eingelaufen war. Abdul Rezas Vater hatte den jungen Xavier an Sohnes Statt angenommen, als sein Vater an der Pest gestorben war. Seine Mutter, eine Frau von den Antillen, war früh an der Schwindsucht gestorben, die so viele Menschen dahinraffte, wenn sie von den tropischen Inseln nach Europa kamen.

«Mein Vater war der Ansicht, Wohlstand könne nicht ohne gute Menschen geschaffen werden», sagte Reza im Gespräch mit uns. «Er hat viele Christen gerettet und nie einen zur Konversion gezwungen. Xavier dient mir weiter so, wie sein Vater dem meinen gedient hat.»

Aus der Ferne sahen wir den Vulkan von Teneriffa mit der schweren Wolke über seinem Kegel. Die Häuser waren weiß getüncht, und die Leute dort sprachen eine Mischung von Portugiesisch und anderen Sprachen – die Lascarsprache, die *Lingua franca* der Ozeane. Wir nahmen Trinkwasser an Bord und Zitronen und Oliven, Mehl und Ziegen, Pökelfleisch und Kohl; die Schweine gingen an Land – nur fünf waren unterwegs verendet. Bea und ich aßen Orangen, eine köstliche Frucht, die aus großen Körben von schwarzgekleideten, verschleierten Frauen verkauft wurden. Wir hatten dergleichen noch nie zuvor gegessen, und dies schien uns kommende Wonnen anzudeuten.

Wonne. Entzücken bei der Entdeckung meines eigenen Körpers, meiner selbst. Es kam jetzt über mich, während wir weiterfuhren, während meine Sinne und Gefühle endlich nicht mehr eingeengt waren. Bis jetzt hatte Körper soviel wie Schuld bedeutet; was in diesem Fleisch vorging, unterlag der Zensur und war schändlich, und mein Klumpfuß hatte das alles noch schlimmer gemacht. Doch jetzt, vielleicht wegen Fournier und Abdul Reza, die beide so männlich waren, so selbstverständlich als Menschenwesen existierten, wußte ich auf einmal, daß nicht alle Triebe böse waren und ausgelöscht werden mußten. Abdul Reza war sich meiner Empfindungen bewußt. «Du wirst ein Mann werden, Colin, und ein Mann mag züchtig sein, aber er muß auch dankbar sein für die großen Gaben Gottes.»

Und so verspürte ich mit vollen vierzehn Jahren die Veränderungen in meinem Körper, war mit neuer Kraft geladen. Ich öffnete das Hemd dem Frühmorgenwind und fühlte, wie er meine Haut liebkoste. Das Schwanken des Schiffes machte mir nichts aus, versöhnte mich sogar eher mit meinem Hinken, denn an Deck schritten selbst die mit zwei guten Füßen spreizbeinig einher, um nicht aus dem Gleichgewicht zu kommen. Ich konnte jetzt in die Takelage hinaufklettern, an den Seilen ziehen und die Bugsprietsegel setzen. Ich zog mich bis zum Ausguck hinauf und beobachtete den weiten Horizont, und Fournier zeigte mir seine Navigationsinstrumente und lieh mir sein Fernglas.

Als wir uns dem Äquator näherten, wies Abdul Reza seine Diener an, uns mit Tuniken und weiten Hosen aus feiner

Baumwolle auszustatten, damit wir es kühl und angenehm hätten; die zwei Franzosen und Heer van Tromp dagegen blieben bei ihren engen Beinkleidern und Röcken und schwitzten dementsprechend. «Das ist meine Gewohnheit», sagte Heer van Tromp. «Auf den Gewürzinseln wird es einem als Schwäche ausgelegt, wenn man sich wie die Einheimischen kleidet. Man muß Selbstdisziplin bewahren.» Um solcher Disziplin willen schritt er allmorgendlich an Deck auf und ab, wobei er entweder laut aus einer großen Bibel las, die er bei sich hatte, oder Verse aus dem Gedächtnis hersagte. Er hatte eine Sendung von Bibeln bei sich, welche die holländische Ostindien-Kompanie nach Batavia schickte, der Hauptstadt der holländischen Niederlassungen auf den Gewürzinseln. Dort gaben sich die Holländer offenbar dem leichten Leben hin, erlagen dunkelhäutigen Frauen, zeugten viele Bastarde und vergaßen ihre Religion und ihre alte Lebensweise.

Die Jesuiten an Bord, Pater Pierre Amigot und Bruder Laurence Shane, ein Schotte, trugen ebenfalls leichtere Baumwollkleider und hatten ihre schweren Kutten abgelegt. Doch nicht so Pater Oliveiro, ein Spanier und Abgesandter des Apostolischen Vikariats für eine römische Weltmission. Man hatte ihn ausgeschickt, Nachlässigkeit und leichten Lebenswandel unter den Jesuiten in Indien und China zu bekämpfen, denn auch diese, so hieß es, gäben den äußeren Umständen nach, wandelten sich, würden schwach im Glauben, und der Wille zur Bekehrung anderer brennte nicht mehr wie ein Feuer in ihren Seelen.

«Er glaubt an Ketzergerichte, er würde gern Leute wie dich und mich auf den Scheiterhaufen bringen», sagte Abdul Reza halb ernst, halb spöttisch zu mir.

Auf einem Schiff sind die Stunden lang, und das einlullende Schaukeln und Schwanken löst die Zunge. Pierre Amigot, Laurence Shane und ich trafen uns täglich an Deck, und wir redeten viel miteinander.

Nachts wurden die zwei verschleierten Mädchen, die Abdul Reza mitgebracht hatte, in ein Gemach neben dem seinen eingeschlossen. Die Jesuiten glaubten, sie seien seine Frauen, aber Ismail sagte uns: «Mein Herr hat sie aus einem Piratenschiff geholt, das Sklaven auf dem Markt von Tanger verkaufte. Da sie blondhaarig und blauäugig waren und französisch sprachen, nahm er sie mit nach Frankreich und versuchte, ihre Eltern ausfindig zu machen, aber sie wußten nicht einmal mehr ihren Namen. Jetzt nimmt er sie mit nach Indien, wo sie vielleicht der eine oder andere Fürst heiratet. Sie sind noch Jungfrauen.» Sie kamen manchmal an Deck in ihren dünnen Seidenstoffen und Schleiern, und ihr Parfüm, das nach Sandelholz und Jasmin duftete, roch ich gern.

«Jedenfalls besser, als in ein Kloster zu gehen oder an ein Bordell verkauft zu werden», sagte Bea. Auch sie veränderte sich, wurde erwachsen; im Gegensatz zu mir hielt sie sich jedoch oft in unserer Kabine auf. «Mein Bruder Benoit ist seekrank», sagte ich.

Ich wurde richtig braun; Ismail stutzte mir das Haar und nannte mich Sindbad den Seefahrer. Ich sah immer wieder den fliegenden Fischen zu, pfeilgleichen, silbernen Schwärmen, und den Delphinen, die aus dem Wasser sprangen und sich wieder hineinfallen ließen. Ismail zeigte mir einige Haie, die unserem Schiff hartnäckig folgten, und eines Tages, als wir Kurs auf Süden nahmen, sahen wir die Fontäne der Wale wie weiße Springbrunnen vor dem blauen Horizont.

Nur ein Ereignis hatte unsere Reise bisher überschattet: als wir den Äquator überquerten, hatten die Matrosen sich betrunken, da es Sitte war, zur Feier der Überquerung einige Fässer Wein zu öffnen. Aber Fournier wollte von langem Feiern nichts wissen und ordnete an, alle Segel zu setzen, da wir zuvor in eine Flaute geraten waren. Einer der betrunkenen Matrosen bedrohte Fournier mit einem Messer, und es schien sich eine Meuterei anzubahnen. Fournier und seine drei Maate zogen ihre Pistolen; die zwei Franzosen hatten plötzlich Musketen in den Händen, und die drei Jesuiten, Heer van Tromp, Ismail und die anderen Diener schwangen Äxte und Piken. Zwei Anführer der Meuterei wurden vor die Kanonenmündungen gebunden und zerschossen und zwei weitere ausgepeitscht – einer von diesen starb am nächsten Tag.

Weil die Jesuiten, Abdul Reza und wir nach China reisten, war es ganz natürlich, daß wir viel von diesem Land sprachen. Pierre Amigot hatte bald herausbekommen, daß ich vorhatte, meine Fähigkeiten im Herstellen von Uhren und Automaten einer dortigen Manufaktur anzubieten.

«Welcher?» hatte er gefragt.

Abdul Reza hatte mir vorher gesagt, ich solle erwidern «Der englischen, in Kanton». Es war eine Lüge, und ich wurde rot dabei, aber Amigot schien von der Auskunft befriedigt.

«Dann werdet ihr wenig vom Land sehen, du und dein Bruder. Die Chinesen lassen keine Ausländer in die Stadt Kanton hinein; sie dürfen sich nur auf einem schmalen Streifen Land bewegen, wo ausländische Manufakturen und Docks für ausländische Schiffe erlaubt sind.»

Bruder Laurence Shane konnte zeichnen und Uhren reparieren und war ein guter Musiker. Er war fünfundzwanzig Jahre alt, und wir fühlten uns einander nahe. Er erzählte mir, wie John Knox die katholischen Familien aus Schottland vertrieben hatte; Bruder Laurences Familie war nach Frankreich ausgewandert, wo er an der Schule für englische und schottische Katholiken Jesuit geworden war.

Pierre Amigot, von wohlwollendem Gebaren und unerbittlicher Zielstrebigkeit, schritt mit mir an Deck auf und ab und entwarf mir, die Stimme vom Seewind gewiegt, ein strahlendes Bild seines Ordens. Vielleicht hoffte er, ich würde mich eines Tages seiner Worte erinnern und konvertieren.

Die Gesellschaft Jesu war ein Orden, den Ignatius von Loyola, ein genialer Soldat und Abenteurer, gegründet hatte, um der katholischen Kirche die Gegenreformation zu ermöglichen. Der Orden hatte die Muslims bekämpft, und als die Araber aus Europa vertrieben waren, hatte er sich mit seiner ganzen Macht und der Begabung seiner Mitglieder gegen Martin Luthers Reformation gewandt. Voller Eifer und Hingabe, an Disziplin und Gehorsam gewöhnt und sehr gelehrt, war der Orden auch recht wohlhabend, denn Könige und Fürsten versorgten ihn mit Gütern, wenn es ihren politischen Zielen dienlich war.

Aber Martin Luthers Reformation war wie eine Flut gegen

die römische Kirche geschlagen, und die Jesuiten hatten fast zwei Jahrhunderte lang gegen den Protestantismus angekämpft und dabei jedes Mittel benutzt: Hinterlist und Bestechung, Intrige und Gewalt. In England, Deutschland und Schweden waren sie gescheitert, aber in Italien, Frankreich und Spanien waren ihre Bemühungen von Erfolg gekrönt worden. Einem Jesuiten, Père Lachaise, dem Beichtvater der Geliebten des französischen Königs, Madame de Maintenon, war es zuzuschreiben, daß sich der König 1688 gegen die Hugenotten gewandt hatte. Durch Folter, Verbannung auf die Galeeren und erbarmungslose Unterdrückung waren fast vierhunderttausend Franzosen, Männer und Frauen, um ihrer Religion willen in ihrem eigenen Land gestorben. Von Abdul Reza erfuhr ich, wie das alles gekommen war.

«Die Jesuiten sind ein Orden mit Kreuzfahrergeist, doch nun sind ihre Tage gezählt», sagte Abdul Reza. «In ihnen brennt nicht mehr das alte Feuer, denn sie sind sowohl in Indien wie in China gescheitert. Und in Japan ist das Christentum blutig ausgelöscht worden. Die Japaner zwingen jeden ausländischen Kaufmann, der an ihre Küsten kommt, das Kreuz mit Füßen zu treten. Und manche tun das, um des Geschäftes willen.»

Redete Amigot mit schmeichelndem Enthusiasmus, so sprach aus Laurence Shane die Verzweiflung. «Dein Fürst hat recht, Colin. Wir haben versagt. Ich werde dir nur von China erzählen, da ihr dorthin reist, wie auch wir.»

Die Bekehrung Chinas zum Christentum war ein von den Jesuiten seit langem verfolgtes Ziel. Im Jahre 1599 hatte Matteo Ricci, Jesuit und Astronom, die Erlaubnis zur Einreise in das Reich erhalten; im Verlauf der Audienz überreichte er dem Kaiser der Ming-Dynastie eine Taschenuhr und eine Wanduhr. Er sagte Sonnenfinsternisse und andere Himmelsereignisse korrekt voraus, und dies trug ihm die offizielle Position eines Leiters des Astronomischen Amtes ein. Und seitdem, seit hundertundfünfzig Jahren, waren die Jesuiten die Hauptastronomen der chinesischen Kaiser.

Sie hatten auf diese verstohlene Weise begonnen, im Reich

zu missionieren, wobei sie nicht unter den Armen wirkten, sondern auf höchster Ebene, unter den Mandarinen und Ministern. Sie übersetzten chinesische Bücher; ihrer Mittlertätigkeit war es zu danken, daß man in Europa von China erfuhr und seine Weisheit, seine Regierungsform und seinen großen Geist Konfuzius bewunderte und Philosophen wie Voltaire in ihrer Phantasie beflügelt wurden.

«Wir taten alles, um den Chinesen zu gefallen», sagte Laurence in bitterem Ton. «Wir kleideten uns wie Mandarine, wurden fast zu Chinesen. Wir intrigierten, häuften Besitztümer an. Wir stellten Kanonen und andere Feuerwaffen für die Kaiser her.» Laurence Shane wand sich bei diesen Worten wie ein Gefolterter, weil er der gewundenen Wege des Ordens eingedenk war, dem er sich verpflichtet hatte.

«Und als die Ming-Dynastie von den Mandschus gestürzt wurde», fuhr er fort, «gaben wir die Ming auf und dienten dem neuen Eroberer. Und das alles *ad majorem dei gloriam*, zur größeren Ehre Gottes. Aber Gott läßt sein nicht spotten – dann kam der Ritenstreit.»

Laurence Shane hielt einen Augenblick inne und fuhr dann fort: «Wie ihr wahrscheinlich wißt, verehren die Chinesen ihre Ahnen; in jedem Haus gibt es einen Pavillon oder eine Ecke, wo die Seelentafeln der Vorfahren aufbewahrt und zu ihrem Gedächtnis Zeremonien vollzogen werden. Unser Orden vertrat den Standpunkt, daß dies mit dem christlichen Glauben durchaus vereinbar sei und daß wir den Ahnenkult erlauben müßten, wenn wir China bekehren wollten. Und um 1700 hatten wir in China dreihunderttausend Konvertiten. Die Mandschu-Kaiser, die China 1644 erobert hatten, erwiesen uns weiter ihre Gunst, da wir in der Lage waren, ihnen über die Portugiesen Kanonen zu beschaffen, mit deren Hilfe sie widerspenstige chinesische Untertanen zur Räson bringen konnten.»

Laurence Shane mußte sich räuspern. «Inzwischen warfen uns Dominikaner und Franziskaner, die von der chinesischen Tradition keine Ahnung hatten, eine Unterstützung des Götzendienstes vor. Rom schickte einen frommen, beschränkten und bigotten Mann, der die Sache untersuchen sollte. Er traf

1704 ein und verdammte die Ahnenverehrung, verdammte alle Riten; wer sich nicht unterwarf, wurde exkommuniziert. Innerhalb eines halben Jahres verloren wir fast alle unsere Konvertiten. Von 1704 bis heute – das ist mehr als ein halbes Jahrhundert. Und der Ritenstreit ist noch immer nicht beendet. Unser Orden verschafft sich in Rom zwar noch Gehör, aber wir haben verloren. Den Chinesen haben die Päpste und ihre Erlasse schwer geschadet; es hat religiöse Verfolgungen gegeben, weil den chinesischen Konvertiten das Recht abgesprochen wurde, ihre Ahnen zu verehren.»

Laurence Shane unterbrach seinen Bericht mit einem traurigen Lächeln und setzte dann hinzu: «Wir sind am Hof der Mandschu-Kaiser in Peking zwar noch geduldet, weil wir die Uhren und Automaten reparieren, Pavillons und Gärten entwerfen und den Kalender in Ordnung halten können. Aber die christliche Lehre darf nicht mehr verbreitet werden, Missionsarbeit ist nicht erlaubt, und kein Mandschu darf Christ werden.»

«Aber wenn Ihr das alles wißt, Bruder Laurence», unterbrach ich ihn, «warum fahrt Ihr dann nach China?»

Er zuckte stumm die Achseln, griff nach seiner Blockflöte und spielte uns eine Weise. Laurence unterhielt uns oft mit seiner Musik. Er spielte viele Liebeslieder, darunter auch eines aus der Provence, das «Magali» hieß:

O Magali, o heißgeliebte,
Der Himmel über uns ist voller Sterne,
Doch der Wind erstirbt; die Sterne verblassen,
Wenn du dich zeigst . . .

Pierre Amigot hielt dann inne und lauschte, lächelte sein nachsichtiges Jesuitenlächeln und summte die Melodie bisweilen mit.

Am nächsten Tag war ich wieder mit Fragen zur Stelle: «Bruder Laurence, meine Seele ist bekümmert, mich dünkt, es sei sündig, etwas zu tun, woran man nicht ganz glaubt.»

«Colin, vielleicht fahre ich hin, gerade *weil* ich weiß, daß es hoffnungslos ist», erwiderte Laurence. «Ich will sehen, wie all unsere Hinterlist und Geschicklichkeit und Begabung uns zu nützlichen Marionetten Pekings gemacht haben – zu so etwas wie die Automaten, die du so trefflich machen kannst.»

Denn ich hatte inzwischen, um mir die Zeit zu vertreiben, aus Holz springende Frösche, eine große krabbelnde Schabe und sogar eine Schlange gemacht; wenn man diese Tiere aufzog, bewegten sie sich zu jedermanns Entzücken auf dem Deck.

«Auch ich werde Uhren und Automaten reparieren; Fontänen bauen, vielleicht die Porträts der Favoritinnen des Kaisers malen und ein wenig Astronomie lehren», sagte Laurence Shane. «Und stets werde ich in Qualen, in der Agonie des Zweifels leben. Aber vielleicht hat Gott mir gerade das bestimmt. Wer weiß? Vielleicht ist es eine Buße für die Sünden unseres Ordens.»

Indes wir nach Süden segelten, wurden Wind und Ozean stürmischer. In der Nacht schwankte das Schiff sehr, und Bea sagte, die Sterne machten Musik.

Sie hatte Träume; ich hörte sie murmeln. Aber zu mir kam kein Alptraum.

Ich sah, wie Laurence zu Bea ging. Er saß auf dem Deck, vier Armeslängen von ihr entfernt, und obwohl sie nie miteinander zu sprechen schienen, hatte ich doch das starke Gefühl, daß sie sich irgendwie verständigten. Schließlich war auch er ein Kelte, wie Mutter, wie Bea.

Er hob die Blockflöte an die Lippen und spielte eine leise Melodie. Sie machte mein Herz schneller schlagen. Ich bildete mir ein, sie in meinen Träumen schon einmal gehört zu haben.

Ich ging nicht zu ihnen; ich wäre ein ungebetener Gast gewesen.

Mir schien, daß Laurence wußte, daß Benoit Bea war. Vielleicht war es der heulende Wind, die wogende See, die mir dies alles eingaben.

Bea machte sich mit einem kleinen Meißel und Holzstückchen ans Werk. Ihre Finger wollten gleich den meinen arbeiten, ihre

Geschicklichkeit nicht einbüßen. Sie formte ein Gesicht, formte noch ein Gesicht. Eines davon war das von Laurence Shane. Ich fragte sie, wen das andere Gesicht darstellte. «Oliveiro, den Großinquisitor.»

«Aber Bea, er ist doch nur ein Mensch voller Zorn.»

«Er ist wie Antoine», erwiderte Bea.

Die Matrosen erzählten manche Geschichte von Schiffsuntergängen, denn es sind die Ertrunkenen, die den Meeresstürmen ihre Schreie hinzugesellen. Obwohl in Europa jetzt fast Oktober war, begann hier der Sommer. Kapitän Fournier wechselte die Flagge der *Cardus* und ließ anstelle der französischen eine holländische aufziehen.

«Von jetzt an werden wir englischen Handels- und Kriegsschiffen begegnen, und England befindet sich mit Frankreich im Krieg», sagte Abdul Reza. «Die Engländer könnten uns als Kriegsbeute heimführen, wenn wir die französische Flagge zeigen.»

Eines Nachts schoben die langen, dunklen Wogen, die vor uns und hinter uns wie Bergwände aufragten, das Schiff hin und her; der Himmel hatte sich tief und bedrohlich herabgesenkt. Er umfaßte den ganzen Ozean, und Ismail sagte, die Bösen würden zu Fischen, für alle Zeiten dazu verdammt, in den grenzenlosen Stürmen zu leben. Sogar ich mußte mich eine Weile in die Hängematte legen, so stark war die Schwankung. Bea saß stumm da, und ihr war gar nicht gut. Auf einmal flüsterte sie mir zu: «Colin, ich brauche ein Stück Tuch und Wasser.» Sie war mitten im Sturm zur Frau geworden. Ich schlang die Arme um sie, als sie sich von dem Blut gereinigt hatte, und wir weinten beide um Vater und Mutter und umklammerten uns ganz fest. Wir hatten sonst niemanden auf der Welt.

Der Sturm scherte sich nicht darum, daß van Tromp aus der Bibel las und die drei Jesuiten mit Lobgesängen die Mutter Gottes priesen. Er brauste weiter und schüttelte uns durcheinander; Kapitän Fournier war Tag und Nacht auf den Beinen.

Eines Nachts tat es einen lauten Schlag, die *Cardus* bekam

starke Schlagseite, und wir wurden aus den Hängematten geworfen. Wir banden uns an kleine leere Fässer in der Kajüte, wie Fournier uns für den Fall eines Schiffbruchs geraten hatte. Aber dann hörten wir Rufen und Schreien oben an Deck: «Mann über Bord! Mann über Bord!»

Van Tromp schrie: «Nein, es hat keinen Zweck!» Und dann sprach Oliveiros Baßstimme das *De profundis* für den Toten.

Ismail kam triefend naß herein. «Es war einer der Jesuiten, der junge. Der Mast ist im Sturm zerbrochen und auf einen Matrosen gestürzt, und der Jesuit ist hingerannt, um ihn vor dem zersplitternden Holz zu retten, und dabei von einer Woge über Bord gespült worden.»

Laurence. Laurence Shane.

«O Bea, warum hast du seinen Kopf geschnitzt?»

«Das war nicht ich», sagte sie. «Aber er wollte sterben, das hat er mir gesagt. Er hatte nichts mehr in sich, keinen Glauben mehr. Er zweifelte an Gott, und das war für ihn die Hölle.»

Van Tromp, Fürst Abdul Reza und Xavier Fournier saßen beieinander und beratschlagten, ob man in der holländischen Niederlassung an der Tafelbucht Hilfe suchen oder mit dem beschädigten Schiff zur Delagoa-Bucht weiterfahren sollte. Die Niederlassung an der Tafelbucht unterstand der holländischen Ostindien-Kompanie, die dafür bekannt war, daß sie allen fremden Schiffen sehr unfreundlich begegnete. Es hieß, Beamte der Kompanie seien ihrer Ämter enthoben oder sogar eingesperrt worden, nur weil sie vorüberfahrende Schiffe höflich behandelt hatten.

Die Delagoa-Bucht war portugiesisch, und die Portugiesen versorgten jeden, setzten sich mit jedem zusammen, vorausgesetzt, er konnte bezahlen.

«Sie besitzen den wahren Geist der Seefahrt», sagte Fournier.

Aber van Tromp überredete die anderen dazu, es an der Tafelbucht zu versuchen. Die Niederlassung hieß jetzt Kapstadt und war eine Bastion der reformierten Kirche. Die Siedler hatten es zu Wohlstand gebracht, ihnen gehörten zahlreiche Sklaven auf großen Landgütern und viel Vieh. Sie schickten auf Schiffen der Kompanie Weizen übers Meer, um die Niederlande zu ernähren. Doch alle Siedler waren Untertanen der Kompanie, die despotisch war wie ein Potentat des Orients. Selbst van Tromp sagte, den Kopf hin und her wiegend: «Die Kompanie behandelt sogar freie Bürger wie Domestiken. Aber ich kenne den derzeitigen Gouverneur, Mijnheer Ryk Tulbagh; er läßt fremde Schiffe ankern, wenn auch der Preis hoch ist und es viele Schikanen gibt.»

Wir schlingerten in die Tafelbucht ein, eskortiert von vier kleinen Booten mit bewaffneten Soldaten, als wären wir Piraten. Sie standen unter dem Befehl von Hafenmeister Huyghens, einem groben Kerl, der seine Soldaten in alle Winkel unseres Schiffes schickte und unser Gepäck durchwühlt hätte, wäre ihm nicht Heer van Tromp mit Schriftstücken entgegengetreten, darunter einem von der Kompanie in Amsterdam, das höfliche Behandlung empfahl. Da das Dokument von immerhin fünf der siebzehn Kompanie-Herren unterzeichnet war, gab sich Hafenmeister Huyghens schließlich brummend zufrieden. Er machte sich aber Notizen über uns – Name, Alter, Religionszugehörigkeit und Zielort – und verlangte eine Liste der Güter, die wir mitführten. Er suchte nach jemandem, an dem er seinen Zorn auslassen konnte, und stieß dabei auf Abdul Reza, der ungerührt in seinen Gewändern samt Turban dastand.

«Ein Fürst – ein Schwarzer!» rief er in grobem Ton. «Wir kennen solche Fürsten ... Er muß eine Sicherheit hinterlegen. Wissen Sie, daß es in Batavia einige von diesen Mohammedanern gewagt haben, sich gegen uns zu erheben?»

Abdul Reza blieb weiter gelassen stehen. Van Tromp flüsterte dem Hafenmeister zu, Abdul Reza sei ein sehr bedeutender Mann, ein großer Kaufherr, ein Botschafter und Fürst zugleich, hoch angesehen in Amsterdam und bei der Kompanie. Aber Huyghens sagte, er könne nicht an Land gehen, «denn, Mijnheer, sie sind alle schwarz hier, und es wäre schlimm für ihre Gemüter, wenn sie einen Schwarzen als großen Herrn sähen.»

Die zwei Franzosen und die Jesuiten gingen nach Kapstadt, um die ortsansässigen Katholiken aufzusuchen, und Fournier ging mit van Tromp an Land, um die Reparatur des Mastes in die Wege zu leiten. Wir blieben an Bord mit Abdul Reza, seinen Dienern und den beiden Mädchen.

Bea sagte: «Ich werde nicht an Land gehen, Colin.»

«Natürlich nicht, Bea.»

Bea wußte immer, was getan werden mußte, und es war gut, daß sie bei Abdul Reza blieb.

Ich beobachtete den Hafen vom Deck aus und sah, wie schlimm die Schwarzen behandelt wurden. Sklaven arbeiteten dort, mit Ketten gefesselt und mit eisernen Ringen um den Hals, aneinandergebunden wie die Galeerensträflinge in Marseille.

Der Mast wurde repariert. Jedes Stück Holz, jedes Faß Wasser und jedes Pfund Takelage wurde inspiziert. Fournier fluchte und blickte grimmig drein, da auch er zum Teil ein Schwarzer war.

Die Patres Amigot und Oliveiro kehrten zum Schiff zurück, nachdem man ihnen nicht gestattet hatte, bei den Jesuiten von Kapstadt zu verweilen. Jesuiten und Dominikaner hatten im vorangegangenen Jahrhundert begonnen, unter den Eingeborenen zu missionieren, und Farmer aufgefordert, sie menschlich zu behandeln. Die reformierte Kirche schickte nun ihre eigenen Prediger und Pastoren aus Holland herüber mit dem Auftrag, über die Moral der holländischen Siedler zu wachen und sie vor allem daran zu hindern, sich schwarze Frauen zu nehmen und Mischlinge in die Welt zu setzen. Sie brachten holländische Frauen für die Farmer mit, und die noch übriggebliebenen Jesuiten bereiteten sich auf die Ausreise nach Paraguay vor.

Mit windgeblähten Segeln überquerten wir den Indischen Ozean; wir kreuzten gegen den Wind und machten gute Fahrt. Nur einem einzigen Schiff, einer englischen Fregatte, begegneten wir.

Die *Cardus* wechselte Flaggengrüße mit der *Sea Hawk*. Ihr englischer Kapitän sprach den Wunsch aus, uns einen Besuch abzustatten. Die Jesuiten legten ihre besten Kutten aus feiner dunkler Wolle mit weißem Kragen an. Fürst Abdul Reza trug sein übliches Gewand aus weißem Damast, aber seine Diener sahen blendend aus in ihren Turbanen und Schärpen aus grünem und goldfarbenem Stoff.

Messieurs Davignon und de Recasse zeigten sich etwas beunruhigt, weil sie Franzosen waren, bewahrten aber Haltung und präsentierten sich in Röcken aus Atlasstoff und federgeschmückten Hüten.

Unter den Klängen einer südindischen Weise, von Rezas Musikanten auf Flöten, zwei Trommeln und Klarinetten gespielt, kam Kapitän Langley an Bord. Er äußerte sich nicht zu diesem musikalischen Empfang, sondern wollte nur unsere Namen und Reiseziele wissen, und als er die Franzosen begrüßte, fragte er sie, ob sie Ersatzleute für die Niederlassung in Pondichéry seien.

«Das sind wir», sagten sie und wunderten sich darüber, daß er so gut informiert war.

«Dann gebe ich Ihnen einen Geleitbrief mit», sagte Kapitän Langley.

Als er unser Schiff wieder verlassen hatte, stimmten wir alle darin überein, daß er ein Gentleman von untadeligen Manieren sei. Die englische Ostindien-Kompanie hatte, obschon sie gegen ihre Feinde unbarmherzig vorging und über ihre neuen indischen Besitzungen mit großer Sorgfalt herrschte, nichts für sinnlose Grausamkeiten übrig. Und der Geleitbrief für die beiden Franzosen war eine noble Geste.

Wir erreichten Kotschin an der Malabarküste, wo Abdul Reza von einer Menge von Freunden und Gefolgsleuten samt Dienerschaft, Sonnenschirmen, Sänften und Musikanten begrüßt wurde; Reza hatte Ismail in einem Boot vorausgeschickt, damit er seine Ankunft melde.

Kotschin lag an diesem Tag in praller Sonne. Mit seinen weißen Häusern, grünen Palmen und Feigenbäumen, den Menschen, die in bunten Gewändern dort umherschritten, erschien es mir wie ein Zauberland. Winterkälte gab es hier nicht. Wohlgeruch hing in der Luft und Blütenduft. Ein großes Menschengedränge; die Frauen schön anzusehen, mit Blumen im Haar, die nackten Füße in Sandalen. Wir wurden zu einem Palast geführt, der größer war als alles, was ich bisher gesehen hatte, mit Gärten zwischen den Gebäuden und Innenhöfen mit Brunnen, die für kühle Luft sorgten.

Mohammed Raschid, Rezas Freund, war ein stattlicher Mann mit schönem Bart und gerader Nase. Er sah uns neugierig an, als wir ihn grüßten, und lachte dann; «Abdul, du kannst es nicht lassen, Christen zu retten.» Man wies uns Zimmer an aus hellem Marmor, mit vielen Kissen und Teppichen auf dem Fußboden. Ein kleiner Hof, abgetrennt durch geschnitzte Wände aus Elfenbein, so zart und fein wie Mutters Spitzen, barg in seiner Mitte einen Springbrunnen, der Kühle und die leise Musik des Wassers verbreitete. Ich fühlte mich sehr klein. Waren das «Ungläubige»? Sie waren so freundlich, so freundlich, wie der Jude Abraham Hirsch und seine Frau zu uns gewesen waren. Wir hatten von ihnen mehr Barmherzigkeit erfahren als von unseren eigenen Leuten.

An jenem Abend schrieb ich Jacob einen langen Brief, in dem ich ihm von der Seereise und allem berichtete, was ich gesehen und gehört hatte. «Diese Lande sind fremd und wunderbar, doch ich bin ruhigen Sinnes, und ich sehne mich nur danach, daß wir uns wiedersehen.»

In Kotschin legte ich meine Knabenkleider ab, und zwei Zofen kleideten mich in die Tracht des Landes – dünne Seidenhosen, darüber ein fließender, plissierter Rock, ein Mieder mit kurzen Ärmeln und seidener Jacke darüber, um den Kopf einen Schleier aus zartem Flor. Ich betrachtete mich in dem großen Spiegel, der aus Venedig stammte. Hier gab es tausend Dinge, die aus Europa und aus Asien kamen, eine Vielfalt, die nur großer Reichtum zusammenbringen kann.

Der Schleier um Haar und Hals, mit blitzenden Saphiren besetzt, brachte meine Augen zur Geltung, und die Zofen seufzten befriedigt bei meinem Anblick. Meine Augen. Saphirblau jetzt und tief in der Iris jener Goldglanz, der sie grün färbt, wenn mir oder der Stimmung des Wetters danach zumute ist.

Ich entließ die Zofen und setzte mich auf die Kissen, und meine Seele sammelte sich, und langsam, behutsam, so schwebend wie der Duft der Blumen im Hof, nahm mein Wesen von dem Raum Besitz. Ich wuchs in meine eigene Macht hinein, und der Traum kam zu mir, auf den ich während der langen Seereise gewartet hatte – Mutter in ihrem weißen Kleid, wie sie die Arme zu dem von der heiligen Eiche herabfallenden Mistelzweig hob und mich damit krönte. «Du bist Königin, meine Tochter. Gebrauche die Gabe wohl.»

Colin kam herein und rief: «Bea, wie schön du bist!» und ich lächelte. Wir sind die zwei Gesichter des Einsseins, er ist das Gegenteil von allem, was ich bin, und das bindet uns aneinander wie Tag und Nacht.

Colin ist ganz hingerissen. Er betastet alles, befühlt Emailstücke und Einlegearbeiten und Musikinstrumente, die für Musikanten umherliegen, damit sie uns unterhalten, wenn wir dies wünschen, und sagt: «Ich frage mich, wie das gemacht wird.» Seine Finger krümmen und strecken sich. Er hat Laurences Blockflöte bei sich; Pierre Amigot hat sie ihm geschenkt.

Laurence Shane. Er saß neben mir, ließ seine Seele aus dem Körper ausgreifen, so daß sie die meine erreichte. Er hatte die Verzweiflung der Heuchelei verspürt, in der er lebte. Da kamen die alten Stimmen zu ihm, und er erwählte den Donner und die tosende Herrlichkeit des Wassers. Oder vielmehr, sie erwählten ihn.

Ich bin die letzte meines Volkes. Die allerletzte, das weiß ich. Vielleicht gibt es noch andere, welche die Gabe besitzen, in anderen Landen. Doch ich weiß jetzt, daß wir die Untoten nicht mehr leben machen können – vielleicht retten, wenn plötzlich bei einer erstaunlichen Begegnung unsere getrennten Welten zusammenkommen – Colins Welt und die meine.

Mutter, was soll ich dann mit dieser Macht anfangen? Ich

spüre sie in mir. Ich kann des einen oder anderen Sinn bezwingen, kann seine Gedanken lesen. Aber was wird mit mir geschehen? Was muß ich werden?

Abdul Reza ist ein einflußreicher Mann hier an der Malabarküste. Männer verneigen sich vor ihm, legen die rechte Hand auf die Brust. Im Hof drängen sich die Bittsteller, die darauf warten, zu ihm vorgelassen zu werden. Mohammed Raschid schickt Kuriere zu Pferde aus, und wenn sie zurückkehren, besprechen sich die beiden Männer bei Minztee und Nargileh, die taube Sklaven in Betrieb halten. Der Maharadscha von Kotschin gibt für Reza ein großes Fest, zu dem nur Männer zugelassen sind. Ich gehöre zu ihnen, denn Reza behandelt mich als seinen Sohn. Männer lächeln mich an, geben mir Süßigkeiten und sprechen mich freundlich an, und ich lerne, wie man sich benimmt, indem ich sie beobachte.

Der Maharadscha von Kotschin liebt neue Erfindungen. Ausländer bringen ausgefallene und seltsame Dinge an seinen Hof. Er beschäftigt Menschen aller Religionen. Er selbst ist Brahmane, aber sein Minister ist Muslim. Er hat viele Wanduhren, will sie aber nicht aufgezogen haben, denn die Priester haben ihm gesagt, es bringe Unheil, wenn man die Zeit abnutzt, indem man sie durch eine böse Maschine zählen läßt.

Abdul Reza, der Bea und mir noch immer eine Stunde am Tag widmet zum Gespräch – obwohl er sogar nachts arbeitet und drei Sekretären diktiert –, erzählt mir von den Unruhen, welche die Christen an die Malabarküste gebracht haben.

Die Portugiesen und die Spanier kamen. Mit dem Kreuz, mit Gemetzel und Autodafés bekehrten und plünderten sie. Auch die Jesuiten waren hier. In der Tracht der Brahmanen versuchten sie die brahmanischen Riten mit den katholischen zu vermischen. Doch auch hierher kamen Kardinal de Tournon und andere unwissende Prälaten aus Rom und verdammten die sogenannten «Riten von Malabar»: die Einäscherung der Toten, die brahmanischen Schriften.

Auch hier verloren die Jesuiten innerhalb von drei Monaten nach dem Edikt alle ihre Konvertiten aus den höheren Kasten;

nur einige Unberührbare blieben übrig, die, da ihnen keine andere Hoffnung blieb, an dem neuen Glauben und seiner Paradiesesverheißung festhielten.

In Kotschin gab es eine große und mehrere kleine Synagogen, denn fast fünfzehntausend Juden waren vor der spanischen Inquisition hierher geflohen – das hatte schon vor drei Jahrhunderten begonnen.

Ismail führte mich zu dem Rabbi, einem Mann von kleiner Gestalt und runzlig-verwelktem Gesicht, der für mich genau wie ein Malabari aussah.

Die Synagoge war ganz mit blauen und weißen Fliesen aus China ausgelegt. «Wir haben in vielen Städten Indiens Synagogen», sagte der Rabbi. Er segnete mich und war erfreut, von Abraham Hirsch und meiner Zuneigung zu ihm zu hören. «Wir sind auf der ganzen Welt gejagt, von einem Ort zum anderen», sagte er über die Seinen.

Von Moscheen, christlichen Kirchen und Synagogen abgesehen gab es in Kotschin eine Vielzahl von Hindu-Tempeln und Schreinen mit unzähligen Göttern. Mit Seidenstoffen bedeckte Elefanten warteten in den Vorhöfen, die Altäre schimmerten im Schmuck von Blumen, Weihrauch und massivem Gold. Mit Blüten bedeckte Leichen Verstorbener wurden zu den Verbrennungsplätzen am Fluß getragen; die Trauerprozessionen wurden angeführt von Männern aus den niederen Kasten, die riefen und sangen und tanzten, da der Tod nur das Durchschreiten des Lebenstores zu einem anderen Leben und deshalb Grund zur Freude ist. Und manchmal wurde eine Witwe verbrannt. In herrlichem Gewand, mit Juwelen an den Armen und um die Taille, in den Nasenflügeln, den Ohren und auf dem Kopf, stürzte sie sich selbst auf den Scheiterhaufen ihres Gatten.

Ich sah eine solche Verbrennung mit an, denn Ismail führte mich hin. Es warteten schon viele Leute, alle waren mit Blumenkränzen behängt und sangen Loblieder auf die Frau, während diese in den Flammen zu tanzen schien; dieser Gesang und der Lärm der Trommeln und Flöten waren so laut, daß niemand sagen konnte, ob sie schrie.

Während ich sie beobachtete, dachte ich an Mutter, die Vater ins Feuer hinein nachgerannt war, und ich weinte und schluchzte, bis Ismail mich nach Hause führte.

Die beiden Schützlinge Rezas wurden einem jungen Prinzen als Gattinnen angetraut. Die Hochzeitsfeier dauerte sieben Tage, unter riesigen Zelten, karminrot und golden und mit Blumen geschmückt. Bea saß zusammen mit den Frauen unter einem großen Zelt, und ich saß bei den Männern. Die Mädchen wurden schon einige Tage vorher für das Ereignis zurechtgemacht – sie wurden zweimal am Tag in parfümiertem Wasser gebadet, ihr Haar wurde gekämmt und mit duftenden Ölen eingerieben, man entfernte ihnen alle Körperhaare, und alte Frauen unterwiesen sie in den Künsten der Liebe. Die Astrologen legten die günstigste Stunde fest. Man zündete die Kohlebecken an, und alle Zeremonien wurden ausgeführt von Brahmanen, die bis zum Gürtel nackt waren, abgesehen von der weißen Schnur, die sie über der linken Schulter trugen.

Danach nahm der junge Fürst, in weißem Gewand und mit Juwelen geschmückt, unter einem Baldachin Platz, zusammen mit seinen zwei Frauen, diese saßen aber ein wenig niedriger als er. Ich sah die Gesichter der Mädchen an. Waren sie glücklich? Bea, die mit den anderen Frauen sprach, versicherte mir, sie seien überglücklich – da sie als kleine Mädchen in Gefangenschaft geraten waren und nichts als Gefangenschaft kannten, waren sie froh bei der Vorstellung, zusammenbleiben zu können und in der Gesellschaft vieler anderer Frauen im Harem eines gutaussehenden jungen Fürsten zu sein. «Du siehst», sagte Bea, «man ist das, wozu man erzogen wird – und das, was man gelehrt bekommt. Onkel Théodore hat das gewußt, Colin.»

Nach der Hochzeit sahen wir einen Kampf zwischen Elefanten, den der Maharadscha einmal in der Saison auf dem Platz vor dem Palast abhalten ließ. Es war ein grausamer Anblick, und ich schloß die Augen, als ein Tier durchbohrt und niedergetrampelt wurde und dann langsam starb, wobei sein klägliches Trompeten die Luft erfüllte.

«Du hast ein weiches Herz, Colin», sagte Ismail. Er war jetzt ein freier Mann geworden, nachdem Reza ihn aus der Leibeigenschaft entlassen hatte, und konnte tun, was er wollte. Als erstes wollte er eine Malabari-Frau heiraten, «denn das sind die schönsten Frauen, die ich kenne.» Viele Seeleute hatten Frauen an der Malabarküste, die immer wieder auf ihre Rückkehr warteten.

Pater Pierre Amigot suchte Abdul Reza auf. Reza empfing ihn in einem großen Gastzimmer und bat Bea und mich zu dem Gespräch hinzu. Amigot staunte nicht wenig, als er «Benoîts» Verwandlung ansichtig wurde. Bea war in einen hellen blaugrünen Seidenstoff gekleidet, der seine Farbe nach dem jeweiligen Licht wechselte, und vor dem Gesicht trug sie, halb zurückgeschlagen, einen mit Edelsteinen besetzten Florschleier, eine Geste der Züchtigkeit, die sie von den hiesigen Frauen übernommen hatte. Nicht nur Amigot war erstaunt, ich sah, daß auch Reza sie zuerst überrascht und dann fast ununterbrochen anblickte. Es ging eine Veränderung vor sich. Die Luft wurde mit neuer, vibrierender Energie aufgeladen, die ich spürte, der ich aber keinen Namen geben konnte. Ich sah Abdul Rezas Gesicht an, und es erinnerte mich an Onkel Théodore, wie er aufblickte, als Beas Ringellocken fast seine Wangen berührt hatten.

Amigot ging es darum, mich mit sich nach Peking zu nehmen. «Sie haben, Fürst Reza, sicher von dem Palast der Vollkommenen Harmonie in Peking gehört. Yuan Ming Yuan nennen ihn die Chinesen, und er gilt als eines der großen Weltwunder. Er umfaßt zahllose Gebäude und Gärten, er ist ein Spiegelbild aller berühmten Landschaften und der Architektur und der vielen Tempel von Chinas verschiedenen Religionen, und er ist von ausgesuchter Schönheit. Dort sind auch alle Arten von Bäumen und Blumen, von Vögeln und anderen Tieren und alle möglichen ausländischen Dinge. Während der letzten zwanzig Jahre waren wir die Architekten, Maler und Handwerker bei Hofe. Der Kaiser hat uns beauftragt, ihm die Pläne und Zeichnungen von Versailles und anderen berühmten Gebäuden in Europa zu beschaffen, denn er wollte, als Erweiterung des Yuan Ming Yuan, einen neuen Palastteil anlegen, in europäischem Stil und angefüllt mit europäischen Dingen – darunter auch Uhren und Automaten, von denen er und der ganze Hof schon viele besitzen.»

Amigot führte eine große Anzahl von Bauzeichnungen mit sich sowie einige sehr kostbare und seltene Automaten. «Wir hoffen, daß uns innerhalb des Palastgebäudes der Bau einer christlichen Kirche gestattet wird, da unser Glaube im chinesischen Reich Wurzeln geschlagen hat. Eine Moschee wird auch errichtet werden», fügte er hinzu, um Abdul Reza zu besänftigen.

«Er will dich haben, er braucht dich, nun da Laurence tot ist, damit jemand die Automaten des Kaisers repariert und seine Uhren aufzieht», teilte Beas Denken dem meinen mit.

Abdul Reza wollte von Amigot Näheres über den für ausländische Dinge reservierten Flügel des Palastes wissen. «Ich war jetzt unterwegs in Frankreich und habe weitere Pläne, Apparate und Instrumente gesammelt», erklärte Amigot. «Am chinesischen Hof ist ein italienischer Maler, Pater Castiglione. Er ist seit 1715 in China. Kaiser Tsienlung schätzt ihn sehr; er ist leitender Palastarchitekt. Sollten Sie und Ihre Schützlinge nach Peking kommen, Fürst Reza, würden wir uns sehr geehrt fühlen. Und der junge Colin hier ist so geschickt – er hat vielleicht Besseres verdient als die Beschäftigung in einer englischen Manufaktur in Kanton.»

Ich errötete. Die Lüge, die ich erzählt hatte, lastete schwer auf mir. Bea rettete mich aus der Verlegenheit. «Lord John Kilvaney, der große Freund unseres Vaters, hat uns ein Empfehlungsschreiben mitgegeben», sagte sie mit leichter Arroganz. «Für uns wird gewiß gesorgt werden.»

Wieder sah Abdul Reza sie an, voller Bewunderung und Erstaunen. Und sie wandte ihm das Gesicht zu und zog den durchsichtigen Schleier darüber, geheimnisvoll lächelnd, die Lider über die smaragdfarbenen Augen senkend.

Pater Amigot zog sich zurück. Er wohnte im großen umzäunten Bezirk der Jesuitenschule von Kotschin; Oliveiro litt, wie er sagte, an einem hartnäckigen Blutfluß, und sollte er nicht bald genesen, würde er, Amigot, allein mit uns weiterreisen. «Denn ich darf nicht länger zögern. Der Kaiser wartet auf die Pläne.»

Als er gegangen war, erhob sich Abdul Reza, groß und stattlich in seinen weißen Gewändern. «Demoiselle, Sie haben einen wachen Verstand.» Bea sah ihn wiederum an, erglühend in der Gewißheit der Macht, der Macht über ihn. Und ich sah, wie er sich veränderte, empfand ein seltsames nervenkitzelndes Gefühl bei dem, was nun zwischen ihnen vorging. Ich glaube, in diesem Augenblick begann er meine Schwester zu lieben.

In jener Nacht träumte ich von Horace, von einem feuerflammenden Ziegenbock, der durch den Himmel stürmte und die Sterne auf die Hörner nahm.

Die *Cardus* setzte wieder die Segel mit einer neuen Besatzung von *Lascaren*, malabarisch-portugiesischen Matrosen, die für ihr Geschick und ihren Wagemut bekannt waren. Wir trafen in Macao ein, jener portugiesischen Enklave vor der Küste Chinas, und dort erwarteten Pierre Amigot, der Oliveiro in Kotschin zurückgelassen hatte, die Beamten des Hofes, die man ausgeschickt hatte, ihn und seine Kisten in aller Eile nach Peking zu geleiten.

Wir stiegen dann auf eine breite, für zwei Reihen von Ruderern vorgesehene chinesische Dschunke um, deren Segel sich prall füllten wie die Flügel einer Fledermaus. Der Kapitän, ein Chinese, trug einen um den Kopf geschlungenen Zopf, doch Ismail sagte uns, er sei ein chinesischer Muslim, ein Hui – mit diesem Namen bezeichnete man sie in China.

Die Dschunke fuhr nordwärts, nie außer Sichtweite der Küste, aus Furcht vor den japanischen Piraten, den grausamsten von allen. Wir landeten in Kuantschu, dem Hafen, den Marco Polo Zaiton genannt hatte. Zaiton lag im Nebeldunst, und es fiel ein leiser Winterregen.

«Hier fängt China an, Colin, deine Welt und deine Arbeit», sagte Abdul Reza zu mir.

7

ANNO DOMINI 1758

Zaiton war von Lackbaum- und Ahornwäldern umgeben und eine berühmte Ansiedlung; in seinem Flußdelta hatten einmal die Handelsschiffe von hundert Königreichen vor Anker gelegen. Doch nun war seine große Zeit vorbei. Es starb langsam dahin, seine Bucht war versandet, die Schiffe an seinen Kais waren nicht mehr die stolzen und anmutigen Ozeandschunken, die überquollen von Seide, Porzellan und Gewürzen, von Elfenbein und kostbaren Hölzern, sondern nur noch kleine Fahrzeuge, welche die Küsten Chinas befuhren und sich allenfalls bis Manila oder zum Königreich Thailand hinauswagten.

Unsere Dschunke glitt behutsam in den Hafen hinein. Der Morgendunst hob sich, und das neue Sonnenlicht ließ die Ziegeldächer der Stadt erstrahlen, und hier und da leuchteten die Dächer buddhistischer Tempel und die Kuppeln islamischer Moscheen auf. Seit über tausend Jahren wohnten hier viele ausländische Kaufleute. Ein Fünftel der Bevölkerung waren Araber, Syrer, Perser, Juden, Nestorianer und Byzantiner gewesen. Viele Völker und Religionen hatten in Zaiton Asyl und Reichtum gefunden. Dies alles erzählte mir Abdul Reza zum Lobe Zaitons.

Wir wechselten die Kleidung und bereiteten uns auf den Inspektionsbesuch des Kommissars für ausländische Schiffe vor. Abdul Reza legte ein mit Brokat besetztes Gewand an, er trug jetzt Edelsteine am Hals und an den Händen und einen weißen Turban mit einer Diamantagraffe und Rubinen über der Stirn. Seine Diener waren ebenfalls prunkvoll gekleidet – sie trugen weiße Mützen, die zeigten, daß sie Muslims waren.

Eine hochbordige Dschunke, mit orangeroten und goldenen

Verzierungen und aufgemalten Augen am Bug, schwankte auf uns zu, umgeben von kleineren Fahrzeugen, in denen Soldaten saßen, die scharlachrote Wämser und schwarze Hosen trugen. Die Soldaten kletterten die Leiter der Dschunke hinauf und stellten sich an Deck auf. Sie hatten Stöcke bei sich, und zwei von ihnen hatten Säbel über dem Rücken hängen. Eine waagerechte Rampe mit Bambusgeländer wurde nun zwischen den beiden Schiffen befestigt. Kein Mandarin durfte sich so weit erniedrigen, daß er von seinem Schiff zu einem anderen hinaufstieg. Eher stieg der Kommissar von seiner hochbordigen Dschunke zu unserem niedrigen Fahrzeug hinunter.

Er war ein hochgewachsener Mandschu und trug ein besticktes Gewand, eine Mütze und hohe schwarze Tuchschuhe mit dicken Sohlen. Die überlangen Ärmel fielen ihm über die Hände. Ein Halsband, das bis auf seinen Gürtel herabhing, war ein Zeichen seines hohen Ranges. Wir standen hinter Abdul Reza und verneigten uns dreimal, wie er es uns gelehrt hatte, während der Kommissar sich in aller Ruhe umsah. Zwei Sekretäre, keine Mandschu, sondern Han, reichten ihm ein Dokument, das er mit einer Handbewegung zurückwies. Er blickte Abdul Reza an und sagte:

«Sie sind ein bekannter Kaufherr und haben Freunde in unserer Stadt. Durch Sie wurden wir von Ihrem Eintreffen verständigt, und wir haben den Bericht über das, was Sie mitführen, geprüft. Ihre Untergebenen gelten als friedlich und ehrlich, wahre Anhänger des Reinen Aufrechten Glaubens.» Rein-Aufrecht war der Name, der dem mohammedanischen Glauben gegeben wurde, als er vor einem Jahrtausend nach China kam.

«Die edlen Worte Eurer Exzellenz erfüllen diese niedere Person mit Entzücken», antwortete Reza. «Die Großmut Eurer Exzellenz ist wie die eines geliebten Vaters zu einem ungeratenen Kind. Diese niedere Person wagt es, sich zu erkundigen, ob eure Exzellenz einige Erfrischungen annehmen möchte, nachdem Sie sich die Mühe gemacht haben, dieses unser wertloses Fahrzeug zu betreten?»

Alles das war Protokoll – die drohenden Gebärden der

Soldaten, das majestätische Auftreten des Kommissars, die rituell gewechselten Phrasen.

Abdul Reza geleitete den Mandschu in die Innenräume der Dschunke – die dünnen Bambusvorhänge waren erneuert, der Fußboden mit Seidenteppichen ausgelegt, die Wände mit lakkierten Paneelen bedeckt worden. Räuchergefäße verbreiteten den angenehmen Duft von Sandelholz. Inzwischen holten Rezas Diener und die Seeleute Kisten und Ballen aus dem Laderaum; Geschenke für die Schreiber, die Beamten, die Soldaten. Ihre Gesichter entspannten sich, die niederen Beamten bewegten geschickt ihre Fächer, redeten miteinander und taten so, als sähen sie nicht den Stapel von Geschenken, der vor ihnen emporwuchs.

Als wir gerufen wurden, schritten wir in den Empfangsraum, den Blick gesenkt, wie Abdul Reza uns eingeschärft hatte.

«Ein Bruder und seine Schwester, zwei Waisen, die ich in meine Obhut genommen habe», erklärte Reza beiläufig.

«Auswärtige Teufel und Christen», erwiderte der Mandschu mürrisch. «Christen sind rüpelhaft, niederträchtig neugierig . . .»

«Sie sind noch Kinder», entgegnete Reza. «Eure Exzellenz wird sie gewiß in Ihr Wohlwollen einschließen und ihnen erlauben, hier zu verweilen, wo sie sich Kenntnisse und gutes Benehmen aneignen können.»

Der Mandschu nickte fast unmerklich und erhob sich dann. «Wir sehen uns wieder.»

Fünf von Rezas Dienern folgten ihm mit schwarz lackierten Truhen auf den Schultern, während er zu seinem Fahrzeug zurückging. Es gab ein kleines Gedränge, indes sich seine Untergebenen hinter ihm beeilten, möglichst viele der Kisten und Ballen von dem Geschenkstapel zu schnappen, ehe sie ihrem Herrn folgten.

Jetzt kamen Rezas Freunde an Bord. Sie sahen chinesisch aus, gehörten aber den Hui an, die von einem arabischen, syrischen oder persischen Vorfahren abstammten, denn viele Kaufleute vieler Völker hatten sich in Zaiton niedergelassen und ehelich mit den Han verbunden.

Marseille war mir geschäftig vorgekommen, Kotschin war mir als ein Wirrwarr von Farben erschienen – die Schönheit von Zaiton war von ganz anderer Art. Schöne Männer und anmutige schlanke Frauen mit Blüten im tiefschwarzen Haar schritten über die gepflasterten Straßen. Sie waren zumeist in Seidenstoffe in gedämpften Farben gekleidet, nie auffällig. Man sah hübsche zweigeschossige Häuser, weiß, mit braun lackierten Säulen und hellgrauen Dächern, die Ränder mit weißer Farbe gestrichen, mit Gitterfenstern und holzgeschnitzten Balkonen. Hier herrschte kein wildes Gedränge; alles schien sich gemessen und höflich abzuspielen, und als unsere Sänften von blaugekleideten Trägern eilends befördert wurden, sagte ich zu Bea:

«Voltaire hatte recht, China scheint ein sehr zivilisiertes Land zu sein.»

Und Bea lächelte und drückte meine Hand.

Salim Dings Haus stand am Ende einer gepflasterten Weggabelung. Das schwarz lackierte Tor war nicht sehr breit, doch dahinter bot sich uns allmählich das Anwesen dar, als wir uns ihm auf Wegen zwischen weißen und grauen Mauern näherten. Diese Wege endeten auf einem Hof mit Pavillons, dem sich weitere Höfe mit Steingärten und Teichen anschlossen. Man führte uns durch vier Höfe, mit graublauen Steinen gepflastert, zum Pavillon für die Gäste, und wir bekamen dort im Obergeschoß Zimmer und Dienstboten zugewiesen.

Salim Ding war ein Mann von schmächtiger Gestalt, mit dichten Brauen und einem schwarzen Bärtchen. Er wies zwei seiner fünf Söhne an, uns in allem behilflich zu sein. Wir wurden mit chinesischen Seidenkleidern ausgestattet; Bea wählte aus einer Vielzahl von Farben aus, da waren Stoffe aus Atlas, Gaze und Organza, Tuniken und plissierte Röcke, weißseidene Unterkleider, Innenkragen und Innenärmel und seidene Gürtel mit Quasten. Die Zofen frisierten ihr Haar, das länger geworden war, nach der chinesischen Mode und türmten es auf ihrem Kopf auf, festgesteckt mit goldenen Nadeln, in die ovale Perlen und Eisvogelfedern eingelegt waren, zu einem Gebilde, das leicht schwankte, wenn sie sich bewegte.

Hier begann ich eine mir noch fremde Wesensart zu verstehen: das ständige Bemühen um die Schönheit einer Geste, den Wohlklang der Stimme, das Bild der Erscheinung. Denn jede Geste hatte ihre Bedeutung. Selbst die Art, wie ein Fächer flatterte, wie er erhoben, geschlossen, geöffnet oder bewegt wurde, teilte eine freundliche oder feindselige Empfindung mit, übertrug Bedeutung, ohne daß Worte notwendig waren.

Am nächsten Tag kam ein Lehrer mit Namen Wei und begann, uns in der chinesischen Sprache zu unterrichten. Er zeigte uns, wie wir den Pinsel zum Schreiben der chinesischen Schriftzeichen halten mußten, wie man Tinte machte, indem man Tabletten aus fester Tinte auf einem glatten Stein zerrieb. Wir erfuhren, wie wertvoll diese steinernen Tintentafeln waren; Bücher waren über sie geschrieben und ganze Kataloge zusammengestellt worden. Die besten Tinten hatten kostbare Ingredienzen, Gold und Perlstaub und Zinnober. Der Geruch von Tinte, der Anblick kostbarer steinerner Tintentafeln versetzte Gelehrte in Ekstase. Wei war unermüdlich und beschäftigte uns täglich acht Stunden. Bea lernte alles erstaunlich rasch, so daß Wei von ihrer Fähigkeit entzückt war und sogleich ein Gedicht schrieb zum Lobpreis unseres Eifers:

Der Duft von Tinte und Papier erfüllt den Raum
Zwei junge Köpfe neigen sich, nach altem Schatze suchend.

Salim Dings Söhne Faiz und Iqbal nahmen uns im Wagen mit, um uns die Stadt und ihre Umgebung zu zeigen. Wir besuchten die berühmten buddhistischen Tempel, und obwohl Faiz murmelte, das seien nur Idole und ihre Anbeter Heiden, waren Bea und ich ganz begeistert. Mußte man still und andächtig sein, wenn man eine Moschee oder eine Kirche betrat, so war dies bei einem buddhistischen Tempel durchaus nicht erforderlich. In ihren Gärten herrschte ein einziges und fröhliches Gewirr von Stimmen, von Frauen, Männern und Kindern, die beteten und sich verneigten und Weihrauchstäbchen anzündeten, dabei aber auch redeten und lachten und an den Tischen in den Höfen unter den hundertjährigen Gingkobäumen aßen. So sollte

Gottesdienst sein, dachte ich. Eine Freude zum Leben, nicht eine solche zum Tod.

Bea sagte: «Ich bin wieder in meinem Zauberwald.» Sie deutete auf das Rotwild, die Tauben, Affen und Pfauen auf den Fresken an der Wand, die alle gekommen waren, um Buddha, den Herrn des Mitleids, und alles Leben in all seiner Vielfalt zu verehren.

Wir suchten die Märkte auf, die gepflegten Gräber der Muslims, die hierhergekommen waren, und der heiligen Männer, die hier gelehrt hatten. Und wir sahen auch einen Hindu-Tempel, der aber schon recht verfallen wirkte.

Faiz sagte uns, indische Seeleute wünschten stets, in Zaiton tätowiert zu werden, denn hier seien die besten Tätowierer der Welt – so behutsam waren ihre Finger, daß man keinen Nadelstich spürte.

Doch Zaiton lag im Sterben. Es kamen keine indischen Kaufleute mehr, und der Tempel lag verlassen. Nur ein alter Brahmane, der das Zeichen Schiwas mit Asche geschrieben auf der Stirn trug, war noch da. Er starrte uns aus blinden Augen an und deutete mit Gesten an, wir sollten nicht eintreten, denn wir seien unrein für ihn. Er sehnte sich danach, in die heiligste der heiligen Städte Indiens, Benares, zurückzukehren, um dort verbrannt und als Asche in den Ganges gestreut zu werden. Die Vorstellung, er könne in chinesischer Erde begraben werden und damit die Wiedergeburt als Brahmane für immer verspielen, war ihm der größte Kummer.

Faiz und Iqbal führten uns auch aus der Stadt hinaus zu den Seidendörfern. «Hier ist der Reichtum des Landes – und auch der unsere.»

Wir überquerten die fruchtbare Ebene mit ihrem jungen, jadegrünen Reis, den Kampfer- und Eukalyptusbäumen und Maulbeerhainen um die kleinen Dörfer herum. Wir hörten das Schnurren und Rattern der Weberschiffchen. Frauen woben den mondfarbenen Stoff, der sich neben ihren Webstühlen stapelte, und bei diesem Anblick mußte ich an Mutter denken, wie sie das Leinen wob, das wir getragen hatten. Alte Frauen sammelten die Rohseide auf und falteten sie zusammen, nachdem sie sich vergewissert hatten, daß keine Webfehler darin waren.

«Mein Vater kauft auf, was sie weben», sagte Faiz. «Wir benutzen die kleinen Seidenboote, um den Stoff fortzuschikken, aber das Handelsgeschäft ist jetzt mühsam.»

Wir sahen die Seidenraupenschuppen. Auf Holzregalen lagen flache Tabletts aus geflochtenem Bambus voller Maulbeerblätter. Hier fraßen sich die Raupen fett und durchsichtig. Wenn sie gesättigt waren, spannen sie sich zum eigenen Tod in ovale weiße Leichentücher ein. Junge Mädchen mit behenden Fingern sammelten die reifen Kokons auf und warfen sie in Fässer mit kochendem Wasser, ehe sie sich durch den Kokon hindurchnagen und als Schmetterlinge herauskommen konnten. Im Wasser wurden die Kokons mit der Hand hin und her bewegt, der Faden wurde aufgezurrt, auf Spulen gewickelt, noch einmal gewaschen und zum Weben vorbereitet.

Die Seidenherstellung war das Geschäft der Frauen; sie züchteten die Raupen, spannen und woben. Männer brachten der Seide Unglück – immerhin durften kleine Jungen Maulbeerblätter pflücken und die Raupen damit füttern. So ging das seit vielen Jahrhunderten, und Faiz zitierte aus einem alten Gedicht:

«Nachts ist der Lärm von Ausländern betäubend auf den Seidenmärkten;
Am Morgen sind die Hafenstufen naß von den Stiefeln der Vorübergehenden.»

Und er fügte hinzu: «Wie mir mein Vater gesagt hat, haben sich noch vor vierzig Jahren Seidenkokons vor jedem Dorf von Zaiton zu Bergen gestapelt. Leider ist das vorbei. Jetzt weben viele leere Weberschiffchen nur noch den Wind.»

«Aber ihr kauft doch noch immer Seide auf und schickt sie in kleinen Schiffen fort, Faiz», sagte ich.

«Ja, gewiß. Doch das ist sehr schwierig. Mein Vater und Fürst Reza können dir darüber mehr sagen. Ich bin zu jung, um dir das alles zu erklären.»

Der Frauenbezirk, wo Salim Dings Gattinnen und Töchter wohnten, war eine Welt für sich, auch eine Welt von Baum und Blüte und Teich, aber abgeschlossen, erstickend. Erstikkend, weil die Frauen das Haus nur in geschlossenen Sänften verließen, um andere Frauen zu besuchen. Sie sagten mir, das rühre daher, daß so viele von ihnen vergewaltigt und massakriert worden seien, als die Mandschu kamen. Jetzt sperren die Hui wie die Han ihre Frauen ein, als ob dies ein Schutz für sie wäre.

Salim Dings drei Ehefrauen und sieben Töchter begrüßten mich, breiteten Süßigkeiten auf den niedrigen Tischen aus und stellten Erfrischungsgetränke bereit. Sie lehrten mich das Schachspiel, schenkten mir juwelenbesetzte Nadeln für mein Haar und Halsbänder und Armreifen. Sie sangen und spielten dazu auf der Pipa *und der Zither. Ihre Füße waren nicht eingebunden wie die der Han-Frauen von Stand. Auch die Frauen der Mandschu, der Mongolen und der Tibeter banden ihre Füße nicht zurück. Die winzigen Füße, auf denen chinesische Frauen kaum humpeln können, waren ein Zeichen von Wohlhabenheit und Müßiggang.*

Salim Dings Frauen hatten wenig Zerstreuung; sie konnten nur durch vergitterte Fenster umherziehenden Marionettenspielern zusehen, welche die Legende von der Weißen Schlange aufführten, die aus Liebe zu einem Mann eine Frau wurde – die Puppen wurden mit solchem Geschick bewegt, daß sie zu leben schienen. Die Läden schickten Seidenballen, Teppiche, Wandbehänge und Schmuck ins Haus, damit die Frauen sich dort etwas auswählen konnten. Sie konnten nicht durch die Straßen schlendern, wie dies die Frauen der niederen Stände taten oder die ganz freien Frauen der Gebirgsstämme. Doch die Straßen waren voller Frauen. Viele Frauen besaßen Läden, und alle Straßen waren von Läden gesäumt.

Dann begegnete ich dem Alten Unsterblichen.

Als junger Mann gekleidet, in Jacke mit Gürtel und eine Mütze über dem Haar, war ich zusammen mit Colin, Faiz und Iqbal unterwegs, und wir kamen dabei zum Berg des

Fließenden Prinzips, der bekannt war für seine alten Bäume. Und hier sah ich den Alten Unsterblichen.

Er war aus einem einzigen großen Stein gehauen, der köstlich nach dem Meer roch, aus dem er gekommen war – ein großer Kopf, die Ohren mit langgezogenen Ohrläppchen, Augen, die durch Raum und Zeit sahen, Hände, die das Nichts hielten. Er war lebendig, völlig lebendig, fünf Ellen hoch, und ich sah nichts anderes, hörte nichts anderes mehr.

«Ich kenne dich», sagte ich, und Er erwiderte:

«Wir haben einander nie gesehen, doch ich erinnere mich an dich. Du hast mich damals gefragt: ‹Was soll ich mit mir anfangen?›»

«Diesmal weiß ich, was ich tun werde», entgegnete ich.

«Das ist, was du tun mußt.»

Seine Hand war erhoben und gewölbt, das Universum und nichts bergend, groß genug, daß ich darauf sitzen konnte. Ich kletterte zu ihr hinauf.

Meine Hände liebkosten Ihn. In jedem Steinkörnchen von Ihm war Leben.

«Geh zu deinem Erfolg», sagte Er. Der Wind seufzte in den Lackbäumen auf der Ebene. «Füg dich der Welt des Komme-was-Mag. Und nimm an, was sie bringt, ohne Bedauern.»

«Ich besitze die Gabe ... ich folge einer Kraft in mir, und ich will nicht nur eine Frau sein, unbedeutend, eingesperrt ... ich will eine Königin sein ...»

«Das Universum ist Glanz, sagt aber nichts. Wenn man die Liebe abtut, beherrscht der Haß den Geist; und beide sind gleich. Angst ist es, die Bea nach Macht streben läßt. Angst vor Liebe. Angst vor dem Feuer, doch Liebe und Feuer werden zu dir kommen.»

«Wird es mir gelingen?»

«Wenn etwas gelingen soll, darf man sich nicht kümmern, man muß geschehen lassen ... geschehen lassen ... geschehen lassen ...»

Der Himmel nahm den Ruf auf, und da hörte ich Colins Stimme, die «Bea, Bea» rief inmitten des Vogelgeschreis.

Colin und Iqbal sahen mich auf Seiner Hand sitzen. Mein

Bruder blickte zu dem Alten Unsterblichen auf, der so hilflos war in Seiner steingebundenen Gestalt, daß jedes Kind Ihn erklettern, schlagen, verunstalten konnte.

Ich ließ mich vorsichtig herunter. «Was für eine große Statue, Iqbal! Ich habe nie etwas Derartiges gesehen.»

Iqbal sagte: «Es ist Laotse, der Alte Unsterbliche, der Begründer des Taoismus. Es heißt, Er wurde als Sternschnuppe empfangen und dann in einen Stein verwandelt, als Er es müde war, das Universum auf Seinem langohrigen Esel zu bereisen. Die Lehre des Tao ist keine Religion, doch Menschen gehen dafür in den Tod, und die Han sind im Grunde Taoisten, obwohl Konfuzius ihr alltägliches Verhalten bestimmt und viele auch dem Buddha anhängen.»

Iqbal, ein Muslim, verachtete andere Glaubensrichtungen mit Ausnahme des Taoismus. «Die Beamten sagen, Tao zerstreitet und verwirrt, predigt die Auflehnung, die Verneinung, das Fragen. Und manche sagen, der Stein sei vom Himmel gekommen. Andere sagen, er sei aus dem Meer hierhergegangen. Aber alle stimmen darin überein, daß der Alte Unsterbliche Macht besitzt, denn Er wohnt an den verborgenen Orten des Denkens.»

Abdul Reza mußte etwas Großes vorhaben. Die langsam auf und ab schreitenden Männer in langen Roben und mit undurchdringlichen Gesichtern, die Pausen, die sie einlegten, um einen Vogel oder eine Wolke zu beobachten, ihre poetischen Bemerkungen über das Licht auf den Steingärten – all dies war nur der genau abgestimmte Rhythmus eines auf untergründiger leidenschaftlicher Entschlossenheit aufgebauten Stückes, einer wichtigen und vielleicht gefährlichen Verschwörung.

Viele Stunden lang erzählte Salim Ding uns und seinen versammelten Söhnen von der Vergangenheit. Seit dem achten Jahrhundert hatten arabische und chinesische Kaufleute die Meere befahren. Große chinesische Dschunken, mit tausend Mann Besatzung, mit fünfzig Segeln und Masten von über vierzig Ellen Höhe, waren im Konvoi gefahren, mit Seide und Lackarbeiten und Porzellan, mit Kampfer, Jade und Papier, mit Aloe und Ephedrin an Bord, bestimmt für Champa und Thailand, für Boni und Sumatra, für die Königreiche Indiens, für Ormuz, Persien und Sansibar. Arabische Schiffe waren nach Kanton und Zaiton gekommen und hatten Elfenbein und Zinnober gebracht, Saphire, Perlen und Rubine, Rhinozeroshörner und lebende Elefanten, Goldsand aus Ostindien, Baumwollmusselin und burmesische Auberginen, Pfeffer und andere Gewürze. Aus Zaiton hinaus und nach Zaiton hinein führten viele Generationen lang die Seewege, die Wohlstand brachten und die Sinne der Menschen für andere Länder öffneten.

Im zwölften Jahrhundert hatte der chinesische Kaiser den Hui und den Juden, den Nestorianern und anderen in Europa Verfolgten Namen zugeteilt. Die Hui konnten unter den Namen Ma, Ding, Huang, Kuo und Bu wählen. Einhunderttausend Araber und ihre Nachkommen lebten in Zaiton.

So war Salim, der Sohn Mohammeds, Ding geworden.

«Das Reich blühte auf, und den Kaufleuten ging es gut. Ein Fünftel der Gesamteinkünfte des Staates stammte aus den Steuern, welche die seefahrenden Schiffe bezahlten», sagte Salim.

Doch immer wollten die Beamten, die Hofeunuchen, den Handel kontrollieren und die Einkünfte daraus in die eigenen Taschen fließen lassen, vor allem als die Kaiser, weit fort in ihren Palästen, zu Schwächlingen wurden.

Im Jahre 1430 durften Handelsschiffe nur noch mit besonderer Erlaubnis lange Seereisen unternehmen, und siebzig Prozent der Gewinne gingen an den Kaiser.

«Und so ging die Zeit der großen Handelsexpeditionen zu Ende», sagte Salim Ding. «Aber wir fanden Mittel und Wege, doch, wir fanden sie. Denn wir hatten die See im Blut, und die Menschen in dieser Provinz sind wagemutige, geborene Seefahrer. Trotz Steuern und Abgaben und habgierigen Kommissaren fuhren wir weiterhin mit den kleinen Schiffen. Viele Gewerbe hingen von uns ab. Die Elfenbeinschnitzer brauchten das Elfenbein der Elefanten Indiens, Afrikas und Thailands.

Wir führten Lackarbeiten nach Frankreich aus. Doch unsere Hauptware war Seide – Seide in jeder Form, von jedem Gewicht, jeder Feinheit. Eine Million Ballen im Jahr. Die kleinen Schiffe halten das Gewerbe am Leben, halten die Webstühle in Gang, ernähren die zahllosen Dörfer der Provinz.»

Salim Ding bewegte den Oberkörper vor und zurück wie im Gebet. «Die Ming-Dynastie wurde gestürzt, und 1644 eroberten die Mandschu aus dem Norden das Land. Zuerst waren sie klug und ließen dem Handel mehr Freiheit, doch jetzt sind die Kaiser noch starrsinniger als die der früheren Dynastie. Anstatt das Land zu öffnen, sperren sie es ab. Ein großer Prozentsatz des Gewinns aus dem Handel mit dem Ausland muß als ‹Tribut› an den Kaiser, den Sohn des Himmels, abgeführt werden. Der Mandarin, der Gouverneur unserer Provinz ist, hat seine bewaffneten Dschunken ausgeschickt, die über dreizehntausend von unseren kleinen Schiffen in den kleinen Buchten und Schlupfwinkeln der Inseln vor Zaiton kapern sollten, weil sie angeblich Schmugglerschiffe sind.»

Salim Ding hielt kurz inne und fuhr dann fort: «All dieses Kontrollieren schwächt das Reich. Denn jetzt werden die Ozeane von anderen Schiffen befahren, von anderen wagemutigen Männern und Kaufleuten, die von den Mandschu ‹Ozeanbarbaren› genannt werden.» Er warf Bea und mir ein etwas gequältes Lächeln zu. «Diese Geringschätzung, diese Arroganz ist ein großer Fehler. Barbaren mögt ihr sein, aber sehr kluge ... Die Portugiesen, die Holländer, die Spanier und jetzt auch die Franzosen und die Engländer, sie alle kommen nun, gierig nach Reichtum; und die Mandschu-Dynastie überläßt ihnen die Meere, schickt keine Konvois mehr aus, abgesehen von ein, zwei Schiffen im Jahr nach Manila und ein paar Dschunken nach Ayuthia, dem Königreich der Thai. Wir haben die See aufgegeben, und von der See wird unsere Vernichtung kommen.»

Abdul Reza, der bei uns saß, nickte zustimmend. «Die Mandschu glauben, die Zeit sei stehengeblieben und nichts verändere sich mehr – sie glauben, sie könnten das Land für alle

Zeiten beherrschen, wenn sie es nur gegen alle Ausländer abschließen.»

«Was kann man dagegen tun?» fragte ich.

«Man muß Neues lernen», erwiderte Reza. «Man muß von den Barbaren lernen. Man muß lernen, sich zu verändern, muß vieles lernen. Zum Beispiel, wie man Uhren und Automaten macht – und Maschinen und tüchtigere Schiffe und Kanonen, Geschütze...»

Da begriff ich Abdul Rezas Plan.

Abdul Reza, in ein hellblaues Seidengewand mit weichem schwarzem Pelzbesatz gekleidet, nahm von uns Abschied. «Ich fahre nach Tenasserim in Ayuthia. Ich werde vor ein, zwei Jahren nicht zurückkehren. Ich weiß, ihr habt Verstand und seid auf der Hut, und man wird sich um euch kümmern in der Stadt Yangchou, wo für deine Arbeit, Colin, alles bereitsteht.»

«In meinen Fingern juckt es schon, Fürst Reza», sagte ich. «Im Traum sehe ich, wie sich Zahnräder drehen und Nocken und Hebel bewegen. Ich habe schon so lange keine Walze mit Getrieberädchen mehr in den Händen gehalten.»

Reza lächelte und sagte: «Große Geister haben einen Willen, die anderen nur schwächliche Wünsche. Mögt ihr beide einen festen Willen haben. Aber –» Er wandte sich nun an Bea, und seine Augen verschleierten sich ein wenig; er kämpfte gegen die Versuchung des reifen Mannes an, zusammen mit einem jungen Mädchen neue Lebenskraft zu gewinnen. «Ich muß auch an Sie denken, Demoiselle, denn Sie sind jetzt eine Frau.»

Bea sagte: «Ich bleibe bei meinem Bruder und helfe ihm bei seiner Arbeit, Fürst Reza.»

«Aber eine Frau muß heiraten und ihrem Gatten folgen – haben Sie daran gedacht?»

Da sah sie ihn an, und wieder lag etwas in der Luft, das mein Herz schneller schlagen ließ.

«Ich bin kaum fünfzehn, Fürst. Ich habe nicht die Absicht... jemandem zu folgen. Doch wenn die Zeit kommt, werde ich mich entscheiden.»

Abdul Reza blickte sie fest an und bedachte ihre Worte. Bei

aller Ruhe, zu der er sich zwang, war sein Gesicht das eines gequälten Mannes.

«Ich bin fast vierzig, Vater vieler Kinder, und die Zeit bleibt für niemanden stehen», sagte er. «Ich will Ihnen gegenüber Weisheit walten lassen – und Hochachtung.»

«Die Zeit wird nicht alt, das widerfährt nur Gefühlen», entgegnete Bea. «Aber unsere Zuneigung zu Ihnen, Fürst Reza, wird nie nachlassen.» Und sie machte einen Knicks.

«Demoiselle», sagte Abdul Reza, während er sich erhob, «Sie sind für Ihr Alter eine sehr starke und mutige Persönlichkeit. Mit dem Sinn und Verstand einer Herrscherin, einer Königin. Ich werde hierher zurückkehren, so Allah will; und bis dahin sind vielleicht gewisse Pläne herangereift. Geht nun beide, und geht in Frieden.»

Wir reisten nach Yangchou, begleitet von Faiz und von Dienern und Zofen. Ein Ah Hung, ein islamischer Lehrer, der von einer Pilgerreise nach Mekka zurückkehrte und dessen Ziel die Große Moschee des Weißen Kranichs in Yangchou war, zählte samt einigen seiner Schüler mit zu unserer Gesellschaft. Die Dschunke hielt sich stets in Küstennähe, und der Ausguck war Tag und Nacht besetzt. «Japanische Piraten – sie überfallen alles, was lebt», erklärte Faiz.

Lehrer Wei begleitete uns und setzte auch während der Reise seinen Unterricht fort. Am Abend blies er melancholische Weisen auf einer Flöte. «Musik aus Yangchou», sagte er zu uns. Ich spielte auf meiner Blockflöte einige hugenottische Psalmmelodien. Ich las weiter in den Reiseberichten des Messer Marco Polo und des Fernam Mendes Pinto, eines Portugiesen, der diese Regionen zwei Jahrhunderte zuvor befahren hatte.

Als wir in den riesigen *Kiang* oder Fluß einfuhren, der mehrere Meilen breit war von Ufer zu Ufer, so wie ihn Marco Polo beschrieben hatte, wandte ich mich an Marco Polos Geist: «Vielleicht finden wir Erinnerungen von dir in Yangchou, da du ja hier fast drei Jahre lang als Beamter des Kaisers tätig warst. Oh, daß ich deiner würdig sei, Messer Marco, und daß es mir so gut ergehe wie dir.»

Doch Lehrer Wei, obwohl in Yangchou geboren, sagte, er habe nie etwas von Marco Polo gehört. «Am Hof der Yüan-Dynastie gab es viele Ausländer», sagte er. «Die Yüan waren Mongolen, und wir Han haben uns ihrer entledigt und einen Teil ihrer Aufzeichnungen vernichtet – das war vor vierhundert Jahren.»

«Werdet ihr euch auch der Mandschu entledigen?» fragte ich.

Er gab darauf keine Antwort, sondern blies auf seiner Flöte eine fünfzehnhundert Jahre alte Weise.

Ich fühlte, wie sich mein Denken neu gestaltete, als hätten die verschiedenen Elemente meines Geistes gleich den vielen Winden meines heimischen Sees ihre plötzlichen eigenen Wendungen aufgegeben und sich einer gewissen Ordnung gefügt. Ob es sich um die Bewegung der Sterne am Himmel oder um die Angelegenheiten der Menschen auf Erden handelt, es gibt eine Logik, einen Mechanismus, eine Folge von Ursache und Wirkung.

Meine Arbeit mit den Automaten würde jetzt nicht nur ein Mittel zum Lebensunterhalt und zum Erlangen von Reichtum sein – und reich werden wollte ich! –, sondern auch eine Möglichkeit, vielleicht den Großen Plan des Universums zu verstehen.

Inzwischen aber würde ich dem erhabenen Plan Fürst Rezas dienen, der mich nicht ohne Grund hierhergebracht hatte.

«Salz», sagte Faiz, als eine ganze Reihe von Lastkähnen, die bucklig aufgehäufte Ladung von Bambusmatten verdeckt, an unserer Dschunke vorüberglitt; sie fuhren den Großen Kanal nach Peking hinauf.

Wir befanden uns auf dem von Menschen konstruierten Kanal, der den Süden Chinas mit dem Norden verband, befahren von Tausenden von Kähnen, die Korn und Lebensmittel, Tuche und Salz mit sich führten. Der Süden, mit seinem Reichtum, seinen klugen, geschickten Menschen, zollte jetzt dem Norden Tribut.

«Yangchou ist ein Knotenpunkt am Kanal», sagte Faiz.

«Hier wohnen die großen Salzhändler. Der Sohn des Himmels hat viel für sie übrig, da sie ihm die Börse füllen.»

Salz. Ich sah zu den Kähnen hin, die langsam den Kanal hinauffuhren. Ohne Salz starb der Mensch, und ohne Salz konnten Armeen weder marschieren noch kämpfen. «Und obwohl die Mandschu die Hälfte aller offiziellen Stellen im Reich innehaben, ohne dafür eine Prüfung abzulegen, erlangen die Familien der Salzhändler, die allesamt den Han angehören, bei Hofe doch hohe Ämter für ihre Söhne.» Faiz lächelte. »Euer Protektor in Yangchou ist kein geringerer als Marquis Fang, der Stellvertretende Salzkommissar. Ein großer Mann, er liebt sein Land und versteht . . . vieles.»

Auf dem steinernen Kai von Yangchou standen zwei in blaue Seide gekleidete Personen, umgeben von einer respektvollen Dienerschaft. Einer von ihnen hatte einen angegrauten Bart und trug auf dem Kopf eine Mütze mit einem Knopf aus Kristall.

Ich war so sehr an den Anblick chinesischer Gesichter gewöhnt, daß ich zu Bea sagte: «Sieh mal, ein Ausländer.»

«Wahrscheinlich ein Jesuit», sagte Bea. «Ganz bestimmt ein Jesuit.»

Wir gingen an Land und nahmen eine respektvolle Haltung an, während der jüngere der beiden Männer auf uns zutrat. Er hatte ein glattes, rundes Gesicht und lebhafte Augen, und Faiz rief:

«Dritter Junger Herr Fang, Ihr unwürdiger junger Bruder ist zutiefst beschämt, daß Sie persönlich gekommen sind. Es ist eine zu große Ehre.»

Der Junge Herr Fang, der dritte Sohn des Marquis Fang, war wie polierte Jade, in Gesten und Worten ohne Tadel. Ich verspürte Lust, eine Kunstfigur zu schaffen, die ihm glich und sich mit solch makelloser Anmut bewegte. Doch jetzt war er ein wenig verwirrt.

«Willkommen, willkommen», rief er zurück, dann wandte er sich an den Fremden und verneigte sich: «Der Große Meister Lang Shening hat geruht, unsere elende Stadt mit seiner Gegenwart zu beehren, und als er hörte, daß ich Sie empfangen solle, sagte er, auch er wolle zu diesem Landeplatz kommen.»

Der Junge Herr deutete seine Verwirrung durch eine kleine Geste seiner Hände an. Noch niemals war ein hoher Beamter des Hofes so einfach wie ein gewöhnlicher Mensch hierhergekommen, um zwei unbekannte junge Barbaren zu begrüßen. Die kanonischen Regeln des Konfuzius, die eine starre Hierarchie des Respekts zwischen Alt und Jung, Herrn und Diener, Oberen und Niederen vorschrieben, waren durch diesen Meister Lang Shening umgestoßen worden.

Aber Großer Meister Lang sah nur Bea an und rief in einem Französisch mit starkem italienischen Akzent aus: «Ah, bella, bellissima ... Ich würde Sie so gern malen, Madame ... seit vielen Jahren habe ich kein solches Gesicht mehr gesehen.»

Und Bea machte ihren besten Lausanner Gesellschaftsknicks und erwiderte auf französisch: «Ich fühle mich sehr geehrt, mein Herr, es wird mir ein Vergnügen sein, Ihnen Modell zu sitzen.»

Großer Meister Lang trat näher und legte mir beide Hände auf die Schultern. «Und das ist Colin Duriez. Ich habe von Ihnen gehört – Sie sehen, wie schnell Neuigkeiten reisen. Von meinem Glaubensbruder Amigot. Er war hier in Yangchou, er hat hier Station gemacht auf dem Weg nach Peking.»

Dritter Junger Herr rief die Tragsessel und Sänften herbei. Der italienische Jesuit strahlte uns weiter an und fuhr fort:

«Seine kaiserliche Majestät kommt nach Yangchou; ich bin vorausgeschickt worden, um dieses Ereignis vorzubereiten. Ich freue mich, daß Sie gekommen sind, Colin Duriez, denn auf dem Weg von Kanton hierher hat man Bruder Amigots kostbare Kisten fallen lassen – absichtlich, wie er glaubt. Einige der Automaten und Uhren sind zerbrochen, und niemand kann sie instand setzen außer Ihnen.»

Ich fühlte mich eingefangen: «Dann erwartet mich Arbeit –»

«Ja, doch nicht nur das.» Er zwinkerte. «Übrigens, ich bin Castiglione, Giuseppe Castiglione, Hofmaler Seiner kaiserlichen Majestät. Ich heiße Sie in China willkommen und hoffe, daß Sie sich hier wohl fühlen.»

8

ANNO DOMINI 1758–1759

An den Ufern des Schlanken Sees, auf dem mit Laternen geschmückte Vergnügungsboote zu Musikbegleitung zwischen den Lotusblüten dahinglitten, erstreckte sich der Yuan Lin oder Wald der Gärten. Hier waren die Herrenhäuser der reichen Salzhändler von Yangchou, einer Stadt, in der die Kunst und Poesie der Gärten mit wahrer Passion gepflegt wurde.

Beim nicht enden wollenden Entdecken erlesener Einzelheiten offenbarte sich die Schönheit von Yangchou. Jeder Pavillon, jeder Garten fügte sich in die Harmonie der Natur ein und kündete von der Kunst des Malers. *Yi*, das chinesische Wort für die Empfindungen und Gedanken, welche die Kontemplation des Vollkommenen auslöst, fand Ausdruck in einem höchst verfeinerten Ästhetizismus. Und dies erreichte man nicht durch die ununterbrochene Anhäufung majestätischer Bäume und Blütenpracht, sondern in umfriedeten Räumen, deren geringes Ausmaß dennoch eine endlose Weite vortäuschte und sich allem Maß entzog. Hier war ein Garten viele Gärten, ein Abschnitt ging in den anderen über, abgegrenzt nicht durch jähe Mauern, sondern durch geschickt angelegte gewundene Parkwege, durch Teiche und Steingärten, durch künstliche Hügel und besonders herausragende Bäume. Die Gebäude waren Teil des Gartens, waren Teil seiner Anmut, so wie jeder einzelne Baum oder Stein darin, und genauso sorgfältig eingefügt. Anmutige Pavillons hatten zierliche Säulen und himmelwärts zeigende Dachtraufen. Jeder einzelne Garten war ein Ausdruck der Lebenspoesie.

«Schau, Bea, schau.» So wie sich der Wind auf unserem See zu Hause drehte und der See dann die Farbe wechselte, so fühlte ich, wie sich die Farbe von Beas Denken veränderte und gleichsam vor Freude errötete.

«Schönheit dringt mit kleinen Schritten allüberall ein.» Bea las den Spruch, der in eine der Säulen unseres Pavillons eingeritzt war. «Alle Berge der Welt, gesehen in einem Stein», las ich auf der anderen Säule. Alle Dinge wurden möglich, Welten wirbelten durch den Raum, und das Rätsel des Weltraums, in dem das Unwirkliche Gestalt annahm, wurde so einfach wie das Betrachten des eigenen Gesichtes in einem Wasserspiegel.

«Es ist der Alte Unsterbliche», sagte Bea. «Laotse. Er ist hier, überall, in allem. Diese Gärten sind sein. Colin, ich habe Angst vor ihm.»

Ich legte die Arme um sie. Wiederum fiel dieser Schleier des Dunkels über sie, und sie erschauerte. Ich konnte fast den Rauch riechen, den Rauch von verbranntem, verbrennendem Fleisch. Ihr Denken strömte zu dem meinen hinüber, ließ den Alptraum wieder erstehen, der Wirklichkeit gewesen war.

Während wir noch all diese Anmut betrachteten, wurden wir von den Geistern vergangenen Schreckens heimgesucht. Wir hörten das Singen in anderen Wäldern, unter anderen Himmeln. Und dann war es vorüber.

«Bea, Bea, wirf das von dir. Hier kann uns nichts schaden.»

Sie machte sich von mir los, wandte sich von mir ab. «Du wirst hier glücklich sein, Colin. Aber was soll ich mit mir tun, was werde ich sein?»

Die Heftigkeit ihrer Reaktion traf mich wie ein Schlag. Ich hatte das Gefühl, der Garten bewege sich. Obschon sie und ich eins waren, waren wir doch auch zwei; und zum erstenmal verspürte ich den Schrecken des Verlassenseins, des Alleinseins – daß wir einmal auseinandergeraten und füreinander verloren sein könnten. «Bea, du besitzt die Gabe, dein Geist ist so stark, du kannst so vieles bewirken – du kannst sogar Königin werden.»

«Die Priesterinnen führten das Volk zum Krieg, nicht zum trägen Vergnügen», sagte sie verächtlich. Sie wandte sich zu mir um mit dem brennenden Zorn, der ihr innerstes Wesen war und an dem ich nicht teilhatte. Ich hielt eine Sturmgewalt in den Armen. Und aus diesem Zorn schwebten, wogten die Gesichter von Jacob und Laurence zu mir auf.

Unser Pavillon lag im «Herbst-Willkomm»-Teil des Gartens. Der Maler She Tao, der Marquis Fangs Herrenhaus entworfen hatte, hatte in die umfriedete Leere die vier Jahreszeiten eingeschlossen, so daß die Zeit auch hier eingefangen war samt den Launen und Farben des Jahresablaufs. Der Herbstgarten wies Steinbrocken von rötlicher Farbe auf, aufgelesen vom Grund eines fernen Sees und unter großen Kosten herbeigeschafft. Er hatte einen Teil mit spätblühenden Wasserlilien und Chrysanthemen, mit scheinbar wahllos angepflanzten Wacholderbüschen und einer Terrasse zur Betrachtung des Mondes angelegt. Innerhalb des Pavillons ließen sich Landschaften aus Tali-Marmor erkennen, wie sie die Natur in den Wehen der Schöpfung gestaltet hatte: Man konnte in den gesprenkelten und gestreiften Steinen Berge, Schluchten und Wasserfälle erblicken oder Geister in epischen Schlachtenszenen oder bizarre und herrliche Blütenmuster. Von den Dekkenbalken der Terrasse vor Beas Zimmer hingen große zinnerne Ringe herab; Papageien aus Szechuan, weiß oder grau mit goldenem Kamm und rosa Schwanzfedern, räkelten sich dort, mit nur einer dünnen Kette um die Füße. In einem Käfig hausten zwei grüne Unzertrennliche aus Indien. Jeden Morgen wurden sie von dem Hausmädchen, das für die Vögel verantwortlich war, freigelassen, kamen aber zurück, wenn man sie rief.

Zwei Tage ruhten wir uns aus, und Bea kam jede Nacht zu mir, zitternd und bebend unter bösen Vorahnungen, und lag bei mir wie in unserer Kinderzeit. Ich konnte ihre Angst nicht dämpfen, war hilflos gegen ihre Nachtwelt.

Am dritten Tag wurden wir von Marquis Fang empfangen. Dritter Sohn kam, uns mit Tragsesseln abzuholen, obschon wir den Weg auch zu Fuß hätten zurücklegen können.

Marquis Fang war ein hochgewachsener Mann von äußerst distinguierten Manieren. Er hatte seine dienstliche Kleidung abgelegt, und um ihn her waren an die dreißig Mitglieder der

Familie Fang, ebenfalls ähnlich lässig gekleidet, in Seiden- und Atlasstoffe, aber ohne offizielle Rangabzeichen. Wir brauchten vier Monate, bis wir die gut einhundertsiebzig Mitglieder der Familie Fang, die in diesem riesigen Herrenhaus wohnten, unterscheiden konnten und die hierarchischen Beziehungen zwischen ihnen begriffen hatten.

«Mein Freund Abdul Reza, der mir näher steht als die Lippen den Zähnen», sagte der Marquis, «und dessen Familie mit der meinen seit zwei Jahrhunderten in Freundschaft verbunden ist, hat mir gesagt, daß ihr seine Kinder aus Zuneigung seid, und deshalb werdet ihr auch die meinen sein.»

Wir wurden gelehrt, wie wir unsere neuen Verwandten aus Zuneigung anzureden hatten. Die Zweite Erhabene Dame, Fangs zweite Ehefrau, und drei seiner fünf Konkubinen umringten Bea, faßten sie an den Händen und bewunderten ihre Schönheit. «Augen wie Jade!» riefen sie aus. «Sie wird jeden behexen.» Ihre Stimmen waren wie das Gezwitscher von Vögeln, melodiös und lieblich.

«Jade mit Feuer darin», sagte Marquis Fang, ohne Bea anzusehen.

Nach Tee und Süßigkeiten und vielen Fragen, die unsere Reise betrafen, sagte Herr Fang zu Drittem Sohn: «Die Zeit drängt – führe sie jetzt zum Meister der Uhren, denn vieles muß erledigt werden.»

Man trug uns rasch davon, schmale Wege entlang zwischen grauen Mauern. In den Mauern waren Fenster der verschiedensten Formen, durch die man andere Teile des großen Gartens, andere Jahreszeiten erblickte. Wir kamen durch viele kleine Tore und gelangten endlich in einen Hof, den nur eine einzige Weide zierte. Dann überschritten wir die Schwelle des Empfangsraumes, und da stand Giuseppe Castiglione neben einem Mann in einem Sessel, der sich nicht erhob.

«Entrez, entrez!» rief der Mann. Er war in ein schwarzseidenes Gewand gehüllt, und sein Gesicht war alt, fahl und runzlig.

«Meister Wen, Meister der Uhren», sagte Dritter Sohn ehrerbietig.

«Ich bin von der Hüfte abwärts gelähmt», sagte der Mann,

«und meine Arme und Hände sind auch schon von der schleichenden Krankheit befallen. Ich bin froh, daß Sie gekommen sind, Colin Duriez, denn was immer ich weiß, muß ich Ihnen mitteilen, damit das Werk fortschreiten kann.»

Castiglione sagte: «Mein Freund und Glaubensbruder, Johann Werner, ist seit langer Zeit krank.»

«Ihr *exkommunizierter* Glaubensbruder», sagte Johann Werner mit bitterer Ironie. «Exkommuniziert durch den apostolischen Vikar, der Sie nur um Haaresbreite verschont hat, weil Sie beim Kaiser in so hohem Ansehen stehen.»

Castiglione zuckte die Achseln, bedauernd und mit jener Spur von stillem Humor, den sein schönes, jugendlich aussehendes Gesicht mit der kräftigen Nase und dem empfindsamen Mund stets trug. Er beugte sich zu Johann vor und küßte ihn auf beide Wangen. «Sie necken mich immer, Johann, aber ich bin nur einer der vielen Jesuiten im Dienste des Kaisers. Nun, ich komme morgen wieder und» – er wandte sich eifrigen Blickes an uns – «ich werde Sie beide malen, die Ähnlichkeit und den Unterschied.»

Er schritt davon, geschmeidig und rasch in seinen Filzschuhen; ihm folgte ein Diener, der eine große Papierrolle und eine Tasche mit Pinseln und Farben in Fläschchen unterm Arm trug.

«Giuseppe ist stets freundlich, selbst zu denen, die ihn schlecht behandeln», sagte Johann Werner. «Doch lassen wir das, es ist nicht weiter wichtig. Gehen wir in die Werkstatt.»

Zwei Diener hoben seinen Tragsessel an, indem sie Stangen durch Ringe unter dessen Armstützen schoben. «Ich habe noch ein paar Monate, vielleicht gar noch ein Jahr oder zwei zu leben. Meine Hände machen noch immer mit, tun, was ich will, aber danach –» Er sah uns beide an und bemerkte meinen Klumpfuß. «Danach wird alles auf Ihren Schultern ruhen, Colin Duriez.»

Die Werkstatt bestand aus einer Reihe von Räumen, die man hinter der Hofanlage errichtet hatte, in welcher der Meister der Uhren wohnte. Da war eine kleine Schmiede mit einem Ofen zum Metallschmelzen und vielen Werkzeugen, die an den Wänden hingen. Auf dem Fußboden eines der Räume lagen Automaten, viele Automaten, einige mit Uhrwerken darin, aber alle reparaturbedürftig oder halb zerstört. Manche lagen da wohl schon seit einiger Zeit, andere waren die, die Pierre Amigot gerade erst mitgebracht hatte.

«Man hat sie absichtlich hinfallen lassen auf dem Weg von Kanton nach Peking», sagte Werner. «Die Hofeunuchen sind bösartig.» Die Mehrzahl der Automaten und Uhren funktionierte jedoch deshalb nicht mehr, weil ihr Mechanismus verrostet war. «Bisweilen ist es die große Hitze oder die Kälte. Das Metall dehnt sich aus oder schrumpft zusammen, und wir müssen Ersatzteile anfertigen.»

Sechs junge Chinesen saßen an Tischen und reparierten Uhren. Vor und neben sich an den Wänden hatten sie Zeichnungen und Skizzen, die zeigten, wie die Reparaturen ausgeführt werden mußten. Sie hoben die Köpfe und lächelten freundlich, als wir eintraten. «Ich habe ihnen gesagt, sie sollen bei der Arbeit nie aufstehen und sich verbeugen, das bringt sie nur aus dem Fluß ihres Tuns», sagte Johann Werner. «Sie sind alle meine Schüler. Alle sechs sind Chinesen, von den Philippinen hierhergeflüchtet.» Das letzte Massaker der Spanier unter den Chinesen in Manila hatte vor einem Jahr stattgefunden. «Sie wissen, sie müssen Neues lernen – sonst geschieht auch hier, was in Manila passiert, was in Batavia passiert. Wo die Chinesen arbeiten, arbeiten sie fleißig, schaffen Wohlstand, und dann werden sie in einer Welle des Hasses von den neuen christlichen Herrschern Asiens umgebracht.»

«Wie die Juden in Europa», sagte ich.

Johann Werner nickte, mit einem herrischen und zugleich flehenden Ausdruck im Gesicht: «Was wissen Sie von der Naturwissenschaft, Colin Duriez? Wieviel verstehen Sie von dem Werk in einem Automaten? Oder in einer Uhr?»

«Ich habe mit acht Jahren angefangen, bei meinem Vater», erwiderte ich. «Und Bea, meine Schwester, versteht auch einiges von Uhren; sie macht die Gesichter und die Kleider für die Androiden, die so vollkommene Automaten sind, daß man meint, sie würden leben.»

«Gesichter und Kleider sind nicht das, was ich brauche. Ich brauche jemanden, der sich in *Mechanik* auskennt und die Kraft von Feuer und Wasser einzusetzen versteht, um etwas in Bewegung zu bringen.»

«Das Dampfschiff!» rief ich aus, denn mir fiel ein, was mir Lord Kilvaney erzählt hatte. «Das Dampfschiff auf der Seine in Paris...»

«Ja, und noch vieles andere.» Er erzitterte vor Erregung, die noch verstärkt wurde durch seine Krankheit. «Nun, ihr könnt beide lesen. Ich habe viele Bücher. Alles über Mechanik und Elektrizität, alles, was bis jetzt veröffentlicht wurde. Und Castiglione hat mir noch mehr Bücher gebracht, auch die von Pater Amigot.» Da begann er unterdrückt zu lachen. «Armer Pierre Amigot. Jetzt müssen wir die Automaten reparieren, die er mitgebracht hat und die zerbrochen wurden. Das ist unsere erste Aufgabe, ehe der Kaiser nach Yangchou kommt, was in sechs oder acht Wochen der Fall sein wird. Später werden wir uns dann mit wichtigeren Dingen befassen.»

«Wir?» fragte Bea.

Johann Werner lächelte sie an. «Einige der Salzhändler, unter ihnen Marquis Fang, möchten, daß die Entdeckungen und die Technik Europas hier gelehrt werden. Sie wollen nicht, daß dieses große Reich mit seinen vielen Millionen von Menschen stillsteht und... versklavt wird. Aber die Beamten des Staates, die herrschende Mandschu-Kaste, sie sind uneinsichtig.» Er schloß die Augen wie unter großem Schmerz. «Der Kaiser kommt. Es sind etwa fünfzig Apparate für seinen Residenzpalast in Yangchou zu reparieren. Nicht nur er, sondern sein ganzer Hof und seine Eunuchen wollen sich hier mit diesen Wunderdingen Belustigung verschaffen. Und so werden wir sie eben belustigen – und vielleicht den einen oder anderen zur Naturwissenschaft bekehren.»

Jeden Tag standen wir noch vor Morgengrauen auf, Bea und ich, und nach einem Frühstück, das aus Reisbrühe und eingelegtem Gemüse bestand, wurden wir in die Werkstatt getragen. Dort arbeiteten wir den ganzen Tag, hörten aber auf, wenn das Licht zu schwinden begann, denn Johann Werner wollte unsere Augen schonen. »Es wäre nicht gut, wenn ihr eure guten Augen überanstrengt.»

Meine Finger erinnerten sich wieder an ihre frühere Fertigkeit. Bea war genauso eifrig wie ich bei der Sache; sie sammelte die kleinen Teile der Maschinen, die ich auseinandernahm, legte sie auf Seiten reinweißen Seidenpapiers und fand sogar die winzigsten Schrauben heraus. Von den Automaten waren einige stark beschädigt; bei anderen mußte man nur die Spiralfedern aufziehen, die Nocken richten und wieder genau einstellen.

Da war eine Acht-Tage-Pendeluhr mit einem schönen Gehäuse aus Lackholz mit silberner Einlegearbeit; sie war in Neuchâtel hergestellt worden, und als ich sie in Händen hielt, wußte ich, was man unter einem bittersüßen Gefühl versteht. Da waren Singvögel, die auf einem Zweig hockten, Pierre Amigot hatte sie mitgebracht. Sie waren mit Rubinen und Saphiren besetzt, in goldenen Käfigen mit Früchten, die von Bäumen aus Korallen und Bernstein herabhingen. Die Blasebälge hatten sich gelöst, aber es gelang mir, sie wieder zu befestigen. Ich hatte lange mit den Kämmen zu tun, deren Metallzähne aus den Stiften in den sich drehenden Walzen der Spieldosen die Musik hervorlockten. Ich tat mein Bestes, doch einige Töne klangen falsch wegen einer ganz kleinen Fehlabstimmung zwischen den beiden Elementen. Aber das Schlimmste war, daß ich den Schreiber wahrscheinlich nicht rechtzeitig für den Besuch des Kaisers instand setzen konnte.

Der Schreiber kam aus Neuchâtel; er trug die Signatur eines gewissen Pierre Jaquet-Droz. Ich stieß einen Freudenruf aus, als ich ihn erblickte, denn ich hatte schon von ihm gehört, und der Anblick dieses Androiden in China, in Yangchou, war einfach wunderbar. Johann Werner lachte über meine Begeisterung. «Sie machen jetzt noch bessere Kunstfiguren, wie ich höre», sagte er. «Dieser hier kann nur so tun, als schriebe er. Er gehorcht nur bestimmten Befehlen. Aber wie ich jetzt erfahren habe, macht die Firma Jaquet-Droz Androiden, bei denen viele

Texte in den Mechanismus eingearbeitet werden können, und angeblich arbeitet man an noch größeren Wundern, zum Beispiel einem Schreiber, der wirklich schreibt, der die Buchstaben selbst auswählt.»

«Ein Gedächtnis, ein mechanisches Gedächtnis», sagte Bea.

«Genau. Ich habe tagelang über diese subtilen Konstruktionen nachgedacht und mich gefragt, wozu man diesen Mechanismus sonst noch verwenden könnte.»

Der Schreiber war schwer beschädigt. Die Hauptnockenwelle hatte achtzehn verschiedene Nocken, deren Profile drei Hebel in Bewegung setzten, welche die notwendigen Bewegungen auf die Hand des Schreibers übertrugen. Die Hände waren zerbrochen, und die Nockenwelle wackelte und saß nicht mehr richtig fest. Einige der Nocken waren abgebrochen, und die Spiralen der Feder hatte man entfernt; das Getrieberad mit den ineinandergreifenden Zapfen war verbogen.

Der erste Hebel war für die Auf- und Abbewegungen zuständig, der zweite für die Bewegungen nach der Seite, und der dritte hob oder senkte den Gänsekiel des Schreibers.

Die gleichzeitige Bewegung der drei Hebel versetzte den Schreiber in die Lage, eine Lampe vor sich anzuzünden, eine Feder zu ergreifen und auf ein Stück Papier zu schreiben, das in den kleinen Tisch eingelassen war, an dem er saß.

Werner wußte von dem ersten Androiden der Welt, den der Franzose Vaucanson gemacht hatte: ein Flötenspieler, der wirklich auf der Flöte spielte und dessen Finger aus so fein gehämmertem und gedehntem Saffianleder gemacht waren, daß sie eine richtige Haut zu haben schienen, ein Apparat, den man dem französischen König Ludwig XV. vorgeführt hatte.

«Der Tag wird kommen, an dem wir eine Maschine machen, die *fast* wie ein Mensch ist», sagte Werner in träumerischem Ton. »Einen Androiden, der spricht, der seinem Gedächtnis eingeprägte Befehle ausführt, der gehen und für den Menschen viele Arbeiten verrichten kann. Wie ich erfahren habe, gibt es in England Fabriken, in denen lange Reihen von Männern und Frauen an Webmaschinen arbeiten. Androiden könnten ihre Arbeit tun und würden nie ermüden, wenn man nur eine

Energiequelle hätte, die sie in Bewegung hält, ohne daß man sie alle Stunde oder so aufziehen muß.»

Marquis Fang kam jeden Tag, um uns bei der Arbeit zuzusehen, sich stumm umzublicken oder leise mit Werner zu reden. Und Castiglione mit seinem kleinen Bart und den wachen Augen unter dem silbrigen Haar brachte seine Heiterkeit und die Wärme seines frohen Lächelns mit. Er machte Skizzen von uns, von Bea, die er ungeniert bewunderte. «Bella, bella, ah, wie herrlich sind diese Augen!»

Werner erzählte uns, Kaiser Tsienlung habe seinen italienischen Hofmaler einmal zum Scherz gefragt, welche seiner neun Konkubinen die schönste sei. «Sie sind alle schön», hatte Giuseppe Castiglione geantwortet.

«Sie haben sie gar nicht angesehen», sagte der Kaiser, wohl wissend, daß der Jesuit das nicht tun würde.

«Nein, Majestät, ich habe die Ziegel auf dem Dach gezählt», erwiderte er.

Johann Werner war immer in den Werkstätten zugegen, in seinem Tragsessel, getragen von zwei Dienern. Er sah mir zu, wie ich die Walzen neu einsetzte, die Ankerregler der Wanduhren; er wies die jungen Chinesen an, Ersatzteile für die Taschenuhren anzufertigen. Ein alter Mann, ein Schmied, dünn und vertrocknet wie ein Stück Holz und gar nicht wie Chavenaz, aber ein hervorragender Handwerker, probierte verschiedene Metallverbindungen aus, die für Hitze, Kälte und Rost weniger anfällig waren als das bei dem Mechanismus benutzte Material. «Kein Eisen, nur Messing, vorzugsweise Stahllegierungen», sagte Werner, «wenn wir die richtige Hitze erzeugen können.»

Die Werkstatt besuchten, stumm und anonym, Porzellanmacher und Bronzierer, ein ganzes Heer von Handwerkern, die neue Techniken erlernen wollten. Werner gebrauchte ein starkes Vergrößerungsglas, um sich einige Stücke anzusehen; mit Hilfe dieses Glases konnten zwei seiner Schüler Schriftzeichen, ja kurze Gedichte in die Oberfläche eines Reiskorns ritzen. Und manchmal, wenn ich müde war und eine Weile ausruhte, sprach er zu mir, wie notwendig eine geschickte Hand und ein scharfes Auge seien, daß es aber noch wichtiger sei, die Vernunft und Logik hinter der Perfektion einer mechanischen Einheit zu erkennen. Es genügte nicht, Automaten zu schaffen, die eine Illusion des Lebens gaben; man mußte nach zusammenhängenden universellen Gesetzen forschen, nach einer Logik der Materie, nach einer einheitlichen Theorie der Bewegung, die wirklich das Geheimnis der Substanz lüftete.

«Ja, Colin Duriez, genau dies hat Galileo getan, und deshalb wurde er von der Kirche verurteilt, weil er nach einer verständlichen Erklärung der Phänomene des Universums gesucht hatte.» Auf Werners Gesicht zeigten sich, wenn er von der Kirche sprach, die tiefen Spuren großen Leidens, obwohl er erst dreißig Jahre alt war.

Einer der sechs jungen Chinesen, die an den Uhren arbeiteten, Ah Ming, sprach spanisch und war äußerst geschickt und klug. Werner gab ihn mir bei. «Ihr werdet voneinander lernen», sagte er. Und ich brauchte auch so etwas wie einen Bruder, als Ersatz für Jacob und Valentin.

Binnen vierzehn Tagen hatten wir vier große Wanduhren, fünfundzwanzig Taschenuhren und zehn Automaten repariert. Ah Ming und die anderen Lehrlinge hatten mir zugesehen und konnten jetzt selbständig Reparaturen ausführen.

«Aber es genügt nicht, ihnen lediglich handwerkliches Geschick beizubringen», sagte Werner immer wieder. «Sie müssen wissenschaftliches Denken lernen, müssen neue Methoden *erfinden* können.» Abends diktierte er chinesische Übersetzungen der Bücher, die sich an den Wänden seines Zimmers reihten. Einer der Übersetzer war Zweiter Sohn von Marquis Fang.

«Er ist der geborene Mathematiker», sagte Johann Werner. «Dritter Sohn ist hervorragend im Umgang mit Beamten und in der Führung von Menschen. Der älteste Sohn ist in Peking, wo er sich auf die kaiserlichen Examina vorbereitet, die dieses Jahr stattfinden. Er muß ein hoher Beamter werden. So hat jeder Sohn seine spezielle Funktion – und die Familie von Marquis Fang wird gedeihen und fortbestehen.»

Werner nannte mich immer Colin Duriez. Mit Bea sprach er

nicht, obwohl sie eifrig arbeitete und sich bemühte, die zerbrochenen Gliedmaßen und Köpfe der Automaten auszubessern. Neue Köpfe aus Porzellan sollten gemacht werden. Castiglione entwarf sie, und sie machte die Tonmodelle dafür. Sie fertigte auch mit Gelenken versehene Gliedmaßen aus Papiermaché an. Neue lackierte und bemalte Gehäuse für die Wanduhren, emaillierte Einfassungen für die Taschenuhren – das alles erledigte Castiglione. Manche Wanduhr und Taschenuhr hatte jetzt eine Landschaft oder eine Figur auf dem äußeren Deckel. Er zeichnete und malte auch die Szenerie von Yangchou, besonders jene Orte, zu deren Verschönerung angesichts des Besuchs von Kaiser Tsienlung die Gilde der Salzhändler so viel Mühe und Geld aufgewendet hatte.

«Hier sind insgesamt neunzig Automaten, Wanduhren, Taschenuhren und Singvögel, die repariert werden müssen», sagte Werner. «Wenn wir fünfzig davon instand setzen können bis zum Eintreffen des Kaisers, dann wäre das schon sehr schön.»

«Singvögel», sagte Castiglione, «Singvögel für die Damen des Hofes, das ist sehr wichtig, mein Freund.»

Endlich war alles geschafft, die reparierten Automaten standen, in einem Raum in Reihen aufgestellt, zur letzten Inspektion durch Marquis Fang und Großmeister Castiglione bereit.

«Nichts darf unvollkommen sein vor dem Angesicht des Herrn der Welt», sagte Werner voller Ironie. «Selbst wenn seine Eunuchen absichtlich eine Maschine zerstören, ist es unsere Schuld.»

Da war eine Tänzerin mit einer Blumengirlande. Die Girlande bewegte sich anmutig um sie her, während sie Pirouetten drehte und den Kopf hierhin und dorthin neigte. Ich hatte in den Mechanismus einen kleinen Balg eingefügt, an die Hauptwalze angeschlossen, und ihre steife Brust durch eine flexible aus gefältelter Pappe ersetzt, so daß die Figur beim Tanzen auch atmete. Da waren drei Akrobaten, zwei schwangen auf einem Trapez und einer machte Überschläge. Ich hatte ein tanzendes Paar repariert, zwei Figuren, wie sie mein Vater gemacht hatte, mit einer Folge von Schrittbewegungen. Da war ein Miniaturteich aus Glas, mit blühenden Lotusblüten, die sich zu Musikbegleitung öffneten und schlossen. Da waren Wanduhren mit kleinen Figuren, die alle Stunde heraustraten, Uhren mit einem Glockengeläut zur vollen Stunde, Uhren mit Geläut zu vorher festgelegten Zeiten. Von allen Taschenuhren und Wanduhren gab es immer zwei, denn in China wurde aus Höflichkeit alles paarweise geschenkt. Da waren Elefantenuhren, angefertigt für den König von Ayuthia, obwohl man festgestellt hatte, daß sie sich in China besser verkauften. Die Uhr war in die Seite des Elefanten eingelassen, unter einem emaillierten Deckel, der Teil des mit Juwelen besetzten Sattels war. Auf dem Sattel war ein überdachter Sitz mit einer kleinen Figur, und zwischen den Ohren des Elefanten saß ein Treiber, der das Tier vorwärts trieb. Da war ein Mädchen, das, ein Tamburin schwingend, tanzte, während ein Junge Flöte spielte, eine Gruppe von Dörflern, die tanzten, Bauern, die im Zug dahinschritten, während einer von ihnen Geige spielte. Und dann Vögel, Vögel – sechzehn Vögel auf einem Baum, die zuerst nacheinander und zum Schluß alle miteinander sangen. Einzelne Vögel in Schachteln, die natürlich paarweise verschenkt wurden. Zwei Vögel in einer Schachtel, wobei einer dem anderen antwortete. Da war ein Vogel nicht größer als mein Daumennagel, der wie eine Nachtigall sang.

Ah Ming erwies sich als so geschickt wie ich; er machte winzige Rädchen und Schrauben und verwandte für die Bewegung der Gelenke Riemchen aus gezwirnter Seide, die zuvor in einem dünnen Reiswasserbrei gekocht worden war. Und nun war auch noch der Schreiber da. Ich hatte ihn wieder funktionstüchtig gemacht, doch jetzt hatte er ein chinesisches Gesicht und war wie ein Poet von Yangchou gekleidet. Er schrieb auf einer Schriftrolle zum Lobpreis des Kaisers – doch die Rolle war schon vorgeschrieben, was mir keine Ruhe ließ. Eines Tages wollte ich eine Figur machen, die wirklich etwas auf ein blankes Blatt Papier schreiben würde.

Ich erinnerte mich der schmiedeeisernen Mandarine inmitten üppiger Blütenverzierungen an den geschlossenen Torflügeln des Hauses der Duriez in Neuchâtel. Jetzt hatte sich das Tor geöffnet; ich war in der Welt der Mandarine, die auf Spielzeug, auf Uhren und Automaten genauso erpicht waren wie die Europäer.

«Wir hatten einen Uhrmacher aus Zug in unserem Orden, François-Louis Stadler», erzählte mir der Meister der Uhren. «Er ist vor ein paar Jahren in Peking gestorben, aber er richtete unter der Herrschaft des Großvaters des jetzigen Kaisers eine Uhrmacherwerkstatt ein. Er versuchte den Chinesen das Uhrenmachen beizubringen. Aber die Werkstatt bestand nur bis zum Tod von Kaiser Kanghsi im Jahre 1722. Der nächste Kaiser, Yungcheng, der die Christen der Konspiration verdächtigte, schloß die Werkstätten. Yungcheng verfolgte die Christen, und viele wurden getötet. Er behielt uns Jesuiten zwar am Hof – um die Uhren und Automaten aufzuziehen, den Kalender aufzustellen und Sonnenfinsternisse vorherzusagen –, aber es wurde uns verboten, unseren Glauben zu verkünden. Wir lehrten weiter Astronomie, aber es war die alte Astronomie, aus der Zeit, *bevor* Galileo unser Weltbild veränderte.»

Und doch hatten die Jesuiten sich alle neuen wissenschaftlichen Bücher beschaffen können, auch solche, die wie Galileos Abhandlungen auf den Index gesetzt worden waren. Ich verbrachte viele Stunden bei Johann Werner und las Abhandlungen über Physik, Mathematik und Mechanik.

Werner besaß Bücher über die Geschichte der Uhren im Verlauf der Jahrhunderte und Zeichnungen von einer Wasseruhr mit zwölf Figuren, die im zehnten Jahrhundert in China angefertigt worden war, von denen jeweils eine die neue Stunde schlug. «Jeder Gedanke hat seinen Vorgänger, so wie jedes Wesen seine Eltern hat. Geh zurück zu den Quellen, den Ursprüngen, wo immer sie sein mögen, in welcher Sprache auch immer», sagte Werner. «Und geh dann von ihnen aus.»

Fast täglich suchte Castiglione ihn auf, der sich den Beamten seiner Umgebung entzog, indem er vorgab, in seinem Alter eine Ruhepause nötig zu haben. Er schlüpfte dann verstohlen zu uns in die Werkstatt, setzte sich hin und zeichnete Bea und den Meister der Uhren und mich und Ah Ming bei der Arbeit. Er unterhielt sich mit uns in seinem angenehmen, mit italienischen Worten durchsetzten Französisch. Castiglione war 1715 nach China gekommen und diente jetzt schon dem dritten Kaiser. «Und obwohl ich mit so vielen Mandarinen gesprochen habe und obwohl ich Seine Majestät an so vielen Orten malen durfte und er mir oft beim Malen zusah, habe ich doch, fürchte ich, keinen einzigen Chinesen zum Christentum bekehrt», sagte er und brach in ein fröhliches Lachen voller Selbstironie aus.

Der Maler hatte ein höchst wertvolles Buch bei sich, nämlich die Skizzen, die Leonardo da Vinci von seinen mechanischen Erfindungen angefertigt hatte. «Er hat sich so viele Verwendungsmöglichkeiten einer Maschine vorgestellt – er dachte sogar an eine Maschine, mit der die Menschen fliegen könnten, an bewegliche Straßen, an Straßen übereinander, so daß die Menschen sich schneller fortbewegen könnten.» Er überreichte mir das Buch. «Für Sie, Colin. Ein Menschenverstand, der die Mechanik begreift, ist wertvoll.»

Diderot hatte geschrieben: *Le travail des mains oblige l'esprit à la tranquillité et laisse le champ libre aux mouvements de l'âme* – die Arbeit der Hände erlegt dem Denken Ruhe auf und befreit dadurch das Gemüt. Und so war es. Nachdem ich mich bei Tageslicht über die vielen und winzigen Teile eines Automaten gebeugt hatte zusammen mit Ah Ming, dessen Finger so geschickt waren wie die meinen und der mir im Denken sogar noch voraus war, kehrte ich abends zurück, um im Schein einer Öllampe zu lesen. Mein Sinn und meine Seele erweiterten sich, mein Geist schwang sich empor, indes in mir ein neues Bewußtsein heranwuchs. Ich las und erfuhr dabei von so vielen Denkern, die mit der bloßen Erklärung des Gewesenen nicht zufrieden waren. Ich lernte das Streben, lernte, mich nie mit etwas Geschriebenem zu begnügen – selbst wenn es sich um die Heilige Schrift handelte.

Jacob hatte recht gehabt. «Gott wollte, daß der Mensch neugierig sei, daß er experimentiere, die Geheimnisse des Universums erforsche», hatte er gesagt.

Wenn man dies tat, beging man kein Verbrechen; es bedeutete nur, daß man Gott selbst und der letztlichen Offenbarung des Menschen, der Gottes Kind war, näher kam.

Ich las jetzt laut aus den Büchern und versuchte dann, das, worum es ging, ins Chinesische zu übersetzen, während der geschäftige Pinsel von Zweitem Sohn über das Seidenpapier flog und meine Worte niederschrieb. Wir hatten vor, zunächst die Geschichte der Zeitmesser zu lehren – die Geschichte der Gnomonen und Sonnenuhren, der Wachsuhren, Wasseruhren und Sanduhren, der Klepsydren und der hydraulischen Uhren. Harun-al-Raschid hatte Karl dem Großen eine Klepsydra geschickt, mit zwölf Türen für die zwölf Stunden – jede Stunde ging eine Tür auf und ließ eine winzige Goldkugel in eine Schale fallen, die davon widerhallte. Im vierten Jahrhundert vor Christi Geburt hatte Plato eine Klepsydra besessen, die eine Glocke in Bewegung setzte, welche ihn aufweckte.

Mechanische Uhren; die Erfindung der Feder; das regulierende Pendel, abgeleitet von Galileos Beobachtung der Schwingungen eines hängenden Gewichtes; Huyghens mit seinem Zykloidalpendel; die Spiralfeder, deren Impulse isochron waren, kurz genug, damit die Uhr . . .

«Wenn erst jeder Mensch eine Uhr bei sich trägt, erweckt dies in allen die Vorstellung von einer Maschine», sagte Werner. «Dazu müssen wir es bringen.»

Ich hatte eine Anpassung des ruhenden Ankergangs vorgenommen, den der Engländer Graham 1715 erfunden hatte. Ich gebrauchte sie bei der Drehwalze, die Vater und ich in unsere Automaten eingebaut hatten, um ihnen dann und wann gewisse Bewegungen und dazwischen Pausen zu ermöglichen. Johann Werner ließ sich meine Erfindung erklären, und sie wurde von Zweitem Sohn mit dem Pinsel zu Buch genommen.

Inzwischen bereiteten sich in Yangchou viele Schüler auf den Erwerb des ersten Grades der Provinzexamina vor, ehe sie an den öffentlich abgehaltenen Prüfungen teilnahmen, die alle drei Jahre stattfanden. Die Hälfte der Stellen für Staatsbedienstete war den Mandschu vorbehalten (das hieß, daß nicht einmal vier Millionen Mandschu über 180 Millionen Han herrschten).

Dem Süden traute man nicht. Er hatte sich der Mandschu-Herrschaft fast fünfzig Jahre lang erbittert widersetzt. Doch der Süden erbrachte den größten Teil der Steuern für den kaiserlichen Haushalt. Alle Mandschu-Soldaten, die in den großen Städten des Landes in Garnison lagen, wurden von ihrer Geburt bis zu ihrem Tode von «Tributreis» aus dem Süden ernährt.

«Der Prüfungs*stoff* ist es, der die Sinne, das Denken der Prüflinge beeinträchtigt», knurrte Werner. «Klassiker, Poesie, aber kein bißchen Naturwissenschaft oder irgend etwas Praktisches oder Mechanisches. Eine ungeheure Verschwendung von Talenten.»

Marquis Fangs Erster Sohn hatte die provinziellen und die nationalen Examina mit ausgezeichneten Noten bestanden. Er strebte jetzt den dritten und höchsten Grad an, bei einer Prüfung in Peking, die in Gegenwart des Kaisers stattfinden würde. «Sollte er die Prüfung bestehen und einer der drei ersten sein, kann er Minister des Reiches werden, vielleicht sogar Mitglied der berühmten Hanlin-Akademie», sagte Werner. «Aber seine jüngeren Brüder können diesem Schicksal entrinnen und chinesische Newtons oder Galileos werden.» Er grinste. Mir fiel auf, daß er im Gesicht immer hagerer wurde.

Castiglione, der Bea zeichnete, während sie gerade an zwei juwelenbesetzten Pistolen arbeitete (aus ihrer Mündung trat ein Singvogel heraus, wenn man sie abfeuerte, und in ihren Knauf war eine Uhr eingelassen), sagte: «Hier in Yangchou finden Sie doch gutes Material, Bruder Johann. Unzufriedene, arbeitslose Studenten . . . unruhige junge Leute . . .»

Werner unterbrach ihn. «Zu viele von ihnen sind auf die konfuzianische Art eingestimmt. Sie verstehen nichts von Forschung und Erfindung.»

Werners Krankheit schritt unerbittlich fort; jetzt konnte er schon kaum mehr den Löffel zum Munde führen, große Schweißtropfen bildeten sich auf seiner Stirn, wenn er es versuchte. Vielleicht dachte er bisweilen, es sei die Strafe

Gottes, doch Castigliones Gegenwart, seine unerschütterliche Fröhlichkeit, seine Liebe und seine Fürsorge erleichterten ihm das Leiden. Bea beobachtete alles, was Castiglione tat. Er sprach mit ihr und ermutigte sie. «Sie sind nicht nur schön, Demoiselle, Sie sind auch begabt.»

Es gab noch immer zweiundzwanzig Jesuiten am Hof von Peking, doch keiner stand in Kaiser Tsienlungs Wertschätzung so hoch wie Castiglione. Er war Mandarin dritten Grades, mit einem Saphir am Hut und einem Pfau in der Stickerei auf der Brust seines blauen Gewandes. «Ein echter Italiener, ein Mann, der sich anzupassen vermag, sich aber niemals erniedrigt», sagte Werner. «Er ist der einzige, der mir nach meiner Exkommunikation seine Freundschaft nicht entzogen hat.»

Ich übersetzte die Bücher. Johann Werner hörte zu und verbesserte mich, wenn es nötig war. Zweiter Sohn schrieb, unermüdlich. Wir beeilten uns, denn der Meister der Uhren starb langsam dahin, das Leben zog sich Tag für Tag, Stunde für Stunde fast unmerklich aus seinem Körper zurück. Marquis Fang schickte zwei Masseure, die ihn behandelten, und ständig waren Diener um ihn. Und ich, der ich seine bedingungslose Zielstrebigkeit kannte, bemühte mich, seines Vertrauens und seiner Hoffnung würdig zu sein. Denn ich wußte jetzt, daß ich ein kleines Rädchen im Großen Plan war, und dies beflügelte meine Phantasie. Ich träumte von Maschinen, träumte davon, zahllosen jungen Menschen in China meine Leidenschaft weiterzugeben.

Yangchou fieberte Tsienlungs Besuch entgegen; die Salzhändler mit ihren großen Häusern wetteiferten miteinander, um ihm den Aufenthalt angenehm zu machen und seine Eunuchen mit Geschenken zu überhäufen.

In Yangchou lag wie in jeder größeren Stadt des Reiches eine Garnison von Mandschu-Truppen. Die Soldaten exerzierten auf der Ebene jenseits der Stadtmauern. Wir sahen sie hin und her galoppieren, Köcher mit Pfeilen auf dem Rücken über den in der Sonne leuchtenden karminroten und blauen Gewändern. Und wenn die berittene Horde die Landstraße entlanggaloppierte, die Federn im Wind flatternd, die hohen Sättel aufblitzend, konnte man sich vorstellen, was geschehen war, als solche Soldaten Yangchou genommen hatten. Zehn Tage Belagerung, dann gehörte die Stadt ihnen; bei dem anschließenden Gemetzel hatte es achtzigtausend Tote gegeben. Das alles war noch keine hundert Jahre her.

Die Salzhändler von Yangchou schlossen sich der neuen Dynastie an. Yangchou hatte sich wieder erholt, war wieder zu einem Mittelpunkt der Kunst und des verfeinerten Lebens geworden. Gärten, Pavillons und Brücken wetteiferten miteinander in Eleganz. Es gab viele Vergnügungsboote auf dem See und auf den Flüssen. Manche Kurtisanen von Yangchou standen im Ruf, große Dichterinnen und Musikantinnen zu sein.

Es war das zweite Mal, daß der Kaiser Yangchou besuchte. Wir hörten unsere Dienstboten darüber reden, die vor dem Drachenthron viel weniger Ehrfurcht hatten als die ihn umgebenden Beamten. Klatsch war das Lebenselixier dieser Welt der umschlossenen Gärten, Klatsch, so leicht schwebend wie Altweibersommerfäden, doch eigenartig hartnäckig. Unsere Dienerinnen, die uns massierten, wenn wir ermüdet aus der Werkstatt zurückkehrten, nahmen kein Blatt vor den Mund.

«Ja, der alte Zehntausend-Jahre ist kein Mandschu. Sein Vater war einer von uns, aus dem Süden. Daß Mandschu-Frauen eine Schwäche für Han-Männer haben, weiß jeder. Sie lieben das Vergnügen von Wolke und Wasser, sie trinken, sie reiten zu Pferde, und sie haben Liebhaber. Wenn er hierherkommt, so eigentlich nur, um seinen wirklichen Vater zu suchen –»

«Der Mönch im Kloster des Goldenen Berges wurde. Sein Name ist Lin –»

Der Kaiser kam. Die kaiserlichen Boote, ihrer vierundzwanzighundert, fuhren den Großen Kanal herab. Sie waren nur mehr drei Tagereisen entfernt. Zehn Meilen voraus und zehn Meilen hinterdrein ritten Soldaten beiderseits des Kanals, und keine anderen Boote durften den Kanal benutzen, niemand durfte an seinen Ufern stehen.

Gerücht, Klatsch, unglaubliche Geschichten. Unsere Dienerinnen sagten, bei seinem früheren Besuch habe Zehntausend-Jahre beiläufig bemerkt, die Landschaft bedürfe einer *Dagoba*, eines jener weißen vasenförmigen Bauwerke auf achteckiger Basis, errichtet, um die kostbaren Reliquien des Buddhismus in Tibet, in der Mongolei zu bewahren. Die Salzhändler waren ebenso außer sich wie einfallsreich. Innerhalb einer Nacht hatten sie eine solche *Dagoba* errichtet – aus Salz. Salz in großen Säcken wurde von siebzigtausend Menschen herbeigeschafft – so wollte es die von unseren Dienerinnen erzählte Legende –, die fieberhaft die ganze Nacht arbeiteten, und als Tsienlung auf seinem Drachenboot am nächsten Tag über den Schlanken See fuhr, erblickten seine Augen die *Dagoba*, die er am Tag zuvor erwähnt hatte, und er war erfreut.

Ständig beschäftigte die Salzherren die Frage, ob sich Tsienlung bei diesem zweiten Besuch eine weitere Konkubine erwählen würde. Oder ob seine für das Leben im inneren Palast zuständigen Großeunuchen aus einer Liste genehmer Kandidatinnen einige neue Konkubinen aussuchen würden.

Und nun war Kaiser Tsienlung eingetroffen. Man hatte die Drachenboote gesichtet, und buddhistische und taoistische Mönche bestimmten die für die Landung glückliche Stunde. Der konfuzianische Tempel war renoviert worden – man hatte das Dach mit neuen Ziegeln versehen, die Backsteinskulpturen an den Wänden und über den Türen aufgefrischt. Der Vizekönig und die Mandarine, alle in festlicher Robe und mit Hut, knieten auf der Landebrücke.

Längs des Großen Kanals waren alle Häuser, alle Fenster fest verschlossen, damit kein Auge hinausspähen konnte.

Die Salzhändler knieten in ihren besten Gewändern hinter den Beamten in einem schwimmenden Pavillon am Ufer des Schlanken Sees. Berittene und bewaffnete Soldaten umgaben den gesamten Bezirk. Die Äbte der Zen-Buddhistischen Klöster erwarteten, bäuchlings ausgestreckt, den Herrn-von-Allem-unter-dem-Himmel.

In den Sälen des Residenzpalastes – alles war in Rot und Gold, die Fußböden hatten Parkett aus Sandelholz, und die Decken waren kunstvoll geschnitzt und bemalt – erwarteten den Kaiser Yangchous erlesenstes Porzellan, Lackarbeiten, Seide, Gemälde und Schnitzereien aus Elfenbein. Die ausgewählten Automaten und Uhren hatte man in einem dieser Säle aufgestellt. Wir hofften, es werde nicht bekannt werden, daß viele von ihnen repariert worden waren. Was würde geschehen, wenn ein boshafter Eunuch, ein neidischer Höfling etwas von «schon gebraucht» wisperte? Das wäre eine Beleidigung des Herrn-von-Allem-unter-dem-Himmel gewesen, und alle, die niederknieten, um an diesem Tag den Kaiser zu empfangen, würden sterben oder ins Exil geschickt werden.

Nachdem der Kaiser seinen Palast bezogen hatte, ehrte er seinen verstorbenen Großvater, den Kaiser Kanghsi, der zu seinen Lebzeiten mehrmals nach Yangchou gekommen war. Goldene und silberne Reliquienschreine aus Sri Lanka und Thailand, aus Bonin und Ava, mit buddhistischen Schriften bedeckt, wurden in der weißen *Dagoba* aufgestellt. Buddhistische Mönche – sie trugen Purpur, wenn sie dem Lama-Kult angehörten, Gelb, wenn sie aus Sri Lanka und Thailand kamen, und Schwarz und Scharlachrot, wenn Tempel des Zen-Buddhismus in Südchina sie geschickt hatten – musizierten und sangen die Sutren, und drei Tage lang gab es Prozessionen, angeführt von den Äbten. Der Weihrauchgeruch lag schwer in der Luft, und auf allen Altären brannten dicke rote Wachskerzen.

Elefanten, die der König von Burma geschickt hatte, tanzten zu Weisen ihres Landes, knieten vor dem Kaiser nieder und umschlangen dann in Paaren ihre Rüssel. Affen aus Afrika und bunte Papageien aus Peru, weiße Affen aus den Wäldern Zentralchinas und ein Buddha aus weißer Jade, den der König von Ayuthia für die Mutter des Kaisers hatte schnitzen lassen, wurden unter großem Zeremoniell präsentiert.

«Was ist Ayuthia?» fragte Bea.

«Ayuthia ist das Venedig des Südmeeres», sagte Werner. «Es ist die Hauptstadt des Königreichs der Thai. Thailand schickt Reis und Teakholz und Elefanten nach China und erhält dafür Seide und Porzellan und den Schutz des Kaisers.»

Auf dem Schlanken See wurde ein großes Fest mit Laternen

in Form von Lotusblüten abgehalten. Lotusblüten aus Seide zu einer Jahreszeit, da der Lotus nicht blühte, und jede einzelne Blüte öffnete sich, wenn das Drachenboot mit seinen hundert Musikanten vorüberfuhr. In jeder Lotusblüte war ein Knabe, in Seide gekleidet, der ein Loblied auf den Kaiser sang. Es gab auch eine schwimmende Blumeninsel, und von ihr streute die Mondfee, Chang Wo, Mondblumen aus, die berühmten Qiong oder Hydrangeen von Yangchou, und vollführte tiefe Knickse, während zwölf Zofen eine Hymne sangen. Und dann, in einer Wolke aus duftiger weißer Gaze, betrat die Mondfee einen Mondkahn und verschmolz mit der Nacht.

Tsienlung hatte Helle Konkubine mitgebracht, die er sich gelegentlich seines ersten Besuchs in Yangchou vor sechs Jahren erwählt hatte. Herr Hsu war Salzkommissar gewesen, bis Marquis Fang seinen Platz einnahm, und die Mutter von Helle Konkubine war eine Fang, ihr Vater ein Hsu. Als Zeichen hoher Gunst begleitete sie nun Tsienlung beim Besuch ihres Geburtsortes. Sie hatte nur eine Tochter geboren, was Tsienlungs Mutter gefiel. Die Kaiserinmutter war mongolischer Abstammung. Ließ sie es auch zu, daß ihr Sohn Han-Frauen hatte, so herrschte sie über den Harem doch mit starker Hand. Helle Konkubine wurde geduldet, weil sie keinen Sohn hatte.

«Die Mandschu sorgen dafür, daß ihre Erben Mandschu sind, und die Söhne der Han-Konkubinen sterben im Palast recht schnell», flüsterte Castiglione, als er kam, um uns mitzuteilen, daß Helle Konkubine an einem günstigen Tag ihre Mutter und ihre Verwandten in den großen Häusern der Hsu und Fang besuchen würde.

9

ANNO DOMINI 1760

Frühjahr bis Herbst

Am Tag des Besuchs der Konkubine dämmerte hell der Morgen herauf. Aber die Stunde war noch unbekannt. Schon vor Tagesanbruch, noch ehe der umherwandernde Zeitausrufer an seinem hohlen Bambusrohr die Stunde geschlagen hatte, warteten die Familien Hsu und Fang inmitten einer Schar von Dienern und Dienerinnen. Marquis Fang und die männlichen Angehörigen seines Hauses hatten zeremonielle Kleidung angelegt. Die Frisuren der Frauen, hergerichtet von Zofen, die sich auf diese Kunst verstanden, waren mit juwelenbesetzten Nadeln und Blumen geschmückt.

Die Erste Gattin von Marquis Fang, eine blasse, farblose Frau mit vornehmen Manieren, kniete vor dem Altar der Kwan Yin nieder, der Göttin der Barmherzigkeit und des Mitleids. Pyramiden von Granatäpfeln zierten den Altar, zwischen brennenden Bündeln von Sandelholz und armdicken roten Wachskerzen in zinnernen Haltern.

Zweite Ehefrau übte noch einmal mit den weiblichen Angehörigen der Familie den angemessenen Kniefall und die korrekte Distanz bei der zeremoniellen Begegnung. Die Küche hatte gekochten Reis, sauer eingelegtes Gemüse, Süßigkeiten und Kuchenbrötchen vorbereitet, denn an diesem Tag würde im Haus kein Feuer angezündet werden. Wasser wurde in einiger Entfernung vom Haus in Messingkesseln am Kochen gehalten, und es wurde von jungen Pagen, die sich ablösten, herbeigebracht. Die Kinder, auch sie in Festtagskleidung, rannten umher und trugen zu dem allgemeinen Durcheinander bei.

Mehrere Meilen lang, vom Residenzpalast des Kaisers bis zu den Anwesen der Hsu und der Fang, die einander gegenüberlagen, war die Straße gesäumt von großen Porzellantöpfen, in denen *Qiongs* blühten. Diese Pflanzen, eine seltene Hydrangeenart, erstmals vor zehn Jahrhunderten in einem taoistischen Tempel in den fernen Bergen gezüchtet, hatten kugelförmige Traubenblüten von der Farbe weißer Jade. Es hieß, ihre Blütenblätter würden Unsterblichkeit verleihen, denn sie fielen nie zu Boden, sondern schwangen sich in die Lüfte wie Schmetterlinge.

Blüten von Pfirsich, Kirsche und weißer Magnolie wechselten sich in dichten Reihen hinter den *Qiongs* ab. Pirole in vergoldeten Käfigen sorgten für süßes Gezwitscher; Kinder, in scharlachroten und blauen Atlasstoff gekleidet, hielten die Käfige in die Höhe. Helle Konkubine würde die Vögel bei einer buddhistischen Zeremonie freilassen und damit Verdienst erringen. Andere Kinder, mit Seidenlaternen, jede in einer anderen Form, warteten ebenfalls, sollte die astrologisch günstige Stunde auf den Abend fallen. Dann würde sich die Konkubine auf dem Weg zu ihrer Familie eine Sternenstraße entlangtragen lassen.

An jenem Morgen kamen drei Töchter der Familie Fang zu unserem Pavillon, gefolgt von ihren Zofen, die mit Seidengewändern beladen waren.

«Cousine Weiße Orchidee [das war Beas chinesischer Name], unserer Hohen Verwandten wurde von dir und deinem Bruder berichtet. Sie war erfreut über die mechanischen Vögel, die ihr aus dem Westen mitgebracht habt.» Die kaiserliche Konkubine wollte Bea sehen. Ich konnte an der Begegnung nicht teilnehmen, da ich ein Mann war; kein Mann darf die Frauen des Kaisers anblicken.

Bea mußte diesen und jenen Umhang, dieses und jenes Kleid anprobieren, man frisierte ihr das Haar und drängte sie, Puder und Rouge für das Gesicht zu benutzen. Da sie die kleinen, für die eingebundenen Füße der Han-Frauen gedachten Schuhe nicht tragen konnte, hatte man ihr große Schuhe aus Atlas mit besticktem Oberteil gebracht.

Beas Gesicht war unerschütterlich, als ob sie gewußt hätte, daß dies geschehen würde.

«Bea –»

«Alles wird gut werden, Colin.»

Mehr wollte ich nicht wissen. Ich war es gewohnt, ihr in allem zu folgen.

Zweite Erhabene Dame rauschte herein, um Bea in ihrer energischen, zielstrebigen Art zu inspizieren – und alles für perfekt zu erklären. Sie war besonders freundlich zu uns gewesen und hatte uns das angemessene Zeremoniell gelehrt. Jetzt übte sie mit Bea noch die Kniebeugen, die Art, wie sie Hände, Füße, Hals und Kopf halten mußte. In ihrer etwas atemlosen Art plapperte sie von den wirren Beziehungen der Familien Hsu und Fang, die seit fünf Generationen untereinander geheiratet hatten.

Bea wurde, wie auch die anderen weiblichen Angehörigen, von Hofeunuchen zu dem Saal geleitet, der eigens dem Ereignis der Gnade und Gunst vorbehalten war, und dort warteten alle stundenlang auf das Eintreffen von Heller Konkubine.

Ich blieb in unserem Pavillon. Zur Werkstatt zu gehen kam heute nicht in Frage, denn in den Anwesen der beiden Familien und auf den Straßen und Wegen dazwischen wimmelte es von Hofeunuchen.

Aprikose, meine erste Dienerin, kam zu mir, nachdem Bea gegangen war. «Wir zünden heute kein Feuer an, Meister, wir dürfen nicht kochen.» Damit sollte verhindert werden, daß ein Gebäude oder ein Zimmer in Brand geriet, da alle Pavillons aus Holz waren.

Ich konnte unseren Hofbezirk nicht verlassen. Ich las, holte meine Werkzeuge hervor, betrachtete sie wohlgefällig und dachte daran, einen ganz großartigen Androiden zu konstruieren, einen, der wirklich wie ein Mensch sein würde. Die Nacht kam, und ich schlief ein. Und im Schlaf sah ich große Mistelzweige, mit Früchten von der Farbe bleichen Mondlichts, und Bea wandelte in ihre Herrlichkeit hinein. Die Zweige umschlugen sie, umschlangen sie. Ich sah sie, noch immer lächelnd, in ihren gierigen Ranken verschwinden und wachte dann auf und rief laut ihren Namen.

Man führte mich zum Saal der Gnade und Gunst, der eigens für diesen Anlaß errichtet worden war. Dort waren schon viele Frauen, in Seide und Juwelen, in aller Farbenpracht. Die Säulen waren umhüllt von Seidenstoffen, die mit Vogel- und Blumenmustern bestickt waren. Die Decke war mit Laternen aus perlmuttfarbenen Muscheln und mit Elfenbein geschmückt, so fein geschnitzt, daß sie wie Spitze wirkte.

Um Mittag kamen zwei Eunuchen vierten Ranges, kenntlich durch einen Kristallknopf mit einer Feder an der Mütze. Dann kam ein Eunuch dritten Ranges herein – Knopf aus Saphir – und verkündete, Helle Konkubine werde nach Sonnenuntergang eintreffen. Wir nahmen gekochten Reis und Süßigkeiten zu uns, und die Zofen kümmerten sich um die Frisuren ihrer Herrinnen; die älteren Damen legten sich auf ihre Betten, die bestickten Decken wurden dabei ausgewechselt, und von den Baldachinen hingen die Quasten aus Perlen und Türkisen herunter.

Es war Nacht, als Helle Konkubines Prunktragsessel, geschmückt mit Perlen und Jade, zusammen mit sechs Trägern und zwölf Hofdamen davor und dahinter, vor dem Tor anhielt, begleitet von zwei Großeunuchen zweiten Ranges und vierundzwanzig Untereunuchen. Die Sänftenträger zogen sich zurück – da sie Voll-Männer waren, durften sie die Dame nicht ansehen, die aus dem Tragsessel stieg.

Die Gattin des Marquis Hsu, des Bruders von Helle Konkubine, hob den Türvorhang der Sänfte hoch. Ihre Mutter, Frau Fang, von zwei Dienerinnen gestützt, tat einen Kniefall vor ihr, aber Helle Konkubine hob sie sogleich hoch und sagte schluchzend «Mutter», und dieser Laut wurde durch Musik und den frohen Lärm von Feuerwerkskörpern überdeckt.

Nachdem Helle Konkubine den Ahnen die Ehre erwiesen und vor der Seelentafel ihres Vaters geweint hatte, zog sie sich in einen eigens zu diesem Zweck errichteten Pavillon zum Kleiderwechsel zurück und begann anschließend die Zeremonie der Verehrung für ihre vierundachtzigjährige Großmutter. Die alte Dame hatte sich von ihrem Bett erhoben und in Gewänder gekleidet, die mit den Kranichen der Langlebigkeit bestickt waren. Man hatte einen Thronsitz vorbereitet, damit Helle Konkubine darauf sitzend die Ehrungen entgegennehmen konnte, aber sie mochte ihn nicht benutzen. Sie kniete vor der alten Frau nieder und weinte voller Anmut. Da kehrte die alte Frau zurück zu ihrem Bett, und ihre Enkelin ließ es sich nicht nehmen, auf dem Rand ihres Bettes zu sitzen und ihre Hand zu halten.

Ich kniete zusammen mit den jüngeren Frauen der Familie Fang und Hsu neben den älteren Frauen des Clans, und hinter uns knieten die niederen Konkubinen und hinter diesen wiederum die Ammen und die Zofen.

Helle Konkubine war nun bereit, ihren Vater, Marquis Fang, zu empfangen. Sie wechselte abermals die Kleidung, begab sich in noch einen anderen Pavillon, und er stand draußen vor der Vorhangtür, so daß er sie nicht sehen konnte. Sie sprachen miteinander durch die dicht bestickten Vorhänge hindurch, und wieder weinte Helle Konkubine, von Freude und Kummer überwältigt.

Dann kamen, nach Alter und Hierarchie geordnet, reihenweise die Frauen der Familien Hsu und Fang und knieten und verneigten sich vor der kaiserlichen Konkubine, ließen die Augen auf ihr ruhen in der Hoffnung, auch eine Frau zu werden wie sie. Schließlich flüsterte Zweite Erhabene Dame der Mutter von Kaiserlicher Konkubine etwas ins Ohr, und diese flüsterte wiederum ihrer Tochter etwas zu, und mir wurde bedeutet, vorzutreten.

«Treten Sie näher», sagte ein Eunuch.

Helle Konkubine ergriff meine Hand. Ihre Hände waren klein und warm, ihr Gesicht zauberhaft in seiner Vollkommenheit, die Haut makellos, die Wangen rosig, die Augen sehr dunkel und leuchtend, von der Form der Aprikosenkerne. Ich bemerkte, daß sie ein wenig hustete und dabei ein seidenes Taschentuch zum Munde führte.

«Sie sind von weither gekommen, Sie und Ihr Bruder, um dem Herrn-von-Allem zu dienen. Der Herr-von-Allem ist erfreut, besonders entzückt haben ihn die singenden Nachtigallen in ihren Käfigen.»

Ich verneigte mich. «Mein Bruder und ich haben keine Eltern mehr. Die Freundlichkeit der Verwandten Ihrer Hoheit hat uns gerettet. Und dies, weil der Herr-von-Allem den Segen des Himmels auf alle seine Untertanen herabwirkt.» Ich hatte diese Rede auswendig gelernt und brachte sie fehlerlos heraus.

Ich beobachtete den Mund von Heller Konkubine – ihre Lippen folgten den meinen, sie wiederholte gleichsam meine Worte. Das war eine Angewohnheit von ihr, eine liebenswürdige, so als ob sie jedes Wort in sich eintränke, das zu ihr gesagt wurde.

«Ihr Geschick und Ihre Klugheit», erwiderte sie, «müssen jedem zum Nutzen gereichen, der das Glück hat, Ihr Freund zu sein. Möge es Ihnen und Ihrem Bruder immer wohl ergehen.»

Es war vorüber. Ihre Hofdamen überreichten mir sodann ein Geschenk, eine Schatulle, in der ein Anhänger aus Jade lag, mit eingeritzten Zeichen – auf der einen Seite ein Gedicht, auf der anderen Figuren.

«Welch große Ehre ist dir erwiesen worden», rief die Gattin eines der Neffen von Marquis Fang aus, während sie das Juwel befühlte. «Sie hat dir eines ihrer eigenen Familienerbstücke geschenkt!»

Ich hielt den Jadeanhänger in der Hand. Er rührte sich vor Leben und Macht. In ihm war die taoistische Legende von den Acht Unsterblichen eingraviert, die das Meer überqueren, eine schöne Geste dafür, daß ich von weither gekommen war. Ich sandte mein Denken zu Heller Konkubine aus, und sie nahm es eifrig auf.

Sie ging dann in die Festhalle, wo einhundertfünfzig verschiedene Speisen angerichtet waren in neuem Porzellan aus den berühmten Brennöfen des Südens. Ihr Gedeck war aus rein weißer Jade mit silbernen Deckeln. Ihr Blick schweifte über die Menge hin. Ich wußte, daß er mich suchte.

Der Herr-von-Allem war nicht zu seinem Vergnügen gekommen. Er war auch gekommen, um Geld für die Kriege in den Steppen des Nordens aufzutreiben, die vor vier Jahren begonnen hatten.

Die nördlichen und westlichen Regionen des Reiches waren stets die große Sorge der Herrscher Chinas gewesen. Von dort waren alle seine Eroberer und viele seiner kaiserlichen Dynastien gekommen. Auch die Mandschu gehörten zu dieser ewigen Woge berittener Nomaden, die in die Ebenen Chinas eingefallen waren.

Die Mandschu hatten China nach der Eroberung kaum ein halbes Jahrhundert in Besitz, da waren sie schon «Mehr Han denn die Han» geworden, zeichneten sich in Kalligraphie und Malerei aus, hielten die Lehre des Konfuzius hoch und waren sich sehr deutlich der Gefahren bewußt, die ihnen von ihren noch immer ruhelosen «Vettern» in der großen Steppenlandschaft Sibiriens drohen mochte. Eine neue Macht, das Reich der Moskowiter, schob sich über die Steppen hinweg vor, nachdem sie die Goldene Horde der Mongolen vertrieben hatte, und dies bereitete Kaiser Tsienlung Sorge.

Tsienlung wollte jetzt die unsicheren Regionen im Nordwesten fester an das Reich binden, und dazu brauchte er Geld – das Geld der Salzkaufherren von Yangchou.

Dritter Sohn, rebellischer als der gelehrte Zweite Sohn, der ganz in Mathematik und Naturwissenschaft aufging, sprach mit erbitterter Stimme.

«Sie sind hier eingefallen, diese Barbaren aus dem Norden, sind auf ihren zottigen Pferden hereingaloppiert und haben alles hingeschlachtet, was sich ihnen in den Weg stellte. Sie hatten große Fleischstücke an den Gürteln hängen oder unter ihren Sätteln liegen. Sie haben das stinkende Fleisch roh gegessen. Sie haben Millionen von Menschen unterworfen mit nur einer Handvoll von Reitern, und sie haben uns den Zopf aufgezwungen. Oh, diese Schande, diese Schande!»

Abdul Rezas Großvater, der im Muslimviertel von Yangchou ein Handelshaus besaß, hatte zwei Söhnen der Familie Fang das Leben gerettet, indem er sie versteckte und eine Schar von Mandschu-Soldaten abwehrte – bei dem Kampf hatte er zwei seiner eigenen Söhne verloren.

«Und deshalb werden wir nie Rezas Muslimsippe und das Opfer vergessen, das sie für uns gebracht haben», sagte Dritter Sohn. «Die Mandschu kennen nur die Steppen, kümmern sich nur um Grenzen auf dem Land. Sie kümmern sich nicht um die Meere. Sie fürchten sich vor unseren Seeleuten, die mit kleinen Schiffen davonfahren, um sich in anderen Ländern niederzulassen. Jetzt wird der Kaiser neue Steuern erheben, auf Salz, auf Eisen, auf Seide. Er braucht Silber, viel Silber, für seine Kriege im Norden. Mein Vater sagt, wir müssen von euch lernen, was wir können, von den Ozeanvölkern. Und dann werden wir eines Tages die Mandschu töten, alle auf einen Schlag.»

Unsere Werkstatt nahm die Arbeit wieder auf. Zweiter Sohn plante eine bessere Schmiede, eine, in der man stärkere, biegsamere Metallegierungen herstellen konnte, die unempfindlicher waren gegen Rost, Hitze und Kälte. Man hatte Werner gesagt, ein portugiesischer Mestize aus Macao, an dem dortigen Jesuitenkollegium erzogen, sei auf dem Weg nach Yangchou, mit Plänen für bessere Kanonen. «Unsere Forts, sowohl im Norden wie im Süden, haben schon vor einigen Jahren den englischen Kanonieren nicht mehr standhalten können», sagte Werner.

Ein gewisser Captain Anson war 1742 die Tigermündung von Kanton hinaufgefahren mit dem englischen Flaggschiff *Centurion*, das mit sechzig Kanonen bestückt war und vierhundert Mann an Bord hatte, begleitet von zwei weiteren Kriegsschiffen mit fünfzig Kanonen und einer Korvette mit acht Kanonen. In jenem Jahr war Chinas Reputation in Europa auf ihrem Höhepunkt, wozu nicht nur die lobenden Berichte der Jesuiten beigetragen hatten, sondern auch Voltaire, der so viel für China übrig hatte.

Anson bekam es mit der Arroganz der Behörde für die Seehäfen zu tun. Er erzwang sich den Weg die Tigermündung hinauf bis nach Kanton und stellte fest, daß die Forts und ihre

Geschütze (es waren ihrer nur zwölf) nicht besser waren als ein Jahrhundert zuvor und daß sie es mit seinen sechzig Kanonen nicht aufnehmen konnten.

«Die *Centurion* allein war der gesamten Seemacht dieses Reiches überlegen», schrieb Walter 1748 in einem Bericht über Ansons Unternehmen. Voltaire hatte ihm 1756 widersprochen, und der Mythos von der Stärke Chinas lebte fort.

«Voltaire hatte unrecht», sagte Johann Werner zu mir. «Es ist unbedingt erforderlich, daß dieses Reich sich seiner Schwäche bewußt wird. Es träumt einen Traum von der Vergangenheit, und Konfuzius hilft ihm dabei. Und die Jesuiten lieben Konfuzius, weil er so autoritär war, wie sie es sind.»

Eines Abends erzählte er von sich selbst. «Ich war Uhrmacher, und ich hatte damit zu tun, die neunzehnhundert Uhren im Garten der Höchsten Harmonie zu reparieren und aufzuziehen. Dann begann ich mich mit dem Taoismus zu beschäftigen. Ich fertigte eine Neuübersetzung der Lehren des Laotse, des Alten Unsterblichen, an. Ich beschäftigte mich mit Zen, der Synthese aus Buddhismus und Taoismus. Eines Tages wurde ich mir bewußt, daß ich nicht mehr an die Eine und Alleinige Wahrheit glaubte. Exkommunikation. Mein Name wurde aus dem Register des Ordens gestrichen. Auf Anweisung unseres Oberen sollte ich in einem hölzernen Käfig nach Macao geschickt und von dort in Ketten nach Europa zurückgebracht werden, um bis an mein Lebensende in den Verliesen des Ordens in Rom zu bleiben.»

Er lächelte und hielt kurz inne. «Aber ein Freund, ein Mönch aus dem Kloster des Zen, rettete mich. Brachte mich fort, brachte mich nach Yangchou, hier in dieses Haus. Seitdem hat unsere Gesellschaft Jesu mit viel größeren Problemen als der Exkommunikation eines kleinen Uhrmachers zu tun. Wie ich höre, soll das Jesuitenkolleg in Macao auf Anordnung des Papstes geschlossen werden. Wir hätten die Religion in Ruhe lassen und nur noch der Naturwissenschaft leben sollen. Nur sind wir Gefangene in der Kluft zwischen Religion und Naturwissenschaft, zwischen dem blinden Glauben und dem neuen Forschungsgeist.»

Am Tag nach der Abreise des Kaisers gaben wir in unserer «Schule des Neuen Wissens» die erste Unterrichtsstunde in Elektrizität und Magnetismus.

Der Meister der Uhren sprach. Zweiter Sohn schrieb alles, was er sagte, mit einem großen Pinsel auf ein großes Stück Papier, das an der Wand hing. Wir hatten dreizehn Han-Schüler, außer den sechsen, unter ihnen Ah Ming, von den Philippinen.

Anschließend umringten uns die Schüler und bestürmten uns mit Fragen. Wissensdurst weitete ihre Augen. Ich konnte nur sagen: «Der Meister ist müde, und ich weiß nicht genug.»

Der Meister lag erschöpft auf seinem Bett.

«Was meinen Sie, Colin Duriez? Geht es gut?»

«Es geht gut.»

«Wir haben ein Feuer in ihrem Denken angezündet.»

Er hielt inne, rieb kraftlos die Hände aneinander, eine Geste, die er jetzt ständig machte, als könne sie seinen Fingern die Kraft zurückgeben. «Die Engländer erobern Indien mit ihren besseren Geschützen. Die Franzosen verlieren ihre Handelsniederlassungen in Bengalen. Was soll die Engländer davor zurückhalten, China zu erobern, Colin Duriez?»

«Geschütze und Uhren.»

«Uhren und Geschütze. Elektrizität, die Dampfkraft, Schiffe ohne Segel, Wagen ohne Pferde. Und natürlich Androiden, die Automaten. Auch sie sind die Zukunft.»

Werner bewegte den Kopf, um seinen Hals zu entlasten, der von unzähligen Hautfalten umgeben war.

«Bald, wenn seine Herrscher sich dem Lernen verschließen, werden Respekt und Achtung vor China schwinden. Jeder wird sich ein Stück von der Beute, ein Stück dieses reichen Landes nehmen wollen. Und keine noch so eifrig bekundete Achtung gegenüber Konfuzius und chinesischer Weisheit wird sie zurückhalten.»

«Newton, Leibniz, Huyghens», betete ich, «laßt mich etwas Nützliches tun, auf daß Jacob stolz auf mich sein kann – auf daß es weniger Gemetzel und mehr Toleranz gibt!»

Wir hatten nun fünfzig Schüler und fünf Räume für unsere Experimente in Chemie, Physik, Mechanik und den Wundern des Lichts. Der Meister der Uhren erhielt einen Brief aus Macao, in dem stand, nicht nur einer, sondern zwei Geschützmacher würden kommen, um uns die Kunst des Geschützmachens zu lehren. «Daß ich bis dahin noch lebe», sagte er. Er war ein besessener Mensch; er konnte nicht mehr gerade sitzen, wurde mit Polstern gestützt. Seine Sprache war angegriffen, er sprach bisweilen undeutlich. Bis zum Ende notierte ich alles, was er sagte, hielt ich die verstümmelten Laute fest, die ihm die Krankheit aufzwang. Wenn er nur zu murmeln und brabbeln begann, wußte ich schon, was er sagen wollte.

Einige unserer neuen Schüler waren viel zu willfährig – sie glaubten, Wissen erlangt zu haben, wenn sie auswendig gelernt hatten, was wir sie lehrten. Sie *sagten her*, versuchten aber nicht zu verstehen, zu riechen, zu betasten, weiter zu forschen und neugierig zu sein. Jede physische Anstrengung, selbst das Aufheben eines Fächers, den sie hatten fallen lassen, war ihnen zuwider, so stark war die Grenzlinie zwischen Handarbeit und dem Intellekt in ihren Köpfen. Sie nahmen nicht wahr, daß Naturwissenschaft die Verbindung der beiden Bereiche war.

Zweiter Sohn sprach zu ihnen.

«Wie wollt ihr wissen, daß das, was ich sage, wahr ist? Hat nicht vor einiger Zeit der große Gelehrte Yen Jochu entdeckt, daß das Buch der Geschichte, dem alten Text nach, eine Fälschung war? Jede Aussage muß durch ihren Beweis bestätigt werden.»

Die Vorstellung, man müsse Phänomene klassifizieren und Tatsachen beobachten, ging den im starren konfuzianischen Denken aufgewachsenen jungen Leuten nicht leicht ein. Der alles erfassende Konformismus hielt ihr Denken in Fesseln.

Ah Ming war nicht wie die anderen Schüler. Vielleicht deshalb, weil er der Sohn eines gemeinen Seemanns war. Vielleicht deshalb, weil er in dem von den Spaniern beherrschten Manila gewesen war. Ich lehrte ihn jetzt Französisch, und er fragte mich immer wieder nach der Bildung der Worte und nach ihrem Ursprung. Oft mußte ich sagen: «Schau, Bruder Ming, ich weiß es nicht... Ich bin kein Gelehrter und kein Philosoph.»

«Ich muß die Naturwissenschaft lernen», erwiderte er dann. «Es ist eine Geisteshaltung, ein ständiges Forschen nach dem noch Unbekannten.» Er holte tief Atem. «Ich werde nicht ruhen und rasten, nachdem du mir die Augen meines Verstandes geöffnet hast.»

Ich schrieb an Jacob, erzählte ihm, daß Sicherheit, Zielstrebigkeit und Ruhe in unserem Leben eingekehrt seien. Marquis Fang gab mir immer wieder große Schnüre mit daran aufgereihten Geldmünzen und auch Silberbarren. Was Seidenstoffe, Porzellan und Juwelen betraf, so hatte Bea davon fünf Truhen voll, und auch ich hatte viele Geschenke und Gaben erhalten.

Als Bea sah, daß ich an Jacob schrieb, lächelte sie ein wenig. «Colin, der sein Haus der Naturwissenschaft baut – was wird am Ende dabei herauskommen?

«Am Ende, Bea, werde ich ein Gelehrter sein, der Werkzeuge und Bücher ins Land bringt und, wer weiß, vielleicht auch Lehrer aus vielen Ländern, die hier lehren werden.»

«Wenn der Kaiser gegen die Schule ist, wird sie geschlossen werden.»

«Marquis Fang besitzt viel Macht.»

«Wir sind alle Automaten in des Kaisers Kopf.»

«Wenn der Kaiser erst weiß, daß die Wissenschaft wichtig und nützlich ist, wird er auf uns hören.»

Bea zuckte die Achseln.

«Tu mir nicht weh, Bea. Dies ist ein vornehmes Bemühen.»

«Ich denke daran, wie ich dich schützen kann», erwiderte sie. Ihre Augen waren golden gesprenkelt. Sie war so schön, und ich fürchtete mich ein wenig vor ihr.

Bea tat mir tatsächlich weh. Um Aprikoses willen.

Ich war sechzehn Jahre alt, und seit über einem Jahr verspürte ich den Drang der Männlichkeit in mir. Umgeben von Mädchen, Frauen, Dienerinnen, einer ganzen Welt von Seide, sanften Stimmen und dem unausweichlichen Pfirsichparfüm weiblicher Haut, litt ich Qualen.

Aprikose war zweiundzwanzig Jahre alt. Ihr war aufgetragen, mir zu dienen, und obwohl es noch andere Dienerinnen gab, hübschere und jüngere, war es doch Aprikose, die mein Bein massierte, wenn es schmerzte, die mir das Bett richtete. Und eines Sommerabends, als ich aus der Werkstatt zurückkam, war sie da und hielt die Lampe, um mir zum Bett zu leuchten. Ich entkleidete mich. Die anderen Dienerinnen zogen sich zurück, und sie schloß die Türen.

«Aprikose!» rief ich. «Aprikose, ich –»

Sie kam auf mich zu. Ich sah sie an – das Verlangen muß mir im Gesicht gestanden haben. Ganz rasch war sie in meinem Bett, und ich wurde in die Gesten der Liebe und Liebkosung eingeführt.

Sie lag in meinen Armen, und meine Kraft verströmte sich in ihr, wieder und wieder. Meine Finger glitten unermüdlich über ihre Haut, ihre Schultern, die zarten Rundungen ihres Körpers; sie teilte mir Liebe aus, bis ich nicht mehr an Schuld und Sünde dachte.

Als ich am nächsten Tag aufstand, war sie gegangen. Ich dachte ganz ruhig an die Sünde des Fleisches. Die Erinnerung an einen zornigen Gott glitt vorüber, so sanft wie Herbstlaub und auch so wirkungslos. Sie kam herein, lieblich im frühen Morgenlicht, mit einer Schale Tee.

«Es ist Zeit, sich anzukleiden, Meister», sagte sie.

Ich roch den Duft des Tees; er hatte eine neue Würze. Die ganze Welt war neu gemacht. Sie lächelte kaum merklich, als sie die Steppdecke glattstrich. Auf ihrem Gesicht war kein Kummer, aber auch kein Falsch zu lesen. Vielleicht ... vielleicht war alles nur ein Traum gewesen ... aber nein, ihr Duft, ein Geruch von Jasmin, und noch ein anderer Geruch, der Geruch der warmen Sommergärten, der Kindheit, des Sees vor dem Hintergrund der schneegekrönten Berge in ihrer ganzen Pracht, der Geruch von warmem Schiefer in der Sonne – all dies kam zurück, regte sich in mir, während ich den Tee trank und Aprikose beobachtete, wie sie aufräumte, was schon aufgeräumt war, indes die zwei jüngeren Mädchen das Frühstück auftrugen und sich dann zurückzogen.

«Aprikose, o Aprikose!»

Sie verstand sogleich und kam zu mir, angekleidet wie sie war, mit purpurner Jacke und weiten grünen Hosen.

Ich wußte jetzt, daß diese Hosen, die eine zu überwindende Barriere zu sein schienen, in der Mitte einen Schlitz hatten, so daß es möglich war, ganz natürlich, leicht und ohne Scham zu ihrem Innersten zu gelangen.

Feuchter, siebenter Monat, die Luft erfüllt von Laub- und Blütenduft, plötzliche Wolken, die ihren Überfluß herabfallen lassen auf stille Gärten, die Spiegelungen der Pavillons brechend und der Weiden, Wacholderbüsche, Akazien und Bambussträucher rings um die Teiche.

Meine Glieder waren voller Eifer, meine Sinne mit neuem Elan begabt. Nie war der Himmel blauer, nie waren die Bäume so voll gewesen von gesammelter Kraft; ich konnte ihre Rinden knacken hören unter dem Druck des aufsteigenden Saftes. Die Magnolien warfen ihre Blätter ab, als der Sommer die Gärten mit jäher Hitze traf. Sommer – lange Nächte, da wir die Schwingen der Eule hörten, wenn sie das Dunkel durchfurchte auf dem Weg zu ihrem Nest in der alten Zeder – und die Entdeckung der Schätze ihres Körpers; ihre seidige Haut, die Hexerei ihres flachen Bauchs, bis hinunter zu ihrem feuchten und parfümierten Kelch. Mit herrlicher Kraft drang ich wieder in sie ein und spürte, wie das langsame, leise Beben in ihr begann. «Ah», sagte sie, «ah». Nie mehr. Doch wir hatten beide zusammen die tausend Sonnen der Wonne erfahren, und ich hielt sie noch lange danach in den Armen und flüsterte ihren Namen. «Ich liebe dich, Aprikose, ich liebe dich.» Und dann streichelte sie behutsam meine Schultern, nie meinen Kopf, mein Gesicht berührend. Ihre Hände waren schlicht und freundlich auf meiner Haut, und ich kann mich nicht erinnern, daß wir je viel gesprochen hätten. Bei Morgengrauen war sie stets schon vor mir auf und weckte mich.

«Der Meister muß aufstehen und unterrichten», sagte sie dann.

«Nenn mich nicht Meister, Aprikose.»

«Aber Sie sind mein Meister», sagte sie. «Ich bin froh, Ihnen dienen zu können; ich wünschte nur, ich könnte Ihnen mein Leben lang dienen.»

Eines heißen Nachmittags schlief ich über meinen Büchern ein und wurde aufgeweckt durch Dritten Sohn, der mich am Ärmel zupfte. «Colin, Bruder», sagte er lachend und sah mir ins Gesicht, «die Freuden von Wolke und Wasser sind großartig, aber genieße sie in Maßen ... sie laufen dir nicht davon, aber du könntest süchtig werden.» Also wußte er davon. Alle wußten es.

An jenem Abend fragte ich Aprikose: «Du kommst aus dem Haus der Fang. Weiß Marquis Fang von uns?»

«Marquis Fang hat mich bestimmt, Ihnen zu dienen», erwiderte sie. «Es ist nicht gut, wenn ein junger Mann allein ist und seine Kraft an die Leere verschwendet.» Aber sie bestand darauf, daß niemand uns sah, denn sie wäre zum Gespött der gesamten Dienerschaft geworden, hätte man uns beim Liebesakt ertappt.

Und nun schränkte Aprikose meine Lust ein, indem sie sagte: «Ich werde jeden dritten Tag zu Ihnen kommen.»

«Aber Aprikose –»

Sie lächelte und rückte mein Gewand an den Schultern zurecht. «Es ist besser, als Sie zu den Vergnügungsbooten zu schicken. Sie sind ein Fremdling und wissen nicht mit diesen Mädchen umzugehen.»

Und dann begannen die Alpträume.

Mitten in der Ekstase plötzlich ein Pferdestampfen und ein Feuer, Grauen, meine Mutter rennt meinem Vater in die Flammen nach ...

Meine Lende wurde schwach, alles war undurchsichtig, dunkel, indes mein gewölbter Körper sich zurückzog ohne das letzte Ertrinken in den Tiefen der Wonne, nur eine Wand und kaltes Scheitern vorfindend ...

Aprikose lag in meinen Armen, duftender Sommer mit einer Million von Blüten, und ich lag im grauen Tag, im kalten Sand, umarmt von Dunkel und Grauen.

«Es schleicht ein Fuchsgeist umher», sagte Aprikose, als ich beim dritten Versuch auf sie fiel, erschlafft, erdrückt von den Träumen, die ich mit den Mitteln des Verstandes aus meinem Denken verbannt zu haben glaubte. Jetzt kehrten sie zurück.

«Ein Fuchsgeist, der Ihnen Ihr Glück neidet», wiederholte Aprikose gebieterisch. Sie zündete die Lampe an und sah mich nachdenklich an; und dann erinnerte ich mich meines Fußes. Vielleicht kam das Böse daher.

«Es ist mein Fuß», sagte ich.

«Ich werde morgen in den Tempel gehen und Hilfe suchen, um den Fuchsgeist auszutreiben, der Sie fressen will», sagte Aprikose.

Sie umfing mich mit dem Honig ihres Wesens, der aufschwellenden Süße. Ich war getröstet und sagte: «Vielleicht bin ich müde, vielleicht ...»

«So etwas gibt es, aber seien Sie unbesorgt: Schlafen wir jetzt; ich werde mich um Sie kümmern.»

Der alles besänftigende Morgen kam und ließ die Nacht unwirklich erscheinen. Ich erteilte wie üblich Unterricht; Zweiter Sohn und Ah Ming waren in ein Problem vertieft, von Karten, Plänen und Büchern umgeben. Sie führten jetzt selbständig Experimente durch. Ich holte das Werkzeugbesteck hervor, das Abraham Hirsch mir geschenkt hatte.

Ich breitete die Schrauben und Bohrer aus, die Meßzirkel und die Reibahlen, die Meißel und Pinzetten, die Spezialzangen und Hebel. Auf meinem Tisch waren die Drehbank, die Polierstähle und die Schraubstöcke. Und während ich beobachtete, wie sich meine Hände bewegten, wußte ich, wie ich einen Androiden, einen fast vollkommenen, machen würde. Ich vergaß Aprikose, vergaß die Alpträume und machte mich an die Arbeit – es gab da noch eine *andere* Art, die Nocken und Hebel anzuordnen, die mittleren Antriebsräder einzusetzen ...

An diesem Abend kam Aprikose nicht, aber Bea war bei mir,

und sie hatte ihr Denken mit einem Triumphgefühl gleich einer schimmernden Mauer umgeben, so daß ich sie nichts fragen konnte.

Marquis Fang gab ein großes Fest. Die Maler und Dichter von Yangchou waren in den prächtigen großen Sommergarten eingeladen, um die Päonien in ihrer vollen Blüte zu bewundern.

Einer der Poeten hatte zuviel getrunken und gab zwei Gedichtzeilen zum besten:

Ach, die Blütenblätter fallen auf die Stufen des Palais
Und werden dann doch achtlos fortgefegt.

Marquis Fang zeigte sich etwas pikiert, aber das Fest ging weiter.

Dritter Sohn kam, um uns abzuholen. «Mein Vater wünscht eure Anwesenheit.»

«Eine Botschaft vom Hof ist eingegangen», sagte Bea, als wir, Drittem Sohn folgend, unsere Sänften bestiegen.

«Woher weißt du das, Bea?»

Sie tastete nach den Jadenadeln in ihrem Haar.

Im Hof standen Eunuchen in Blau und Scharlachrot. Im Empfangssaal befanden sich zwei Eunuchen in bestickten Seidengewändern. Marquis Fang war auf die Knie gefallen. Der kaiserliche Kurier stand vor ihm, in den Händen, in gelbe Seide eingerollt, einen Befehl des Hofes.

«Wir erinnern Uns des Frühlings in Yangchou, und Unser Sinn ist getröstet bei dem Gedanken an die Treue seiner Einwohner und hoch zufrieden mit der Beobachtung aller Riten und Tugenden, insbesondere mit der zwischen den einzelnen Völkern Unseres Reiches geförderten Eintracht und dem Wohlwollen, das selbst denen entgegengebracht wird, die zu Uns kommen, um zu lernen und Unserem Volk zu Diensten zu sein.

Wir laden die Handwerker vom Westlichen Ozean deshalb ein, ihre Kunst in Unserem Palast auszuüben.»

Wir verneigten uns dreimal sehr tief, und Marquis Fang sprach das rituelle «Wir gehorchen».

«Es ist der Wunsch der Hohen Dame Hell, daß der weibliche Handwerker ihr als Hofdame dient.» Das Gesicht des Obereunuchen war bleich und länglich, seine Schultern waren schmal und seine Hinterbacken ausladend in dem prachtvollen Gewand. «Mögen die Fremdlinge vortreten, damit ich sie sehe.»

«Erheben Sie sich und treten sie vor», flüsterte mir Aprikose zu. Sie hielt sich hinter mir und half mir beim Aufstehen aus dem Kniefall. Wir schritten vor, Bea und ich, während der Eunuch uns kalten Blickes musterte:

«Der männliche Handwerker ist mißgestaltet. Er kann nicht bei Hofe erscheinen. Außerdem gibt es schon viele männliche Handwerker. Bereitet das Mädchen vor für die Reise nach Peking.»

Alle knieten wiederum nieder und sagten: «Wir gehorchen.»

«Bea, Bea, sie wollen dich nach Peking mitnehmen, und ich soll hierbleiben, o Bea?»

Beas Augen tanzten, es funkelte golden in ihnen auf. «Colin, natürlich wirst du bei mir sein.»

«Aber du hast ihn doch gehört . . . mein Fuß.»

«Wir werden einen Ausweg finden. Vertrau mir nur.»

«Aber Bea, ich *will* nicht nach Peking gehen, um dort nur eine Marionette zu sein – der Willkür der Eunuchen ausgeliefert. Giuseppe Castiglione hat uns das doch beschrieben, weißt du nicht mehr?»

Ja, Castiglione hatte uns von Peking erzählt. Wir müssen uns um sieben Uhr morgens vor dem Kaiser einfinden. Die Eunuchen versäumen keine Gelegenheit, an unserer Kleidung, unseren Schuhen, unserer Haltung etwas auszusetzen. Sie tun dies im Ton so fürsorglichen Wohlwollens, daß wir innerlich unter ihren Beleidigungen stöhnen, nach außen hin aber, der Etikette gemäß, Dankbarkeit heucheln müssen für ihre Hilfe, uns präsentabel zu machen. Sie sind perfekte Meister in der Kunst, ihren Haß auf uns als Sorge um unsere Sicherheit, unsere äußere Erscheinung, unser gesundheitliches Wohlergehen erscheinen zu lassen.

Beas Denken war eine Wolke, die den Himmel ausfüllte, seine Klarheit verbarg, den Geruch und den Blick abtötete, so daß ich die Linien des Gartens, die Ständer mit den plärrenden Papageien nicht mehr sah. Ich hatte das Gefühl, einzuschrumpfen. Aber Bea war da, Bea im Mutterschoß zusammen mit mir, Bea, die meinen Fuß in ihrer Hand hielt, so fest, daß die Hebamme die Hand nicht losbekam – mein Fuß trug noch immer den Abdruck ihres Griffes.

«O Bea», flüsterte ich mit ausgedörrter Kehle. «*Du* hast das angerichtet. Du hast gemacht, daß Helle Konkubine nach dir schickt –»

«Vielleicht, Colin.»

«Du willst . . .»

«Colin, alles ist möglich, wenn wir erst einmal dort sind. Alles läßt sich machen. Du weißt doch, was Abdul Reza gesagt hat: ‹Große Geister haben einen Willen, die anderen nur schwächliche Wünsche›.»

«Du täuschst dich, Bea.» Ich fuhr mit den Händen durch die Luft, schlug nach diesen Rabenschwingen, den Federn des Dunkels, die mein Denken erfüllten. «Ich bin Colin, Colin Duriez. Bea, ich will hierbleiben. Ich habe hier zu tun; ich kann den Meister der Uhren nicht allein lassen.»

«Ich werde den Kaiser umstimmen. Er wird einsehen, daß es erforderlich ist, Neues zu lernen.»

Der Sommer verblaßte und starb um mich her. Draußen vor dem dunklen Zimmer schlichen abermals die Monster der Angst umher.

«Du wirst alles haben, was du willst, Colin. Wenn der Kaiser erst einverstanden ist . . .»

«Aprikose!» rief ich, «Aprikose!«

Sie kauerte hinter der Türfüllung aus Gitterwerk und lauschte.

«Fuchsdämon, ein bemalter Teufel», sagte sie. «Ehrgeizig.»

«Sie ist meine Schwester.»

«Sie hat es auf den alten Zehntausend-Jahre selbst abgesehen. Sie will Kaiserin werden.»

Aprikose zupfte meine Kleidung zurecht; die Berührung ihrer festen und kühlen Hände gab mir ein wenig Halt. Ich zitterte. «Aprikose, Bea und ich sind Zwillinge ...»

«Nur der König der Teufeltöter kann sie aufhalten.»

Ich ging am nächsten Morgen zu Johann Werner und traf ihn an in Gegenwart eines Mannes mit kahlrasiertem Schädel, der ein graues Gewand und graue Schuhe trug. Sein Gesicht, so glatt wie Blattgold, wandte sich mir zu.

«Ihre Schwester soll von einem Fuchsgeist besessen sein», sagte Johann Werner. Die Muskeln um seinen Mund arbeiteten noch, wenn auch die Wangen durch die fortschreitende Lähmung schon eingefallen waren. «Dies ist nur ein anderer Ausdruck für einen sehr starken Sinn und Willen. Es gab Zeiten, da wurden solche Frauen als Hexen bezeichnet.»

«Meine Eltern sind in unserem brennenden Haus umgekommen, wegen eines zu Unrecht erhobenen Vorwurfs der Hexerei!» erwiderte ich erregt.

«Wir wissen noch vieles nicht über die Art, wie unser Denken arbeitet», gab Johann Werner zurück. «Ich glaube, daß es Menschen gibt, die andere mit ihrem Denken beeinflussen können.»

«Wir sind Zwillinge; wir sprechen untereinander ohne Worte.»

«Ihr seid zwei, und der eine ist die Antithesis des anderen. Weil Sie lahm sind, können Sie nicht mit ihr an den Hof des Kaisers gehen. Nichts Unvollkommenes darf das Auge des Herrn-von-Allem beleidigen. Vielleicht hat Ihre Schwester recht – wenn der Kaiser zur Einsicht gelangt und erlaubt, daß wir hier lehren und Maschinen bauen, dann könnte sich alles wandeln.»

Er wandte unter großen Mühen den Kopf. «Das ist mein Freund, Reisender-in-Leere, der mich vor langer Zeit davor bewahrte, in einem hölzernen Käfig nach Rom geschickt zu werden. Da er wußte, daß ich ihn brauchte, ist er von einer

Fußreise zu hundert Klöstern zurückgekehrt, um bei mir zu bleiben, bis ich ins Nichts eingehe.»

Der Mönch erfaßte mich mit seinem Blick. «Ihr Herz ist in Unruhe, denn Sie wollen bleiben und Sie wollen auch fort.»

«Bea weiß nicht, wie man Automaten macht oder repariert.»

«Ihre Schwester hat die kaiserliche Konkubine entzückt», sagte Johann Werner. «Helle Konkubine hat wenige Freunde am Hof. Sie verlangt nach einem starken, selbstsicheren Geist in ihrer Nähe.»

Ich war beruhigt. Keine Hexerei, keine übernatürlichen Kräfte. Bea *glaubte*, es sei ihr Tun, aber dies war es nicht.

«Reisender-in-Leere wird Sie zum Tempel der Höheren Erleuchtung bringen und nach Ihrem Bein sehen», sagte Johann Werner. «Der Bodhidharma, der Zen vor zwölfhundert Jahren begründete, lehrte viele Übungen, und was die Schwäche eines Körpers ist, kann seine Stärke werden. Fürchten Sie nicht für Ihre Schwester. Sie wird versuchen, den Kaiser zu bestricken. Sie hat große Pläne. Lassen Sie sie gewähren.»

So wie Wasser an der Oberfläche glatt ist, darunter aber so viele Lebewesen beherbergt, einige von ihnen gierige Ungeheuer, andere deren Opfer, so kam ich mir wie eine Höhle voller Teufel vor, nachdem ich Werner verlassen hatte und auf mein Zimmer zurückkehrte. Ich fühlte mich blutig gepeitscht, mit abgerissener Haut, und in meinem bloßliegenden Herzen war Schmutz und um mich ein Gestank.

«Aprikose, Aprikose!» rief ich.

«Hier, Meister.»

In jener Nacht gebrauchte ich sie ganz wild, bis sie stöhnte, mich umschlang und sagte: «Ich wußte nicht, daß der Exorzismus so wirkungsvoll sein würde. Morgen werde ich in den Tempel gehen und Chung Kwei, dem Dämonentöter, danken.»

Doch ich hörte das Raunen von Stimmen in der Luft und klammerte mich an Aprikose.

Liebe und Haß. Haß und Liebe. Bea. Bea.

Sie kam zu mir, trat ein, als Aprikose sich gerade ankleidete, und wies sie gebieterisch hinaus. Sie legte sich neben mich. Wir sprachen kein Wort. Ihr Denken drang zu dem meinen, und es war Magie. Liebe und Zärtlichkeit und Schönheit.

Ich war wieder im Schoß, für immer an sie gekettet.

Bea brach zusammen mit zwei Zofen zu ihrem persönlichen Dienst und zwei Unterzofen auf. Vier Eunuchen würden sie begleiten. Sie bestieg eine recht große Dschunke, ein dickbauchiges Fahrzeug mit purpurfarbenen Fledermaussegeln. Sie sagte: «Binnen sechs Monaten wirst du bei mir sein.»

Mut und Zuversicht mußte meine Schwester besitzen, wenn sie derart auszog, einen Kaiser, ein Kaiserreich zu erobern. Eroberung lag ihr im Blut. Sie war eine Priesterin der verzauberten Wälder.

Zweite Gattin stellte sich plötzlich gegen Aprikose und beschuldigte sie, ein Stück goldbestickten Brokats entwendet zu haben, das sie Heller Konkubine nach Peking hatte schicken wollen. Zweite Gattin führte Listen über alle Seiden- und Brokatstoffe, alle Geschenke und allen Schmuck, alle Möbel und Boden- und Wandteppiche. Ein kleines Sklavenkind begleitete sie stets mit einem Tablett voller Schlüsselbunde.

«Weine nicht, Aprikose, weine nicht.»

Ich liebkoste ihr schweres, schwarzes Haar, das nach der Art des Südens in einem einzigen dicken Zopf über der einen Schulter lag.

«Es ist wieder der Fuchsgeist», sagte sie. «Sie wird jeden töten, den sie nicht mag.»

«Meine Schwester ist kein Fuchsgeist», sagte ich verärgert und schob Aprikose von mir.

Ich suchte zusammen mit Reisender-in-Leere den Tempel der Höheren Erleuchtung auf. Mir wurde ein kleiner kahler Raum zugewiesen, aus dessen Fenstern man viele alte Bäume sah. Ein taoistischer Priester und Pflanzenkenner kam, untersuchte meinen Fuß und legte mir einen Breiumschlag aus erhitzten Kräutern um den Knöchel. Mir fiel die Vielzahl der Vögel im Garten auf. «Wir sind nahe dem siebenten Tag des siebenten Monats, da die Vögel eine Brücke bilden zwischen zwei Sternen, der Spinnerin und dem Kuhhirten, die immer voneinander getrennt sind, außer in dieser einen Nacht», sagte Reisender. «Das ist eine Legende, wie die Frauen sie lieben. Man kann sie dabei beobachten, wie sie Kuchen und Salben bereiten, Weihrauch verbrennen und Kerzen anzünden und Seide und Nadeln einfädeln zum Gedenken an die Spinnerin.»

Reisenders Abgeklärtheit versetzte mich in dem kahlen Raum in traumlosen Schlaf.

«Lehre mich», sagte ich. «Lehre mich.»

«Du kannst dich nur selbst lehren.»

Der taoistische Priester, dessen Name Dunst-in-einem-Hain war, lehrte mich einige Übungen, um mein Bein beweglicher zu machen.

Nach einer Woche kehrte ich in das Palais der Fang zurück. Ich fühlte mich so wie vorher, nur daß die starre Sehne, die meinen Fuß festhielt, dehnbarer schien. Ich rief nach Aprikose, aber es kam ein anderes Mädchen, Kleiner Zinnober, jung und hübsch und eifrig bereit, mir zu Gefallen zu sein.

«Wo ist Aprikose?»

«Sie ist fort.»

«Fort? Wohin ist sie gegangen?»

«Zweite Große Dame hat eine Ehe für sie arrangiert, und sie ist gegangen. Ihr Gatte ist einer der Verwalter und Pachteintreiber der Güter der Familie Fang.» Und Zinnober fügte mit neidischem Unterton hinzu: «Sie wird genug zu essen und viele Kleider haben.»

Aprikose. Ich vermißte ihren biegsamen Körper, die honigsüße Wonne ihres Kelches und ihres Wesens. Sie hatte mich geliebt. Aber ich würde sie nie mehr wiedersehen.

Der Unterricht nahm seinen Fortgang. Zweiter Sohn und ich übersetzten weiter die neuen Bücher. Ein Diener hielt Werners Kopf aufrecht. Dennoch schwankte er auf dem Hals hin und her. Seine Zunge rutschte heraus, indes die Wangenmuskeln ihren Dienst versagten, aber sein Hirn arbeitete noch ohne Beeinträchtigung. Außer mir verstand niemand, was er murmelte.

Der Geschützmacher aus Macao hieß Thomas Chi. Er war Christ. Sein Diener Stummer Liu war Analphabet, aber mit einem natürlichen Geschick für Kanonen begabt. Thomas Chi war hochgewachsen, mit leicht welligem Haar und brauner Hautfarbe. Seine Großmutter, sagte er, stamme von der Malabarküste, sein Großvater sei ein portugiesischer Edelmann gewesen. Nach einigen Tagen wurde Zweiter Sohn unruhig.

«Der Bursche will Geld – er weiß etwas; aber er ist habgierig, zu habgierig.»

Zweiter Sohn und Ah Ming konstruierten ein Boot mit Schaufelrädern, die durch Dampf angetrieben wurden. Sie hatten von einer Uhr gehört, die nicht aufgezogen zu werden brauchte: Es genügte, wenn jemand daneben über den Holzfußboden schritt und Schwingungen auslöste, die ihren Mechanismus in Gang hielten. Sie wollten sie jetzt mit meiner Hilfe bauen.

«Jede Bewegung ist Kraft, und das ist auch der Dampf und der Wind und . . . noch vieles andere», lehrte Ah Ming die Schüler unserer Unterrichtsklasse. «Und die eine Form von Kraft kann in eine andere umgewandelt werden.»

Dunst-in-einem-Hain bearbeitete mein Bein, gab mir Kräuter zur Reinigung des Blutes, lehrte mich rhythmische und gleitende Bewegungen gleich Musik, die Melodie des Körpers. Ich spürte, wie Leben in meine Finger strömte, Leben und Geschicklichkeit. Ich würde einen mechanischen Menschen, einen Androiden machen, der so perfekt war, daß jeder ihn für lebendig hielt.

10

ANNO DOMINI 1761–1762

Winter

Johann, lieber Bruder in Gott.

Ich denke oft an Sie in Yangchou mit seinem milden Winter und bete zum Allmächtigen, daß er Sie gesund machen möge.

Seine Majestät verlangt von uns Gemälde zum Gedenken an seine Siege im Nordwesten über die Dsungaren. Nachdem der Kaiser Schlachtengemälde des Malers Rugendas gesehen hat, die meine französischen Kollegen aus Europa mitbrachten, will er ähnliche Bilder angefertigt haben. Pater Pierre Amigot hat einige unserer Gemälde zum Gravieren auf Kupferplatten nach Paris geschickt. Es werden ihrer etwa zwanzig sein, Bilder von den Brüdern Attiret, von Damacene, Sickelpart und mir.

Ich habe auch das Fest gemalt, das Seine Majestät im Palast des Violetten Lichtes zu Ehren seiner siegreichen Armeebefehlshaber gegeben hat. Zweitausend gefangene Stammesfürsten wurden vorgeführt, schöne Männer in stolzer Haltung. Man wird sie auffordern, nun in den Armeen des Kaisers zu dienen, nachdem jetzt wieder Friede herrscht und die Dsungarei Teil des Reiches geworden ist.

Die schöne Bea Duriez wurde zur Hofdame von Helle Konkubine ernannt. Es ist von einer Audienz bei der Kaiserinmutter die Rede. Im Augenblick scheint ihre Hauptaufgabe darin zu bestehen, für die Frauen des Kaisers Kleider zu entwerfen, wie sie am französischen Hof getragen werden. Sie weist die Eunuchen des inneren Palastes an, wie das Haar der Konkubinen im französischen Stil zu frisieren sei.

Seine kaiserliche Majestät hat mich in guter Stimmung beauftragt, ein Bild zu malen, auf dem vier seiner Damen in europäischer Kleidung beim Schachspiel zu sehen sind. Dieses Gemälde wird an eine Wand des Palastes des Ewigen Frühlings kommen, des im westlichen Stil gehaltenen Anbaus des Yuan Ming Yuan, den wir jetzt vollendet haben.

Der siegreiche Armeeoberbefehlshaber hat zur Besiegelung des Bündnisses mit den dsungarischen Stämmen die berühmte Schönheit Mamsiri mit nach Peking gebracht, die Gattin des Königs der Hodja, der im Kampf getötet wurde. Die Konkubinen halten sie für ungebildet. Ein Eunuch meinte sogar: ‹Da sieht die neue Hofdame aus dem Westen besser aus›. Seine Majestät scheint jedoch sehr von ihr eingenommen zu sein.»

Keine Nachricht von Bea lag Guiseppes Brief bei, den ich Johann Werner vorlas, doch Bea brauchte mir nicht zu schreiben; mein inneres Ohr hörte ihre Schritte, wenn sie sich näherten. Ich fiel in Schlaf, und da war sie an meiner Seite. Ihre Augen funkelten, ihre Wangen waren rot geschminkt, sie trug ein chinesisches Atlaskleid mit einem breiten, mit kleinen Rosen bestickten Saum, und ihr Haar schmückten Schmetterlinge aus Jade. Sie sprach nicht von Mamsiri, der Hodja-Dame.

Johann Werner weigerte sich, weitere Studenten anzunehmen, obwohl Schüler in Mütze und Gewand bei Zweitem Sohn vorsprachen und baten, zu dem Neuen Wissen zugelassen zu werden.

«Wir müssen vorsichtig sein», murmelte Werner. «Nicht zu auffällig . . . Gefahr . . . bei dem Neuen Wissen.»

Macht ist stets unruhig und argwöhnisch, bereit, alles zu vernichten, was neu und fremdartig erscheint. Eine zu große Ansammlung von Schülern, ein zu großes und plötzliches Interesse am Neuen Wissen – Werner hatte beschlossen, keine Schüler mehr anzunehmen. Dreißig und nicht mehr.

Jeden zweiten Tag ging ich zum Tempel der Höheren Erleuchtung. Dunst-in-einem-Hain streckte meinen Knöchel und lehrte mich Tai Chi, die taoistischen Übungen des Höchsten Letzten. Meine Beinsehnen streckten sich, meine Fußsohle berührte jetzt mit mehr als der Hälfte den Boden.

Reisender-in-Leere war oft an Werners Bett. Manchmal sah er aus wie die Statue Buddhas, und seine goldene Hautfarbe verstärkte diesen Eindruck noch. Ich sah ihn oft im Tempel, er stand im Hof und beobachtete mich, während ich übte.

Eines Tages waren im Tempel fünf bis zur Hüfte nackte junge Männer. Zwei von ihnen rangen, doch das ist ein mißverständliches Wort – die Anmut und Behendigkeit ihres Angriffs und der Verteidigung waren eher wie ein Tanz. Sie schienen sich nie zu berühren, sondern zu springen, einander auszuweichen, Finten und Überschläge zu vollführen.

Reisender saß auf einem Hocker aus Porzellan und beobachtete sie. «Diese Novizen reisen zum Kloster Shaolin, um sich in Wushu, der martialischen Kunst, zu vervollkommnen», sagte er.

Das Kloster Shaolin war berühmt. Dort hatte vor elf Jahrhunderten der Bodhidharma zum erstenmal Zen gelehrt, die Vereinigung von Sinn, Meditation, Herz, Geist und Körper. Zen war Selbstverwirklichung, nicht asketisches Zurückweichen vor den sieben Emotionen und den sechs Gelüsten, sondern eine Vervollkommnung ihres Wesens. Zen lehrte, daß die Vergeistigung in der vollkommenen Kenntnis des Körpers und seiner Macht lag.

Die Zen-Kunst der Selbstverteidigung, Wushu, war das, was ich jetzt die fünf jungen Männer üben sah. Anmutige Körper wurden gleichsam zu präzisen und wunderbaren Instrumenten. Indem sie diese Kunst vollständig beherrschten, besaßen sie die Fähigkeit, mit einer einzigen Bewegung dem anderen den Tod zu bringen, doch beim Erlernen dieser Kunst ging es gerade darum, sie *nicht* zum Töten zu gebrauchen.

Während ich die jungen Männer ansah, fühlte ich mich erschüttert, hingerissen. Ich wollte sein wie sie. Wollte mich aufschwingen können wie ein Habicht, auf das Ziel hinunterstürzen können unter vollkommener Beherrschung der Elemente – Luft, Zeit, Raum und Körper.

«Lehren Sie mich», sagte ich. «Lehren Sie mich, Meister.»

Reisender lächelte. «Sie wollen Kraft haben, aber Sie müssen zuerst wissen, was Kraft ist.»

«Meine Schwester hat Kraft. Ich bin der Schwächling.» Dieses Eingeständnis kam ganz unbedacht aus mir heraus.

«Ihre Kraft ist groß, aber das ist auch Ihr Stolz, der wiederum Schwäche ist. Jeder Körper erfüllt sich auf seine Weise; die Schlange nach der Weise der Schlange, der Löwe nach der Weise des Löwen.»

Reisender-in-Leere begann mich zu lehren. Er lehrte mich, meine innere Energie zu gebrauchen, sie biegsam zu machen wie einen Grashalm. Doch ein biegsamer Grashalm kann mit seiner Kante eine Hand aufritzen.

Dunst-in-einem-Hain sagte, während er mein Bein massierte: «Ihr schwacher Fuß wird Ihre stärkste Waffe werden.»

Reisender konnte auf zwei Fingern stehen. Mit einer Bewegung des Handgelenks zerschmetterte er einen Stein. Er sprang hoch in die Luft, drehte seinen Körper herum und war hinter mir, so wie er vorher vor mir gewesen war.

Zusammen mit ihm und dem Jünger des Tao Dunst-in-einem-Hain begann ich Wushu zu lernen.

Der Großeunuch ist von hohem Wuchs und hat ein aufgedunsenes Gesicht und bleiche Hände. Er entkleidet mich mit seinem Blick, denn den Eunuchen sind die Körper von Frauen wohlbekannt. Sie frisieren das Haar der Favoritinnen, sie gehen mit ihren Kleidern um, holen sie aus den Truhen, tun sie wieder hinein. Schlafzimmervorhänge sind ihre Komplizen. Unsichtbar, lautlos dahinschreitend, beobachten sie alles ... nur sie, die Entmannten, dürfen sich bei Tag und Nacht überall im Palast bewegen. Und sie suchen ihr Vergnügen auf eigenartige und schreckliche Weise.

Allabendlich oder wann immer es der Kaiser wünscht, präsentiert ihm der Großeunuch eine Truhe mit elfenbeinernen Klingen. Auf jeder steht der Name einer kaiserlichen Konkubine. Der Kaiser wählt aus.

Die Eunuchen begeben sich dann zu dem Pavillon der auserwählten Frau. Sie zieht sich nackt vor ihnen aus, denn sie fürchten seit jeher, eine Frau könne den Kaiser im Schlaf mit verborgenem Dolch erstechen. Sie hüllen sie in eine Decke aus besticktem Seidenbrokat und tragen sie auf dem Rücken zum Drachenbett. Sie liegt dann ausgestreckt da, den Kopf gesenkt, und wartet auf das Zeichen des Herrn-von-Allem.

Während der Großeunuch mich genau betrachtet, dringe ich in sein ungeschütztes Denken ein.

Mamsiri.

Der Großeunuch denkt nicht an mich. Er denkt an Mamsiri: Dieses Barbarenmädchen und diese Hodja-Frau . . . Gefahr für das Reich.

«Der dritte des nächsten Monats ist ein günstiger Tag», sagt er. «Die Erhabene Mutter wird Sie empfangen. Es ist eine große Ehre für jemanden, so unwürdig wie Sie.»

Die Kaiserinmutter ist teils mongolischer, teils balaaraisanischer Abstammung. Sie wird mich beim Morgengrauen empfangen. Ich warte kniend zwei Stunden lang vor der Schwelle des Schlafzimmers im grauen Morgenlicht, während drinnen, hinter den bernsteingeschnitzten Türen die Hofdamen und Zofen damit beschäftigt sind, Truhen zu öffnen, damit sie unter ihren dreitausend Kleidern das passende auswählen kann.

Draußen bringen einige der viertausend Eunuchen, die der Erhabenen Mutter dienen, das Frühstück herbei, das aus vierundsechzig Gerichten besteht, die auf dem Weg von der Küche zu ihrem Gemach durch siebzig Paar Hände gehen müssen.

Durch die schweren Brokatvorhänge kann ich das Bett erkennen, das unter seinem seidenen Himmel mit bestickten Seidendecken bedeckt und mit Quasten von Perlen, Türkisen und Korallen geschmückt ist. Die Süßigkeiten, die sie liebt, zerstampfte Pflaumen und Mandeln, werden eben in das Schlafzimmer gebracht. Die Kaiserin, Tsienlungs Erste Gattin, und die Favoritin, Helle Konkubine, knien am Bettrand und reichen der Erhabenen Mutter die erste Schale Tee.

Eine Stunde später befiehlt mir ein Eunuch zweiten Ranges barsch: «Gehen Sie hinein und knien Sie nieder.»

Die Erhabene Mutter sitzt auf einem Tages-Kang. Neben ihr steht ein Tischchen mit Früchten und Zuckerwerk. Ich knie nieder, mache einen dreifachen Kotau; ich spüre ihre Augen auf mir, ihren Abscheu. Ich schicke mein Denken aus, und da kommt der Name wie der Stoß einer Lanze:

Mamsiri.

Zwei Barbarenfrauen am Hof, aber vielleicht können wir die eine gegen die andere ausspielen, *denkt sie.*

«Treten Sie näher.»

Ich tue drei Schritte, knie nieder, tue noch einmal drei Schritte.

Ich lasse meine Stirn beim Kniefall den Boden berühren.

«Immerhin sind Sie gut erzogen», sagt die Erhabene Mutter. «Lassen Sie mich Ihr Gesicht sehen.»

Ich hebe den Kopf und sehe sie im golden und purpurnen Halbdunkel des Schlafzimmers. Ein Mongolenantlitz, breit ausladend, mit hoher Stirn, vorspringenden Wangenknochen, einer Adlernase und geschwungenen Augenbrauen. Sie trägt die klassische Kopfbedeckung der Mandschu für die Inneren Räume – einen breiten «Schmetterling» aus weißem Atlas mit juwelenbesetzten Nadeln – und ein mit Drachen besticktes Gewand aus blaßgrüner Seide.

Sie ist ihrem Ziel nachgejagt und hat geliebt. Sie ist stark. Und gleich dem Seeadler, der ins Wasser taucht, tastet ihr Denken nach dem meinen. «Ich kenne dich», sagt ihr Denken. «Du willst haben, was ich haben wollte, als ich fünfzehn Jahre alt war, so wie du jetzt. Ich wurde auserwählt und schenkte dem Drachenthron einen Erben. Du bist schön. Aber du wirst nicht auserwählt werden. Dennoch kann ich dich gebrauchen . . .»

Laut sagt sie: «Ich höre, Sie verstehen sich auf die Reparatur jener westlichen Spielzeuge, die uns geschickt wurden.»

«Die Erhabene Mutter ist zu freundlich. Dieses unwürdige Wesen kann nur Hilfsarbeiten verrichten. Aber mein Bruder besitzt das Geschick.»

«Ihr Bruder.» Vielleicht glaubt sie jetzt, sie kann ihn für ihre Zwecke gebrauchen. Ihre Hände wedeln, und man reicht ihr

die Wasserpfeife aus Gold und Jade. Ich höre, wie der Tabakrauch durch das Wasser gurgelt.

«Gebt ihr meine zwei Uhren, die nicht mehr gehen», sagt sie zu dem Großeunuchen. «Wir werden sehen, was sie damit anfangen kann.»

Und jetzt weiß es jeder in der Verbotenen Stadt, im ganzen Reich.

Mamsiri, die turkmenische Witwe des Hodja-Stammesfürsten aus Dsungarien, hat den Herrn-von-Allem erobert.

Die Leidenschaft des Kaisers, die Leidenschaft eines jungen Mannes, die weder seinem Alter noch seinem Status angemessen ist, erschüttert das Große Ganze.

Sie wurde nach ihrer Ankunft zum Palast der Vollkommenen Harmonie gebracht, und zwar in jenen Teil, der nach dem Vorbild von Versailles von Castiglione entworfen und dann Palast des Ewigen Frühlings genannt wurde. Mamsiri bewohnt das Hauptgebäude, vor dem der majestätische Brunnen mit zwölf sich bewegenden Figuren steht, der nach den Zeichnungen Castigliones und anderer Jesuiten gebaut wurde.

Am vierten Tag nach ihrer Ankunft war der Kaiser zusammen mit zwei vertrauenswürdigen Eunuchen dorthin gegangen und hatte sie beobachtet, während ihre Zofen sie für das Bad entkleideten.

Und hatte sich dabei in sie verliebt.

Ohne Befragung seiner Mutter oder des Großeunuchen wurde Mamsiri zur «Fei», zur Konkubine von Erhöhtem Rang, befördert. Hsiang Fei, *Duftende Konkubine, sollte jetzt ihr Name sein, weil sie täglich in Wasser mit Rosenessenz badete.*

«Er hat über der Barbarin den Verstand verloren.» Die Großeunuchen und die zweitrangigen Eunuchen knieten vor der Kaiserinmutter, der Erhabenen Mutter, und berichteten von dieser gefährlichen Leidenschaft, die den Kaiser erfaßt hatte.

Ihr breites mongolisches Gesicht mit der dünnen, schmalen Mandschunase zeigte keinerlei Gefühlsbewegung. Sie ließ die Astrologen und den Abt des tibetanisch-buddhistischen Tem-

pels kommen, wo ihr Sohn geboren worden war, damit sie einen günstigen Tag für die Audienz von Duftender Konkubine aussuchten.

«Es ist wichtig, daß alles glatt geht», sagte der noch vor Empörung zitternde Großeunuch zu dem Abt.

Am günstigen Tag und zur günstigen Stunde entstieg Mamsiri ihrer Sänfte. Sie hatte sich nicht umgekleidet, hatte nicht das mit Phönixvögeln bestickte Gewand einer Konkubine des Kaisers angelegt. Sie trug – über die Schulter geworfen – einen scharlachroten Kriegsmantel und Stiefel und Hosen unter ihrem Überwurf und einen Gürtel mit einem Dolch darin. Niemand, wirklich niemand durfte innerhalb des Palastes eine Waffe tragen.

Die Große Ahnfrau ließ die Lider über die Augen sinken. Vielleicht hatte sie Träume von den wilden Zeiten ihrer eigenen Vorfahren. Sie waren über die grenzenlosen Steppen geritten auf zottigen Pferden, sie hatten sich weder um Rituale noch um Prachtentfaltung gekümmert, und die Frauen waren so frei wie der Wind, lachten und tranken zusammen mit den Männern ...

Die Kaiserinmutter sah Duftende Konkubine mit wohlwollender Feindseligkeit an und sagte: «Wir hoffen, Sie gewöhnen sich an Ihre neue Umgebung.»

In der Nacht, als sie zum Drachenbett getragen werden sollte, um die allerhöchste Gunst zu empfangen, weigerte sie sich. Kniend und den Kopf auf den Boden schlagend, bis er blutete, ersuchte sie der Großeunuch, die Kleider abzulegen, damit er sie in das bestickte Seidentuch hüllen könne.

«Mamsiri läßt sich nicht nackt von Entmannten zur Hochzeitsnacht tragen. Sie reitet zu dem Zelt ihres Auserwählten, wann es ihr gefällt.»

Der Großeunuch traf Anstalten zum Selbstmord. Um dies zu verhindern, strangulierte sich der zweitrangige Eunuch, der sein Geliebter gewesen war, mit einer Seidenschnur, damit solcherart vielleicht der Zorn des Kaisers besänftigt würde.

Helle Konkubine zitterte und brannte vor Fieber in ihren Pelzgewändern; sie hustete, und Blut trat ihr aus dem Mund

und befleckte ihre Gewänder. Sie schluchzte und seufzte: «Wenn sich der Herr-von-Allem nur herabließe, mich zu empfangen, würde alles gut werden.»

Mamsiri verlangte nun nach einer Moschee, damit sie zu Allah beten könne, denn sie war wie alle Dsungaren muslimischen Glaubens. Sogleich wurden die Jesuiten beauftragt, ein kleines Gebäude im Garten des Ewigen Frühlings in eine Moschee umzugestalten.

Ja, wo immer sie ist, ist Wohlgeruch. Sie bewegt die Luft und verändert sie. Ihre Augen sind von goldenem Braun, und ihr Haar ist dunkel; ihre Haut schimmert wie die Haut des Pfirsichs. Ihre Beine sind lang, und ihre Füße scheinen zu tanzen. Auf einmal kommt sich jede Frau im Palast, ob fußgebundene Han oder breitfüßige Mandschu, ungelenk vor, wenn Mamsiri vorüberschreitet wie eine gefangene Tigerin, die sich nach den weiten Wüsten, den verschneiten Bergen ihrer Heimat sehnt.

Helle Konkubines Eunuchen kommen gerannt: «Hohe Dame, der Herr Zehntausend-Jahre ist unterwegs!»

Helle Konkubines abgespanntes Gesicht beginnt zu strahlen. Rasch kleiden wir sie um, hüllen sie in ein hellrosa Kleid mit einer dunkelrosa und grünen Zeichnung darauf – eine neue Erfindung aus gazegemusterter Seide aus dem Süden. Vor Erregung zitternd ruft sie nach ihren Spiegeln, betrachtet ihr Gesicht, entdeckt Fältchen unter den Augen und klagt:

«Er wird mich für zu hager, zu alt befinden.»

Ich bin ihr zur Seite, ich sage: «Ich helfe Ihnen.»

Sie sieht mein Gesicht neben dem ihren im Spiegel und um ihren Mund zuckt es.

Ich wende Tinkturen und Salben an, frisiere ihr Haar auf eine neue Art. Die kaiserliche Prozession trifft ein, vierundzwanzig Eunuchen, welche die Seidenfächer und die Pfauenfederfächer tragen, und dann die Sänfte des Kaisers. Ihr entsteigt Tsienlung, in einfache braune Seide gekleidet.

Helle Konkubine sinkt auf die Knie. Freundlich streckt er

die Hand aus, um sie aufzuheben. «Ich habe gehört, daß Ihnen unwohl ist, und mein Herz war beunruhigt.»

Überwältigt durch seine Güte und nicht wissend, daß es das Zeichen ihres Todes ist, neigt Helle Konkubine den Kopf bis zum Boden und flüstert: «Ah, Erhabener... Ah...» Aber seine Augen sind schon zu mir gewandert, denn ich bin neben ihr niedergekniet, um sie zu stützen. Und ich sehe, daß er ein Mann von Leidenschaft ist, männlich und stark, in jene Lebensphase eintretend, die Männer ankommt, wenn Körper und Geist sich zu einer großen Lebensbegierde sammeln und außer der Liebe nichts mehr zu zählen scheint. Er ist genauso alt wie Abdul Reza.

Oh, daß er mich sieht, *denke ich.* Daß er mich anblickt...

Meine Augen wandern zu den seinen, behutsam, freudig, verheißungsvoll, und dann senke ich rasch wieder den Blick. Aber sein Gesicht hat sich verändert – ein langes, schmales Gesicht mit einer Adlernase, mit gewölbten Brauen.

Er hat mich bemerkt. Er schwankt innerlich. Er ist es gewohnt, zu bekommen, was er will. Aber er ist auch ein entschlossener Mensch, selbst seine neue Leidenschaft kann ihn nicht von den Audienzen am Morgen, von der Arbeit mit seinen Ministern abhalten.

«Ihre ausländische Hofdame», sagt er zu Heller Konkubine.

«Mein Herr, sie kam aus Yangchou.»

«Ich erinnere mich. Sie repariert Uhren, wie meine Jesuiten.» Sein Blick schweift fort, bleibt auf Heller Konkubines Haar ruhen. Ich sehe in dem Blick Mitleid, nicht Liebe. «Sie müssen sich um Ihre Gesundheit kümmern, lassen Sie sich von Ärzten versorgen.»

«Die Gunst meines Herrn hat mich schon wiederhergestellt. Es ist nur eine Erkältung.»

«Mögen Sie bald wieder wohlauf sein.» Abermals wandert sein Blick zu mir; ich sehe, wie er zögert.

Und dann ist er fort. Vielleicht erinnert er sich meiner, wenn diese neue Leidenschaft erloschen ist. Aber meine Träume sind ehrgeizig. Ich habe wenig Hoffnung. Und wenn es mir nicht gelingt, gibt es eine Katastrophe.

Die zu kurzen Sehnen, die meinen Fuß einspannten, hatten sich jetzt gedehnt. Gedehnt hatten sich auch die Sehnen meines Bewußtseins. Es war eine Ausdehnung von Körper und Geist. Ein Ausgreifen bis zur tiefen Bläue des Himmels und hin zum brennenden Kern der Erde.

Da gab es keinen zornigen Jehova, der nur darauf wartete, mich zu strafen.

Allnächtlich kam Bea im Traum zu mir. Doch jetzt war sie eine Frau, mit dem Körper und den Begierden einer Frau. Und ich hatte Angst.

Die Blumenboote. Schwimmende Häuser auf Kähnen, wo Kurtisanen ihre Kunden erwarteten. Doch hier kam es zu keiner sofortigen Vereinigung von Körpern. Es dauerte Tage, Wochen, bis man eine Frau, die man kaufte, zu Bett führte, und dieser Kunstgriff bewirkte, daß man sich auserwählt fühlte, nicht wegen des Geldes, das man für Tee und die Rezitation von Liebesgedichten ausgab, nicht wegen des langen Wartens, welches das Verlangen anstachelte, sondern um seiner selbst willen.

Die Illusion erhöht und veredelt die Realität, ist nicht von ihr zu trennen. Und die Liebe ist vielleicht eine völlige Illusion, doch Männer wie Frauen brauchen Liebe mehr als alles andere.

Auf dem Blumenboot warb ich um ein Mädchen, an dessen Namen ich mich nicht mehr erinnere. Nach etwa drei Wochen gab sie sich mir hin – sie zeigte sich so erfahren zurückhaltend, daß ich kühn wurde.

Und da geschah es.

Als sich unsere Körper umschlangen, als die Woge des Verlangens in mir anschwoll, so daß ich – zu Recht oder zu Unrecht – das Gefühl hatte, jeder Zoll von ihr sei auf greifbare Weise mein eigen, da hatte ich den Eindruck, daß dies Bea sei, meine Schwester, mit der ich mich auf solche Weise verband. Bea in meinen Armen.

Gleich einem Androiden, der getreu und mit feinster Präzision vollführte, wozu er geschaffen war, machte sich mein Körper, ein jeden Gefühls bares Werkzeug, von dem hingebungsvollen Wesen des Mädchens los. Ich war ein Fremder, allein, freudlos, während sie sich befriedigt zurücklehnte und flüsterte:

«Ich bin ohne Scham gewesen . . . das hast du vermocht.» Sie drängte sich an mich und glaubte, ich liebte sie wirklich.

Ich ging und wußte, daß sie auf meine Rückkehr wartete, aber ich würde sie nie mehr wiedersehen.

Zweiter Sohn und Ah Ming reisten zum Poyang-See, etwa zweihundert Meilen von Yangchou entfernt, um ihre Erfindung auszuprobieren, ein Dampfmaschinenboot mit Schaufelrädern. Das war Ah Mings Einfall gewesen, in Gedanken an die von Menschen bedienten Schaufelräder, die Wasser zu den Reisfeldern leiteten.

«Das Boot fährt», sagten sie bei der Rückkehr. «Aber wir müssen einen Weg finden, wie wir den Dampf einfangen, um ihn wieder in Wasser umzuwandeln. Jetzt entweicht er, und das Boot bleibt nur in Bewegung, wenn man ständig Wasser in den Kessel füllt.»

Ah Ming meinte, der Mechanismus müsse so eingerichtet werden, daß das Boot seine Richtung ändern könne; ich sagte, dies sei ein leichtes. Man mußte das so machen wie bei den Automaten und unterschiedliche Nocken zur Ausführung unterschiedlicher Bewegungen benutzen. Und einen Schwinger, wie in den Uhren, brauchte man auch dazu.

Einige unserer Schüler machten jetzt, unter Aufsicht von Ah Ming, selbst Taschenuhren und andere Uhren, wobei sie sehr exakt die Genfer Modelle kopierten. Wir trugen noch anderen Schülern solche Arbeiten auf. Natürlich hielten sie zunächst jegliche Arbeit mit den Händen für erniedrigend. Ich sagte ihnen, daß es bei mir zu Hause die Handarbeiter gewesen seien – die Holzfäller, Schmiede und Spinner –, die während der langen Winterabende diese Maschinen erdachten, die Uhren und Automaten, die sie so sehr bewunderten. Vielleicht glaubten sie mir nicht. Der Abscheu vor der Arbeit mit den Händen war tief in ihnen verwurzelt.

Im Tempel rang ich mit Reisendem-in-Leere, meinem Lehrer. Er brachte mir vieles bei, eher durch Bewegungen des Körpers als durch Worte.

«Ihr gutes Bein ist der Stützpfeiler; Ihr schwacher Fuß ist die Waffe, die Sie befähigt, zu töten.»

«Ich werde nie das Verlangen haben, jemanden zu töten.»

«Manchmal ist es richtig, zu töten. Denn wenn Sie Gutes zurückgeben für Böses, was wollen Sie dann für Gutes zurückgeben? Böses muß seine Strafe finden.»

Ich übte die Griffe und Bewegungen der Hände, weiche und schwungvolle Bewegungen, die in meinem Körper Kraftbahnen öffneten. Ich lernte die Leere des Raumes zu gebrauchen, die Entfernung zwischen mir und dem Zielpunkt, als Mittel jenes erstaunlichen Katapults, das der menschliche Körper darstellt, wenn er mit Geschick zur Vernichtung des Gegners losschnellt.

«Ihr Feind hält Sie für einen Schwächling; das ist Ihr Vorteil. Er schreitet auf Sie zu. Sie erwarten ihn zögernd, treten ein, zwei Schritte zurück, hinkend. Er glaubt, er überwindet Sie mit einem einzigen Schlag. Sie weichen dem Schlag nicht aus, Sie parieren ihn nur geschickt, so daß er Sie wohl trifft, nicht aber verletzt. Er hat das Gefühl, sein Ziel erreicht zu haben, wundert sich aber, daß Sie nicht zu Boden gegangen sind. Während er noch unschlüssig ist, gehen Sie auf ihn los.»

Schritt für Schritt, Bewegung für Bewegung.

«Sie haben sehr wenig Zeit. Ihre Schläge müssen wie der Blitz kommen. Ihr Denken muß jeden kommenden Schlag voraussehen.»

«Mein Denken bedarf eines Panzers», sagte ich in bitterem Ton, da ich mich des Blumenbootes erinnerte.

«Denken und Körper müssen entzweigerissen werden, um zusammenzukommen», entgegnete Reisender. «Lassen Sie sich nicht dadurch anfechten, daß Ihnen Dinge über Ihre Person offenbar wurden, die Sie nicht hatten wissen wollen.»

«Ich wollte, Sie könnten den Meister der Uhren heilen. Es ist schrecklich, sein langsames Sterben mitanzusehen.»

Ich wollte ihm nicht von Bea und dem Liebesakt erzählen.

«Sein Denken wird klar sein bis zum Ende, indes sein Körper

sich auflöst», erwiderte Reisender. «Er hat das Glück, seinen eigenen Tod zu verfolgen. Ich werde ihm Begleiter sein auf der Reise, zu der er aufgebrochen ist.»

Ich saß stumm da, die Luft zwischen uns nicht aufrührend, und empfing von ihm Energie, eine ruhige, fließende Kraft. Ich verneigte mich beim Abschied, und als ich mich umwandte, sagte Reisender: «Wenn der Meister der Uhren seine Reise angetreten hat, werden Sie einen Androiden bauen, der vieles tun kann und der fast wie ein Mensch ist.»

Der mechanische Mensch, an dem ich zu arbeiten begonnen hatte, sah mich in meinem Zimmer an. Er wartete darauf, daß ich ihm eine Seele gäbe, ein Programm, das ihn in die Lage versetzen würde, viele Dinge zu tun. Doch mein Herz, gleich einem schlaffen Segel, brachte nicht den Elan auf, ihn mit seiner Art von Leben zu versehen. Vielleicht, weil ich Angst hatte.

Bea sprach zu mir, erzählte mir von dem Leben bei Hofe.

«Colin, alles ist gut ...»

Aber es war nicht alles gut. Da war so vieles, was sie vor mir verbarg, und ich konnte sie nicht zwingen, denn jetzt fürchteten wir uns beide, einander zu nahe zu kommen. Für alle Zeit würden wir mit dem Wissen von diesem Sehnen leben müssen, das wir nicht zulassen durften.

Ich nahm meinen Androiden auseinander und setzte ihn wieder zusammen.

Ich betrachtete das Gesicht der Figur. Ich hatte ihr das teigige Gesicht eines wohlgenährten Kindes gegeben.

Ich wechselte die Nocken aus, fügte eine Drehscheibe ein. Er konnte «Zehntausend Jahre ohne Ende» auf das blanke Papier schreiben. Ich baute noch eine Nocke ein. Seine linke Hand griff nach einer Öllampe, die vor ihm auf dem Tisch stand, drehte am Docht und zündete ihn an. Aber noch immer konnte er kein Wasser aus dem porzellanenen Wassergefäß auf die steinerne Reibplatte gießen, konnte er nicht die Tintentafel ergreifen und sie auf der Platte zerreiben, um Tinte daraus zu machen, konnte er den Pinsel nicht ganz spitz machen und zum

Schreiben erheben – alles Gesten eines wahren chinesischen Scholaren.

Und er konnte nur einen einzigen Satz schreiben.

Ich nannte ihn den Scholaren. Er war immerhin besser als der Schreiber, den Amigot mitgebracht hatte.

Mamsiri ritt auf einem hellgrauen Pferd, dem besten aus des Kaisers Ställen, in denen achthundert herrliche Rennpferde standen. Sie ritt inmitten der westlichen Berge im öden Winter. Ihr folgte der Kaiser, und dem Kaiser folgten die Adligen, Fürsten, Herzöge, die Minister und Eunuchen. Tsienlung absolvierte noch immer pünktlich die täglichen Audienzen, die bei Morgengrauen begannen; er hörte sich noch immer die langen liturgischen Diskurse seiner Minister an, die Berichte der Vizekönige aus den Provinzen. Doch es war Ungeduld in ihm, denn er wollte zu Mamsiri zurück.

Keine andere Frau, Kaiserin oder Konkubine, hatte sich seit fast fünf Wochen seinem Bett genähert. Aber Duftende Konkubine hatte nicht nachgegeben, hatte sich nicht in besticktes Goldbrokattuch einhüllen und zum Saal der Kaiserlichen Ruhe, zu dem Bett mit seinen vergoldeten, grinsenden Drachen tragen lassen wollen.

Und Tsienlung wartete, begab sich aus dem Audienzsaal zu ihrem Palastflügel. Hoch aufgerichtet und stolz, nur das rechte Knie beugend, trat sie dem Herrn-von-Allem entgegen.

«Der Herr Zehntausend-Jahre hat schon immer gern Wildpferde gezähmt», wisperten die Eunuchen.

Sie hatte angefangen, Lieder ihres Landes zu singen. Sie wollte die Landschaft ihrer Heimat um sich haben. Ein Befehl ging an die Jesuiten hinaus: holt fünfzigtausend Männer zusammen, baut einen künstlichen Berg. Castiglione malte sie in einer Rüstung aus Frankreich, mit einem federgeschmückten Helm.

Die Ritenbehörde war in Aufruhr. Die Zensurbehörde dachte an die Abfassung einer mißbilligenden Denkschrift, doch die weißhaarigen Zensoren fürchteten um ihre Köpfe.

An jenem Wintermorgen, bei Schneetreiben und einem Nordwestwind wie Wolfsgeheul, forderte Mamsiri den Herrn-von-Allem zu einem Wettrennen heraus. Sie ritt auf ihrem Pferd Herrlicher-Mond durch die Berge des Reviers, in dem der Kaiser auf Rotwild und Luchs Jagd machte. Und er, seinen Armeeoberbefehlshaber hinter sich lassend (der seine Mütze mit den Pfauenfedern verlor, als er ihm folgen wollte), galoppierte ihr nach und brach durch die drei Ringe seiner eigenen Wachmannschaften.

Mamsiri wandte sich um und lachte, spornte ihr Pferd an, und dann gab es nur noch sie beide, zwischen den winterstarren Bäumen dahingaloppierend. In den Gedanken des Herrn-von-Allem wachte die Erinnerung an jene Ehen der Steppen auf, bei denen der Liebhaber die Geliebte einfing nach langer Verfolgung zu Pferde. Er knirschte mit den Zähnen, wütend und entzückt; sein Brauner streckte sich und holte Herrlichen Mond ein. Eine Zeitlang ritten sie nebeneinander, dann beugte er sich zur Seite, hob sie aus dem Sattel und zu sich hinüber, und sie lachte, lachte, als er anhielt und zusammen mit ihr zu Boden glitt.

Und da ergab sie sich ihm, zwischen den Bäumen, auf dem froststarren Boden. Nachher sagte sie: «Weißt du, ich glaube, ich werde dich lieben, Hung Li.»

Hung Li; sein eigener Name, den niemand außer seinem Vater und seiner Mutter aussprechen durfte.

Er war entzückt.

Helle Konkubine liegt im Sterben; das Fieber verläßt sie nicht mehr. Die Hofärzte wissen, daß es keine Rettung für sie gibt.

Der Kaiser hat ihr seine Huld entzogen. Keiner kommt mehr zu ihren Pavillons, in denen sich einmal fächerwedelnde Damen und Eunuchen drängten.

Mamsiri badet in dem Marmorteich, den die Jesuiten für sie entworfen haben. Das Wasser wird jeden Tag angewärmt und mit Essenz von Rosen und Jasmin versehen. Der Kaiserpalast wurde nach kostbaren Pelzen durchstöbert; selbst die Kaiserin hat sich von einem mit Goldaffenfell besetzten Mantel getrennt, und Schneetiger- und Zobelpelze liegen in großer Zahl im Palast des Ewigen Frühlings aufgehäuft.

Obschon es mir nicht gelang, die Aufmerksamkeit des Kaisers zu erwecken, sind die Hofdamen und Eunuchen in ihrem Geschwätz voll des Lobes für mich. Sie sagen, ich sei schön, jung und eine Jungfrau, die Turkmenin dagegen eine Witwe. Ich habe die zwei Uhren der Kaiserinmutter repariert, und sie schickte mir Gerichte von ihrem Tisch und Blumen, die Kuriere aus dem Süden heraufbringen. «Vielleicht habe ich irgendeine Verwendung für dich», sagt ihr Denken zu mir.

Ich schicke mein Denken zu Colin aus und spüre, daß das seine wie ein glatter, in der Sonne schimmernder See ist. Er baut einen Androiden. «Es ist alles gut, Bea.»

Ich kann ihm nicht sagen: ich träume von dir. Denn in diesem Palast mit seinem ständigen Gewisper von Verlangen und verbotenem Ausdruck des Verlangens gibt es nur einen Mann: den Kaiser. Und ich will ihn erobern. Aber es geschieht um deinetwillen, Colin, mein Bruder. Um deinetwillen.

Johann Werner hängt die Zunge aus dem Munde; er kann den Kopf nicht mehr heben. In seinen Augen ist noch Leben, aber die Muskeln, die die Lider hochhalten, werden auch erlahmen.

Unser portugiesisch-chinesischer Geschützmacher Thomas Wang Chi hat einen Vorrat an Salpeter angelegt und zwei Kanonen gemacht, von denen er behauptet, selbst die Engländer hätten keine besseren. Zweiter Sohn sagt, wir sollten ihn loswerden. «Ihm sitzt die Zunge locker, er betrinkt sich abends und verkehrt mit üblen Gesellen.» Wang Chi hat herausgefunden, daß Werner exkommuniziert wurde und sagt, man habe ihn betrügerischerweise dazu gebracht, für einen von der Kirche Verstoßenen zu arbeiten. Er droht damit, dem Erzbischof in Macao einen Brief zu schreiben.

Die Nachricht von Heller Konkubines Krankheit ist nach Yangchou gedrungen. Die Hsu und die Fang sind besorgt, wenn sie es sich auch nicht anmerken lassen, denn die Han besitzen die erstaunliche Fähigkeit, ihre Gefühle zu verbergen.

Jeder hat von Duftender Konkubine gehört. Die Zofen erzählen die aufregendsten Geschichten von ihr und dem Kaiser. Zeigt die Person des Allerhöchsten Herrschers Lüsternheit, so bricht Unglück über das Land herein, denn der Himmel entzieht dem Ausschweifenden das Mandat.

Es ist Neujahr, und die Salzkaufherren sorgen in der Stadt Yangchou für Lustbarkeiten, überhäufen die Tempel, die Maler, die Poeten, die Gärtner und alle Gewerbetreibende mit Geld. Überall werden die Symbole für Reichtum, Ehre und langes Leben ausgestellt. Mich entzückt diese Mischung von Spott und Hingabe, mit der die Han ihre Götter behandeln.

Zweiter Sohn führt mich heimlich zu einem Freund, der einen alten Sarg ausgegraben hat. Es erinnert mich an Lausanne und die Ausgrabungen damals.

Der Sarg ist eine riesige Truhe, höher als drei Männer und so breit wie sechs. Es ist eigentlich ein dreifacher Sarg, denn er hat drei übereinanderliegende Schichten. Die Innenseite ist von Hand bemalt mit der Geschichte der Zehn Sonnen, der Zehn Raben und des Himmlischen Bogenschützen Hou Yi.

Es waren einmal zehn Sonnen am Himmel, jede auf dem Rücken ihres nachtschwarzen Raben ruhend. Die Sonnen kamen einzeln heraus, eine nach der anderen, und ruhten nachts auf dem himmlischen Baum, dem Rückgrat des Universums, auf dem sich ihre Raben niederließen.
Eines Tages machte Chaos alle zehn Sonnen gleichzeitig herauskommen. Und Menschen starben vor Hitze, Ernten verbrannten, und die Flüsse und Ozeane dörrten aus.
Da kam Hou Yi, der Große Bogenschütze, der Bogen und Pfeil erfunden hatte, damit die Menschen dem Wild nicht mehr nachzurennen brauchten, sondern es aus der Ferne erlegen konnten. Er schoß neun der zehn Raben ab, so daß neun Sonnen in das grenzenlose Nichts stürzten.
Deshalb gibt es jetzt nur eine einzige Sonne, deren Rabe die Nacht beherrscht. Und auf jedem fürstlichen Sarg ist

die Geschichte Hou Yis gemalt, damit wir uns daran erinnern, daß Tag und Nacht, Licht und Dunkel, Leben und Tod ein und dasselbe sind.

Zweiter Sohn kennt viele solcher Legenden. Sie beunruhigen mich, denn er sagt: «Jeder von uns ist Sonne und Rabe, böse und gut. Wir können uns selbst nicht entrinnen.»

Im Tempel des Himmels, welcher der Mittelpunkt des Universums ist, bringt der Herr-von-Allem die rituellen Neujahrsopfer dar.

Hier wird der Kaiser, Bindeglied zwischen Himmel und Erde, zum Priesterkönig. Er wird eine Furche pflügen mit dem zeremoniellen Handpflug, die fünf Körner, den Ochsen und den Wein opfern. Die Ernte hängt von ihm ab. Alles erwacht zu Leben, wenn er ein würdiges Leben geführt hat. Wenn nicht, gibt es Überflutungen oder Dürrezeiten.

Der Tag ist grau. Der Winter entläßt das Land nicht aus seinem Griff.

Am Morgen ist Hagel gefallen, was Katastrophen ankündigt. Die Riten finden deshalb am späten Nachmittag statt.

Der Opferochse bewegt sich in der Kiste, in der er eingesperrt ist. Er gibt leise Töne von sich, obwohl man ihm die Stimmbänder zerschnitten hat. Auf langen lackierten Tischen stehen Porzellangefäße, welche die fünf Körner und den Wein enthalten.

Der Kaiser steigt die drei Terrassen zu dem Altar aus reinem, weißem Marmor empor.

Im Palast findet ein weiteres Opfer statt.

Die Kaiserinmutter hat nach dem lebenden Buddha aus Tibet geschickt. Im tibetanischen Tempel von Peking tanzen die Mönche ihre Tänze, mit Tiermasken vor dem Gesicht. Sie springen und bewegen sich zum Klang langer Hörner aus dem Gebirge.

Die Kaiserinmutter hält die Riten des Neujahrsfestes innerhalb der Verbotenen Stadt ab. Die Kaiserin und die Konkubi-

nen erweisen den Tafeln der dynastischen Ahnen ihre Ehrerbietung und zünden in allen Sälen Kerzen und Weihrauch an. Im Saal der Harmonie sitzend, nimmt die Kaiserinmutter die Ehrerbietung entgegen, die ihr von jedem weiblichen Wesen im Inneren Palast, von jedem Eunuchen zustehen. Auf einem Thron aus vergoldetem Holz, mit den goldenen Kranichen als Symbol langen Lebens zu beiden Seiten, wird sie zur Mutter des Reiches. Helle Konkubine, fast im Sterben, von mir und drei Hofdamen getragen und gestützt, kommt, um vor ihr niederzuknien. Die einzige, die fehlt, ist Duftende Konkubine.

Die Kaiserinmutter schickt nach ihr, schickt nicht nur Eunuchen, sondern auch Palastwachen aus, denn wenn sie nicht erscheint, verstößt sie gegen Harmonie, Ritual und Ordnung. Sie ist Chaos, welches das Reich zerstört.

Mamsiri wird aus dem Palast des Ewigen Frühlings in die Verbotene Stadt gebracht, wo sie die Kaiserinmutter, in ihr Drachengewand gekleidet, umgeben von einem Kreis von Eunuchen, von der Kaiserin, den Konkubinen, im Saal der Ständigen Harmonie erwartet.

Mamsiri trägt ihre turkmenische Kleidung – Pelzmütze, Umhang über Hosen und Stiefeln. Ihre Hüfte ist umgürtet, vom Gürtel hängt ein Messer an einer silbernen Kette herunter.

Man zwingt sie, vor der Erhabenen niederzuknien.

«Barbarenfrau», sagt die Erhabene Mutter, «Sie bringen ein Messer in die Verbotene Stadt, tragen ein Messer bei sich wider den Herrn-von-Allem.»

Mamsiri wirft den Kopf zurück. «Die Frauen meines Volkes, das weit in die Zeit zurückreicht, haben stets Messer getragen.»

«Ihre Verbrechen sind so groß, daß das Volk seinen Zorn zum Himmel schreit», entgegnet Erhabene Mutter. «Die Behörde der Riten und die Behörde der Zensoren sowie die Äbte der Tempel haben die vier Horizonte, die acht Punkte des Universums befragt. Sie sagen, daß Sie das Chaos bedeuten, die Umkehrung aller Ordnung. Sie bringen dem Reich Unordnung.»

Mamsiri blickt sich um. «Wo ist der Kaiser? Der Herr Zehntausend-Jahre muß entscheiden.»

«Der Himmel entscheidet», sagt die Erhabene Mutter. «Der Kaiser bringt die Neujahrsopfer dar, und Sie stören sie, indem Sie ein Messer tragen, indem Sie der zwischen Himmel und Menschen eingerichteten Ordnung zuwiderhandeln.»

Mamsiri blickt sich um, sieht sich der Phalanx der Frauen um den Thron, den an den Wänden aufgereihten Eunuchen gegenüber. Ganz kurz bleibt ihr Blick auf mir haften, aber ich reagiere nicht darauf.

«Unser Wohlwollen läßt Ihnen die Wahl – entweder gehen Sie in ein Kloster, um Ihre Sünden abzubüßen, oder Sie sterben.»

Mamsiri speit auf den Boden. «Ich ziehe den Tod vor.»

«Schafft sie fort.»

Sie wird zum Palast des Ewigen Frühlings gebracht. Zeremoniell niederkniend, überreicht ihr der Großeunuch den Korb, in dem zusammengerollt die Seidenschnur liegt.

Niemand weiß, was geschah. Vielleicht hat sie sich gewehrt, wie eine Barbarin, aber der Großeunuch hatte die Zeit auf seiner Seite.

Wir in Yangchou hörten vom Tod der Frau aus der Steppe, und die Leute spannen eine Legende von Liebe und Leid.

Während der Kaiser das Neujahrsopfer darbrachte, hatte ihm sein vertrautester Eunuch zugeflüstert, etwas sei nicht in Ordnung. Er schwang sich auf sein Pferd und galoppierte zum Palast des Ewigen Frühlings. Doch inzwischen war es dunkel geworden, alle Tore waren verschlossen, und niemand antwortete auf sein Rufen. Darauf ritt er zur Verbotenen Stadt, aber seine Mutter hatte die Tore schließen lassen, «um des Kaisers Sicherheit willen», hatte sie gesagt – in Wirklichkeit aber, um ihm den Zugang zu verwehren.

Und der Kaiser konnte nichts tun, gar nichts. Die Sohnespflicht, die Verehrung, die er der Mutter schuldete, ging ihm über alles. Und die Erhabene Mutter hatte ihn gerettet, hatte das Reich gerettet.

In der offiziellen Geschichtsschreibung ist ein solches Ereignis nicht verzeichnet. Alles war Gerede, kein Archiv spricht davon. Die Hodjas hatten nicht revoltiert; eine dsungarische Prinzessin, Tochter eines dem Reich treuen Stammesfürsten, lebte viele Jahre im Harem unter dem Namen Konkubine Orchidee und wurde nie von Castiglione gemalt . . .

11

ANNO DOMINI 1762

Kurz nach Neujahr, als die Magnolien ihre weitäugigen Blütenblätter auf die Gartenwege fallen ließen, kam Dritter Sohn zu mir und sagte, Abdul Reza sei zurückgekehrt.

Er war in Yangchou eingetroffen zusammen mit einer Gesandtschaft von Thai-Prinzen aus dem Königreich Ayuthia und erwartete mich im Botschafter-Gästehaus des Vizekönigs.

Als ich ihn erblickte, war er von einer stillen, kalten Wut erfüllt, doch war er mir gegenüber freundlich. «Ihre Schwester spielt ein gefährliches Spiel. Aber sie ist die geborene Leererin-der-Städte», sagte er, den chinesischen Ausdruck gebrauchend, der darauf anspielt, daß Schönheit in Verbindung mit Ehrgeiz Reiche vernichtet und brave Menschen ins Unglück stürzt.

«Dem ist nicht so, Fürst Reza. Sie hat das für Sie und für mich getan.»

«Für mich?» Er zog ungläubig die Brauen in die Höhe.

Wie konnte ich ihm erklären, daß Bea Visionen hatte, Unheil und Gemetzel voraussah und eine Katastrophe abzuwenden und den Kaiser zu verführen versuchte um Rezas großen Planes willen?

Ich versuchte es, stockend, und während ich sprach, hellte sich sein Gesicht auf und zeigte zunächst Verblüffung, Erstaunen, Verwunderung und dann Belustigung, bis es schließlich wieder ernst wurde. «Wenn das, was Sie mir da sagen, wahr ist, dann besitzt Ihre Schwester in der Tat Größe . . . die weit über das Vermögen einer Frau und vieler Männer hinausgeht. Dann besitzt sie das Zeug, aus dem Seher gemacht sind und Propheten und Eroberer. Aber sie hat es nicht nur mit einem einzelnen Mann, dem Kaiser, zu tun, obwohl er allmächtig erscheint. Da ist das ganze System, da sind die Menschen, die Eunuchen, die Bürokratie – sie alle fühlen sich bedroht durch jegliche Veränderung und werden sie eher töten als gewähren lassen.»

Marquis Fang, Abdul Reza und Reisender-in-Leere besprachen sich lange untereinander; sie schienen besorgt. Ich vermutete, daß sie über Bea sprachen. Dann suchten sie Johann Werner auf, der hören, aber nicht mehr die Augen öffnen und sprechen konnte. Ich saß in einiger Entfernung von ihnen und hörte nicht hin, sondern dachte an Bea. Die Schicksale großer Unternehmungen werden durch den Zufall entschieden, durch eine Kleinigkeit, durch die Laune oder Vision eines Menschen oder deren Ausbleiben, so wie in der Kunst des Wushu die jähe Bewegung eines Handgelenks, ein auf die richtige Stelle gestoßener Finger über Tod oder Leben entscheiden.

«Wir werden die Gesandten des Königreichs von Ayuthia aufsuchen», sagte Marquis Fang zu mir.

Seit fast dreihundert Jahren unterhielt Ayuthia, das man auch Thailand nannte, gute Beziehungen zum Kaiserreich. Bei seiner Thronbesteigung sandte jeder neue König Geschenke – Gold, Bäume, Blumen, Vasen, Rubine, Perlen, Saphire, Reis, Teakholz, Ebenholz und Elefanten – nach China. Und China revanchierte sich mit Seide und Porzellan, ausgebildeten Handwerkern, bisweilen einer Prinzessin oder zwei und den fünffachen königlichen Sonnenschirmen aus gelber Seide, Symbol der Anerkennung eines neuen Königs durch das Kaiserreich.

Im Königreich Ayuthia lebten viele Chinesen, weil sie den gesamten Seehandelsverkehr zwischen beiden Ländern beherrschten.

Marquis Fang und ich suchten die Gesandten auf, und ich überreichte ihnen Automaten, die ich konstruiert hatte, Tänzer und natürlich singende Vögel und Uhren mit emaillierten Deckeln, die wir in unserer Werkstatt hergestellt hatten. Diese Dinge waren den Gesandten nicht fremd; in Ayuthia lebten zahlreiche Ausländer – Araber, Perser, Portugiesen, Franzosen, Holländer, Engländer und japanische Kaufleute, von denen manche schon seit über drei Jahrhunderten dort ansässig waren. Ayuthia wurde in allen Reiseberichten, in allen Kontoren der europäischen Handelshäuser als die Perle des Orients, das Venedig Asiens erwähnt, eine Stadt von fabelhaftem Glanz und Reichtum. Und im siebzehnten Jahrhundert hatte Ayuthia Gesandtschaften nach Frankreich, nach England, nach Holland geschickt, denn recht lebhafte Neugierde war ein Kennzeichen der nicht durch die konfuzianische Strenge gebundenen Thai.

Die Gesandten, die wir im Palast des Vizekönigs antrafen, waren gutaussehende, schlanke Männer, die sich recht frei bewegten, lachten und riefen und sangen, wenn sie Lust hatten, während Musikanten auf einem Dutzend Instrumenten klimperten, in Räumen, in denen ein angenehmes Durcheinander herrschte. All dies unterschied sich sehr von der würdevoll-förmlichen Art der Chinesen, und mir schlug das Herz schneller, denn sagten auch Disziplin und Ordnung meinem vorsichtigen Verstand zu, so nahm mich die freie Lebensfreude der Thai-Gesandten doch gefangen.

Prinz Udorn, ein junger Mann in meinem Alter, unterhielt sich mit mir auf französisch, englisch und hölländisch. Seine Vorfahren waren Botschafter an den Höfen Frankreichs und der Niederlande gewesen; einige waren nach London, ins Ottomanische Reich und nach Venedig gegangen, und einer seiner Vettern hatte sogar eine der großen jährlichen Messen von Neuchâtel besucht! Udorn sah gut aus, war schmalgliedrig und hatte ein dunkles Gesicht mit großen runden Augen. Als er mich nach meiner Arbeit in Yangchou fragte, sagte ich ihm, ich hätte eine Werkstatt zur Herstellung von Uhren und Automaten eröffnet und unterrichte einige Schüler in der neuen Wissenschaft, die aus Europa kam. Er lächelte und sagte leichthin: «Mögen Sie dabei Glück haben.»

Udorn besuchte mich in meinem Pavillon, wobei er sich entgegen allen Regeln des Protokolls keines Mittelsmannes bediente.

«Das Warten auf die Reise nach Peking ist so langweilig», sagte er. «Bei Ihnen ist es interessant.»

Er sprudelte über vor Lebensfreude, so unbändig wie eine muntere Quelle, war so grundlos fröhlich wie der frische

Morget über dem weit entfernten See von Lausanne – er atmete Lebensfreude ein, strömte Lebensfreude aus, weil das Leben kostbar und Freude das Wesen des Lebens ist.

Die Boten aus Ayuthia waren nicht nur gekommen, um Tributgaben zu überbringen, die üblichen Geschenke zur Thronbesteigung ihres neuen Königs, sie wollten auch den chinesischen Kaiser um Hilfe gegen den raubgierigen König von Burma bitten.

«Seit fast drei Jahrhunderten führen wir und die Burmesen miteinander Kriege – insgesamt waren es zweiundzwanzig», erzählte Udorn. «Unser großer König Boromakot starb 1758. Er wollte, daß ihm Utumporn, sein dritter Sohn, nachfolgte, weil Ekatat, sein ältester Sohn, unfähig und schwach war. Dennoch gelangte Ekatat auf den Thron und zwang seinen Bruder dazu, Priester zu werden.» Doch König Alungpaya von Burma, der wußte, daß Ekatat ein schwacher Herrscher ist, überfiel Ayuthia mit einer Armee von zweihunderttausend Mann, in der sich zehntausend portugiesische Söldner befanden. Er war bis auf zwei Meilen an die Hauptstadt Ayuthia herangekommen. Die Prinzen und Fürsten hatten sich versammelt, hatten Utumporns Wiedereinsetzung gefordert, und Ekatat hatte widerwillig nachgegeben. Utumporn hatte die Verteidigung Ayuthias bewerkstelligt, und Alungpaya hatte glücklicherweise durch den Splitter einer seiner eigenen Kanonen, die explodiert war, den Tod gefunden. Die Burmesen zogen sich zurück. Aber kaum war die Gefahr gebannt, da fand sich Ekatat wieder ein und trieb seinen Bruder abermals ins Kloster.

«Es ist ein Jammer», sagte Udorn, «daß Utumporn sich Ekatats nicht entledigen konnte, solange er an der Macht war... ein großer Jammer.» Ekatat hatte sich nun seinerseits siebzehn seiner Halbbrüder entledigt und schickte seine Gesandten zum chinesischen Kaiser.

Allem, was Prinz Udorn mir sagte, mußte man entnehmen, daß der Kampf um die Thronfolge in Ayuthia stets mit viel Blutvergießen verbunden war.

Auch Prinz Chiprasong erregte meine Aufmerksamkeit. Er

übte sich täglich im Hof des Palastes des Vizekönigs mit zwei Degen. Seine Diener, in japanische Rüstungen aus Weidengeflecht gekleidet, dienten ihm als Kampfpartner. Er stieß wilde Schreie aus und sprang und stieß nach ihnen, und ich hätte ihn gern barhändig als Gegner in einem Wushu-Kampf gehabt.

Die Gesandten begaben sich auf die Reise nach Peking, ihre Boote glitten in prunkvollem Geleitzug den Großen Kanal hinauf, eskortiert von Eunuchen und Beamten des Protokolls, die der Hof geschickt hatte. Abdul Reza fuhr mit ihnen; für ihn war es eine Frage des Handelsverkehrs, denn in Peking und im Norden des Reiches lebten auch viele Muslims. Ich hoffte, Abdul Reza werde Bea gesund zurückbringen. Obschon Bea allnächtlich zu mir sagte: «Alles geht gut», konnte ich nur erwidern: «Sei vorsichtig, Bea, sei vorsichtig.»

«Colin, Colin . . .»

Ah Ming rüttelte mich wach. Ah Ming, ganz in Schwarz gekleidet, einen Zopf um den Kopf geschlungen wie ein Matrose.

«Was . . . was?» Ich wehrte mich, noch schlaftrunken.

«Marquis Fang ist abgeführt worden, er ist des Verrats angeklagt. Wir müssen fliehen. Schnell!»

«Aber –»

«Keine Zeit zum Reden.» Ah Ming zerrte mich gewaltsam aus dem Bett, warf mir meine Kleider über. Kein Dienstbote, kein Hausmädchen war da; man hörte nur aus der Ferne leisen Lärm und das beunruhigte Rufen der Papageien.

«Aber was hat er getan?»

Ah Ming seufzte verzweifelt, warf mir ein schwarzes Gewand mit Kapuze über und zog mich hinaus. Ein Handkarren wartete draußen, mit zwei schwarzgekleideten Männern, Schülern aus unserer Werkstatt. «Verbirg dein Gesicht . . . du bist ein Ausländer.»

Ich bestieg den Handkarren, dann fiel mir etwas ein.

«Wartet.» Ich rannte zurück, ergriff mein Werkzeugbesteck, hob den Scholaren hoch, barg ihn in meinen Armen. Ah Ming knurrte, hüllte uns beide in das Gewand und zog mir ein

Tuch über Kopf und Gesicht. Die beiden Schüler schoben den Karren durch das Hintertor, durch das gewöhnlich Unrat beseitigt wurde. Ah Ming ging voraus, eine kleine Laterne in der Hand.

Hier war ein ganz anderes Yangchou – schmale Gassen, niedrige Behausungen, Bettler, die sich wie Dunghaufen an den Ecken zusammenkauerten, flüchtige Schatten. Ein Mann hob seine Papierlaterne, um einen Blick auf uns zu werfen. Ah Ming sagte: «Mach Platz, Bruder, meine Großmutter ist am Sumpffieber erkrankt.»

Wir eilten weiter und erreichten endlich den taoistischen Schrein, nicht weit von den Stadtmauern entfernt, ein kleines Gebäude aus Erde und Ziegelsteinen. Drinnen auf dem Altar stand die Statue eines der Acht Unsterblichen des Tao, und die Wände waren mit Weihgaben geschmückt. Hier erwartete uns Dunst-in-einem-Hain. Er hatte seine Robe um die Hüfte gebunden, und er keuchte, als wäre er gerannt. Unter dem Ziegelsteinaltar war ein schmaler, sargähnlicher Raum. Die bretterverschlagenen Seiten schlossen sich über mir.

Durch die noch freigebliebene Öffnung fragte ich Ah Ming: «Was ist mit dem Meister der Uhren?»

«Reisender hat ihn an einen sicheren Ort gebracht.»

Das Brett wurde zugeschoben. Ich konnte nur noch durch die Ritzen im Holz atmen.

Der Morgen graute, und die ersten Gläubigen kamen , den Unsterblichen anzuflehen. Es war Lu Yueh, Großmarschall der Heerscharen-wider-die-Neun-Plagen. Sein Streitroß hieß Kurzsichtiges-Kamel, und er hatte ein blaues Gesicht, rotes Haar, lange Zähne und drei Augen. Den ganzen Tag über kam immer wieder ein Gläubiger herein. Der taoistische Tempelhüter beschäftigte sich damit, Weihrauch anzuzünden, den Unsterblichen laut anzurufen, die Holzplättchen auf den gestampften Fußboden zu werfen und Medizin auszuteilen, die in Töpfen an den Wänden hing.

Um Mittag kam Ah Ming zurück. Der Hüter sperrte den Tempel ab, und wir setzten uns nieder, um das Mahl mit ihm zu teilen. Ah Ming berichtete mir von den Ereignissen.

«Es hat nichts mit dem Neuen Lernen und Wissen zu tun, auch nichts mit Uhren und Automaten. Nicht einmal mit den Kanonen. Zweiter Junger Herr hatte sie schon vergraben.

Erinnerst du dich des Tages, als du dir zusammen mit ihm einen alten Sarg angesehen hast? Damals haben wir sie versteckt.»

«Aber warum wurde Marquis Fang festgenommen?»

«Um der Worte der Dichter willen.»

Kaiser Tsienlung mochte Poesie und Malerei lieben, aber nur, wenn sie sich an die orthodoxen Regeln hielten.

«Colin, erinnerst du dich des Festes, das Marquis Fang vor einiger Zeit am Schlanken See gab und zu dem er die Poeten einlud? Ein junger Poet hatte damals zuviel getrunken und unbedachte Verszeilen gesprochen.»

«Ich erinnere mich.»

Er hatte gesagt:

Ach, die Blütenblätter fallen auf die Stufen des Palais
Und werden dann doch achtlos fortgefegt.

«Aber wie kann jemand in diesen Worten einen Verrat erblicken?»

«Sie sind heimtückisch. Sie bedeuten, daß der Kaiser unfähig ist und seine Begabung nicht gebraucht. Er hat seine Lauscher... überall.»

Eine literarische Inquisition. Ich mußte an Voltaire, an Diderot denken, die den gleichen Verfolgungen ausgesetzt gewesen waren.

«Und Marquis Fang... was wird mit ihm?»

«Das weiß niemand. Marquis Fang mag jemanden beleidigt haben, und jetzt wird Rache geübt. Helle Konkubine ist tot, so daß eine Anklage gegen Marquis Fang nach oben weitergehen kann; bei Hofe ist niemand, der die Macht hat, sie aufzuhalten.» Ah Ming erhob sich und seufzte. «Wahrhaftig, alles hängt davon ab, daß man Verwandte bei Hofe hat...»

Reisender-in-Leere war es gewesen, der Ah Ming gerade noch hatte sagen können, daß die Soldaten unterwegs waren, um Herrn Fang und seine Familie festzunehmen. Reisender war dann in Werners Schlafzimmer gegangen, hatte sich Werner auf die Schulter gehoben und war mit ihm davongegangen. Der Marquis aber konnte nicht mehr fliehen. Er und Zweiter Sohn wurden verhaftet. Drittem Sohn war die Flucht gelungen. «Sie suchen nach ihm», sagte Ah Ming.

«Ah Ming, meine Schwester, meine Schwester ist in Peking.»

«Aber sie ist doch nur eine Frau», sagte Ah Ming wegwerfend.

Nur eine Frau. Bea, die einen so starken Willen hatte, die aufgebrochen war, den Kaiser zu erobern. Sie hatte mir helfen wollen. Nur eine Frau, aber eine, die ihr eigenes Schicksal haben wollte, wie ein Mann ... Bea.

Unter dem Unsterblichen Marschall-der-Heerscharen-wider-die-Neu-Plagen kauernd, dürstete ich nach einer Berührung durch Beas Denken, welches reines, loderndes Feuer war, das alle Dinge verwandelte und sie glänzen machte, aufleuchten vor kraftvoller Liebe und unerbittlichem Haß – das nie lau war, vorsichtig, mittelmäßig, nicht einmal freundlich.

Drei Tage und Nächte harrte ich bei dem Marschall und seinem kurzsichtigen Kamel aus. Der alte Tempelhüter ging unerschütterlich seiner Tätigkeit nach. Er bereitete sich sein Essen und teilte es mit mir. Ah Ming kam, manchmal mittags, manchmal abends, und brachte Neuigkeiten mit.

«Marquis Fang ist im Gefängnis zusammen mit Zweitem Sohn. Dritten Sohn hat man noch nicht gefunden. Das gesamte Anwesen der Fang ist mit Beschlag belegt. Erste Dame hat sich in den Brunnen ihres eigenen Privatgartens gestürzt. Die Dienstboten sind davongelaufen. Aprikose ist gefoltert worden.»

Aprikose, gefoltert ...

«Sie glaubten, sie wisse vielleicht, wo du bist. Sie glauben, Dritter Sohn und du seid zusammen geflohen. Erinnerst du dich, ihr habt gemeinsam die Blumenboote besucht ... Sie ergreifen jetzt Männer, die hinken ...»

Das war ein böser Traum. Das Heiligtum des Tao, der

rotgesichtige Marschall-von-den-Plagen, alles nur ein böser Traum. Mein Denken tastete nach Bea aus, um sie zu warnen. Aber ich konnte sie nicht erreichen. Etwas ging in Peking vor, und sie schloß mich davon aus. Und so kam ich mir unwirklich vor, von allem losgelöst.

In der vierten Nacht kam Reisender zusammen mit Ah Ming. «Der Meister-der-Uhren hat zu atmen aufgehört. Kommen Sie mit mir.»

Wir gelangten zum Tempel der Höheren Erleuchtung. In einem Vorgebäude, wo die Toten warteten, lag der Leichnam Johann Werners auf einer blanken Bettstatt mit einem grauen Laken. Sein Gesicht war nicht mehr abgezehrt; der Tod hatte ihm das Fleisch zurückgegeben, das Gewebe unter seiner Haut.

Das Feuer war vorbereitet – ein kreisrunder Ofen mit einem Kamin aus Backsteinen, der mich an den Backofen von Vidy erinnerte. Der Meister-der-Uhren wurde dem reinigenden Feuer übergeben, während Reisender niederkniete und sagte: «Mögest du von der Wiedergeburt befreit bleiben, doch wenn du wiedergeboren wirst, mein Bruder, werden wir uns in einem anderen Leben wiedersehen.» Reisender-in-Leere hatte Johann Werner mit aller Liebe geliebt, und sein Kummer war sehr groß, obschon er nicht weinte.

Ich blieb jetzt im Tempel, in einer der vielen aus der Felsklippe herausgehauenen kleinen Zellen, die den Mönchen zur Meditation dienten. In die glatte Klippenwand war der Bodhidharma eingemeißelt.

Reisender übte weiter Wushu mit mir, übte mit mir alle Schritte und Griffe, als sei ich einer seiner Schüler. «Sie müssen stark sein – Sie werden sich jetzt verteidigen müssen.» Ein Novize brachte mir zweimal am Tag Essen, Reisschleim, Gemüse und Pilze. Eine einzige Mahlzeit vor Mittag, und dann nichts mehr bis zum Morgengrauen. Dunst-in-einem-Hain war im Heiligtum des Tao befragt worden, aber er war wegen seiner heilenden Kräfte so angesehen, daß er der Folter entgangen war. Aprikose dagegen war unter der Folter gestorben, und das gleiche Schicksal hatte andere Hausmädchen und Diener der Familie Fang betroffen.

Bea kam zu mir.

«Colin, Colin, Abdul Reza ist hier in Peking. Ich breche morgen zusammen mit ihm und den Gesandten auf.»

«Ich freue mich, Bea.» Bei den Boten aus Ayuthia würde sie in Sicherheit sein. Im Angesicht der Fremden würde sich der Hof jeder Gewalttat enthalten.

«Ich bin gescheitert, Colin», sagte sie.

«Du hast es versucht. Du warst so wunderbar mutig.»

«Ich komme zurück, zusammen mit Abdul Reza», wiederholte sie. Dann verschloß sie mir ihr Denken, da sie mich mehr nicht wissen lassen wollte.

Ich starrte die Klippenwand an. Ich mußte mich in der Tat weiter in Wushu üben und stark werden. Bea würde mich brauchen, und ich würde da sein.

Marquis Fang wurde in die tibetanischen Grenzregionen verbannt. Zweiter Sohn und Zweite Große Dame begleiteten ihn. Die Konkubinen zerstreuten sich – einige gingen auf die Blumenboote, Verwandte nahmen die jüngeren Kinder bei sich auf. Erster Sohn hatte sich, nach Abfassung eines Huldigungsbriefes an den Kaiser, in dem er ihm für sein Wohlwollen dankte, ertränkt, passenderweise in dem gleichen Fluß, in dem zwei Jahrtausende zuvor ein großer und übel behandelter Dichter sein Leben verloren hatte. Erster Sohn hatte zwei Söhne hinterlassen, so daß die Ahnenriten, wie dies erforderlich war, noch immer durch den ältesten Sohn eines ältesten Sohnes vollzogen werden konnten.

Alle Scholaren Chinas würden die klassische Würde seines Todes als einen Protest gegen die Ungerechtigkeit begreifen.

Die Gilde der Salzkaufherren von Yangchou arbeitete weiter, ließ sich nichts anmerken. Dritter Sohn hielt sich weiterhin versteckt. Einige sagten, er sei Mönch geworden.

Reisender, Ah Ming und ich verließen Yangchou an Bord einer kleinen Dschunke. Ah Ming war als Matrose der Schiffsbesatzung verkleidet, Reisender saß auf dem offenen Deck und sprach Gebete, und ich saß im Innenraum, versteckt in einer

Truhe, auf der buddhistische Schriften aufgestapelt waren. Wir passierten das Zollhaus, und dann waren wir auf freiem Wasser und glitten von Yangchou fort.

Des Sommers letzte Pracht kleidete das Land mit dichtem Laub und hohem Gras. Wir fuhren von einem Schrein zum anderen, im Schutze jenes unsichtbaren Gewebes einer Gesellschaft, das tausend Volkskulte und eine Million Helden aus dem gemeinen Volk hervorgebracht hatte, deren Götter und Unsterbliche Rebellen waren, Diebe, bisweilen Mörder. Es war ein den Mandschu unzugängliches Gewebe, eines, welches noch wußte, daß Chu-von-der-Roten-Laterne, der Begründer der Ming-Dynastie, ein Bettelmönch gewesen war. Es war ein Netzwerk von Schamanen, Zauberern, Wahrsagern, Exorzisten, alle einer Bauernschaft nahestehend, die, von großem Elend erfaßt, nach blendenden Mythen und Magie dürstete.

Wir kamen in Dörfer, die von der Dürre verheert waren, Dörfer, in denen mit Weidenzweigen bekränzte Männer den Regentanz tanzten am Ufer vertrockneter Flüsse und beschwörende Gesänge sangen, um die Götter des Regens anzuflehen. Sie teilten ihr karges Mahl mit uns – eine Mischung aus Gras, Rapsblättern und ungeschältem Reis.

Weiter ging es nach Süden, im Zickzackkurs. Auf Reisenders Anweisung übte ich mich weiter in Wushu, bis mein Körper nicht mehr der meine zu sein schien, sondern eine Marionette, die ich antrieb. Ich stellte keine Fragen, ich war Schüler, hatte volles Vertrauen.

Nachts kam Bea zu mir. «Wir werden fortgehen müssen», sagte sie, «dieses Land verlassen müssen.»

«Ich weiß, Bea.» Sie sagte mir, sie befinde sich jetzt auf dem Großen Kanal, auf einem der prunkvollen Boote der Thai-Gesandtschaft. «Abdul Reza nimmt uns mit sich ins Königreich von Ayuthia.»

Als das erste Herbstgold die Berge färbte, erblickte ich in der Ferne das scharlachrote Diadem der Stadt Zaiton, eine Rubinenkrone von Bäumen, unter der die Stadt ruhte. Und vor mir war der Alte Unsterbliche. Er stand auf der Ebene, als habe er auf mich gewartet, die Hände ausgebreitet, mit den großen

Ohren, die der Stimme des Universums lauschten. Ich erinnerte mich, daß Bea auf seiner Hand gesessen hatte.

Ich berührte ihn. Steinbrocken aus dem Meer, Felsbrocken vom Himmel, warm von Sonne. Reisender und Ah Ming grüßten ihn, und wir ruhten aus in seinem Schatten und hörten eine Amsel ihr Abendlied singen.

Wir verbrachten die Nacht im Seidendorf. Die Dorfältesten ließen unsere Ankunft bei Salim Ding vermelden. Während wir warteten, begann Reisender von seinem Leben zu erzählen. Bald würden wir uns trennen und uns vielleicht nie mehr wieder begegnen.

«Meine Eltern waren arme Leute; der Grundbesitzer nahm uns unseren Kochtopf, brach meinem Vater den Rükken. Mein Vater starb, meine Mutter verkaufte mich. Ich wurde Bettler, folgte einem Mönch, lernte ein wenig von diesem und jenem, aber ich wollte Rache, wollte den Grundbesitzer töten. Viele Jahre später begegnete ich ihm, und da war er ein alter Mann mit wässrigen Augen. Er begrüßte mich höflich, da er nicht wußte, wer ich war. Er betete sehr viel. Mein Herz war bekümmert, aber ich tötete ihn dennoch.»

Nach einer kurzen Pause fuhr er fort: «Dann zog ich jahrelang umher, ich stand auf dem Kopf, stand auf einer Hand, stand auf zwei Fingern. Ich zerbrach auf Jahrmärkten Steine mit der bloßen Hand und verdiente mir ein paar Kupfermünzen. Der Haß ließ mir keine Ruhe, bis ich einen Meister fand, der mich lehrte, daß jeder Mensch eine Summe Gutes und Böses zu vollbringen hat. Danach konnte ich mein eigenes Böses annehmen, so wie jeder Mensch das zum Schluß tun muß. Ich wurde Reisender-in-Leere. Und dann begegnete ich Johann Werner. Er lehrte mich, daß das Wissen endlos ist und daß die Suche nach dem Wissen viele Wege hat. Dies hat der Bodhidharma gelehrt – daß das Geistige nur durch das Körperliche erfahren werden kann. Zen kam mir durch ihn näher, und doch war er ein Barbar aus dem Westen. Seine Suche und meine Suche waren eins. Und so lernte ich . . . wie Sie jetzt lernen.»

Er lächelte. «Ruhen wir uns jetzt aus. Wir sind schon viele Tage unterwegs, und Ihnen steht noch eine weite Reise bevor.»

Salim Dings Sohn Faiz suchte uns auf, ärmlich gekleidet, mit bekümmertem, mutlosem Gesicht. Er sagte: «Colin, wie bist du gewachsen!» Und dann begann er zu weinen. Um die Ding stand es nicht zum besten. Die literarische Inquisition entwikkelte sich zu einer großen und blutigen Verfolgung; auch Angehörige der Hui wurden getötet, und die Hui von Zaiton hatten große Angst vor der neuen Erbarmungslosigkeit des Kaisers.

«Vielleicht hat der Tod der Turkmenin diesen Zorn in der Seele des Kaisers ausgelöst», sagte Faiz. «Er kann sich nicht gegen seine Mutter wenden, will er sich nicht mangelnden Respekts gegen die Eltern anklagen lassen – dem Amt der Riten zufolge das schlimmste Vergehen überhaupt –, und so läßt er seinen Zorn an seinen Untertanen aus.»

Hätte Bea Erfolg gehabt, so dachte ich, hätte sie dieses Blutbad vielleicht verhindern können, indem sie den Sinn des Kaisers auf andere Dinge gelenkt hätte. Er hätte vielleicht ein wenig Toleranz gelernt und sich eher für das neue Wissen interessiert, als in einer Verszeile keimenden Aufruhr zu argwöhnen.

Man hatte Zaiton viele neue Auflagen gemacht. Dennoch fuhren die kleinen Schiffe weiter über See, schlüpften davon, schafften viele fort, die der Tyrannei zu entfliehen suchten, steuerten andere Länder an.

«Du wirst nach Ayuthia fahren, um dort mit Fürst Reza zusammenzutreffen», sagte Faiz. «Die Gesandten der Thai und deine Schwester sind bei ihm in Kanton; von Kanton aus werden sie sich nach Ayuthia einschiffen. Du wirst von hier aus dorthin reisen.»

Die Seeleute, welche die kleinen Schiffe bemannten, die nachts aus den versteckten Buchten um Zaiton ausfuhren, würden uns nach Ayuthia bringen. Doch ich war ein Ausländer, einer, den die kaiserlichen Soldaten suchten. Wurden die Schiffer erwischt, während sie mich aus China herausschmuggelten, würde man sie auf höchst grausame Weise töten, würde man sie in Stücke schneiden, langsam, so wie man dies mit Damiens gemacht hatte, der den König Ludwig XV. von Frankreich hatte umbringen wollen und dem man das Fleisch Stück für Stück vom Leibe gezogen hatte, bevor man ihn durch vier Pferde, an seine Gliedmaßen gespannt, zerreißen ließ. Und mich würde man wahrscheinlich ganz langsam mit der Garrotte erwürgen, so wie die Protestanten in Frankreich auf dem Schafott hingerichtet worden waren.

Indes ich solche Aussichten mit einiger Beklemmung bedachte, versuchte Ah Ming mich zu trösten. «Mein Vater war Matrose. Auf diese Weise sind wir nach Manila gekommen, wo wir dann für die Spanier beim Straßenbau arbeiteten.» Sein Vater war später Hausierer und schließlich Kaufmann geworden, doch dann, 1758, hatten die Spanier unter den Chinesen in Manila ein Blutbad angerichtet. «Natürlich hatten sie es nur auf ihr Geld abgesehen», sagte Ah Ming. «Wir leben nur immer in der ruhigen Pause zwischen zwei Gemetzeln.» Aber weil sein Vater ein Seemann gewesen war, besaß er viele Verbindungen. «Um meines Vaters willen, weil er vielen anderen Seeleuten geholfen hat, werden sie auch uns helfen.»

Die Schiffer hatten ihre Bruderschaften, die eisern zusammenhielten, mit eigenen Paroleworten, Riten, Eiden und Heimlichkeiten. Einige von ihnen holten uns ab und brachten uns zu einem sandigen Strand, wo ihre Dschunken dicht nebeneinanderlagen. Soweit ich sehen konnte, war der schmale Meeresarm mit Segelschiffen bestückt, so wie sich in einer Stadt Häuser um Häuser aneinanderreihen.

An Bord der Dschunke des Hauptschiffsführers redeten Ah Ming und der Kapitän miteinander. Ich verhielt mich still. Ich hatte den Scholaren mitgebracht, der allgemeine Aufmerksamkeit erregte. Die Matrosen betrachteten und befühlten ihn. Ich ließ ihn zu ihrer Unterhaltung schreiben, ließ ihn seine vorgegebenen Bewegungen vollführen, und sie stießen begeisterte Rufe aus, schlugen sich auf die Schenkel und hielten mich für einen höchst glücklichen Menschen mit meiner lebendigen Puppe. Der Hauptschiffsführer meinte, eine so weitgereiste

Puppe müsse auf See Glück bringen, und so erklärten sie sich bereit, mich mitzunehmen.

Aus der Dschunke stiegen wir zu einem Heiligtum über, dem wasserumspülten kleinen Tempel von Tien Hou, der Herrin des Ozeans, Kaiserin des Himmels.

Ihre Statue, in ein seidenes Gewand gekleidet und versehen mit einer Haartracht aus hellen Glasbruchstücken, war von minderen Gottheiten umgeben. Die Wände waren mit Weihgaben geschmückt. Jeder Seemann kam hierher, ehe er sich einschiffte, um eine sichere Überfahrt zu erflehen. Ein Paddelruder, ein Seil, ein kleines Segel und der Bug einer Dschunke – diese Dinge lagen um ihren Altar verstreut, um sie an ihre Berufung zu erinnern.

Ah Ming kniete nieder, und der Hauptschiffsführer teilte der Herrin der Wasser mit, daß wir ausfahren wollten, und wartete auf die Antwort. Der Weihrauch brannte stetig herunter; die Holzplättchen fielen dreimal klappernd nieder. Dann war Schweigen, und man betrachtete dies als ein günstiges Vorzeichen für unser Unternehmen.

Da kniete ich vor Tien Hou nieder, denn wenn in Marseille so viele zu Unserer Lieben Frau vom Meer beteten, warum sollte ich da nicht der Königin der Wasser huldigen, in diesem Heiligtum, wo sie seit über tausend Jahren von zahllosen Seeleuten um Hilfe angefleht worden war?

«Wer immer du sein magst, du bist Geist. Bitte, schütze Bea, meine Schwester, denn sie besitzt große Kühnheit und ist wie du eine Frau, und sie glaubt an die Welt der Geister.»

Dann spendierte Faiz ein Festmahl, und wir alle aßen, und die Matrosen tranken viel Wein. Wir schliefen an Bord, Ah Ming und ich. Wir würden die Segel setzen, wenn die Nacht schwarz auf dem mondlosen Land lag. Reisender blieb beim Altar von Tien Hou, der Meereskönigin, zurück, das Gesicht uns zugekehrt, bis See und Land vom Dunkel verschlungen wurden.

12

ANNO DOMINI 1762

Ayuthia, Königreich und Stadt, den Ausländern unter dem Namen Thailand bekannt. Ayuthia heißt Stadt des Paradieses, und sein magischer Glanz bleibt bestehen, auch wenn Ayuthia nicht mehr ist. Dort endete meine Jugendzeit, in Gemetzel und Verzweiflung. Ströme von Blut ertränkten Ayuthia, doch es lebt weiter als goldener Schein in der Erinnerung derer, die seine Herrlichkeit erleben durften.

Unsere Dschunke mit dem breiten Bug und den darauf gemalten Augen glitt die monsungeschwellten Wasser des Chao Phya Menam hinauf, des Großen Mutterflusses. Wir passierten Amsterdam, eine holländische Hafenniederlassung, wo Handelsschiffe aus Batavia anlegten, ihre Waren entluden und neue Ladung aufnahmen, und erreichten die kleine Stadt Bangkok, zur Linken des Flusses. Hier hatten die Franzosen in den achtziger Jahren des vorigen Jahrhunderts Wälle und ein Fort errichtet, als sie – Botschafter, Soldaten und Priester – versuchten, in Konkurrenz mit der englischen Ostindien-Kompanie im Königreich Fuß zu fassen. Wo immer sich die *Farangs*, die Ausländer, im Gebiet der südlichen Ozeane zeigten, brachten sie ihre eigenen Kriege mit – Franzosen gegen Engländer, Holländer gegen Portugiesen und Spanier.

Auf der anderen Seite des Flusses, Bangkok gegenüber, lag Thonburi, eine Stadt chinesischer Schiffer, Zimmerleute und Reishändler. Hier machten die Dschunken aus China fest, wenn es um Ausbesserungsarbeiten, neue Ruder, neue Segel ging. Hier baute man neue Dschunken aus Teakholz, das auf Flößen aus den großen Wäldern des Landes den Menam herunterkam, und brachte sie dann nach China, wo man einen hohen Preis für sie zahlte. Sie waren mit Reis beladen, denn Ayuthia lieferte viel Reis nach China.

Unsere Dschunke hatte Seide, Porzellan und Lackwaren geladen und unten im Frachtraum als Ballast steinerne Statuen von Generälen und Tempelwächtern oder *Yakshahs* mit Dämonenköpfen und auch Statuen von holländischen und portugiesischen Soldaten. Die Thai liebten solch drohende Figuren vor ihren Palästen und ihren Wats, den Tempeln – sie sollten böse Geister fernhalten.

In Thonburi war der Wat Kalaya, und dorthin begaben sich die Schiffer, um Buddha zu danken, Weihrauch anzuzünden, Blattgold zu kaufen, das sie an die Sockel der Statuen klebten, und sich durch Geldgeschenke Verdienst zu erwerben. Wat Kalaya war Sanpao Kung gewidmet, keinem anderen als dem chinesischen Seefahrer Cheng Ho, der zwischen 1407 und 1432 siebenmal die Ozeane überquert hatte mit großen Flotten, die bis zu tausend Dschunken umfaßten und siebenundzwanzigtausend Mann Besatzung, um die Königreiche des Südlichen Ozeans aufzusuchen.

«Das Königreich Thailand ist ein Reis- und Fischland», sagte Ah Ming. «Hier gibt es nie eine Hungersnot – außer wenn die Reisfelder durch einen Krieg verheert werden. Und Gold, Gold, Bruder Colin – Ayuthia ist mit Gold überzogen; die Mauern, die Decken des Königspalastes und die Ställe für die Elefanten und Pferde des Königs – alles mit Gold überzogen.»

Fülle. Ein träges Grün. Freundliche, riesige Bäume, die ihr Laub gleichsam segnend herabneigten, ein grüner Horizont von bewaldeten Bergen, in Blütenpracht eingetaucht. Blumen auf jeder Terrasse der Häuser aus Bambus und Holz, die auf Stelzen im Uferland, im Wasser standen. Menschen von goldener Hautfarbe; die Frauen schritten anmutig einher auf schönen Füßen, den Oberkörper nackt bis auf den *Sabai*, ein Stück gefalteten, achtlos über die Schulter geworfenen Tuches. Ihr *Pajong Krabane* oder Rock war ein um die Hüften oder Schenkel geschlungenes Tuch, dessen Enden vorn und hinten in Gürtelhöhe hineingesteckt wurden, so daß es einer Hose ähnlich war, die Beine aber bis zum Knie frei ließ.

Lachen stand auf ihren Lippen, die von Prüderie nichts wußten, während sie in Scharen am Ufer standen und uns begrüßten und den Booten Blumen zuwarfen. In mir kam ein großes Verlangen auf, als die Schiffer ihnen alles im gleichen ausgelassenen Ton zurückgaben. «Halte die Frauen von Thailand nicht für leichtfertig, mein Bruder», sagte Ah Ming. «Sie haben einen starken Willen.» Sünden des Fleisches, aber hier war das Fleisch schön, und so freundlich.

Frauen, die im Fluß badeten, das Haar gelöst. Frauen, die mit schmalen Booten zu unserer Dschunke kamen, Kokosnüsse hochhielten und Mangofrüchte und Mehlbananen, Bündel von Linkangfrüchten und Betelnüssen. Mädchen in Booten voller Blumengirlanden, voller roter und gelber Gladiolen zum Darbieten an den Wats, voller süß duftender Tschampakblüten, Tuberrosen und Jasmin.

Jede Behausung, ob groß oder klein, hatte ihren spitz zulaufenden zierlichen Schrein auf Stelzen, in welchem der *Phya Phum* oder Geist des Bodens wohnte. Der Erdgeist war alt, viel älter als Konfuzius oder Buddha, älter als der Alte Unsterbliche des Tao. Er gehörte jenem Zeitalter des Menschen an, als Bäume und Steine und Wasser noch sprechen konnten.

So viele Legenden und Erzählungen fielen nun den Schiffern ein, da sie die stürmische und grausame See hinter sich hatten und den breiten Menam hinauffuhren. Hier wirkte sich sogar die Flut günstig aus, indem sie die Reisfelder üppiger machte.

Bea.

Der verzauberte Wald und sein Singen. Hier nahmen Träume und Geister Gestalt an. «Ich bin wieder in deine Welt eingetreten, Bea», betete ich. «Jetzt stellt sich alles dar. Hier ist keine Grenze mehr zwischen der Welt der Geister und der Welt der Menschen.»

Bald, bald würden wir wieder zusammen sein.

Seit Wochen hatte ich sie nicht mehr erreichen können,

und ich war ausgetrocknet vor Entbehrung, von einem großen Hunger, der schlimmer war als die vielen Wochen ohne eine Frau.

Weiter und weiter ging es den Menam hinauf, sanfter Wind blähte unsere Segel, und die Schiffer spannen singend ihre Legenden aus.

Ich umklammerte den Scholaren, meinen Androiden.

«Schau nur, schau. Hier wirst du vielleicht zum Leben erweckt.»

Aber er lebte schon, wartete nur darauf, daß mein Geschick ihn aus der Unbeweglichkeit herausholte. Er war ein Geist und ein gütiger dazu. Alltäglich hatten die Schiffsleute ihm Gaben dargebracht, auf daß wir eine gute Reise hätten. Sie hatten ihn den karottenhaarigen Genius genannt, weil seine kastanienbraune Perücke im Seewind inzwischen rostrot geworden war.

Eines Nachmittags – es war spät, die Sonne sank bereits, die Wasserbüffel hoben sich träge aus den Fluten – tauchte es auf: Ayuthia, schimmernd im Glanz seiner dreihundert goldenen Türme, eine wahre Märchenstadt. Ich rief hingerissen aus:

«Ah Ming, ein solches Wunder habe ich noch nie geschaut!»

«Es ist ein Wunder, ja, und deshalb vielbegehrt», erwiderte er in eher nüchternem Ton.

Ayuthia. Um die Stadt herum wand sich der Menam, um seine Nebenflüsse aufzunehmen, die Stadt mit einem breiten Wassergürtel umspannend. Und von der Stadt her kamen der Klang von Glocken und der gedämpfte Lärm von Menschen.

«Großartiger als Venedig oder London . . ., ein Wunder und eine Herrlichkeit . . .» Sie hatten nicht gelogen, jene *Farang*-Botschafter, Franzosen, Engländer, Holländer, welche die Stadt mit diesen Worten beschrieben hatten.

«Selbst wenn ich heute nacht stürbe, würde ich zufrieden sein, denn ich habe Ayuthia gesehen», sagte ich, meinen Androiden hochhaltend, als könne auch er sehen.

«Du warst schon immer ein Träumer», sagte Ah Ming und befahl, die Segel zu reffen.

Als die Nacht hereinbrach, fuhren wir an den Niederlassungen der *Farangs* außerhalb der Stadt vorüber. Am rechten Ufer war die Japanerstadt, wo noch immer die Nachkommen des berühmten Yamada lebten, der vor hundert Jahren Kommandeur der Leibwache des Königs gewesen war. Wir kamen vorüber an der Engländerstadt mit Lagerhäusern und den Manufakturen der Ostindien-Kompanie, vorüber an der Holländerstadt mit ihren Häusern aus weißgekalkten Backsteinen und den Öllampen hinter Fenstern ohne Vorhängen. Gegenüber, am rechten Ufer, breitete sich die Portugiesenstadt aus. Ein Stück weiter den Flußarm hinauf war die französische Niederlassung mit der vor über achtzig Jahren errichteten Sankt-Josephs-Kirche.

«Alle *Farangs* sind in Ayuthia willkommen», sagten die Schiffsleute.

Die Chinesen galten nicht als *Farangs* – ebensowenig wie Araber oder Perser. Diese waren seit über dreihundert Jahren in Ayuthia ansässig und hatten wesentlich zum Reichtum der Stadt beigetragen, so daß sie alte Viertel innerhalb der Stadt und andere außerhalb der Mauern hatten. Wo sich der Fluß teilte, um Ayuthia zu umfassen, erhob sich der große Wat Phanang Cheng, halb chinesisch, halb thailändisch. Hier würden wir über Nacht bleiben, denn jetzt waren die Stadttore geschlossen, und die Zollbeamten waren nach Hause gegangen.

«Deine Schwester ist sicher schon in der Stadt bei Fürst Reza», sagte Ah Ming. «Morgen werden wir sie ausfindig machen.»

In einer chinesischen Herberge in der Nähe des Wat wuschen wir uns und wurden verköstigt. Die Schiffer gingen auf die Suche nach Frauen, während Ah Ming und ich den Wat betraten. Die Mönche hier waren, wie in China, von der Mahayana-Sekte. Sie trugen gelbe Pelerinen und Hosen und nicht das um den Körper gewickelte und über die linke Schulter geworfene Tuch der Thai-Bikkus der buddhistischen Mönche.

Der Wat war riesengroß. In seinem Mittelpunkt ragte eine hohe Buddhafigur auf, die auf das Jahr 1320 zurückging; das Antlitz der Figur war erhellt von Lampen, die von der Decke und den Säulen ringsherum herabhingen. Der Buddha war mit Gold verkleidet, und Blattgold flatterte im Aufwind der Kerzen auf den Hunderten kleiner Statuen, welche die Wände säumten und den Hauptaltar umgaben.

Neben dem Wat war ein Heiligtum des Tao, dessen Türen den Ying-Yang-Kreis aufgemalt trugen, das männliche und weibliche Zeichen, Halbspiralen, die einander untrennbar umschlingen. Und da war ein kleiner offener Schrein für Tien Hou, die Königin des Ozeans, mit einem Anker, einem Paddel und einer Rolle Seil zwischen den vor ihr aufgebauten Kerzen und Weihrauchbündeln.

Zur Seite des Schreins von Tien Hou wartete auf mich im Dunkeln unbeweglich eine Gestalt.

Bea.

Sie hatte es gewußt. Sie war gekommen.

Sie erhob sich, Teil des zauberhaften Landes. In geringer Entfernung hörte ich das Wasser plätschern, so wie ich das Laub des Eichenwaldes in jener so weit zurückliegenden Zeit meiner Kindheit hatte wispern hören.

Ich war wieder zurück, fand die Nacht, die Verzauberung wieder.

Ich war wieder bei Bea.

Sie schlang die Arme um die Knie, neben mir auf dem Bett.

Sie hatte mich über den Fluß gebracht, sie war wie eine Gebieterin gekommen, und wir überquerten den Wassergürtel bis zum Innenhafen. Sie befehligte ein langes, schmales Boot, bemannt mit vier Ruderern. Sein Bug war mit einem Tierkopf geschmückt.

Das Chinesentor, genannt *Nei Kai*, stand für uns offen. Wir fuhren hindurch. In die Mauerwälle waren Tore eingelassen, und unter jedem Tor floß Wasser, das die Wasserstadt Ayuthia mit dem Hauptfluß verband. Die meisten Straßen Ayuthias waren Kanäle, abgesehen von einer breiten zentralen Durchgangsstraße, von Esplanaden vor den Palästen und einem Gewirr betriebsamer kleiner Gassen, welche Wasser und Land miteinander verknüpften.

Wir gelangten zum Muslimviertel und hielten an vor einem Herrenhaus, dessen Terrasse bis zum Wasser hinunterreichte. Dort erwartete uns Abdul Reza im Schein der Lampen. «Colin, Ihre Schwester sagte, Sie seien in Sicherheit. Sie sagte mir, Sie seien wohlbehalten eingetroffen, und ich habe gelernt, ihrem Vorauswissen zu vertrauen.»

Wie alt er auf einmal war. Und doch war es noch kein ganzes Jahr her, daß ich ihn das letzte Mal in Yangchou gesehen hatte. Aus seinem Gesicht ragte die Adlernase hervor. Er hatte an Fülle verloren. Er nahm mich in die Arme, und vielleicht, weil ich herangewachsen war, erschien er mir vom Alter gezeichnet. Ich glaubte, er spüre meine Mitleidsregung, denn er richtete sich sogleich auf und bedeutete mir auf seine hoheitsvolle und anmutige Weise, mich zu setzen.

«Ich war sehr bekümmert, als ich vom Schicksal des Marquis Fang hörte», begann er. «Und von der Vernichtung dieser großartigen Familie, die der meinen seit über hundert Jahren verbunden ist. Der Kaiser hat Unrecht getan, und es steht einem Herrscher nicht gut an, wenn er mit seinen treuen Dienern übel verfährt.»

Kummer war es also, der ihn hatte altern lassen, und ich wurde mir jäh und schmerzhaft bewußt, daß ich während meiner Reise das wahre, ganze Ausmaß des Leides, das die vielen befallen hatte, die gut zu Bea und mir gewesen waren, noch gar nicht richtig erfaßt hatte. Gewiß, ich hatte mir Sorgen gemacht, aber ich war mehr mit der Rettung meiner eigenen Haut beschäftigt und für das Schicksal anderer taub und unempfindlich gewesen. Jetzt erfaßte mich ein großer Kummer, und wie von tausend Schwertern durchbohrt, rief ich aus: «O ja, es war in der Tat ungerecht!»

«Es war Allahs Wille», sagte Reza.

Ich überreichte ihm den Brief, den Salim Ding mir für ihn mitgegeben hatte, und er überflog ihn, während Bea und ich stumm danebensaßen. Ismail kam herein und brachte Kaffee in einer langhalsigen Silberkanne auf einem silbernen Tablett. Er umfaßte meine Hände. Auch er war älter geworden, das Haar, das ihm links und rechts unter der Mütze hervorhing, war grau.

«Auch ich habe einen Brief für Sie», sagte Abdul Reza. «Von Ihrem Freund Jacob Hirsch.» Und als er ihn mir gab, blickte er zu Bea hinüber. Und ich sah, daß er sie liebte, mit hilfloser und verzweifelter Sehnsucht liebte. Sie saß gesammelt da, eine Statue. Sie war nicht sein. Sie gehörte nur sich selbst.

«Es ist spät, Colin, Sie müssen sich ausruhen.» Reza erhob sich, umarmte mich wie ein erwachsener Mann den anderen. «Mein Haus ist das Ihre.» Er ging, Bea zunickend, ohne ein weiteres Wort hinaus.

Und jetzt schob sich zwischen Bea und mich eine große Fremdheit, die auch nicht wich, als sie meine Hand erfaßte, um mich auf mein Zimmer zu führen. Wir waren beide achtzehn Jahre alt und standen einander gegenüber.

Die Lampen waren frisch geschneuzt und hell. Das Bett, auf holzgeschnitzten Füßen, war niedrig und mit einem Gazeschleier gegen die nächtlichen Insekten umgeben. Durch die offenen Fenster drang die sanfte Brise vom Fluß herein. Es roch nach Rosen und Zimt, denn die Gaze war gleich Beas Kleidung mit Duftessenzen besprüht. «Lies deinen Brief, Colin, und schlaf. Wir reden morgen», sagte Bea. Ich küßte sie auf die Wange, und sie ging.

Ich wandte mich Jacobs Brief zu, dem ersten, den ich erhielt, seit ich vor über vier Jahren Genf verlassen hatte. Der Brief war schon alt, so daß es ein eigenartiges, fast übernatürliches Gefühl war, das Papier in die Hand zu nehmen, das Jacob damals in der Hand gehabt hatte.

Jacob war in England, um Astronomie zu studieren, denn in England gab es große Astronomen. Sie stellten Mutmaßungen an über die anderen Planeten, welche die Sonne umkreisten. «Voltaire hat sich für die Religionsfreiheit eingesetzt», schrieb Jacob. Jean Calas, ein Protestant, war in Frankreich hingerichtet worden unter der Anklage, seinen Sohn getötet zu haben, der Katholik werden wollte. «Voltaire hat diese Ungerechtigkeit aufgegriffen und eine Abhandlung über die religiöse Toleranz veröffentlicht.» Jean-Jacques Rousseau fuhr fort, seine Leser zu schockieren. Sein neues Buch, *Emile,* ging von der völlig neuen Vorstellung aus, Kinder als gleichberechtigt zu behandeln, und er hatte wegen dieses Buches aus Paris fliehen müssen. «Was die Jesuiten betrifft, so sind ihre Schulen in Frankreich geschlossen worden. Vielleicht kann endlich Diderots *Encyklopédie* erscheinen, ohne gleich den Flammen überantwortet zu werden.»

So vieles ging in Europa vor. «In London reise ich durch das Universum und entdecke die Ordnung und Schönheit der sich drehenden Welten, die uns rings umgeben . . . wie weit, wie groß ist das Universum? Ich begreife meine eigene Kindheit als ein Mysterium. In jenem ersten Ansturm des Lebens sind wir mit außerordentlichen Fähigkeiten begabt. Doch leider welken sie früh dahin; ich finde mich weniger zur Mathematik fähig, nun da ich erst volle zwanzig Jahre alt bin.»

Jacob zwanzig, ich achtzehn. Als ich den dicken Brief mit seinen vielen Seiten zusammenfaltete, den ich manches Mal hervorholen und wiederum lesen würde, dachte ich: *Wir sind jetzt erwachsene Männer, die Kindheit liegt hinter uns.* Und vielleicht sollte ich nicht mehr nach Beas Denken austasten, denn wir waren jetzt beide erwachsen, Bea und ich. Und wir mußten anfangen, uns voneinander zu lösen.

Ich schlief unter dem Quaken der Frösche ein und wachte unter dem vielstimmigen Gesang der Vögel auf, trank Wasser aus einem großen tönernen Krug und trat hinaus in den Garten. Die Dienerinnen des Hauses umwanden den hauseigenen Schrein des *Phya-Phum*-Geistes mit Blumen. Er war aus Marmor gehauen und stand auf einer Säule, ringsherum lagen Opfergaben. Ich erwies dem Hausgeist, einer kleinen Statue, ebenfalls meine Ehrerbietung. Ich würde ihm noch mehr anbieten müssen, wenn mir nichts Böses widerfahren sollte. Und dann stand Bea da, ein *Pasai* aus Purpur und Gold über den Schultern und bekleidet mit einem langen, engen Kleid aus purpurfarbenem Brokat.

«Heute ist Purpurtag», sagte sie.

In Ayuthia hatte jeder Tag seine Farbe, je nach den Himmelskörpern. Sonntag – rot, Montag – gelb, Dienstag – rosa, Mittwoch – grün, Donnerstag – orange, Freitag – braun, Samstag – purpurn.

Sie war ein wenig kleiner als ich und hob die Hände zu meinen Schultern hoch, um mich zu küssen. Wir begaben uns in den Empfangsraum, wo auf niedrigen Tischen Früchte und verschiedene Gerichte auf silbernen Schalen und Tellern bereitstanden. Eine ganze Schar von Dienerinnen kniete nieder, um uns zu bedienen. Nach einer Weile bemerkte ich, daß Bea weinte. Weinte, um des Verlustes unserer kindlichen Unschuld willen, weinte, um des Bandes willen, das uns zusammengehalten hatte, weinte, weil mein Denken gesagt hatte, wir müßten uns voneinander lösen. Wir gingen zu meinem Zimmer hinauf, und ich schlang meinen Arm um sie. Sie klammerte sich an mich. Doch die Kindheit war vorüber und würde nie mehr zurückkehren.

Ich hatte einen unruhigen Schlaf und wachte auch voller Unruhe auf. Bea. Liebe und Furcht vor Liebe. Ich streichelte meinen Androiden und bemühte mich, in mir den Colin zu erwecken, der sich für einen großen Abenteurer und einen guten Handwerker gehalten hatte. Wie man einen Talisman berührt, so wiederholte ich die Namen derer, die auf kleinsten Schiffen, auf Nußschalenbooten hierhergekommen waren, alles gesehen und bewundert und, vielleicht, gleich mir beim Anblick von Ayuthia geglaubt hatten, hier würde sich ihr Leben vollenden. Und ich dachte an die, welche, vor fremden Göttern kniend, eine Erweiterung ihres Bewußtseins erfahren und gespürt hatten, daß ihre Beschränktheit einem großzügigeren Gefühl Platz machte, das sie bis zur Stunde ihres Todes beseelen würde.

Ich meditierte und fand zur Ruhe zurück. Ich dachte an den Reisenden-in-Leere – auch mein Leben war Teil der zahllosen Dinge um mich herum, war Teil des großen fröhlichen Pulsschlags von Materie und Energie.

Ayuthia schimmerte sanft, und der behutsame Flußwind wehte Echolaute und den Lärm von vielen Menschen herüber.

Ich konnte jetzt Bea gegenübertreten. Meiner Schwester. Meiner Liebe und der einzigen Liebe auf der Welt, die ich verleugnen mußte.

Prinz Udorn suchte mich auf, eingehüllt in die safranfarbene Robe eines Bikku, den Kopf kahlgeschoren, die Füße bloß. Er umarmte mich, hängte mir eine Blumengirlande um den Hals und wollte weder essen noch trinken, da es schon nach Mittag war, jener Stunde, zu der ein Bikku seine letzte Tagesmahlzeit einnimmt. «Kein Essen mehr bis morgen früh, wenn ich, die Augen niedergeschlagen, betteln gehe», sagte er, während er sich auf dem teppichbedeckten Boden niederließ. «Das ist so Sitte bei uns, wenn die Jahreszeit des Monsuns kommt und alles von Wasser überflutet ist oder wenn wir von vielen Gefühlen hin und her gerissen werden und den *Phi* entrinnen wollen, den bösen Geistern, die an unseren Sinnen zerren, und uns in einen Wat zurückziehen, um dort als Mönche zu leben und zu meditieren.» Er hatte dies nach seiner Rückkehr aus China getan. «Kein Mensch kann Geburt, Krankheit, Alter und Tod entrinnen, sagt Buddha. Wenn wir uns dessen erinnern, gelangen wir in den Zustand der Losgelöstheit.» Er würde jetzt wieder das Laienleben aufnehmen. «Kommen Sie zu mir und bleiben Sie bei mir, wie ein Bruder», sagte er.

«Das werde ich.» Ich fühlte mich erleichtert und gleichzeitig schuldig deswegen, denn die Atmosphäre war bisweilen bedrückend, zwischen Abdul Reza und Bea, zwischen Bea und mir.

«Dann werden wir eine einzige Familie sein», sagte Udorn, «denn ich liebe Ihre Schwester und beabsichtige, sie zu meiner Frau zu machen.»

«Zu Ihrer Frau?» Mein Herz setzte einen Schlag aus, aber ich lächelte weiter mit erstarrtem Ausdruck.

«Vielleicht bin ich nicht gut genug für sie. Ich dachte, es würde Ihnen gefallen, Colin. Ich habe schon all meine anderen Frauen fortgeschickt und mich vorbereitet. Ich werde eine Statue von ihr machen, für sie, aus purem Gold, und sie jeden Tag anbeten.»

«Gold ist ein wenig extravagant.» Meine Worte kamen etwas gepreßt heraus. «Bea hat mir nichts gesagt. Ich bin überrascht. Aber ja, Prinz Udorn, ich werde sehr glücklich sein, wenn Sie beide miteinander glücklich sind.»

«Gold ist keine Extravaganz in Ayuthia. Ganz Ayuthia ist Gold. Haben Sie nicht unsere Wats gesehen, ihre mit Gold verkleideten *Cheddis*? In ganz China gibt es nicht so viel Gold wie in Ayuthia. Gold und Rubine und Saphire und so viele Edelsteine . . .»

Er hielt kurz inne und fuhr dann fort: «Wir sind alle verliebt in Ihre Schwester. Sie ist bezaubernd. Prinz Chiprasong hat Liebesgedichte für sie geschrieben und läßt ihr durch Musikanten an jedem günstigen Wochentag Ständchen bringen.» Er lachte fröhlich. «Ich weiß, auch der große Fürst Abdul Reza liebt sie, aber er zögert, weil sie seine Tochter aus Zuneigung ist, obwohl es in Ayuthia, besonders unter unseren Königen, durchaus üblich ist, daß man eine Tante, eine Nichte, sogar eine Stieftochter und bisweilen selbst die eigene Tochter aus Versehen heiratet . . .»

Er sprang auf. «Aber ich weiß, daß ich es sein werde, Colin, ich weiß, sie wird mich erwählen», sagte er. «Denn ich habe in meinem Garten einen Eisenholzbaum, der seit hundert Jahren nicht mehr geblüht hat. Aber jetzt hat er Blüten getrieben, und der Oberpatriarch des königlichen Wat und die Hofbrahmanen haben mir gesagt, dies sei ein gutes Vorzeichen für meine Liebe.»

Er fuhr fort, von Bea zu erzählen. «Ich sah sie, als wir von unserer Audienz bei Kaiser Tsienlung im Palast der Vollkommenen Harmonie zurückkamen. Ich hatte dem Protokoll ein Schnippchen geschlagen und den italienischen Maler Castiglione aufgesucht, denn sein Name und Ruf waren sogar unseren hiesigen Jesuiten bekannt. Ich traf ihn an seinem Arbeitsplatz, gleich beim Haupttor des Palastes, und Ihre Schwester war bei ihm. Er war dabei, sie zu malen.»

Bea war in ein blaßgraues Gewand gekleidet, denn sie trug Trauer, weil ihre Herrin, Helle Konkubine, gestorben war. «Da sah ich Ihre Schwester, und die Trauerkleidung betonte die Farbe ihrer Augen, ihre helle Haut, ihr Haar. Seitdem habe ich keine andere Frau mehr im Auge und im Sinn. Viel mächtiger als jeder Taifun der Südsee ist die Liebe, Colin.»

Weil Beas Herrin gestorben war, hatte Abdul Reza sie als

sein Mündel mitnehmen dürfen. «Ich wußte, daß sie mit uns den Großen Kanal hinunterfahren würde, auf einem unserer Boote, und ich war glücklich. In Yangchou erfuhren wir, welches Schicksal die Familie Fang betroffen hatte, und daß Sie geflohen waren. Abdul Reza schickte vertrauenswürdige Boten nach Zaiton, da er wußte, daß Ihre Retter, wer immer sie waren, diese Stadt aufsuchen würden, die dafür bekannt ist, daß man durch sie Menschen aus China herausschmuggelt. Ihre Schwester sagte, Sie würden sich hier in Ayuthia treffen. Sie kann die Zukunft voraussehen, und unseretwegen haben es die Beamten von Yangchou nicht gewagt, sie festzuhalten.»

«Fürst Reza ist ein mächtiger Mann, ein Mann von hoher Begabung und großem Unternehmungsgeist», sagte ich. «Aber er ist nicht mehr jung, er muß um die Vierzig sein.»

«Zweiundvierzig», sagte Udorn. «Aber die Liebe kennt kein Alter.» Er zeigte jenes besondere Lächeln, das so vieles verbarg. Dann berichtete er davon, was Bea an Bord der prächtigen Galeone getan hatte, welche die Thai-Gesandten nach Ayuthia zurückbrachte. «Sie hat uns gesagt, es werde ein Sturm kommen, und wir sollten die Segel einholen; und sie hatte recht. Sie kann die Winde und die Gezeiten lesen, und dank ihrer Hilfe ist unser Schiff sicher hindurchgekommen. Ich glaube, sie ist ein mächtiger und guter Geist und spricht mit Geistern, so wie ich mit Ihnen spreche.»

Er ging, und ich suchte Bea auf, die in ihrem Zimmer gerade Brokatstoffe für ihre Röcke aussuchte.

«Ich habe gerade mit Prinz Udorn gesprochen.»

«Ich werde ihn heiraten», sagte Bea, einen mit feinem Gold durchwirkten Seidenstoff begutachtend. «Er wird nicht zwischen uns treten.»

«Du liebst ihn doch nicht, Bea.»

«Habe ich dir das nicht gesagt? Liebe ist gefährlich für eine Frau. Ich darf mich nicht an die Liebe verlieren, so wie Mutter.»

«Wir können nicht immer zusammen sein, Bea.»

Sie erwiderte nichts darauf.

Ich hielt Jacobs Brief in der Hand. Bei dem bloßen Gefühl des

Papiers wurde mir leichter zumute. «Ich muß Jacob schreiben.»

Da war sie schon bei mir, die Arme um mich geschlungen, den Kopf an meine Schulter gelegt. «Abdul Reza wollte es dir nicht sagen, aber ich muß es. Er hat gerade die Nachricht erhalten – ein holländisches Schiff ist aus Amsterdam eingetroffen. Jacob ist tot. Er ist vor acht Monaten in Warschau bei einem Judenmassaker ums Leben gekommen.»

Kurz nachdem er mir den Brief geschrieben hatte, war Jacob nach Warschau gereist, um eine Schwester seiner Mutter, eine in ärmlichen Verhältnissen lebende Witwe, nach Genf zu bringen. Es hatte Angriffe gegen die Ghettos gegeben, trotz der eisernen Tore, welche die Juden von Sonnenuntergang bis Sonnenaufgang einsperrten. Eines Abends hatte eine Schar von jungen Leuten Jacob ergriffen, als er ins Ghetto zurückkehren wollte – man hatte ihn totgeschlagen und seine Leiche aufgespießt vor dem Tor zurückgelassen.

Gemetzel überall. Ströme unschuldigen Blutes.

Warum Jacob? Warum nicht ich? Warum er mit seiner großen Begabung und nicht ich, der ich nur mit Federn und Nocken und Hebeln herumhantierte?

Der Schmerz würde nachlassen; der Klang von Jacobs Stimme, seiner behutsamen Worte, die mein Denken hatten aufblühen lassen, würde allmählich leiser werden. Doch den unablässigen Kummer zu unterdrücken würde mir schwerer fallen als alles andere. «O Jacob, wenn es ein anderes Leben gibt . . .», betete ich, so wie Reisender-in-Leere über der Leiche Johann Werners gebetet hatte.

In der linden Nach-Monsun-Zeit, die in Ayuthia der Winter war, richtete ich ein Haus und eine Werkstatt zur Herstellung von Uhren und Automaten ein.

Mir kam die im Königreich herrschende große Toleranz zustatten, denn hier wurden Ausländer nicht behindert und eingeengt wie in China. Auf allen Straßen, allen Kanälen sah man ihre Boote und Sänften.

Ayuthia war eine ovale Insel, die gleichsam auf dem Wasser

des sie umgebenden Flusses schwamm, in schöner Regelmäßigkeit durchschnitten von Kanälen, deren größte so breit waren, daß seetüchtige Schiffe sie befahren und vor Handelshäusern festmachen konnten. Jeder Haushalt besaß wenigstens ein Boot. Und draußen vor der Stadt schwammen ganze Dörfer auf Kähnen, den Hausbooten, die groß genug waren, um eine Familie zu beherbergen.

Die Thai – die Ausländer nannten sie Siamesen – liebten anstrengende Arbeit nicht. Ihnen war alles leicht gemacht, und sie glitten im Wasser auf der Lässigkeit und dem Reichtum eines Landes dahin, in welchem der Reis von selbst wuchs und in welchem die Wälder, wo Elefanten die Arbeit taten, Schätze hergaben, nach denen die ganze Welt verlangte. Stets fanden sie *Farangs*, die bereit waren, das zu tun, wovor sie selbst sich scheuten, wenn sie auch ein wachsames Auge auf sie hatten. So arbeiteten unter dem *Pra-Klang*, dem Minister für das Zoll-, Steuer- und Schiffahrtswesen, holländische und portugiesische Beamte; das gleiche galt für den *Kalahom* oder Kriegsminister. Der gesamte Überseehandel blieb den Chinesen, Holländern und Arabern überlassen, denn die Thai liebten das Süßwasser und scheuten vor den turbulenten und launischen Unbilden der offenen See zurück. Sie erhoben Steuern auf alles, was ein- und ausgeführt wurde. Auf diese Weise wuchs Ayuthias Reichtum mühelos.

Und hier waren die herrlichsten Waren aus der ganzen Welt versammelt. Gläserne Leuchter aus Venedig, Porzellan, Seide und Lackarbeiten aus China, das feinste Leder aus Marokko, Fernrohre und Uhren aus England. Die Läden in den kleinen Straßen quollen über von der buntesten Warenvielfalt, vor allem aber von unzähligen Buddhastatuen. Auf den Kanälen wimmelte es von Booten, von den vergoldeten und holzgeschnitzten *Balons* der Wohlhabenden und den schlichten Booten, die mit Früchten, Blumen, Fisch und Gemüse beladen waren. Überall forderten die hohen und glänzenden, zum Himmel weisenden goldenen *Cheddis* die Seele auf, sich emporzuschwingen. Wats, funkelnd im Schmuck ihrer mit Perlmutt eingelegten und bemalten, vergoldeten und lackierten Türen, erinnerten daran, daß Religion keine Sache der Askese sein mußte. So reicher, zarter und vielfältiger Zierat haftete den Dingen des alltäglichen Gebrauchs an, daß man angesichts solchen Glanzes von großer Bewunderung erfaßt wurde. Und weil sich dieser Reichtum Hand und Auge darbot, trugen die Leute stets ihre besten Kleider, so daß auf den Straßen ein üppiges Gepränge herrschte. Es fiel schwer, sich daran zu erinnern, daß die meisten Gebäude, da Steine rar waren, aus Ziegeln bestanden, so prunkvoll waren sie mit Gold, Silber, Messing, Kupfer, Intarsien und sonstigen Verzierungen verkleidet. Die Menschen trugen Rubine und Saphire, goldene Halsbänder, Armreifen und Knöchelketten; Goldblättchen, Vasen aus Gold und Silber zierten die Altäre der Wats. Gab es keine Diebe in Ayuthia? Niemand stahl etwas aus einem Wat. Die Wohnhäuser hatten mehrere Dächer aus farbigen Ziegeln; der Palast des Königs, der fast ein Fünftel der Nordwestecke der Stadt einnahm, hatte sieben Dächer, und die Häuser der Adligen hatten drei, vier oder fünf Dächer.

Von Ayuthias über dreihundert Wats kam das kaskadengleiche Geläut der an den Traufen hängenden Glocken. Und ständig war irgend etwas in Gang, ein Straßenschauspiel, ein Umzug, ein Fest, und alles ein Flimmern von Gold, Silber und Brokat. Gold an den Decken der Elefanten, Gold am Zaumzeug der Pferde, Gold auf der Haut, der Kleidung der Männer und Frauen, die Opfergaben in edelsteinbesetzten Kästchen darbrachten. Und jedem Umzug ging Musik voraus, Musik und Gesang.

So war das Leben in Ayuthia ein ständiges Fest, eine ununterbrochene Hymne an die Freude, der auch die Nacht keinen Einhalt gebot, denn Lampen in vielen Farben, in der Form von Lotusblüten, Pagoden, Elefanten oder Löwen hingen an jedem Seelenschrein oder schwammen auf dem Fluß, wo sie sich, wie kunstvoll sie auch hergerichtet sein mochten, im alles verschlingenden Wasser verloren.

«Kein Wunder, daß es die Burmesen auf Ayuthia angesehen haben», sagte Abdul Reza. «In einem Wat dieser Stadt steht eine Statue, die mehr Gold enthält – sie ist immerhin fünfzig

Ellen hoch –, als im ganzen großen Königreich Frankreich zu finden ist.»

Während der Trockenzeit – nach der Zeit des Monsuns, der das Land meilenweit überflutet – wurde im Garten von Udorns Palast mein Stelzenhaus errichtet. Ein Heer von Arbeitern begab sich unter viel Gelächter daran; und obwohl sie am Nachmittag schliefen und nachts Musik machten, war das Haus bald wunderschön anzusehen.

Heer Timmermans, der Vorsteher der holländischen Niederlassung, kam feingekleidet und mit federgeschmücktem Hut an Bord seines eigenen Balon, um Abdul Reza seine Visite abzustatten. Die Holländer verfügten über einen guten Nachrichtendienst. Timmermans war Heer van Tromp begegnet, der vor fünf Jahren zusammen mit uns von Marseille nach Indien gefahren war und ihm von Fürst Reza und seinen zwei Schutzbefohlenen erzählt hatte. Da wir der reformierten Religion angehörten, hatte er einen guten Grund, einen muslimischen Edelmann aufzusuchen.

In Ayuthia erwiesen sich die Holländer als freundlich, gastlich und höflich, so daß der ungünstige Eindruck, den ihre Niederlassung in Kapstadt auf mich gemacht hatte, ausgelöscht wurde. Hier kamen holländische Schiffe anderen Schiffen zu Hilfe und beförderten buddhistische Mönche von Sri Lanka nach Ayuthia und zurück. Und obschon sie sehr religiös waren und auf jeden Götzendienst herabsahen, hüteten sie sich doch, den Buddhismus lächerlich zu machen, und erwiesen jedem Bikku großen Respekt. Sie machten sogar zur entsprechenden Jahreszeit dem Tempel Wat Phanang Cheng der chinesischen Schiffsleute Geschenke.

Timmermans und seine Gattin empfingen uns unter großen Ehren. Bea war wie eine Thai-Dame gekleidet, bis auf ein Mieder, das ihr von den Schultern bis zur Hüfte reichte. Um ihren Hals glitzerten Bänder von Gold und Perlen, und an den Füßen trug sie Pantoffeln aus Brokatstoff mit Perlmuttbesatz.

«Wie schön Ihre Schwester ist, so schön», sagte Timmermans zu mir, als seine Frau Bea beiseite zog, um sie mit den versammelten holländischen Damen bekannt zu machen. «Aber sie geht wie eine Einheimische gekleidet.»

«Das ist bequemer», erwiderte ich.

Wir kamen auf die Werkstatt zu sprechen, in der ich Automaten bauen und Taschenuhren und andere Uhren herstellen und reparieren wollte.

«Ausgezeichnet», sagte Heer Timmermans. «Wir haben auch bei uns einige Handwerker, Leute, die sich mit Metallguß und in der Mechanik auskennen, wenn sie auch natürlich meistens mit Schiffen zu tun haben. Aber ich kann Ihnen da helfen. Und was Sie brauchen, kann ich Ihnen aus Holland beschaffen, denn unsere Schiffe verkehren regelmäßig. Und wenn es nicht wieder einen Krieg gibt» – er lächelte etwas verzerrt –, «dürfte alles gutgehen.»

Die Festgesellschaft hatte sich versammelt, etwa dreißig, vierzig Männer und Frauen, unter ihnen auch einige Skandinavier. Erik Erikson, ein hochgewachsener blonder Däne, gesellte sich zu mir. Er hatte, wie er mir sagte, eine Thai aus guter Familie geheiratet, und als der Pastor gegen ihn gewettert und sich geweigert hatte, sie zu trauen, hatte er mit dem Übertritt zum Buddhismus gedroht. Sie war inzwischen gestorben, aber er lebte weiter in Ayuthia, handelte mit Kanonen und Musketen und kaufte Thai-Elefanten für indische Prinzen, Radschas und Nabobs, die ständig miteinander und mit den Engländern im Krieg lagen.

Nach dem Abendessen kamen die Männer zusammen, um ihren Portwein zu trinken, während die Damen sich in einen Innenraum begaben, um über Kleider und Fächer, über die Hitze, den Regen, die Dienstboten und die neueste Pariser Mode zu sprechen. Die Männer sprachen über den Krieg. «Die Franzosen haben Indien verloren», sagte Timmermans gravitätisch. Die englische Ostindien-Kompanie hatte jetzt Bengalen erobert und plünderte das Land aus. Der lange Siebenjährige Krieg zwischen England und Frankreich war zu Ende gegangen, und jetzt war die ganze Neue Welt in englischer Hand, bis auf Louisiana.

Krieg. Verheerung. Habgier. Plünderung. Verrat. Gemetzel. Tod.

13

ANNO DOMINI 1762–1764

Zwei Beamte des *Pra-Klang*, zuständig für Steuer und Außenhandel, suchten mich auf. Sie trugen hohe Hüte mit Ringen aus Gold und Silber. Ich führte sie in den großen Empfangsraum, der mit Abdul Rezas schönen Seidenteppichen ausgelegt war, wo wir uns niedersetzten, die Beine schicklich nach einer Seite abgebeugt. Die Beamten waren erfreut. Ich hätte ausgezeichnete Manieren, sagten sie. Ich müsse in einem früheren Leben ein Thai gewesen sein . . . auf jeden Fall jemand, der sich großes Verdienst erworben hatte.

Ich entgegnete, meine unwürdige Person habe einige Jahre in China verbracht, und sie nickten beifällig. Das Kaiserreich gewähre Ayuthia seinen Schutz, sagten sie, erhebe keine Steuern auf seine Waren und schicke dafür alle Seide, die das Königreich benötige. China habe Ayuthia sogar bisweilen mit diplomatischen Missionen beauftragt, um sich mit anderen Herrschern des südlichen Ozeans zu verständigen.

Ich wußte, daß ich nie höher sitzen durfte als ein Beamter von Rang, daß ich mich nie über die Höhe seines Kopfes erheben, nie seinen Kopf oder sein Gesicht berühren, nie einen heftigen Ton anschlagen oder eine barsche Geste machen durfte, welche die vorherrschende Harmonie störte – also ging alles gut. Die Beamten bewunderten meinen *Phya Phum*, den karottenhaarigen Androiden, den mechanischen Scholaren. Ah Ming hatte darauf bestanden, daß ein Schrein für ihn errichtet wurde. Sein Ruhm verbreitete sich in ganz Ayuthia. Ein Geist, der mit dem Kopf nickte, eine Lampe schneuzte und zu schreiben schien, das war schon große Magie.

Unter angemessener Zeremonie hatten ein Astrologe und

ein Brahmane im Garten eine günstige Stelle für den Schrein des Scholaren ausgesucht, der schließlich auf einer fünf Fuß hohen Säule aus stuckverziertem Ziegelstein stand. Dort saß der Scholar nun, vor dem Regen geschützt. Am Rand des Schreinsockels hingen Blumengirlanden. Kokosnüsse, Betel, Areka und süß duftende Kräuter in Schalen und Schüsseln wurden vor ihm dargebreitet, desgleichen Porzellanfiguren, die Dienstboten, Elefanten, Pferde und Tänzerinnen darstellten. Bei Morgengrauen erwiesen meine Diener mit aneinandergelegten Händen seinem Geist den Morgen-*Sawai*, und einige Besucher hatten sogar Blattgold an ihn geklebt.

Nach einer Woche erhielt ich ein Dokument, geschrieben auf hervorragendem, aus Maulbeerbaumrinde hergestelltem und aus China eingeführtem Papier:

> Der Handwerker Keran [das Thai-Wort für Colin] kommt aus dem kleinen Land Waadt, das in der Nähe des Königreichs Frankreich ist und dessen Bewohner fleißige und mutige Menschen sind, die sich im Krieg zu verteidigen wissen.
>
> Sie stellen Taschenuhren und andere Uhren und Apparate zur Freude vieler Länder her. Keran und seine Schwester Didya werden diese Dinge in unserem Königreich machen, Spielsachen, die in keiner Weise gefährlich oder kriegerisch sind. Deshalb werden alle Beamten sie höflich behandeln, auf ihre Wünsche eingehen und ihnen erlauben, alles einzuführen, was sie für ihre Arbeit brauchen; und es wird keinerlei Abgabe erhoben werden auf irgendwelche notwendigen Dinge, die eingeführt werden.

Abdul Reza war erfreut. Er hatte viel verloren, als Tenasserim, Ayuthias bedeutender Hafen an der Bucht von Bengalen, vor drei Jahren von den Burmesen erobert worden war. «Aber noch schlimmer als die Burmesen sind die Briten, die jetzt Indien Stück für Stück erobern und den Handel Persiens und des Ottomanischen Reiches strangulieren. Sie haben den Franzosen Pondichéry abgenommen und belagern andere Handelsniederlassungen. Jedes arabische Schiff, das sie auf dem Ozean erblicken, kapern sie als Piratenfahrzeug.»

Und so unterdrückten sie jeden Handelsverkehr anderer Nationen, um ein Monopol über die indischen Königreiche zu erlangen.

Abdul Reza gab ein Dankesfest für die Beamten, und dabei wurden viele Geschenke und Gaben ausgetauscht – *Pannungs* und mit Silber- oder Goldfäden durchwirkte Tücher, Vasen und Tabletts und mit Einlegearbeit verzierte Kästchen.

«Wie können wir Ihnen je Ihre Freundlichkeit vergelten, Fürst Reza?» fragte ich ihn.

Er sah mich ein wenig belustigt an: «Colin, ich bin ein alter Mann; ich habe viele Söhne, die mir helfen, und viele gutverheiratete Töchter. Und Ehefrauen. Aber irgendwie hängt mein Herz an Ihnen und Ihrer Schwester. Ich werde immer versuchen, gut für Sie zu sorgen.»

In Ayuthia hatte Reza zwei Ehefrauen, die nie das Haus verließen, denn sie lebten in muslimischer Abgeschlossenheit. Bea brachte ihnen Süßigkeiten und unterhielt sich mit ihnen. Zwei seiner Söhne, untersetzte Männer mit großen Nasen, reisten zwischen Tenasserim und Indien hin und her. Sie bemühten sich, nicht nur ihren eigenen Handelsverkehr, sondern auch den der anderen Muslim-Kaufleute zu retten, die im Königreich Ayuthia ansässig waren. Die indischen Muslim-Herrscher, die Moguln und die Nabobs, lagen miteinander in selbstmörderischer Fehde; die Franzosen setzten einige der indischen Herrscher in ihren Kämpfen gegen die Briten ein. Die Politik des chinesischen Kaiserreiches, sich gegen fremde Einflüsse abzuschließen und Ausländer von seinen Küsten fernzuhalten in der Hoffnung, auf diese Weise in Frieden gelassen zu werden, schien aus dieser Sicht eine gewisse Logik zu haben. Wenn man bedachte, was in Indien geschah, konnte man die Mandarine von Peking verstehen. Doch das Land gegen Habgier und Ausplünderung abzuschließen, bedeutete auch, daß man es jener neuen Erfindungen beraubte, die – ich konnte dies jetzt ermessen –, wie Abdul Reza so klar vorausgesehen hatte, die Welt verändern würden.

Ah Ming warb unter den in Ayuthia ansässigen Chinesen Schreiner, Schmiede und Goldschmiede an. Auch die Holländer schickten uns Handwerker. Heer Timmermans besorgte aus Batavia sechs Uhrmacherbestecke. Ich suchte und fand im Muslim-Viertel feines Saffianleder, so dünn ausgehauen wie Seide, und ich bekam auch Goldschlägerhaut, die Innenhaut der Därme neugeborener Lämmer. Diese, mit Fischleim verklebt, wollte ich in die Bälge einfügen; damit ließ sich der musikalische Klang hervorrufen, der für die Singvogelautomaten, die ich machte, erforderlich war.

Wir stellten jetzt Uhren aller Art her, die gut funktionierten, und benutzten dabei die Ankerhemmung, die Johann Werner mich gelehrt hatte anzufertigen. Die Gehäuse, aus Gold, mit Juwelen besetzt oder emailliert, waren sehr schön, denn die Goldschmiede hier waren genauso geschickt wie die in Genf. Ich machte auch Spieldosen, bei denen ich mich einer neuen Technik bediente: Ich verwandte einen Kamm mit Metallzinken von unterschiedlicher Größe und Dicke, die auf die Vorsprünge einer Walze eingestellt waren. Ich variierte dies, indem ich bisweilen zwei Kämme, bisweilen eine harfenähnliche Walze benutzte, die sich drehte und einen oder mehrere Finger aus biegsamem Messing berührte, die dann Töne hervorbrachten. Ich konnte jede Musik erzeugen, die ich wollte, und jetzt wandte ich mich Melodien und Weisen der Thai zu.

Dann baute ich Automaten, die als Thai-Musikanten gekleidet waren, für jedes der gespielten Instrumente: für *Pinai* oder Oboe, für *Ranad Ek* oder Gamelan und *Yongwai* oder Gong. Ich stellte mehrere Musikanten zusammen, stimmte ihre Musik ab und harmonisierte die Mechanik. Das Ergebnis war im Klang wie im Aussehen ein kleines Thai-Orchester, das in Ayuthia großes Erstaunen und Vergnügen hervorrief. Viele Adlige und reiche Handelsherren kauften solche Apparate, und unser Geschäft florierte.

Doch dies alles hatte wenig mit dem richtigen Androiden zu tun, den ich bauen wollte. Ein Androide sollte selbst spielen können, nicht nur zu spielen vorgeben zur Musik in einer in ihm verborgenen Spieldose. Und obschon alle entzückt waren von dem neuen Spielzeug, das ich erfunden hatte – die allgemeine Begeisterung wuchs noch, als ich über dem Orchester eine Uhr montierte und die Mechanismen so einstellte, daß die Musik von sich aus zu einer gegebenen Zeit zu spielen anfing –, war ich nicht zufrieden.

Ich machte mich an einen neuen Androiden. Der Gedanke dazu war mir schon in China gekommen und hatte mich seitdem nicht mehr losgelassen. Jetzt begann dieser Gedanke genauere Formen anzunehmen. Es sollte ein mechanischer Mensch sein, der nicht nur eine bestimmte Anzahl von Bewegungen ausführen konnte (der karottenhaarige Scholar brachte es auf siebzehn), sondern ihrer noch viel mehr. Es sollte ein Androide sein, der gleichsam eine Seele hatte, ein Gedächtnis, wenn auch nur ein mechanisches. Er sollte eine gewisse Freiheit bei seinen Gesten haben, so daß seine Bewegungen variierten, als hätte er einen eigenen Willen.

Dieser Androide durfte nicht so tun, als ob er schriebe; er mußte richtig schreiben und in sich das Potential zu einer unbegrenzten Zahl zu schreibender Sätze haben. Ich begann einen mit hundertzwanzig Nocken zu bauen, die vierzig verschiedene Zeichen schrieben, drei Nocken für jeden der sechsundzwanzig Buchstaben des Alphabets, für Kommas, Punkte und so fort und einige Großbuchstaben. Ich arbeitete wie in Trance, weil ich glücklich war, und sah, wie ich diesen Bewegungsbereich erweitern konnte. Ich konstruierte eine Selektorscheibe, ein sich drehendes Rad, das es mir ermöglichte, einige Texte für ihn vorzubereiten. Über eine bewegliche Nockenwelle konnte er die Buchstaben aus dem Speicher in seinem Innern auswählen und verschiedene Botschaften niederschreiben.

Aber ich wollte mehr, noch sehr viel mehr. Ich wollte einen *wahren* Androiden machen, einen Anroiden, der «Sinne» hatte, die Fähigkeit zu sehen und mich, seinen Herrn, zu erkennen.

Und warum sollte er nicht hören? Die Schwingungen der Stimme verdrängten Luft, so wie Bläser Luft verdrängen und dabei Musik produzieren. Der Franzose Montesquieu hatte das

Echo untersucht; andere hatten sich, in England, in Holland, mit dem Schall beschäftigt. Es konnte möglich sein, eine Maschine zu konstruieren, die sprach, oder eine in Gang zu setzen, indem man ihr Befehle erteilte – denn was war Schall, Laut, Geräusch? Und wenn man Uhren in Bewegung setzen konnte mittels kleiner Verschiebungen des Untergrundes, auf dem sie standen, konnte ich dann nicht einen Androiden in Bewegung setzen, indem ich einfach auf ihn zuging?

Ich sann darüber und über viele andere Dinge nach. Ich dachte an die kleinen Windmühlen der Kinder in China und auch hier in Ayuthia, die der leiseste Windhauch in Bewegung setzte – ich mußte mir da etwas ausdenken. Wenn ich einen Androiden in Bewegung setzen konnte, der auf den Hauch meines Atems, auf den Klang meiner Stimme reagierte . . .

Ich hatte inzwischen gelernt, Maschinenteile vor dem Wetter in Ayuthia zu schützen, vor der feuchten Luft zur Zeit des Monsuns, indem ich sie in das dünne Öl einhüllte, das die Holländer aus Batavia bezogen, um ihre Barometer und Navigationsinstrumente zu ölen. Mit Hilfe einer Lupe, dem Geschick und den scharfen Augen meiner jungen Mitarbeiter machten wir Nieten und Schrauben so klein wie ein Senfkorn. Und ich dachte daran, die Schrauben in Edelsteine einzufügen, in Saphire und Rubine, die sich nicht unter der Einwirkung von Hitze oder Feuchtigkeit ausdehnten oder zusammenzogen, um den Mechanismus gegen Hitze und Kälte zu schützen.

Die Unruhe und Mißstimmung zwischen Bea und mir löste sich auf, und wir waren wieder gemeinsam glücklich, weil mein Zustand des Glücks mir eine Schranke gegen die Beunruhigung bot. Ich dachte oft an Jacob; an jedem Abend rief ich seinen Geist an: «Schau, Jacob, ich will deiner und deiner großen Gedanken würdig sein, welche die meinen in Flammen gesetzt haben.» Alles dies, alles, was ich tat, war freiwillige, bewußte Zurückhaltung, auf daß mein inneres Ohr für Bea verschlossen blieb. Lieber dies als jenes Eins-Sein im Mutterschoß, jener Welt, in der wir aufgewachsen waren. Es war besser als das unergründliche, verlockende Gefühl, in dem tausend verborgene Dämonen nach Zerstörung schrien.

Udorn stellte sich jeden Tag ein mit Musikanten, die für meine Schwester eine Serenade aufführten. Die Musikanten sangen die Liebesgedichte, die er ihr zu Ehren verfaßt hatte, und andere Weisen, wie man sie in Ayuthia spielte, das für seine Musik bekannt war. Und er ließ Tänzer und Tänzerinnen in unserem Garten auftreten, nur um ihr eine Freude zu machen.

Bea wurde auch von anderen Adligen umworben, jungen wie alten. Jeden Tag drängten sich Boten mit Geschenken vor Abdul Rezas Residenz. Man brachte sie in Sänften, in kunstvoll gearbeiteten Kästchen – Kästchen aus Silber mit Einlegearbeiten aus Korallen, Türkisen und Perlen, Kästchen für Betel- und Arekanüsse, Kästchen für Schönheitsmittel, Ballen von Seide, Schuhe aus Seide, Kämme und Edelsteine, immer wieder Edelsteine.

«Ihre Schwester verzaubert uns alle», sagte Abdul Reza.

Bea fuhr im Balon aus, mit dem überdeckten Sitz gleich einem Thron in der Mitte. Wenn sie erschien, verneigten sich die Männer und wandten die Blicke ab, denn eine Frau direkt anzublicken war ein Zeichen von Verachtung. Sie hatte sechs Dienerinnen, als wäre sie eine Prinzessin. Selbst die Bikkus mochten sie, denn Bea besuchte die Wats und opferte den Buddhastatuen mit ihren in weite Fernen blickenden goldenen Gesichtern.

Frau Timmermans sprach mich darauf an. «Ihre Schwester –»

«Meine Schwester legt Wert darauf, die Sitten des Landes zu beachten.»

«Aber unsere Religion verbietet uns doch –»

Wir besuchten die Kirche der holländischen Niederlassung, und dort sang Bea mit; ihre Stimme schwang sich so rein und süß empor, daß sich alle Köpfe nach ihr umdrehten, und die Kirchenlieder gewannen eine neue Schönheit.

Danach gab es kein Gerede mehr unter den *Farang*-Frauen, auch nicht, als bekannt wurde, daß sie Udorn heiraten würde. Sie waren froh, daß sie bald heiratete, vielleicht in der Hoffnung, daß auch sie dann ein zurückgezogenes Leben führen würde.

Sie lernte tanzen, Lehrer unterrichteten sie in *Khon, Lakhon* und *Piphat*. Bea war wie eine Tänzerin gekleidet, barfüßig, und sie trug den juwelenbesetzten Haarturm gleich einer Krone auf ihrem Kopf, sie trug Edelsteine um ihre Arme, um die Knöchel, um den Hals.

«Bea, ich wußte nicht, daß du auch tanzen kannst.»

Sie sah mich an und errötete ein wenig. «Colin, ich will alles lernen. Ich will nicht nur eine Frau sein . . .»

«Ich weiß, Bea.»

«Überall, in China, in Europa, gelten Frauen als Menschen zweiten Ranges.» Sie holte tief Atem. «O ja, ich weiß, ich könnte in Lausanne einen Salon haben, wo gescheite Männer essen und trinken würden; meine Anwesenheit würde sie zu noch brillanterem Gespräch anspornen. Oder ich könnte berühmte Liebhaber haben und sie inspirieren und *durch* sie berühmt werden. Aber das alles wäre nicht ich; das wäre . . . wäre nur so, als ob ich ein kluger Androide wäre – und der wirkliche Pulsschlag meines Lebens wäre in der Hand eines anderen.»

«Aber Bea, eine Frau braucht Liebe, einen Ehemann, Kinder.»

Ihre Augen leuchteten blau auf vor Belustigung, vor Nachsicht. «Brauchen nicht auch Männer Liebe, eine Ehefrau, Kinder? Heißt dies, daß ich alles, was ich werden kann, meine Seele, mein Leben der Liebe zu einem Ehemann, zu Kindern unterordnen muß?»

Und als ich ein wenig verwirrt dreinblickte, fügte sie hinzu: «Colin, wir sind aneinander gebunden, und wir haben uns auch ein wenig voneinander gelöst, und das ist gut so – laß mich ich selbst sein, zu mir selbst finden.»

Hier in Ayuthia konnten die Frauen sich freier bewegen als in anderen Ländern. Mit Ausnahme der Gattinnen des Königs standen den Frauen alle Freiheiten zu. Sie konnten Häuser, Land und Geld besitzen; sie arbeiteten, sie besaßen Schiffe, und sie konnten sich von einem Mann scheiden lassen, wenn er ihnen nicht gefiel. Udorn hatte mir gesagt, eine seiner Tanten habe ihren Ehemann verlassen, weil, wie sie sagte, seine Füße nicht gut rochen!

«Männer sind es, die darüber entscheiden, wieviel oder wie wenig Erziehung und Freiheit eine Frau bekommt. Ich will das für mich selbst entscheiden. Ich will die gleiche Macht, weil meine Stärke die gleiche ist», sagte Bea.

«Welche Macht, Bea? Was ist Macht?»

«Die Fähigkeit, entscheiden zu können, Colin; eine Wahl treffen zu können, sogar die Welt verändern zu können, wie Männer dies tun. Angehört zu werden wie ein Mann.»

«Als Frau, Bea, hast du sehr große Macht über Männer.»

«Als Frau ... Aber ich will etwas anderes sein.»

Es beunruhigte mich, über solche Dinge mit Bea zu sprechen. Sie war dann immer von Ungestüm erfüllt.

Sie hatte Kräuter zu sammeln begonnen und suchte nun die chinesischen Kräuterkenner der Stadt auf, um sich in der Anwendung von Pflanzen aller Art, ob wohltätig oder tödlich, belehren zu lassen.

Jedermann in Ayuthia bewunderte und pries sie, und wenn sie mit Anmut und Großmut die Kranken pflegte, nannte man sie die Reinkarnation irgendeiner erhabenen, großen und legendären Prinzessin, die mit ihrem Geschick und Wissen viele Menschenleben gerettet und sich unsterbliche Verdienste erworben hatte.

«Wer das Männliche kennt, doch am Weiblichen festhält, wird zu einer Schlucht, die alles unter dem Himmel aufnimmt. Ihm steht eine Macht zur Verfügung, die er nie vergebens anruft.»

Reisender-in-Leere hatte mich diesen Ausspruch des Alten Unsterblichen gelehrt, während er mich gleichzeitig die so komplizierten, sanften Gesten des Wushu lehrte, die zum Tod eines Gegners führen.

Was war Macht? Ich saß da und sann darüber nach und wünschte so sehr, daß meine Seele ruhig wäre, daß sie Bea und mich so annähme, wie wir waren, nachdem die kindliche Unschuld uns verlassen hatte.

Ich sammelte meinen Geist, ließ Kraft in mich hineinfließen, verlangsamte meinen Atem. Bald waren meine Gelenke ganz leicht. Ich erhob mich, vollführte die vierundsechzig Stellungen, lang anhaltende und schnelle, verlor das Gefühl von Zeit und allem anderen, war erfüllt von allem, was um mich war, war so leer wie der Himmel über mir. Gedanken und Gesichter schwebten durch mich hindurch wie einzelne Wolken.

Gedanken. Und Menschen.

Voltaire. Er war gegenwärtig in diesem Thai-Garten, keine grimassierende Gestalt mehr, sondern ein Mensch, dessen Worte Größe besaßen. «Der Mensch schafft sich selbst seine Götter, schmiedet sich selbst immer neue Ketten», hatte er geschrieben. Voltaire kämpfte um das Recht des Menschen, er selbst zu sein. Er. Und die Frauen? Voltaire schwankte, verblaßte, zog sich zurück . . . an Frauen hatte er nicht gedacht.

«Es ist noch zu früh», murmelte er, während er sich auflöste.

Jacob. Jacob war auch da. Er war nicht tot. Er würde nie sterben.

«Auch die Frauen», sagte Jacob. «Sie sind unseresgleichen.»

Ich kehrte zurück. Alles nahm wieder feste Gestalt an. So war das immer nach der Meditation; die Realität hatte einen schärferen, deutlicheren Geschmack, eine kristallene Frische.

Und da stand Udorn und lächelte mich an.

«Bruder, ich habe Ihr Wushu beobachtet», sagte er. «Jetzt müssen Sie auch noch unser Krabong lernen.»

Krabong war die kämpferische Verteidigungskunst der Thai, bei welcher Waffen gebraucht wurden. Ich schüttelte den Kopf.

«Ich ziehe meine bloßen Hände vor . . . und meinen Klumpfuß», erwiderte ich.

«Schade. Chiprasong hätte sich gern mit Ihnen gemessen. Er geht überallhin, wo es nach einem Kampf aussieht. Neulich haben wir ein Dorf aufgesucht, zu einem Boxwettkampf, und da man wußte, daß er ein Prinz war, hat man ihn gewinnen lassen.» Er lachte schallend, nichts schien Udorns gute Laune erschüttern zu können.

«Ich habe Neuigkeiten für Sie, Bruder Keran. Morgen hat mein Vetter Phya Cham eine Audienz bei König Ekatat, und ich muß ihn mit seinem Gefolge bis in den dritten Hof begleiten. Wollen Sie mitkommen? Wir können nicht in den Audienzsaal hinein, aber ich kann Ihnen die Weißen Elefanten zeigen.»

«Die würde ich sehr gern sehen.»

«Phya Cham ist sehr beunruhigt, denn Seine Majestät hört nicht auf den *Kalahom*, noch auf den *Pra Klang*, noch auf seinen *Chakri*, den Ministerpräsidenten», sagte Udorn, während wir uns im Lotussitz gegenübersaßen. «Er ist völlig beherrscht von seinen Frauen, von denen er über siebenhundert hat. Und jetzt, wo er noch drei seiner Schwestern geheiratet hat ... Ja, Keran, Sie mögen sich wundern. Unsere Könige hatten immer viele Frauen, viele Kinder, Brüder und Halbbrüder, Schwestern und Halbschwestern. Und immer so viele Intrigen und Giftanschläge ... Manche Könige heiraten ihre Schwestern, ihre Nichten, ihre Tanten und sogar die Frauen ihres Vaters, wenn dieser stirbt, und die Frauen der Halbbrüder, die sie umgebracht haben.»

«Aber Udorn, das ist ... das ist doch ...»

«Ich weiß, man nennt das Inzest», sagte Udorn. «Aber –» Bedauernd erhob er die Hand zur Buddhageste des «Keinen Streit in der Familie».

Er redete weiter über König Ekatats törichtes Verhalten. «Unsere Herzen sind bekümmert. Wenn die Burmesen uns abermals angreifen ...» Einen Augenblick lang glitt der Mantel der Fröhlichkeit von ihm ab, den er stets um sich geschlungen trug; ich sah einen anderen Udorn, einen Mann, der sich sehr wegen der Gefahr für Ayuthia sorgte, die königliches Mißverhalten herbeiführen mochte.

«Sehen wir uns die Weißen Elefanten an», sagte ich, und er lachte und schüttelte die Sorgen ab.

Udorns Vetter Phya Cham war rundgesichtig und färbte sich das Haar. Er stand in dem Ruf, die Frauen und den Wein zu lieben, aber er war auch ein Krieger, der einen Ausfall gegen die Burmesen im letzten Krieg angeführt und dabei mit einem schweren Säbel zumindest zwei Männer zu Pferde entzweigespalten und den Feind an jenem Tag zum Rückzug gezwungen hatte. Wir begaben uns zu seinem Palast, um uns dem Gefolge anzuschließen, das ihn zur Audienz beim König begleitete. Zwei Bikkus sangen Gebete, die der Audienz einen günstigen Verlauf verleihen und alle *Phi* oder bösen Geister verscheuchen sollten, die auf unserem Weg zum König lauern mochten.

Während Phya Cham sich ankleidete und auf die zum Aufbruch günstige Stunde wartete, erzählte er uns viele Geschichten über das Königshaus. Daß man sich seiner Verwandten entledigte, schien bei den Königen von Ayuthia eine Gewohnheit zu sein. Erst vor einer Woche waren zwei Prinzen, Vettern des Königs, in Stücke geschnitten und danach den Krokodilen zum Fraß vorgeworfen worden, weil sie den Liebesakt mit Ekatats Konkubinen vollzogen hatten. Und die Frauen, denen man Hände und Füße abgehackt hatte, waren über langsam glühendem Feuer verkohlt worden.

«Die Burmesen haben noch immer vor, Ayuthia zu vernichten», sagte Cham, während er sich den hohen Hut mit den drei seinen Rang kennzeichnenden Goldringen aufsetzte, den Umhang überwarf, den Gürtel aus schwerem Gold anlegte und sich dabei in einem großen Spiegel aus Frankreich betrachtete. «Der König von Burma, Manglok, greift jetzt unsere Städte im Norden an, Chiengmai, Luang Prabang. Ich muß auf diese Gefahr hinweisen, und koste es mich das Leben, denn König Ekatat wünscht nichts Unangenehmes zu hören, und seine Wünsche sind Göttliche Befehle.»

Die Könige von Ayuthia waren die Inkarnation Indras, des Kriegsgottes der Hindu, der auf einem dreiköpfigen Elefanten reitet. Der Hof befolgte die Hindu-Riten, und die Palastpriester waren Brahmanen. «Selbst der Oberabt unseres buddhistischen Glaubens, der *Sangarajah*, wird nicht angehört», sagte Cham. «Doch unser Volk ist buddhistisch und hört nur auf den *Sangarajah*.»

In feierlicher Prozession begaben wir uns zum Palast. Er war von Mauern umgeben wie die Verbotene Stadt in Peking. Zwanzig Kriegselefanten mit goldenem Zaumzeug und ihren Treibern, den *Mahouts*, in Purpurbrokat und zweihundert

Soldaten der Palastwache mit Säbeln erwarteten uns im ersten Hof.

«Es sollten fünfzig Elefanten sein», sagte Udorn, «aber König Ekatat ist träge; er macht nie Jagd auf wilde Elefanten, was der übliche Zeitvertreib der Könige ist. Neben dem Palast ist ein besonderer Elefantenpferch, wo *Mahouts* die Wildelefanten zähmen, doch es gibt nur noch wenige.»

Im zweiten Hof, der mit hellem Marmor gepflastert war, wartete ein Regiment von hundert berittenen Mauren im Turban. Pferde und Reiter funkelten von Goldbrokat und Gold. Die Pferdehufe waren vergoldet, und die Scheiden der maurischen Krummsäbel waren aus reinem Gold.

Im dritten Hof standen die Elefanten und die Palastwachen mit Umhängen aus Goldbrokat. Ich machte unter ihnen einige *Farang*-Gesichter aus – Portugiesen und andere hellhaarige Söldner. Auch Japaner waren darunter.

Im vierten Hof hielten sich die Bootsruderer des Königs auf, die Arme rot bemalt, und persische Wachen, die als die vertrauenswürdigsten galten, dazu noch Eunuchen, *Khanti*, die ebenfalls Perser waren. Die Perser waren seit vielen Jahrhunderten in Ayuthia ansässig und hatten die Sitte mitgebracht, gewisse Sklaven zu verstümmeln und als Eunuchen zu halten, aber die Thai hielten nicht viel von dieser Praxis, und so waren sie nur gering an Zahl.

Weiter ging es zum fünften Hof, wo Beamte bäuchlings auf den Teppichen verharrten. Von hier führte eine vergoldete Treppe hinauf in ein höheres Geschoß, den Audienzraum des Königs. Goldverkleidete Wände, vergoldete Säulen, vielfarbige Leuchter und fünfstöckige Schirme aus Goldbrokat. Die Treppe wurde von zwei Elefanten bewacht, die völlig mit Gold bedeckt waren, ihre Stoßzähne waren mit Rubinen, Smaragden und Diamanten besetzt, und sechs Pferde standen dort, mit Sätteln und Zaumzeug aus Gold, verziert mit Perlen, Rubinen und Sternsaphiren.

Phya Cham schritt die Treppe hinauf, während Udorn und ich uns zurückzogen, rückwärts auf Händen und Knien kriechend, bis wir wieder den dritten Hof erreicht hatten, wo wir uns wieder aufrichten konnten, da sich dort niemand aufhielt, der von höherem Rang war als wir.

Die Behendigkeit, mit der die Beamten – auch ältere – dieses demütige Sich-Niederstrecken und Kriechen absolvierten, brachte mich auf den Gedanken, daß dies eine sehr gute Körperübung sei.

Die Brahmanen begannen ihren liturgischen Singsang. Die Musik spielte, was bedeutete, daß sich der König näherte. Er würde seinen erhöhten Thron besteigen, sieben Ellen über dem Boden des Audienzsaales und eingefaßt in einen Rahmen aus purem Gold, verziert mit Edelsteinen; der König war in glänzende, mit Juwelen bedeckte Gewänder gekleidet und leuchtete wie die Sonne.

Die Stallungen der Weißen Elefanten waren keine Ställe, sondern ein eigener Palast, neben dem des Königs, mit eigenen Höfen und vierhundert Knechten, welche die Tiere pflegten und kämmten und fütterten, sie an heißen Tagen fächelten und in Becken mit reinem Wasser badeten.

In einer überdachten Empfangshalle mit vergoldeten Wänden stand ein Elefant von hellerer Farbe – er hatte rosa Augen und weiße Flecken auf der Stirn. Udorn kniete vor dem Tier nieder, das uns freundlich ansah, den Rüssel ringelte und das Bündel Mehlbananen entgegennahm, das wir mitgebracht hatten. Seine Stoßzähne waren mit Gold und Juwelen umringt. An den Wänden hingen sein Zaumzeug, seine Riemen und Zierdecken – er hatte davon dreißig Garnituren, alle mit Smaragden, Diamanten und Rubinen besetzt. Er aß und trank aus goldenen Präsentierschalen, die mit Wasser, Gras und jungen Bambussprossen gefüllt wurden.

Der Weiße Elefant war die Inkarnation Buddhas, und seine Gegenwart bestätigte die Autorität des Königs. «Bei allen unseren Kriegen mit Burma, zweiundzwanzig waren es bis jetzt, ging es um den Besitz von Weißen Elefanten», sagte Udorn.

«Vor zweihundert Jahren hat Burma Ayuthia erobert um der sieben Weißen Elefanten des Königs willen. Heute besitzt Ekatat drei, einen weißen, einen rotbraunen und einen rundschwänzigen. Die Könige von Burma werden uns wieder mit Krieg überziehen . . .»

In den Räumen nebenan standen zwei etwas dunkler gefärbte Elefanten, und ein zu ihren Diensten abgestelltes kleines Orchester spielte gerade eine lustige Weise, um sie zu erfreuen.

Was ich Udorn nicht sagte: Gewiß waren es das Gold von Ayuthia, sein ganzer Reichtum und seine ausgebildeten Handwerker, worauf es die Burmesen abgesehen hatten, und nicht die Weißen Elefanten. Abdul Reza, der nicht an die Weißen Elefanten glaubte, hatte mir gesagt, Burma besitze viel Land, aber wenig Menschen. «Und ein Reich wird nur wohlhabend durch viele und geschickte, kunstfertige Menschen, die den Boden bestellen, die Städte ernähren und für Handel und Wandel sorgen. Die Burmesen führen Krieg, um Menschen zu versklaven.»

Wir kehrten zur königlichen Esplanade zurück und sahen Phya Cham dort stehen und mit anderen Adligen reden. Udorn eilte voraus, und ich blieb ein Stück zurück; es war deutlich, daß Phya Cham in einem ernsten Gespräch über Staatsangelegenheiten begriffen war. Ich beobachtete die Gruppe. Udorn gesellte sich unter den üblichen Höflichkeitsbezeugungen zu den anderen; er wurde von Cham freundschaftlich umarmt und begann voller Eifer zu sprechen.

Von den Adligen um Phya Cham hatte einer einen runden Kopf, kantige Gesichtszüge, eine hellere Haut und ein wenig schräg geschnittene Augen – offenbar hatte er chinesisches Blut in den Adern. Da sah sich Udorn nach mir um und winkte mich herzu.

Auf diese Weise lernte ich Sin kennen, den späteren Taksin. Es war nur eine kurze Begegnung. Doch das Gesicht mit seinen hellen, leuchtenden Augen, der hohen Stirn und einem gewissen Zug kraftvoller Entschlossenheit vergaß man nicht so leicht.

Phya Cham sagte nun, er müsse gehen, und Udorn zog mich mit sich fort.

«Gehen wir nach Bang Paket, jenseits des Flusses. Prinz

Chiprasong hat uns zu einem Boxkampf und einer Vorführung von Krabi-Krabong gebeten. Sie sollen mitkommen.»

Unser Balon glitt die Kanäle und dann den Fluß entlang. Als wir den Hauptstrom erreicht hatten und in Sicherheit waren, sagte Udorn: «Cham muß vielleicht in einen Wat gehen und ein Bikku werden.» Dies hieß, daß Cham versuchte, einem Mordanschlag zu entfliehen.

«Was ist geschehen?»

«Der König.»

Ekatat hatte auf seinem mit Juwelen besetzten Thron aus purem Gold hoch über den bäuchlings ausgestreckten Ministern und Beamten Platz genommen. Er erstrahlte in seinen mit Rubinen, Saphiren und Diamanten bedeckten Gewändern und der spitzen goldenen Krone, die besetzt war mit neun Arten von Edelsteinen – Diamant, Rubin, Smaragd, Saphir, Zirkon, Amethyst, Topas, Jade, Perle. Die singenden Brahmanen hatten seine vielen Titel aufgezählt:

> Der Höchst-Erhabene, Der alles sieht, Der die Regenfluten der Welt lenkt, die Wasser steigen und fallen macht, Der Gottgleiche Herr der Thai vom weißen, roten und rundschwänzigen Elefanten, Der Indra ist, Herr des Krieges, höchster aller Götter.

Zu seinen vor ihm auf dem Boden kauernden Ministern hatte der König gesagt: »Wir haben gehört, daß jemand beunruhigt ist durch den Fall von Chiengmai. Möge der sprechen, den dieser Kummer bedrückt.»

Und Phya Cham, vorwärts kriechend, die Hände über dem Kopf aneinandergepreßt, hatte gesagt: «Hoher und Mächtiger Herr über mich, Deinen Sklaven, Dein Königliches Wort komme über mich. Dein Sklave wünscht gegen den schlimmen Feind zu kämpfen, der es gewagt hat, Chiengmai anzugreifen.»

Und Ekatat hatte durch seinen Minister des Rechts (den *Kalahom*) entgegnet: «Sprichst du etwa von dem Köter Manglok, dem sogenannten König von Burma?»

Der Minister des Rechts, an allen Gliedern zitternd, hatte weinerlich gerufen: «Es scheint so, o Herr.»

Ekatat hatte mit falscher Falsettstimme gelacht. «Dann wisset, ihr ignoranten Sklaven, daß Manglok gestorben ist, so wie sein Vater bei der Belagerung von Ayuthia vor zwei Jahren starb. Seine Armeen haben sich zurückgezogen, wie die seines Vaters damals. Wer es wagt, uns herauszufordern, wird sterben.»

Ein allgemeines Gemurmel der Lobpreisung, der freudigen Überraschung erhob sich. «Der Höchst-Erhabene, der alles sieht, in dessen Händen die Macht Indras liegt . . .»

Phya Cham war am Boden liegengeblieben.

Ekatat hatte gesagt: «Es besteht keine Notwendigkeit, die Armee zu verstärken. Ayuthia kann nicht erobert werden, denn Wir herrschen hier unumschränkt, unter dem Schutz des Himmels selbst.»

Weder der *Kalahom* noch die Befehlshaber und Provinzgouverneure hatten gewußt, daß König Manglok von Burma gestorben war. Aber der König hatte es gewußt. «Eine Palastintrige. Ekatat hört auf zwei Leute; der eine wird der Magier genannt, der andere ist sein Schwager, der Halbbruder der jüngeren Lieblingskönigin – und, wie es heißt, auch ihr Geliebter. Er ist zum Teil burmesischer Abstammung.»

Die Kuriere der Minister waren abgefangen worden. Udorn flüsterte mir dies alles zu und zeigte dann wieder seine sorglose Miene. «Verstehen Sie jetzt, warum ein glücklicher Mensch den Narren spielen muß, Keran? Und warum Narren glückliche Menschen sind?»

Die Wettkämpfe sollten auf der kleinen Wiese bei Bang Paket jenseits des Flusses stattfinden, nicht weit entfernt von der französischen Niederlassung und ihrer Sankt-Josephs-Kirche mit dem viereckigen Turm aus Stein. Eine große, fröhliche Menge wimmelte auf der festgestampften Fläche umher. Die Boxer und Krabi-Krabong-Schwertkämpfer standen bereit. Chiprasong war schon da, in einem schlichten *Pannung* oder Lendenschurz, die Haut von Sandelholzöl glänzend. Er wollte sich wohl volkstümlich geben, wollte bei den Leuten als einfacher Mann bekannt werden, vielleicht in der Nachfolge des einst beliebten Königs Boromakot, der sich oft als einfacher Mann gekleidet unters Volk gemischt hatte. Udorn und ich setzten uns in der Menge nieder, und das Boxen begann.

Und da sah ich sie, als ich aufblickte, auf der Terrasse eines der auf Pfählen stehenden Häuser, welche die eine Seite des Kampffeldes säumten. Sie war dort mit zwei älteren Frauen, die schwarze Kleidung trugen und deren Köpfe kahlgeschoren waren. Sie hatte gerade mit einer der Frauen gesprochen und blickte dann auf die Menge hinunter, als suche sie jemanden, und sie sah mich. Ich starrte sie an, bis ich mich daran erinnerte, daß dies Verachtung bedeutete, und senkte den Blick und wandte mich wieder den Boxern zu. Chiprasong hatte das Bein ganz hoch gehoben, um seinen Gegner zu Boden zu stoßen, doch dieser, jung, geschmeidig und ein klein wenig schneller, suchte seinerseits Chiprasong im Sprung umzustoßen. Doch Chiprasong wich aus, und der Stoß ging ins Leere.

Ich hob den Kopf, blickte rasch hinauf. Sie war nicht mehr auf der Terrasse, und mein Herz begann ganz wild zu klopfen, als hätte ich einen ungeheuren Schatz verloren. Oh, ich muß sie sehen, muß sie noch einmal sehen . . . und da sah ich sie tatsächlich, sie stand am äußeren Rand des Zuschauerkreises, mir gerade gegenüber, und sie sah zu mir hin.

Ich wußte damals nicht, daß ich mich verliebt hatte, ich wußte nur, daß sich die Welt unter meinen Füßen verändert hatte und mein Sinn von allem anderen blankgefegt war. Ihr Gesicht, ihre Schultern, die Zierlichkeit und Vollkommenheit ihrer Gestalt. In einem Land, in dem so viele Frauen die Lieblichkeit in Person waren, wollte mir keine andere als sie schön erscheinen, wahrhaftig schön. War sie eine Adlige, kam sie aus dem Volk? Sie trug, in der Farbe des Tages, grün für Mittwoch, einen *Jongkra-bane* und ein um den Hals geknüpftes Oberteil, wie dies Frauen bei der Arbeit taten, damit sie Hände und Beine frei hatten.

Wie konnte ich mich ihr nähern?

Udorn beugte sich zu mir vor: »Keran, Keran, träumen Sie? Chiprasong fordert Sie zu einer Runde auf.»

Die Sonne wanderte allmählich nach Westen hinüber, ihr letzter rosiger Schein erfüllte den Himmel mit Perlmuttglanz, der ihr Haar, ihren Mund berührte. Sie trug eine rosa Hibiskusblüte im Haar.

Chiprasong schritt auf mich zu, nahm eine Boxerpose ein und rief etwas, worüber man lachte. Mir wurde von Kopf bis Fuß heiß.

«Sie können nicht ablehnen, es ist ein Kampf in aller Freundschaft. Am besten lassen Sie ihn rasch gewinnen, dann ziehen Sie sich keine Verletzungen zu.» Udorns Stimme klang ein wenig besorgt. Er gab jedoch eine fröhliche Erwiderung, und mir war klar, daß er versuchte, mit seiner Bemerkung das Gelächter auf etwas anderes zu lenken.

Aber die Menge wollte jetzt zum Abschluß des Tages wirklich etwas Erheiterndes sehen. Vielleicht wollten sie erleben, wie Chiprasong einen *Farang* zu Boden warf. Es würde keine Schande sein, gegen den *Tigermann* Prinz Chiprasong zu verlieren.

Keine Schande. Außer daß sie dabei war. Ich konnte mich nicht zum Gespött machen, durfte mich von Chiprasong nicht schlagen lassen. Sie würde sehen, daß ich hinkte, wenn ich mich zum Kampf erhob.

Die Dunkelheit brach herein, und Männer brachten große Fackeln herbei. Ich zog meinen Umhang aus und behielt nur meine Seidenhose an, die ich nach der chinesischen Art mit einem Gürtel über den Hüften trug. Ich hatte mich an diese Kleidung gewöhnt. Der *Pannung* der Thai schien mir noch zu riskant – ich fürchtete, er könne rutschen.

«*Lok Ching, Lok Ching,* Chinese, Chinese», rief die Menge fröhlich. Es belustigte sie, daß sich ein *Farang* wie ein Chinese kleidete. Einen weiteren Ausruf stießen sie aus, als sie meine Haut sahen, die im Fackelschein so bleich aufleuchtete. Ich war froh, daß ich nicht behaart war, sonst hätten sie «Affe, Affe» gerufen, wie sie dies taten, wenn ein behaarter *Farang*-Matrose seinen Oberkörper entblößte.

Mit freundlichem Interesse drängten sie näher und machten Bemerkungen über mein Kopfhaar, meine Hände. Als ich nun meinen gepolsterten Schuh auszog, sahen sie meinen Fuß. «Aiyah, *Tsikung*», sagten sie zu meiner Behinderung. Ich dachte daran, was Reisender mich gelehrt hatte. Balanciere das Körpergewicht auf dem guten Bein aus, mach dich ganz locker, laß das Denken fortfließen wie Wasser, schick Stärke in deinen verkrüppelten Fuß.

«Udorn, sagen Sie Prinz Chiprasong, er kämpft auf seine Art, ich kämpfe auf meine Art.»

Udorn verkündete dies laut und deutlich, und Chiprasong riß den Kopf herum.

«Auf die *Farang*-Art, natürlich!» rief er.

Wie vor jedem Kampf gab es eine kurze Anrufung, ein Sammeln der Kräfte von Geist und Körper, und dann tänzelte Chiprasong auf mich zu, leichtfüßig, mit den geballten Fäusten schöne Gesten vollführend, die Luft fast streichelnd. Ich wußte, er hatte vor, mich ein paarmal so niederzuwerfen, daß ich in möglichst lächerlicher Haltung landete, um die Menge zum Lachen zu bringen. Er hatte freundlich grinsend das Gesicht verzogen. Ich haßte ihn.

Achte auf seine Füße. Er täuscht immer einen Angriff mit der rechten Faust vor, tritt aber dann mit dem linken Fuß zu. Seine große Zehe ist tödlich.

Er kam auf mich zu, mit einer harten Rechten, einer raschen Linken, aber ich hatte mich schon umgedreht und ließ den Schlag an meiner erhobenen Schulter abgleiten und hakte mich mit meinem Klumpfuß an seinem Knöchel ein, während er von der Wucht seines Schlags davongetragen wurde und ich diesem Schlag auswich.

Er taumelte, fing sich aber wieder und zielte aus halb gebückter Position abermals nach meinem Leib; aber ich hatte mich schon um mich selbst gedreht und stand jetzt hinter ihm, während er vorwärts stürzte und auf den Rücken fiel, als ich ihm den linken Arm nach hinten schlug.

Die Männer unter den Zuschauern stießen ein langes «*Hai, hoyo*» aus, und dann wurde gerufen, geschrien, und ich hörte auch einige durchdringende Rufe von Frauen. Ich blickte mich um, um zu sehen, wo sie war, ob sie alles beobachtet hatte.

Und lag gleich darauf auf dem Boden, umgefällt durch einen schweren Schlag in die Leistengegend. Ich lag keuchend da, eine Ewigkeit, wie mir scheinen wollte, aber es waren nur ein paar Sekunden. Ich war nicht mehr ganz bei Bewußtsein; aber Udorn war bei mir, erweckte mich wieder zum Leben. «Das ist genug, Keran, bleiben Sie ganz still liegen.»

«O nein.» Ich holte tief Atem, rappelte mich auf, doch kaum stand ich auf den Beinen, da traf mich ein Fußstoß am Kinn, daß ich zurücktaumelte und hinstürzte.

Jetzt ergriff eine kalte Wut von mir Besitz, Wut und Berechnung. Ich war auf meine gute Seite gefallen. Ich schlug mein gutes Bein unter mir zusammen, wie Reisender es mich gelehrt hatte. Chiprasong ging erneut auf mich los, und ich wußte, er wollte mir irgend etwas antun, mir vielleicht die Nase zerschlagen.

Ich schleuderte meinen Körper empor wie eine Feder, aber seitwärts, so daß sein Schlag an meiner Schulter abglitt, während ich gleichzeitig mit der Hand nach seinem Arm aushieb und gleich oberhalb des Ellenbogens den Nerv traf. Er schrie auf, und seine Faust fiel herunter. Ich hatte seinem Handgelenk den Nerv genommen, ihm damit aber noch keinem Knochen gebrochen. Doch nun traf er mich mit seiner Linken in der Nierengegend. In dem seidenen Gürtel verwahrt, in Leder eingehüllt, befand sich mein Uhrmacherbesteck, und der Zufall wollte es, daß sein Schlag gerade darauf landete. Der Schlag stieß mich nach vorn, aber ich vermochte dennoch die Balance zu halten.

Unbewußt den Worten von Reisendem folgend, wich ich seitlich aus und traf ihn abermals, diesmal mit der anderen Hand – es war ein horizontaler Schlag gegen seinen Hals, der ihn streifte. Er hob schon das linke Knie, um meinen Unterleib zu treffen, traf ihn aber nicht richtig, weil mein Schlag seinen Kopf in eine andere Richtung gerissen hatte. Und als er seinen Schlag verfehlte, trat mein Klumpfuß in Aktion, der seinen linken Arm nach oben stieß und ihn danach nach unten und nach vorn umklammerte und gegen sein Knie stieß. Er taumelte, und ich packte sein schlaffes Handgelenk, drehte es und damit ihn selbst herum. Dann, mit dem guten Fuß als sicherer Stützsäule, trat ich ihm mit dem Klumpfuß in die andere Kniekehle. Da stürzte er hin, und während er noch fiel, hieb ich ihm mit der freien Hand in den Nacken – es war ein mörderischer Schlag.

Er würde einige Zeit brauchen, um sich davon zu erholen. Ich hatte versucht, ihn zu töten. Ich hatte vergessen, was Reisender gesagt hatte: «Nur zur Selbstverteidigung, nicht zum Töten ...»

Sie hatte gesehen, daß ich fußlahm war.

Udorn reichte mir Umhang und Schuhe, wischte mir den Schweiß ab. Er strahlte, denn ich hatte gewonnen. «Ich hatte nicht gewußt, daß Sie die Meisterschaft des Zen besitzen», sagte er. «Sie halten vieles geheim, Keran.»

Ich zog meine Tuchschuhe an, von denen der eine eine feste Sohle hatte und höher war als der andere.

Männer und Frauen umdrängten mich mit verschränkten Händen, Mädchen hängten mir Blumengirlanden um. Und sie war da, lächelte mich an; sanft, scheu hob sie ihre Hände und legte mir einen Kranz um den Hals.

Jetzt begannen die Trommeln zu spielen. Doppelköpfige *Tapone, Song-Na, Klong-Thad*. Sie ahmten Hufe im Wald nach, das Gebrüll des Tigers. Man rief zum Festmahl. Die Leute von drei Dörfern waren zusammengekommen, hockten sich auf Palmblättern nieder. Männer in Schwarz gingen mit Krügen voll Palmwein herum, trugen Kübel mit dampfendem Essen herbei. Für das Essen sorgten die Chinesen, wie dies üblich war bei jedem Fest, als kleines Entgelt für die guten Beziehungen zu den gastfreundlichen Thai von Ayuthia.

Es gab am Spieß gebratene Ferkel, goldbraun, mit Gewürzen und Honig bestrichen, das Fleisch zerging einem auf der Zunge; es gab gebratene Hühner in Currysoße, mit dem allgegenwärtigen *Prikinu*, dem kleinen, scharfen Pfeffer, der mir den Mund versengte, bis ich mich daran gewöhnt hatte; da gab es Garnelen und Krabben, in Ingwer und Knoblauch gebacken, und Kokosnußmilch, gebackene Bananen, in Limonengras und Koriander und Gewürzen, Fisch von acht verschiedenen Sorten, alle aus dem Großen Mutterfluß, dem *Chao Phya Menam*; und dann die Könige unter den Früchten, Mangos, und die entsetzlich stinkenden Durianfrüchte, die so herrlich zu essen waren, wenn man sich die Nase zuhielt.

Ein großes Fest. Männer kamen, um mich zu begrüßen und zu erfahren, wo ich so gut kämpfen gelernt hatte.

«Wirklich, heute abend sind Sie der *Wang*, der König des Festes», sagte Udorn voller Freude.

Zwei Frauen fächelten mir eifrig Kühlung zu, während ich aß, und auf Tabletts aus Rohrgeflecht standen viele Schüsseln vor mir. Ich trank und aß, trank den warmen Palmwein. Und dann begann der Tanz.

Die Musikanten stellten sich im Kreis auf, und die Trommeln schlugen nun weicher, genau im Takt, wie der Pulsschlag des Blutes, wie der Pulsschlag der Nacht, einer Nacht so sanft, daß es fast schmerzte, am Leben zu sein, zu wissen, daß einem solche Nächte nicht für alle Zeiten gegeben sind. Die Männer erhoben sich zum Tanz und auch die Frauen, und sie war auch darunter, in den Reihen der Frauen, bis das Gewühl der Tänzer sie meinem Blick entzog.

Trommeln. Die Nacht verband sich mit ihnen und mit dem Klang der *Pinai*-Flöten, der sich erhob wie Nachtigallenstimmen, kehlig und hell und den Wald zum Lauschen anrufend.

Tanz – lange, sich windende Reihen von Männern und ihnen gegenüber, auf der anderen Seite, die Frauen, fast unbeweglich, bis auf die langsamen, vorgeschriebenen Bewegungen von Arm, Hand, Hals, wie im Trance, den Zauber der verzauberten Nacht weiterspinnend. Lob darbringend den Göttern des Geistes für die Gabe dieses Abends, für dieses Fest, diesen Tanz.

Das Tempo beschleunigte sich. Die Männeer begannen, vor den Frauen auf und ab zu schreiten, die auf der Stelle verharrten; immer deutlicher, herausfordernder wurden die Gesten der Männer, gewannen an Elan. Dann brach einer, brachen zwei, drei und noch mehr aus der Reihe aus und tanzten allein, tanzten Tänze von Krieg und Liebe. Tanzten die Liebe und den

Haß der unsterblichen Götter, die in ihren Leidenschaften wie Menschen waren, die Verrat übten und töteten und Gelüste hatten wie sterbliche Menschen.

Jetzt begannen sich die Frauen zu bewegen – eine langsame und wunderbare Welle wie Wasser, wie das Wunder des Wassers. Ihre Reihe kräuselte sich, glitt vor, glitt zurück. Die Frauen tanzten jetzt fast mit den Männern zusammen, sie dennoch niemals berührend, niemals sie ansehend. Doch ihre Bewegungen führten zu einem Rhythmus, zu einer Woge, und ich mußte an das Liebesgedicht denken, das Udorn mir zu lesen gegeben hatte:

Fang einen Regenbogen auf mit beiden Armen,
Wandle unter den Sternennebeln.
Schimmerndes Wasser ist mein Herz,
Doch der Glanz verglüht, wenn der Mond erkaltet . . .

«Fang einen Regenbogen auf mit beiden Armen . . .» Jetzt wurden die Frauen kühner, näherten sich denjenigen Männern, die noch am Boden hockten und sich dem Tanz nicht angeschlossen hatten, wobei sie einen Zipfel ihres Brusttuchs über die linke Schulter warfen. Und jeder solcherart aufgeforderte Mann erhob sich und schloß sich dem Tanz an.

Udorn wurde auserwählt von einer großen, stattlichen Frau, deren Arme scheinbar keine Knochen hatten, so geschmeidig bewegte sie sich von den Schultern herab bis zu den Fingerspitzen, eine fließende Bewegung, die einen in Erregung versetzte, wenn man nur diese Arme betrachtete, die alles Verlangen der Welt ausströmten.

Eine Matrone mit kahlgeschorenem Kopf winkte mir zu. Auch sie war eine geübte und schöne Tänzerin, die erste Tänzerin ihres Dorfes. Ich erhob mich und tanzte ein wenig unbeholfen, dankbar für den Umstand, daß man beim Thai-Tanz nicht hüpfen und springen und eine Frau in den Armen halten mußte, was mir in diesem Augenblick eine groteske Art des Tanzes schien.

«Der *Wang* muß sich ein Mädchen zum Tanz wählen», sagte Udorn.

Und weil der Palmwein mich beflügelt hatte, drängte ich

mich durch die Reihen der Frauen hindurch, bis ich sie fand, und ich faltete die Hände und verneigte mich vor ihr. Wir tanzten zusammen, mit fünf Fuß Abstand voneinander. Sie sah mich nicht an, ich sah sie nicht an, ich hielt die Augen niedergeschlagen. Nur meine Hände, meine Arme sagten: Ich liebe dich, ich liebe dich. Die Welt ist plötzlich zu einem Regenbogen geworden, ist duftend, ist köstlich geworden, deinetwegen. Oh, laß mich dich lieben, sagten meine Hände, während sie in der Luft schwangen.

«Sie heißt Jit», sagte Udorn, als wir wieder in unserem Balon saßen und die Ruderer zu den einzelnen Schlägen ihre Rufe ausstießen. Wir hatten schon das *Nei Kai* passiert, das chinesische Tor, das immer geöffnet werden konnte, selbst bei Nacht.

«Udorn, ich sterbe, wenn ich sie nicht haben kann», sagte ich. «Nicht mein Körper, aber etwas in mir wird sterben.»

«Ah ja, der Donner und der Blitz der Liebe, das ist schlimmer als ein Taifun», entgegnete Udorn. «Sie ist die Tochter eines kleinen Beamten; sie ist halb Chinesin, halb Thailänderin.»

«Ich liebe sie. Sonst gibt es nichts mehr.»

«Lassen Sie mich das machen. Sie halten mit Ihren Gefühlen nicht hinter dem Berg. Jeder konnte heute abend sehen, daß Sie verliebt sind. Selbst Chiprasong hat es gesehen. Er hatte sich aus seiner Ohnmacht erholt und Sie beobachtet. Ich glaube, er ist zornig, weil sie ihn gedemütigt haben. Doch nun mußte er begreifen, daß es aus Liebe geschah. Sie durften in ihrer Gegenwart den Kampf nicht verlieren.»

Die Ruderblätter rührten das Wasser auf, langsam, behutsam, jeder Schlag ein Maß an Zeit. Zeit, in langsamen Ruderschlägen, langsamen Herzschlägen. Die Zeit hatte mich hierhergebracht. Ich hörte das Quaken der Frösche, die sich der Nacht und des Wassers erfreuten.

«Udorn, wenn sie zu mir kommt, bin ich der glücklichste Mensch auf Erden.»

14
ANNO DOMINI 1763

Ich heiratete Udorn zu einer günstigen Stunde im Januar 1763. Die Festlichkeiten währten drei Tage lang. Ich kleidete mich dabei einundzwanzigmal um und trug jedesmal anderen Schmuck. Abdul Rezas Großzügigkeit war grenzenlos; Udorn überhäufte mich mit Geschenken. Ich besaß jetzt fünf große Truhen aus Chinalack mit Scharnieren und Schlössern aus purem Gold, angefüllt mit Juwelen und golddurchwirkten Gewändern. Dazu noch Tabletts und Vasen und Kästchen aus Gold, Silber, Email, Elfenbein und Perlmutter, genug, um damit sieben große Schränke zu füllen.

Udorn ist schön. Er hat sich als Liebhaber kenntnisreich und höflich gezeigt. Da ich ihn nicht liebe, kann ich die Freude, die er mir gibt, um so höher einschätzen. Ich halte meine Seele frei und bewege mich unbeirrt auf meine Freiheit zu.

Ich denke an die willensstarke und verbitterte Frau in der Verbotenen Stadt von Peking: die Mutter, die Kaiserinmutter, die die Geliebte ihres Sohnes tötete, weil sie nicht wollte, daß er das Kaiserreich aufs Spiel setzte.

Vielleicht denkt sie manchmal an mich.

Colin. Zwischen meinem Bruder und mir bestehen Bande, die wir aufrechterhalten und denen wir gleichzeitig widerstehen müssen. Wir müssen unsere Gedanken voreinander verschließen, da wir jetzt beide anderen verlobt sind; und wir werden bis ans Ende mit diesem Verbot leben müssen. Vielleicht tun das auch andere, die tief in sich das Verlangen nach einer Schwester, einer Mutter begraben, die für sie mehr sein sollte als eine Schwester, eine Mutter. Mein Bruder und ich hüten ein flaches Grab, in dem ein Teil von uns für immer ruhen muß.

Das Mädchen, in das Colin sich verliebt hat, ist ein schüchternes und sanftes Geschöpf, dessen reines, klares Wesen gleich einer Rose wortloses Glücksgefühl ausstrahlt. Sie ist zierlich, schlank, schön. Sie sieht einen Vogel und denkt: Das ist ein Vogel. Weiter denkt sie nicht, aber für sie ist der Vogel alles Entzücken, alle Freude. Sie wird alltäglicher kleiner Wunder nie müde werden. Sie will nur eins: Colin dienen, ihn lieben. Dies ist ihr Schicksal.

Colin und ich sprechen jetzt in Worten miteinander, führen philosophische Diskurse miteinander. Er behauptet, die Zeit sei eine Funktion des Universums, und Newton habe bewiesen, daß die Zeit weitergeht, auch wenn niemand da ist, der Uhren macht, um die Zeit zu messen. Ich sage, die Zeit schrumpfe ein oder dehne sich aus, je nach dem Zugriff unserer Seelen und dem Verlangen unserer Körper. «Dann glaubst du nicht an meine Uhren.» Colin lächelt und sieht dabei ganz wie ein Junge aus, weil er glücklich ist.

In Newtons Welt gibt es keine Geister von Baum und Feuer und keinen verzauberten Wald. Aber hier in Ayuthia gibt es überall Geister, mächtige Geister.

«Colin, der Androide, den du machen willst – er muß ein König sein. Er muß das Gesicht eines Königs haben.»

«Des Königs?»

«Nicht Ekatats. Das eines anderen. Ich sehe das Gesicht noch nicht vor mir. Wenn es so weit ist, mache ich das Gesicht für dich.»

Am zehnten Tag nach unserer Hochzeit sagte ich Udorn, er solle seine anderen Frauen zurückholen. «Sie werden trauern ohne dich. Dein Herz ist mein, deshalb bin ich nicht eifersüchtig.»

Udorn ist entzückt. Ein Adliger mit nur einer Ehefrau gilt in Ayuthia als bedauernswert. Drei von ihnen sind wieder zurückgekommen; wenn sie sprechen, klingt es wie Spatzengezwitscher, und ihr Benehmen ist höchst reizvoll. «Drei sind genug», sage ich, und Udorn lacht und nennt mich eine Zauberin, die Königin seines Herzens.

Hier wirkt die Gabe in mir sehr stark, denn Ayuthia ist

Traum und Wirklichkeit zugleich, Verschmelzung von allem, was widersprüchlich, verschiedenartig, launisch, veränderlich ist.

«Es wird wieder Krieg geben, Udorn. Die Burmesen werden wiederkommen.»

«Ich weiß, Höchstgeliebte.» Er seufzt. Er und sein Vetter Phya Cham sind besorgt, und das ist auch der Kalahom, denn die Mauern Ayuthias sind in schlechtem Zustand. Die vielen Forts müßten ausgebessert werden. Es gibt keine Kugeln für die Kanonen, welche die Portugiesen vor über zwanzig Jahren unter König Boromakot, Ekatats Vater, installiert haben. Ekatat weigert sich, die im königlichen Arsenal lagernden Kanonen und Munitionsvorräte zur Verstärkung der Verteidigungsanlagen freizugeben. Die Musketen der Palastwachen sind seit vielen Jahren nicht mehr abgefeuert worden.

König Ekatat steht völlig im Bann von Zauberern und Dämonenbeschwörern, die ihn mit Zaubertränken, Liebestränken und Quecksilber füttern, um ihn unsichtbar und unbesiegbar zu machen, so daß ihm, wie es heißt, nach und nach die Zähne ausfallen. Udorn seufzt. Und es geschieht nichts.

Ich suche Abdul Reza in seinem Haus im Muslimviertel auf, mit meinem Gefolge von Zofen und Kämpferinnen, Amazonen, die ausgebildet wurden, andere Frauen zu beschützen. Ich befehle ihnen, sich zurückzuziehen. «Ich habe mit Fürst Reza Wichtiges zu besprechen.» Nun da sie wissen, daß ich alles tun kann, was ich will – ich bin in meinen Handlungen nicht eingeschränkt wie andere Ehefrauen –, lassen sie mich allein.

Abdul Reza sitzt da, gemessen, zerquält. Ein Mann. Ein Mann mit dem Geruch und Geschmack eines Mannes. Er erinnert mich an den chinesischen Kaiser Tsienlung. Er ist genauso alt, mit einem vom Leben und von vielen Frauen abgehärteten Körper. Ich fühle, wie sich das Verlangen in mir regt.

«Ich bin die Ihre, Fürst Reza, wenn Sie es wünschen. Denn jetzt bin ich nicht mehr Ihr Mündel, und ich kann mir die

Männer aussuchen, die ich lieben will.» Alle Farbe weicht ihm aus dem Gesicht.

«Madame, ich kann keinen Betrug üben.»

«Udorn ist nicht mein Besitzer. Das bin ich selbst.»

Seine Hand greift nach dem kleinen Messer, das er stets am Gürtel trägt.

«Sie sind böse, sittenlos«, sagt er mit ruhiger Stimme. «Sie spielen mit den Menschen ... Sie sind grausam, Madame Bea.»

«Böse, grausam, sittenlos? Weil ich mein Vergnügen suche, so wie Männer das ihre bei Frauen suchen?»

Eine Woche später wird er mein, und ich habe großes Vergnügen an ihm, denn er hat einen wunderbaren Körper, schlank, vom Alter unberührt; Leidenschaft und Zorn stacheln ihn zu rastloser Wildheit an.

«Sie haben mir mein Mannestum geraubt», sagt er nachher.

«Aber wir werden uns immer dieser Stunde erinnern», erwidere ich. «Denn wir waren aufrichtig zueinander, nicht wahr?»

Jit wird meine Frau werden.

Udorn und Phya Cham haben ihren Vater aufgesucht, Khun Panat. Er ist ein Richter niederen Ranges, der die Dörfer bereist, die von den Burmesen bei ihrem Feldzug von 1760 verheert wurden. Er hat mit vielen schrecklichen Fällen zu tun. Er hat nur diese eine Tochter. Seine Gattin ist eine hübsche Frau. Ich sitze in ihrem Haus und trinke chinesischen Tee, während Udorn das Gespräch führt. Ich bin ein *Farang*, aber vielleicht nehmen sie mich als Schwiegersohn an. Khun Panat ist ein aufrechter Mann und nicht wohlhabend.

Alle drei Tage darf ich bei Jit im Empfangsraum sitzen. Sie sitzt inmitten von zwei Tanten und drei Cousinen. Ich darf mit ihr sprechen. Ich halte Kopf und Blick gesenkt, um ihr meine Achtung zu erweisen. Sie sagt: «Ich bin sehr jung. Sie müssen mich lehren, Ihnen gut zu dienen.»

Um sie ist eine Unschuld, die mir das Herz zerreißt. Sie ist Duft, ist die Farbe des Himmels über mir. Sie erkundigt sich nach den Uhren und Automaten, die ich mache, und als ich ihr erzähle, wie ich mit meinem Vater zusammen gearbeitet habe, nickt sie. Ich habe den Eindruck, sie begreift alles, was ich sage.

Sie musiziert, sie tanzt, sie liest; ihr Vater wollte, daß sie eine gute Erziehung bekam, und ihre Tante, eine gelehrte buddhistische Nonne, hat sie im Lesen und Schreiben unterrichtet. «Ich werde auch die Sprache meines Herrn lernen, damit ich Ihnen gut dienen kann», sagt sie zu mir.

Ich habe mit Udorns Hilfe das alte provenzalische Magali-Lied übersetzt, im Gedanken an Laurence Shane, der es zusammen mit mir vor so vielen Jahren auf dem Schiff *Cardus* sang, im Gedanken an Laurence, der im namenlosen Ozean ertrank.

> O Magali, wenn du wirst
> Zum erhabenen Mond,
> Werde ich zum Dunst der Nacht,
> Um dich in meinen Armen zu bergen . . .

Ich singe es ihr vor. Später mache ich eine Spieldose mit der Melodie. Sie sieht mich mit ihren eigentümlichen Augen an, Augen so dunkel, so samten still, von der Stille der Erde, des Wassers. Sie singt mir Magali in ihrer Sprache vor.

Ich komme am *Bang Pahat* und der schönen Sankt-Josephs-Kirche vorüber, mit dem aus Stein errichteten Haus des Bischofs daneben. Und da ist Sankt-Paul, die Kirche der Jesuiten. Vielleicht ist eine gewisse Sehnsucht in mir, wieder Französisch zu hören, an Laurence, an Castiglione zu denken.

Ein wie ein Thai gekleideter Mann kommt aus dem Bambushaus neben der Kirche. Er trägt einen Bart.

«Willkommen, Colin Duriez», sagt er auf französisch.

«Sie kennen mich?»

«Wer in Ayuthia kennt Sie nicht? Uhrmacher, Automatenmacher . . . und Ihre Schwester ist Prinzessin Didya, deren Schönheit alle verzaubert. Kommen Sie herein.»

Das Haus ist klein, spärlich möbliert; der Empfangsraum weist, von einem großen Kruzifix abgesehen, nur einen Tisch und einen Stuhl und einige Sitzkissen auf. Eine Frau mittleren Alters mit einem langen Umhang über dem Kleid – die Christen tragen solche Gewänder, um sich, im Gegensatz zu den Thai-Frauen, mehr zu bedecken – kommt herein, mit Süßigkeiten und Tee.

Pater Jean Allard spricht die Thai-Sprache perfekt und arbeitet an einer thai-französischen Grammatik. Wir sprechen von Pierre Amigot, von Giuseppe Castiglione. Er ist leutselig, freundlich, von jener für die Jesuiten typischen Höflichkeit – Samthandschuh über stählerner Faust. «Es gibt nur wenige Konvertiten, nur etwa sechsunddreißighundert, in Ayuthia. Die Thai hängen an ihrer eigenen Religion, und sie lassen sich nicht bekehren.»

Er weiß viel zu erzählen. Wie er sagt, hatte Ludwig XIV. in den achtziger Jahren des vorigen Jahrhunderts den Herzog von Chaumont als Botschafter nach Ayuthia geschickt, zusammen mit vierzehn Jesuiten, Astronomen und Mathematikern. Einige der Thai-Prinzen zeigten sich sehr beunruhigt, vor allem, als sie feststellten, daß es den Franzosen um die Bekehrung zum Katholizismus ging. Sie berichteten dem König, die katholischen Priester seien in die Wats gegangen und hätten sich über die Statuen Buddhas lustig gemacht.

Das alles endete wie üblich in einem Blutbad. Die Franzosen wurden hinausgeworfen. «Aber unserem Orden wurde erlaubt, seine Tätigkeit in Predigt und Lehre fortzusetzen.»

Er sprach davon, daß der französische König Ludwig XV. den Besitz der Jesuiten in Frankreich konfisziert und ihre Schulen geschlossen habe und daß der Papst im Vatikan sich mit dem Gedanken trüge, den Orden abzuschaffen ... «Wenn es Gottes Wille ist, uns schwer zu treffen, dann möge Sein Wille geschehen.»

In der Sankt-Pauls-Kirche säumten blankpolierte Musketen die Wände. In der Sakristei waren Pistolen und Piken. «Wir wurden vor drei Jahren aufgefordert, bei der Verteidigung Ayuthias gegen die Burmesen mitzuhelfen, und das haben wir getan. Die Burmesen hatten portugiesische Offiziere, die sagten, sie würden uns als Katholiken verschonen. Sie haben einen

Teil des Holländerviertels niedergebrannt, aber nicht die Manufaktur. Sie haben die englische Niederlassung niedergebrannt und viele Menschen als Sklaven mitgenommen.»

«Ich hoffe, es gibt nicht wieder einen Krieg.» Ich erschauerte bei dem Gedanken an Jit.

Jean Allard lächelte unverbindlich. «Übrigens – Pater Oliveiro ist hier. Ich glaube, Sie kennen ihn. Er ist gerade unterwegs, um jemanden mit den Sterbesakramenten zu versehen.»

Oliveiro – auf dem Schiff hatten sie ihn den «Inquisitor» genannt. «Ich werde ihn bei meinem nächsten Besuch begrüßen», sagte ich. Jean Allard lachte leise und zwinkerte mit den Augen. Pater Oliveiro war vielleicht eines der vielen Kreuze, die er zu tragen hatte.

Ich bin mit meinem Androiden fast fertig.

Seine Bewegungen werden in Gang gesetzt durch eine Uhr in seinem Bauch und gesteuert durch eine Selektorscheibe in seinem Gürtel, in Verbindung mit einer weiteren Scheibe unter seinem Umhang. Die Uhr läuft acht Tage lang. Seine Bewegungen verändern sich mit der Uhrzeit. Er kann gehen, kann eine Melodie pfeifen vermittels Bälgen, wobei seine Backen und sein Mund den Resonanzboden abgeben für die Laute, die er hervorbringt. Er nimmt auf einem dazu bereitstehenden Stuhl Platz. Er ergreift ein auf dem Tisch vor ihm liegendes Buch, blättert einige Seiten durch, legt das Buch wieder hin, greift einen Federkiel aus dem Tintenfaß und schreibt auf ein Blatt Papier. Abgesehen von seinem Gang sind seine Bewegungen gleitend. Auch schreibt er nicht immer das gleiche. Ich habe, indem ich genügend Material hineingab, sein Gedächtnis so konstruiert, daß er viele Sätze schreiben kann, wobei er selbst die erforderlichen Buchstaben auswählt, um sie niederzuschreiben. Mittels zweier beweglicher Nocken, die er abwechselnd auf die Selektorscheibe einstellt, kann er sich auch für zweierlei entscheiden – entweder er schreibt oder er geht.

Beim Schreiben atmet er. Dies geschieht über Bälge, welche, mit der Uhr verbunden, die gegliederte Brust aufblähen. Wenn er mit Schreiben fertig ist, legt er den Federkiel hin, sieht sich um, hebt den Kopf, steht auf und beginnt zu gehen. Er legt im Gehen die Arme auf den Rücken wie jemand, der nachdenkt. Seine Füße sind mit Gewichten versehen, und ich habe ihm ein Balancerad eingebaut, das sich in seinem Bauch dreht und ihn im Gleichgewicht hält. Aber leider hat er noch keine Kniegelenke. Deshalb ist sein Gleichgewicht auf einem schrägen Boden in Gefahr, und sein Gang läuft etwas ruckartig ab.

Ein ungelöstes Problem ist auch, wie lange er gehen soll. Er sollte in der Lage sein, stehenzubleiben, wenn er an ein Hindernis gelangt, aber da er nicht sehen kann, frage ich mich, wie ich ihm das Wissen von den ihn umgebenden Gegenständen eingeben kann. Ich werde ihn jetzt so weit verbessern, daß er sich auf den Boden setzen und die Beine in der Lotusposition unter sich verschränken kann wie die Thai, so daß es aussieht, als meditiere er.

Wir haben viele Stunden an dem Androiden gearbeitet, Ah Ming und ich. Alle Einzelteile – Schrauben und Nieten, Nokken und Gelenke, die Räder und Zahnräder und die komplizierte, an eine versteckte Uhr angeschlossene «Seele» – haben wir selbst angefertigt, manches mehr als einmal. Wenn meine Schwester ihm ein Gesicht gibt, werde ich noch andere Teile hinzufügen, so daß er auch die Augenlider bewegen und die Lippen spitzen kann, wenn er pfeift. Ah Ming wird es ein wenig unheimlich.

«Colin, Bruder, wenn nun ein verirrter heimatloser *Phi* kommt und in dieses Ding einzieht?»

«Es ist doch nur eine Maschine, Ming. Kein *Phi* kann eine Maschine betreiben.»

«Wir könnten Soldaten machen», sagte Ah Ming. «Viele Soldaten – keiner könnte sie töten.»

«Das stimmt.»

Ich beobachte den Androiden bei seiner Vorführung. Ich habe angestrengt gearbeitet, habe Edelsteine verwandt, Rubine und Diamanten, habe die feinsten Schrauben und Nieten in sie eingelassen.

«Wenn er ein Gesicht hat ...», sagt Ah Ming.

Ich nenne ihn den König. Ich verwahre ihn in einer Truhe

aus Weißmetall, in der er sicher ist vor Termiten und Insekten aller Art und vor Feuchtigkeit. Die Monsunzeit bringt viel Wasser, überschwemmt das Land, Wasser dringt in jeden Winkel, läßt das Holz der Häuser anschwellen. Aber der König wird trocken bleiben.

Songkran, das Neujahrsfest Ayuthias, das in den April fällt. Straßen und Kanäle sind ein Aufruhr von Farben – Schaustellungen, Umzüge, Zehntausende von Booten auf den Kanälen, auf dem Fluß, mit flatternden roten und goldenen Wimpeln. Grellbunte Papierdrachen schweben in der Luft, und überall kracht Feuerwerk.

Boote mit Mädchen, Boote mit jungen Männern, die einander von Liebe zusingen, begleitet von Flöten und Trommeln und Blumen, die hinüber und herüber geworfen werden. Blumen, Blüten überall – und dann das Ansprengen mit geweihtem Wasser. Jeder Ayuthier, ob Mann oder Frau, trägt einen Napf mit Wasser bei sich, mit dem er jeden bespritzt, dem er begegnet. Je durchnäßter man ist, um so mehr Segen bringt es einem.

Bea hält eine silberne Schale in der Hand, mit Blütenblättern darin, und bespritzt mich – sie lacht, glücklich wie ein kleines Mädchen. Sie bespritzt Udorn und sagt, sie wird auch Abdul Reza bespritzen. Wir steigen in unsere Balons – unsere Ruderer sehen gut aus in ihrer blauen und safrangelben Kleidung –, um Udorns Verwandte und Freunde, um Abdul Reza zu besuchen. Dann verlasse ich die anderen und begebe mich mit Ah Ming aus der Stadt hinaus. Ah Ming mag es nicht, naßgespritzt zu werden, doch bald tropfen wir beide von Wasser, indes ganze Bootsladungen von Mädchen an uns vorübergleiten und uns mit Wasser bewerfen, weil wir zwei Männer ohne weibliche Begleitung sind und deshalb geneckt werden müssen.

Wir kommen zum Wat Phanang Cheng mit seiner majestätischen Buddhastatue. Vor dem Wat werden Feste gefeiert. Chinesische Schiffer und ihre Familien versammeln sich hier. Die Chinesen führen eine Oper auf. Die Musik ist in hohem Falsetton gehalten, ganz anders als die Musik der Thai. Die Darsteller mit ihren bemalten Gesichtern tragen bestickte

Gewänder; Stirnreifen aus dünn gehämmertem Metall, vergoldet oder versilbert, mit Quasten und Federn geschmückt, zieren ihre Köpfe. Eine Tragödie von Liebe und Krieg und letztlicher Vergeltung wird da aufgeführt. Innen, unter den schweren Weihrauchwolken, drängen sich Tausende von Gläubigen. Ah Ming kann sich kaum Zutritt verschaffen. Ich warte auf ihn draußen am Flußufer.

Zwei vergoldete Barken gleiten vorüber, mit Schwanenhälsen und Schlangenköpfen und roten Wimpeln, die Ruder kupfergolden gestreift: königliche Barken. Die Burmesen haben über zweihundert von ihnen zerstört, aber es sind noch viele übriggeblieben. Die chinesischen Schiffer sprechen von Barke zu Barke in ihrem Dialekt miteinander, von dem ich auf der Seereise von China herüber einiges aufgeschnappt habe.

«Nummer eins holt sich wieder eine Frau.» Daumen hochgereckt, das Zeichen für den König, dessen Namen man nie ausspricht.

«Dieser... Krebs aus der Jauchegrube... hat die Schwester seines eigenen Vaters geheiratet...»

Ah Ming kommt aus dem Wat heraus. Er hat für Marquis Fang und seine Familie gebetet, für die Seele des Meisters der Uhren, für Dritten Sohn, für seine Sippe und sein Dorf in China.

«Bruder Colin, hier ist Mönch Teo, aus meinem Dorf in China.»

Ein lächelnder buddhistischer Mönch, von blasser Hautfarbe. Mönch Teo ist aus China herübergekommen, um die buddhistischen Schrifttexte, die er hier lesen kann, mit denen seines eigenen Klosters zu vergleichen. «Schon vor langer Zeit habe ich Ihren ruhmreichen Namen gehört», sagt Mönch Teo zu mir. Er weilt seit zehn Jahren in dem Wat.

Wir grüßen ihn und besteigen dann wieder unseren Balon. Jit wartet auf mich, ihr Dorf liegt über eine Meile weiter westlich. Wir werden zusammen die Festlichkeiten im Chinesenviertel von Ayuthia besuchen; gewiß wird sie wieder von einer ganzen Schar von Tanten und Cousinen begleitet sein.

In zwei Wochen werden wir heiraten, vor der Hitze des

Monats Mai. Timmermans und seine Frau werden zu dem Fest kommen. Der Pastor wird unsere Trauung in der holländischen Kirche vollziehen – er hat sich inzwischen mit den Umständen abgefunden und segnet in Ayuthia auch die Mischehen.

Ganz Ayuthia scheint heute auf dem Wasser zu sein. Wir kommen nur langsam voran. In großem Gedränge und unter viel Rufen und Lachen und Wasserspritzen gelangen wir endlich zu Jits Haus. An der Terrasse liegen einige wenige Boote. Ich rufe zu den Ruderern hinüber, als wir die Terrasse betreten; sie rufen «*Sawasdi*» – Willkommen – zurück, aber sie bespritzen uns nicht mit Wasser. Sie hocken gebeugt in ihren Booten, die Mützen über die Augen gezogen.

Der Terrassenboden ist rot von Blumengirlanden und von Betelsaft; überall leuchtet es rot auf. Ich kündige mit einem fröhlichen Ruf unsere Ankunft an, und Jits Tante kommt heraus. Ich spritze respektvoll etwas Rosenwasser aus der Silberschale über ihr Kleid.

«Khun Keran, seien Sie nicht zornig», sagt sie.

Sie ist bleich. Bleich vor Schrecken.

«Was ist? Was ist geschehen?»

Sie bricht schluchzend zusammen, stürzt zu Boden. Ich blicke auf. Im Eingang zum Haus stehen Frauen, furchtsam, sie treten nicht vor, um mich zu begrüßen oder mit Blumen zu schmücken.

«Wo ist Khun Panat? Wo ist Jit?»

«Khun Keran, Jit . . . ist mitgenommen worden.»

«Mitgenommen? Von wem? Wohin?»

Schweigen; dann wenden sich aller Blicke nach Ayuthia, nach Ayuthia, der herrlichen Stadt mit ihren zahllosen goldenen Türmen, und die Tante wirft sich bäuchlings zu Boden und hält die Hände über den Kopf.

«Der Palast . . .»

Ich stürze ins Haus und rufe: «Khun Panat, was ist geschehen?»

Jits Vater, Panat liegt da, die Augen noch offen, zur Decke starrend; rote Flecken sind auf seinem Gewand, ein Rot, durchnäßt von Weihwasser.

Die Barken. Die königlichen Barken, die ich unterwegs sah. Sie haben Jit mitgenommen . . . Der König.

Jetzt versucht Ah Ming mich zu bändigen, denn ich tobe wie ein Besessener, renne zum Balon hinaus und rufe den Ruderern zu: «Zum Palast, schnell! Ich will mit dem König sprechen!»

«Bruder Colin, er ist göttlich! Er ist ein Gott, niemand erhebt das Wort wider den König.»

«Ich bringe ihn um», rufe ich. «Ich bringe ihn um . . .»

«Still, Bruder, still.» Ah Ming hält mir den Mund zu.

Jits Mutter kommt aus einem Zimmer heraus; sie hat sich das Haar gerauft, das Gesicht zerkratzt . . . aus ihrem Mund dringen nur erstickte Laute.

Die Ruderer in den anderen Booten verharren regungslos, losgelöst von dem, was vor ihren Augen geschieht. Sie wollen nichts wissen. Sie wollen nichts wissen und nichts sehen.

«Ihr habt zugelassen, daß man sie fortgebracht hat!» brülle ich. «Ihr habt zugelassen . . .»

Als wir uns wieder auf dem Großen-Mutter-Fluß befinden, greifen die Ruderer fest in die Riemen und rufen ganz laut ihr Eins – zwei – drei – vier, so laut sie können, um meine frevlerischen Worte zu übertönen. Fröhlichkeit, Lachen, Mädchen, die Blumen verstreuen, die singen . . . Feuerwerkskörper . . . der Himmel ist voller bunter Drachen.

«Jit . . . o Jit . . .»

In meinem Zimmer schenkt Ah Ming mir von dem farblosen starken chinesischen Schnaps ein, den er mir am Morgen als Geschenk gebracht hat – zwei mit roten Bändern umwundene Steingutflaschen. Er flüstert einem der verstörten Dienstboten etwas zu, und der verschwindet und kommt mit einer bernsteinfarbenen Flüssigkeit wieder zurück. «Trink das!»

«Ah Ming, wir müssen zum Palast.»

«Die Wachen lassen uns nicht hinein. Sie werden dich töten; wie willst du dann Jit retten?»

Ah Ming, er ist stark und ruhig, sein Gehirn funktioniert.

«Colin, wir müssen einen Plan machen. Du mußt stark sein – trink.»

Ich trinke, und Benommenheit überkommt mich. Ich höre Flüstern, nehme Gestalten um mich her wahr. Udorn und Bea sind zurück. Ich spüre Beas kühle Hände auf mir, ihr Denken hält das meine fest.

«Colin, ich bin da.»

«Bea, Bea.» Meine starke Schwester. Sie hat recht. Nichts zählt außer der Macht ... Macht zum Nehmen, zum Töten, zum Festhalten.

Und da bin ich, der törichte, furchtsame Colin. Stets bereit, gefällig zu sein, lächelnd, vorsichtig. Jetzt werde ich schlau und rücksichtslos sein. «Ich bringe ihn um.»

«Es war Chiprasong», sagt Bea. «Der Oberste Dämonenbeschwörer des Königs, der Magier, sagt, vier Jungfrauen müssen in den Palast gebracht werden, um Übel abzuwenden. Um Ayuthia Glück zu bringen. Chiprasong hat es ihm vorgeschlagen.»

«Ich bringe Chiprasong um. Ich hole Jit zurück.»

Bea sieht mich fest an. Ich fühle ihre Verachtung.

«Ich bin nicht wie du, Bea.» Ich will ihr weh tun. «Das Feuer, in dem unsere Eltern verbrannt sind, hat meine Seele nicht versengt, so wie es deine versengt hat. Ich besitze keine Gabe, die mich vor Liebe schützt. Ich liebe Jit, und ich werde sie zurückholen.»

«Kleiner Bruder», sagt Bea und legt mir die Hand auf die Schulter. «Ich helfe dir. Hab Vertrauen zu mir.»

Udorn und Ah Ming halten mich mit Opiaten in einem Betäubungszustand. Ich kann mich kaum vom Bett erheben. Diener halten mich jedesmal zurück, wenn ich aus dem Haus stürzen und zum Palast eilen will. Abdul Reza hat vier muslimische Wachen eingestellt, kräftige Männer, die auf mich aufpassen. «Colin, verhalten Sie sich ruhig. Wir tun alles, was wir können.»

Die Frauen im Palast leben von der Außenwelt abgeschlossen. Überall stehen Wachen. Natürlich haben sich einige kühne Hofpagen, einige männliche Verwandte des Königs schon an dessen Konkubinen herangewagt. Aber ihr Tod war gräßlich. Leute aus dem gemeinen Volk werden am Kinn auf Haken aufgehängt, bis sie sterben. Prinzen werden zwischen Stäben aus Sandelholz zu Tode gewürgt.

Udorn hält eine Fassade aus Musik, Gesang und Schachspiel mit Freunden aufrecht. «Colin, wir müssen so tun, als wären wir glücklich.»

Der Magier des Königs hat die Sterne nach dem Schicksal Ayuthias befragt. Ein großer früherer Thai-König hatte unter schwierigen Kriegsumständen gelobt, er werde die ersten vier Frauen töten lassen, denen er begegne, und er hatte dieses Gelübde auch erfüllt. Nun weissagt der Magier, wenn vier Jungfrauen geopfert werden, falls die Burmesen Ayuthia angreifen, würde die burmesische Armee zurückgeschlagen werden und Ayuthia als Sieger aus dem Kampf hervorgehen.

Ich schreie vor Entsetzen auf, doch meine unerschrockene Schwester lächelt. «Wir haben Zeit, Colin. Wir haben noch einige Monate Zeit. Die Burmesen beginnen einen Krieg erst nach dem Monsun . . . wir haben noch vier Monate Zeit, um Jit zu retten.»

Ich arbeite wieder in der Werkstatt.

Ich absolviere meine Wushu-Übungen, ich lerne auch Krabi-Krabong.

Abdul Reza hat einen alten Mann für mich ausfindig gemacht, einen japanischen Takeo oder Lehrer der Kriegskunst. Seine Vorfahren kamen 1620 mit dem berühmten Yamada herüber, dem Befehlshaber der japanischen Leibwache des Königs.

Als der Takeo von Jits Schicksal hört, ist er zutiefst berührt. Er kommt jeden Tag vor Morgengrauen und teilt mir einige Geheimnisse seiner Kunst mit. Dann geht er, da er ein gewöhnlicher Bikku ist, mit seiner Bettlerschüssel und dem Fächer vor den niedergeschlagenen Augen, von Haus zu Haus und bittet um Nahrung.

Der Monsun setzt ein mit Regenschauern; er verdichtet sich, und jetzt scheint der Himmel in großen Wasservorhängen zur Erde zu fallen. Sogar die Grillen verstummen, und die Feuchtigkeit wird unerträglich.

Ich denke an Jit und magere ab; Udorn ist sehr besorgt.

Eines Tages sucht Phya Chams Freund Sin, dem ich an dem Tag, als ich mir die Weißen Elefanten ansah, auf der königlichen Esplanade kurz begegnete, Udorn auf. Er soll Gouverneur der im Nordwesten gelegenen Provinz Tak werden. In Zukunft wird er Phya Tak sein, aber alle nennen ihn Taksin, und das gefällt ihm. Er sitzt ganz ruhig da, spricht wenig, aber eine ungeheure Kraft geht von ihm aus. Er spricht ganz leise mit Udorn und Phya Cham, der den Wat verlassen hat und kein Mönch mehr ist, da der König erklärt hat, er wolle ihn nicht töten lassen. Zumindest noch nicht.

Taksins Vater kam aus China und brachte es zu Wohlstand in Ayuthia, wo er eine Thai-Frau aus vornehmer Familie heiratete. Er starb, als Taksin vier Jahre alt war, und der Junge wurde vom *Chakri*, dem Ministerpräsidenten, adoptiert, weil man ihm eine große Zukunft voraussagte – er hatte eine gewisse Ähnlichkeit mit einer Buddhastatue.

Taksin hat viele Freunde unter den Thai-Prinzen. Er wurde zusammen mit vielen von ihnen im königlichen Wat von buddhistischen Mönchen erzogen und war dann einige Jahre lang Page am Hof des Königs.

Natürlich sprechen er und Udorn und Cham vom Krieg; König Ekatat hat wieder einmal gesagt, Ayuthia brauche weder Kanonen noch Musketen, weder aus Batavia (die Holländer haben sie ihm angeboten) noch von sonstwoher. Selbst wenn die Burmesen Ayuthia belagerten, wären sie gezwungen, sich zurückzuziehen, wenn die Regenzeit einsetzt. Keine Armee kann der Flut widerstehen, die Ayuthia mehrere Meilen weit umgibt. Keine Armee kann mit den Füßen im Wasser so viele Monate lang ausharren. Sagt König Ekatat.

Taksin murrt. «Das sind diese Magier und falschen Priester ...»

Keiner erwähnt die vier Jungfrauen, doch Taksins Augen ruhen auf mir voller Mitgefühl. Er erkundigt sich nach meinen Automaten. Ich erkläre ihm den Mechanismus, ich zeige ihm einige Modelle. Er nickt. «Sagen Sie – glauben Sie, daß man Maschinen machen kann, mit denen man unter Wasser fahren oder in der Luft fliegen kann?»

«Das ist nicht unmöglich, Phya Taksin.» Ich erzähle ihm von der Dampfmaschine, die Schiffe auf dem Wasser ohne Segel antreibt. Und von Leonardo da Vinci, der schon eine Flugmaschine entworfen hatte. Und ich erinnere mich an eine Stelle, die Jacob und ich in einem Buch fanden, eine alte und eigenartige Prophezeiung. Die Worte fallen mir jetzt wieder ein.

Wenn Bilder sich zu bewegen beginnen,
Wenn Schiffe wie Fische unterm Wasser shwimmen,
Wenn Menschen gleich Vögeln am Himmel fliegen,
Wird die halbe Welt im Blutbad liegen.

«Im Blutbad liegen», sagt Taksin langsam, nachdenklich. Ich denke an Jit, und Tränen treten mir in die Augen. Taksin bemerkt es und legt mir beruhigend die Hand auf den Arm.

Als er gegangen ist, sagt Cham – der sein Leben noch immer zwischen dem Wat und dem Dasein eines Adligen teilt: «Taksin ist ein guter Mensch. Gleich ihm gibt es viele. Aber wir sind alle gelähmt, unfähig zu irgendeiner Tat.»

«Alle Dinge liegen in den Händen des Karma», sagt Udorn.

Bea kommt zurück, und Ah Ming ist bei ihr. Bea hat durch die Frauen Erkundigungen darüber eingezogen, was im Palast vorgeht.

«Man hat Jit gestattet, zu einer Zeremonie im Wat Phanang Cheng zu gehen. Es ist die Hundert-Tage-Zeremonie für den Tod ihres Vaters – in drei Tagen. Du wirst sie sehen, Colin ... und das ist ein Anfang.»

Mein Kopf war kahlgeschoren, meine Brauen waren abrasiert. Mönch Teo rieb mir ein dunkles Zeug in die Haut. «Sie sehen fast wie ein Thai aus ... vielleicht mit etwas portugiesischem Einschlag.»

Im riesigen Raum des Wat Phanang Cheng liegen die Winkel

im Dunkeln, trotz vieler Kerzen und Lampen. Hinter den hohen Säulen knien die Novizen, und ich bin einer von ihnen.

Die Hundert-Tage-Zeremonie für die Seele von Khun Panat, Jits Vater, findet in der Seelenkapelle statt, die weiß ausgeschmückt ist, mit weißen Fahnen und Wandbekleidungen und weißen Blumen. Jit und ihre Angehörigen versammeln sich.

Draußen gießt der Monsun Regenwasser in Strömen über Ayuthia aus. Der Wat und die holländische Manufaktur etwas weiter flußabwärts stehen auf höherem Boden und im Trockenen, aber an den Stufen des taoistischen Heiligtums reißt der Fluß mit seinen stark angeschwollenen Wassern.

Jetzt höre ich die Mönche in der Seelenkapelle singen. Im Wat selbst beten die Gläubigen, werfen Klapperplättchen hin, knien nieder. Mönch Teo wandelt rasch hin und her, um zu sehen, ob alles in Ordnung ist. Und nach vielen Stunden höre ich ein Rauschen von Seide, und eine kleine Gruppe schiebt sich in den Wat. Sie haben sich alle umgekleidet, um den Wat nicht mit der Farbe und dem Geruch des Todes zu beleidigen. Da kommen Jit und ihre Begleiter.

Jit. Ich spüre ihre Gegenwart, noch ehe ich sie sehe. Sie ist schlicht gekleidet, ohne Schmuck, hält die Hände aneinander, ihr Gesicht zu dem Großen Gesicht erhoben, das den Altar überragt. Sie ist nicht allein, aber ich sehe nur sie. Jetzt nimmt sie aus einem Kasten die silbernen Blumen heraus und bietet sie dar. Weihrauch steigt auf zum Klang der Anrufungen, und Jit kniet nieder, erhebt sich. Ich presse mir die Fingernägel in die Hände, um nicht aufzuschreien, mich zu erheben, zu ihr zu rennen . . . Jit, Jit, rufe ich im Geist, und sie blickt sich um, als habe sie mich gehört, als suche sie nach mir.

Jit hält Weihrauchstäbchen in der Hand, nimmt einige davon und stellt sie vor dem Hauptaltar auf, geht dann zur Seitenwand und stellt einige Stäbchen in die Weihrauchhalter vor den einzelnen Statuen. «Sie wird in Ihrer Nähe vorüberkommen. Sie werden sie sehen . . . aber wenn Sie ein Zeichen von sich geben, wird man sie töten und Sie und mich dazu . . .» Solcherart hatte mich Mönch Teo instruiert.

Den Mittelgang hinunter, vorbei an Hunderten von Darstellungen des Mitleids und der Barmherzigkeit, vorbei an den Manifestationen des Gelehrten, des Wohlgesinnten und des Friedlichen Großen Buddha, der lehrt, wie man dem Schmerz der ewigen Wiedergeburt entrinnt, wie man das Nirwana erreicht ... Niederknien, Verneigen, Aufstehen, Hände aneinanderlegen, Verbeugen ... langsam kommt sie näher, und meine Augen, die nach ihr gedürstet haben, blicken sie an, und ich sehe, daß sie im Näherkommen über die geneigten Köpfe blickt. Sie sieht mich. Ich habe den Kopf erhoben, und Ah Ming, der an meiner Seite ist, zieht mich am Ärmel: Kopf herunter! Doch einen kurzen Moment lang sind sich unsere Augen begegnet, haben aneinander gehangen, und sie hat innegehalten ... Beinahe, beinahe hätte sie laut meinen Namen gerufen ...

Aber Mönch Teo reicht ihr gleich weitere Weihrauchstäbchen, beginnt ein neues Gebet und geleitet sie weiter.

«Möge Dein Segen auf mich unwürdigen Menschen kommen und auf meine Familie ... Ich suche meine Zuflucht bei Buddha, ich suche meine Zuflucht in der Lehre, ich suche meine Zuflucht in der *Sangha* ...»

«Du hast sie gesehen, Bruder Colin. Du hast gesehen, daß sie wohlauf ist. Sie ist unberührt.»

«Ming, ich kann einfach nicht länger warten. Ich will in den Palast.»

«Das ist doch kindisch, Colin. Du bist weder Prinz noch Eunuch, noch Amazone.«

«Ich komme hinein.» Ich schlug mit der Faust auf die Holzbank des Balon.

«Vielleicht als Weißer Elefant.» Ah Ming zuckte die Achseln. «Deine Schwester versucht alles – über die Frauen im Palast. Wir bemühen uns alle ...»

Er blickte zum dunklen Himmel auf, an dem kein Stern leuchtete. Bald würde eine weitere Sintflut auf uns herabregnen. «Noch drei Monate Regen», sagte Ah Ming.

15

ANNO DOMINI

September 1764 bis Dezember 1765

Im September begannen sich die dunklen Ballen der Monsunwolken zu zerstreuen. Einzelne furchtsame Sterne sahen durch die Nacht herab, und in den sumpfigen Gärten begannen die Frösche wieder ihre lauten Gespräche. Schläfrige Vögel schüttelten ihr Gefieder aus und zwitscherten über nassen Nestern. Mit der raschen Strömung des Hochwasser führenden Menam glitten chinesische Barken und Flöße mit Teakholz nach Bangkok hinunter.

Fünf Monate ohne Jit.

Was ich in dieser Zeit litt, kann ich nicht in Worte fassen; die bleierne Betäubung, die ich damals in mir trug, überkommt mich noch immer, wenn ich daran denke. Ich weiß, daß Bea mich in einem Zustand der Benommenheit hielt mit Hilfe von Tränken, die in meinem Essen verborgen waren, so daß ich mich halb wach, halb im Traum herumwarf und dann aus ruhelosem Schlaf auftauchte, nur halb bei Bewußtsein, in dem Glauben, ich hätte Jits Stimme gehört.

Die heißen und feuchten Länder haben etwas, das die Sinne beeinflußt, so daß selbst der heftigste Schmerz irgendwie abstumpft, sich zum Teil auflöst in der stetigen Hitze, dem ewigen Geräusch des Regens, der fast monströsen Üppigkeit der Bäume und Blumen. Vielleicht war es diese Schlaffheit, eine in Bann schlagende Trägheit, die uns alle in Ayuthia befiel und die Goldene Stadt davon abhielt, wachsam zu sein und jene Vorbereitungen zu ihrer Verteidigung zu treffen, die sie vielleicht hätten retten können.

Die Tage gingen vorüber, während ich über tausend nutzlose Wege und Mittel zu Jits Rettung nachsann und tagträumte, stundenlang zur bemalten Decke meines Zimmers hinaufstarrend; oder glaubte, zu den Palasttoren rennen und sterben zu müssen – doch dazu ließ ich es nicht kommen, ich wußte, es wäre Wahnsinn gewesen.

Abdul Reza verließ Ayuthia, um nach Tenasserim an der Westküste von Ayuthias Herrschaftsbereich zurückzukehren. «Ich muß gehen, denn ich habe mich um vieles zu kümmern, für viele Menschen zu sorgen. Die burmesischen Armeen werden wieder anrücken, und wir, die Muslims in den Seehäfen, werden dann nach Indien fahren müssen, um uns in Sicherheit zu bringen.»

Er sprach uns beide an, aber sein Blick war auf Bea gerichtet. «Kommt mit mir. In Ayuthia seid ihr nicht sicher.»

«Tenasserim bietet Ihnen keine Sicherheit», erwiderte Bea mit zögernd-verwirrter Stimme. In ihren Augen stand Angst geschrieben. «In Tenasserim werden Sie in Gefahr sein.»

Abdul Reza sah sie an und konnte nicht mehr an sich halten. «Komm mit mir, Bea, du, die du mein Herz in deinen Händen hältst», flehte er. «Ich liebe dich, und alles, was mein ist, wird dein sein. Verlasse Udorn. Ich kann dir soviel mehr geben.»

Bea schüttelte den Kopf und sah mich an. Hatte Abdul Reza Jit vergessen? Das hatte er, in einem Augenblick der Leidenschaft, denn gleich darauf sagte er: «Es ist verrückt von mir, solche Worte auszusprechen. Verzeihen Sie mir, Colin.»

«Verweilen Sie nicht in Tenasserim», wiederholte Bea. «Brechen Sie von dort sogleich auf.»

«Ich mache mir Vorwürfe», sagte Reza. «Nichts ist so ausgegangen, wie ich es mir gedacht hatte. Die Zeit ist aus den Fugen, neue Mächte sind im Anmarsch, und alle meine Pläne sind gescheitert.»

«Sie haben nichts falsch gemacht, Fürst Reza», entgegnete ich. «Ihr Unternehmen war ein edles und weitsichtig geplantes, und ich bin glücklich, an ihm teilgehabt zu haben.»

Abdul Reza weinte, während er mich umarmte und Beas Hände in die seinen nahm und sie dann an seine Stirn führte zum Zeichen der Liebe und Unterwerfung.

Die Gattinnen und die Kinder der Holländer rüsteten sich

zum Aufbruch. Der Pastor, ein furchtsamer Mensch, der Ayuthia ohnehin nicht mochte, begleitete sie. Heer Timmermans und Erik Erikson blieben zurück, zusammen mit einigen Mischlingen, deren Mütter entweder Thai-Frauen waren oder aus Batavia stammten, um weiter die Interessen der Holländischen Ostindien-Kompanie und der Manufaktur wahrzunehmen. Erik hoffte noch immer, der König von Ayuthia werde sein Angebot – holländische Kanonen – annehmen.

«Die Burmesen werden in der Tat bald in Ayuthia einfallen», erklärte mir Timmermans. «Sollten Sie oder Ihre Schwester auszureisen wünschen, nehmen wir Sie gern mit. Wir fahren nach Amsterdam, dem Handelshafen einige Meilen von Bangkok entfernt. Dort wären Sie in Sicherheit.»

«Ich werde es meiner Schwester sagen, aber was mich betrifft – vielen Dank, Mijnheer, ich bleibe hier.»

«Ich werde für Sie beide beten», sagte Timmermans. «Und für die Dame, die Sie lieben. Aber denken Sie daran: nur der Eine Wahre Gott kann Ihnen helfen.» Er sagte dies, weil der Pastor die Kunde verbreitet hatte, Bea und ich entwickelten uns zu Götzenanbetern.

Die Jesuiten gingen nicht. «Sollten die Burmesen wieder angreifen, werden wir gegen sie kämpfen», sagte Jean Allard. «Ich kann meine Herde nicht allein lassen.»

Ich besuchte jetzt oft die Sankt-Pauls-Kirche, saß im Schein der bunten Kirchenfenster und betete für Jit. «O Herr Jesus Christus, ob katholisch oder protestantisch, bitte, bitte, errette sie.»

Jits Mutter hatte Ayuthia verlassen – keiner mochte mir sagen, wohin –, nachdem die Hundert-Tage-Trauerzeremonie für ihren Gatten stattgefunden hatte. Vielleicht hatte sie, da sie noch hübsch war, einen Mann gefunden, der sie geheiratet hatte und dem sie dann gefolgt war.

Während ich abnahm, nahm Ah Ming zu und wurde wohlhabend. Er hatte jetzt ein Haus und zwei Ehefrauen, fleißige Frauen, die in unserer Werkstatt mithalfen. Er handelte jetzt auch mit Seide. «Mein Vater hat in Manila mit Seide gehandelt», sagte er mir. «Wir haben die Seide aus China herausgeschmuggelt, und von Manila aus haben spanische Galeonen sie nach Acapulco in Mexiko und nach Peru gebracht. In diesen Ländern sind alle Meßgewänder und die Roben der Bischöfe aus chinesischer Seide und Brokat gefertigt, aus dem besten Material.»

Er tröstete mich immer wieder. «Colin, Jit wird nichts geschehen, es sei denn, die Burmesen dringen bis zu den Mauern von Ayuthia vor.»

«Sollen wir bis dahin mit ihrer Rettung warten?» brauste ich manchmal auf.

«Du bist ungeduldig. Deine Schwester und Prinz Udorn und ich versuchen alles. Wir wissen, daß der *Sangharajah*, der Große Patriarch, nichts von Menschenopfern hält. Es verstößt gegen den buddhistischen Glauben. Aber der Palast hört nur auf den Großen Magier, also müssen wir uns an ihn heranmachen ...»

Alt, sehr alt war die Vorstellung, daß Menschenopfer die Götter gnädig stimmen würden. Ich, der ich die Geisterwelt hatte vergessen wollen, träumte jetzt oft von den Eichenwäldern und dem Blut, das den Stein zu Ehren des Sonnengottes rot färbte. Und auch hier war sie gegenwärtig, jene Welt der Untoten, unter der Schönheit, der Freude, dem Glanz.

Wann immer in Indien eine Brücke, ein Fort oder ein Palast gebaut wurde, mußte das Blut eines Kindes vergossen werden, damit die Fundamente hielten. Und hatte Gott nicht Abraham mit der Forderung, seinen Sohn Isaak zu opfern, auf die Probe gestellt?

Manchmal war ich nahe daran, den Gedanken eines Opfers zu akzeptieren, so alles durchdringend und hypnotisch war Ayuthias Geisterwelt. Und dann grauste mir vor mir selbst.

Udorn verwirrte mich mit Plänen, die alle darauf abzielten, Chiprasong umzubringen. Ich hätte ihn selbst getötet, aber das hätte Jit nichts genutzt.

Ich betete. Ich betete zu jedem nur denkbaren Geist. Ich trug mich mit dem Gedanken, Teufelsaustreiber und Astrologen und Wahrsager aufzusuchen, doch dann hielt mich schließlich ein Rest von Stolz davor zurück.

Eine von Udorns drei Frauen gebar einen Sohn, was Bea sehr zu gefallen schien. Sie kümmerte sich liebevoll um Mutter und Kind und ließ für den kleinen Jungen eine Wiege gleich jener in unserem Heimatland Waadt zimmern. Viele Freunde beglückwünschten Udorn dazu, daß Bea eine Person von solcher Weisheit und Abgeklärtheit sei, obwohl sie eine *Farang*-Frau war.

Sie erhielt jetzt den Besuch von Frauen, Gattinnen von Adligen, Kaufleuten und gemeinen Bürgern, die sie um Heilmittel gegen ein Leiden, gegen das Fieber oder zur Aufhellung ihrer Haut baten. Sie brachten auch ihre Kinder mit, denn Bea konnte manche Kinderkrankheit heilen.

«Was ist, wenn du ein Kind bekommst, Bea?»

Bea sah mich belustigt an. «Ich bekomme kein Kind.» Die chinesischen Kräuterhändler von Ayuthia kannten alle den Weg zu ihrem Haus. Sie hatte sich die Kenntnisse der Frauen des Nordens angeeignet, die wußten, daß Mango- und Papayafrüchte eine Empfängnis verhüten. Sie konnte über die wohltuende Wirkung von Chrysanthemenblütenblättern aus China sprechen und über die Wirkung von Tigerknochenwein, Rhinozeroshorn und das Elixier des schwarzfüßigen Hahns.

Bea ließ sich täglich eine Stunde massieren. Sie lag auf dem Seidenteppich in ihrem Zimmer und ließ sich von Ni beklopfen, einreiben und kneten. Ni hatte ein flaches Gesicht und schräge Augen, sie hatte Shan- und Assamesenblut in den Adern. Als Sklavin eingefangen, hatte sie bei ihrer Herrschaftsfamilie die Kunst der Massage gelernt. Eine der Töchter dieser Familie hatte es zur königlichen Konkubine gebracht, und Ni war ihr in den Königspalast gefolgt, wo sie jetzt die beste von siebzig Masseusen war.

Ni trug Halsketten aus Türkisen und Korallen nach der barbarischen Art der Bergvölker, silberne Knöchelketten und Ringe an den Zehen. Ihre Füße waren so flink wie ihre Hände. Sie trampelte damit auf Beas Rückgrat herum, um es geschmeidig zu halten.

«Tun dir die Knochen weh, Bea?» fragte ich.

In Ayuthia litten viele Menschen während der Monsunzeit unter Gliederschmerzen.

«Nein, Colin, es macht mir Spaß.»

Ni grinste. Dann hockten sie und Bea sich auf den Boden und kauten Betel, und dann zündeten sie Stumpen an. Ich hatte Bea noch nie rauchen sehen; sie hatte es von Ni übernommen.

«Ni kennt alle Frauen im Palast», sagte Bea in beiläufigem Ton. Da begann mein Herz heftig zu klopfen, wie stets, wenn ich etwas hörte, das mich für Jit hoffen ließ. Ich kauerte mich neben Ni nieder und lächelte sie an. Ni rollte mir aus Betelblättern, Kalk und Areka eine Mixtur zum Kauen zusammen. Mir war das Kauen dieses Zeugs widerlich – der Mund sah dabei aus, als sei er voller Blut –, aber für Jit tat ich alles, und so begann ich, tapfer zu kauen. Ni lächelte mich ununterbrochen an.

Als sie gegangen war, lachte Bea. «Colin, Ni möchte gern mit dir schlafen.»

«O nein, Bea – das nicht!»

«Ich habe ihr gesagt, du hättest ein religiöses Gelübde abgelegt, so wie die Bikku. Aber sie hat im Palast nur wenig Gelegenheit, trotz der großen Zahl von Pagen, die es dort gibt; sie hat einen großen Hunger nach Männern und auch nach Frauen.»

Bea setzte ihr Liebeswerben (denn das war es) um Ni fort, und Ni begann, sie zu lieben. Der Ausdruck der Verehrung auf Nis Gesicht, die Art, wie sie Bea mit Augen und Bewegungen folgte, ihre geschickten Hände auf Beas Körper . . . Bea ließ ihr die Freude der Verehrung und war manchmal nicht da, wenn Ni kam. Dann saß diese in einer Ecke zusammengekauert, mit dem Ausdruck eines unterwürfigen Hundes, der auf seinen Herrn wartet.

So viele von den Hunderten von Frauen im Inneren Palast waren der Liebe und der Liebesausübung beraubt und sehnten sich nach dem unverzichtbaren Kontakt von Haut mit Haut, nach der Entdeckung der vielen empfindsamen Stellen des Körpers. Nicht nach dem erzwungenen und bisweilen brutalen Eindringen in den Schoß, so widerwärtig, wenn es nicht in

Hingabe geschieht, sondern nach dem zarten, sanften, seidigen Liebesspiel unter Seufzern – danach verlangen die Frauen, und sie wandten sich dann einander zu, alles nur, um diesen Durst nach Haut, Haaren und Augen zu stillen. Das Färben der Brauen, das Umschatten der Augen mit Khol, süße Düfte in kleinen Tupfern auf dem ganzen Körper verstreut, das Parfümieren von Kleidern in Truhen mit einer Mischung von Kräutern und Blüten, die man langsam verdunsten ließ, neue Gewänder, sie anzufühlen mit den Händen, das Tragen und Glätten des Brusttuchs, Juwelen, Juwelen, Schmuck als Vorwand für eine Berührung, ein Befingern und Auslösen von tausend und einer Wonne. Verlangen und Sehnsucht von Hand, Finger und Zunge.

Und so kam aus tiefen Quellen der Sinnlichkeit die Glückseligkeit zwischen Frau und Frau. Die Seide des Haares, die ein Gesicht umhüllt, das wissende Tasten von Füßen. Und Massage, Massage, so notwendig und so erfüllend, wenn der Körper einer Frau sich selbst betrachtet, die Intimität mit seinen Gliedern erneuert.

All dies lernte ich, während ich beobachtete, wie Bea von Ni massiert wurde. Auch ich hatte einiges über Frauen gelernt auf den Blumenbooten in China, über ihr Verlangen nach der Atmosphäre totaler erotischer Verehrung. Ich wußte jetzt, ein wie tiefgreifender und verletzender Angriff der Liebesakt ist, wenn er nicht von der Frau gewünscht wird, von dem Wogen ihrer Hüften, dem Zittern in ihrem Leib, nicht geduldig vorbereitet durch zahllose Liebkosungen und Worte.

Jetzt drang Bea in dieses Reich der Frauen ein, und sie tat es meinetwegen. Weil sie mich liebte, schickte sie sich an, König Ekatats Harem für sich einzunehmen.

«Pagen haben bisweilen Zugang zu den Konkubinen des Königs, vorausgesetzt, sie verstehen es, Freude auf mehrere zu verteilen und nicht nur eine allein auszuwählen», sagte Bea in beiläufigem Ton.

Die Pagen. Diese gutaussehenden Jünglinge, die sich immer im Palast aufhielten. Meine Schwester würde es fertigbringen, auch sie zu bezaubern.

Ich schwieg, in innerster Seele bereits allem zustimmend. Ich würde sogar mit Ni schlafen, wenn Jit dadurch aus dem Palast herauskäme.

Im Oktober 1764 griff Mangra, der neue König von Burma, die Grenzen Ayuthias an. Er sandte nicht nur eine Armee aus, sondern gleich zwei; eine rückte gegen die Provinzen des Nordens vor, eine gegen den Süden.

Mangra eroberte Chiengmai im Norden, richtete sich dort ein. Er ließ durch seine Truppen Schiffe beschlagnahmen und zwang die Bevölkerung, Barken zu bauen, eine Flottille, die den Menam hinunter nach Ayuthia fahren sollte.

Die Südarmee nahm in den kühlen und trockenen Monaten von Januar bis März 1765 die Westküstenhäfen Tavoy, Mergui und Tenasserim ein.

Im Gegensatz zu ihrem Verhalten bei früheren Einfällen legten die Burmesen jetzt alle Dörfe und Städte, die sie einnahmen, in Schutt und Asche. Mergui und Tenasserim verwandelten sie in ein Feuermeer. Sie verschonten keinen, nicht einmal die Christen. Der katholische Bischof von Mergui wurde in Ketten nach Burma gebracht. Die Burmesen trieben Männer, Frauen und Kinder wie Vieh in ihr eigenes Land Burma, wo sie die Felder bestellen und in den Städten als Sklaven arbeiten sollten.

Ich sorgte mich um Abdul Reza, der nach Tenasserim gereist war, und auch Bea machte sich Sorgen um ihn. Sie konnte nicht genau sagen, welches Schicksal ihn getroffen hatte. Durch die Flüchtlinge, die jetzt nach Ayuthia kamen, erfuhren wir immerhin, daß einige Handelsschiffe ihre Haltetaue durchschnitten und Kurs auf Indien genommen hatten, als die Burmesen in den Hafen eindrangen.

Im Februar 1765 starb der alte *Kalahom*, und Cham wurde neuer *Kalahom*, Kriegsminister. Udorn wurde zu seinem Stellvertreter ernannt, und Bea hatte als seine Gattin jetzt Zugang zum Palast.

«Colin, wir müssen etwas tun, um Ayuthia zu retten.»

«Ayuthia retten – und Jit.» Meine Augen flehten sie an.

«Deine Welt hat sich auf ein kleines Mädchen verengt», sagte Bea.

«Ich kann nicht anders. Ich liebe sie. Ich hatte nie so große Träume und Visionen wie du, Bea.»

Bea schlug einen sanfteren Ton an. «Ja, Colin, jetzt ist die Zeit gekommen, sie aus dem Palast zu holen.»

Die Vorsteher der chinesischen Clans von Ayuthia – die ein Drittel der Bevölkerung der Hauptstadt ausmachten – beratschlagten im Tempel des Tao gleich neben dem Wat Phanang Cheng. Es beunruhigte sie, daß man keinerlei Vorbereitungen für die Verteidigung traf.

Das Schicksal Ayuthias war auch das Schicksal seiner Chinesen. Die Chinesen besorgten nicht nur den Seehandel, sie bauten auch Dschunken und Barken, und sie kümmerten sich um das Zutaltreiben der Teakholzflöße, um die Gießereien, um die Seide, in die sich die Ayuthier kleideten, um die Aufzucht von Schweinen, um den Obstanbau, die Möbelfabrikation – in all diesen Bereichen taten die Chinesen die Hauptarbeit und leisteten somit den größten Beitrag zu Ayuthias Reichtum.

«Bei ihrem letzten Einfall vor drei Jahren haben die burmesischen Barbaren zweihunderteinundvierzig der königlichen Barken verbrannt», sagte der Sprecher der Schiffer, dessen Stimme unter den neun Clanvertretern großes Gewicht hatte. «Dies bedeutet, daß sie begriffen haben, wie wichtig das Wasser ist. Sie bauen Schiffe, um Ayuthia vom Land wie vom Fluß aus anzugreifen . . .»

Die Schreiber, welche die Archive der Clans führten, hatten aufgezeichnet, wie viele königliche Barken neu gebaut werden mußten, wie viele Barken zur Zeit von der burmesischen Nordarmee gebaut wurden. Auf ihrem Abakus rechneten die jungen Kaufleute aus, wieviel alles kosten würde – die neu zu bauenden Schiffe, die Verteidigung des Flusses . . .

Ah Ming saß unter diesen jungen Kaufleuten. Er war jetzt ein Mann, auf den man hörte, jemand, der einen *Farang* kannte, welcher bewegliche Puppen von großer Magie anfertigte, einen *Farang*, dessen Schwester einen Thai-Prinzen geheiratet hatte, den neuen Stellvertreter des *Kalahom*.

Er sprach zur Sache. Der Ratsvorsitzende, der mit dem Vergolden von Wat-Türmen ein Vermögen verdient hatte, faßte das Ergebnis der Besprechung zusammen.

«Wir müssen ... einige Ratgeber des Königs von unserem Standpunkt überzeugen. Wir müssen ... den Einfluß schädlicher Ratgeber vermindern. Dann hört man vielleicht auf andere Ratgeber. Versuchen wir es.»

Udorn war schon bei Morgengrauen auf den Beinen, exerzierte mit den Soldaten und regte sich über den Zustand ihrer Musketen auf. «Es ist gefährlich, mit ihnen umzugehen und unmöglich, ihre Geschoßbahn zu kontrollieren. Das Pulver bleibt nicht einmal bei schönem Wetter trocken.» Erik Erikson durfte eine Schiffsladung Kanonen samt Kugeln aus Batavia einführen, zehn Paar stämmige Kanonen, ebenso gut wie die, welche die Engländer auf ihren Schiffen hatten. Und viele Kanonenkugeln. Ich sollte die Geschütze inspizieren, prüfen, ob sie funktionierten, ohne beim Abfeuern in Stücke zu fliegen.

Es war April 1765 und wiederum Neujahrsfest. Ein Jahr, seit man Jit entführt hatte. Festlichkeiten und ein Gepränge von Farben, Zehntausende von Booten, mit Girlanden geschmückt. Und niemand, der diese von Leben vibrierende und in der Sonne erstrahlende Stadt mit ihren dreihundertsechzig goldenen, zum Himmel zeigenden Türmen und ihrer Million Einwohner in den herrlichsten Seidenstoffen der Welt sah, hätte geglaubt, daß zwei feindliche Armeen, zusammen hunderttausend Mann stark, sich bereits in den Provinzen des Landes eingerichtet hatten und ihre Eroberung vorbereiteten.

Bea weilte im Palast, zusammen mit den königlichen Damen, und wohnte einer Audienz der Ersten Königin bei. Ah Ming kam, um mich zu begrüßen, und wir besprengten uns beide mit glückbringendem Wasser. Wir setzten uns und redeten von diesem und jenem. Er wußte, daß mir der Sinn nicht danach stand, mich unter die feiernden Volksmassen zu begeben. Ich hatte an einem weiteren Androiden zu arbeiten begonnen, einem, dessen Bewegungen durch das Schwanken eines Schiffes ausgelöst wurden. Ich beschäftigte mich nur sporadisch mit ihm, aber Ah Ming wollte meine neueste Erfindung sehen.

Er bewegte gemessen seinen Fächer und sagte nachdenklich: «Bruder Colin, Mönch Teo und ich haben einen Plan – wir wollen den Großen Magier unglaubwürdig machen. Und dazu brauchen wir dich. Du mußt eine Frauengestalt machen. Eine Göttin, die Göttin der Barmherzigkeit, Kuanyin. Sie muß die Arme heben können und Klagerufe ausstoßen. Wir stellen sie in einem Wat auf. Wer sie sieht und hört, wird wissen, daß die Barmherzige keine Blutopfer wünscht.»

Er hielt kurz inne und fuhr dann fort: «Die Zeit ist reif. Der Groß-Patriarch von der *Sangha* ist gegen Menschenopfer. Wir müssen im Palast Verwirrung hervorrufen ... dann kann der Magier vielleicht dazu gebracht werden ... seine Meinung zu ändern.»

Mir wurde plötzlich leicht ums Herz. Hoffnung schwang sich in mir auf wie eine Lerche. Als Bea zurückkehrte, erzählte ich ihr von Ah Mings Plan. Sie nickte. «Der Plan ist gut, Colin, wenn auch vielleicht nicht ausreichend. Aber wenn er scheitert, versuchen wir es auf andere Weise.»

Mein Körper beschäftigte sich mit Ni, während mein Geist nach Jit schrie – Jit, o Jit! Aber ich mußte alles versuchen, durfte keine Möglichkeit auslassen.

Bei den Stämmen im Norden, woher Ni kam, lebten die jungen Leute in Gemeinschaftshäusern zusammen, und die körperliche Vereinigung war üblich und lehrte die jungen Leute Treue, wenn die Zeit der Heirat kam.

Im Königspalast gab es tausend Winkel der Nacht, allen wachsamen Augen, allen Pagen und Amazonen zum Trotz. Im Palast lebten einige wenige Eunuchen, von denen manche *Khanti* waren, welche die Liebe auf unnatürliche Weise vollzogen. Im Dienst des Königs standen außerdem um die sechzig adlige Jünglinge, Pagen, zwischen sechzehn und zweiundzwanzig Jahren alt. Und Amazonen, Frauen, die darin geübt waren, über die Gattinnen des Königs zu wachen. Es kam aber immer zu Begegnungen, trotz der Wachsamkeit der Wachen, trotz der Gefahr der Entdeckung, trotz der Aussicht auf einen grausamen Tod.

Ni behandelte jetzt den Magier, denn er hatte Schwellungen an den Beinen. Er hielt sein Gesicht mit einem Schleier bedeckt und trug einen Fächer aus schillernder Seide, so wie die Bikkus *Tarapins* trugen, schwarze, mit Gold gestreifte Fächer, wenn sie, in feierlicher Prozession dahinschreitend und den Anblick der irdischen Welt ausschaltend, sich nur auf die eigene innere Erleuchtung konzentrierten.

Der Magier war sehr gut Freund mit dem Schwager des Königs, einem sehr mächtigen Mann, dessen Schwester die Favoritin des Königs war. Er nahm Beschwörungen vor, die, so glaubte der König, ihn unsichtbar machen würden. Denn Ekatat litt an einer Krankheit, die sein Gesicht entstellte; einmal waren Maden aus der eiternden Wunde auf seiner Wange hervorgekrochen.

All dies erzählte mir Ni, während ich mit ihr das Lager teilte, und ihr Körper war biegsam und eifrig, ihr Mund Quelle eines endlosen Stromes von Worten. Ich nahm sie wieder und wieder in die Arme, bereitete mir und ihr Freude. Ihr Gesicht mochte flach sein, aber ihr Körper war erstaunlich, ein Körper, den man nicht vergaß. Knochenlos, ganz Wärme und Fügsamkeit, Seide und Honig.

Als sie bereit war zum Gehen, sagte Bea zu ihr, sie solle nicht mehr kommen. «Jetzt mußt du tun, was ich dir sage, Ni. Wir werden dich nicht vergessen.»

Ich fühlte mich schuldig, weil ich solcherart «benutzt» wurde und meinerseits Ni «benutzte». Aber es war alles um Jits willen.

«Wir müssen an den Magier herankommen. Und der beste Zugang zu ihm ist Ni.»

Die burmesische Südarmee richtete ihr Lager in jenem April des Jahres 1765 am Zusammenfluß zweier Flüsse ein. Sie verheerte die Dörfer, trieb das Vieh und die Frauen fort.

Cham wurde immer wieder beim König vorstellig. «Ich habe den König gebeten, Truppen zu entsenden, aber das beste wäre, wir hätten Taksin hier. Er könnte viele Chinesen in den Niederungen des Südens mobilisieren, da er selbst chinesisches Blut hat. Und er ist ein fähiger Kommandeur, wahrscheinlich der beste, den wir haben.»

Taksin würde nach Ayuthia kommen. König Ekatat, schwankend wie immer, hatte ihm halbherzig erlaubt, aus der Provinz Tak zurückzukehren, wo er alles gut geordnet hatte.

Während seines Aufenthaltes in der Hauptstadt stattete er auch Cham und Udorn einen Besuch ab. Als er den Empfangsraum betrat, blieben seine Augen kurz, aber mit der ihm eigentümlichen Eindringlichkeit auf mir ruhen. Er war nicht besonders groß, aber irgendwie zog er alle Blicke auf sich. Er strahlte etwas Ungewohntes, eine große Kraft aus. Bea kam mit Udorns kleinem Sohn an der Hand aus dem Garten herein. Sie hatte sich eine Champacablüte, die Blume der Leidenschaft, ins Haar gesteckt.

Taksin sah nicht zu ihr hin, sondern hielt aus Respekt den Kopf gesenkt, doch Udorn rief aus: «Ach, tun wir es wie die *Farangs*. Meine Frau ist im Grunde ihres Herzens eine Kämpfernatur, so wie Sie, Taksin, also müssen Sie einander begrüßen.»

Und Taksin hob kurz den Kopf, begrüßte Bea mit aneinandergelegten Händen und blickte dann wieder fort.

Die Männer sprachen miteinander über den Krieg, und Bea saß da und lauschte, und der kleine Junge spielte neben ihr am Boden.

Die Burmesen rückten gegen Bangkok vor, und das bedeutete, sie beabsichtigten, die Mündung des Großen Flusses in Besitz zu nehmen. Die Burmesen hatten Reisschiffe gekapert. Die Burmesen . . .

Taksin erhob sich. Er bewegte sich leicht und mühelos und wirkte dennoch schwerer und kräftiger als er eigentlich war.

Ich sah, wie sein Blick den Raum und uns alle einfing, ehe er sich abwandte. Bea blieb sitzen, als träume sie, während ich mich auf mein Zimmer begab, um an dem Automaten zu arbeiten, der eine beseelte Göttin werden sollte.

Mönch Teo hatte uns die genauen Maße der Statue angegeben. Bea schnitzte das Gesicht. Bea, welche die Damen des Hofes im Stil von Giuseppe Castiglione malte, hatte Erfahrung mit den Augen- und Lippenpartien der Chinesen und der Thai. Die Ähnlichkeit mit der Originalstatue war verblüffend.

«Sie muß Tränen weinen», meinte Ah Ming. Es war nicht schwer, die Porzellanaugen auszuhöhlen und sie mit Öl zu füllen. Ein Klappenventil bewegte sich, wenn die Lider hochgingen, verbunden mit einer Nocke, die mit einer weiteren Nocke verknüpft war, welche die Arme anhob. Die Augen drehten sich nach oben und ließen die Flüssigkeit die Wangen hinunterrinnen.

Mönch Teo und Ah Ming stellten die Statue im Wat auf, nachdem sie die eigentliche Statue, die Gabe eines längst vergessenen wohltätigen Spenders, entfernt hatten. Niemand konnte kommen und behaupten, die Statue sei vertauscht worden.

Mönch Teo erflehte im Gebet Verzeihung für seine Sünde. «Großer Du, Der Du ganz Mitleid und Verstehen bist, Du weißt, daß wir dies tun, um Menschenleben zu retten. Verzeih uns daher, daß wir nicht die Vorschriften befolgen.»

Inzwischen sandte die bei Chiengmai in Quartier liegende burmesische Nordarmee Voraustrupps aus, die einige der Städte am Großen Fluß einnehmen sollten. Von den Gouverneuren ergaben sich manche ohne Kampf. Ich geriet in große Unruhe; wann, wann endlich würden wir Jit aus dem Palast herausholen können?

Nachdem er den oberen Flußlauf in seinen Besitz gebracht hatte, kontrollierte der burmesische General jetzt auch die Flöße mit Bauholz, die flußabwärts glitten. Seine Flotte bestand aus über dreihundert Barken, und er wollte noch weitere fünfhundert bauen.

«Wir sollten den Fluß blockieren», sagte Bea, die mit Udorn und Cham wie ein Mann in einer Art Kriegsrat zusammensaß. «Wir sollten eine Sperre aus Booten quer hinüber errichten und dahinter und davor Holzflöße aufstapeln, die mit Ketten verbunden sind. Und auf beiden Seiten Truppen mit Elefanten stationieren. Wir könnten den Vormarsch aufhalten und inzwischen versuchen, den Feind von hinten anzugreifen.»

«Gut gedacht», erwiderte Cham. Doch auf die Provinzgouverneure war kein Verlaß mehr. König Ekatat, König Mangra – ihnen war der eine so lieb oder unlieb wie der andere. Während der letzten zweieinhalb Jahrhunderte hatten die Provinzen so oft den Besitzer gewechselt. «Vierundzwanzig Einfälle», erinnerte mich Udorn, «in zweihundertfünfzig Jahren.»

Ekatat sagte zum *Kalahom*, man solle Elefanten und Krieger um die Stadt selbst herum aufstellen.

«Ayuthia besitzt nicht viele Kriegselefanten», hatte Cham entgegnet. Die Elefantenpferche waren fast leer. Ekatat hatte das Einfangen und Schulen neuer Elefanten völlig vernachlässigt. «Sein Vater, König Boromakot, hat Elefantenjagden und Ponyrennen betrieben, aber Ekatat verläßt nie den Inneren Palast. Und was hat es für einen Zweck, nur die Stadt zu verteidigen. Wie Taksin sagt, müssen wir die Burmesen in den Provinzen aufhalten.»

Die chinesischen Clans hatten sich erboten, beim Bau von Schiffen mitzuhelfen, damit man die den Fluß hinunterfahrenden Burmesen zurückschlagen konnte. «Wir sollten Boote von Thonburi heraufbringen, kleine und große. Wir werden viele brauchen, und beim nächsten Monsun könnten wir sie gegen die burmesische Flottille einsetzen», hatte Taksin vorgeschlagen.

Cham forderte den König in einer Audienz auf, Schiffe bauen zu lassen, und ersuchte ihn, den Provinzgouverneuren die Aushebung von Truppen zu befehlen. Doch der König befürchtete, die Gouverneure könnten, wenn ihnen zu viele Soldaten unterstünden, gegen ihn revoltieren und ihn stürzen. «Wir werden sehen», hatte er gesagt. Sonst nichts.

Im Inneren Palast drängten sich die Favoritinnen und die Königsgemahlinnen minderen Ranges um Ekatat. Die Erste Favoritin flüsterte Ekatat zu: «Du bist Der, dessen Würde ohnegleichen ist, Herr der schönsten Stadt der Welt, Herr des Weißen Elefanten, vor dem viele tausend Elefanten sich verneigen und auf die Knie fallen, niemand kann Ayuthias König überwinden.»

Dann erschien der Magier. Er war gerade unverletzt über feurige Kohlen geschritten; zwei des Verrats verdächtigte Adlige, die sich dabei schwere Verbrennungen zugezogen und diese Feuerprobe nicht bestanden hatten, würden jetzt sterben, zwischen Klötzen aus Sandelholz erwürgt. Der Magier braute einzigartige Tränke für den König, die ihm das Gefühl der Macht eingaben, so daß er sich weigerte, die Provinzen zu den Waffen zu rufen.

Wiederum setzte der Monsun ein. Bald würden die umliegenden Dörfer überflutet sein und die Bewohner auf ihren Booten leben. Die Flutwasser würden Ayuthia umgürten, und den Burmesen würde Einhalt geboten werden. Ayuthia war uneinnehmbar, versicherte der König und weigerte sich, Truppen aufzustellen. Sogar der Plan, Kriegselefanten um Ayuthia herum zusammenzuziehen, wurde aufgegeben.

Als Kuanyin, Göttin des Mitleids und der Barmherzigkeit, die Arme hob, öffneten sich ihre Augen, und Tränen rannen ihre Wangen hinunter, während sie ein langes, leises Stöhnen ausstieß.

Die Gläubigen, die der Göttin Blumen und Früchte darbrachten, waren entsetzt. Sie schrien, wurden ohnmächtig oder schlugen die Stirn auf den Boden.

Bei Einbruch der Nacht hatte sich beim Wat eine riesige Menschenmenge eingefunden, um die wunderbare Kuanyin zu sehen. Zweimal wiederum weinte die Statue und stieß leise Rufe aus. Der Oberpatriarch kam, wurde des Wunders ansichtig und warf sich vor der Statue zu Boden.

Endlose Prozessionen, bis in die Nacht hinein und bei ständigem Regen, zogen zum Wat hin. Die Bikkus knieten nieder und stießen flehentliche Bittgebete aus, um eine Katastrophe abzuwenden.

An jedem Haus wurden nun an Tor und Tür Talismane angebracht, die böse Geister abweisen sollten; man zündete Weihrauch und Kerzen an. In allen Wats drängte man sich, um sich durch Gaben Verdienst zu erwerben. Einige Familien gaben ihren gesamten Besitz auf und erwählten das Dasein im Kloster auf Lebenszeit.

In einem anderen kleinen Wat sprach die Göttin der Barmherzigkeit durch eine Frau, die sich in Trance befand. Sie drehte sich wie ein Kreisel, dann warf sie sich nieder, erhob sich wieder und drehte sich aufs neue mit erstaunlicher Geschwindigkeit; schließlich schrie die Frau mit einer Stimme, die nicht die ihre war:

«Vergießt kein Blut, vergießt kein Blut ... Ayuthia wird nicht durch Blutvergießen gerettet werden ...»

Ähnliche Trancezustände ereigneten sich bei anderen von Geistern besessenen Frauen in den übrigen Stadtvierteln. In den Kanälen wurden zusammengeringelte Schlangen beobachtet. Ein totes Krokodil wurde an das Ufer des Zweiten Palastes gespült, den ein Halbbruder des Königs bewohnte.

Das Gerücht über ein in Aussicht genommenes Menschenopfer verbreitete sich. Die Göttin der Barmherzigkeit war dagegen – der Große Buddha mußte ebenfalls dagegen sein. Die Sekten der Mahayana und der Theravada schlossen sich nunmehr gegen den Obermagier zusammen.

Ni bearbeitete die trockene Haut des Magiers mit allen Mitteln, sie knetete sie, beklopfte sie, rieb sie mit Sandelholzöl ein, um sie geschmeidig zu machen, und sie massierte seine Beine von den Knöcheln aufwärts, damit die Schwellung zurückgehe. Sie zog an allen seinen Zehen, um die Stimmungsverknotungen im unteren Körper zu beseitigen. Und sie plapperte dabei ohne Unterlaß. «Die ganze Stadt ist in Aufruhr. In allen Wats heißt es, die Götter seien erzürnt ...»

Wenn Ni ihre Arbeit beendet hatte, hockte sie sich nieder und suchte ihre Salben und Fläschchen mit Blumenessenz und Sandelholzöl zusammen. Eine andere Dienerin bereitete nun die übliche Mixtur aus süßen Kräutern und zerstampften Mandeln, die der Magier nach seiner Massage trank.

Durch den Musselinschleier, der sein Gesicht bedeckte, betrachtete der Magier Ni. Sie saß ganz ruhig da, doch sie redete ständig und erzählte ihm von allem, was im Palast und draußen vorging.

Er würde mit Prinz Chiprasong sprechen, der das Menschenopfer vorgeschlagen hatte. Es war vielleicht unklug, die Mädchen zu töten, wenn es auch damals als eine geringfügige Angelegenheit erschienen war. Schließlich war keines der Mädchen von adligem Blut.

«Ich habe es dem Magier gesagt, ich habe es mit eigenen Ohren gehört, wie er befahl, Prinz Chiprasong zu rufen», flüsterte Ni mir zu, als wir uns hinter den Wandschirmen im Inneren Palast begegneten.

Gewöhnlich taten Ni und ich, als würden wir einander nicht kennen, und achteten darauf, nicht zusammen gesehen zu werden.

«Du weißt, was getan werden muß, Ni.»

«Ja, große und erhabene Prinzessin, die ich verehre.»

«Udorn, teurer Gatte, du solltest Chiprasong zu einem kleinen Festmahl einladen, nur mit ein paar Freunden.»

«Chiprasong einladen? Er kommt vielleicht nicht. Er muß wissen, wie erregt dein Bruder ist.»

«Wir können ihm sagen, mein Bruder habe das Mädchen längst vergessen. Er wird kommen, schon aus Neugierde, glaube ich.»

Tatsächlich fand sich Chiprasong ein paar Tage später ein. Aber er war mißtrauisch und trug unter seinem Umhang eine Rüstung aus japanischem Rattangeflecht.

Udorn, Cham und andere Adlige hatten sich zu einem Festmahl versammelt. Bald wurde viel gelacht; die Musikanten und die Tänzer gaben ihr Bestes. Dann bat mich Udorn, der sich betrunken stellte, die Gäste durch meine Anwesenheit zu ehren und für sie zu singen. Meine Stimme klang kraftvoll und lieblich, und ich sang Liebeslieder, Weisen aus unserem Heimatland Waadt und thailändische Liebeslieder. Ich sah Chiprasong an und warf ihm jene Blicke aus dem Augenwinkel zu, welche die Chinesen «Herbstwellen» nennen, Zeichen des Verlangens. Ich bot Chiprasong einen Becher mit Wein dar. «Zur Erinnerung an jene Tage auf dem Schiff von China bis hierher. Leider, Prinz Chiprasong, kommen Sie so selten, uns zu besuchen.»

Chiprasong konnte den Wein nicht zurückweisen, und um ihm zu zeigen, daß er nicht vergiftet war, trank ich einen Schluck aus dem gleichen irdenen Krug. «Es ist schade, daß mein Bruder so beschäftigt ist, sonst wäre er bestimmt gekommen», sagte ich. «Er ist ganz bezaubert von einer portugiesischen Schönheit, die vor kurzem aus Mergui gekommen ist, einer Christin.»

Viele solcher Mädchen waren tatsächlich auf der Flucht vor der burmesischen Armee aus Mergui gekommen, und einige waren von bemerkenswerter Schönheit. Aber sie waren in üble Hände geraten und gezwungen worden, sich der Prostitution hinzugeben. Die Adligen begannen jetzt von den neuen jungfräulichen Mädchen zu sprechen, die sie deflorieren wollten. «Ihr Bruder kann ja eine für sich behalten, aber nicht die anderen», rief Cham, als sei er betrunken. «Komm, Chiprasong, statten wir dem Portugiesenviertel einen Besuch ab; da gibt es sicher noch ein paar hübsche Jungfrauen.»

«Ich muß nach Hause.»

«Hast wohl Angst vor deinen Ehefrauen», spottete Udorn. «Komm, wir sehen uns die neuen Mädchen an – ist doch nur eine kleine Spazierfahrt.»

Schwankend und einander stützend bestiegen Udorn und Cham einen Balon und schleppten Chiprasong mit.

Als Chiprasong heimkam, erinnerte er sich der Blicke, die ich ihm zugeworfen hatte. Er erinnerte sich auch des neuen, hübschen Mädchens, einer Christin aus Mergui, die ein Kreuz zwischen den Brüsten trug und erst vierzehn Jahre alt war.

Ich tötete Chiprasong drei Nächte später. Er war bei dem portugiesischen Christenmädchen gewesen, das er entjungfert hatte. Bea und Ah Ming hatten viel Geld für sie bezahlt, und obschon sie weinte, wußte sie doch, daß sie anderenfalls Hungers sterben würde.

Chiprasong hatte nur ein kurzes Stück bis zu seinem Balon zu gehen, aber ich trat ihm in den Weg.

«Chiprasong.»

Er erkannte mich, erkannte meine Stimme.

«Ah, Sie sind auch hier. Ihre Schwester sagte mir schon, Sie mögen auch Christenfleisch.»

«Ich werde Sie töten», sagte ich ganz ruhig.

Er lachte. «Ha, lahmer Bursche, ich nehme Ihnen auch noch dieses Mädchen ab, wenn Sie sich nicht vorsehen.»

Es war dunkel, und er hatte Wein getrunken, was seine Reaktionsfähigkeit beeinträchtigte. Und dann wiegte ihn das Messer in Sicherheit, das er bei sich trug. Ich brach ihm während der nächsten drei Schritte den Arm und dann das Genick.

Aus dem Dunkel näherte sich Ah Ming mit einem Leinensack. Völlig ungerührt stopfte er die Leiche hinein und warf sich den Sack über die Schulter. «Gehen wir, Colin.»

«Geh du voraus. Ich komme nach.»

Ich ging in die Nacht hinein, ging zu Jean Allards Haus. Ich wollte mit ihm sprechen.

Durchs offene Fenster sah ich ihn an einem Tisch sitzen, bei ihm saß Pater Oliveiro.

Ich wollte Jean Allard bekennen: «Ich habe einen Menschen getötet.» Aber Oliveiro war da. Oliveiro konnte ich nicht gegenübertreten. Ich mußte diese Sündenlast allein tragen.

Bea wartete auf mich, als ich zurückkam.

«Es ist geschehen, Bea.»

Aber ich spürte keine Zufriedenheit in mir, keine Erleichterung. Nur diesen schweren Druck auf der Brust. Ich hatte getan, was getan werden mußte. Und jetzt war Bea an der Reihe. Jit, Jit schrie mein Herz, bis die schwarze Nacht sich lichtete und es wieder Tag war.

Der Magier sah mich durch seinen Musselinschleier an. Er hatte mich durch einen Boten rufen lassen, als ich gerade eine Zeichnung von einer der elf Königinnen niederen Ranges anfertigte.

«Ich habe schon von Ihnen gehört – wer hat dies nicht? Und auch von Ihrem Bruder, einem überaus kunstfertigen Mann, der Maschinen baut, die singen und tanzen ... und sogar weinen.»

Er wußte es also. Oder hatte richtig vermutet.

«Sie sind geschickt, Prinzessin Didya. Sie haben sich die weinende Göttin ausgedacht.»

«Ich nicht, Großer Herr. Es ist die Wahrheit.»

«Sie. Und der Chinese. Und Prinz Chiprasong ist nicht mehr aufzufinden und dient zweifellos im Augenblick als Krokodilfutter.»

«Davon weiß ich nichts.»

«Prinz Chiprasong und ich hatten an dieses Opfer gedacht, weil es von sehr starker Wirkung ist», sagte der Magier. «Chiprasong machte mich auf eine der Jungfrauen aufmerksam. Mir kam es nicht auf die Personen der Auserwählten an, solange sie Jungfrauen waren und aus dem gemeinen Volk stammten. Wären Sie zu mir gekommen, hätte ich die Liebste Ihres Bruders freigelassen und dafür nur verlangt, daß er für sie einen Ersatz beschaffte. Es wäre Ihnen und ihm ein leichtes gewesen, ein anderes Mädchen zu kaufen ...»

«Mein Bruder wäre damit niemals einverstanden gewesen, obwohl mir dieser Gedanke auch durch den Kopf ging», erwiderte ich ruhig.

«Ich hätte Ihrem Bruder ein Geschäft vorgeschlagen. Ich hätte ihn aufgefordert, mir eine seiner magischen Puppen zu machen, und dafür – und für ein anderes Mädchen – hätte er diese Jit haben können. Doch jetzt hat der König beschlossen, daß es kein Opfer geben wird. Denn die Sangha *ist dagegen, die Bikkus sind dagegen ... o ja, Sie haben in der Stadt einigen Aufruhr verursacht, Prinzessin Didya.»*

Ich spürte förmlich, wie die Boshaftigkeit durch seinen Schleier strömte.

«Seine Majestät hat nun entschieden, daß die vier Mädchen seine Konkubinen werden. Dann sind sie geheiligt, und kein anderer Mann kann sie berühren. Ihre weinende Göttin wird sich freuen – und Ihr Bruder auch.»

Der Magier lachte. Er hatte mich überlistet. Jit würde nicht freikommen. Aber ich lächelte, mit hellen Augen und fast strahlendem Gesicht.

«Ich bin sicher, dies wird meinen Bruder glücklich machen. Mein Bruder wird die Freundlichkeit Seiner Majestät und die Ihre zu schätzen wissen.»

Im September 1765, als die Gewalt des Monsuns nachließ, rückte die burmesische Südarmee gegen Bangkok vor. Im späten November wurde Bangkok belagert. Inzwischen nahm die Nordarmee Sukhotai ein, und ihre Schiffe begannen gegen Ayuthia vorzudringen. Eine dritte Armee war dabei, die Grenze im Westen zu überschreiten und hatte ebenfalls Ayuthia zum Ziel.

In den ersten Dezembertagen starb der Magier ganz plötzlich.

Ni hatte ihn wie üblich massiert. Dann hatte er seine Lieblingsmixtur aus Zimt und Chrysanthemenblüten getrunken. Er bereitete sie jetzt selbst, denn Chiprasongs Tod hatte ihn vorsichtig gemacht.

Einige Stunden später, während er schlief, begann sein Herz plötzlich immer schneller zu schlagen, zu rasen, bis es in seiner Brust zersprang.

Gleichzeitig und indes Dienstboten kopflos umhereilten, während Magier, Dämonenaustreiber und Priester gerufen wurden, um ihm beizustehen, und im Inneren Palast völliger Wirrwarr herrschte, als der verzweifelte König «Was ist geschehen?» rief und einander widersprechende Befehle gab, brachen etwa zwanzig Mann der Wachmannschaft aus dem Palast aus und töteten dabei zwei Eunuchen.

Mit ihnen flohen drei Pagen und sechs Frauen.

Eine der sechs Frauen war Jit.

Ah Ming hatte mich eingeladen, ihn in seinem neuen Haus im Chinesenviertel zu besuchen. Dieses Haus lag inmitten eines Gewirrs von Gassen, die so schmal waren, daß die Häuser oben aneinanderzustoßen schienen, Häuser, die überquollen von Menschen, Kindern, Topfpflanzen, Blumen und zum Trocknen aufgehängter Wäsche. Es war eine kleine Bienenwabe, mit vielen Türen und winzigen Hofräumen. «Ein schlaues Kaninchen hat drei Baue», lautete ein Sprichwort, das Ah Ming gern zitierte.

«Ich schicke dir meine Sänfte», hatte Ah Ming gesagt. «Deine Träger würden sich nicht zurechtfinden.»

Als ich das Haus betrat, war Ah Ming allein. Er sagte mit seiner sachlichen Stimme: «Jit ist hier.»

«Jit – halte mich nicht zum Narren, Ming!»

«Wie könnte ich das, Bruder Colin? Sie ist oben. Deine Schwester hat erreicht, was sie wollte.»

Bea hatte mir nichts gesagt. Als ich das Haus verlassen hatte, war sie mit Udorns kleinem Jungen und mit Frauen beschäftigt, die Liebestränke haben wollten.

«Vor vier Stunden hat es einen Ausbruch aus dem Palast gegeben. Alles war gut geplant. Jit wird es dir erzählen.»

Ich stürzte die schmale Holztreppe hinauf. Und da war Jit, in dem fensterlosen Zimmer im Obergeschoß, einem Raum, der als Speicher gedacht und sicher war, weil niemand hineinspähen konnte.

Und da war sie schon in meinen Armen. Wir klammerten uns aneinander, und ihr schlanker, kleiner Körper drängte sich fest an mich.

«Keran, ich habe nie daran gezweifelt – ich wußte, du würdest mich befreien!»

Bea, nicht ich. Bea und Ni und was immer sie getan hatten, was kompliziert und doch einfach war, wovon ich aber nichts wissen wollte, weil ich ahnte, daß Töten damit verbunden war. Ich wollte nicht wissen, daß Bea getötet hatte.

«Keran, Keran . . . ich bin so glücklich.»

Wir waren endlich zusammen. Und obwohl wir vorsichtig sein mußten, sehr vorsichtig (denn sollte man ihrer habhaft werden, würde sie eines schrecklichen Todes sterben, und Ah Ming und ich mit ihr), war sie doch da, war sie bei mir. Alles andere war unwichtig. Diese Nacht blieben wir zusammen. Ich preßte sie, so schlank, so klein und schmal, an meinen Körper. Ich würde sie nie mehr gehen lassen.

Und nun begann für Jit und mich ein gefährliches Leben. Sie ging chinesisch gekleidet und gab sich als eine von Ah Mings Ehefrauen aus. Ich besuchte sie allabendlich, doch am Morgen mußte ich in der Werkstatt sein, mußte ich mich in meinem Haus zeigen, das neben Udorns Palais errichtet worden war.

Die Wachleute und die Pagen, die aus dem Palast geflohen waren, wurden nie mehr eingefangen, und auch nicht die fünf anderen Frauen aus dem Harem des Königs. Es war ihnen gelungen, Ayuthia zu verlassen. Und weil überall Burmesen im Land standen, konnte König Ekatat keine Soldaten aussenden, um sie aufzuspüren.

Beas Gesicht war ganz ruhig, ganz gelassen. Ich versuchte mit ihr über die Gefahr zu sprechen, in der wir schwebten, aber sie sah mich nur an aus ihren einmal blauen, einmal grünen Augen, wie in unserer Kindheit. «Kleiner Bruder, mach dir nicht so viele Sorgen. Ni war uns eine große Hilfe. Sie mag eine Belohnung erwarten.»

«Ich kann nicht mehr das Lager mit ihr teilen, Bea. Ich kann es nicht.»

Bea lachte. «Dein Glück ist, daß es da zur Zeit einen Pagen gibt, einen sehr kräftigen, der sie zufriedenstellt. Und was das andere betrifft, das mache ich schon. Gold und Silber und Juwelen. Ich habe genug davon.»

16

ANNO DOMINI

Dezember 1765 bis April 1767

Ayuthia, die Zauberstadt – nie war sie so herrlich gewesen. Blauer Himmel, Lotusblüten auf jedem Teich, rosa und weiß und gelb. Und die Menschen bewegten sich wie in einem Märchenland – geschmückte und vergoldete Boote, Feiern und Feste in den buntesten Farben.

Und Jit – sie hob die Zeit auf, eine Zeit, die sich nicht mehr nach dem regelmäßigen Ticken einer Uhr richtete, sondern Ewigkeit war. Jeder Augenblick war unvergänglich.

Sie lehrte mich die endlosen Küsten der Liebe kennen, gerade weil sie mich nie etwas lehrte. Jeder Augenblick ihres lebendigen Daseins, ihr Gesicht, ihr strahlendes Gesicht, ihre Glieder, ihr Körper – alles mir gegeben. Sie war ein Universum an Zärtlichkeit und hatte keinen anderen Wunsch, als sie selbst zu sein; und sie selbst sein hieß, bei mir sein. Jit, mein Schild gegen Angst, wider Schuldgefühl. Durch sie wurde ich zu einem ganzen Menschen. Und dies ist das größte Geschenk: daß ein Mensch, ein winziger Punkt im großen Universum, sein eigenes Ich anerkennen und damit zufrieden sein kann.

Ah Mings Haus wurde zu unserer Zuflucht. Selbst die bewaffneten Ruderer des Königs mit ihren scharlachrot bemalten Armen und ihrer golddurchwirkten Rüstung wagten sich nicht ohne einiges Bedenken ins Chinesenviertel. Die friedlichen Chinesen konnten gegen unliebsame Eindringlinge sehr rücksichtslos vorgehen.

Ah Ming ließ eine Trennwand einbauen, gab uns zwei Zimmer neben dem fensterlosen Speicherraum. Sein von vielen Stimmen erfüllter Haushalt mit zwei Ehefrauen, vier

Kindern und einer ganzen Heerschar von Verwandten bot uns Sicherheit.

Die Fähigkeit der Chinesen, Gemeinschaften, Vereinigungen, Sippschaften und Bruderschaften zu bilden, bedeutete uns Schutz. Sollte ein Spion sich in die engen Gassen verirren, würde er sofort entdeckt. Selbst die Mönche gehörten einer Bruderschaft an. Mönch Teo war Sippenverwandter von Ah Ming, weil beide aus demselben Dorf in China kamen.

«Warum tust du das alles für mich, Ah Ming?» fragte ich ihn. «Ich bin doch nur ein *Farang.*»

Ah Ming redete nicht gern über persönliche Gefühle. «Du bist mein Bruder.»

«Du nimmst ein großes Risiko auf dich. Du kennst die Gefahr.»

Ah Ming suchte nach einer vernunftgemäßen Erklärung für die Handlung seines Herzens. «Du hast dem Land meiner Vorfahren geholfen. Hast versucht, meinem Volk zu helfen. Das vergessen wir nie.»

Auf den Ratsversammlungen der chinesischen Clans von Ayuthia wurden die Worte «Nieder mit den Mandschu!» ausgerufen, wenn man ein neues Mitglied aufnahm. Mit Geduld, über die Jahrhunderte hinweg, würde hier und an anderen Orten des Südlichen Ozeans an der Erneuerung Chinas geschmiedet werden.

Ah Ming hatte daran teil. Es war ein Traum, eine Vision, doch der Mensch lebt von Träumen und Visionen, von Liebe und Haß.

Im Dezember erreichte die burmesische Südarmee Bangkok, und Cham brachte König Ekatat dazu, Truppen zur Verteidigung der Stadt auszusenden, etwa dreitausend Mann. Den frisch eingezogenen Rekruten aus dem Norden waren Gegenden wie Bangkok fremder als den Burmesen, die ihre Region so oft überfallen hatten.

Am 10. Dezember brannten die Burmesen Bangkok nieder, vom Hafen bis zu den Vororten – das Feuer hielt zehn Tage an und zerstörte auch das katholische Seminar und die Kirche.

Am 17. Dezember vernichtete ihre mit Portugiesen bemannte Artillerie das letzte von den Franzosen erbaute Fort. Ihre Schiffe überquerten den Menam, um Thonburi einzunehmen. Und begegneten dort einem Gegner, mit dem sie nicht gerechnet hatten, einem Engländer.

Kapitän Pawney war mit zwei Schiffen den Fluß hinaufgefahren, um achtundzwanzig Ballen Tuch abzuholen, und er beschloß, sich ganz allein mit der burmesischen Armee einzulassen. Er liebte den Kampf, so wie andere ihre Gattin lieben, und vertraute darauf, daß sein starkes Geschütz mit jeder Befestigungsanlage fertig würde. Über die Meere schweifend wie andere durch einen Garten, hatte der Freibeuter Pawney als Geschenke für den König von Ayuthia einen Löwen, ein Araberpferd und einen bunten Vogel aus Peru an Bord. Er war wütend, weil die Burmesen auf sein Schiff geschossen hatten. «Auf sie, Leute!» schrie er und begann zurückzuschießen. Die verzagenden Thai-Soldaten verspürten neuen Mut angesichts der Kampfeslust des energischen Engländers, und vielleicht wäre Bangkok zurückerobert worden, hätte Ekatat Pawney (der um Munition bat, da er die seine verschossen hatte) ein paar Kanonenkugeln und Musketen geschickt. Aber wie üblich zögerte der König und wies dann die Bitte zurück. Zwei von Pawneys Matrosen, die sich den Überresten der Thai-Truppen angeschlossen hatten, wurden getötet, und Pawney fuhr davon und nahm im Zorn als Bezahlung für seine Dienste einige der vor Thonburi ankernden Barken mit.

Die burmesische Südarmee zog von Bangkok aus nordwärts und richtete sich im Februar auf hochgelegenem Boden zehn Meilen von Ayuthia entfernt ein. Die Nordarmee, die den Menam hinunterfuhr, erreichte Ayuthia im März. Die Burmesen machten die Wats nieder, plünderten ihre Schätze, benutzten die Backsteine zum Bau hoher Türme für ihre Geschütze, für Türme, die die Mauern der Stadt überragten, und begannen mit der Belagerung.

Aus den geplünderten Städten, den niedergebrannten Dörfern strömten die Menschen nach Ayuthia hinein. Sie lagerten in den schmalen Straßen, kauerten sich an die Mauerwälle, drinnen und draußen, und errichteten Notbehausungen aus Matten und Bambusholz.

«Udorn, wie sollen wir diese Leute ernähren?» fragte ich.

Er schnitt eine Grimasse und machte mit beiden Händen eine anmutige Geste der Verzweiflung. «Seine Majestät wartet auf den nächsten Monsun, der die Burmesen vertreiben soll.»

«Aber jetzt besitzen die Burmesen Schiffe...»

«Buddha in Seiner großen Barmherzigkeit wird Ayuthia vielleicht retten», erwiderte Udorn.

Unter Anführung ihrer Dorfältesten und der Bikkus, die ihre safranfarbenen Roben abgelegt und sich mit selbstgemachten Hackmessern und nägelgespickten Keulen bewaffnet hatten, griffen zweihundert Bauern eines Dorfes außerhalb von Ayuthia ein vorgeschobenes burmesisches Lager bei Bang Rabhan an und machten hundert Soldaten nieder. Die Kunde von diesem Ausfall verbreitete sich mit Windeseile; Landleute um Ayuthia herum erhoben sich und griffen die Burmesen an.

Aber kein einziger Soldat der Armeen des Königs innerhalb der Stadt kam ihnen zu Hilfe, und als sie um Waffen baten, sagte Ekatat abermals nein. Im Juni wurde die ebenso tapfere wie unglückliche Bauernmiliz vernichtet. Ihre Anführer wurden aufgepfählt und die Frauen und Kinder in die Sklaverei geführt.

«Ein solcher Herrscher hat keine Treue verdient», sagte Bea, als diese Nachricht bei uns eintraf.

«Still, Didya», sagte Udorn besänftigend, «niemand darf wider den König sprechen.»

Im Juli setzte der Monsun allen Ernstes ein, aber die Burmesen zogen nicht ab, denn sie hatten in der Tat viele Boote und Barken. Sie waren jetzt nur noch zwei Meilen von der Stadt entfernt, und als das Flutwasser anstieg, hausten die Soldaten trockenen Fußes auf den Schiffen.

Bis zu diesem Monat Juli waren alle einhundertzwanzig Wats außerhalb von Ayuthia geplündert worden; man hatte Statuen in Stücke gehackt und das in ihnen verborgene Gold und die Juwelen fortgeschafft. Und die neuen Sklaven der Burmesen mußten aus den Backsteinen Geschütztürme bauen.

Taksin, der den König um Unterstützung der Bauern ersucht und sich erboten hatte, notfalls allein an ihrer Spitze zu kämpfen, trat mit einer weiteren Petition an den Herrscher heran. Doch Ekatat ließ nur zwei Ausfälle machen, die wirkungslos blieben, und wieder gingen dabei Schiffe verloren.

Zur Strafe bekam Taksin Hausarrest. Bea verlor ihre Ruhe und wurde immer reizbarer. «Taksin hat bewerkstelligt, daß chinesische Barken während der Nacht Reis heranschaffen, obwohl sich die Schiffer dabei in große Gefahr begeben», berichtete uns Cham. «Der Reis in der Stadt reicht nur noch für vier Monate.» Und Bea sagte: «Nur Taksin kann Ayuthia retten. Warum lehnt er sich nicht gegen den König auf?»

«Er will nicht sterben», entgegnete Udorn ein wenig erstaunt. «Kein vernünftiger Mensch spielt ohne guten Grund mit dem Tod.»

Von den rund hundert Halbbrüdern Ekatats wurden jetzt viele des Komplotts gegen den König verdächtigt und aus dem Weg geschafft – entweder verbannte man sie in Klöster, oder sie wurden zwischen den Klötzen aus Sandelholz erwürgt. Nur die wenigen mächtigen Prinzen im Umkreis seines Schwagers und seiner Favoritin konnten sich noch dem König nähern. Utumporn, sein jüngerer Bruder durch Blutsverwandtschaft, dem Ekatat den Thron abgerungen hatte, durfte den Wat nicht verlassen, in den er seinerzeit geschickt worden war.

Es regnete in Strömen. In der Mitte der Stadt stieg das Wasser bis an den Rand der Kanäle, aus den Straßen wurden Sümpfe, und doch hausten dort Obdachlose zu Hunderten. Ayuthia, einst so sauber, litt jetzt unter einer Rattenplage. Unrat häufte sich an, der nicht mehr aus der Stadt hinausgeschafft werden konnte. Bei dem unaufhörlichen Regen konnte er auch nicht verbrannt werden. Rings um Ayuthia breitete sich Wasser aus, grau und leblos, soweit das Auge reichte. Hinter dem Regenvorhang waren die burmesischen Armeen nicht zu sehen. «Vielleicht ziehen sie ab», meinte Udorn ohne

Überzeugung, als wir von den Mauern über die graue Leere hinblickten. Auf dem Rückweg sahen wir die Bettler, die sich unter dem Regen duckten und bei den Wats niederkauerten. So viele Bettler. Die Bikkus machten ihre tägliche Runde, vorgebeugt unter ihren Schirmen, und baten mit der Schüssel in der Hand um Nahrung. Manchmal wurden sie von den Bettlern überfallen, die ihnen ihr Essen entrissen.

In Udorns Haus gab es genug Reis. Bea hatte angefangen, im Garten Hühner und Enten zu züchten. Sie maß jedem seine Nahrungsportion zu, und ein Diener wurde ausgepeitscht, weil er ein paar Eier gestohlen hatte.

Bea. Ihre Schönheit war makellos, aber man merkte ihr eine innere Anspannung an, in ihrer Seele tobte ein Sturm.

Wenn ich nachts Jit in den Armen hielt, bemühte ich mich, Bea zu «hören», und mein inneres Ohr vernahm eine leise und ferne Not. Etwas quälte sie, und deshalb war auch ich beunruhigt. Was machte ihr solche Qual, entrückte sie mir so sehr?

Die Paradiesfeigen und Kokosnüsse, die unserem Hausgeist dargebracht wurden, begannen zu verschwinden. Die Bettlerkinder stahlen sie.

«Bea, es könnte schlimm werden, wenn die Belagerung andauert», sagte ich.

Der plötzliche Zorn in ihren Augen durchdrang mich.

«Hast du Angst, Colin? Ja, natürlich hast du Angst.»

«Ayuthia ist eine Mausefalle, und wir sind die Mäuse, Bea.»

«Ich gehe nicht fort.»

«Natürlich nicht, Udorns wegen.»

Wieder dieser Blick, jetzt verächtlich. «Es geht mir weder um Udorn noch um Abdul Reza, noch um irgendeinen anderen meiner zeitweiligen Liebhaber.» Ihr Mund wurde sanft, ihr ganzes Wesen verlor plötzlich seine Härte. «Colin, würdest du um Jits willen noch einmal töten?»

«Ja, ich glaube, das würde ich.»

«Und würdest du um Jits willen auch sterben?»

«Natürlich.» Doch da spürte ich plötzlich eine Leere in mir. Würde ich um Jits willen sterben?

Bea lachte leise auf, vor Zorn und Verzweiflung und Hilflosigkeit, aber auch vor Freude. «Dann solltet ihr, du und Jit, vielleicht lieber gehen. Aber ich warte noch –»

«Du wartest?»

«Auf den König. Den richtigen König, der Ayuthia retten wird.»

Nie schenkt uns das Leben, selbst wenn es mit Gaben nicht geizt, das vollkommene Glück. Stets ist da ein Schatten, der um so länger wird, je länger das Glück anhält. Dies gilt für Könige und Kaiser, für große und mächtige Reiche, und auch für jemanden wie mich, der ich weder ein Held noch ein Genie bin, sondern nur ein zum Mann herangewachsener Knabe, der eine Frau liebt und sie nicht verlieren möchte.

Oh, die Trugbilder, die einem das Denken vorgaukelt. Diese herrlichen Trugbilder der Liebe. Und auch Bea hatte eine Vision, mit der sie weit über sich hinausgriff. Von einem König hatte sie gesprochen. Wer mochte das sein? Nicht Ekatat und auch nicht der burmesische Herrscher. Wer also?

Heer Timmermans verkündete abermals in seiner unerschütterlichen niederländischen Art, daß er Ayuthia nicht verlassen werde. Er würde die Manufaktur verteidigen, die der Holländischen Ostindien-Kompanie gehörte. «Meine Kompanie hat mich beauftragt, mit den Burmesen zu verhandeln. König Mangra von Burma ist der Erfolg zur Zeit zu Kopf gestiegen. Aber wird er die Kompanie vernichten? Unsere portugiesischen Kuriere haben Zusicherungen erhalten. Haben Sie gesehen, wie die Burmesen ihre Boote in Zehnergruppen um jeden einzelnen Geschützturm legen, den sie bauen, so daß es nicht leicht ist, sie zu umzingeln?»

Auf den früher so geschäftigen Chinesenmärkten ging es jetzt recht still zu. An den Ständen gab es wenig zu kaufen, und die Preise waren hoch. Es gab noch immer einige Boote, die nachts auf Schmuggelfahrt gingen, doch Räuberbanden warteten auf sie hinter den Toren und überfielen sie.

Die katholischen Kirchen waren überfüllt von Konvertiten aus Mergui und Bangkok, und Pater Oliveiro strahlte vor

Freude. Mit leuchtenden Augen predigte er von der Gnade des Märtyrertums, von der Herrlichkeit des Himmels, welche alle erwartete, die um Christi willen starben. Ich sah ihn einmal, die Arme ausgebreitet, vor dem Altar knien. Gewiß wollte er ein Heiliger werden.

Auch in den Wats entdeckte ich diese Inbrunst bis zur Selbstaufgabe. Die Gläubigen waren mehr denn je davon überzeugt, daß die burmesische Armee dahinschmelzen würde, wenn sie beteten und sich damit Verdienst erwarben – und wenn der Feind nicht dahinschmolz, dann wartete ihrer eine höhere Inkarnation.

Ich sagte Jit, daß ich sie in Sicherheit wissen wolle. Sie solle die Stadt verlassen und die *Farang*-Siedlungen unterhalb von Bangkok aufsuchen. Sie sah mich mit ihrem restlos vertrauenden Blick an.

«Jit bleibt bei Keran. Jit wird Keran nie verlassen. Es gibt kein Leben für Jit ohne Keran.»

Und so blieben wir wie hypnotisiert in jenem eigenartigen Trancezustand gefangen, der uns alle in Ayuthia erfaßt hatte, selbst Erik Erikson, der sagte, er könne fortgehen, aber dennoch blieb. Wir fabrizierten weiter Kanonenkugeln in der Hoffnung, daß sie gebraucht würden.

Im August endlich, als die Burmesen nicht abzogen, wurde Taksin vom König beauftragt, bei der Verteidigung der Stadt mitzuwirken.

Ekatat war damals sehr besorgt wegen der Weißen Elefanten, die krank zu sein schienen. Er bestand darauf, daß das Hofzeremoniell wie üblich abgehalten werde. Die heiligen Elefanten mußten gefüttert werden, obgleich dies bedeutete, daß viele Männer in Booten ausfahren und, von burmesischen Vorausabteilungen bedroht, Gras für sie mähen mußten.

Taksin traf sich mit Cham und Udorn, dem *Pra-Klang*, einigen Ministern, Erik und mir und den Adligen, die für den «Widerstand» waren. Er schlug vor, die Mauern und Wälle von Ayuthia zu verstärken und zu erhöhen. «Haben Sie die Geschütztürme gesehen, die die Burmesen bauen?» Taksin sprach in knappem, sachlichem Ton, jedes einzelne Wort wog schwer wie Blei. «Sie sind höher als unsere Mauern. Sie können damit in unsere Stadt schießen. Noch ist Zeit, die Mauern zu erhöhen und unsere eigenen Kanonen in Stellung zu bringen, um zurückzuschießen. Aber zuerst müssen wir die nutzlosen Esser aus Ayuthia hinausschaffen.»

Der *Pra-Klang* sagte: «Phya Taksin, niemand darf Ayuthia verlassen. Der König hat befohlen, daß jedermann hierbleibt.»

Taksin ließ sich nichts anmerken. Udorn berichtete ihm von den Kanonenkugeln, die Erik und ich herstellten, und er nickte. Aus seinen Augen unter den schweren Lidern traf zuerst mich und dann Bea ein Blick, die regungslos, von zwei Zofen begleitet, dasaß, ein wenig niedriger als die Männer. Kraft ging von ihm aus, eine Ausstrahlung, die Menschen in seiner Umgebung veränderte. Wir warteten darauf, daß er uns sagte, was zu tun sei.

Beas Gesicht. Ein kalter Schauder überlief mich, die Flaumhaare an meinen Armen sträubten sich. Bea sah Taksin an. Sah ihn an, und ihre Augen – da wurde es mir klar.

Der König. Der zukünftige König. Ein starker Mann mit Vorstellungskraft und Ehrgeiz. Hier war er. Er gehörte zu jener Art von Menschen, die andere Menschen verändern, die Königreiche und Imperien stürzen oder aufbauen. Und Bea, Bea liebte ihn. Ich verspürte Mitleid, Verzweiflung, das heftige Bedürfnis, Bea zu beschützen. Denn in dem Mann Taksin war kein Raum für Liebe, eine Liebe, wie Bea sie nötig haben würde. Ihn mußte Liebe unnütz, lästig dünken, ein Hindernis auf seinem Weg. Er hatte in seinem Herzen keine Zeit, keinen Platz für Frauenliebe . . . Oh, sah sie das denn nicht? Sie, die so stark und weise war?

Ich hörte das Trommeln des Regens, er trommelte den Takt der verlorenen Zeit, trommelte Spott und Verzweiflung. Was hatte Jacob damals gesagt: «In einem Jahrhundert, vielleicht in zweien, werden wir zu den Sternen reisen, die fernen Winkel des Universums erforschen, und dann kann das Leben für die gesamte Menschheit zur Glückseligkeit werden.» Aber Jacob war zu Tode geschlagen worden an den Toren eines jüdischen

Ghettos in Warschau. «Jacob, kannst du helfen?» betete ich. Und ich wußte nicht mehr, ob ich für Bea, für mich oder für Ayuthia betete . . .

«Und deshalb», sagte Taksins ruhige Stimme, «müssen wir alle Ziegelsteine in Ayuthia beschlagnahmen. Die Brennöfen müssen in Gang gesetzt und Ziegel und Holz in den Wats gestapelt werden. Wir müssen Milizpatrouillen für die Mauerwälle ausbilden, und jeder muß sich an die Arbeit machen.»

König Ekatat hatte zweimal Ausfälle angeordnet, die ein katastrophales Ende nahmen. Jetzt befahl er einen dritten: mittels einer Flottille mit zwei Anführern, einer davon war Taksin.

Einhundertundsechzig Schiffe wurden ausgerüstet, mit insgesamt sechstausend Mann an Bord. Taksin teilte sich den Oberbefehl über diese Kriegsschiffe mit dem Gouverneur von Petchaburi, der sich nach Ayuthia geflüchtet hatte, als seine Stadt genommen worden war.

Der Ausfall scheiterte. Der Gouverneur hatte mit seinen Schiffen den Angriff gewagt und drauflosgefeuert, doch der Rückstoß der Schiffsgeschütze hatte die Schiffe zum Kentern gebracht, und der Gouverneur war getötet worden.

Taksins Schiffe, die nach denen des Gouverneurs ausgelaufen waren, gaben keinen Schuß ab. Taksin zog sich nach Ayuthia zurück. König Ekatat war erzürnt, klagte Taksin der Feigheit an und warf ihm vor, daß er die Leiche des Gouverneurs nicht geborgen habe, die nun nicht ehrenvoll verbrannt werden konnte. Ohne richtige Bestattung würde die Seele des Gouverneurs sich den *Phi* gesellen, die in der Nacht umherwandelten und klagende Schreie ausstießen.

«Aber Taksin hatte recht», meinte Bea. «Dieses Vorhaben war verrückt, man hätte nur die Schiffe und Kanonen um nichts geopfert.»

Wieder einmal kam Taksin kurz zu uns, denn der König schien seine frühere Anweisung vergessen zu haben, er dürfe sein Haus nicht verlassen. «Dieser törichte Mann», sagte er, wobei er den Gouverneur meinte. «Er ist ausgelaufen und genau in die Falle gegangen . . .»

«Er war ein tapferer Mann», erwiderte Cham, denn er als Adliger war ebenfalls der Ansicht, man hätte den Leichnam des Gouverneurs bergen müssen.

Taksins Augen blitzten auf, in seinem Blick stand eine gewisse Drohung. «Tollkühnheit ist nicht Tapferkeit, Phya Cham. Wir haben dreiundsechzig Schiffe und die Hälfte ihrer Besatzungen verloren.» Hochaufgerichtet ging er davon und ließ uns niedergedrückt zurück.

Beas Blick folgte ihm, und Udorn sagte: «Taksin ist ein fähiger Mann, aber er ist kein Prinz von Geburt, und da er ein halber Chinese ist, denkt er natürlich zu praktisch.»

Bea verließ den Raum.

Obschon der König erzürnt war, hatte Taksin weiterhin den Oberbefehl über die Verteidigung Ayuthias, weil vielleicht sogar Ekatat die Kraft seiner Person und seine Fähigkeit wahrnahm. Unter seinem Befehl konstruierten Erik und ich bewegliche Lafetten für die Geschütze auf den Wällen. Taksin und Cham ersuchten Ekatat abermals, zweihundert erst zehn Jahre alte Kanonen aus dem Arsenal freizugeben, damit die verrosteten älteren, die eine Gefahr für die Kanoniere darstellten, ersetzt werden konnten.

Ah Ming schickte seine Frauen und Kinder fort, schmuggelte sie durch den Belagerungsring hinaus nach Rayong, einer Hafenstadt im Süden. Sie nahmen meine Truhen mit, die einen großen Teil meines Goldes und meiner Reichtümer enthielten – eine von ihnen barg den König-Androiden, den ich gemacht hatte. Unterdessen blieben Jit und ich weiterhin in Ah Mings Haus im Chinesenviertel, dessen Bewohner ihre eigenen Patrouillen organisiert hatten. Hier waren wir noch immer in Sicherheit.

Achtzig Christen, fünfhundert Muslims und zweitausend Chinesen bemannten die Mauerwälle, doch jeder schützte nur die Mauern, die seine eigene Siedlung umgaben. Es kam nie zu einer gemeinsamen Aktion aller, die der Verteidigung ganz Ayuthias gegolten hätte.

September. Der Monsun ließ nach. Die versammelten burmesischen Armeen nahmen fünf der großen, außerhalb Ayuthias gelegenen Wats in Besitz. Sie griffen jetzt die Niederlassungen der Christen und Portugiesen auf der rechten Seite des Menam an und auch die holländische Siedlung auf der anderen Seite.

Von der Mauer aus, wo ich mit anderen abwechselnd Wache hielt, sah ich, wie die burmesischen Boote in regelmäßiger Reihe losfuhren, nie mehr als vier nebeneinander. Sie setzten eine Gruppe von Soldaten an Land und begannen mit dem Bau von Pontons.

Am 17. September beschossen die burmesischen Geschütze die katholischen Kirchen von Bang Pahat und die portugiesische Kirche. Die Christen hielten sich tapfer, sie kletterten auf die Türme, um auf die Angreifer zu feuern. Aber es waren nicht einmal tausend Mann, die da kämpften.

Cham und Taksin wandten sich an die chinesischen Clans. Wollten sie bei der Verteidigung der holländischen und christlichen Niederlassungen mithelfen? Binnen zwei Tagen zogen sechstausend chinesische Freiwillige aus, um die wichtige Stelle zu verteidigen, an der sich der Fluß teilte, um Ayuthia zu umarmen, und richteten sich im Wat Phanang Cheng und in der holländischen Manufaktur ein.

«Sagt uns, was ihr braucht, wir werden es besorgen», versprach Erik den chinesischen Freiwilligen.

Timmermans musterte seine Diener und bildete sie im Schießen aus. Er las ihnen aus der Bibel vor und ließ sie morgens Kirchenlieder singen.

Während dieser ganzen Zeit erschien mir die Belagerung irgendwie unwirklich, so als ob alles ein Alptraum wäre, aus dem ich bald erwachen müßte. So als ob am Ende alles gut werden würde.

In den Niederlassungen der Christen und der Portugiesen wurden weiterhin zum Angelusgebet und zur Abendandacht die Glocken geläutet. Die Chinesen unternahmen blitzartige Angriffe auf burmesische Schiffe, versenkten einige von ihnen und töteten viele Soldaten. Selbst die Frauen, die ihren Körper feilboten, beteiligten sich jetzt am Kampf, pflegten die Verwundeten und bestatteten die Toten. Die Mönche aus den Wats brachten den Soldaten Wasser und Früchte und was sie an Reis zur Verfügung hatten.

Pater Jean Allard zog in den Kampf mit dem Namen Gottes auf den Lippen und zählte am Abend die Menschen, die er getötet hatte. Er errichtete weitere Palisaden und Mauern und entwarf auf dem Papier Schlachtpläne.

Und dann suchte mich eines Tages Cham auf und fragte mich, ob ich einige Automaten-Soldaten machen wolle, mit denen man die Mauern bemannen könne. «Ungefähr hundert würden genügen», sagte er in etwas unsicherem Ton. «Ich weiß, Sie haben einmal einen Trompeter und einen Trommler gemacht, Keran, das haben Sie mir erzählt.»

«Zur Erinnerung an meinen Vater, der gerade an ihnen arbeitete, als er starb. Ich habe sie in meinem Haus aufbewahrt.»

«Dann stellen Sie diese Figuren fertig und machen noch andere dazu. Wir werden sie auf den Mauern postieren; sie werden den Eindruck erwecken, daß viele, viele Soldaten unsere Mauern bewachen. Die Burmesen werden auf sie schießen, und wenn sie sich nicht rühren, werden sie glauben, wir hätten eine unbesiegbare Armee, mit einer großen Magie»

Ich bezweifelte, daß dies funktionieren würde, denn die Burmesen hatten portugiesische Offiziere in ihren Reihen, die nach einiger Zeit gewiß merkten, daß dies nur Uhrwerksoldaten waren. Doch Hoffnung war auch Magie, und Illusion und Frechheit übten immer ihre Wirkung aus. Und so machten wir uns, Ah Ming, Erik und ich, zusammen mit zwanzig Leuten aus meiner Werkstatt an die Arbeit und fabrizierten Trompeter und Trommler, die zu bestimmten Zeiten ins Horn bliesen und die Trommel rührten, und auch mechanische Soldaten, die sich ein Stück weit auf einer hölzernen Bahn entlangbewegten, als schritten sie von hierhin nach dorthin. Wir bemalten ihre Gesichter und setzten ihnen purpurfarbene Hüte auf, und sie sahen sehr grimmig aus. Von ihnen machten wir etwa zwanzig und stellten sie auf die Mauern. Die Burmesen schossen tatsächlich auf sie und konnten sie nicht zum Umfallen bringen. «Baut noch mehr davon», sagte Cham. Und so bemühten wir uns, noch weitere hundert Automaten-Soldaten zu bauen. Denn jetzt wurden viele Verteidiger von Schwäche befallen, weil sie nicht genug zu essen hatten ...

Inzwischen ließ Taksin die Geschütze reinigen, ölen und reparieren und versuchte noch immer, den König davon zu überzeugen, daß man weitere Kanonen aus dem Arsenal benötigte.

Als sich zwei Bikkus bei lebendigem Leib verbrannten, mit einem Loblied auf Buddha und der Bitte auf den Lippen, daß Ayuthia obsiegen möge, fachte dies den Eifer des Volkes an, und obwohl es wenig zu essen gab, waren die Wats noch immer voller gläubiger Menschen. Manche gaben den Mönchen ihre letzten Münzen aus Gold und Silber, um sich dann still niederzulegen und Hungers zu sterben. Zauberer verkauften Pillen, die unsichtbar machen sollten. Auch König Ekatat hatte einen Vorrat an solchen Pillen. Bea pflanzte Sago an, der schnell wuchs, schneller als Reis. Viele Frauen pflanzten jetzt etwas, wo immer sich ein Platz dafür bot. Doch wenn die Bikkus mit ihren Bettelschüsseln vorbeikamen, fielen ihre Portionen sehr klein aus.

Taksin hatte inzwischen die Mauern erhöht und verstärkt und alle verfügbaren Kanonen aufgestellt. Die Burmesen, die über zwanzig Geschütztürme aus Backsteinen verfügten, waren jetzt der Stadt nahe genug, um hineinschießen zu können. Taksin schritt jeden Tag die Mauern und Wälle ab und inspizierte die Soldaten. Er nickte meinen Automaten grimmig-anerkennend zu. Ich wußte jetzt, daß dies seine Idee gewesen war, die er mir durch Cham hatte übermitteln lassen.

Taksin hatte zehn Kanonen dicht nebeneinander postiert, um ihr Feuer auf ein einziges Ziel, den Geschützturm im Südwesten, zu konzentrieren. «Geben Sie Ihren Leuten das Kommando zum Feuern», sagte Taksin zu dem portugiesischen Artilleriekommandeur Miguel de Souza, der die Kanoniere befehligte.

De Souza war ein Mann in mittlerem Alter und hielt sich seit zehn Jahren in Ayuthia auf. Er war die meiste Zeit betrunken, weil er dem Palmwein kräftig zusprach. An den Vorbereitungen zur Verteidigung Ayuthias hatte er keinen Anteil. Jetzt verschränkte er majestätisch die Arme und sagte, Taksins Anweisung ignorierend: «Nur der König kann den Befehl geben, eine Kanone abzufeuern.»

Taksin runzelte die Stirn und gab den Kanonieren den Feuerbefehl, während Erik, der etwas vom Geschützwesen verstand, deren Zieleinstellung korrigierte.

Das Ziel war genau anvisiert, die Kanonen donnerten laut, der Turm wurde getroffen und stürzte teilweise zusammen. Als wir burmesische Soldaten aus den Trümmern fliehen sahen, schrien wir laut und klatschten vor Freude in die Hände. Taksin befahl, die Geschütze an eine andere Stelle der Mauer zu rollen, einem weiteren Geschützturm gegenüber. Doch noch während wir die Kanonen in Stellung rückten, kamen zwei Hofbeamte mit zehn Leuten von der königlichen Leibwache zu uns heraufgerannt. «Befehl des Königs!» riefen sie. Und sogleich sanken wir auf Knie und Hände, während uns der Befehl vorgelesen wurde.

«Keine Kanone darf abgefeuert werden ohne Zustimmung des Königs. Taksin hat sich sofort zum Rapport im Palast einzufinden.»

Taksins Gesicht verzerrte sich vor Wut, seine Halsadern schwollen an. Doch er folgte den Boten und wartete einen ganzen Tag im Palast. Dann beschimpfte der König ihn: «Sie dürfen die Kanonen nicht abfeuern. Eine meiner Königinnen kann den Lärm nicht vertragen. Er macht sie krank. Die Geschütze müssen abgezogen werden.»

Wieder einmal war Taksin in Ungnade gefallen. Und jetzt fürchteten wir um sein Leben. Mir ging kurz der Gedanke durch den Kopf, daß man sich König Ekatats entledigen solle. Doch wer würde die Macht übernehmen, wenn Ekatat tot war? Es würde zu dem üblichen Erbfolgekampf kommen – und die Gewinner würden die Burmesen sein. Cham und Udorn begaben sich in den Palast, um sich für Taksin einzusetzen, während Bea voller Zorn in ihrem Zimmer auf und ab schritt . . .

Und wieder kam Taksin in Udorns Haus. Inzwischen waren in Ayuthia alle Katzen, Hunde, Vögel und viele Pferde in den Kochtopf gewandert. Die Lotusteiche hatten keine Lotusblüten mehr – selbst die Wurzeln und Blätter der Lotusblumen waren aufgegessen worden. Jeden Tag lagen jetzt Leichen auf den Straßen, zumeist waren es Leute aus anderen Provinzen, die der Hunger dahingerafft hatte. Wilde Banden trieben sich herum, und es hieß, Kinder seien verschwunden, und man habe sie gegessen.

Taksin begrüßte Udorn und sagte in barschem Ton: «Ich gehe fort. Einige meiner Freunde werden mir folgen. Von der Stadt Ayuthia aus können wir den Feind nicht bekämpfen. Wir müssen einen anderen Stützpunkt aufbauen, eine richtige Armee aufstellen, die verlorenen Provinzen zurückerobern . . .

«Aber Ayuthia . . .»

«Ayuthia ist eine Stadt. Ich spreche von einem Königreich, einem Volk.»

«Der König wird Sie nicht gehen lassen.»

«Ein König, dem die Ohren seiner Konkubinen mehr wert sind als das Leben seiner Untertanen, ist nicht zur Herrschaft geeignet.» Seine Hände, die er ausgebreitet hielt wie Schalen, schienen die Zukunft in sich zu bergen. «Ich werde in die südöstlichen Provinzen gehen, wo die Burmesen noch nicht eingefallen sind, nach Rayong. Das ist ein guter Hafenort mit den richtigen Leuten. Von dort werde ich mit einer Armee zurückkommen und Ayuthia entsetzen.»

Bea kniete vor ihm nieder. «Phya Taksin, ich werde Ihnen folgen. Auch Frauen können kämpfen.»

«Keine Frauen, keine Kinder.» Taksin wandte den Blick von ihr ab.

«In Ayuthia haben Frauen, sogar Königinnen, an der Seite der Männer gekämpft.»

Taksin hielt den Blick immer noch von ihr abgewandt, unbeweglich, unerschütterlich wie ein Steinblock.

Udorn starrte Bea an. Und da sah ich, wie sein Gesicht sich verwandelte. Er wandte sich Taksin zu, und in diesem Augenblick wurde der Edelmut dieses Mannes sichtbar, unvergeßlich für mich. «Phya Taksin, wir beide werden Ihnen folgen, um Ayuthia zu retten», sagte Udorn.

Und nun schien es, als warteten alle auf ein Wort von mir.

Jit. Ich würde Jit nicht verlassen. Jit konnte nicht mitkommen – ich hatte es noch niemandem gesagt. Sie war schwanger.

Taksin schien es zu wissen. Er wandte sich, grimmig lächelnd, mir zu. «Keran, haben Sie Dank für diese unzerstörbaren Soldaten. Die Burmesen verschwenden noch immer Munition, um sie niederzuschießen. Und ich habe nicht vergessen, was Sie mir gesagt haben. Eines Tages wird der Mensch fliegen. Ich wünschte, wir hätten jetzt schon Flügel –»

Er umfaßte Udorns Hände, ohne Bea einen Blick zu schenken. «Wir werden bald aufbrechen. Halten Sie sich bereit. Beide.»

Unter den fünfhundert Menschen, die Taksin am 2. Januar 1767 folgten, waren zehn Frauen, und unter diesen waren Bea und Ni, die Bea mit sich genommen hatte. Udorn war es gelungen, seinen Sohn und dessen Mutter aus der Stadt hinauszuschmuggeln. Taksins schwangere Frau blieb zurück, desgleichen seine alte Mutter.

Die Fünfhundert hätten Ayuthia nicht verlassen können, hätte der törichte Ekatat nicht einen weiteren Ausfall wider die Burmesen befohlen. Taksin meldete sich freiwillig, und mit den letzten Pferden der Armee ritten sie zu den Toren an der Ostseite Ayuthias hinaus. Sie kehrten nicht zurück. Sie durchbrachen den an dieser Stelle dünneren Belagerungsring der Burmesen und galoppierten in die Nacht hinaus, verfolgt von den Burmesen. Und obwohl einige von ihnen gefaßt und getötet wurden, gelangte das Gros doch in die Wälder und in die Freiheit.

Von ihrem Ritt einmal nach Osten, einmal nach Süden, von ihren Kämpfen mit störrischen Gouverneuren, mit burmesischen Verfolgern weiß ich wenig. Aber ich weiß, daß sich in den Dörfern, durch die sie kamen, Männer und Frauen aufmachten, um Taksin zu folgen, denn er besaß eben jene Macht, jene magnetische Kraft, welche die Seelen der Menschen mit glühender Begeisterung erfüllt. Wenn er von Ayuthia sprach, folgte man ihm ohne zu fragen.

Er war streng, war jedoch stets auf das Leben seiner Gefolgsleute bedacht, ließ sich nie unvorbereitet auf einen Kampf ein. Bald waren Geschichten über ihn im Umlauf, und durch das ungreifbare Gespinst von Gerüchten im Volk hörten wir selbst im belagerten Ayuthia von Taksin. Er duldete keine Vergewaltigungen. Gegen verräterische Adlige und Gouverneure kannte er keine Gnade. Ehe er eine Stadt einnahm, befahl er seinen Soldaten, alles wegzuwerfen, was sie bei sich trugen. «Dann fühlt ihr euch leichter und nehmt die Stadt guten Mutes ein; denn in der Stadt werdet ihr ein Festmahl halten.»

Immer schaffen die Menschen Legenden um eine Gestalt, die ihre Herzen erhebt, Mut in ihnen erweckt. Taksin war eine solche Gestalt.

Inzwischen warteten wir in Ayuthia weiter ab, warteten in schicksalhafter Benommenheit . . .

Die chinesischen Clans schickten nun Ah Ming als ihren Abgesandten zu Taksin; sie wußten, daß Taksins neue Armee in Rayong Zulauf bekam. «Ich verlasse dich nicht gern, Bruder Colin. Wirklich, es zerreißt mir das Herz, aber ich muß gehen. Ich glaube an Phya Taksin. Er wird zurückkommen und Ayuthia retten.»

«Geh frohen Mutes, Ah Ming. Ich werde Jit in mein Haus holen, das neben dem Udorns steht. Erik wird auch bei mir wohnen – wir werden in Sicherheit sein.»

Die Schwangerschaft machte Jit noch schöner. Ihre Haut begann zu schimmern, ihre Brüste wurden voller. Sie kümmerte sich jetzt um die Hühner und Enten, die Bea zurückgelassen hatte – oder vielmehr um die, die noch von ihnen übrig waren, denn jetzt, da die Nahrung knapp wurde, mußten wir sie nach und nach essen. Diejenigen von Udorns Dienern, die geblieben waren, gehorchten Jit. Ich mußte die Werkstatt schließen, denn die Arbeiter waren vor Hunger zu schwach, um zu arbeiten, und einige starben.

Jit und ich blieben im Hause, nur ich ging jeden Tag einmal auf die Wälle, um die Automaten zu reparieren. Auch mir wurde manchmal schwach und benommen im Kopf. Aber ich sagte mir, daß ich nicht hungrig sei, weil ich wollte, daß Jit mehr essen solle . . .

Jetzt wußte ich, wie sehr die Leidenschaft, die Liebe einen Menschen gegen alles andere abschließen kann. Da meine Seele und mein Körper vollkommen erfüllt waren, erschien mir die Belagerung der Stadt als etwas ganz Fernes, das uns nicht mehr berührte. Und obwohl wir jeden Tag weniger zu essen hatten, blieben wir zurück, verzaubert in der Zauberstadt.

Inzwischen setzten die Burmesen ihre erbarmungslosen Angriffe fort.

Während der nächsten drei Monate, von Januar bis Anfang April, hatten sie es noch immer mit Widerstandsnestern außerhalb der Mauern zu tun. Denn die Thai kämpften. Und wie sie kämpften! Viel später sollte ein französischer Priester seine Erinnerungen schreiben, in denen er die Thai feige nannte und unfähig zum Kampf. Aber ich sah sie kämpfen, selbst wenn sie vor Hunger so schwach waren, daß ihnen die Waffen aus den Händen glitten.

Die burmesische Artillerie schoß unablässig; jeden Tag brüllten die Kanonen, täglich wurde etwas zerstört, und der Königspalast wurde nicht verschont.

Mitte Januar bat König Ekatat um Frieden und erbot sich, Mangras Vasall zu werden. Aber der burmesische König bestand auf der bedingungslosen Kapitulation, und so ging das Kämpfen weiter.

Täglich schleppte ich mich auf die Mauern, und einmal begegnete ich dem Portugiesen de Souza. Er spähte gerade durch ein Fernglas zu den Burmesen hinüber. «Schauen Sie nach ihrer Artillerie?» fragte ich ihn.

«Nein, Colin Duriez. Ihre Artillerie . . .» Er zuckte die Schultern. «Äußerst schlagkräftig. Besser, als ich geglaubt hätte. Nein, ich halte Ausschau nach meinem Freund Paul Coelho. Wir sind beide hierhergekommen, um für einen Herrscher zu kämpfen, der uns bezahlte. Jetzt ist er bei den Burmesen. Was wollen Sie? Wir sind Glücksritter.»

Als ich ihm ein paar Tage später erneut begegnete, winkte er und schrie durch einen Trichter, der die Stimme verstärkte. «Ich habe Coelho entdeckt.» Er wandte sich strahlend zu mir um. «Wenn das alles vorbei ist, trinken wir einen Krug vom besten Wein miteinander.»

Die Frauen von Ayuthia stutzten sich das Haar und schürzten ihre Pannungs zu Hosen. Auch sie begannen jetzt, auf den Wällen Dienst zu tun, da viele Männer sich nicht mehr die Stufen hinaufzuschleppen vermochten.

Aber nun brach die Seuche aus, die Cholera. Es geschah durch die Leichen. Leichen schwammen in jedem Kanal, aufgedunsen, bleich, entsetzlichen Gestank ausströmend. Alles Wasser roch nach Verwesung. Das Schlimmste war, mitanzusehen, wie die Leichen von dicken Ratten gefressen wurden, die sich jetzt kühn hervorwagten, da die Menschen schwächer wurden, und sich sogar an Säuglinge heranmachten. Männer und Frauen starben, brachen in ihren Häusern zusammen, auf den Straßen, in den Booten, in den eigenen Exkrementen. Überall errichtete man Scheiterhaufen, um die Toten zu verbrennen, und der Geruch verbrannten Fleisches und der Rauch legten sich über die Stadt wie ein Leichentuch. Durch Funkenflug brannten im Chinesenviertel zehntausend Häuser nieder. Viele Bikkus überließen sich jetzt freiwillig dem Hungertod. Es hieß, einer der Weißen Elefanten sei eingegangen.

Pater Oliveiro erlangte das Märtyrertum, das er gepredigt hatte, als die burmesische Artillerie im März die Sankt-Pauls-Kirche zerstörte und die umliegenden Häuser und Palisadeneinfriedungen in Brand setzte. Die Christen mußten sich ergeben. Pater Oliveiro, unbewaffnet, ein Kruzifix hochhaltend, führte sie singend heraus. Doch die burmesischen Soldaten, wütend ob des heldenhaften Widerstandes der Christen, hackten Oliveiro Hände und Füße ab und stachen ihm die Augen aus. Er sang jedoch weiter das Loblied des Herrn, bis ein zorniger Soldat ihm den Kopf abschlug.

Die Christen sollten auf eine höchst grausame Weise zu Tode gebracht werden, aber ein portugiesischer Hauptmann in burmesischen Diensten traf im Lager ein und gebot dem gräßlichen Schauspiel Einhalt. Sie wurden sodann, all ihrer Kleider beraubt, aneinandergekettet und in die Gefangenschaft geführt.

Der burmesische General hatte dem Bischof schriftlich zugesichert, den Katholiken werde kein Leid geschehen, wenn sie sich ergäben, und man werde ihr Hab und Gut nicht anrühren. Aber er und seine Soldaten brannten die ganze Siedlung nieder, nachdem sie jedes einzelne Haus geplündert hatten. Und sie machten sich zudem über die Frauen her, von denen viele unter den wiederholten Vergewaltigungen durch die Soldaten starben.

Auf dem Weg zur Küste, inmitten der hintereinander hergehenden Gefangenen, gelang es Jean Allard, einen burmesischen Wachsoldaten zu töten und zusammen mit einigen anderen zu fliehen. Sie hielten sich etwa vier Monate im Dschungel auf, wo sie auf ein Holzfällerlager mit seinem Arbeitselefanten stießen.

Der chinesischen Miliz war ein noch ärgeres Schicksal beschieden: Die Burmesen umzingelten den Wat Phanang Cheng, und die chinesischen Verteidiger wurden ausgehungert und starben bis auf den letzten Mann. Auch Timmermans wurde in Ketten als Gefangener nach Burma abgeführt.

«Warum bleiben Sie, Erik? Erik, Sie müssen sich in Sicherheit bringen!» Ich schüttelte Erik. Er sah aus wie ein wandelndes Skelett.

«Ich will Ayuthia nicht verraten», sagte Erik. Dann war also auch er verzaubert, wie wir alle . . .

Ende März wurde es glühend heiß. Erik sang uns jetzt oft nordische Weisen vor, die er zum Teil selbst verfaßt hatte. Er sang von den Wikingern und ihren herrlichen Schiffen, welche die Meere eroberten, und von den Hallen, wo die im Kampf getöteten Krieger zechten, von den geheimnisvollen Burgen jener anderen Welt in den Träumen der Männer, «die für immer sind, weil sie nicht mehr sind».

Und ich erzählte von den Untoten, von Bea, die zwischen jener Welt der Nacht und dieser hier lebte. Meine Liebe zu ihr kehrte zurück, stark und hell, und Jit verstand alles, wenn ich von meiner Schwester sprach. Wir starben allmählich vor uns hin, im Kopf war uns leicht zumute, und wir hatten lebhafte Träume. Jit sagte: «Keran, wir werden für immer zusammen sein. Am Himmel zwei Vögel, die sich eine Schwinge teilen, auf Erden zwei Bäume, deren Äste ineinandergreifen . . .»

«Wenn dies der Tod ist», sagte ich zu Erik, «dann ist er erträglich.»

Unsere Herzen strahlten in der uns umgebenden Dunkelheit, getränkt von der zwielichtigen Ekstase, die das Verhungern bewirkt. Wir fühlten ohne Bedauern, wie unsere Seelen ihre Körper verließen, und waren es zufrieden.

Und dann brachte ein Abend die Ruderer des Königs, die Männer mit den bis zur Schulter scharlachrot bemalten Armen in unser Haus.

17

ANNO DOMINI

April bis Juni 1767

Die Soldaten des Königs warfen eine brokatene Decke über Jit (selbst dabei knieten sie nieder, denn sie galt als königliche Konkubine), fesselten Erik und hielten mich nieder. Es waren wohlgenährte Männer – den ersten schlug ich zwar nieder, aber dann hatte ich auch schon Ketten um Hals, Arme und Beine. Und dann waren die Amazonen da; ihrer sechs schleppten Jit fort, obwohl sie sich wehrte, ohne einen Laut von sich zu geben, und dem sie umhüllenden Tuch sogar einen Augenblick lang entwischte. Sie trugen sie in ein Boot mit einem vergoldeten Schwanenkopf; Erik und ich wurden in ein anderes Boot gestoßen. Jit wurde zum Palast gebracht, während man uns in die Verliese des *Pra-Klang* schaffte, welche für *Farangs* bestimmt waren, die ein Verbrechen begangen hatten.

Die kleine Zelle hatte einen schlammigen Boden; krabbelnde und schleichende Wesen fielen uns an, und bald rieben wir uns die Gesichter an den Backsteinmauern, um der Insekten ledig zu werden. Wir blieben dort die ganze Nacht, denn als man uns holte, dämmerte der Morgen herauf, und wir wurden über einen Hof in einen offenen Raum geschleppt.

Cham war da, er kniete auf dem Boden, wenn auch, der Etikette entsprechend, ein Diener hinter ihm hockte, der ihm Luft zufächelte; und auch der Portugiese de Souza – er war sehr blaß und kauerte mühsam in seiner engen Strumpfhose, war aber nicht gefesselt. Zwei Beamte mit spitzen Hüten saßen unter einem Baldachin, und um uns herum waren fünf, sechs muskulöse Folterknechte mit Peitschen und stachelbewehrten Stöcken. In einer Ecke brannte ein Holzkohlenfeuer, und daneben lagen einige Folterwerkzeuge, wie ich sie in meinem Heimatland Waadt gesehen hatte, Zangen und spitze Dornen aus Metall. Ich fragte mich, ob sie einem auch hier wie in Frankreich die Glieder auf dem Rad brachen, erinnerte mich aber dann – es war mir kein besonderer Trost –, daß man solches hier nicht kannte, weil man das Pfählen vorzog.

Die Beamten begannen Erik zu befragen, aber er schüttelte nur den Kopf und bat um etwas Wein, da er großen Durst hatte, denn Wasser trug die Seuche in sich.

Während er trank, begann ich zu sprechen: «Befragen Sie nicht Erik Erikson. Er weiß nichts. Er ist erst vor ein paar Tagen zu mir gezogen. Auch Phya Cham weiß nichts. Ich habe alles allein bewerkstelligt.»

Sie wollten wissen, wie Jit aus dem Palast geflohen, wie der Ausbruch der sechs Frauen ausgeführt worden war. Deshalb war de Souza dabei, denn zwei der Pagen waren Portugiesen.

«Ich weiß nichts», sagte de Souza. «Ich bin Artilleriekommandeur. Ich war auf den Wällen und zu keiner Zeit im Palast.»

«Ich habe es ganz allein bewerkstelligt», wiederholte ich. «Bestrafen Sie mich, aber nicht die anderen. Und lassen Sie Jit frei. Sie ist unschuldig.»

Sie schlugen mir ins Gesicht, viele Male, weil ich Jit gesagt, sie bei ihrem Namen genannt und nicht ihren offiziellen Titel gebraucht hatte. Sie fragten mich nach Bea und Udorn aus. «Auch sie wußten nichts. Ich wohnte im Chinesenviertel. Erst als Prinz Udorn fortgegangen war, zog ich in sein Haus, da das Chinesenviertel niedergebrannt war.» Da peitschten sie mich aus, mit Peitschen, die mit kleinen Messingdornen besetzt waren – dies war die Strafe für jeden, der fleischliche Beziehungen zu einer Konkubine des Königs gehabt hatte. Anschließend schickten sie sich an, mir das Fleisch mit rotglühenden Zangen abzuziehen und dann Salz und Essig in meine Wunden zu reiben. Ich sah, wie das Holzkohlenfeuer angefacht wurde, und sie sagten mir auch, was sie mit mir vorhatten. Erik Erikson rief laut in seiner Muttersprache und verfluchte meine Folterknechte. Sie schnallten mich auf einen hölzernen Bock, und ich hatte solche Angst, daß ich glaubte, ich müsse mich entleeren, aber ich dachte an Jit und schrie: «Jit ist unschuldig, ich habe sie herausgeholt, ich habe sie verführt!»

Gerade als die Zangen richtig glühend rot wurden, kamen königliche Wachsoldaten in unordentlicher Kleidung hereingestürzt. «Die Burmesen haben die Mauern durchbrochen, sie dringen in die Stadt ein!» Sogleich rannten die Soldaten, die Folterknechte und die Beamten wie auf Befehl hinaus und ließen uns so zurück, wie wir waren.

De Souza fiel auf die Knie und schlug ein Kreuz: «Gott sei gelobt.» Er band Erik los, und Erik band mich los, während de Souza sich des Krugs mit Wein auf dem Tisch bemächtigte. «Jetzt werden wir diesen Burschen den Burmesen ausliefern», sagte er, auf Cham deutend. «Er ist der *Kalahom*, ihn werden sie mit Freuden töten.»

«Sie Schurke!» sagte Erik.

De Souza zog seinen Dolch und hätte Erik erstochen, doch mit der mir noch verbliebenen Kraft wirbelte ich herum und fiel ihn an und versetzte ihm einen Schlag gegen die Schulter, der seinen Arm lähmte. Der Dolch entfiel seiner schlaffen Hand, und Erik hob ihn auf. De Souza schüttelte mich ab, spie aus und sagte: «Sie Ungeziefer – ich überlasse Sie den Burmesen.» Und er stolzierte davon.

Eiligst verließen wir den Kerker. Wachen waren nicht mehr da, aber viele Gefangene riefen und klopften an ihre Zellentüren. Jetzt mußten wir Jit finden. Cham, der sich im Gewirr der Palastgebäude auskannte, führte uns. Wir rannten die Elefantenstraße zum Palast entlang, überall liefen Leute umher, und viele sahen aus wie betäubt. Ein Brausen wie Meeresrauschen kam von der Westseite der Stadt: Die burmesische Armee marschierte durch die Mauerbresche in Ayuthia ein. Voller Entsetzen stürzten die Leute davon. Die Armee würde jetzt zum Palast ziehen, um den König gefangenzunehmen.

Auf den Kanälen drängten sich die Boote. Man machte sich die Plätze darin streitig, und dabei gingen einige Boote unter. Die Burmesen erkämpften sich mit der Waffe den Weg durch die Straßen. Völlig verstörte Flüchtlinge bildeten eine Flutwelle von Leibern, die uns umzuwerfen drohte, indes wir versuchten, den Palast zu erreichen.

Chams Haus war gleich neben dem Palast, und Cham bestand darauf, daß wir zuerst hineingingen, um uns mit Waffen zu versehen. In dem Haus war niemand mehr außer seiner Mutter, die vor einem mit gelben Gladiolen geschmückten Altar kniete und für ihren Sohn betete. Als sie Cham erblickte, stieß sie einen Freudenschrei aus. «Wir müssen schnell fortgehen, Mutter», sagte er.

«Ich bin alt, sollen sie mich töten», sagte sie, doch als sie meine Wunden sah, eilte sie zu einer Truhe, um mich rasch mit heilendem Balsam zu versorgen. «Ich war einmal Hofdame, aber ich verstehe mich auch auf die Heilkünste der Frauen vom Lande. Und jetzt gehen wir.»

Wir ergriffen ein paar Waffen und eilten durch enge Gassen zur Halle der Elefanten.

Der Elefantenhof lag verlassen da. Die Mahouts waren mit einigen der gewöhnlichen Elefanten geflohen, in der Hoffnung, sich durch die Scharen der burmesischen Soldaten einen Weg bahnen zu können. Nur der Weiße Elefant stand noch in seinem goldenen Raum. Er sah uns an, und seine mit Rubinen besetzten Stoßzähne blinkten. Zwei Priester, die ihn zu bedienen hatten, lagen auf Knien vor ihm und suchten ihn mit monotonem Gesang zu besänftigen. Sie blickten nicht einmal auf. Weiter rannten wir durch ein Gewirr von Höfen, in denen Menschen kopflos hin und her liefen. Palastwachen in voller Uniform rissen Wertgegenstände in den verschiedenen Sälen an sich und trugen sie in über die Schulter geworfenen Säcken davon. Weggeworfene Waffen lagen auf dem Boden.

So erreichten wir den Audienzsaal und betraten den Inneren Palast, die Räume des Königs und seines Harems. Obwohl noch Tageslicht war, brannten Lampen, und angesichts des Glanzes von Goldornamenten, von goldverzierten Möbelstükken, von Schränken voller Vasen, von Truhen, die mit Diamanten, Saphiren, Smaragden, Rubinen besetzt waren, von Fächern und Draperien aus golddurchwirktem Tuch bemerkten wir zunächst gar nicht, daß überall Frauen waren, ihrer Hunderte, die auf dem Boden kauerten.

Jit – wo war Jit? «Wo ist der Vater-König?» fragte Cham.

«Er... er...» Mehrere hundert Kehlen stießen ein Gejammer aus.

Drei, vier Pagen mit Bündeln über der Schulter, die sich offensichtlich davonmachen wollten, durchquerten die Räume. Einer von ihnen sagte spöttisch: «Der Bursche ist geflohen. In einem kleinen Boot.»

Wir traten fast auf Frauen, wenn wir nicht aufpaßten. Frauen, in allen Räumen lagen sie, aneinandergekauert, am Boden, geduldig, wartend, jammernd.

«Die Königinnen und die Konkubinen», sagte Chams Mutter. Sie erhob ihre Stimme. «Wir suchen Jit. Ist sie am Ort der Bestrafung?»

Eine der Königinnen von niederem Rang stand auf. «Ich führe Sie hin.»

Hinter dem Inneren Palast, hinter den Orten zum Baden und zum Verrichten der Notdurft, war der Ort der Bestrafung – eine Treppe führte in die Erde, in ein Verlies hinab.

«Jit, Jit!» schrie ich und rannte die Stufen hinunter.

Schein von Feuerglut. Darüber aufgehängt ein Körper. Jit.

Sie hing an einer Kette, die an der Decke befestigt war. Unter ihr war ein mit Zacken versehener Eisenrost, unter dem Rost glühte ein Holzkohlenfeuer. Früher oder später wäre sie, da sie sich nicht mehr halten konnte, auf den Rost mit seinen Zacken gefallen.

«Oh, laß nicht los!» schrie ich.

Ich konnte nicht zu ihr gelangen, niemand hätte es vermocht. Chams Mutter rief: «In den Baderäumen sind Wasserkrüge, schnell!» Wir rannten davon, holten die Krüge, die zum Schöpfen des Wassers benutzt wurden, und stellten sie auf die eisernen Zacken. Nun aber befand sich unter Jit eine unebene Plattform von Krügen, und das Feuer knisterte und zischte, während wir hin und her rannten und Wasser darübergossen. Die Königin niederen Ranges, die sich als geschickt und hilfreich erwies, trug einen Armvoll nasser Kleidung herbei, die sie über die Krüge warf. Erik und ich stiegen auf die Krüge.

«Jit, Jit, laß jetzt los. Ich bin da.» Ich hob die Arme, um sie aufzufangen. Aber sie hatte sich die Kette fest um Arme und Beine geschlungen, um nicht zu fallen. Cham und Erik nahmen mich auf die Schultern. So konnte ich sie erreichen und die verschlungene Kette lösen, die um ihren Körper gewunden und schon sehr heiß war. Sie lebte noch. Sie atmete – mit rasselndem Geräusch und langen Abständen dazwischen. Ihr Mund stand offen, Zunge und Lippen waren aufgeplatzt und braun. Das langsam brennende Feuer hatte ihrem Körper alle Feuchtigkeit entzogen. Sie würde bald sterben, denn sie schien schon zu brennen, wenn man sie berührte, es sei denn –

«Wasser!» rief ich.

«O nein», sagte Erik, «im Wasser ist Choleraseuche.»

Die Königin von niederem Rang und Cham gossen einen Krug Wasser über ihren Körper, und da sah ich die Striemen. Man hatte sie erbarmungslos ausgepeitscht über Rücken, Brust, Leib.

«Sie braucht Weinessig und Honig», sagte Chams Mutter. «Als ich bei Hofe war, hatten wir immer einen Vorrat davon zur Behandlung nach dem Auspeitschen.» Die alte Frau rannte mit der Königin niederen Ranges hinaus, und gleich darauf kamen sie mit zwei irdenen Krügen zurück – in dem einen war verdünnter Palmweinessig, in dem anderen Honig. Ich bestrich Jits Zunge und ihre Mundhöhle mit der Mixtur. Die Königin niederen Ranges nahm ihr Brusttuch ab, tauchte einen Zipfel in den Essig und drückte ihn auf Jits Lippen.

Ich bemerkte, daß Jit unwillkürlich schluckte.

«Sie lebt.»

Das leise Muschelgeräusch aus Ayuthia draußen schwoll zu einem Brausen an. Plötzlicher Lärm von Trommeln. Das war die siegreiche burmesische Armee, die den großen Platz vor dem Palast erreicht hatte und jetzt den Palast selbst einzunehmen gedachte.

«Schnell», sagte die Königin niederen Ranges. «Hier entlang.»

Ich hob Jit auf. Ich hätte sie von keinem anderen tragen lassen. Die Königin niederen Ranges führte uns durch eine schmale Gasse zu einem Ausfalltor, das auf einen kleinen Kai aus Ziegelsteinen hinausging, an dem einige flache schwarze Boote festgemacht waren. Es waren die Abfallboote, die auf dem fauligen Wasser des kleinen Kanals schaukelten. Wir bestiegen ein Boot, und Cham und Erik stakten es durch den Kanal. Nach einer halben Meile hatten wir das Tor in der Umwallung erreicht, unter dem sich das Kanalwasser in den Fluß ergoß, der die Stadt wie ein Gürtel umgab. Das Boot glitt leicht unter dem Tor hindurch, denn wir hatten Trockenzeit mit Niedrigwasser.

Jetzt waren wir auf dem Strom, der Ayuthia ringsum einschloß, aber wir konnten ihn nicht hinunterfahren, da wir dann unausweichlich auf die burmesischen Schiffe stoßen würden. Statt dessen steuerten wir quer über den Fluß zur anderen Seite. Dort erstreckte sich ein Sumpfgelände. Aus dem Schlamm stieg ein Geruch nach Verwesung und Fäulnis auf, Insekten stürzten sich in dichten Wolken auf uns und drangen uns sogar in Nase und Augen. Ich half beim Staken durch Binsen und hohes Schilf. Es erforderte große Kraft, das Boot in dem Morast vorwärts zu bewegen. Schließlich lief unser Boot auf Grund, und wir saßen in einem übelriechenden Sumpfland fest.

Cham und Erik stiegen aus und traten in die stinkende grüne Masse hinein. «Wir müssen durch den Sumpf hinüber bis zum Wald», sagte Cham. Ich blieb bei Jit und den beiden Frauen und flößte Jit Honig und Essig ein, immer nur ein paar Tropfen, und flüsterte ihr zu: «Jit, Jit, ich bin bei dir, Jit, du bist in Sicherheit.» Ich spürte, wie sich ihr Körper bewegte, ein wenig zuckte; ihr Atem ging leichter. Die Nacht fiel herein, und ich hörte, wie Cham und Erik zurückkamen; Cham schien sich im Dunkel gut zurechtzufinden.

«Da ist eine Baumgruppe, dort, wo der Wald anfängt, etwa eine gute Meile von hier.»

Die Frösche und Kröten erwachten jetzt zum Leben und vollführten ihr nächtliches Konzert. Der Schlamm quatschte unter meinen Füßen. Eine verstörte Eule flog auf, und Cham blieb stehen. «Da, schaut – Ayuthia brennt.» Zu unserer Rechten erglühte der Himmel in stumpfem, düsterem Rot.

Wir erreichten den Waldrand. Dorngestrüpp zerrte an unseren Kleidern, Büsche stellten sich uns in den Weg, doch endlich sahen wir vor uns den freien Raum unter einem Banyanbaum, in dessen Schatten nichts wächst. Und dort hielten wir Rast. Und hier endlich begann die Königin niederen Ranges, deren Name O Mie war, zu jammern und um Ayuthia zu weinen.

Ich versorgte Jit weiter mit der Mixtur aus Palmweinessig und Honig; ich riß Blätter von dem Banyanbaum ab, zerdrückte sie und preßte sie auf ihren Körper, wie ich dies Bea bei Brandwunden hatte tun sehen. Sie schien sich ein wenig erholt zu haben, sie atmete regelmäßiger und nicht mehr so keuchend. Ich hielt sie in den Armen, und während die anderen sich niederlegten und zu schlafen versuchten, sang mein Herz ihr sein Lied zu. Irgendeine magische Kraft wohnte jetzt in mir, weil Jit in Sicherheit war. Ich blickte hinüber nach Ayuthia, sah den Himmel schmutzig gerötet vom Feuerschein des Brandes, der Ayuthia verschlang, Ayuthia, die Zauberstadt.

Das Morgengrauen weckte uns mit Vogelgezwitscher. Jit atmete ruhig, war aber immer noch nur halb bei Bewußtsein. Ich bedeckte ihren Körper mit dem meinen, denn es war recht frisch. Ihr Körper hatte sich jetzt abgekühlt. Ich hatte ihr die ganze Nacht hindurch die Mixtur eingegeben, und die Krüge waren leer.

Cham hatte seine alte Mutter in sein eigenes Gewand eingehüllt und trug nur noch ein Lendentuch. Er erhob sich und sagte: «Wir brauchen Nahrung.» Er und Erik gingen in den Wald in der Hoffnung, einen Fruchtbaum zu finden, vielleicht einen Pisangbaum oder eine Kokospalme. Es bestand zwar wenig Hoffnung, daß wir dergleichen finden würden, wenn wir nicht viel tiefer in den Dschungel vorstießen, denn viele

Menschen mußten auf der Suche nach Nahrung schon hier durchgekommen sein. Doch die beiden hatten Glück, sie fanden zwei Kokosnüsse an einer Palme bei einem völlig niedergebrannten Dorf. Erik, der das Messer des Portugiesen behalten hatte, brach sie auf, und wir aßen das weiße Fleisch und tranken die Milch der gesegneten Früchte. Ich hob meinen Anteil für Jit auf und flößte ihr wieder mit einem Zipfel des Brusttuchs von O Mie Kokosmilch ein. Jit begann zu saugen wie ein Säugling. Und dann stöhnte sie und schlug die Augen auf. Sie waren blutunterlaufen, und in den Augenwinkeln war weißes, klebriges Zeug.

«Keran . . .», wisperte sie.

«Ja, Jit, wir sind in Sicherheit.»

«Das Kind . . .»

Sie hatte sich viele Stunden lang an diese Kette geklammert. Und zu ihrem Glück waren die Folterknechte davongerannt, so daß das Feuer nicht mehr neu angefacht wurde – anderenfalls wäre sie gestorben.

Wir hielten nun Rat. Wohin konnten wir gehen? Cham sagte: «Viele müssen geflohen sein und verstecken sich jetzt im Wald. Die Burmesen sind mit der Plünderung der Stadt vollauf beschäftigt. Wir haben nur eine Chance, wenn wir tiefer in den Wald eindringen.» Dies munterte uns auf. Wir würden weiter in den Wald hineingehen. Dort würde es vielleicht Früchte geben. Wir hatten einige Waffen dabei, um Raubtiere zu töten . . .

Ein Ruf drang zu uns herüber. Eine menschliche Stimme, von ganz weit her, schwang sich durch die Luft zu uns.

Ich hatte Jit schon aufgehoben, zur Flucht bereit, aber Erik sagte: «Warten Sie, Colin, warten Sie.» Er hatte ein ausgezeichnetes Gehör. Wir lauschten. Ganz leise war die Stimme wieder zu vernehmen, ein aufsteigender und fallender Ton. «Jemand ruft Ihren Namen», sagte Erik. «Co – lin, Co – lin, ich höre es ganz deutlich.»

«Sie täuschen sich gewiß, Erik. Wer sollte meinen Namen rufen?» Der Laut drang über das Sumpfland herüber; ja, da war eine Stimme. Jetzt begann sie zu jodeln. Ich erkannte dieses

Jodeln wieder. Es klang wie in meiner Heimat. War es ein Geist, der mich rief? Vielleicht waren wir tot und wußten es nicht, und die Geister jenes fernen Sees riefen jetzt nach mir.

«Co...lin...» Jetzt war es näher und ganz deutlich; das singende Auf und Ab, jene besondere Art, die Stimme in die Luft zu werfen, damit das Echo zurückschallte.

Mir kam ein irrer Gedanke: Es ist jemand, den ich kenne. *Vielleicht ist es Jacob, der mich von jenseits des Grabes anruft.* Ich legte Jit behutsam wieder zu Boden auf ihr Lager aus Blättern und ging, der Stimme entgegen, den Weg zurück, den wir gekommen waren. Wer immer dort rief, sang weiter laut meinen Namen: «Co...lin.» Es konnte kein Thai sein und kein Burmese, denn die hätten Keran gerufen, und außerdem konnten sie nicht jodeln. Als ich Jit und die anderen aus den Augen verloren hatte, erhob ich meine Stimme: «Hier bin ich... hier ist Colin...»

Ich stapfte in den Morast des Sumpfgebietes hinein, und dort traf ich auf einen Mann, getragen von vier Trägern in einer offenen Sänfte, dem Beförderungsmittel der Adligen.

Der Mann stieg aus, als er mich sah. Er war groß und hatte einen blonden Bart und blaue Augen, trug einen Hut mit vielen Federn daran, eine bunte Brokatjacke, Beinkleider aus feiner weißer Seide und Schuhe.

«Colin –» Er stürzte auf mich zu. «Colin, erkennst du mich nicht? Valentin, Valentin, dein Bruder!»

Valentin, majestätisch und federgeschmückt, der mich jetzt umarmte und so fest an sich drückte, daß ich beinahe aufschrie, so sehr schmerzten mich noch meine Wunden. Er überragte mich, ein freundlicher, stattlicher Riese. Seine vier Träger und die acht Begleitsoldaten trugen grüne Waffenröcke und Helme aus Rattangeflecht, sie hatten Lanzen und Musketen bei sich. Burmesen.

«Valentin, du bist ja bei den Burmesen!»

«Natürlich, Colin.» Er lachte, äußerst zufrieden mit sich selbst. «Sie brauchten einen guten Kanonier, und ich bin der beste Geschützmacher der Welt.»

«Woher wußtest du, daß ich hier bin?»

«Die Automaten, Colin, die Automaten auf den Wällen der Stadt. Ich habe sie gesehen und mich sogleich gefragt: Wer kann denn hier Automaten-Soldaten machen? Ich fragte herum, aber keiner wußte eine Antwort. Da kam gestern de Souza zu uns herüber, er dient jetzt unter meinem Befehl zusammen mit seinem Freund Coelho, der mein Gehilfe ist. Ja, sagte er, Colin Duriez hat die Automaten gemacht. Da habe ich mich auf die Suche nach dir begeben und befohlen, daß alle *Farangs*, die unsere Truppen gefangen haben, verschont und mir vorgeführt werden. Ich ging durch den Palast, und die Frauen dort sagten mir, du seist dagewesen. Ich folgte deiner Spur, entdeckte dein Boot... Und jetzt bin ich heiser vom Schreien.»

Valentin brachte uns zurück, nicht nach Ayuthia, das den Soldaten überantwortet worden war, sondern an einen Ort, zwei Meilen nördlich der Stadt, in der König Mangra sein Lager aufgeschlagen hatte. Es trug den Namen Drei Pagoden.

Vierzehn Tage lang plünderten, vergewaltigten und mordeten die Burmesen in Ayuthia. Sie verschonten weder einen der über dreihundert Wats noch die Bikkus, die sie wieder und wieder folterten, damit sie aussagten, wo die Schätze in den Wats verborgen waren.

Und so mußten Cham, Erik und ich erleben, wie alle Schönheit, aller Glanz Ayuthias zerstört wurden.

Jit wurde gut versorgt. Sklavinnen wuschen sie, strichen Balsam auf ihre Wunden, allstündlich bekam sie zu essen. Valentin drohte den Ärzten: «Entweder sie bleibt am Leben oder ihr sterbt.» Er drohte ständig seiner ganzen Umgebung, und alle kauerten vor ihm nieder, verneigten sich demütig, denn er war der Eroberer, der Große Meister der Artillerie.

Weil ich Valentins Bruder war, waren auch Cham und seine alte Mutter und O Mie und Erik in Sicherheit. Ich sagte, Cham sei mein Diener; er benahm sich wie ein solcher, und keiner stellte Fragen. Er machte einen Bogen um die Zelte der Portugiesen, wo de Souza abends sein Wesen trieb. Seine Mutter weinte, als sie sah, wie die Buddhastatuen zerschmettert wurden, und wenn sie die Schreie der gefolterten Bikkus hörte. Sie murmelte vor sich hin, sie wolle sterben. Was O Mie betraf, so war sie jetzt eine von Valentins vielen Frauen, denn er hatte wie alle burmesischen Kommandeure die Auswahl unter den Mädchen von Ayuthia.

Jit erholte sich langsam. Ihre Augen sprachen, sprachen von ihrer Liebe, aber auch von ihrer Not. Oft strich sie sich über den Leib, weil sie fürchtete, unserem Kind könne etwas zugestoßen sein. «Ich habe mich um die Ketten geklammert, weil ich wußte, du würdest mich finden, Keran. Ich wollte nicht, daß unser Kind stirbt, noch ehe es geboren war.»

Das Kind bewegte sich nur zu wahrnehmbar unter ihrer von den Peitschenhieben und der heißen Kette gezeichneten Haut. «Ich wurde vor den König geschleppt, und sein Gesicht war schrecklich anzusehen. Er starrte mich an; er hatte so viele Frauen an seinem Hof, er hatte mich nie berührt. Ich wurde ausgepeitscht und dann zum langsamen Feuer verurteilt. Ich weiß nicht, wie viele Stunden es dauerte, wahrscheinlich nicht allzu lange, denn sie kamen nur einmal, um Holzkohle nachzulegen; und einer von ihnen hat die Kette angestoßen, um zu sehen, ob ich herunterfallen würde. Dann sind sie nicht mehr gekommen.» Die in Ayuthias Mauern eindringende Armee war es, die sie, die uns alle gerettet hatte.

Valentin sprach von der Kriegsbeute, von der ihm ein Anteil zustand. Die Burmesen waren methodische Leute. Sie stellten Listen auf; Valentin und die Portugiesen erhielten vom König den Befehl, die erbeuteten Ausrüstungen und Waffen zu inspizieren und alles genau zu registrieren.

Zu den Waffen und Ausrüstungsgegenständen aller Art im königlichen Arsenal, die nie zur Verteidigung Ayuthias benutzt worden waren, zählten zweitausend Kriegsboote und hundertundzehn große königliche Prunkbarken. Dazu zehntausend gewöhnliche Musketen und eintausend Musketen, die mit Gold und Silber besetzt waren. Ferner Kanonen von der Art, wie man sie zum Brechen der Mauern und Wälle einer Stadt gebrauchte und von denen Taksin vergeblich einige für die Verteidigung der Wälle angefordert hatte, sowie anderes

Geschütz – alles in allem dreitausend Teile. Außerdem fünfhunderttausend Granaten und Kanonenkugeln verschiedener Größe und längliche Granaten, die beim Aufprall weithin in hundert bis zweihundert gußeiserne Stücke zersprangen. Die Arsenale von Ayuthia waren voller Waffen und Kriegsgerät, und nichts war gebraucht worden, weil König Ekatat keinem traute und auch weil seine Favoritin das Donnern der Geschütze nicht ertrug.

Valentin lachte schallend, als ich ihm diese Geschichte erzählte. Er erkundigte sich nach Taksin. Ich sagte ihm, Taksin sei fortgegangen und Bea und ihr Mann seien ihm gefolgt. Er zuckte die Achseln. «Was kann er schon ausrichten? Ayuthia wird nie wieder auferstehen.»

Sein persönlicher Anteil an der Beute: hundert Truhen mit Gold- und Silberschmuck und Edelsteinen, fünfzig Truhen mit goldenen Kelchen und Schalen und Tabletts, zwei Truhen mit Goldbarren, zehn Truhen mit gold- und silberdurchwirktem Tuch, ein Elefantensitz, mit Gold, Rubinen und Saphiren besetzt, einer der sieben, die der König von Thailand benutzt und den König Mangra Valentin geschenkt hatte zum Lohn für seine Leistungen als Artilleriekommandeur.

Doch noch wichtiger als diese Schätze waren die Menschen, welche die Burmesen davonführten: Von den Königinnen würden vier Hauptköniginnen und neunundzwanzig Königinnen niederen Ranges nach Burma gesandt werden und dazu achthundertneunundsechzig Konkubinen verschiedenen Ranges. Die Königinnen machten die Reise auf Elefanten; Mangra würde sie seinem eigenen Inneren Palast einverleiben. Außerdem waren da dreizehn Schwestern und Halbschwestern Ekatats, seine drei Söhne und vier Töchter und achtundzwanzig Enkel, zweitausend weitere Angehörige der königlichen Familie und achthundert Adlige, unter ihnen der unglückselige *Pra-Klang*. Kein Angehöriger der königlichen Familie durfte zurückbleiben, um vielleicht einmal wieder die Herrschaft zu ergreifen – nur ein Prinz war geflohen und konnte nicht aufgefunden werden. Die Burmesen trauten nicht einmal den Verrätern und führten sie ebenfalls nach Burma ab. Und auch

Utumporn, der als Mönch lebende Bruder des Königs, wurde aus seinem Wat herausgeholt und nach Burma geschickt, wo man ihn viele Jahre in Gefangenschaft hielt.

Einige der Konkubinen und Königinnen sollten mit viel Gold losgekauft werden – sie stammten aus Familien in Provinzen, die jetzt den Burmesen unterstanden. Von den Menschen in und um Ayuthia – ihre Zahl hatte fast eine Million betragen – waren vierhunderttausend umgekommen; weitere vierhunderttausend führten die Burmesen in die Gefangenschaft.

Die Burmesen nahmen auch alle Leute mit, die irgendeine Ausbildung hatten, denn sie wußten deren Wert zu schätzen. Auf diese Weise traten etwa hundertundsechstausend Familien die Wanderung an. Musiker und Tänzer, Schreiner, Holzschnitzer und -dreher, Grobschmiede und Gold-, Silber- und Kupferschmiede, Maurer, Dekorateure und Möbelmacher, Gemmen- und Steinschneider, Barbiere, Dämonenbeschwörer und Magier, Kräuterkundige und Ärzte, Elefanten- und Pferdeknechte, Weber aller Art, vom Tuchweber bis zum Goldbrokatweber.

Ich machte mich auf die Suche nach meinen Arbeitern – nur drei von zwanzig waren noch am Leben. Valentin gab ihnen Geld, damit sie in andere Provinzen ziehen konnten, und die Burmesen ließen sie ziehen. Wir sagten ihnen nicht, daß sie ausgebildete Uhrmacher waren.

Etwa zehn Tage nach unserer Rettung sagte Valentin: «König Mangra will mit dir sprechen. Er will sich nach diesem Kerl erkundigen, der sich aus dem Staub gemacht hat und dem Bea gefolgt ist.»

«Taksin.»

«Was kann Bea veranlaßt haben, sogar dich um dieses Mannes willen zu verlassen? Einem Banditen zu folgen, der bald geschnappt werden wird?»

Er schritt auf und ab, wie immer stattlich gekleidet. «Bea, unsere Schwester – sie hat mich nie leiden können.»

Ich erwiderte nichts. Draußen taten sich die Geier, die hinter den Armeen herziehen, an den Leichen gütlich, welche die Burmesen noch nicht hatten verbrennen können – es waren große Haufen von Leichen. Die Burmesen ließen sie durch die Thai-Sklaven sammeln und mit gelöschtem Kalk verbrennen. Doch die Geier stürzten auf sie herab, und Stücke menschlicher Leiber lagen verstreut umher.

König Mangra bewohnte ein Prunkzelt aus Purpurstoff und Gold. Innen lagerten zu beiden Seiten auf Regalen aus Lackholz die erlesensten Schätze aus Ekatats Palast. Vor dem königlichen Zelt mit seinem hohen goldenen Turm waren die Zelte seiner Minister, seiner Kommandeure und seiner Söhne aufgeschlagen. Aufgezäumte und mit Sitzen versehene Elefanten standen bereit. Neben dem Zelt des Königs erhob sich ein nicht weniger prunkvolles Zelt, das den Weißen Elefanten beherbergte, dessen gesamte Hofhaltung von Priestern und Pflegern man verschont hatte, damit er richtig versorgt werde. Ein Stück weiter fort, auf der freien Fläche, wo einmal Dörfer und Felder gewesen waren, drängten sich lange Reihen von Menschen – die Gefangenen, die, aneinandergekettet, auf den Abmarsch nach Burma warteten.

Der König saß auf dem goldenen, mit neun Arten von Edelsteinen besetzten Thron, der einst der Thron Ekatats war. Alle krochen oder knieten vor ihm; in der Etikette gab es zwischen den beiden Höfen kaum einen Unterschied. Mangras Gesicht war kantig und schwer. Er sprach mit mir über einen Dolmetscher, nachdem er Valentin, der an meiner Seite kniete, freundlich zugenickt hatte. «Sie sind Wanangs Bruder» – Wanang war Valentins burmesischer Name. «Sie waren es, der die Maschinenmänner auf Ayuthias Wällen gebaut hat. Eine Zeitlang haben sie uns irregeführt, aber dann haben wir herausgefunden, was sie waren.»

Ich neigte den Kopf und hob die aneinandergelegten Händen empor: «Ich danke Eurer Majestät für die Rettung unseres Lebens.»

«Wir hätten Sie gern in unseren Diensten. Aber zuvor muß ich Sie etwas fragen. Sie kennen diesen Mann namens Taksin, einen Straßenräuber. Was können Sie uns über ihn sagen?»

«Sehr wenig, Eure Majestät. Ich bin ihm nur wenige Male begegnet. Er schien ein guter Soldat zu sein.»

Mangra runzelte die Stirn. Meine Antwort hatte ihm mißfallen. «Er ist ein Mann aus dem gewöhnlichen Volk, halb chinesischer Abstammung, von einem früheren Thai-Minister adoptiert. Warum ist Ihre Schwester ihm gefolgt?»

«Meine Schwester ist ihrem Gatten, Prinz Udorn, gefolgt. Taksin hat damals versprochen, Ayuthia zu retten.»

Mangra lachte verächtlich. «Von Ayuthia ist nichts mehr zu retten übrig, nur noch ein Haufen Geröll und Leichen ... Es wird sich nie mehr erheben. Selbst sein Name wird in der Erinnerung der Menschen ausgelöscht werden.»

Er war jetzt guter Laune. «Vielleicht wollen Sie sich Ihrem Bruder in unserem Dienst anschließen. Wir können großzügig sein, großzügiger als Ekatat es je war.»

Ekatat. Wo war Ekatat? Mangra schickte überallhin Suchtrupps aus, die tief in die Wälder drangen, in die Sümpfe stakten, und ließ einige von Ekatats Minister foltern, um zu erfahren, wo Ekatat sich aufhielt.

Niemand konnte ihn entdecken.

Schließlich fand man zwei Leichen, die jene Entstellung des Gesichts aufwiesen, die Ekatat gehabt hatte – ein ausgedehntes weinfarbenes Geschwür.

Die eine Leiche war die einer Person, die in der Nähe eines Wats verhungert war. Sechsundzwanzig Haremsfrauen erkannten in ihr den toten Ekatat wieder.

Die andere Leiche hatte man beim Westtor gefunden, in der Nähe der für Abfälle benutzten Ausfallpforte, durch die wir geflohen waren. Weitere zwanzig Frauen identifizierten sie als Ekatat.

Die Burmesen entschieden sich für die zweite Leiche. Sie steckten sie, der Sitte gemäß, zusammengekauert wie einst im Mutterschoß, in einen großen Keramikkrug. Sie durchbohrten den Boden des Krugs, damit die Körpersäfte hinausrinnen konnten, und ließen ihn stehen, halb in die Erde eingegraben, halb darüberragend.

Valentin hatte beschlossen, mitsamt seinen Schätzen nach Europa zurückzukehren. «Ich bin jetzt ein reicher Mann. Ich kann tun, was mir gefällt. Weißt du noch, Colin –» Wir hatten Wein und auserlesene Speisen vor uns. Wir waren allein. Er wollte mir erzählen, wie es ihm ergangen war, wollte, daß ich ihn kennenlernte, wollte wiederum mein Bruder sein, denn er spürte meine Zurückhaltung, und sie schmerzte ihn. Also redete er, weil er geliebt, verstanden sein wollte. Und ich hatte das Gefühl, daß ich nicht das Recht besaß, zu streng über sein Verhalten zu urteilen. Er hatte Genf als Söldner verlassen. Der Krieg war für ihn ein Beruf wie jeder andere. Und Jit und ich verdankten ihm das Leben. «Weißt du noch, Colin» – als er das sagte, wollte er zu der Zeit zurückkehren, da wir noch Kinder waren.

Er war in Akadien gewesen, einem wunderbaren Land, einem riesigen Land, mit Seen wie Meere, mit endlosen Wäldern und Bäumen so groß, wie man sie sich nicht vorstellen konnte. Er hatte auf der Seite der Franzosen gegen die Engländer gekämpft, aber die Engländer hatten gewonnen. «Sie haben gewonnen, weil sie die bessere Artillerie hatten und weil sie disziplinierter waren. Da gab es eine große Schlacht bei Quebec, und der französische Kommandeur, Comte de Montcalm, wurde getötet. Ein Adliger und ein guter Mann, aber er konnte die Waffenausrüstung nicht bekommen, die er brauchte. Der französische König hat sich nicht um Akadien gekümmert und auch nicht um die französischen Siedler dort.»

Die Engländer wiesen dann viele französische Siedler aus Akadien aus, trieben sie auf Schiffe und setzten sie tief im Süden an der Küste wieder ab. Sie holten ihre eigenen Siedler aus England ins Land. «Oh, das war schon schrecklich anzusehen, wie sie die französischen Siedler jagten und sie in den Laderäumen ihrer Fregatten zu fernen Küsten schafften, ohne sich darum zu kümmern, ob sie während der Fahrt verhungerten oder nicht.»

Er war desertiert, als sich die Überreste der französischen Armee und viele Akadier auf den Weg nach Süden machten, nach Louisiana, einer französischen Niederlassung. Sie nahmen den Weg über die Großen Seen und den Mississippi hinunter. Er war zu den Briten gegangen und in eine Stadt namens Boston gelangt, die voller englischer Puritaner war. «Und was glaubst du, wer die englische Garnison von Boston befehligt hat, Colin?» Er schlug sich auf die Schenkel und fuhr sich durch das blonde Haar. «Ein Kilvaney, ein Sohn von Lord Kilvaney, den Vater doch so gut kannte! Er las meinen Namen, Valentin Duriez, und daß ich aus Lausanne kam. ‹Mein Vater erzählte mir von einem Duriez, der herrliche Automaten machte.› ‹Das war *mein* Vater›, erwiderte ich.» Valentin ging über die Tatsache hinweg, daß Vater ihn nur adoptiert hatte. Aber ich widersprach ihm nicht, denn er hatte Vater geliebt.

Er hatte unter den Engländern gedient, hatte viel über Kanonen dazugelernt, über Schiffskanonen wie über Festungskanonen, und dann beschlossen, es auf eigene Faust zu versuchen. «Es gibt immer irgendwo einen Krieg. Und es gibt immer jemanden, der weiß, daß Geschütze vonnöten sind.« Er war nach Indien gefahren und hatte unter einem Nabob gedient, der auf der Seite der Franzosen gegen die Engländer kämpfte. Dann hatte er dort den Dienst quittiert und sich bei dem König von Burma verdingt, der dafür bekannt war, daß er gut zahlte.

«Und was hast du gemacht?» fragte er.

«Mein Leben war nicht so bunt wie das deine, Valentin. Ich habe Automaten und Uhren gemacht, und obwohl ich selbst nicht gekämpft habe, sind doch auch um mich herum Menschen getötet worden, aus dem einen oder anderen Grund. Und jetzt habe ich Jit.»

«Das kleine Mädchen?» Das war sie in Valentins Augen – Jit war so klein, so schlank. «Aber sie ist doch von einer anderen Rasse, Colin. Du kannst doch nicht an ein Leben mit ihr zusammen denken, wenn du nach Hause zurückkehrst.»

«Nach Hause zurück?» Unser Zuhause, das war ein Haufen Asche und ein Halsring auf dem Grund des Sees. Zu Hause . . . das war jetzt überall und nirgendwo. «Die Welt ist klein.»

«Du bist noch immer ein echter Waadtländer, sagst nie ja oder nein.» Er reckte sich in den Schultern, richtete sich zu seiner ganzen Größe auf. Er sah sehr gut aus, und die Thai-

Frauen sprachen von seinen körperlichen Vorzügen, sagten, er sei gebaut wie ein Bulle.

«Ich werde heimfahren, Colin, und mir ein Herrenhaus bauen, das größte in Lausanne. Und ich werde dazu die besten Maurer, Schmiede, Tapezierer und Weber einstellen. Ich habe viele schöne Häuser gesehen, ich weiß, wie es aussehen wird. Diener und Pferde... Aber ich werde auch eine Plantage kaufen in der Neuen Welt. In Louisiana, wo das Land weit ist und Baumwolle angepflanzt wird. Viele machen ein Vermögen mit dem Baumwollanbau. Es gibt dort so viele schwarze Sklaven, fast jede Woche bringen Schiffe neue aus Afrika herüber. Komm mit, Colin. Wir könnten zusammen reich sein. Du kannst deinen Titel geltend machen – Baron Duriez von Neuchâtel. In der Neuen Welt könnten wir Manufakturen einrichten, Uhren herstellen und Spieldosen.»

«Du wirst es schaffen, Valentin», sagte ich. «Aber ich ... ich warte noch!»

«Worauf, Colin? Auf Bea?»

«Ich warte auf die Geburt meines Kindes. Dann werden wir sehen.»

Die burmesische Armee zerstörte die Wälle und Mauern, die Gräben, die Bastionen von Ayuthia. Nichts blieb mehr übrig von den stolzen und schönen Wats, die um ihres Goldes willen geplündert, deren Statuen um ihres Goldes willen eingeschmolzen worden waren. Und dann schickte sich die burmesische Armee im Juni plötzlich zum Abmarsch an.

«Die Chinesen greifen Burma an, Colin. Im Norden.»

«Die Chinesen?»

«Der chinesische Kaiser ist zornig auf König Mangra, weil Ayuthia zerstört wurde, ohne daß man es ihm kundgetan hat», sagte Valentin.

König Mangra brach auf mit sechshundert Elefanten und dreißigtausend Soldaten. Weitere zwanzigtausend und viele Gefangene machten sich einen Monat später auf den Weg.

Valentin war wütend. «Ich will nicht noch einen Krieg mitmachen. Im Norden Burmas leben heimtückische, wilde

Menschen, die aus dem Urwald heraus töten und Pfeile mit vergifteten Spitzen verschießen. Dort will ich nicht gegen die Chinesen kämpfen. Ich fahre, sobald ich ein Schiff bekomme.»

Die Burmesen ernannten einen Mann namens Thugyi, der ihnen ergeben war, zum Herrscher über Thailand. Ayuthia, noch immer eingehüllt in Leichengeruch, war nicht mehr bewohnbar. Banditen und üble Gesellen aller Art, sowohl Thailänder wie Chinesen, rissen jetzt die Reste der Wats nieder. Sie schmolzen sogar die Messingverkleidungen der Türme ein und gruben nach Schätzen. Thugyi verblieb mit zwanzigtausend burmesischen Soldaten an dem Ort namens Drei Pagoden.

Erik fuhr mit Valentin. Sein Ziel war die Koromandelküste, wo die Dänen in Tranquebar eine alte Niederlassung hatten. O Mie begleitete Valentin. Sie wußte nicht, daß sie unterwegs zurückgelassen würde. Sie glaubte, Valentin würde sie nach Europa mitnehmen.

Jit sagte: «Keran, du wartest auf deine Schwester, nicht wahr?»

«Nein, Jit, ich warte auf die Geburt unseres Kindes.»

«Wirst du eines Tages gehen?»

«Wohin ich auch gehe, Jit, du wirst bei mir sein.»

Da lächelte sie. «Ich bin froh. Ja, ich werde auch immer bei dir sein, Keran.»

Im August gebar Jit einen Jungen. Es war eine schwere Geburt, denn sie hatte sich noch nicht ganz erholt. Sie war klein und schmal gebaut und litt große Schmerzen. Aber unser Sohn war ein schönes Kind und plärrte lebenslustig. Jit sagte: «Als ich über dem Feuer hing, habe ich darum gebetet, daß ihm nichts geschieht. Ist er gesund?«

Ich legte ihr das Kind in die Arme. Sie war sehr blaß und in Schweiß gebadet. Draußen schickte der Monsun prasselnd seine Regengüsse auf das Dach; die ganze Erde schien unter der Last des Wassers vom Himmel zu stöhnen.

«Jit, ich liebe dich, ich liebe dich.»

«Keran . . . nimm ihn mit . . . zu deinem See . . .»

«Ihn und dich, Jit. Wir gehen zusammen.»

Da blickte sie mich mit unbeschreiblicher Sanftmut und Weisheit an, aus den Augen eines Kindes, das alles durchschaut.

Ich wischte ihr abermals den Schweiß von der Stirn. Chams Mutter und die Hebamme hatten Kräuter gepflückt, denn Jit liebte den Duft von Jasmin und Champa und Phikun, mit dem sie früher ihre Kleider parfümiert hatte. Wir verbrannten einige Kräuter, um ihr eine Freude zu machen.

Ich zog mir eine Matte neben das Bett, auf dem sie lag. Sie sagte, ihr sei kalt, und ich holte ihr Decken. Unser Kind lag zufrieden in seiner Wiege. Chams Mutter hatte ihm ein wenig Tee mit Honig gegeben. Zwei Dienerinnen wachten bei Jit; es war Sitte, daß eine Frau in der ersten Nacht nach einer Geburt bewacht wurde. Ich wachte auch, mußte aber in einen leichten Schlaf gefallen sein, denn plötzlich war Chams Mutter da und sagte: «Jit, Jit» – es war eine angsterfüllte Stimme.

Ich sprang auf, stürzte zu Jit. Ihre Lippen waren blau. «Schnell, holt den Arzt ...» Aber es war zu spät. Sie schlug die Augen auf, lächelte mich an, und gleich darauf war sie tot, war so still, ruhig und ohne Klage gestorben, wie sie gelebt hatte.

18

ANNO DOMINI 1767 – 1770

Er sieht mich nicht an. Nie trifft mich sein Blick. Jeder hält es für Höflichkeit, preist ihn ob dieser strengen Moral. Er legt den Arm um Udorn, spricht mit ihm in fröhlichem Ton über gewonnene und noch zu gewinnende Schlachten, nimmt mich nicht wahr.

Es kann nicht anders sein. Ich könnte keinen Mann ohne Leidenschaft, ohne Vorstellungskraft, ohne Phantasie lieben. Er ist ein schwieriger Mann von großer Kraft, in dessen Sinn und Herz kein Raum ist für die Liebe einer Frau wie mich. Ich bin seine Feindin von Natur aus. Und ich liebe ihn.

«Ich habe Angst vor dir. Ich will dich nicht in meinem Leben haben. Zwischen uns würde es zu einem tödlichen Ringen kommen.» Dies sagt mir sein abgewandtes Gesicht.

Ich folge ihm im Kampf, voller Zorn und Liebe. Er erduldet es, weiß, er kann mich nicht loswerden.

In Rayong, an dessen Kais viele Schiffe mit Reis und Salz liegen, eilen Männer und Frauen zu Taksin mit Lebensmitteln und Geschenken, und sein Name klingt auf ihren Lippen wie eine Glocke. «Phya Taksin, führ uns in den Kampf.»

Taksin erwidert: «Ich werde euch zur Rückeroberung eures Landes führen.»

Diese Vorstellung erhebt sie aus Verzweiflung, aus Schmach und Demütigung hinauf zu Hoffnung und Stolz. Sie wachsen über sich hinaus, erstürmen die Städte und nehmen sie ein.

Die Frauen stutzen sich das Haar, schlingen ihre Pannungs wie Männerhosen und binden ihre Brusttücher fest, so daß sie die Arme frei haben, um mit Säbeln, Speeren und Musketen umgehen zu können. Die chinesischen Schiffer bringen Waffen aus Malakka und aus Batavia herüber und verlangen kein

Geld dafür, denn Taksins Vater war ein Kelao, *ein Mitglied ihrer Bruderschaft.*

Taksin erstürmt die Stadt Cholabun und verbietet Raub und Plünderung. Ein Soldat, der eine Frau vergewaltigte, wird zu Tode gepeitscht. «Den Menschen darf kein einziges Haar gekrümmt werden, denn wir müssen ein noch größeres und mächtigeres Ayuthia errichten – im Namen des Großen Buddha.»

An dem Tag, da Taksin dreiunddreißig Jahre alt wird, nehmen die Burmesen Ayuthia ein. Colin ist in Gefahr, aber ich weiß, daß die Gefahr vorübergehen wird. Als mein Denken nach dem seinen ausgreift, trägt er Jit auf den Armen, auf der Flucht aus der brennenden Stadt.

«Ayuthia ist gestern abend gefallen», sage ich zu Udorn. «Ich habe es im Traum gesehen.» Udorn glaubt an meine Träume. Später bestätigen die nach Süden strömenden Flüchtlinge meinen Traum.

Ah Ming, der als Abgesandter der Taksin ergebenen chinesischen Clans von Ayuthia zu uns gekommen ist, macht sich große Sorgen um Colin.

«Er ist am Leben», versichere ich ihm, und er glaubt mir.

«Er wäre jetzt hier, bei uns, wenn nicht das Mädchen wäre», sagt er.

«Ich weiß.» Dieses Mädchen Jit, scheu, zurückhaltend, nicht mehr als Wasser, Schatten auf einem Wasser . . .

Doch ob Colin oder ich – wer von uns beiden handelt törichter im Namen der Liebe? Und was ist Liebe, die uns ein anderes Geschöpf als das einzig begehrenswerte Wesen erscheinen läßt? Die mit solcher Tollheit von uns Besitz ergreift? Mein Herz schreit nachts seine Wut hinaus, eine nie gestillte Wut. Denn ich liebe einen König, aber er will mich nicht haben.

Taksin plant die Eroberung der Stadt Chantaburi. Obwohl er ihrem Gouverneur Kuriere und Geschenke sendet, ist dessen Sinn gespalten. Auch der burmesische König Mangra hat ihm Geschenke geschickt, denn wäre Chantaburi sein, fiele der gesamte Süden an Burma.

Aus Chantaburi treffen vier Bikkus in Rayong ein, mit Girlanden und Blumen aus Silber und Gold, Emblemen der Botmäßigkeit; sie bitten Taksin, nach Chantaburi zu kommen und versprechen im Namen des Gouverneurs Unterstützung.

«Gehen Sie nicht, Phya Taksin», sage ich. «Das ist eine Falle. Chantaburi hat auch Boten des burmesischen Königs empfangen. Und jetzt schickt Ihnen der Gouverneur vier Bikkus, wohl wissend, daß Sie fromm sind und glauben müssen, was sie sagen. Aber es ist eine Falle.»

Taksin hält den Kopf gesenkt, denkt nach. Ich spüre seine Kraft, eine Energie, welche die Luft um ihn her erfüllt. Dann gibt er rasch seine Befehle. Die Armee wird noch in dieser Nacht aufbrechen und Chantaburi einnehmen. Von diesem Tag an mißtraut Taksin allen Bikkus, allen Priestern. Er hat noch nie viel für Zeremonien, Anrufungen, die Sprüche der Magier und Zauberer übrig gehabt.

Chantaburi wird eingenommen. Dann ruft Taksin einen Kriegsrat zusammen. Er will Bangkok und Thonburi erobern, die Mündung des Großen Mutterflusses beherrschen. In Rayong wird eine Flotte für das Unternehmen ausgerüstet.

In diesem Augenblick trifft die Nachricht ein. Als unsere Schiffe, mit Kanonen bestückt, zum Angriff auf Bangkok aufbrechen wollen, heißt es: Die burmesische Armee zieht ab. Zieht ab, weil der chinesische Kaiser Tsienlung in den Norden Burmas eingefallen ist. Um König Mangra zu bestrafen.

Die chinesischen Schiffer und Händler sind außer sich vor Wonne. Das Kaiserreich hat sein Mißfallen bekundet! Nun scharen sich alle um Taksin. Und Taksin bereitet sich zum Marsch auf Ayuthia vor. Mit Freuden schließen sich die Adligen des Landes ihm an. Unter ihnen sind zwei Brüder, Abkömmlinge des vornehmen Hauses des Prinzen Kosaparn, der 1680 Botschafter in Frankreich war. Der jüngere, Surasit, einst Page im Palast, hat die Ehrenverpflichtung seines Bruders Yodfah mitgebracht, zwei Ringe und ein Schwert. Und es war Yodfah, der Taksins Mutter gerettet hat und sie jetzt zu Taksin schickt.

Taksin ist überglücklich. «Sie sind beide Freunde aus meiner

Kindheit», sagt er zu uns. «Sie werden meine rechte und meine linke Hand sein, wenn wir Ayuthia wieder aufbauen.»

«Sieh dich vor», möchte ich zu Taksin sagen. «Sie besitzen Macht und werden dir schaden, und du bist in ihren Augen nur ein gemeiner Mann aus dem Volk.» Aber ich schweige. Taksin macht sie zu seinen engsten Vertrauten. Und jetzt habe ich Angst, denn die Gabe verläßt mich, wie sie meine Mutter verlassen hat. Oder will ich nicht zu tief in die Zukunft hineinschauen, will nicht wissen, was kommt ...?

Im September nimmt Taksin Thonburi ein und erobert die Forts von Bangkok. Im November ziehen wir mit seiner Flottille und einer Armee auf Elefanten und Pferden flußaufwärts, um die burmesischen Garnisonen bei Ayuthia zu überrumpeln.

So wird Ayuthia im November befreit, sechs Monate nach seiner Zerstörung. Und befreit werden von den Armeen Taksins viele Adlige und gemeine Leute, die, in Lagern zusammengepfercht, auf den Abmarsch nach Burma warteten.

Ich mache mich zusammen mit Ah Ming auf die Suche nach Colin. Wir gehen zu dem großen Wat Phanang Cheng, dem einzigen Wat, der noch steht, wenn er auch stark beschädigt ist. Hier ist die Buddhastatue noch fast unversehrt, bis auf den rechten Arm, den die Burmesen abzusägen versuchten. Aber die Statue ist zu mächtig, zu groß, ihr Geist zu stark; als sie das Gebäude niederbrennen wollten, löschte ein jäher Regenguß das Feuer.

Hier müßte Colin sein. Und Mönch Teo, wenn er noch lebt. Wir finden Colin in dem kleinen Raum, den die Mönche ihm angewiesen haben. Er baut an einem Automaten. Um ihn herum sind Werkzeuge verstreut; auf dem Schragentisch vor ihm liegt die Seele eines Androiden, die Maschine, die er zusammensetzt. Er blickt nicht einmal auf, als ich eintrete.

Bea ist zurückgekommen. Mein inneres Ohr funktionierte wieder; ich hörte ihre Schritte, noch ehe sie hereinkam.

Nach Jits Tod verharrte ich viele Tage in einem Zustand der Benommenheit. Ich wollte nicht mehr leben. Mönch Teo, der sich hatte retten können, nahm mich mit zum Wat Phanang Cheng, während Cham und seine Mutter sich auf den Weg zu Taksin machten, um sich ihm anzuschließen. Alles wartete auf Taksin, den Befreier, den einzigen, der es mit der Macht Burmas aufgenommen hatte. Und jetzt kam er nach Ayuthia, um der Stadt ihren alten Glanz zurückzugeben.

Im Wat Phanang Cheng waren über zwei Drittel der Mönche tot, und auch viele der in der Umgebung wohnenden chinesischen Schiffer waren ums Leben gekommen. Doch die, die übriggeblieben waren, begannen sogleich, neues Leben in Gang zu setzen, sie pflanzten neu an und bemannten Schiffe. Hier hatte ich Jit beten sehen, und ihr Geist war hier noch gegenwärtig. Oft sah ich abends, wenn der Weihrauch emporstieg und die Mönche ihre Gebete sangen, ihr strahlendes Gesicht vor mir, ihre samtenen Augen, die Augen eines vertrauensvollen Kindes, die arglose Freude ihrer unschuldigen Welt.

Mönch Teo hatte eine Chinesin ausfindig gemacht, deren Kind gestorben war, sie stillte nun meinen Sohn, und er gedieh dabei. Ich nahm ihn immer wieder in die Arme und erzählte ihm von seiner Mutter und suchte in seinen Zügen, Jit wiederzuerkennen.

Und ich wartete auf Bea. Jit hatte recht gehabt. Ich wartete auf Bea.

Inzwischen begann ich einen mechanischen Menschen zu bauen, der wie Jit sein sollte, der ihr Gesicht haben sollte, ihren geschmeidigen Körper, der sich bewegen sollte wie sie. Vielleicht würde eines Tages, wenn ich ganz fest betete, Jits Geist kommen und die Gestalt bewohnen, die ich für sie machte.

Die Untoten . . . ich sehnte mich jetzt nach dem Glauben, der Mutters und deren Mutter Glaube gewesen war und auch Beas Glaube war. Der Tod ist nicht das Ende. Oh, daß Bea mir zeigte, wie Jit zurückzubringen sei, daß ihre Finger den Hüter der Seelen bildeten. Oh, daß wir zum großen Wald zurückkehrten, vielleicht würde Jits Seele dann auch zu mir zurückkehren . . .

Ich ging nachts umher und rief nach Jit. Gewiß war sie in der Nähe. Ich spürte sie.

Ich hatte ihren Körper nicht verbrennen lassen wollen. Er lag in einem großen durchbohrten Keramikkrug, halb in der Erde, wartend. Ich erinnerte mich jener flammenden, glänzenden Nacht, als sich die wiederauferstandenen Geister versammelt hatten, als meine Großmutter Grisolde sich zu ihnen gesellt hatte; erinnerte mich jenes Traums, der Beas Traum gewesen und durch Bea auch mein Traum geworden war.

Oh, daß Jit zu mir käme, daß ich noch einmal ihr Gesicht, ihr Lächeln sähe.

Bea stand vor mir. Eine Kriegerin, blendend, strahlend schön, das Haar kurzgeschnitten unter dem spitzen Hut. In der schweren Goldkette um ihre Hüften steckte ein Dolch.

«Colin – Cham hat mir von Jit erzählt. Du wußtest, daß ich zurückkommen würde, ja?»

«Ja, Bea.» Ich hielt in meiner Arbeit inne, aber ich wollte sie nicht anschauen. Immer diese Anziehungskraft zwischen uns, dieses Alles-für-den-anderen-sein-Wollen, das nicht sein konnte.

»Colin, Jit war... wie Wasser, fließend, wunderschön, unveränderbar, sich in allem an dich angleichend. Nun hast du einen Sohn. Die Welt geht weiter. Wir müssen Ayuthia wieder aufbauen – ein neues, besseres Land.»

Ich zog mit großer Sorgfalt eine Schraube fest. An einer Nocke, die eine Hand mit beweglichen Fingern heben sollte, die Hand einer zukünftigen Jit.

Ich sah zu Bea auf. «Bea, weißt du noch, wie wir zusammen mit Mutter nachts die Hüter der Seelen befreit haben? Jetzt möchte ich, daß du einen Seelenhüter für Jit machst. Ich will, daß sie eines Tages wieder lebt. Das ist doch auch dein Glaube, ja, daß die Untoten wieder leben?»

«O Colin, ich weiß nicht mehr, was ich glauben soll, außer daß es jenseits dieser Welt des Tuns eine Welt des Glaubens und Träumens gibt – und daß diese beiden Welten manchmal zusammenkommen.»

«Dann tu dies für mich. Laß Jit wieder lebendig werden

oder schütze wenigstens ihren umherwandernden Geist, so daß er zur Ruhe kommen kann.»

Licht fiel auf Bea herab, machte sie erstrahlen, durchdrang sie. Auch sie strahlte Licht aus. «Es muß ein so hoher Preis bezahlt werden, Colin. Für das Träumen . . . für das Glauben . . . für manche ist es ein zu hoher Preis.»

«Bea, tu das für mich, ehe alles von mir gegangen ist.»

Und da sah Bea mich an, aus ihren Augen sprach alle Qual ihrer Seele, einer Seele im Feuer der Hölle. Doch immer würde sie dieses Feuer der Bedeutungslosigkeit und der Behaglichkeit des bloßen Daseins vorziehen, worin die meisten Menschen leben. «Colin, deine Jit war nichts als ein Widerschein, eine Spiegelung im Wasser. Sie war durchsichtiges Wasser, Fluidum, flüchtig, an alles sich anpassend. Du hast Wasser geliebt, Colin. Du und ich, wir können sie nicht zurückholen. Und wenn du es versuchst, wirst du dein Leben lang einen Androiden lieben, den du selbst gemacht hast.»

Dies tat mir weh, denn es war die Wahrheit. Meine Hände berührten noch meine Schöpfung, liebten noch den Androiden, den ich machte, doch jetzt entwich ihm das Leben, ich hielt nur noch lebloses Holz fest.

«Bea, du hast einmal gesagt, du könntest mein Denken nicht mehr erreichen – das hat nicht gestimmt, oder?»

«Colin, es hat gestimmt, und es hat nicht gestimmt. Die Gabe . . . ich verliere sie allmählich.»

Ich nickte. Ja, ich wußte, sie würde sie verlieren. «Und du hast getötet. Du hast den Magier getötet, Bea.»

«Nicht nur den Magier. Ich mußte das Gift weit streuen, damit Ni nicht in Verdacht geriet. Mehrere Pagen, zwei von Ekatats Vettern . . . Die Wachen schliefen, einige wachten nie mehr auf.»

Jit war ein Geschenk Beas an mich gewesen. Ich würde nie von Bea frei sein. «Am Ende werden wir nur einander haben, wie viele auch zwischen uns treten mögen», sagte sie.

Im November 1767 ritt Taksin, begleitet von seinen Kommandeuren, durch die Ruinen von Ayuthia, um zu sehen, was von der Stadt noch zu retten war. Seine Soldaten fingen Banditen ein, die immer noch auf der Suche nach Schätzen umherstöberten, und es gab viele Hinrichtungen.

Die Menschen faßten frischen Mut, kamen heraus aus den Wäldern, aus entlegenen Verstecken. Doch Ayuthia konnte nicht wieder aufgebaut werden, keines Menschen Kraft hätte es wiedererstehen lassen können. Hungersnot herrschte überall im Land. Der Monsun dauerte nur kurz in diesem Jahr, und die Reisernte war mager und konnte nicht alle ernähren. Darum ging das Banditenunwesen weiter, wie immer, wenn Not herrscht, und es kam zu noch mehr Zerstörung und Töten.

Taksin schickte Gesandtschaften nach China, um Reis für die Ernährung des Volkes zu erbitten. Und als der Reis kam, erhielt jeder seinen Anteil, was einige Adlige erzürnte, die den Kauf und Verkauf von Reis beherrscht hatten. Taksin erließ strenge Gesetze, nach denen alle Räuber und Mörder bestraft wurden. Ratten überfielen das Land gleich einer Plage, und er befahl einen Feldzug zu ihrer Vernichtung. Sogar die buddhistischen Priester wurden gezwungen, Ratten zu töten, obwohl sie aufbegehrten, weil sie damit Leben töten mußten.

Dem Bestattungskrug des verstorbenen Königs Ekatat wurde eine feierliche Verbrennung zuteil. Taksin folgte dem prunkvollen Bestattungswagen als Ekatats Erbe. Dies mißfiel einigen Prinzen, Halbbrüdern Ekatats, die jetzt selbst auf den Thron Anspruch erhoben. Doch Taksin würde König werden, zum einen, weil er die Macht errungen hatte und zum anderen, weil die Menschen ihn liebten.

Dann verlegte König Taksin die Hauptstadt nach Thonburi, Bangkok gegenüber, und wurde damit der erste König von Thonburi. Dort begann er einen großen Wat zu bauen, den Wat Arun, Tempel des Morgengrauens. Als Nachfolger Ekatats heiratete er alle Gattinnen und Konkubinen des verstorbenen Königs, die zurückgeblieben waren, alle Tanten und Cousinen und Schwestern, alle, die man nicht nach Burma verschleppt hatte – alles in allem neunundzwanzig.

Taksin gab Geld für den Bau öffentlicher Getreidespeicher, um die Ernährung des Volkes zu sichern; er kaufte Reissamen in China, damit wieder Reis angebaut werden konnte. Er bemühte sich, den Handel wieder in Gang zu bringen, um das Horten von Nahrungsmitteln und andere Praktiken zu unterdrücken, was manchen Vornehmen mißfiel, die bisher gute Gewinne gemacht hatten. In den Provinzen erhoben sich mehrere Thronprätendenten, und es kam zu kleinen Feldzügen und Scharmützeln. Taksin machte sich auch daran, das kultische Leben zu säubern, denn die Priester seien, wie er meinte, korrupt, und es gab unter ihnen falsche Magier und Zauberer. Er wollte die heiligen Texte neu schreiben und neue Regeln für die Priester aufstellen lassen. Viele von ihnen wurden der Probe durch Wasser und Feuer unterworfen, damit ihre Reinheit geprüft werde. Und manche starben dabei, was wiederum Unzufriedenheit hervorrief.

Taksin war ein Puritaner, ein Reformator, hart und unerbittlich gegenüber menschlicher Schwäche. Doch den beiden Brüdern Yodfah und Surasit schenkte er sein volles Vertrauen, da sie seine Mutter gerettet und sich ihm bei seiner Rückkehr nach Ayuthia angeschlossen hatten. Er ernannte Yodfah zum *Chakri* und seinen Bruder Surasit zum Oberbefehlshaber der Armee.

Um die Bande noch enger zu knüpfen, heiratete Taksin Yodfahs Tochter und machte sie zu seiner Hauptkönigin, während er seine eigene Tochter dem *Chakri* zur Gemahlin gab. Die Position des *Chakri* wurde dadurch die eines «Zweiten Königs» – er konnte Taksins Nachfolger werden. Alles dies tat Taksin, um das Königreich zu festigen und die verärgerten Adligen um sich zu scharen, die auf ihn herabsahen, weil er halb chinesischer Abstammung war, wenn auch seine Mutter einer recht vornehmen Familie entstammte.

Ich blieb noch zwei Jahre in Thonburi, wo Udorn sich ein großes Haus mit vielen Zimmern baute. Bea residierte in ihrem neuen Haus, eine wunderschöne Prinzessin, aber ihr Gebaren hatte etwas Unbestimmtes, Verlorenes an sich. Sie betrat den Palast nicht mehr, denn Taksin wünschte nicht, daß Frauen sich in Staatsangelegenheiten einmischten. Sie saß da, spazierte umher oder fuhr in ihrem Prunkboot aus, aber sie war wie erstarrt, und das beunruhigte mich. Ihr Gemüt war verschlossen, und ich konnte sie nicht erreichen. Noch immer stand sie anderen Frauen bei, aber sie tat es auf eine gleichgültige, fast leblose Art.

Für mich gab es nichts mehr zu tun, denn Taksin führte keinen luxuriösen Hof. Er wollte wenig von ausländischen Händlern wissen und machte es ihnen schwer, solchen Tand wie Uhren einzuführen. Und weil er keine Verwendung für mich hatte, befiel mich eine große Sehnsucht nach meinem Heimatland Waadt. Ich wollte noch einmal den See wiedersehen, den so lebendigen und so vielgestaltigen See in seinem unendlichen Farbenspiel von einer Jahreszeit zur anderen.

«Du mußt heimfahren, Colin», sagte Bea. «In Europa gibt es so viele neue Erfindungen. Du mußt nach Hause fahren und Männer der Wissenschaft kennenlernen, denn das ist es, was dein Denken jetzt braucht.»

«Aber Bea, du –»

«Ich bleibe hier. Bin ich nicht Prinzessin Didya, die Gattin des Prinzen Udorn?» Sie lächelte ein wenig bitter und streckte ihre Hände aus, um mich zart zu berühren. «Kleiner Bruder, du mußt gehen . . . Ich werde warten, und ich weiß, du kommst eines Tages zurück.»

Und so wurde es dann ausgemacht. Ich würde mich mit meinem fast drei Jahre alten Sohn John auf die Reise begeben.

Jean Allard, aus der Gefangenschaft zurückgekehrt, hatte in Thonburi die katholische Schule wiederaufgebaut. Geld war knapp, und er sagte mir, es gehe das Gerücht, daß die römische Kurie den Jesuitenorden auflösen wolle.

«Was werden Sie dann tun, Pater?»

«Ich werde weiter Gott dienen, so wie ich Ihm mein Leben lang gedient habe.»

Da mußte ich an die französischen Jesuiten in China denken, die, weil der französische König 1762 alle ihre Besitztümer eingezogen und die Jesuiten aus Frankreich vertrieben hatte, von der Großmut des chinesischen Kaisers lebten. Wo war

Pierre Amigot jetzt? Und dieses liebenswürdige Genie Giuseppe Castiglione – malte er noch immer für Kaiser Tsienlung?

Auch diese Männer hatten einen Traum gehabt, den großen Traum von der Harmonisierung der verschiedenen Kulturen und deren Philosophie im geistigen Gefüge der katholischen Kirche. Sie würden die Welt verändert haben, hätte man auf sie gehört.

Gewissenhaft wie immer gab mir Heer Timmermans, den die Burmesen auf Befürwortung Valentins und ohne große Lösegeldzahlung freigelassen hatten, meine Sachen zurück, von denen ich einige bei ihm deponiert hatte. Ich erhielt auch meine Truhen mit Schätzen und Gold zurück, die Ah Ming vor dem Fall von Ayuthia nach Rayong geschickt hatte. Eine dieser Truhen barg den gesichtslosen Androiden, den ich gebaut hatte. Jetzt – war ich auch nicht so reich wie Valentin mit seiner Kriegsbeute – besaß ich doch einen schönen Schatz an Gold und Edelsteinen.

Was die Figur betraf, an der ich zu arbeiten begonnen hatte, so konnte ich mir selbst nicht mehr vormachen, daß mich ihre Ähnlichkeit mit Jit befriedigen würde. Gewiß, alle Menschen versuchen, die Verstorbenen, die sie geliebt haben, in irgendeiner Weise neu zu schaffen. Doch wenn ich Jit nicht in meiner Vorstellung, meinen Gedanken lebendig machen konnte, wenn jenes Aufgehen des Herzens, das mir widerfuhr, wenn ich sie erblickte, verschwand, wenn die Erinnerung an ihre Stimme, ihre Augen, ihre Bewegungen, ihr leichtes Fließen (ja, sie *war* Wasser, der unendliche Segen des Wassers) – wenn das alles aus meinem Sinn schwinden würde, dann würde ein Teil von mir gestorben sein. Und ein Bildnis, ein Porträt zu machen – nein, das war nicht Liebe, damit hätte man nur seine wahre Liebe verraten. Es hätte bedeutet, einen Automaten mechanisch die kalte Asche der Leidenschaft aufrühren zu lassen. Das wollte ich nicht tun. Jit würde immer bei mir sein, ein ständiger untergründiger Quell der Freude, und wann immer ich das Singen und Spielen des Wassers hörte, würde ich mich an sie erinnern. Und so verbrannte ich das Bildnis, das ich zu machen begonnen hatte, an dem Tag, als Jit endlich eingeäschert wurde.

Ich hatte Valentin gebeten, sich nach Abdul Reza und seiner Familie in Tenasserim zu erkundigen, und mich mit dem Gedanken getragen, selbst dorthinzufahren, aber ich unterließ es, da die Burmesen Tenasserim und andere Küstenregionen noch immer besetzt hielten und ich mich um meinen Sohn John kümmern mußte.

Erst Jahre später sollte ich erfahren, daß Abdul Reza kurz nach seinem Eintreffen in Tenasserim gestorben war, so daß er das große Blutbad nicht mehr miterlebte. Seine Söhne hatten vor der Einnahme der Stadt noch zu Schiff fliehen und das indische Golkonda erreichen können. Vielleicht würde ich sie eines Tages wiedersehen.

Timmermans brachte mich auf das holländische Schiff *Prinz von Oranien*, und Ah Ming veranstaltete zum Abschied ein großes Fest, zu dem er Mitglieder des Clans der Schiffer einlud, unter ihnen auch einige, mit denen ich aus China herübergekommen war.

Ah Ming. Reisender-in-Leere. Marquis Fang und seine Söhne – die Erinnerung an diese Welt mit solch hervorragenden Menschen würde mich stets begleiten.

«Du wirst zurückkommen, Bruder Colin», sagte Ah Ming, als wir einander umarmten. Er würde mir schreiben, wenn er etwas von Marquis Fang, von Drittem Sohn hörte.

Die Heimreise verlief ereignislos. Ereignislos insofern, als ich nichts mehr so aufgeregt wahrnahm wie vor zehn Jahren, als ich, ein Junge noch, alles mit erstaunten Augen in mich aufgenommen hatte. Jetzt waren meine Augen und mein Herz abgestumpft. Ich war schließlich fast achtundzwanzig Jahre alt, ein Mann im besten Alter. Das Sonnenlicht, das auf die Wogen des Ozeans fiel, versetzte mich nicht mehr in Verwunderung. Jedes Übermaß an Gefühlen meidend, konnte mich der bloße Segen des Lebens nicht mehr verzaubern, in Bann schlagen. Aber ich hatte John, und ihn mußte ich jetzt ins Leben hineinführen.

19

ANNO DOMINI 1770–1785

Kalter Nebel erfüllte die Luft, als die *Prinz von Oranien* in Amsterdam eintraf, und John schluchzte und schrie, die Sonne sei gestorben. Ich hatte zwei portugiesisch-thailändische Frauen mitgebracht, die sich um ihn kümmerten, beide durch den Krieg verwitwet und kinderlos, und einen Jungen namens Pok in Johns Alter, den ich bis auf die Knochen abgemagert im Geröll dessen gefunden hatte, was einmal eine Straße von Ayuthia gewesen war.

In Amsterdam verkaufte ich einen Teil meines Goldes und meiner Edelsteine. Die Händler waren Juden und zahlten mir einen guten Preis. Ich erkundigte mich bei ihnen nach dem Verbleib der Familie Hirsch, denn Abraham hatte damals Verwandte in Amsterdam erwähnt. Ich erfuhr, daß Abrahams Frau und Tochter hier in der Stadt wohnten; Abraham war kurz nach dem Tod seines Sohnes gestorben, und das Haus in Genf war verkauft worden.

Ich ging an einem Kanal entlang, der mich an die Kanäle und Wasserwege Ayuthias gemahnte, doch das kalte Wetter dämpfte meine Erinnerungen, und ich mußte mir eingestehen, daß sich der Mensch verzweifelt an Symbole aus der Vergangenheit klammert. Wasser und Jit. Sie ließen sich in meiner Vorstellung nicht voneinander trennen. Jit, ein Born reinen Wassers, ein Quell, der für alle Zeit den Durst meiner Seele stillen würde.

Als ich auf das Haus der Hirschs zuschritt, war mir, als wandle Jacob an meiner Seite. Und dann war da seine Mutter, die, das Haar von Grau durchzogen und unter der Last des Alters ein wenig kleiner geworden, mich sofort erkannte und umarmte, vor Freude und Kummer zugleich aufschluchzend.

Aber dann kam Sarah hinzu, mit glühenden Wangen: «O Colin, Colin!» rief sie und ließ einen großen Strauß später Rosen fallen, um sich von mir umarmen zu lassen.

Ich drückte sie fest an mich. Sie duftete nach Rosen.

Sarah und ich wurden noch in Amsterdam getraut. Ich verlangte nicht von ihr, daß sie ihre eigene Religion aufgab; und obwohl es in Neuchâtel und Lausanne einiges Geraune gab, blieb ich dabei, denn ich war wohlhabend genug, um meinen Willen durchzusetzen. Geld ist Balsam auf die Wunden des Gewissens.

Wir reisten von Amsterdam nach Lausanne, und dort war der See. Und dort waren so viele Erinnerungen. Ich fuhr nach Neuchâtel. Onkel Théodore war längst verstorben. Dem Bericht seines Sekretärs Martin zufolge hatte er sich nicht mehr erholt, nachdem wir geflohen waren oder, wie es Martin als echter Neuchâteller formulierte: «Als Monsieur le Baron [das war ich] beschloß, auf Reisen zu gehen».

Martin wirkte noch steifer, noch mehr wie eine Vogelscheuche in seiner schwarzen Kleidung, aber er bestand darauf, mir eine genaue Aufstellung des gesamten Vermögens vorzulegen. Diese Ehrlichkeit war sein ganzer Stolz, und ich behielt ihn weiter in meinem Dienst, erhöhte sogar sein Salär, da ich mich glücklich zu schätzen wußte, einen solchen Mann an meiner Seite zu haben, der seinerzeit selbst das Auspeitschen so gewissenhaft ausgeführt hatte.

Sarah und ich werden glücklich sein. Ich habe das so beschlossen. Und ich weiß, wie ich ihr ein guter Lebensgefährte sein kann, und ihr immer heiteres Wesen hilft über kleine Verärgerungen hinweg. Ihre Mutter ist zu uns nach Lausanne gezogen, und beide Frauen kümmern sich um meinen Sohn John, der zu einem schönen großen Knaben heranwächst, feingliedrig gebaut und mit einem Schimmer von Gold auf der Haut.

Meine Manufakturen entwickeln sich gut; ich habe auch eine Uhren- und Mechanik-Manufaktur in Genf gekauft, in der ganz ausgesuchte Uhrengehäuse hergestellt werden. Ich stehe mit finanzkräftigen Leuten in London wie in Amsterdam in Verbindung; wir richten den Blick nicht nur auf Asien, sondern auch auf die Neue Welt als weiteren Markt für Spieldosen, Uhren und Textilien. Die Siedler in Amerika haben sich 1776 gegen die Briten erhoben und ihre Unabhängigkeit proklamiert. Ihre Abgesandten sind jetzt in Europa, und unter ihnen ist ein gewisser Benjamin Franklin, den ich gern kennenlernen möchte, denn es heißt, er interessiert sich sehr für die Kraft der Elektrizität. Schon fahren viele Schiffe voller Menschen aus den Ländern Europas nach den neuen Vereinigten Staaten von Amerika, die so große Hoffnungen auf Wohlstand wecken.

Voltaire ist nach Paris zurückgekehrt, von seinen Landsleuten mit ebensoviel Begeisterung und Bewunderung begrüßt, wie sie ihn zuvor mit Zorn geschmäht hatten.

Wer wie ich weitgereist ist und mit einigem Vermögen in die Heimat zurückkehrt, weiß wundersame Geschichten zu erzählen. Doch ich lächle nur und sage, ich sei in China und im Königreich von Ayuthia gewesen. Mein Ansehen leidet darunter. Ich gelte als wortkarg und werde deshalb als Geizkragen betrachtet.

«Er wird immer mehr wie sein Onkel Théodore, der nie ein Wort verschwendete», sagen die Leute.

Die feine Gesellschaft von Lausanne würde Bea gerne empfangen, denn man weiß, daß sie die Gemahlin eines thailändischen Prinzen ist. Aber von Valentin will man nichts wissen, und er, erzürnt darüber, daß er von den Leuten, die in der Stadt den Ton angeben, nicht akzeptiert wird, ist nach Louisiana hinübergefahren und hat sich geschworen, nie mehr zurückzukehren. «In der Neuen Welt kümmert sich niemand um die Abstammung eines Menschen, dort zählt allein, was er leistet.»

Isabelle de Thunon hat sich, zunächst etwas unsicher, entschlossen, unsere liebe Cousine zu sein und uns zu ihren Empfängen in Lausanne einzuladen.

Sarah hat mir zwei Töchter geschenkt. Abends erzähle ich meinen Kindern Geschichten vom Glanz und von der Herrlichkeit Ayuthias, der Zauberstadt, der Märchenstadt, die durch das Böse zerstört wurde, aber stets in der Erinnerung fortleben wird.

Wie Udorn schreibt, ist bei ihnen dort alles noch in Ordnung, dennoch geht der Krieg weiter. Seit fast dreizehn Jahren bemüht sich das Königreich darum, seine Macht zu festigen, und schlägt weitere burmesische Einfälle zurück. Alle diese Kriege verliefen erfolgreich, und das Königreich ist jetzt größer als je zuvor. Aber ich lese aus Udorns Briefen eine gewisse Angst heraus. «Die Menschen sind des Krieges müde. Wir Thai sind ein lässiges Volk; wir mögen das harte Leben nicht. Wir wandeln schon zu lange auf dem Kriegspfad. Wir verlangen nach mehr Fröhlichkeit . . .»

Eines Nachts kommt der Traum, der lebendige Alptraum. Bea ruft mich. Sie ist in Not. Ich wache auf, in Schweiß gebadet, während Sarah noch schläft. «Ich muß zu Bea zurück», sage ich am Morgen zu Sarah. «Bea braucht mich.»

«Du machst dir schon seit Monaten Beas wegen Sorgen», erwidert Sarah. Bin ich so leicht zu durchschauen?

«Auch John muß das Land wiedersehen, in dem er geboren wurde.»

«Natürlich», sagt Sarah. «Indien – die Gewürzinseln.» Für Sarah ist Asien eine einzige große herrliche und geheimnisvolle Gegend.

«Ich fahre mit dir», sagt Sarah. «Ich erinnere mich noch so gut an Bea. Sie war schön. Vielleicht kommt sie besuchsweise mit uns zurück. Mutter wird sich um unsere Töchter kümmern.»

Wir werden John, seine zwei portugiesisch-thailändischen Kindermädchen und Pok mitnehmen. Und ich habe mein Werkzeug und den König-Androiden eingepackt, denn Bea will es so haben. Ich weiß nicht, warum.

Der Androide. Er hat all diese Jahre in seiner Truhe gelegen, aber ich habe ihn von Zeit zu Zeit nachgesehen, habe ihn gehen, schreiben, sitzen lassen. Ich habe ihn verbessert, habe einige neue Bewegungen hinzugefügt, habe die nötigen Nokken für seine Augen und seinen Mund eingesetzt, aber sein

Gesicht trägt immer noch keine Züge ... es wartet darauf, daß Bea sie schnitzt.

Inzwischen sind andere Handwerker und Künstler auf den Plan getreten, unter ihnen die Brüder Jacquet-Droz von Neuchâtel, die hervorragende automatische Menschen gemacht haben. Im Jahre 1774 führten sie eine Dame vor, die Cembalo spielte, und einen Scholaren; die Dame spielt wirklich. Ich habe mir die Figuren angesehen, inmitten eines Gedränges von Edelleuten und Diplomaten, die sie alle bewunderten. Ich sehe, daß die Jacquet-Droz viele den meinen ähnliche Ideen hatten, denn Erfindungen sind nicht das Monopol eines einzelnen, und was einer entdeckt, mag später oder zur gleichen Zeit von einem anderen entdeckt werden. Aber ich bin froh zu wissen, daß mein Androide genausogut, wenn nicht besser ist als diese Stücke, die jetzt die Runde an den europäischen Höfen machen.

Wir schiffen uns im März 1781 auf einem englischen Viermaster ein. Es besteht jetzt keine Angst mehr vor Skorbut, denn ein Engländer namens Linden hat wiederentdeckt, was die Araber schon wußten, nämlich, daß der Saft von Zitronen und Orangen die Seefahrer gesund erhält. Ich muß an Abdul Reza und Ismail und die Kisten mit Limonen denken, die sie an Bord der *Cardus* gebracht hatten für unsere erste Seereise, damals, vor über zwanzig Jahren.

John und Pok rannten auf den Decks umher, und durch sie fand ich zu dem alles voller Verwunderung erfassenden Blick des Kindes zurück. Ich hatte viele Bücher mitgenommen und erteilte ihnen jeden Tag eine Lektion. «Wenn nur Jacob bei uns wäre», seufzte Sarah.

«Er ist bei uns, im Geist ist er bei uns», sagte ich. Bei meiner ältesten Tochter hatte ich eine Begeisterung für die Sterne bemerkt und hatte ein Fernrohr für sie gekauft. Frauen müssen die gleiche Bildung haben wie Männer. Darin folge ich dem arg geschmähten Jean-Jacques Rousseau und seinen Erziehungstheorien. Große Veränderungen bahnen sich an, und wir müssen mit der Zeit gehen.

Wir treffen in Bangkok während der guten Jahreszeit ein, im

Oktober, und erhalten die Erlaubnis, vor Anker zu gehen, wenn auch die Zollbestimmungen inzwischen sehr streng sind, da noch immer Gold und Statuen geschmuggelt werden. Wer irgendwelche Schätze findet, muß sie abliefern. Die Steuern sind hoch; sogar die chinesischen Schiffer sind erzürnt, denn König Taksin möchte den gesamten Handel beherrschen, und ihre Gewinne sind stark zurückgegangen.

Auf der Bangkok-Seite des Flusses sind Häuser für die *Farang*-Kompanien und ihre Manufakturen. Ich erkundige mich nach Erik Erikson, nach Timmermans. Timmermans ist in Batavia, und Erik ist nicht wieder gesehen worden; er ist noch in Indien.

Kaum sind wir gelandet, kommen Boten geeilt und kündigen meine Schwester, Prinzessin Didya, an. «Sie muß gesehen haben, wie unser Schiff eingelaufen ist.» Sarah ist überrascht. «Wie hat sie erfahren, daß wir eingetroffen sind? Sie muß das Schiff gesehen haben.» Ich kann Sarah nicht sagen, daß Bea immer und ewig wissen wird, wo ich bin, was ich tue. Eine Frau erträgt die Vorstellung nicht, daß zu jeder Zeit, ob bei Tag oder bei Nacht, das Denken eines anderen sich herantastet und zwischen sie und ihren Gatten, den Mann, den sie liebt, treten kann.

Bea schritt durch den Garten der Herberge, in der wir bis zur Überfahrt nach Thonburi abgestiegen waren. Sie war so schön wie eh und je, als sie zwischen den Palmen und Pisangbäumen näherkam, und ich spürte, wie es Sarah innerlich traf, als sie sich der Ausstrahlungskraft Beas bewußt wurde, ihrer Macht, andere zu beeinflussen, mich zu beeinflussen. Aber sie ging ihr entgegen, voller Zuneigung und Freude, vielleicht ein wenig zu beflissen, um das eigene Unbehagen zu überwinden. Sie küßte Bea und schob John vor, damit sie ihn sähe, und rechnete damit, daß Bea so etwas wie «Was für ein schönes Kind» sagen und ihr, Sarah, ob ihrer guten Pflege für ihn ein Kompliment machen würde. Aber Bea schwieg.

Wir fuhren mit dem Prunkboot meiner Schwester nach Thonburi hinüber zu Udorns neuem Palais, das herrliche Dächer und Säulen besaß. Es war umgeben von einem Garten, dessen Felspartien, Bäume und Teiche mich an den herrlichen Garten Marquis Fangs in Yangchou erinnerten. Doch hier war alles üppig, ungezähmt, und die voll aufblühende Schönheit sprach eher die Sinne an als den Verstand, der die Eleganz und Symmetrie der Kunst bevorzugt – die Art des Menschen, der Natur seinen Willen aufzuzwingen.

Udorn wirkte untersetzter als früher. Viele Kinder seiner vielen Ehefrauen rannten umher. Er begrüßte Sarah sehr höflich, und endlich löste sich ihre innere Anspannung. «Ein sehr gebildeter Edelmann», sagte sie. «Er spricht so gut französisch.»

«Kein Wunder – er hat ja auch drei Jahre in einer Jesuitenschule verbracht, und sein Vater und sein Großvater waren Gesandte in Europa», erwiderte ich.

Ich hatte Sarah, John und Pok bereits die Sitten des Landes gelehrt, denn Sarah würde sich, das wußte ich, sonst verloren fühlen, wenn sie nach ihrer Position suchte in diesem wiedergewonnenen Raum, der meine Vergangenheit war, der mich und Bea umfaßte.

Bea suchte ein Gespräch mit mir. Eine gewisse Unruhe, die nur ich wahrnahm, huschte bisweilen über ihr schönes Gesicht. An jenem Abend ging ich zu ihr in den Garten, wo sie schon auf mich wartete.

Die Dunkelheit mit ihrem leisen Geräusch von Vögeln, von Wasser und schläfrigen Insekten, bildete eine Wabe um uns. Ich hörte in meinen Ohren jenes Muschelgeräusch des wogenden Meeres, in dem wir schwammen in unserer ungeborenen Zeit, im Schoß unserer Mutter.

«Taksin», sagte sie.

«Sprich, Bea.»

«Es heißt, er sei auf gefährliche Weise verrückt, Colin. Es heißt, er tue schlimme und häßliche Dinge.» Sie erschauerte.

Kriege. Ein Krieg nach dem anderen. Viele Feldzüge, so viele. Beim einen ging es darum, den üblen Priester-Fürsten von Fang im Norden zu besiegen, der ein eigenes Königreich errichten wollte. Andere, wieder andere, verfolgten den Zweck, Laos zurückzuerobern, die Kambodschaner zu unterwerfen. Und weitere Kriege gegen die Burmesen, die von ihren Einfällen nicht abließen. Niemals gab Taksin nach, und jeder Gouverneur oder Beamte, der sich unterwarf, wurde bestraft.

«Taksins Mutter ist während des Feldzugs gegen die Burmesen gestorben», sagte Bea. «Als sie wieder einmal in den Süden eingefallen waren. Taksin hatte keine Zeit, um an ihr Sterbebett zu eilen.»

Bea hielt inne und fuhr dann fort: «Ich glaube, die Priester, die Bikkus vergiften ihn. Udorn hat mir geraten, nachsichtiger zu sein, denn die Menschen hier lieben ihre kleinen Schurkereien, ihre kleinen Vergehen und die Magie der Feste. Sie wollen lachen, doch Taksin sagt statt dessen immer: ‹Ich habe wenig Zeit übrig . . .›, und jetzt hat er Visionen und Träume, und er meditiert viel und versucht zu fliegen, die Kunst des freien Schwebens zu erlernen.»

«Er will fliegen?»

«Weißt du noch, Colin – er hat dich einmal gefragt, ob du glaubtest, Menschen würden eines Tages fliegen können?»

«Ja, ich erinnere mich.» Die Szene kam mir wieder vor Augen. Bea kümmerte sich um Udorns ersten Sohn, und Taksin stellte mir diese Frage.

Ich hatte ihm von Leonardo da Vincis Flugmaschine erzählt und von der Prophezeiung: «Wenn Menschen gleich Vögeln am Himmel fliegen . . .»

«Was willst du, daß ich tue, Bea?»

«Ich weiß es nicht, Colin. Ich fühle Gefahr für den König. Und im Traum hörte ich deinen Namen. ‹Colin . . . Colin kann ihn retten›.»

Ihren Körper erfaßte ein starkes Zittern, das sie nicht beherrschen konnte. Über all diese Jahre hinweg hatte sie in Qualen gelebt, hatte einen Mann geliebt, der ihr keinen Blick schenkte. Und so wie ein Galeerensklave an sein Schiff gekettet ist, war Bea an ihre Liebe gekettet.

«Er benimmt sich allmählich . . . seltsam», meinte Ah Ming.

Ah Ming war jetzt ein wohlsituierter Kaufherr in Thonburi, mit einer beträchtlichen Anzahl von Schiffen, die Teakholz aus den Wäldern schafften, eine bedeutende Persönlichkeit innerhalb der Chinesenkolonie.

«Wenn ein Mensch große Macht besitzt, Bruder Colin, dann verliert er seine Selbsterkenntnis. Er kommt sich vor wie ein Gott. Der König glaubt jetzt, er sei ein Buddha und könne deshalb nichts Falsches tun. Und er hat nur Schmeichler um sich, die ihm viele Lügen erzählen.»

Taksin habe vieles bewerkstelligt, sagte Ah Ming, vieles, das gut sei. Er hatte sogar selbst Bücher geschrieben, weil er das alte Ayuthia wiederaufleben lassen wollte. Denn mit Ayuthia war auch die ungeheure Sammlung von Büchern, von historischen Archiven, von Musikinstrumenten untergegangen – alles hatte das Feuer vernichtet.

«Aber die Menschen sind wetterwendisch, haben ein kurzes Gedächtnis, Colin. Sie vergessen so leicht das erreichte Gute. Sie werden der Strenge, der kargen Regel sehr schnell müde.»

Natürlich. Und die Chinesen ärgerte auch die strenge Zollkontrolle. Taksin hatte ihre Gewinne beim Schmuggel drastisch eingeschränkt.

«Aber es sind die *Farang*-Priester und die *Farang*-Kaufleute, die jetzt sagen, er sei verrückt», fuhr Ah Ming fort. «Er ist aber nicht verrückt, sondern nur sehr einsam, und einige Prinzen . . . wünschen, daß er stirbt.»

Jean Allard war in Bangkok, er kümmerte sich dort um die katholische Mission und die Schule. Er begrüßte mich überschwenglich und drückte mich viele Male an sich. Aber als wir auf den König zu sprechen kamen, seufzte er und blickte düster drein.

«Der König hat versucht, den christlichen Beamten und Adligen den Treueid mit nur einem einzigen Ritual abzunehmen; sie sollten von dem Wasser trinken, das die Brahmanen am königlichen Hofe geweiht hatten. Bei den Christen war es jedoch üblich, daß sie den Treueid in der Kirche schworen, gebeugten Knies, den Kopf erhoben, unter Anleitung des Priesters. Und jetzt verbringt der König viel Zeit bei dem Versuch, zu fliegen.»

«Ich habe ihm das vom Fliegen erzählt», erwiderte ich schuldbewußt. «Ich habe ihm einmal gesagt, es könnte möglich sein, eines Tages eine Flugmaschine zu konstruieren.»

Jean Allard blickte mich verblüfft an. Dann gelangte er, als echter Jesuit, der er war, zu einer praktikablen Lösung. «Der König meditiert, glaubt, er sei eine Reinkarnation seiner Idole. Er hat das Gefühl, daß sein Geist seinen Körper verläßt, über ihm schwebt und über das ganze Land streift. Wir müssen das verurteilen, mein Sohn, denn das ist dämonisch – und deshalb müssen wir glauben, daß er nicht bei Verstand ist.»

Da begriff ich, daß sogar Allard dafür war, Taksin loszuwerden. Auch die *Farangs* in Bangkok waren gegen Taksin eingestellt; und Allard, der hier von den Spenden der christlichen Gemeinde lebte – denn der Jesuitenorden war 1773 durch den Papst aufgelöst worden –, hing möglicherweise von einem großzügigen Adligen ab, der ein Feind Taksins war.

Udorn machte mich mit einem anderen Aspekt der Angelegenheit vertraut. Die Prinzen und Adligen waren empört über die Art, wie er zwei seiner Ehefrauen behandelt hatte, beide Prinzessinnen von Geblüt.

«Eigentlich war alles Nis Schuld», sagte Udorn.

«Das ist natürlich sehr bedauerlich, aber –»

Ni war, in Beas Gefolge, eine von Taksins Anhängern gewesen, als er Ayuthia verlassen hatte. Sie war wie Bea zusammen mit Taksins siegreicher Armee zurückgekehrt. Danach hatte sie einen Mann namens Sanga geheiratet, der auch als einer von Taksins Getreuen galt und jetzt Kommandeur der königlichen Arsenale war.

Ni war es, die, da sie im Palast aus und ein gehen konnte, dem König eingeflüstert hatte, zwei der Prinzessinnen seien schamlos und hätten sich mit seinen portugiesischen Pagen eingelassen an einem Tag, als Taksin den Pagen befohlen hatte, im Inneren Palast Jagd auf Ratten zu machen. Denn Ratten waren noch immer die große Plage, noch Jahre nach dem Fall von Ayuthia – sie hatten die zerstörte Stadt verlassen und gediehen nun prächtig in Bangkok und auch in Thonburi.

«Und Taksin hat Ni geglaubt», sagte Udorn. Er hatte die

Prinzessinnen zum Tode verurteilt, hatte ihnen Hände und Füße abhacken und sie dann zu Tode peitschen lassen. Hatten auch frühere Könige von Ayuthia solche oder noch grausigere Bestrafungen angeordnet, so war dies für den Adel doch ein Schock, weil Taksin ein Emporkömmling war und Ni eine ehemalige Sklavin. «Und einige von uns haben das übel vermerkt», sagte Udorn.

Nach einer Pause fuhr er fort: «Aber nachdem Taksin diese beiden Ehefrauen getötet hatte, war er sehr bekümmert und von Reue erfüllt. Er wollte für seine Schuld büßen, indem er religiöse Übungen vollzog. Er zog sich zur Meditation in den Wat Arun zurück. Seine Vertrauten, der *Chakri* und sein Bruder Surasit, der Oberbefehlshaber der Armee, regieren das Land, während er sich zu seinen Meditationen zurückzieht.»

Nach allem, was Udorn auf seine freundlich-charmante Art durchblicken ließ, war es klar, daß mit einem Machtwechsel gerechnet werden mußte, der natürlich nicht ohne Mord und Totschlag vonstatten gehen würde. Und ich hatte den Eindruck, daß Taksin nicht wahnsinnig sei, sondern in den Wahnsinn getrieben wurde. Vielleicht gab man ihm tatsächlich ein langsam wirkendes Gift ein. Bea würde es wissen.

«Bea, ich kann nichts tun. Der König muß sterben.»

Bea, abgezehrt vor Kummer und Sorge, schlug mir ins Gesicht.

«Colin, wie wagst du es, so zu sprechen? Weißt du nicht, daß Udorn auf der Seite derer ist, die sich gegen ihn zusammentun?»

Ich fuhr mir über die Wange. Beas Wut konnte nicht meinen Zorn erregen. So oft hatten wir uns als Kinder geschlagen und gleich darauf umarmt.

«In seinem Herzen, wenn auch nicht nach außen hin, steht Udorn auf der Seite der Prinzen, die Taksin feindlich gesonnen sind. Und das gleiche gilt für Ni. Sie ist von großem Ehrgeiz erfüllt. Sie will, daß Sanga, ihr Gatte, König wird. Sie gibt Taksin Gift ein.»

«Bea.» Ich hielt sie fest, wie immer, wenn ihr Körper dem

meinen nahe kam, von den unterschiedlichsten Regungen bewegt. «Bea, hör auf mich – wir können nichts tun. Verlaß dieses Land und komm mit uns zurück, nur zu einem Besuch. Udorn hätte gewiß nichts dagegen, und du wärst in Sicherheit.»

Bea starrte mich an, und ich hielt inne. Sie brachte es immer wieder fertig, daß ich mich erbärmlich fühlte. Auch jetzt kam ich mir klein und als ein Nichts vor.

Udorn. Seine Augen wußten alles, sein Gesicht war glatt – ein Mann, der mit den Drehungen und Windungen des Schicksals vertraut war. Er blickte über seinen Garten hin und genoß das Farbenspiel der Blüten, als wir miteinander sprachen.

«Keran, Sie wissen, daß Ihre Schwester den König seit vielen Jahren liebt. Ich habe nicht eingegriffen, weil sie mich nicht auf die Weise betrogen hat, die man Ehebruch nennt, aber ja, ja, nehmen Sie sie jetzt mit, ehe –»

Ich wußte, was er sagen wollte: ehe Taksin aus dem Weg geräumt wird. Durch die Prinzen, den Adel, weil es jetzt so beschlossen war. Er stellte eine Gefahr für das Königreich dar, zumindest wurde es so betrachtet, und deshalb mußte er entfernt werden auf die einzige Weise, auf die Könige entfernt werden können.

Meinem Sohn John gefiel das Leben in der Heimat seiner Mutter. Seine portugiesisch-thailändischen Kindermädchen, wieder im Kreis ihrer Familien, waren glücklich. Pok hatte seine eigenen Landsleute zuerst verwirrt angeschaut, aber er war noch jung genug, um sich anzupassen, und er spielte mit Udorns Kindern und benahm sich bald wie eines von ihnen. Ich beschloß, Pok bei Udorn zurückzulassen; er brauchte den Umgang mit seinen Landsleuten. Doch John würde in meinem Land leben müssen, bei mir, obwohl ich wußte, daß ihn seine zweifache Abstammung noch viele Jahre lang verwirren würde.

Sarah freundete sich mit vielen Frauen der *Farang*-Kolonie in Bangkok an. Obwohl sie und Bea freundlich miteinander umgingen, hatte Sarah doch immer ein wenig Angst vor Bea und versuchte sich gegen ihre geistige Kraft zu wehren. Denn Sarah ahnte – auf jene wortlose, unbewußte Weise, in der wir in uns Dinge empfinden, die wir nie auszusprechen wagen –, daß ich andere Leben gehabt hatte, andere Ausprägungen meines Ich besaß, die sich ihrer Kenntnis entzogen. Und daß der Ehegatte, den sie kannte, nur eine dieser Personen war, für sie eingefangen in einem alle diese Existenzen umspannenden Harnisch, damit sie nicht beunruhigt würde. Sie schenkte mir Zärtlichkeit, bemühte sich, mich in dem Bild zu bewahren, das sie sich von mir gemacht hatte: Baron Colin Duriez. Aber neigen wir nicht alle dazu, nur die Person in einem Menschen zu lieben, die wir kennen, und die anderen zu übersehen?

Alles fing an mit einem scheinbar unbedeutenden Aufruhr in Ayuthia. Ayuthia war jetzt nur noch Ödland, Trümmer – seine Kanäle waren verschüttet, und selbst vom Königspalast waren nur noch zerbröckelnde Mauern übrig.

Aber Goldschmuggler und Schatzsucher stöberten noch immer in den Ruinen, auf versteckte Reichtümer erpicht. Der neue Gouverneur hatte verfügt, daß alle gefundenen Schätze eingezogen würden. Und das ärgerte die Schatzsucher und auch die kleineren Händler und Kaufleute, die in der Gegend um Ayuthia geblieben waren und deren Lebensunterhalt vom Handel mit geschmuggelten Statuen und Gold abhing. Und eines Nachts, bei Neumond, erstürmten sie die Residenz des Gouverneurs und töteten seine Frauen und Kinder, während der Gouverneur selbst nach Thonburi entfliehen konnte.

Der Gouverneur war ein Bruder Sangas, des Kommandeurs der Arsenale des Königs und Gatten Nis. Infolgedessen hatte er Zugang zum König, und Taksin beauftragte Sanga mit der Niederwerfung der Rebellen von Ayuthia.

Sanga brach auf, und eine Gesandtschaft der Aufrührer kam ihm entgegen, doch anstatt die Rebellen zu bekämpfen, versammelte er sie um sich, stellte eine kleine Armee auf und zog zurück nach Thonburi. Dann umstellte er Taksins Palast. Und da er das Arsenal unter sich hatte, bekamen die Wachen des Königs keine Munition für ihre Musketen. Außerdem wiegelte

Sanga eine Masse von Unzufriedenen in Thonburi selbst zur Erstürmung des Palastes auf.

Die Nachricht erreichte uns durch einen Boten: «Der Königspalast wird angegriffen von einer Armee unter dem Befehl des Kommandeurs der Arsenale, Phya Sanga.»

Bea erhob sich, bleich bis in die Lippen.

Udorn machte keine Bewegung und sagte ganz ruhig: «Setz dich wieder, Liebes.»

«Udorn ...»

«Setz dich, mein Herz. Laß die Dinge ihren vorherbestimmten Lauf nehmen. So hat es der Große Buddha gewollt.»

Bea funkelte ihn an. «Du hast dem König Treue geschworen.»

«Der König ist wahnsinnig. Taksin ist nicht mehr Taksin.»

Bea stürzte in den Garten, lief in den Abend hinaus, und ich stolperte hinter ihr her. «Bea, Bea, komm zurück ...»

Was konnte sie tun, allein, gegen eine Meute in Waffen?

Udorn schickte ihre Zofen nach ihr aus, und sie brachten sie zurück, doch sie entrang sich ihrem Griff und flehte: «Laßt mich gehen ... ich kann kämpfen ...»

Ich legte ihr die Hände auf die Schultern. «Bea, hör mich an ...»

Udorn ließ die Tore des Palastes verschließen. Wir saßen zusammen, Bea und ich, in ihrem Zimmer. Ich sprach lange auf sie ein, obwohl ich wußte, daß meine Worte sie nicht erreichten. Bea saß unbeweglich wie eine Statue, ihre Augen waren unergründliche dunkle Teiche und starrten blicklos in die Nacht hinaus.

Taksins Leibwache von sechsunddreißig Christen hielt sich tapfer fast die ganze Nacht hindurch, obwohl von außen keine Hilfe kam. Die Leute von Thonburi rührten keinen Finger für Taksin, und die Leibwache wurde schließlich bis auf den letzten Mann niedergemacht.

Bei Morgengrauen schor sich Taksin das Haar und entledigte sich seiner königlichen Gewänder. Er bat den Oberpatriarchen, ihn im Wat Arun als Mönch zuzulassen, und er wurde als Laiengläubiger aufgenommen.

Er verharrte im Wat, während die Adligen und Prinzen beratschlagten und dann verkündeten, Taksin habe auf die Königswürde verzichtet.

Von dieser Zusammenkunft erfuhr ich wenig – ich weiß nur, daß Sanga manche Anhänger hatte und danach strebte, König zu werden. Aber zu viele standen gegen ihn, so daß er schließlich dem allgemeinen Verlangen nachgab, das darin bestand, den *Chakri* und seinen Bruder, den obersten Befehlshaber, zurückzurufen, die beide gerade in fernen Provinzen Aufstände niederwarfen.

Innerhalb einer Woche kehrten der *Chakri* und sein Bruder zurück. Sanga wurde festgenommen, und man unterdrückte allen Aufruhr. Es stand bereits fest, daß dem *Chakri* die Krone angetragen werden würde, denn er war von königlicher Abstammung und hatte Heroen unter seinen Vorfahren.

Man schrieb jetzt Ende März des Jahres 1782, und wir bereiteten uns auf die Abreise vor. Unser Schiff wartete im Hafen, mit Seide, Porzellan und Gewürzen und einer ganzen Gruppe von Kaufleuten an Bord, die schnell das Weite suchen wollten. Ich flehte Bea an, doch mit uns zu kommen. «Du kannst nichts mehr für Taksin tun, Bea, überhaupt nichts. Was geschieht, ist der Wille des Volkes.» Sie sah mich verächtlich an, ging auf ihr Zimmer und schloß sich ein. Und ich war von Verzweiflung erfüllt.

Ni und Sanga wurden auf die übliche Weise zu Tode gebracht, was niemanden überraschte. Und eines Tages wachte ich schreiend auf, und Sarah sagte: «Wieder ein Alptraum», und brach in heftiges Schluchzen aus. Sie konnte das, was sie meine Alpträume nannte, nicht ertragen, obwohl ich sie jetzt nicht mehr so häufig hatte. Denn Bea war da, sie rief mich von jenseits der Schlafzimmertür. «Colin, komm ...» Also stand ich auf und sagte zu Sarah, daß ich frische Luft brauchte im Garten drunten, und ging zu Bea. «Udorn hat es ermöglicht, daß wir zu König Taksin gehen, ehe –» Sie mußte schlucken und sagte weiter nichts.

In unseren Sänften wurden wir rasch zum Wat Arun, dem Tempel des Morgengrauens, getragen. Uns folgte eine weitere Sänfte.

Mönch Teo, älter jetzt, weiser noch und lächelnd wie je, begrüßte uns und zeigte sich sehr erfreut, mich wiederzusehen. «Es ist edel von Ihnen, daß Sie kommen. Ich geleite Sie vor sein Antlitz.»

Wir schritten über den gepflasterten Weg und durch den Hof, dann die Stufen hinauf zum Heiligtum mit seinen kleinen Räumen; und dort, in einer Zelle, vor einer Statue des Allbarmherzigen Buddha, mit eben wieder sprießendem Haar gleich Bürstenborsten, saß Taksin in der Lotushaltung, unbeweglich, in Trance versunken, die Augen geschlossen.

Mönch Teo sagte leise: «Die königliche Majestät hat Besuch.» Er kniete in einer Ecke nieder und fächelte sich behutsam mit seinem schwarz-goldenen Tarapin. Taksin schlug die Augen auf, doch sein Blick heftete sich nicht auf uns. Er richtete sich auf das golden strahlende Gesicht des Großen Buddha. Er sah die Figur an und durch sie hindurch, als könne er die Mauern der Materie, die dichte Substanz der Dinge durchdringen und über sie hinausreichen. Seine Augen hatten noch immer diesen eigenartigen, fast unirdischen Glanz, der einst so zwingend war, und von seiner Person ging noch immer jene starke Ausstrahlung aus, die einen traf wie ein Schlag.

«Keran, ich freue mich, daß Sie hier sind. Geht es Ihnen gut?» Er sprach mit entrückter, aber doch ganz natürlicher Stimme.

«Sehr gut, Majestät. Wir sind gekommen –»

«Um mich noch einmal zu sehen und sich von mir zu verabschieden, bevor ich dieses Leben verlasse. Sie sind sehr freundlich.»

Bea sprach, und ihre Stimme zitterte vor Leidenschaft: «Majestät, wir kommen, Sie zu retten. Mein Bruder hat diesen Maschinenmenschen gebaut; wir haben ihn mitgebracht. Wir können ihn hier hinstellen. Die Wachen werden glauben, es sei die Majestät –»

Vielleicht zum erstenmal in all den Jahren sah Taksin sie an.

Er wandte den Kopf, und seine Augen trafen die ihren und blieben auf ihnen ruhen.

«Edle Dame vom großen Herzen und vom Sinn einer Sternschnuppe, ich danke Ihnen. Ihr Bruder macht in der Tat hervorragende Automaten – hat er nicht vor fünfzehn Jahren viele Maschinensoldaten für die Wälle von Ayuthia gebaut? Und sollten Sie die Wachen mit viel Gold bestechen, werden sie den Maschinenmenschen für mich halten. Aber was hätten Sie damit gerettet? Nur die fleischliche Hülle eines Mannes, der, wie man sagt, nicht mehr Herr seines Verstandes ist. Nur ein paar Jahre mehr für diesen Körper, wo doch die Seele in ihm das Nirwana erreicht, die Gnade der Nichtwiedergeburt.»

Da begann Bea zu weinen, und die Tränen flossen über ihr Gesicht. Taksin schloß die Augen und kehrte zu seiner Meditation zurück, und ich erhob mich und legte Bea die Hände auf die Schultern. Da sprach Taksin mich noch einmal an, mit gleichsam schon körperloser Stimme, die Augen noch immer geschlossen.

«Keran, glauben Sie wirklich, daß der Mensch eines Tages fliegen wird?»

«Ja, Majestät», erwiderte ich. «Ja, das wird geschehen ... eines Tages.» Da lächelte er und hob die Hände, um uns zu segnen.

Bea weinte, weinte um all der Jahre ihrer Liebe willen. Als wir wieder im Haus waren, brachte ich sie auf ihr Zimmer, und wie in unserer Kinderzeit blieb ich bei ihr und hielt sie viele Stunden in den Armen.

Die Palastwachen kamen, um Taksin abzuholen. Da er noch nicht zum Mönch geweiht war, war es keine Sünde, ihn hinzurichten.

Sie trugen schwere golddurchwirkte Tücher bei sich, die sie kniend niederlegten, während Mönch Teo und andere Mönche die für den Übergang einer Seele bestimmten Litaneien anstimmten. Taksin trat in die Bahnen der golddurchwirkten Seide hinein, und die Wachen banden den Stoff um ihn zu einem Sack, mit Schnüren aus Seide, an denen goldene Quasten hingen. Sie trugen den Sack zum Ort der Hinrichtung, der sich in seinem eigenen Palast befand, in der Grabkapelle, die er für seinen Tod vorbereitet hatte.

Mit langen flachen Klingen aus bestem Sandelholz, vergoldet und in Gold gefaßt, schlugen sie auf den Sack und den Körper darin ein, bis dieser sich nicht mehr bewegte.

Dies war die für einen großen und erhabenen König vorgeschriebene Todesart.

Die für die Bestattung zuständigen Hofbeamten hüllten den Körper in Rollen von feinstem Tuch, knüpften alles fest und falteten ihn dann zusammen wie ein Kind im Mutterleib und steckten ihn in einen großen Krug aus Silber. Dort harrte Taksins Körper, bis seine Säfte durch eine im Boden angebrachte Öffnung in ein silbernes Becken geronnen waren. Ein Jahr später, als nur noch die blanken Knochen übrig waren, wurde er feierlich eingeäschert im Verlauf einer großen Zeremonie, wie sie sich für einen großen und erhabenen König schickte.

Es war am 7. April 1782, auf den Tag genau fünfzehn Jahre nach dem Fall von Ayuthia, als König Taksin von Thonburi dieses Leben verließ. Er war an diesem Tage achtundvierzig Jahre alt.

Oh, schmerzlich ist Geburt und Wiedergeburt, nie endend, und glücklich der Sinn, der das Unaussprechliche erreicht, das alles Verlangen auslöscht . . .

Nach seinem Tod setzten die Legenden ein; ein Flüstern, dann ein Raunen, dann ein dichtes Gewebe in der Luft über dem Gewirr der Gassen, unter den Leuten, das in aller Denken eindrang. Nun da der König tot war, erinnerten sich alle seiner. Es hieß, er sei nicht getötet worden. O nein, er sei nicht tot. Er lebe, ein wiedergeborener Buddha, dessen Geist über dem Land wachte, das er gerettet und geliebt hatte. Sein Geist höre auf die Worte des Volkes, das er während der Jahre des Hungers genährt hatte. Sein Geist schwebe über Thonburi und über Ayuthia, der herrlichen Stadt, der Zauberstadt, dem Herz des Königreiches, der Stadt, deren Herrlichkeit nie enden wird.

Die Menschen machten nun kleine Figuren aus Lehm und

Porzellan, die König Taksin darstellten, beklebten sie mit Goldfolie und beteten davor. Und sie legten Blumengirlanden und Miniaturnachbildungen von Pferden, Elefanten und Tänzerinnen vor kleinen, für ihn errichteten Schreinen nieder.

Taksins Brüder, einige seiner Söhne und die Getreuen in seiner nächsten Umgebung waren ebenfalls zu Tode gebracht worden – durch die unbeherrschte Menge, wie die einen sagten, auf Befehl Surasits, des Bruders des *Chakri*, wie die anderen behaupteten. Der *Chakri* nahm jetzt den Namen *Chakri* als den seiner Dynastie an und wurde später bekannt als König Rama. Er sei zu vornehm, sagte mir Udorn, um ein solches Gemetzel angeordnet zu haben, denn der *Chakri* hatte Taksins Tochter geheiratet, und Taksin hatte die Tochter des *Chakri* geheiratet, weil sie ihre Freundschaft besiegeln wollten. Und der *Chakri* rettete einen Enkel, den Sohn seiner Tochter aus der Ehe mit Taksin.

Im Neuen Königreich blieb alles ruhig; die Menschen waren mit dem neuen König zufrieden in der Hoffnung, daß nun die Kriege aufhören würden. König Rama hatte schon Schreiben nach Macao gesandt, um die Missionare zurückzurufen, die Taksin ausgewiesen hatte. Er verminderte die Steuerlast und plante, Gesandtschaften in die Welt zu schicken, damit *Farang*-Händler in großer Zahl ins Land kämen. Er stützte die buddhistische *Sangha* und machte den Wats reiche Geschenke. Er verlegte die Hauptstadt über den Großen Mutterfluß Menam von Thonburi nach Bangkok hinüber.

Ende April stachen wir in See. Bea kam mit uns. Sie schien Taksins Tod mit Fassung hingenommen zu haben, denn ihrem Gesicht war kein Kummer anzumerken, und es wirkte auch nicht mehr hager. Als schöne und vornehme Prinzessin, ganz Anmut und Lieblichkeit, wurde sie in ihrer Sänfte den Landungssteg hinaufgetragen.

Wie meist auf einer Seereise, hielt sich Bea fast ständig in ihrer Kabine auf. Das Wogen der See bereitete ihr Unbehagen, doch an Tagen mit ruhigem Wetter ging sie mit Sarah an Deck auf und ab, und die beiden Frauen sprachen freundlich miteinander im Schatten ihrer Sonnenschirme. Und wenn ich meine Gedanken zu ihr schickte, begegnete ich keinem Widerstand, sondern nur einer farblosen, gesichtslosen Stille, einem Grau, das mich überraschte. In Bea war immer viel Sturm gewesen. Ich kannte ihre Stimmungen, die sich alle in Farben ausdrückten, so vielgestaltig und wandelbar wie die Farben unseres Sees. Doch nun wurde der See zu Quecksilber und verschmolz unsichtbar mit dem Himmel.

Alles nahm einen guten Lauf, als wir in das Palais der Duriez in Neuchâtel zurückkehrten und dann während der Wintermonate mein Haus in Lausanne bezogen. Ich kaufte ein kleines Haus für Bea, gleich neben dem meinen, ein hübsches dreigeschossiges Haus, zum See und zur Sonne hin gelegen. Bea fügte ihm ein gläsernes Treibhaus an, wo die tropischen Pflanzen und Bäume, die sie mitgebracht hatte, prächtig gediehen. Die vornehme Gesellschaft von Lausanne hieß sie willkommen, denn sie war schließlich Prinzessin, und sie war zu allen sehr freundlich, und die Seidenstoffe, Juwelen und Kunstgegenstände in ihrem Haus machten manche vornehme Dame vor Neid erblassen.

Als ich eines Nachmittags an Beas Tor vorüberging, kam mir der Gedanke, bei ihr hineinzusehen. Der Diener, der mir die Tür öffnete, sagte: «Madame la Princesse ist in ihrem Boudoir.»

Ich stieg die Stufen zu diesen reizenden mit Samt und Seide ausgestatteten kleinen Räumen hinauf, wie sie Damen von Stand neben ihren Schlafzimmern lieben, und hörte Stimmen. Bea mußte Besuch haben, obwohl draußen keine Kutsche gestanden und der Diener mir nichts von einem Gast gesagt hatte.

Die Tür stand halb offen, doch klopfte ich an und sagte gleichzeitig: «Ich bin es, Bea.» Und ich stieß die Tür weiter auf.

Bea saß auf einem Schemel. Vor ihr war ein goldenes Tablett mit Blumen und Weihrauchstäbchen in einem goldenen Räuchergefäß. Ihr gegenüber auf einem Podium, wie auf einem

Thron, saß der Androide, mein mechanischer König, die Beine in Lotushaltung gekreuzt. Er wandte mir den Kopf zu und sah mich an. Er hatte jetzt ein Gesicht und Augen mit einem eigenartigen Glanz.

«Bea . . . was . . .»

«Colin.» Bea erhob sich, knickste vor dem Androiden und trat einige Schritte zurück. «Eure Majestät gestatten.» Sie sprach thailändisch. Der Androide starrte mich weiter an, starrte durch mich hindurch; dann drehte er den Kopf, erhob sich, ging einige Schritte, setzte sich an den Tisch in der einen Ecke des Zimmers, ergriff einen Federkiel, tauchte ihn ins Tintenfaß und begann zu schreiben.

Mein Herz begann wie wild zu klopfen, vor Schreck, vor Grausen. Ich packte Bea an der Hand und zog sie aus dem Boudoir hinaus.

«Bea, ich dachte, er ist noch immer in der Truhe . . .»

«Lieber Colin.» Bea, freundlich, die Augen wie Smaragde, glücklich. «Seine Majestät hat die Seereise in der Tat gut überstanden in der Truhe. Er war in meiner Kabine, erinnerst du dich? Jetzt hat er sich an die Witterung hier gewöhnt.»

«Bea, bitte . . . er ist doch nur ein Androide . . . ich habe ihn gemacht, habe ihn zusammengesetzt . . .»

Bea schüttelte belustigt ihre Ringellocken und spielte mit den Diamanten und Rubinen ihres Halsbandes. «Colin, das weiß ich wohl, aber was ändert das? Sein Körper mag gestorben sein, aber sein Geist, seine Seele ist zurückgekehrt und lebt in der Form, die du gemacht hast. Ist das nicht das, was du wolltest, was wir alle wollen? Es hat sich so ereignet.»

Ich suchte mich zu fassen. Solches führte zum Wahnsinn. Ich durfte nicht zulassen, daß sie an so etwas glaubte.

«Bea, du hast mir doch selbst gesagt, du wüßtest nicht mehr, wie du über die Untoten denken sollst.»

«Habe ich das?» Sie dachte eine Weile nach, anmutig, spielerisch. «Ich hatte unrecht, daran zu zweifeln.» Sie richtete sich auf, ganz durchdrungen von der seidigen Sanftheit erfüllter Liebe. «Er begleitet mich, wenn ich abends am See entlanggehe», flüsterte sie. «Viele kommen zu uns oder flüstern uns zu, deren wir gedenken, die Untoten.»

Ich blickte an ihr vorbei durch die offene Tür und sah, wie sich der Androide erhob, den Federkiel aus der Hand legte und zu dem großen Erkerfenster schritt, um auf den See zu schauen, der in der Sonne aufschimmerte.

«Seine Majestät hat mich gerufen», sagte Bea. Sie ging in ihr Boudoir und schloß behutsam die Tür vor mir.

Ich hörte ihre Stimme, und so wahr mir Gott helfe, ich glaubte noch eine andere Stimme zu hören, eine tiefere Stimme, eine, die ich zu erkennen glaubte. Und Bea lachte.

«Sarah, Sarah . . .»

Ich mußte es jemandem sagen.

Sarah kam zu mir, ein wenig besorgt, wie immer jetzt mütterlich, liebevoll. Und dann fand ich zunächst keine Worte. Ich setzte mich, sammelte mich und sagte dann: «Sarah, wußtest du, daß Bea den Königsandroiden bei sich hat?»

«Ja, natürlich, Colin.» Auch Sarah setzte sich, ganz ruhig, strich ihre Röcke glatt und sah mich arglos an. «Alle Dienstboten wissen es. Sie hat sich ihre Zimmer neu einrichten und verändern lassen für den K . . . für den Androiden. Es ist, als spiele sie mit einer Puppe.»

«Aber das ist doch nicht das gleiche. Der Androide, den ich gemacht habe – sie glaubt, er sei lebendig!»

«Du denkst, sie sei nicht bei Verstand. Aber was ist klarer Verstand?» Sarah sprach in besänftigendem Ton, mit einem Unterton von Befriedigung. Sie hatte es die ganze Zeit gewußt und genoß jetzt ihren kleinen Triumph.

«Wir alle glauben doch an Träume, lieber Gemahl. Wir brauchen die Träume, denn träumen, das heißt tiefer leben. Du weißt doch noch, wie Jacob dir von dem Golem erzählt hat. Wir brauchen den Golem zur Vergeltung des Unrechts, das unserem Volk angetan wurde, und Bea braucht den König, lieber Gemahl. Laß sie auf ihre Weise glücklich sein.»

Ich sehe den König nach und repariere ihn, wenn dies erforderlich ist. Bea sagt es mir immer, nicht mit Worten, sondern in jenem wissenden Schweigen, das uns jetzt zurückgegeben ist, da wir, seit sie den König bei sich hat, voreinander keine Angst mehr zu haben brauchen.

Der gefangene König ist bisweilen bei uns, da wir wandern, Bea und ich, wenn alles andere schläft, im dunklen verzauberten Wald. Und ganz allmählich erwacht etwas anderes in mir. Eine Hoffnung. Jit.

Vielleicht wird Jit eines Tages den Weg zu mir finden, denn Liebe ist sehr stark. Vielleicht werde ich eines Abends, wenn meine Finger geschickt sind, ein Bild von ihr machen, das sie bewohnen kann.

In einem Universum, das von stummen Worten wispert, so wie die Bäume wispern unter den Winden vom See, wird Jit zu mir kommen. Ich beobachte schon die schimmernde Fläche seiner Wasser, als könnte sie aus ihnen heraufsteigen.

Aber was wird dann aus Sarah werden?

Sarah. Ich liebe sie. Vielleicht weiß sie schon von der Versuchung, die ich erleide, denn sie kennt mich sehr gut. Wenn überhaupt jemand, dann wird Sarah verstehen, daß ohne einen gewissen Wahn der Mensch nichts anderes denn ein Leichnam auf Abruf ist. Ihr Volk versteht Visionen und Träume und hat erlitten, was andere einen Wahn nannten. Und um ihretwillen, um Jacob willen, werde ich Jit nicht zurückrufen.

Sarah weist das Dienstpersonal an, den König respektvoll zu behandeln. An sonnigen Nachmittagen pflegt die Lausanner Gesellschaft die frische Luft zu genießen und mit der Kutsche die schattige Allee nach Ouchy entlangzufahren, hin und zurück.

Und so fährt auch Bea in einem Vierspänner dahin, den König neben sich. So prunkvoll wirkt ihre Equipage, daß keiner etwas daran auszusetzen findet. Die Damen halten Ausschau nach den neuesten Sachen, die sie trägt – Hut, Kleid, Farbe des Sonnenschirms.

Manchmal spricht mich eine von ihnen auf diese unbewegliche Gestalt an der Seite meiner Schwester an.

«Was für eine wunderbare Maschine! Das ist gewiß ein Apparat von Jaquet-Droz, nicht wahr? Wie distinguiert er aussieht!»

Ich mache nie auf den Irrtum aufmerksam, und ich werde keine Androiden mehr bauen.

In eigener Sache

Dieses Buch ist ein Roman, aber die darin erwähnten historischen Ereignisse sind so dargestellt, wie es mir bei sorgfältigem Recherchieren nur möglich war. An dieser Stelle sei der unermüdlichen Hilfe vieler Freunde in der Schweiz, in China und in Thailand dankbar gedacht. Insbesondere danke ich

In der Schweiz:

Seiner Hoheit Prinz Sadruddin Aga Khan;
Madame Madeline Morin von der Stadtbibliothek Lausanne;
Monsieur und Madame Guido Reuge von Sainte-Croix;
Monsieur André Mamin; Monsieur und Madame Maurice Bridel;
Madame Edouard Givel; und vielen anderen.

In China:

Den Historikern der Universität Peking, der Universität Hsiamen und den Kuratoren des Chinesischen Überseemuseums von Hsiamen;
den Gelehrten der Städte Yangchou und Kuantschou;
dem Museum für Nationale Kunst in Peking;
dem Komitee für die Restaurierung des Yuanminyuan Palasts;
der Chinesischen Gesellschaft für die Freundschaft mit fremden Ländern;
den Äbten vieler buddhistischer ZEN-Klöster in Südchina;
meinem Freund Rewi Alley, der in China lebt und mir viel geholfen hat.

In Thailand:

Sir M. L. Manich Jumsai, CBE., M. A.;
Dr. Didja Saraya, Direktor an der historischen Abteilung der Chulalongkorn Universität, Bangkok;
Seiner Exzellenz Kukrit Pramoj;
Herrn Seni Pramoj;
Frau Pornsri Luphaiboon; Frau Ankana; Mr. Gregory Meadows vom Oriental Hotel.

Besonderen Dank schulde ich Seiner Exzellenz Tula und Madame Chamcham Bunnag für ihre Berichte über das Leben seines Vorfahren, eines persischen Adligen, der im 18. Jahrhundert in Ayuthia lebte.

Herrn Bill Hwa, Herrn Liu Zhenting von der chinesischen Presse in Bangkok, und meiner Schwester Teresa, deren Interesse mir bei der Arbeit an der ZAUBERSTADT eine ständige Anregung war.

HAN SUYIN